KB244829

북한의 우리문학사 재인식

이 책은 민족문학사연구소 남북한문학사연구반의 공동연구 성과물이다. 연구반에서는 2007년부터 만 2년간 북한의 문학사를 공동 연구하고 학술대회(2009.12)와 학술지(2010)를 통해 학계의 검증을 받은 후 그 성과를 단행본으로 묶어 내는 것이다. 그 내용은 원시·고대·중세문학부터 근대·현대문학까지 각 시대, 장르, 주제, 작가·작품론에 대한 남북한의 역대 문학사 서술을 검토하였다. 구체적으로는 1990년대판『조선문학사』전15권(1991~2000)을 주로 분석하되,『조선문학통사』상·하(1959),『조선문학사』전5권(사회과학원 문학연구실, 1977~1981),『조선문학사』전5권(김일성종합대학, 1977~1981),『조선문학개관』Ⅰ·Ⅱ(1986) 사이의 역사적 변모를 입체적으로 비교하였다. '우리문학사'를 바라보는 북한 학계의 1950년대부터 1990년대까지의 시기별 서술 변화를 추적하여 남한 학자의 시선으로 그 의미를 분석·평가한 것이다. 나아가 남한의 문학사 서술과 대비하여 그 공통점과 차이점을 밝혀 궁극적으로는 통일된 민족문학사 서술을 위한 초석을 마련하고자 하였다.

왜 '남북한문학사'가 아니고 '우리문학사'인가? '북한의 문학사서류에 서술된 민족 단위 문학사에 대한 인식'을 검토하고 평가하고자 할 때, 논의 대상이 되는 문학사를 '조선문학사' 혹은 '한국문학사'로 지칭하는 것은 적절하지 않기 때문이다. 북한에서 서술된 문학사는 '조선문학사'이고 남한에서 서술된 문학사는 '한국문학사'인데, 이를 동일한 인식지평 위에서 검토하고 평가하기 위해서는 검토·평가의 척도가 되는 민족 단위 문학사의 상(像)이 있어야 할 터이다. 이러한 민족 단위 문학사의 상(像)을 의미하는 개념적 용어로 우리는 '우리문학사'를 선택하였다. 이는 이미 1991년에 민족문학사연구소에서 『북한의 우리문학사 인식』(창작과비평사)을 간행하면서 공동 필자들이 오랜 논의와 고민 끝에 선택한 용어이기도 하다. 그것은 '우리문학사'에 대한 남북의 통일된 시각을 마련하기 위한 최소한의 토대이며, 2014년 현재까지도 요원한 '한반도에서의 통일된 민족국가 수립'이라는 역사적 과제를 해결하기 위한 진보적 문학연구자의 책무라고 뼈저리게 자인한 결과이기도 하다. 다만 '우리문학'이란 잠정적인 이념형일 뿐 남북한문학사 인식의 궁극적 통합체인 (통일된) 민족문학이 아니라는 점은 짚고 넘어가지 않을 수 없다.

왜 '북한문학사의 인식'이 아니고 '우리문학사의 재인식'인가? 남북한문학의 잠정적 통합체인 '우리문학'을 역사주의적으로 바라볼 때 변화가 적지 않기 때문이다. 남북한 학계가 지난 수십 년간 우리문학사를 서술한 역사적 변모를 현재적 시각으로 재평가할 필요가 있는 것이다. 여기에 '재인식'의 중의적 의미가 있다. 북한 학자들에게 재인식이란, 1950년대의 마르크스—레닌주의 이념과 사회주의적 사실주의 미학에 기초한 문학사였던 『조선문학통사』(1959)가 1970년대의 주체사상—김일성주의 이념과 주체문예이론에 기반을 둔 『조선문학사』 전5권(1981)으로 변모하고, 다시 1990년대의 김일성—김정일주의 이념과 주체문학론에 기초한 『조선문학사』 전15권(2000)으로 변모한 과정을 뜻한다.

다른 한편, 남한 학자들에게 재인식이란, 북한의 역대 문학사가 지닌 역사적 변화에 대한 인식이 20여 년 동안 적잖이 달라졌음을 의미한다.

즉, 1987년 이후 '북한 바로 알기 운동'의 일환으로 이루어진 북한 학계의 문학사 서술에 대한 최초의 인식과 평가로부터 20여 년이 지난 2010년대 현재 그를 바라보는 시선과 평가가 일정 정도 바뀌었다는 점이다. 특히 1991년 이 문제를 학계 최초로 집중 조명했던 민족문학사연구소의 공동 연구서 『북한의 우리문학사 인식』의 연장선이자 지양태로 이 책(2014)이 자리매김된다는 뜻이기도 하다. 당시에는 『조선문학통사』(1959)와 『조선문학사』 전5권(1981)의 역사적 비교를 통해 북한 학계의 수준을 이해하고 평가했다면, 이번에는 거기 더해 『조선문학사』 전15권(2000)과의 비교, 나아가 김일성종합대학판 『조선문학사』(1982, 2006)와의 비교 분석을 더한 것이다.

여기서 중요한 점은 비교할 연구 대상 텍스트가 하나 더 늘었다는 것이 아니라 북한문학을 바라보는 학계 지형도의 변화가 적지 않다는 사실이다. 북한과 북한문학에 대한 우리 독자와 학계의 반응이 비교적 호의적이거나 동질성 찾기에 주력했던 1990년대 초와는 달리 2010년대에는 상대적으로 이질감이 크거나 아예 무관심의 대상으로 바뀐 냉혹한 현실이 그것이다. 가령 연구반의 성과를 학계에 보고한 민족문학사연구소의 정기 학술대회(2009.12.19) 주제조차 '위기의 시대, 남북한문학사의 행방'이었다. 이제는 1980년대 말 '북한 바로 알기 운동'의 진보적 역량을 학술적 성과로 자랑스레 펼쳤던 1991년과는 이념적 학문적 지형도가 대폭 변화된 '또 다른 의미의 위기의 시대'라는 상황인식이 커진 셈이다.

'북한의 우리문학사를 재인식하자'는 취지의 이 책은 시기적으로는 원시, 고대, 중세, 근대, 현대문학 등 전 시기를 망라하는 남북한의 문학사 서술을 미학 · 서술체계 · 내용 구성 · 작가 작품론별로 비교한 논의이다. 주로 1990년대판 『조선문학사』를 앞선 시기의 다른 문학사서와 역사주의적으로 비교한 것이기도 하다. 1990년대판 『조선문학사』는 1~6권이 원시·고대부터 조선시대, 7~9권이 근대 초기 계몽기부터 일제강점기, 10~15권이 해방 후부터 1980년대까지 서술하고 있다(2012년에 1990년대 문학사를 서술한 제16권이 나왔지만 2007~2010년까지의 공동연구 당시에는 간행되지 않아 부득이 논의 대상에서 제외하였다).

이 책의 총론에서는 북한의 '우리문학사' 서술의 전반적 특징을 근대 이전과 이후로 나누어 개괄적으로 논의하였다. 본론에서는 원시·고대, 고려시대, 조선 전후기, 1910~1926년(북한의 '근대'), 1927~1945년(북한의 '현대'), 해방 후로 시기를 나누어 1950년대부터 1990년대까지의 문학사 서술의 사적 변모를 정밀하게 추적하였다. 그 결과 1950년대 북한 학계의 성과가 담긴 『조선문학통사』와 1970년대의 성과를 반영한 『조선문학사』 전5권만큼의 결정적 차이가 1990년대판 『조선문학사』 전15권에는 보이지 않는다는 사실을 일단 확인하였다. 그러나 주체문예론의 자장 내에서는 다양한 차이가 발견되어 그를 섬세하게 의미화하는 데 공동연구의 초점이 모아졌다.

북한 학계의 내재적 시각에서 그 미묘한 변화의 구체적 내용은 무엇이며 그를 어떻게 의미화하고 평가할 것인지에 대하여 연구반 성원들은 열띤 토론을 벌였다. 그 과정에서 남북한 간에 크게 벌어진 문학사 인식의 차이를 냉정하게 인식하되 차이점을 넘어선 공통점도 적잖이 확인하였다. 둘의 차이는 인정하되 접점을 찾아 틈새를 메우는 지난한 과정에서 희미하게나마 통일된 민족 문학사를 설계하자는 희망어린 문제의식을 단 한 번도 버리지 않았다. 우리는 시장논리가 횡행하는 현행 학계에서 대부분 돌보지 않는 이러한 공동연구가 학술운동·통일운동의 일환임을 자임하게 된다. 이제는 남북한 당국의 화해와 교류, 협력을 사후적으로 마냥 기다릴 것이 아니라 비정치적 학술 교류를 통한 상호 이해와 민간부문의 교류, 협력부터 먼저 시도해 볼 때이다.

마지막으로 2년 넘게 연구반에서 필자들과 함께 공부한 공동 연구자 하정일, 신두원 선생님, 특강을 해주신 전영선 선생님, 보론의 주체문학론 관련 옥고를 수정해서 보내주신 임옥규 선생님께 감사드린다.

2014년 9월 김성수

제3부_근대현대문학사

1. 이 책에서 검토하고 있는 북한의 문학사 저작은 다음과 같다. 괄호 안의 내용은 남한에서 간행
된 동일한 저작의 서지 정보이다.
(1) 과학원 언어문학연구소 문학연구실, 『조선문학통사』 상(원시~19세기), 과학원출판사, 1959
(서울 : 인동, 1988).
과학원 언어문학연구소 문학연구실, 『조선문학통사』 하(1900~전후시기), 과학원출판사 1959
(서울 : 인동, 1988).
(2) 사회과학원 문학연구소, 『조선문학사』(고대중세편), 과학백과사전출판사 1977.
박종원·류만·최탁호, 『조선문학사』(19세기 말~1925), 과학백과사전출판사 1980(서울 : 열사람, 1988).
김하명·류만·최탁호·김영필, 『조선문학사』(1926~1945), 과학백과사전출판사 1981(서울 :
열사람, 1988).
사회과학원 문학연구소, 『조선문학사』(1945~1958), 과학백과사전출판사, 1978.
사회과학원 문학연구소, 『조선문학사』(1959~1975), 과학백과사전출판사, 1977.
(3) 김춘택, 『조선문학사』 1, 김일성종합대학출판사, 1982(천지, 1989).
은종섭, 『조선문학사』 2(1866~1945), 김일성종합대학출판사, 1982.
리동원, 『조선문학사』 3(1945~1953), 김일성종합대학출판사, 1982.
김려숙·변귀송·박용학, 『조선문학사』 4(1953~1966), 김일성종합대학출판사, 1982.
김려숙·변귀송·신경균, 『조선문학사』 5(1967.5~1980.9), 김일성종합대학출판사, 1982.
(4) 정홍교·박종원, 『조선문학개관』 I(원시~1925), 사회과학출판사, 1986.
박종원·류만, 『조선문학개관』 II(1926~1984), 사회과학출판사, 1986.
(5) 정홍교, 『조선문학사』 1(고대, 삼국, 발해시기 문학), 사회과학출판사, 1991.
정홍교, 『조선문학사』 2(고려시기 문학), 과학백과사전종합출판사, 1994.
김하명, 『조선문학사』 3(15~16세기 문학), 사회과학출판사, 1991.
김하명, 『조선문학사』 4(17세기 문학), 사회과학출판사, 1992.
김하명, 『조선문학사』 5(18세기 문학), 과학백과사전종합출판사, 1994.
김하명, 『조선문학사』 6(19세기문학), 과학백과사전종합출판사, 1999.
류만, 『조선문학사』 7(19세기 후반~1926년 문학), 과학백과사전종합출판사, 2000.
류만, 『조선문학사』 8(항일혁명문학), 사회과학출판사, 1992.
류만, 『조선문학사』 9(1920년대 후반~1940년대 진빈기 문학), 과학백과사전종합출판사, 1995.
오정애·리용서, 『조선문학사』 10(해방 후편), 사회과학출판사, 1994.
김선려·리근실·정명옥, 『조선문학사』 11(해방 후편(조국해방전쟁시기)), 사회과학출판사, 1994.
리기주, 『조선문학사』 12(전후복구, 사회주의 기초건설기), 사회과학출판사, 1999.
최형식, 『조선문학사』 13(사회주의 전면적 건설기), 사회과학출판사, 1999.
천재규·정성무, 『조선문학사』 14(1970년대 시기), 사회과학출판사, 1996.
김정웅·천재규, 『조선문학사』 15(주체사상화위업 시기), 사회과학출판사, 1998.
(6) 미상, 『조선문학사』(문학대학용), 김일성종합대학출판사, 2006.

2. 이 책에서는 각 문학사 저작을 다음과 같이 약칭한다. 남한에서 재출간된 책을 인용할 경우, 인
용 면수 표시는 그 책의 면수로 했다.
(1) 1959년판 『조선문학통사』 상·하 → 『통사』
(2) 1977년~1981년판 『조선문학사』(고대중세편) → 『문학사A』 1

『조선문학사』(19세기 말~1925) →『문학사A』 2
『조선문학사』(1926~1945) →『문학사A』 3
(3) 1982년판『조선문학사』 1 →『김대A』 1
『조선문학사』 2(1866~1945) →『김대A』 2
『조선문학사』 3(1945~58) →『김대A』 3
『조선문학사』 4(1953~67) →『김대A』 4
『조선문학사』 5(1967.5~80.9) →『김대A』 5
(4) 1986년판『조선문학개관』 I(원시~1925) →『개관』 1
『조선문학개관』 II(1926~1984) →『개관』 2
(5) 1991년~2000년판『조선문학사』 1 →『문학사B』 1
『조선문학사』 2 →『문학사B』 2
『조선문학사』 3 →『문학사B』 3
『조선문학사』 4 →『문학사B』 4
『조선문학사』 5 →『문학사B』 5
『조선문학사』 6 →『문학사B』 6
『조선문학사』 7 →『문학사B』 7
『조선문학사』 8 →『문학사B』 8
『조선문학사』 9 →『문학사B』 9
『조선문학사』 10 →『문학사B』 10
『조선문학사』 11 →『문학사B』 11
『조선문학사』 12 →『문학사B』 12
『조선문학사』 13 →『문학사B』 13
『조선문학사』 14 →『문학사B』 14
『조선문학사』 15 →『문학사B』 15
(6) 2006년판『조선문학사』 →『김대B』

3. 이 책에서, '북한문학사'는 '북한에서만 서술하거나 북한에만 한정되는 문학사의 실제 역사'를 의미하며 '북한의 문학사'는 '북한에서 간행된 문학사'를 지칭한다.

4. 각종 약호는 다음과 같이 사용한다.
　단행본, 시집, 소설집, 장편소설 등『 』
　시, 단편소설, 논문, 신문기사 등「 」
　공연물 등 < >
　직접 인용 " "
　간접 인용 및 강조 ' '

5. 표기 원칙은 다음과 같다.
(1) 북한의 문학사에서, 한문으로 된 작품명을 풀어쓴 경우 원제를 [ ] 속에 병기함을 원칙으로 한다. 예,「시름에 쌓인 성[愁城誌]」
(2) 모든 표기는 '한글 맞춤법'을 따른다. 다만, 최근 북한 인명이나 간행물 등의 고유명사는 예외로 한다. 예, 리철화 역,『림제·권필 작품집』

1부
총론

북한의 '우리문학사' 서술의 향방

근대 이전의 문학사 서술을 대상으로

김현양

1. 말하고자 하는 것

우리가 지금 북한에서 이루어진 '우리문학사'[1] 서술에 대해 검토하
고 이를 평가하려는 의도는 분명하다. 그것은 '우리문학사'에 대한 하나
의 통일된 시각을 마련하고자 하기 위함이며, 이것을 현재까지 지연되
고 있는 '한반도에서의 통일된 민족국가 수립의 과제'를 해결하기 위한

1 　북한에서 서술된 문학사는 '조선문학사'라 통칭할 수 있으며, 남한에서 서술된 문학
사는 '한국문학사'라 통칭할 수 있다. '조선문학사'든 '한국문학사'든 이를 검토하고 평
가하기 위해서는 검토·평가의 척도가 되는 민족 단위 문학사의 상(像)이 있어야 하
는데, 이러한 민족 단위 문학사의 상(像)을 의미하는 개념적 용어로 '우리문학사'가 적
당하다. 그러므로 '우리문학사'는 구체적 실체를 가진 실질개념이라기보다는 추상적
인 명목개념이라 할 수 있다. 1991년에 민족문학사연구소에서 『북한의 우리문학사
인식』(창작과비평사)을 간행하면서 고심 끝에 '우리문학사'란 말을 사용한 바 있다.
'북한의 조선문학사에 서술된 민족 단위 문학사에 대한 인식'을 검토하고 평가하고자
하는 의도를 나타내는데 있어, 인식의 대상이 되는 문학사를 '조선문학사'로 혹은 '한
국문학사'로 지칭하는 것은 적절하지 않다. '우리문학사'라는 말이 그래서 필요하다.

진보적 문학연구자의 책무라 인식하고 있기 때문이다.[2]

우리가 이러한 책무를 보다 심각하게 인식하고 있었던 것은『북한의 우리문학사 인식』(이하『인식』)을 간행하던 시기였다. 그때는 남한의 진보 역량이 어느 정도 결집되어 있었으며, 통일에 대한 전망을 심각하게 모색하고 있었다. 사정이 그러했기에, 북한에서 서술된 문학사에 대한 검토가 매우 진지하게 이루어질 수 있었으며, 그 성과와 한계를 분명하게 정리해 발언하고자 했다.

『인식』에서 대상으로 했던 북한의 문학사는 1959년에 간행된『조선문학통사』(이하『통사』)와 1977년에 간행된『조선문학사』(이하『문학사 A』)였으며,[3] 검토의 방향은『통사』에서『문학사A』로의 서술상의 변화

---

2 이글은 2009년 12월 19일 숭실대학교에서 있었던 '민족문학사연구소' 정기심포지엄에서 발표한 것이다. 북한의 우리문학사 서술 동향에 대한 점검이 남한에서의 우리문학사 서술의 전망과 무관하지 않기에 '위기의 시대, 남북한문학사의 행방'이라 심포지엄의 주제를 내걸었지만, 보다 중심적인 문제의식은 북한의 최근 우리문학사 서술 동향에 대한 점검이었다. 민족문학사연구소에서는 이러한 문제의식하에 「남북한문학사 연구반」을 구성하고 2년여에 걸쳐 발표ㆍ토론을 지속해 왔으며, 이 정기심포지엄은 연구반의 연구 활동 결과를 보고하는 자리이기도 했다. 「남북한문학사 연구반」에서는『인식』이후 북한의 우리문학사 서술의 변화를 남한의 진보적 문학연구자의 시각에서 어떻게 평가할 것인가를 고심해 왔는데, 이글에서 '우리'라고 지칭하고 있는 것은 바로 정기심포지엄이 연구반의 연구 활동 결과를 보고하는 자리이기 때문이다.

3 김성수는 북한에서 서술된 문학사 11종의 목록을 작성해 보고한 바 있다. 그 가운데 '근대 이전의 문학(고전문학)'을 대상으로 서술한 문학사가 여러 종 있는데, 주요한 것으로는 6종을 꼽을 수 있다. 6종의 문학사를 구체적으로 적시하면 다음과 같다; ① 과학원언어문화연구소문학연구실,『조선문학통사』(상), 과학원출판사, 1959(서울 : 화다, 1989) ② 사회과학원 문학연구소,『조선문학사-고대ㆍ중세편』(전5권 중 제1권), 과학백과사전출판사, 1977 ③ 김춘택,『조선문학사』1, 김일성종합대학출판사, 1982(천지, 재간행) ④ 정홍교ㆍ박종원,『조선문학개관』I, 사회과학출판사, 1984 ⑤ 사회과학원 주체문학연구소,『조선문학사』(전15권 중 1~6권), 과학백과사전종합출판사／사회과학출판사, 1991~1994 ⑥ 김일성대학 조선어문학부,『조선문학사』, 김일성종합대학출판사, 2006(주체 95). 이 가운데, 북한의 공식적인 문학사에 해당하는 것은 사회과학원이 간행 주체인 ①, ②, ⑤이다. 공식적인 문학사는 아니지만 김일성대학에서 간행한 ③과 ⑥도 매우 중요한 텍스트이다. ④는 공식적인 기관에서 간행한 것은 아

 북한의 우리문학사 재인식

양상을 파악하고 이를 바탕으로 『문학사A』의 성과와 한계를 밝히는 것이었는데, 평가는 대체로 부정적이었다.[4]

『문학사A』는 '주체사상' 정립 이후에 서술된 공식적인 문학사로, '마르크스-레닌주의'에 입각해 서술된 『통사』에 비해 문학사로서의 체계를 갖추고 내용도 충실해졌다고 보았으며, 이점을 긍정적으로 평가했다. 하지만 문학사 서술의 시각, 방법, 이것이 구현된 구체적 서술 내용에 대해 그 문제점을 비판적으로 지적했다. '인민성', '당성', '반침략 애국주의'의 서술 원칙이 과도하게 혹은 지나치게 엄격하게 혹은 자의적으로 적용되어 인민적이며 진보적인 문학사의 지형을 축소·왜곡했으며, 인민적이고 진보적인 문학 유산의 선택과 배치의 기준에 대해서도 동의하기 어려운 문제점이 있다고 평가했다. 비판의 요체는 문학사 서술이 '관념적 편향'을 보인다는 것이며, 이는 서술시각인 '주체사상'으로부터 비롯된 것으로 보았다.[5]

니지만 ②와 ⑤의 가교에 해당하는 중요한 텍스트라 할 수 있다.

4 회고하건대, 오랜 시간 공동 연구를 진행하면서 '이질성'보다는 '동질성'을, '비판'보다는 '이해'를 앞세웠던 것 같다. 그렇지만 공동 연구의 결과 우리는 '동질성'보다는 '이질성'을 내세웠으며, '이해'보다는 '비판'의 쓴 말을 더 많이 했던 것으로 기억되며, 이는 고스란히 『인식』에 기록되어 남아있다.

5 비판의 세부적 내용은 다음과 같다. ① 상대적으로 봉건지배층, 예컨대 중요한 문학 작품의 생산자이기도 했던 사대부의 성격이 구체화되지 못하는 등 문학담당층의 실체와 변화가 고려되지 않았다. 지배계급인 '봉건통치배'와 '피지배계급'인 '인민'의 대립이라는 단순한 양분구도를 일반화함으로써 진보와 반동의 문제도 구체적으로 제시되지 않고 항상 이분법적 대립으로만 처리되었다. 오히려 발전의 역동성이 구체화되지 못하여, 결과적으로 진보성의 의미가 드러나지 못하는 아쉬움이 있다. ② 역사적 현실들을 객관적·과학적으로 분석·평가하여 그 풍부하고 타당한 내용과 의미를 검증해내어야 하는데 이 점이 부족하다. 실제로는 역사주의적 접근 태도라고 보기 어려울 만큼 실증적 작업이 소홀하거나, 자료에 대한 편파적·자의적 취급에서 오는 오류도 더러 눈에 띈다. ③ 한자문학의 국문화 때문에 정확한 의미의 확인이 곤란하다. ④ 내재적 발전론의 강조가 곧 외국문학과의 교섭 일체를 배제하는 결과로 나타나기도 하였다. ⑤ 내용과 주제에 지나치게 경사되다 보니 그것이 비록 문학의

이러한 비판은 북한의 문학사 서술시각과 이를 검토·평가한 남한의 연구자 사이에 시각의 '차이'가 존재함을 의미한다. 『인식』에서는 그 차이를 분명하게 표명했지만, 그렇다고 해서 그 차이를 넘어설 수 없는 것으로 인식하지는 않았다. "차이를 좁히기 위해 남북한 학계는 그 성과를 주고받으면서 진지한 자기반성과 비판을 수행해야 한다"고 했으며, "서로의 시각차를 좁히고 궁극적으로는 통합적 관점을 모색하여 통일된 민족문학사를 서술하는 바탕을 마련해야 한다"고 했으며,[6] 이런 생각을 비현실적인 단순한 소망으로만 여기지는 않았다. '차이'에도 불구하고 역사주의적 원칙하에 민중적 / 인민적 시각을 바탕으로 진보적 문학의 발전 과정을 내재적으로 해명하는 '민족문학사'를 서술해야 한다는 목표를 남과 북이 함께 공유하고 있다고 여겼기 때문이었다.

그렇다면 『인식』 이후 남과 북의 시각차는 좁혀졌는가? 『인식』을 출간했던 우리는 그 이후 『민족문학사강좌』(이하 『강좌』)를 간행했다. 『강좌』는 본격적인 문학사는 아니었지만, 문학사의 중요 주제를 항목화해 서술하면서, 남한 연구자의 진보적 문학사의 시각을 드러내고자 했다. 하지만 『강좌』의 이러한 '진보적 시각'은 이후 『강좌』가 간행된 뒤 조성된 현실의 새로운 국면을 경과하면서 '유연하게' 조정되었으며, 『강좌』

인식교양적 기능을 강조하기 때문이라 하더라도 장르·율격 등 문예의 기본 형식을 소홀히 함으로써 문학사를 총체적으로 이해하는 데 있어서 일면성에 치우치는 중대한 결함을 드러내고 있다. ⑥ 근·현대문학에서는 문인 개개인에 대한 문학활동외적(정치적)인 이유 때문에 평가되어야 할 문학 사실이 배제되고 왜곡되는 일도 적지 않다(「책머리에」, 『인식』, 6~8면). 여러 측면에서 문제점을 지적했으나, 이러한 문제점을 배태하게 된 것은 '인민의 자주성'이라는 인식(관념)을 역사의 추동력으로 파악하는 주체사상의 관념적 성격 때문이라 보았다. 이러한 한계는 『문학사A』뿐만 아니라 주체사상에 입각해 서술된 문학사인 『조선문학』(김일성종합대학출판사, 1982)와 『조선문학개관』(사회과학출판사, 1984)도 큰 차이가 없다고 평가했다.

6 『인식』, 9면.

출간 이후 14년 만에 『새 민족문학사강좌』(이하『새 강좌』)를 출간하게 되었다. 유연화는 『강좌』의 서술 시각에 내재되어 있는 '민족'과 '내재적 발전론'에의 편향에 대한 성찰로부터 비롯된 것이었으며, 그 결과 '폐쇄성과 자기중심주의'를 조정하는 방향으로 편제를 구상하고 내용을 새롭게 서술했다.[7] 전면적인 것은 아니었으나, 결국 『새 강좌』의 출간은 『인식』의 시각 조정을 의미하는 것이었다.

그렇다면 『문학사A』 이후 북한은 어떠한가? 북한은 『문학사A』 이후 1982년에 김일성대학에서 『조선문학사』(이하『김대A』)를 간행했으며, 1984년에는 사회과학출판사에서 『조선문학개관』(이하『개관』)을 간행했고, 『문학사A』에 이어 1991년부터 2000년에 걸쳐 사회과학원에서 15권집 『조선문학사』(이하『문학사B』)를 간행했으며, 2006년에는 김일성대학에서 『조선문학사』(이하『김대B』)를 간행했다. 『김대A』와 『개관』은 『인식』에서 검토되었던 낯익은 텍스트인데 비해, 『문학사B』와 『김대B』는 그렇지 않다.[8]

우리는 지금 『문학사B』와 『김대B』를 대상으로 『문학사A』 이후 북한에서 '우리문학사'가 어떤 시각으로 어떻게 서술되고 있으며, 어떤 방향으로 나아가고 있는지 살펴보고자 한다. 이는 물론 궁극적으로는 『인식』에서 기대했던 '통합적 관점'의 가능성을 질문하는 것이기도 하며, 이를 모색하는 것이기도 하다. 이를 위해서는 무엇보다 『문학사A』와

---

7 『새 강좌』의 머리말에 해당하는「책을 펴내며」에『새 강좌』의 출간 이유와 의의가 간명하게 제시되어 있는데, 여기에『새 강좌』의 '변화'가 무엇인지 잘 정리되어 있다.『민족문학사연구』 40호에 실려 있는 강상순과 김명석의 '서평'에서도『새 강좌』의 '변화'에 대해 정리하고 논평하고 있어 참고가 된다(강상순,「'민족' 이후 민족문학사 서술의 방향과 고민」,『민족문학사연구』 40, 민족문학사학회, 2009; 김명석,「민족문학사의 리모델링」, 같은 책).

8 출간 연대를 고려할 때,『문학사B』는 적어도 1980년대 후반부터 준비된 것으로 보이며,『김대B』는 2000년 초반부터 준비된 것으로 보인다.

『문학사B』, 『김대B』를 전면적으로 비교·대조해야 하겠지만, 전면적인 검토는 다른 글로 미룬다.[9] 여기서는 핵심적으로 포착되는 몇몇 서술상의 변화 양상을 중심으로 『문학사A』 이후 북한에서 우리문학사가 어떤 시각으로 서술되고 있으며, 어떤 방향으로 나아가고 있는지를 가늠해보고자 한다.

2. '민족적인 것'의 재평가
─『문학사B』에서 서술상의 변화를 보이는 세 국면

『문학사B』는 출간 이후 오랫동안 남한의 연구자에게 주목받지 못했다. 『문학사B』가 출간된 것은 진즉에 알고 있었던 듯한데, 그럼에도 불구하고 주목받지 못했던 것은 이전의 문학사와 대동소이할 것이라는 생각 때문인 듯하다. 실제로 『문학사B』를 일별(一瞥)한 남한의 연구자들 대다수가 이전과 달라진 면이 없는 것 같다는 인상을 피력하곤 했다. 이와는 달리 『문학사B』의 간행을 주도했던 북한의 연구자는 『문학사B』가 간행되면서 남과 북의 문학사가 대동소이해졌다고 말한다. 이는

9　전면적인 검토는 각론에 해당되는 다른 논문에서 이루어질 것이다. 필자는 이미 『문학사B』를 대상으로, 핵심적인 서술상의 변화 양상을 검토, 평가하는 논문 2편을 보고한 바 있는데, 여기에서 서술상의 변화 양상에 대해 좀 더 자세하게 제시했다. 이글에서도 『문학사B』의 핵심적인 변화 양상에 대해 서술하고 있는데, 기존 논문과 중복이 되기도 한다. 고전문학 쪽의 '총론'에 해당하는 이글의 성격상 불가피해 그리 되었다. 양해를 구한다. 기존 논문은 다음과 같다. 김현양, 「북한의 17세기 소설사 서술의 몇 가지 문제」, 『민족문학사연구』 29, 민족문학사학회, 2005; 김현양, 「민족주의 담론과 '주체'의 문학사」, 『민족문학사연구』 35, 민족문학사학회, 2008.

『문학사B』가 이전과 달라졌다는 말이다. 북한의 연구자가 달라졌다고 하는 서술상의 변화를 남한의 연구자들은 감지하지 못했던 것이다.[10]

주지하고 있듯이,『문학사A』는 구전문학과 국문문학, 한문문학 가운데 '인민적이며 진보적인 문학'을 정전화하며, 이를 원시-고대-중세-근·현대 순으로 배치한다. 고전문학의 경우, 원시문학과 고대문학 그리고 중세를 구획하는 작은 시기별(삼국-발해 및 후기 신라-고려 전기-고려 후기-조선 전기-조선 후기)로 구전문학인 인민문학을 앞세우며 국문문학과 한문문학을 뒤에 배치하면서, 중세 문학의 경우 반봉건, 반외세의 주제를 형상화한 작품·작가를 작은 시기마다 반복해 서술한다. '인민적이며 진보적인 문학'의 정전들은, 다소의 출입은 있지만, 대체로 동일하다. 이러한 기본 체제(구도)는『문학사A』와 그 이후의 문학사들이 동일하다. 남한의 연구자들이 서술상의 변화를 감지하지 못한 중요한 이유는 여기에 있을 것이다.

남한에서 서술된 문학사와의 근접성 문제는 접어두고『문학사B』의 서술상의 변화 여부만을 판단한다면,『문학사A』와 비교할 때『문학사B』는 여러 면에서 서술상의 변화를 보이고 있으며, 이러한 서술상의 변화를 통해『문학사A』이후 북한의 문학사가 어떤 시각에서 서술되고 있으며, 어떤 방향으로 나아가고 있는가를 가늠해 볼 수 있다. 이를 위해 서술상의 변화를 보이는 세 국면을 우선 살펴보자.[11]

---

10 앞서 말했던 「남북한문학사 연구반」에 참여하고 있는 현대문학 전공자들 가운데는 오랫동안 '북한문학' 연구를 수행해 그쪽 동향과 사정에 밝은 분들이 있는데, 그분들은 이구동성으로 이전의 문학사와 대동소이하다는 견해를 표명했다. 필자는 2006년에 중국 북경 중앙민족대학에서 주관한 학술회의에서 북한의 연구자들과 만난 적이 있는데, 그때 북한의 사회과학원에서 비중 있는 위치에 있었던 북한의 연구자는『문학사B』에 이전과 다른 많은 변화가 있었으며, 그 결과 남과 북의 차이가 많이 해소되었다는 견해를 표명했다.

①『문학사B』에서는 구석기 전기의 시작을 100만 년 전으로, 고조선의 성립연대를 기원전 10세기로, 진국의 성립연대를 기원전 6세기 이전으로 상향해 기술하고 있다.[12]

구석기시대 전기의 시작을 상향한 것은 우리가 살고 있는 한반도가 인류가 시원한 지역 가운데 하나라는 것을 드러내고자 하는 의도에서이다. 100만 년 전은 오스트랄로피테쿠스와 호모에렉투스의 경계에 위치한 시점으로, 현생인류는 아니지만 인류의 바탕이 되는 최고(最古)의 존재가 시원한 시기이다. 그러므로 한반도는 최고의 존재가 자생적으로 시원한 지역이 된다. 이는 구석기시대 후기에 우리 민족의 시원이 되는 인종(신인)이 발생했다는 서술과 함께 '민족의 유구성'의 이미지를 산생시킨다.

고조선 등 고대국가의 성립연대를 상향한 것은 고대국가 성립 시기가 세계사의 보편적 발전 단계에 비춰볼 때 조금도 뒤떨어지지 않는다는 것을 드러내고자 하는 의도에서이다. 여기에다가 고대국가들 가운데서도 가장 이른 시기인 기원전 10세기에 성립된 고조선이 "조선반도의 서북부와 료동반도, 료하유역의 넓은 지역"을 아우르는 광대한 영토를 장악했으며, 기원전 8~7세기에 이르면 이미 정치, 경제 문화적으로 상당히 발전되고 강력한 군사력을 소유한 노예소유자국가였다는 서술까지 더해지게 되면서 '민족의 우수성'의 이미지가 만들어진다.

『문학사A』로부터 지속되는 것이지만, 고조선과 부여, 진국 등 고대

---

11 앞서 언급했듯이, 이하 서술상의 변화를 보이는 세 국면에 대한 서술은 필자의 선행 논문인 「민족주의 담론과 '주체'의 문학사」의 핵심적 내용을 요약한 것이다.

12 『문학사B』에서는 고조선의 성립연대를 기원전 10세기라 했으나, 『김대B』에서는 기원전 30세기로 상향했다. 이는 『문학사B』 이후의 연구를 반영한 것이다.

시대를 구성했던 각 나라들은 조선반도와 그 북부의 넓은 지역에 광활하게 분포해 살았던 조선의 원시종족(예, 맥, 한)을 바탕으로 성립되었다는 서술은 '민족의 단일성'의 이미지를 각인시킨다.

원시·고대시기의 서술을 통해 '민족의 유구성, 단일성, 우수성'의 이미지를 전달하고자 하는 것은 『문학사A』와 크게 다르지 않다. 하지만 그 이미지를 인류사의 보편성 속에서 확인하고자 하는 의도를 더욱 강화해 가고 있는데, 『문학사B』에서 그 기원의 시기를 상향 서술하고 있는 것은 이와 관련되는 것이다.[13]

②『문학사B』에서는 고구려에서 그 시원이 마련된 '민족시가형식'으로 '달거리체 형식'을 매우 비중 있게 서술하고 있는데, 이는 『문학사A』에서 전혀 언급되지 않던 것이다.

'달거리체 형식'은 "고구려에서 시원이 개척된 장가의 대표적형식"으로 "대체로 1년의 12달을 각각 한 개의 령 즉 한 개 분절로 하고있는 노래형식"(165면)을 말하는 것으로, 현존하는 시가문학 유산 가운데 이러한 형식적 특징을 보여주는 최초의 작품은 고려가요인 〈동동〉이라고 한다. 『문학사A』에서도 〈동동〉을 고구려의 노래로 서술한 바 있으나,

---

13 『문학사B』에서 드러내고 있는 이러한 '의도'는 『문학사B』가 서술된 이후에 더욱 강화되고 있다고 한다. 북한은 1993년에 단군릉을 발굴하였으며, 이를 계기로 단군과 고조선 연구에 진력하고 있다고 한다. 그리하여 최근에는 단군은 신화적 존재가 아닌 역사적 존재이며, 단군의 출생지와 수도의 위치는 요동이 아니라 평양이고, 고조선의 성립 연대는 기원전 3000년이며, 고조선의 영역은 광대한 요동지역과 한반도 전역이라고 주장한다고 한다. 단군과 고조선에 관한 이러한 주장의 사실성 여부를 판단하는 것은 유보하더라도, 이러한 연구가 궁극적으로 민족의 유구성과 단일성의 신념을 매우 적극적으로 드러내고 있으며, 이러한 의도가 『문학사B』에 작동하는 핵심적인 서술시각과 긴밀하게 연관되어 있다는 것을 확인하는 것은 매우 중요하다.

고구려에서 마련된 독자적인 시가형식으로 주목하지는 않았다. 그런데 『문학사B』에서 이를 각별하게 주목하게 된 것이다.

고구려에서 '달거리체가'가 시원했다는 핵심적 근거로 제시되고 있는 것은 고구려 때부터 '동동춤'이 전해져 내려왔다는 『성종실록』 신축년(1481) 8월 을사일의 기록이다.[14] 이 기록이 주장의 근거가 되는 핵심적인 이유는 명칭의 동일성 때문이다. 고구려 때부터 전해진다는 동동춤과 고려가요 〈동동〉이 동일한 이름을 공유하고 있다는 것은 서로 뗄 수 없는 일정한 연관을 가졌다는 것이다. 이를 전제로 다시 동동춤에서 불려졌던 '동동'이라는 이름의 노래가 있었을 것임을 유추해 내고 있으며, 이러한 유추가 가능한 것은 고려가요 〈동동〉의 조흥구 '아으 동동다리'가 춤과 가사의 필연적인 관련을 실질적으로 보여주는 것이기 때문이라고 주장한다.[15]

사실 『문학사A』에서 〈동동〉을 고구려 노래로 기술하고 있는 것도 온당한 것은 아니다.[16] 그럼에도 불구하고 『문학사B』에서는 이에서 더 나아가 고려가요 〈동동〉을 바탕으로 고구려에서 달거리체 형식이라는 독자적인 시가양식이 창작되었다고 주장하고 있는 것이다.

③ 『문학사B』에서는 보수적이며 반동적이라 하여 문학사 서술에서

14　『성종실록』의 기록은 다음과 같다. 신축년(1481) 8월 을사일 "상사(우두머리사신)가 "이것은 무슨 춤입니까?"라고 물으니 임금이 말하기를 "이 춤은 고구려 때부터 내려오는 것인데 동동춤이라고 합니다"라고 하였다. 이에 상사는 "참 좋은 춤입니다"라고 하였다."

15　'달거리체 형식'이 고구려의 독자적인 시가 형식임을 주장하고 있는 다른 근거와 이러한 주장의 문제점에 대해서는 필자의 「민족주의 담론과 '주체'의 문학사」, 389~390면을 참조 할 것.

16　이강옥은 「북한문학사의 실증적 오류 및 문제점 검토」(『한길문학』, 1990.8)에서 이런 문제점을 지적한 바 있다.

배제되어 왔던 양식, 작품, 작가를 문학사에 인입시켜 그 긍정적인 면을 서술하고 있는데, 이는 매우 커다란 변화이다.

『문학사A』는 보수적이며 반동적인 문학과 대립·투쟁하면서 발전해온 진보적이며 인민적인 문학의 역사를 체계적으로 기술한다는 원칙에 철저하다.[17] 대체로 지배계층에 의해 창작되었으며 지배계층의 이념과 정서를 담아내고 있는 작품이나 갈래, 양식, 경향 등을 지칭해 보수적이며 반동적인 문학이라 하며, 이러한 보수적이며 반동적인 문학은 문학사의 매 시기마다 총론격의 서술에서 그 부정적인 면을 간략히 언급하거나 아니면 아예 배제한다. 그런 대표적인 예가 균여의 향가(〈보현십종원왕가〉 11수), 조선의 건국송가(악장), 조선의 시가 가운데 '도학시가', '교훈시가', '강호시가', '은일시가' 등이다.

하지만 『문학사B』에서는 이러한 작품, 양식, 작가들에 대한 태도가 달라진다. 문학사의 서술 대상으로 선택되는 것은 물론 제한성 혹은 한계만을 간략하게 언급하던 데서 벗어나 민족 유산으로서의 긍정적인 면을 함께 서술하기도 하고, 어떤 경우에는 긍정적인 면만을 강조해 비중 있게 서술하기도 한다.

균여와 그의 향가 창작에 대한 서술은 대표적인 예라 할 수 있다. 불교사상을 설교하고 고취시키던 반동적인 작가 균여는 불교학자, 애국자, 뛰어난 시인으로 추앙된다. 그가 창작한 〈보현십종원왕가〉 11수의 제목을 모두 나열해 제시하고 있으며, 마지막 작품인 〈총결무진가〉는

17　『문학사A』의 후기(後記)에 있는 다음과 같은 서술은 이를 명확히 드러내고 있다. 이를 구체적으로 적시하면 다음과 같다. "수천 년 동안 줄기차게 발전하여온 고대중세 문학의 력사는 뒤떨어지고 반동적인 문학에 대한 진보적이고 인민적인 문학의 투쟁과 승리의 력사이다."(554면)

작품 전체를 인용하고 있다. 〈보현십종원왕가〉뿐만 아니라, 이를 수록하고 있는 『균여전』에 대해서까지도 그 의의와 가치를 긍정적으로 기술하고 있다.

시조에 대한 서술도 마찬가지다. 『문학사A』에서는 시조 양식에 대해서 부정적으로 평가했다. 그런데 『문학사B』에서는 시조를 "간결하고 함축된 시구에 깊은 뜻을 담을 수 있"(68면)는 장점도 있다는 김정일의 교시를 내세우며, 표현과 정서, 문학사적 의의 등에 대해 긍정적으로 서술하고 있다. '시조'에 비해 더욱 부정적으로 서술되던 '건국송가'조차도 『문학사B』에서는 서술 항목을 따로 마련해 송가체의 장시 〈용비어천가〉, 〈월인천강지곡〉과 함께 서술하고 있다.

조선 전기의 도학적 교훈시가(도학시가)나 강호시가의 경우도 따로 항목을 설정해 비중 있게 서술하고 있으며, 주세붕을 대표적인 작가로 내세워 긍정적으로 기술하고 있다.[18] 국문시가에서뿐만 아니라 사림파 문인들이 창작한 한자시에 대해서도 「사회적모순의 격화와 도학자들의 한자시」라는 항목을 따로 설정해 길고 상세하게 서술하고 있다.

15권인 『문학사B』가운데 고전문학 부분에 해당되는 것은 1~6권이다. 고전문학 부분이 1권인 『문학사A』에 비해 서술의 양이 대폭 확장되었다. 판형이 작아졌지만, 이를 고려해도 서술의 양이 대폭 늘어난 것은 틀림없다. 이렇게 서술의 양이 확장된 주요한 요인은 다음 세 가지이다. 첫째 인민적이며 진보적인 문학을 대표하는 작품이나 양식, 장르, 작가

---

18 도학적 교훈시가나 강호시가, 그리고 이러한 시가를 창작한 작가를 긍정하는 이유는 이들 작품 속에 속된 벼슬살이와는 다른 삶의 방식이 드러나 있으며, 이러한 작품을 창작한 작가들은 '참된 삶'의 길을 모색하는 사람들이었기 때문이라고 한다.

에 대한 서술이 대폭 확대되었다. 특히 작가에 대한 서술은 작가론을 방불할 정도로 늘어났다. 둘째, 인민적이며 진보적인 문학을 구성하는 작품이나 양식, 장르 가운데 이전의 문학사에서 언급되지 않은 새로운 작품, 양식, 장르에 대한 서술이 보충되었다. 셋째, 보수적이며 반동적인 문학이라 배제되었던 작품이나 양식, 장르, 작가에 대한 서술이 대거 포함되었다. 앞서 서술했던 ②는 둘째에 해당하는 대표적인 예이며, ③은 셋째에 해당하는 대표적인 예라 할 수 있다. 특히, 보수적이며 반동적인 문학이라 배제되었던 작품이나 양식, 장르, 작가에 대한 서술이 대거 포함되었기에 북한의 연구자가 남한에서 서술된 문학사와 다를 바가 없다는 발언을 할 수 있게 되었던 것이다.

그렇다면 과연 이러한 변화에 의해 남한과 북한의 '우리문학사' 서술(인식)의 거리가 좁혀진 것일까? 그렇지 않다고 생각한다. 『문학사B』의 변화를 한 마디로 요약해 말한다면 '서술시각의 유연화'라 할 수 있다. 보수적이며 반동적인 문학을 문학사에 포함시킨 것은 물론 인민적이며 진보적인 문학에 꼬리표처럼 따라붙던 제한성 혹은 한계에 대한 지적도 완화 혹은 삭제되었기 때문이다. 고전문학 부분만 한정한다면, 문학사 서술의 대상이나 그에 대한 평가가 남한과 거의 근접되었다고 말할 수도 있다. 그런데 어째서 거리가 좁혀지지 않았다는 것인가?

그것은 무엇보다 『문학사B』의 변화를 근본적으로 추동한 서술시각이 ①에서 파악했던 '민족의 유구성, 단일성, 우수성'의 신념에 기초한 것이기 때문이다. 『문학사A』는 독자적인 사회주의—주체의 사회주의의 길을 추구하던 조건에서 서술되었다. 그렇기에 『문학사A』에는 '인민의 자주성의 발양'을 확인하고자 하는 욕망과 관련하여 '인민성'이, 주체의 사회주의를 자주적으로 건설·보위하고자 하는 욕망과 관련하

여 '애국주의'가 강렬하게 작동하고 있었으며, 그 결과『문학사A』는 폐
쇄적이며 엄격한 시각으로 서술되었던 것이다. 이에 비해『문학사B』는
사회주의 완전 승리를 위한 투쟁의 일환으로 '조국통일'과 '민족적 대단
결'이 "전체 조선인민의 최대의 민족적 임무이며 한시도 미룰 수 없는
가장 절박한 과업"[19]으로 제기되어 있는 조건에서 서술되었다. 그 결과
'민족' 혹은 '민족적인 것'의 가치가 중요한 서술시각으로 자리 잡게 되
었으며, '민족성'은 '주체성'과 더불어 핵심적인 문학사 서술시각의 위상
을 차지하게 되었던 것이다.[20]

　②와 ③도 '민족성'을 드러내고자 하는 의도와 긴밀하게 관련된다.
고구려에서 '달거리체 형식'의 시원을 찾는 것은 모두 '민족시가 양식의
기원'을 상향시키고자 하는 것으로 '민족적인 것'의 재인식 · 재평가에
해당된다. 보수적이며 반동적인 문학이라 하여 부정적으로 평가되고,
배제되었던 것들을 새롭게 주목하면서 그 긍정적인 가치를 최대한 드
러내고자 하는 것 또한 '민족적인 것'의 재인식 · 재평가라 할 수 있다.

19　김일성,『김일성 전집』5, 조선로동당출판사, 1992, 211면.

20　문학 분야에서 '민족', '민족적인 것'의 가치에 대해 재인식하고 재평가해야 한다는 생
　　각을 지도지침으로 제시한 것은 김정일이다. 김정일의『주체의 문예이론』(조선로동
　　당출판부, 1992)의 2장「유산과 전통」 3절 '민족문학예술유산을 주체적립장에서 바
　　로 평가하여야 한다'에서는 갈래, 양식, 작품, 작가의 예까지 구체적으로 거론하며 매
　　우 상세하게 지도지침을 제시하고 있다.『주체의 문예이론』에서부터 '민족성'이 본
　　격적인 문학사 서술 원칙의 위상을 차지하게 되었다고 해도 과언이 아니다.『문학사
　　B』이후에 출간된『김대B』의 머리글에서는 '민족성'이 문학사 서술 원칙이라는 것을
　　분명히 천명하고 있다. 이 대목을 구체적으로 보이면 다음과 같다. "특히 주체성과
　　민족성을 살려나갈 데 대한 우리 당의 독창적인 방침에 기초하여 원시 및 고대시기
　　문학, 삼국시기 문학, 근대 및 해방 전 진보적 문학, 항일혁명문학을 새로운 각도에서
　　수정 보충하였으며 지금까지 취급되지 않았던 1990년대 문학발전정형에 대하여 분
　　석 체계화함으로써 경애하는 장군님께서 선군시대 주체문학발전에서 이룩하신 불
　　멸의 업적을 뚜렷이 부각시켰다."(5면)

계급성에 기초한 '인민의 자주성'의 시각에서는 포착되지 않거나 부정적이었던 사실이 '민족적' 시각에서는 달리 보였던 것이다.

그런데 『문학사B』에 '민족적 시각'이 개입하면서 조정 혹은 수정된 결과 남한의 문학사와 근접해 졌는가? 이에 대한 대답은 자명하다. 수정 혹은 조정되기 이전과 간극이 더 벌어졌다.[21] 특히 문제적일 수 있는 것은 '달거리체 형식'이 '고구려'에서 시원한 민족시가형식이라는 주장이다. 이러한 주장에는 민족시가형식의 시원을 '신라'의 '향가'에서 찾는 견해에 대한 대타의식이 작동하고 있기 때문이다. 북한에서 서술된 주체의 문학사에 '고구려 중심주의'가 내장되어 있다는 것은 이미 지적된 바 있는데, '달거리체 형식'을 내세우고 있는 것에도 이러한 고구려 중심주의가 작동하고 있다고 판단된다. 『문학사B』가 드러내고자 하는 '민족(성)'이 '고구려 중심주의'라는 편협한 지역주의에 기반한 것이라면, 그것은 '민족'을 내세우는 의도와 부합되지 못할 뿐만 아니라, 이러한 편협한 지역주의로 남과 북의 차이를 극복하기는 어려울 것이다.

③도 또한 마찬가지이다. '보수적이며 반동적인 문학'을 문학사에 배치하면서 '진보적이며 인민적인 문학'과 함께 서술하고 있는 것은 문학사의 '실상'을 존중하는 것이며 따라서 긍정적으로 평가할 만하다. 하지만 그렇다고 남과 북의 차이가 좁혀질 수 있는 것은 아니라고 생각된다. '도학시가', '강호시가'의 예를 들어보자. 남한에서는 '도학시가'와 '강호시가'에서 표출하고 있는 세계(현실, 자연)에 대한 인식과 정서를 '사대부

---

21 '달거리체 형식'이 고구려에서 시원한 민족시가형식이라는 주장은 남한의 연구에서 제기된 바 없다. 시조와 고려국어가요의 발생을 고려 전기로 상향해야 한다는 주장은 제기된 적이 있으나 현재 이러한 주장은 설득력을 얻지 못하고 있다. 이에 대해서는 필자의 「민족주의 담론과 '주체'의 문학사」, 390~392면을 참조할 것.

(士大夫)'의 의식으로 통일적으로 파악한다. 사대부 의식의 문학적 형상화인 '도학시가'와 '강호시가'는 때로는 불합리한 현실과의 긴장 속에서 나온 비판적인 발화이기도 하면서 때로는 불합리한 현실을 강제하거나 호도하는 발화이기도 하다. 따라서 그 발화의 의미를 역사적 혹은 현실적 맥락에서 해석하고 평가하려 한다. 이를 통해 '도학시가', '강호시가'의 긍정적인 면과 부정적인 면을 분별하려 하는 것이다. 그러므로 어떤 문학적 사실도 역사적, 현실적 맥락을 소거한 채 문학사에 인입되는 것을 환영하지 않는다. 그런 점에서 『문학사B』에서 '보수적이며 반동적인 문학'이 선택, 기술되고 있는 것만으로 남과 북의 차이가 좁혀졌다고 말하기는 어렵다.

③의 인입은 '인민적이며 진보적인 문학'의 위상에도 일정하게 영향을 끼친다. ③의 인입은 문학사 서술 원칙을 새롭게 조정한 결과의 산물이다. 『문학사B』에서는 『문학사A』까지 관철되어 오면 '인민성', '로동계급성', '당성'의 서술 원칙이 '주체성', '당성', '로동계급성'으로 조정된다.[22] '인민성'이 '주체성'으로 대체된 것이다.[23] 이러한 대체는 문학

---

22 이는 「머리말」, 『문학사B』의 다음과 같은 서술에서 확인할 수 있다. "우리는 문학사 서술에서 지난시기의 성과와 경험을 살려 주체성의 원리, 당성, 로동계급성의 원칙과 력사주의적 원칙을 철저히 구현함으로써 사대주의와 복고주의를 극복하고 조선문학 발전의 합법칙적 과정을 보다 정확히 밝혀낼 수 있게 시기구분과 서술체계를 세우며 새로 발굴 수집된 진보적이며 인민적인 작품들을 문학사의 응당한 위치에 올려세우고 매 시기를 대표하는 작가들의 력사적 공적과 제한성을 올바로 천명하는데 힘을 넣었다. 우리는 특히 조선로동당의 현명한 령도 밑에 사회주의제도의 비옥한 토양에서 찬란히 개화발전하고 있는 사회주의적 사실주의문학의 자랑찬 로정을 뚜렷이 그려내며 새 시대 민족문학의 본질적 특성과 그 발전의 합법칙성을 옳게 밝혀내기 위하여 탐구적 노력을 기울였다."(1권, 3면)
23 김정일의 『주체의 문예이론』의 지침을 반영한 『문학예술사전』(1999)에 따르면, 문학사란 창작방법, 문예사조, 문학의 형태와 종류들의 발생 발전의 합법칙적 과정을 서술하는 것이라 규정되어 있으며, 나아가 문학사를 과학적으로 서술하기 위하여서

사 서술 원칙으로서의 '민족성'을 고려한 결과로 판단되는데, 이는 '인민성'과 '민족성'의 상호대립적 관련성을 무화 혹은 약화시키는 것으로, 이로 인해 '인민의 자주성'에 기초한 '주체성'의 본질을 심각하게 제약 혹은 훼손시킬 수 있는 것이다. 실제로 『문학사B』에서는 '민족성'의 전진 배치로 인한 '인민성'의 일정한 후퇴 양상이 보이기도 한다. '인민성'의 일정한 후퇴를 동반하지 않고 '보수적이며 반동적인 문학'을 배치할 수는 없을 터이다.

3. '민족성'이라는 신화―『문학사B』를 계승하고 있는 『김대B』

『김대B』는 『문학사B』 이후 가장 최근에 북한에서 서술된 문학사이다. 『김대B』는 대학 교재의 성격을 지닌 문학사로, 북한의 공식적인 문학사는 아니지만, 이를 통해 『문학사B』 이후의 문학사 서술의 향방을 살펴볼 수 있다.

는 주체적 입장에 서서 당성, 노동계급성의 원칙과 역사주의적 원칙을 견지하며 각 쟁점을 민족사와의 밀접한 관련 속에서 당대의 사회제도, 계급투쟁, 경제관계, 정치 및 다른 사회적 의식형태들과 예술형태들의 상호관계 속에서 고찰해야 한다고 설명한다고 한다(김성수, 「남북한 현대문학사 인식의 거리―북한의 일제강점기 문학사 재검토」, 『민족문학사연구』 42, 민족문학사연구소, 82~83면). 그런데 여기서도 '인민성'이 빠져있다. 다음에서 살펴볼 『김대B』의 「머리글」도 "특히 주체성과 민족성을 살려나갈 데 대한 우리 당의 독창적인 방침에 기초하여 원시 및 고대시기 문학, 삼국시기 문학, 근대 및 해방 전 진보적 문학, 항일혁명문학을 새로운 각도에서 수정 보충하였으며 지금까지 취급하지 않았던 1990년대 문학발전정형에 대하여 분석 체계화함으로써 경애하는 장군님께서 선군시대 주체문학발전에서 이룩하신 불멸의 업적을 뚜렷이 부각시켰다"(5면)고 서술되어 있는데, '주체성'과 '민족성'을 당의 독창적인 방침이라 제시하고 있다.

『김대B』에서 우선 주목되는 것은 '인민문학'이 문학사의 매 시기마다 빠짐없이 앞자리를 차지하고 있으며, '보수적이며 반동적인 문학'에 대한 언급이 전혀 없다는 것이다. 『문학사A』로의 복귀이다. 물론 이러한 복귀를 『문학사B』에 대한 부정으로 해석할 수는 없다. 『김대B』는 원시시대부터 1990년대 선군문학까지를 1권으로 간략하게 서술하고 있으므로, '보수적이며 반동적인 문학'까지 폭넓게 언급하지 못했을 가능성이 있다. 하지만 '인민문학'을 서술의 앞자리에 배치한 것뿐만 아니라 역사적인 한계 혹은 제한성에 대해 엄격하게 서술하고 있는 면도 『문학사A』와 흡사하다. 이러한 엄격함을 보일 수 있었던 것은 '보수적이며 반동적인 문학'을 인입해야 하는 부담에서 벗어났기 때문이다.

『김대B』에서 다음으로 주목되는 것은 '소설'의 발생에 대해 새로운 주장을 제기하고 있는 것이다. 『김대B』에서는 김시습의 『금오신화』에서 소설이 발생했다는 기존의 견해를 수정하고 6세기 말~7세기 초에 고구려의 「온달전」으로부터 비롯된다고 서술하고 있다.[24] 「온달전」과 같은 발생 초기의 소설들은 설화적 형식, 즉 이야기체로 쓰여졌다고 하는데, 이러한 이야기체 형식의 소설들은 다듬어진 이야기방식과 풍부한 생활소재를 축적한 구전설화와의 밀접한 연관하에 다양한 벽화들에서 발견할 수 있는 예술적 형상창조 능력의 발전과 인간과 그 생활에 대한 이야기를 서사화하여 보여주는 산문문학의 발전 과정 속에 발생되었다고 한다. 설화의 전통을 바탕으로 하고 있으나 설화와는 다른 예술적 형상을 창조해낸 산문 장르를 '소설'로 파악하고 있는 것이다. 소설에 창조적으로 구현된, 설화와는 다른 예술적 형상으로는 인물들

---

24 「온달전」 외에 「도미전」, 「설씨녀」, 「토끼와 거부기」 등을 우리나라 소설 발생의 초기작품들로 보고 있다(『김대B』, 33면).

의 성격과 운명을 생활적으로 진실하게 보여주는 이야기줄거리 조직
방식, 구체적이면서도 생동한 인물형상, 등장인물들의 심리묘사와 외
형 묘사를 들고 있다.

산문으로 기록된 「온달전」에서 설화와는 다른 예술적 형상을 포착
할 수 있음은 당연하다. 하지만 「온달전」의 이야기줄거리 조직방식이
인물들의 성격과 운명을 생활적으로 진실하게 보여주고 있는지, 인물
형상이 구체적이면서도 생동하는지, 등장인물들의 심리와 외형이 묘
사적으로 형상화되고 있는지는 의문이다. 뿐만 아니라 소설이라는 장
르를 설화와의 단순 대비 속에서 파악하는 것이 온당한지도 의문이다.
하지만 이러한 의문과 관련한 논쟁은 지금 이 자리에서는 불필요한 일
이라 생각한다. 그렇지만 반드시 짚어야 할 문제는 『삼국사기』에 기록
되어 있는 '온달의 전'을 어떻게 6세기 말~7세기 초 고구려의 소설로 배
치할 수 있는가라는 것이다.

『김대B』이전의 북한의 문학사에서는 소설의 발생 과정을 합법칙적
으로 해명하기 위해 상당한 공력을 기울였으며, 그 결과 설화로부터 예
술적 산문, 수이전체 문학을 거쳐 소설에 이르는 과정을 역사적으로 체
계화했다. 설화에서 포착되지 않는 문학(예술)적 형상 자질 모두를 그대
로 소설의 특성으로 보지 않았던 것은 설화에서 소설로 이행하기 위해
서는 설화의 단계로부터 벗어나기 위한 문학(예술)적 실천이 축적되어
야 한다는 장르 발생의 역사주의적 원칙을 견지했기 때문이다. 『김대
B』에서도 설화에서 소설로 이행하는 과정의 매개적 문학예술형태를
제시한다. 소설 발생의 선행 양식으로 제시되고 있는 것은 벽화와 역사
산문(역사서를 의미함), 묘지문, 비문인데, 이들 양식이 『김대B』에서 소설
의 특성으로 제시하고 있는 '이야기 줄거리 조직방식'과 '구체적인 인물

형상’, ‘묘사’의 수준을 성취하는 데 있어 어떤 역사적 계승성이 있는 것
인지 의문이다.

　문제는 여기서 그치지 않는다. 「온달전」을 소설이라 규정하게 되면
이후의 서사산문 가운데 이야기줄거리조직방식, 인물형상, 묘사의 측
면에서 「온달전」과 같은 수준을 보이는 것은 모두 소설이라 할 수밖에
없게 된다. 그렇다면 삼국시기 이후의 서사산문들 가운데 소설이라는
범주로 분류될 수 있는 텍스트는 엄청나게 증가하게 된다. 이들을 모두
소설이라는 범주로 분류하는 것은 다양한 서사문학 양식을 소설 양식
으로 단일화하는 것으로, 다양한 서사문학 양식 각각의 미적 독자성을
크게 훼손하는 일이 될 수도 있으며 이는 다채로운 양식들이 얽혀 발전
해간 서사문학사의 실상을 왜곡하는 것일 수도 있게 된다.

　『문학사B』에서는 〈동동〉을 시가문학의 민족적 시원으로 자리매김
하더니, 『김대B』에서는 「온달」을 ‘소설’의 시원으로 자리매김했다. 이
로써 〈동동〉과 「온달」의 본향인(그렇게 주장하는) 고구려는 시가문학과
서사문학을 아울러 민족문학 장르의 주요한 두 축을 창조적으로 생산
한 발원지로서의 완정한 이미지를 획득하게 된다. 이러한 이미지의 구
축 의도를 『문학사B』에 작동하고 있는 ‘고구려 중심주의’라는 편협한
지역주의와 분리해 생각하기는 어려울 것이다.

　『김대B』도 ‘민족성’이라는 서술원칙을 원시시대부터 충실하게 구현
하고 있다. 『김대B』도 『문학사B』와 마찬가지로 우리 민족의 시원을 ‘원
시시대’까지 끌어올리고 있으며, “우리나라가 인류발상지의 하나이며
문화창조의 오랜 력사를 가지고 있는 유구한 력사국임”(6면)을 강조하는
것으로 문학사 서술을 시작한다. 민족의 ‘유구성’, ‘단일성’, ‘우수성’의
신화는 이제 북한에서는 흔들릴 수 없는 절대적인 신념이라 할 수 있다.

『김대B』에서는 이 신념을 건국의 시조 단군에 의하여 B.C. 30세기 초(5,000여 년 전) 평양을 중심으로 형성된 고대국가인 고조선의 이미지까지 결합시켜 더욱 강화한다.[25] 그리하여 인류의 발상지이기도 한 우리나라에서, 동방에서는 처음으로 고대사회로 이행한 고조선이 건국됐으며, 이 땅에서 우리 선조들은 창조적 지혜와 재능으로 우수한 문화를 창조했으며, 그 전통을 이어받은 고구려를 중심으로 중세문학 유산의 시원이 마련됐다는 우리 문학사의 원형적 인식을 완성하게 된다. 북한의 문학사는, 중세를 거쳐 근·현대에 이르기까지, 자주성을 실현하고자 하는 인민의 투쟁의 동력으로 면면히 이어져 내려오는 이 원형적 인식의 문학적 구현태를 역사적으로 체계화한 기술물이 되는 것이다.

이처럼 문학사 서술 원칙으로서의 '민족성'에 대한 강조는 남과 북의 거리를 좁히는 것이 아니라 더욱 확대시키는 방향으로 이끌어가고 있다. 이렇게 판단하는 것은 단지 남과 북이 서로 다른 견해를 주장하고 있기 때문이 아니다. 거리를 확대하는 요인은 주장 그 자체가 아니라 주장의 배면에 놓여있는 '민족성'이라는 서술 원칙인데, 이 서술원칙을 바라보는 시각의 차이를 좁히는 것이 쉽지 않을 것이라 판단하기 때문이다.

---

25 『문학사B』에서는 이러한 신념이 "위대한 수령님과 경해하는 장군님의 천재적인 예지와 비범한 령도에 의하여" 정립되었고, "강동의 단군릉이 발굴되고 단군유골의 측정연대가 과학적으로 밝혀짐으로써 단군과 고조선의 력사가 새롭게 정립되고 고대문학연구를 심화시켜나갈 수 있는 방법론적 지침이 마련되게 되었다"고 서술하고 있다(14면). 전언에 의하면, 북한의 우리문학 연구는 '수령문학'을 제외하고 한동안 침체 혹은 답습의 상태였는데, 최근 '고대문학' 시기를 활발하게 연구하고 있다고 한다. 고대문학 연구에 대한 관심은 물론 민족의 원형적 가치를 재발견·재평가하려는 의도에서 비롯된 것이다.

4. '차이'를 넘어서기 위하여

'우리문학사'에 대한 남과 북의 인식은 『인식』을 출간했던 당시보다 더욱 벌어져 있다고 판단된다. 남(南)은 '우리문학사'에서 '민족'의 가치를 상대화하는 방향으로 나아가고 있으며, 북(北)은 절대화하는 방향으로 나아가고 있다. 남은 '우리문학사' 내부에 '민족' 이외의 다양한 가치들을 적절하게 배치하고자 하며 북은 '민족'의 가치를 더욱 중심화하고 있다.

'민족'의 가치를 절대화, 중심화하고자 하는 북의 문학사 서술 방향은 '주체사회주의'를 보위하고자 하는 현실적 요구에 의한 것이라 생각된다. 그렇기에 '저항적 민족주의'에 기반한 안확의 『조선문학사』와 흡사한 면을 지니게 되었다.[26] 남은 세계자본주의 체제에 포섭되어 있으며 탈민족의 요구에 긴박되어 있다. 세계자본주의 체제에 저항하면서 세계화의 요구를 수용한 결과가 상대화의 방향이라 할 수 있다. 체제와 현실의 차이가 인식의 차이를 낳았으며, 이는 당연한 것이다.

이러한 인식상의 차이로 인해 남과 북 사이에 오히려 쉽게 해결하기 어려운 문학사가 난제(難題)가 계속 추가되고 있다. 체제와 현실의 차이가 해소되지 않는 한, 문학사의 난제가 해결되기는 어려우며, 그렇기에 『인식』에서 기대했던 '문학사의 통합'은 쉽지 않을 듯하다. 하지만 우리 문학사에 대한 통일된 시각을 마련하는 일이 남한의 진보적 문학연구자에게 주어진 책무라는 것을 승인한다면, 차이를 일거에 해결하고자 하

---

26 '저항적 민족주의'에 기초한 안확 문학사의 민족주의적 성격에 대해서는 필자가 「민족주의 담론과 한국문학사」(『민족문학사연구』 19, 민족문학사학회, 2001)에서 상론한 바 있다.

는 조급증을 버리고 차이를 불편하게 여기지 않는 자세를 갖춰야 한다.

　일거에 해결되지는 않겠지만, '우리문학사'의 근본 축이라 할 수 있는 '민중적 / 인민적이고 진보적인 문학의 전통'을 확인해나가는 과정에서 남과 북의 '차이'를 좁혀나갈 수 있을 것이라 생각한다. 만남과 교류를 통해 '민중적 / 인민적이고 진보적인 문학 전통'에 대한 학술적 이해의 접점을 마련하면서 이를 점차 확장해 나가야 한다. 뿐만 아니라 '민족적 가치'로 구심화되고 있는 북의 '우리문학사' 서술 방향에 대한 비판적 문제 제기 또한 이루어져 한다. '이해'와 '비판'을 통해 '우리문학사'에 대한 통합적 상(像)을 마련해 나가야 한다.

　흔히 북은 우리 문학사에 대한 '단일한' 인식만 존재하며, 이는 변화될 수 없고, 따라서 의미 있는 '대화'가 불가능하다고 생각한다. 하지만 북한의 문학사를 세심하게 살펴보면 남한에서 제기한 문제들에 대해 마치 응답이라도 하는 듯이 보이는 부분이 적지 않다. 북한의 문학사 내부에도 희미하지만 균열이 보이며, 북한의 문학사와 문학사 사이에도 차이가 존재한다. 그렇기에 토론이 가능하다.

북한의 근대 이전 문학사 기술 양상과 특징

1990년대 이후 자료를 중심으로

김준형

1. 1990년대 북한의 두 문학사, 『문학사B』와 『김대B』

1959년에 간행한 2권집 『조선문학통사』(이하『통사』), 1977~1981년에 간행한 5권집 『조선문학사』(이하『문학사A』), 그리고 1991~2000년에 간행한 15권집 『조선문학사』(이하『문학사B』). 세 종은 모두 북한 사회과학원에서 출간하였다. 이들이 곧 북한에서 간행한 공식적인 문학사로, 우리 문학사에 대한 북한 정부의 공식적 입장이라 하겠다. 세 종의 문학사는 대체로 북한 정치권의 변화에 따라 새로 집필되었다. 한국전쟁 후 마르크스–레닌주의에 입각한 『통사』, 김일성 주체사상의 방법론을 구현하려 한 『문학사A』, 그리고 김정일의 '주체문예이론'을 반영한 『문학사B』. 이 문학사를 두고 한편으로는 관념성을 강조하는 실용주의 문학사관이 갖는 효용 가치를 잘 이용했다고 할 수 있고, 다른 한편으로는 문학사가 정치에 종속되었다는 한계를 담아냈다고 평가할 수도 있다. 한국전쟁 이후 실증적 방법론에 초점을 맞췄던 남한의 문학사 기술과는 다른 양상이다.[1] 이 때문에 실증에 따른 객관적 문학사 기술에 익숙해진 남한의 연구자들이 북한의 문학사를 읽는 일은 그 자체로 곤혹스러운 노동이 되어 버린 지 오래다.

이런 상황에서 북한에서 쓴 문학사를 살피는 일은 무슨 의미가 있는가? '통일된 문학사를 준비하기 위함'이란 대답이 정답임에 분명하지만, 그런 정형화된 대답을 해야 하는 현실이 오히려 착잡함을 더한다. 이미 남북한 간의 연구 성과는 질적·양적인 면에서 현격한 차이를 보이기 때문이다. 더구나 북한의 고전문학 연구 방법은 1970년대 이후 새로울 것도 없다. 그런 상황에서 『문학사B』 출간이 갖는 의의를 두고 내놓을 수 있는 답변이라야 달라질 게 없다. 기존 연구 방법을 답습했고, 그 안에 김정일의 '주체문예이론'에 따른 새로운 내용이 일부 첨가되거나 기존 내용을 부분적으로 변모시켰다는 틀에 박힌 결론. 이런 결론을 반복할 수밖에 없는 논의가 왜 필요한가?

이 질문은 적잖이 곤혹스럽다. 그런데도 앞서 말한 것처럼 정형화된 대답을 해야 하고, 그에 대해 변호해야 하는 것은 한국문학 연구자에겐 선택이 아닌 의무로 보인다. 한국문학 연구자에게는 남북한 사이의 이질성을 줄이고 연대에 기초한 민족사적 과업을 수행해야 한다는 숙제가 굴레처럼 씌워져 있기 때문이다. 그래도 다행인 것은 현대문학 연구와 달리 북한의 고전문학 연구는 그래도 객관적인 방법론을 취하고 있

---

1 최근에 필자는 1922년 안확의 『조선문학사』에서부터 1990년대 이후에 기술한 조동일의 『한국문학통사』와 북한 사회과학원의 『문학사B』까지 그 서술 경과를 밝혀 놓았다. 남북한문학사의 서술 경과와 그 대략적인 차이도 이 논문에서 간략히 언급되었다(김준형, 「한국문학사 서술의 경과」, 『민족문학사연구』 44, 민족문학사학회, 2010).

고, 연구 대상 작품도 남한에서 다루는 작품과 크게 다르지 않다는 점이
다. 이 점에서 남북한 고전문학 연구자들은 소박하게나마 정치적 색채
에서 벗어나 순수성을 가지고 이야기할 공통의 관심사가 있고, 그에 따
른 상호 합일을 도출해 낼 여지도 남아 있다고 하겠다. 고전문학을 통해
남북한 간 문학 연구의 흐름을 읽어내는 일이 그래도 희망적인 이유다.

　　이 글은 그 가능성을 전제에 두고 1990년대 이후 북한에서 출간한
문학사의 특징과 그 서술 내용을 비교·검토하고자 한다. 1990년대 이
후의 문학사라 해도 실상은 북한에서 세 번째 공식 문학사로 제출한
1991~2000년의 『문학사B』와 2006년에 김일성종합대학에서 간행한
『조선문학사』(이하『김대B』)가 전부다.[2] 전자가 북한의 공식적 입장을
드러낸 거질의 문학사라면, 후자는 일반인과 학생을 대상으로 만든 교
재용 소책자다.[3] 분량이나 성격 면에서 두 책은 확연한 차이가 있다.
그럼에도 두 책은 문학사 서술 부분에서 비록 일부지만 서로 다른 견해
를 제시하기도 한다. 하나의 텍스트를 동일한 문학 사관에 입각해 분
석하면서도 다른 결론을 제시했다는 점. 이 현상은 퍽 흥미로운 일이
며, 또한 이 글의 출발 동기이기도 하다. 이런 양상은 북한 내부에서 문
학사를 해석하는 관점의 차이가 부분적으로나마 남아 있다는 것을 의
미하고, 또한 그런 관점의 차이가 남북한 간에 학문적인 대화도 가능케
하는 메시지로 읽히기 때문이다.[4]

2　북한에서 출간된 고전문학사 양상에 대해서는 김현양, 「북한의 '우리문학사' 서술의
　　향방」, 『민족문학사연구』 42, 민족문학사학회, 2010, 55면을 참조할 것.
3　이 책 머리글에는 "『조선문학사』는 반만년의 유구한 력사를 자랑하는 우리나라 문
　　학의 발전 정형을 주체적 문예사관에 기초하여 전면적으로 체계화하고 과학적으로
　　분석 일반화한 것으로서 일반과 학생들을 대상으로 한 교과서이다"라고 밝히고 있다
　　(김대, 『문학사』, 2006, 5면).
4　이 글에서 북한 내부에서 쓰인 문학사 서술에 대한 차이를 밝히려는 시도는 지금까지

북한에서 간행한 문학사를 대상으로 고전문학사 서술의 특징을 읽어내려고 한 시도는 이미 민족문학사연구소에서 깊이 있게 천착한 바 있다. 1959년에 간행한 『통사』와 1977~1981년에 간행한 『문학사A』를 비교 고찰한 연구는 물론,[5] 최근에는 『문학사A』와 『문학사B』를 대비하여 그 성격을 읽어내기도 했다.[6] 특히 후자의 경우는 『김대B』까지 함께 다룸으로써 그 특징을 보다 분명히 하기도 했다. 이 글 역시 이러한 연구 성과가 아니라면 감히 시도조차 할 수 없었다. 이제 이들의 연구를 소중한 발판으로 삼아 최근 북한에서 간행된 고전문학사의 특징을 살펴보기로 한다.

2. 『문학사B』와 『김대B』의 시대구분

역사의 시대구분 가운데 가장 보편적인 양식은 '고대-중세-근대'의 틀이다. 이 틀은 '현재의 나'의 사명을 드러내기 위해 '고대'와 '현재의 나'(근대) 사이에 '중간 시대'(중세)를 집어넣은 것이다. 이를 두고 현재성

주로 이루어진 남북한문학사를 비교하는 것과 일정한 차이가 있다. 이 글은 문학사에 대한 북한 내부의 차이를 확인하는 데에 주목하는데, 이는 문학사 해석을 두고 남북한 간에 진지한 토론을 예측하는 하나의 계기로 작동할 수 있음을 뜻하기 때문이다.

5　이 결과는 『북한의 우리문학사 인식』(창작과비평사, 1991)으로 제출되었다.

6　김현양, 「민족주의 담론과 '주체'의 문학사」, 『민족문학사연구』 35, 민족문학사학회, 2007; 김현양, 앞의 글, 2010; 김준형, 「북한의 고려시대 문학사 기술, 그 특징과 한계」, 『민족문학사연구』 42, 민족문학사학회, 2010; 장경남, 「북한의 조선시대 문학사 서술의 실상과 의의」, 『민족문학사연구』 42, 민족문학사학회, 2010; 윤혜신, 「북한문학사의 역사주의와 탈역사성」, 『민족문학사연구』 43, 민족문학사학회, 2010.

만을 강조한 형태라는 비판도 있지만,[7] 그래도 이 틀은 역사 연구에서 가장 큰 영향력을 발휘한다. 현재성의 강조는 결국 '미래' 예측을 전제로 하기 때문이다.

해방 이후, 조윤제는 『국문학사』에서 우리의 민족정신을 유기체로 인식하여 '태동-형성-위축-소생-육성-발전-반성-운동-복귀'라는 독특한 시대구분을 하였다.[8] 한국문학이 지닌 내적 특수성에 주목한 시대구분으로, 다른 나라 문학사에서는 이 방법이 적용되지 않는다. 반면 이명선은 유물사관에 입각하여 '고대의 원시문학-중세기의 봉건문학-조선문학의 근대화'로 시대를 구분한 『조선문학사』를 제시하였다.[9] 이 도식은 마르크스가 다섯 단계의 역사 발전의 도식으로 제시한 '① 원시공동제 사회, ② 노예제, ③ 봉건제 사회, ④ 자본제 사회, ⑤ 공산주의 사회'를 준용한 것이다. 이명선은 조윤제와 달리 세계 보편적인 흐름 아래서 한국문학의 특수성을 읽어내려 했다. 한국문학의 특수성에 주목하여 시대구분을 할 것인가, 그렇지 않으면 세계 보편성에 주목하여 시대구분을 할 것인가에 대한 물음은 해방 공간 조윤제와 이명선이라는 두 학자에게서 제시되었던 것이다. 그런데 이후 남북한문학사는 이를 긍정적으로 발전시키지 못하고, 오히려 이 두 문학사와 일정한 거리를 둔 시대구분이 제시되었다. 그것은 좌우 이데올로기가 남긴 상흔이기도 하다.

남한에서는 분단 직후부터 1970년대까지 왕조사에 토대를 둔 시대구분이 중심을 이뤘다. 물론 왕조사를 부정하며 부분적인 변화를 꾀한

7　차하순 외, 『한국사 시대구분론』, 소화, 1995.
8　조윤제, 『국문학사』, 동국문화사, 1949.
9　이명선, 『조선문학사』, 조선문학사, 1948.

문학사가 없었던 것이 아니지만,[10] 큰 틀에서 보면 결국은 왕조사에 기초한 문학사로 포용된다. 1980년대에 조동일의 『한국문학통사』가 출간되면서[11] 문학사의 시대구분 문제는 새로운 국면을 맞았다. 문학사 시대구분이 단지 시대를 구획하는 형식적 논리가 아니라, 문학의 실상을 객관적으로 이해하기 시작한 때도 이 무렵이다. 조동일의 『한국문학통사』 이후 문학사에서 차지하는 시대구분의 의미가 비로소 제 자리를 차지할 수 있게 된 것이다. 반면 북한의 문학사는 남한과 달랐다.

분단 직후 북한에서는 마르크스-레닌주의에 입각한 『통사』를 간행하였다. 그런데 그 시대구분은 세기에 따라 문학을 구획하는 방법을 택했다.

① 7세기 전반기까지의 문학, ② 7세기 후반기~9세기 문학, ③ 10세기~13세기 문학, ④ 14세기 문학, ⑤ 15세기 문학, ⑥ 16세기 문학, ⑦ 17세기 문학, ⑧ 18세기 문학, ⑨ 19세기 문학[12]

①은 통일신라 이전, ②는 고려 건국 이전, ③은 고려 건국~고려 중·후기, ④는 고려 말~조선 건국으로 묶고, ⑤ 이하는 한 세기별로 나눈 셈이다. 해방 공간에서 제출된 문학사를 전제로 할 때, 이 구획은 의외다. 이 책의 필진이 누구인지 분명하지 않지만, 아마도 월북한 신구현(申龜鉉)·고정옥(高晶玉) 등일 개연성이 높다.[13] 이들은 경성제대 교수면서 좌

---

10 예컨대 문학 장르의 변화에 기초한 문학사 기술을 한 장덕순의 『한국문학사』(동화문화사, 1975) 등이 그러하다.
11 조동일, 『한국문학통사』 1~5, 지식산업사, 1982~1988.
12 조선민주주의인민공화국 과학원 어문학연구소 문학연구실, 『조선문학통사』(상), 화다, 1989.

파 지식인인 신도효(辛島驍) 아래서 이명선과 함께 공부한 학자였다는 점을 고려하면[14] 문학사 시대구분 역시 이명선의 『조선문학사』처럼 마르크스-레닌주의에 입각한 보편적인 시대구분을 택했음직하다. 그러나 『통사』는 기대와 달리 세기별로 문학사의 시대를 구획하였다.

이는 당시 북한 역사학계에서 시대구분을 확정짓지 못한 결과가 문학사에 반영된 것일 수 있다.[15] 실제 그 즈음 북한은 마르크스-레닌주의적 방법에 기초하면서도 사회주의적 사상 개조에 기여할 수 있는 전혀 새로운 한국사 상(像)을 모색하던 때였다는 점을[16] 고려하면, 당시 세기별 시대구분은 소련과 중국의 틈바구니에서 독자적인 시대구분을 마련하기 위한 임시방편이었을 개연성이 높다. 이 책의 머리말에 쓰인 것처럼 "그 시대구분에 있어서 일부 사료의 취급 및 문학 현상들의 분석 평가에 있어서 종래의 문학사적 저서들과 구별되는 자기 특성을 가지고 있다"고[17] 했지만, 실제 『통사』에서는 그런 방법론을 모색하는 단계에 그친 듯이 보이는 것도 이와 무관하지 않다.[18] 그런데 문제는 세기별 시대구분이 당대로 그친 것이 아니라, 이후의 문학사에서도 영향력 있게 발휘된다는 점이다.

---

13 이 책이 한 사람에 의해 집필된 것이 아니라는 증거는 이 책 서문에도 나온다. "이 책의 집필에는 해당 부문의 연구가들이 망라되어 그 집체성이 발휘된 우점이 있는 반면에, 그 문체상 통일을 원만히 기하지 못한 약점도 없지 않다."(「머리말」, 위의 책)

14 김준형, 「길과 희망―이명선의 삶과 학문세계」, 『이명선전집』 4, 보고사, 2007, 502～504면.

15 진경환·신두원, 「문학사의 시대구분」, 『북한의 우리문학사 인식』, 창작과비평사, 1991, 88면.

16 송호정, 「전근대사의 시대구분」, 『북한의 한국사 인식』, 한길사, 1990, 21면.

17 「머리말」, 『조선문학통사』(상), 화다, 1989.

18 예컨대 고려 말(13세기)의 작품(제왕운기, 경기체가, 고려속요 등)을 14세기에서 다루거나 18세기 문학 작품과 19세기 문학 작품의 혼효 양상은 이러한 한계를 드러낸 것으로 보인다.

『문학사A』와『문학사B』의 시대구분은『통사』와 일정한 거리가 있다. 하지만 세기별 시대구분을 준용하였다는 점에서는 동질적이다. 『통사』에서는 고대를 설정하지 않고 통일신라 때까지를 한 시기로 묶었지만『문학사A』와『문학사B』는 이를 분할한 점,『통사』의 고려시대 구획이 두『문학사』와 다르다는 점,『통사』에서는 15세기와 16세기를 나누었지만 두『문학사』는 이를 통합했다는 점 등에서 차이가 있지만, 그렇다고 그것이 세기별 시대구분을 부정하는 논리로 작동하지는 않는다. 반면 북한의 공식 문학사의 영향 아래 있으면서 별도 기관인 김일성종합대학에서 출간한 문학사는 이와 조금 다른 경향을 보인다.

김대에서 출간한 문학사는 두 종이 있다. 1982년에 두 권으로 간행한『조선문학사』(이하『김대A』)와 앞서 언급한『김대B』가 그것이다. 그런데 이 두 문학사는 사회과학원에서 제시한 북한 공식 문학사의 세기별 시대구분을 따르면서도, 특정한 세기를 한데 포괄하여 '고대-중세-근대'의 보편적인 역사의 시대구분을 택하였다. 즉 문학사의 사명을 현재보다 미래 예측에 두는 기능을 담지해 둔 것이다. 위의 논지를 보다 일목요연하게 표로 정리한 것이 다음 면의 〈표 1〉이다.

1959년에 출간된『통사』의 세기별 시대구분이 사회과학원에서 출간한 문학사에 일관되게 적용되고 있다. 필요에 따라 시기를 좀 더 세밀하게 나누거나 통합하는 등의 변형이 있을 뿐이다. 이 점에서『통사』의 시대구분이 뜻하든 뜻하지 않던 간에 후대의 문학사 시대구분에 일정한 영향을 미쳤음을 의미한다. 북한 공식 문학사의 시대구분이 세기별 구획을 기본 틀로 정했다고 보는 이유도 여기도 있다.[19]

19　물론『문학사A』와『문학사B』는 왕조별 구획과 세기별 구획을 혼용하고 있다. 대체로 고려시대 이전은 왕조별로, 조선시대는 세기별을 취한다. 이는 문학사의 실상이 그렇

<표 1> 문학사 시대구분 대비표

사회과학원			김일성종합대학	
1959년 『통사』	1977~1981년 『문학사A』	1991~2000년 『문학사B』	1982년 『김대A』	2006년 『김대B』
7세기 전반기까지의 문학	원시문학	원시문학	원시 및 고대문학(원시문학, 고대문학)	원시 및 고대문학(원시문학, 고대문학)
	고대문학	고대문학		
	1~7세기 전반기 문학	삼국시기 문학(1~7세기 전반)	중세문학 ① 삼국시기 문학(1~7세기 전반)	중세문학 ① 삼국시기 문학
7세기 후반기~9세기 문학	7세기 후반기~9세기 문학	발해 및 후기 신라시대 문학(7세기 후반기~9세기 문학)	중세문학 ② 발해 및 후기 신라시대 문학(7세기 후반기~9세기 문학)	중세문학 ② 발해 및 후기 신라시대 문학
10세기~13세기 문학	10~12세기 전반기 문학	10세기~14세기 문학	중세문학 ③ 고려 전반기 문학(10~12세기 전반기 문학)	중세문학 ③ 고려시기 문학문학
14세기 문학	12세기 후반기~14세기 문학		중세문학 ④ 고려 후반기 문학(12세기 후반~14세기 문학)	
15세기 문학	15~16세기 문학	15~16세기 문학	중세문학 ⑤ 이조 전반기 문학(15~17세기 전반기 문학)	중세문학 ④ 이조 전반기문학
16세기 문학				
17세기 문학	17세기 문학	17세기 문학		
18세기 문학	18~19세기 중엽 문학	18세기 문학	중세문학 ⑥ 이조 후반기 문학(17세기 후반~19세기 중엽 문학)	중세문학 ⑤ 이조 후반기 문학
19세기 문학		19세기~19세기 중엽 문학		

그런데 <표 1>을 보면 두 가지 점이 흥미롭다. 그 하나는 사회과학원에서 출간한 문학사와 김일성종합대학출판사(이하 김대)에서 간행한 문학사의 시대구분이 거시적인 틀에서 다르다는 점이고, 다른 하나는

다고 볼 수도 있지만, 실제는 현재의 가치를 부각시키기 위한 목적에서 비롯된 것으로 보는 것이 타당해 보인다. 현재에서 시간적 거리가 있는 부분을 간략하게 소개하고, 현재와 가까이 있는 시기를 부연함으로써 '지금'의 위상이 합법칙적인 필연성에 의한 것임을 강조하기 위한 목적에서 이런 시대구분을 활용하였다고 볼 수 있다.

 북한의 우리문학사 재인식

사회과학원에서 문학사가 출간되면 김대에서는 사회과학원에서 제시한 시대구분을 미시적인 틀에서 수용하고 있다는 점이다. 전자가 사회과학원과 차별화된 김대의 특징이라면, 후자는 오히려 김대가 사회과학원에 종속된 듯한 모습을 보여준다. 두 양상이 모순된 듯하면서도 공존하는 모습이 흥미롭다.

우선 전자의 양상을 보자. 사회과학원에서 출간한 문학사는 기본적으로 세기별 시대구분을 따른다. 그런데 김대에서 간행한 문학사는 기본적으로 '원시 및 고대-중세-근대'의 원칙을 지킨다. 다만 '중세' 안에서 세부적으로 시대를 구분하였다. 사회과학원과 김대 문학사의 두드러진 차이다. 이 상이한 거리는 어디에서 왔는가? 그는 곧 문학사 서술 목적의 차이에서 비롯된 것이 아닌가 한다.

'중세'는 기본적으로 근대를 염두에 둔다. 또한 문학사의 근대는 현재를 거쳐 미래를 제시하는 과정에 놓인다. 김대의 문학사는 이 점을 고려한 것으로 보인다.[20] 편의상 『김대B』에 한정해 보면, 제1편 '원시 및 고대문학'과 제2편 '중세문학'을 제시한 이후는 편(篇)을 세분화하였다. 제3편 '근대 및 해방 전 진보적 문학', 제4편 '항일혁명투쟁시기문학', 제5편 '민주주의혁명 및 사회주의 혁명시기 문학', 제6편 '사회주의 건설시기 문학'이 그것이다. 그리고 『김대B』의 맨 마지막에 해당하는 제6편의 제3장은 '선군의 기치 밑에 사회주의 위엄을 고수하기 위한 투쟁시기 문학'이라고 하여, 1998년 김정일 체제가 출범하면서 확립하기 시작

20　실제 『김대B』에는 근대를 염두에 둔 표현이 빈번히 나온다. 예컨대 조선 후기 문학을 이야기하면서 "이 시기 문학에서 근대적 요소의 출현의 중세문학이 근대문학에로 이행하는 과도적 단계의 현상으로서 우리나라 문학 발전의 합법칙적 과정을 보여주고 있다"(135면) 등도 같은 맥락에서 쓴 것이다.

한 선군사상을 제시하였다. 중세를 거쳐 근대의 진보적 문학이 창출되고, 항일혁명과 사회주의 혁명을 거쳐 점차 안정적인 사회주의 건설에 선군사상이 기초하고 있음을 시대구분을 통해 말하고 있다. 이러한 과정을 제시함으로써『김대B』에서 그리고자 하는 북한의 미래 모습도 대략적으로 상정할 수 있게 하였다.

반면 사회과학원의 문학사는 세기별로 시대구분을 하였다. 사적 흐름을 통해 미래를 예측하기보다는, 각 시기에 요구하는 사항을 문학이 그 당대 현실에 비춰 얼마큼 유의미하게 대응했는가를 보여주는 데에 목적을 둔 것이다. 문학이 지닌 현재적 가치에 무게를 둔 셈이다. 역사적 사실에 실존하는 문학을 대입시킴으로써, 문학은 역사적 당위성을 가진 실체가 된다. 그렇다 보니 당대 현실을 반영한 우리 문학의 위대함을 비교적 객관적으로 그리게 된 것이다. 당대에는 비록 인정을 받지 못한 문학 작품도 후대에는 그것이 필연적이었다고 평가를 받는 것처럼, 지금 현재의 북한문학 역시 합법칙적 필연성과 당위성에 의해 창출된 것임을 증명하게 된다. 고전문학 창출이 세기별로 합법칙적 필연성에 의한 당위적 결과였던 것처럼, 지금의 문학 역시 그렇다는 논리가 성립하게 되는 것이다. 결국 사회과학원과 김대의 문학사에서 보이는 차이는 미래 모습을 보여줄 것인가, 현재 가치를 선전할 것인가에서 비롯된 한 현상이라 할 만하다.

후자의 양상을 보자. 사회과학원에서 공식적인 문학사가 출간되면 뒤이어 김대에서도 새로운 문학사를 출간한다. 사회과학원에서 1977~1981년에『문학사A』를 출간하는데, 마지막 권 출간 이듬해인 1982년에 김대에서는 2권집『문학사』를 내놓았다. 1991~2000년에『문학사B』가 출간되자, 김대에서는 2006년에는 새로운『문학사』를 제시하였다. 국가 기관에서 제출한 문학사를 대학에서 수용한 것으로 해석할 수 있는 대목이다. 김대의 문학사가 지향하는 거시적인 틀, '고대-중세-근대'의 구도 아래 사회과학원의 연구 성과를 그대로 반영한 것이다. 거시적인 틀을 해치지 않는 범위에서 김대의 문학사는 사회과학원에서 새롭게 제시한 시대구분을 별다른 거부감 없이 그대로 수용한 셈이다.

예컨대 『문학사A』는 『통사』에서 제시한 고려시대 시대구분을 부정한다. 즉 『통사』에서 고려시대를 '10~13세기 문학'과 '14세기 문학'으로 나누었지만, 『문학사A』는 이를 약간 바꿔 '10~12세기 전반기 문학'과 '12세기 후반기~14세기 문학'으로 수정하였다. 이렇게 수정된 시대구분은 김대 2권집 『문학사』에서 '중세문학 ③'과 '중세문학 ④'로 수용되었다. 이후 『문학사B』에서는 『문학사A』에서 수정한 이 시대구분을 또 다시 부정한다. 고려시대 문학을 구분하지 않고 '10~14세기 문학'으로 통합한 것이다. 이렇게 통합된 시대구분은 『김대B』에 그대로 반영된다. 『김대B』 역시 이 시기 문학을 '중세문학 ③'으로 통합하여 서술한 것이다. 이처럼 김대의 문학사는 거시적인 틀을 제외한 세부적인 내용은 사회과학원에서 제시한 공식 문학사를 따르고 있음이 여실히 증명된다.

위에서 본 두 가지 양상, 즉 사회과학원 문학사와 김대 문학사 사이에 존재하는 시대구분의 차이와 수용. 이를 두고 북한 내에서 문학사를 보는 전혀 다른 견해를 담았다고 말할 수는 없다. 두 문학사에 담은 시대구분의 차이는 곧 현재의 상황을 중시할 것인가, 혹은 미래의 모습을 추단케 할 것인가를 두고 강조하는 포인트가 다를 뿐이지, 궁극적으로 취하는 지향점은 같기 때문이다. 두 문학사는 같은 몸체에서 나와 동일한 목적을 얻기 위해 내딛은 다른 발걸음일 뿐이지, 둘이 목적을 달리한 다른 방향으로 나아간 것은 결코 아니다. 현재 상황의 정당성을 얻기 위한 목적으로서 수단이 달랐을 뿐이다. 김대본은 사회과학원의 문학사를 수용하고 조율하면서 부분적으로 의견의 차이를 제시한다. 이 점에서 두 문학사에 드러난 사관의 차이를 따지는 일은 무의미하다. 두 문학사는 다른 것처럼 보여도 실은 한데 귀결되고 있기 때문이다. 그러면서도 문학사를 통해 말하려는 궁극적인 목적에 접근하는 방법의 차이를 드러내고 있다는 점은 주목할 만한 요소라 하겠다.

이제 이를 토대로 하여 『문학사B』와 『김대B』의 서술 체계를 보다 구체적으로 살펴보기로 한다. 서술체계는 두 문학사가 공통으로 지향하는 동질적인 면을 살핌으로써 북한의 문학사가 전체적으로 지향하는 방향을 확인하고, 이질적인 면을 고찰함으로써 북한문학사 내부에 존재하는 서로 다른 견해를 확인한다. 동질적인 면은 두 문학사가 지향하는 민족과 인민이라는 거대 담론에 주목하고, 이질적인 면은 특정 문학 장르에 대한 해석이라는 보다 구체적인 요소에 주목하여 논의를 전개하는 것은 당연한 수순이다.

3. 『문학사B』와 『김대B』의 서술 체계

1) 서술 체계의 동질적인 면모

(1) 민족의 시원과 문학사 서두

1960년대 중반 이후 북한의 주체 사관이 주체사상으로 체계화되고, 1970년대 중·후반에는 그것이 유일사상화되면서 북한의 문학사도 이전과 다른 양상으로 변한다.[21] 1959년에 마르크스-레닌주의에 입각한 『통사』가 폐기되고, 주체사상을 발현한 『문학사A』가 그 자리를 대신한 것이다.

『문학사A』는 『통사』와 상당히 이질적이다. 형식적인 면에서 김일성의 교시를 제시한 후 본격적인 내용을 서술하는 방식을 취한 것은 물론, 그 내용에서도 두 문학사는 극명한 차이를 드러낸다. 그 가운데서도 두드러진 것은 우리 민족의 기원을 40~60만 년 전까지 소급시켰다는 점이다.[22] 이는 1960년대 중·후반부터 국가 주도로 이루어진 구석기 유물과 유적에 대한 대대적인 발굴 조사에 힘입어 우리 민족의 기원을 새롭게 정리할 수 있었던 고고학 분야의 연구 성과가 반영된 결과다.

문학적 감수성이라는 인류 보편의 질서 아래 민족적 '특수'성에 기초한 진보의 이념과 방향성을 담아내는 것이 문학사라고 할 때, 우리 문학사의 시원을 어디에서 찾을 것인가 하는 문제는 매우 중요하면서도 의미 있는 일이다. 어느 시기 어떤 종족에서부터 문학사를 서술해야 하는가의 문제는 문학이 지닌 내면적·심미적인 가치보다 문학 외적인 요인, 예컨대 '국가와 민족' 이데올로기를 강조하기 위한 장치로 작동하는 경우가 많다. 우리 민족이 다른 민족과 구별되는 오랜 역사와 문화, 우수한 역사와 문화, 독자적인 역사와 문화를 가지고 있음을 확인시킴으로써 자국가·자민족의 효용 가치를 극대화할 수 있기 때문이다. 문학사 서술 지향에 있어 남한의 문학사든 북한의 문학사든 이 점에 관해서만큼은 본질적으로 입장을 같이 한다. 북한의 문학사가 직접적으로 이를

---

21 북한의 역사 인식에 대해서는 안병우·도진순 편, 『북한의 한국사 인식』, 한길사, 1990을 참조할 것.
22 이 주장은 김대 2권집 『문학사』에도 그대로 반영되어 있다.

표면화하여 기술하였다면, 남한의 문학사는 좀 더 문예미학적인 면에 치중하여 이를 직접적 언술로 구체화하지 않았다는 차이만 있을 뿐이다. 북한 사회과학원에서 출간한 문학사 서두는 다음과 같이 시작한다.

①조선 인민은 유구한 역사와 함께 빛나는 문화적 전통을 소유하고 있다. (『통사』)

②우리 인민은 인류 역사의 가장 이른 시기부터 이 땅에서 찬란한 역사와 빛나는 문화를 창조하고 발전시켜 온 우수한 민족이다. (『문학사A』)

③우리 인민은 먼 옛날부터 하나의 혈통 하나의 언어와 문화를 가지고 살아온 단일민족이며, 조선문학은 우리 인민의 유구한 역사와 더불어 창조되고 발전하여 온 단일민족의 자랑찬 문학이다. (『문학사B』)

북한의 문학사에서는 우리가 유구한 역사와 빛나는 문화를 가지고 있는 분자임을 제시한다. 그런데 후대로 가면서 그 특성을 더욱 확대·강조하였다. 『통사』에는 단지 '인민'이 유구한 역사와 빛나는 전통을 가지고 있다고 한 반면, 『문학사A』에서는 '인류 역사의 가장 이른 시기'에 등장한 우리 '민족'이 찬란한 역사와 빛나는 문화를 창조했다고 하였고, 『문학사B』에서는 '하나의 혈통을 가진 단일민족'이 자랑스러운 문학을 창출했다고 한다. 후대로 가면서 '인민'을 '민족'으로 환치하였고, 환치된 민족의 가치를 점점 강조해 나갔음을 알 수 있다. 개체로서 인민의 삶보다는 전체로서 민족의 가치를 더 강조했기 때문이리라.[23] 이

---

23 이 점은 『문학사B』 서두에 "우리는 문학사 서술에서 지난 시기의 성과와 경험을 살려 주체성의 원칙, 당성, 노동계급성의 원칙과 역사주의 원칙을 철저히 구현함으로써"라는 언술에서 볼 수 있던 것처럼, '당성' '노동계급성' '인민성' 가운데 굳이 '인민

런 상황에서 우리 민족의 시원을 좀 더 이른 시기로 소급하여 '조선민족 제일주의'를 강조하는 흐름으로 변환한 것도 당연한 결과라 하겠다.

또한 『통사』는 우리 민족의 뿌리에 대한 문제보다 이주 과정에서 겪은 투쟁의 역사에 주목하였다.[24] 그리고 정착 생활에 들어가 원시공동체 사회를 구성한 기원 전후 무렵부터 우리 종족의 기원을 찾는다.[25] 또한 "조선 원시 제 종족은 언어, 생활, 풍속, 의식이 서로 유사하였을 뿐 아니라 동일한 문화를 가진 동일 계통의 종족들이었음을 알 수 있다"고 했지만, '단일민족'이란 표현은 쓰지 않았다. 이는 『통사』가 역사적 인간의 실천 양상에 초점을 맞춘 마르크시즘적 문학 이론, 혹은 사관을 취하고 있기 때문이다. 종족의 주체성보다는 인민의 노동성(투쟁성)을 더 중시했던 까닭이다. 그런데 『문학사A』에서는 이와 다른 양상을 띤다. 우리 민족의 기원을 40~60만 년 전으로 끌어올렸다. 또한 "조선 인민은 원시시대에 비록 여러 개의 종족 집단을 이루고 생활하였지만 그것들은 모두 한 혈통에서 갈라진 것들이었다. 우리 인민은 이미 원시시대부터 한 강토 위에서 언어와 풍습을 같이하고 서로 화목하게 살아온 단일민족이다"라면서 모든 종족은 한 뿌리에서 갈라져 나온 것으로 인식한다. 우리 민족의 독자성·유구성·단일성을 강조한 것이라[26] 하겠다.

성'을 배제시키고 대신 '주체성'을 강조한 것과도 일정한 관련이 있지 않을까 하는 생각을 갖게 한다.

24 "우리 민족의 선조가 된 조선 제 종족은 오랜 옛날부터, 중국 요하 및 송화강 일대로부터 조선 반도 전 지역에 걸쳐서 살고 있었다. 그들은 부단히 이동하기도 하였으나 기원 전후경까지는 완전히 정착생활에 들어서고 있었던바"(『조선문학통사』, 화다, 1989, 11면)

25 이는 "근 2천 년 전에 우리나라에서는 서사문학의 역사가 시작되었다"는 기술과도 맥락을 같이한다. 또한 이 책에는 '민족'이라는 용어가 아직 쓰이지 않고, '종족'이라는 용어가 쓰였다.

26 박희병, 「원시문학과 고대문학」, 『북한의 우리문학사 인식』, 창작과비평사, 1991, 110~

1990년대에 출간된 『문학사B』는 『문학사A』와 기본 지향이 달라진 게 없다. 오히려 『문학사A』보다 민족의 가치를 더욱 높이고 했을 뿐 아니라, "인류 문명 개척의 시초"가 평양에서 비롯된다는 주장까지 한다. 민족의 시원을 40~60만 년에서 100만 년 전으로 끌어올린 것도 이러한 이유에서 비롯된다. 이런 양상은 『김대B』에도 적용된다. 『김대B』에서는 "우리나라가 인류 발상지의 하나이며, 문화 창조의 오랜 전통을 가지고 있는 유구한 역사국"이라[27] 하였다. 물론 민족의 시원이 언제라고 분명하게 밝히지 않았지만, '우리나라가 인류 발상지의 하나'라는 주장은 '인류 문명 개척의 시초'라는 말과 다를 바 없다.

민족의 기원을 소급시키면서 인류와 문명이 우리나라, 그것도 평양에서부터 비롯되었다는 주장은 김정일 체제가 출범하면서 만들어진 한 요소고, 김대에서는 이러한 요인을 반영하였다. 우리 민족의 유구성·단일성·우수성을 재확인하기 위한[28] 노력은 『문학사B』와 『김대B』에서 동일하게 나타나는 한 현상이다.

민족의 유구성과 우수성을 드러내기 위해 그 시원을 인류 문명의 발상 때로 소급시키는 것은 충분히 있을 법한 일이다. 그렇지만 『문학사』에서는 그런 주장을 뒷받침하거나 그에 상응하는 감성의 계보학을 만들어야만 그 주장에 설득력을 얻을 수 있다. 그런데 이 책에서는 민족의 기원을 소급하였으면서도 문화·예술 부분에 관한 자료를 추가하지 못했다. 그래서인지 『문학사B』에서는 "그러나 문화 발전의 내용

111면.

27 『김대B』, 2006, 6면.

28 김현양 역시 원시·고대 시기의 서술을 통해 드러내고자 한 것이 민족이고, 그를 통해 민족의 유구성·우수성·단일성에 대한 강렬한 이미지를 갖도록 한다고 했다(김현양, 앞의 글, 2007, 385~386면).

과 역사적 과정으로 볼 때 문학과 예술을 포함한 정신문화는 그 연원과 발생이 물질문화와 일치하지 않는다"[29]는 모호한 언술을 남길 수밖에 없었다. '조선민족제일주의'라는 효용론에 입각한 문학사를 만들기 위해서는 당연히 그에 상응하는 이론을 제시하는 것이 맞다. 그것이 우리의 민족문화를 만들고 발전시켜 나아가는 하나의 준거가 되기 때문이다. 그렇지만 이론을 뒷받침할 만한 타당한 자료가 제시되지 못했을 때에는 자칫 폐쇄적 민족주의, 혹은 파시즘에 빠질 수도 있음을 기억해야 할 것이다.

(2) 구비설화의 역사적 실재화

『통사』에서 구비문학은 크게 주목을 받지 못했다. 문학사 서술의 기본 자료 역시 기록된 문헌자료였다. 따로 구비문학 항목을 넣지도 않았다. 항목은 시가와 산문으로(단 19세기에는 극문학을 포함하였다) 양분했을 뿐이다. 그러나 『문학사A』는 구비문학을 가장 중요하면서도 의미 있게 해석하였다. 북한에서 간행한 문학사의 미학적 원칙이 인민성인 점을 고려하면[30] 구비문학의 부각은 당연한 결과라 할 만하다. 구비문학 중에서도 특히 구비설화에 대한 관심은 남다르다.

『문학사A』에는 매 장마다 구비문학을 하나의 절로 제시하였다. 제2장 고대문학에서는 '제2절 고대 설화의 발전과 서정가요의 발생', 제3장에서는 '제2절 설화의 활발한 창작과 구전가요의 발전' 등이 그러하다. 그런데 구전되는 구비설화의 창작 시기를 밝히는 일은, 결정적인 증거

---

29 『문학사B』1, 13면.

30 김현양·오현주, 「문학사 서술의 미학적 기초」, 『북한의 우리문학사 인식』, 창작과 비평사, 1991, 21면.

자료가 제시되지 않는 한, 거의 불가능한 일이다. 설화 속 시대 배경과 실제 설화 향유 시기는 반드시 일치하는 것이 아니기 때문이다. 인민성 강조를 위해 구비설화를 문학사 전면에 배치하는 일은 의미 있지만, 해당 작품을 어느 시기에 배치할 것인가에 대해 신중해야 하는 이유가 여기에 있다.

『문학사A』에는 『통사』에서 전혀 거론되지 않았던 구비설화가 마치 실제 당대에 향유했던 것처럼 제시해 놓는 경우가 있다. 창작 근거를 확인할 수 없는 구비설화는 아래와 같다.

〈표 2〉『문학사A』 수재 창작시기 불명 구비설화 목록

설화명	창작시기	수록문헌	수록 형태	비고
녹족부인 전설	고구려	구전	작품의 요지만 소개	제3장 1세기~7세기 전반기 문학
설죽화	고려	구전	작품 소개	제6장 12세기 후반~14세기 문학
슬기로운 총각	고려	구전	작품 소개	상동

고구려와 고려시대의 구전설화를 제시하였다. 하지만 이들이 고구려나 고려시대에 창작되었다는 근거는 명확치 않다.[31] 그저 설화의 시대적 배경이 고구려와 고려로 설정되었다는 것뿐이다. 이를 두고 당대에 창작되었다고 확정짓고, 그를 근거 삼아 역사적 실재물로 논의하는 것은 참람한 일이다. 그런데 이후의 모든 문학사에서는 이들 작품이 역사적 실재로 자리한다. 실재를 넘어서서 고구려 설화 「녹족부인 전설」과

---

31 최근에 「녹족부인 전설」에 대한 원형서사와 그 변용된 서사 양상을 따진 논문이 강상대에 의해 제시된 바 있다. 이 글에 의하면 「녹족부인 전설」은 1727년 이시항(李時恒)이 지은 「광법사사적비명(廣法寺事蹟碑銘)」에 최초로 기록되어 있고, 이후 「속평양지(續平壤志)」 등 여러 문헌에 변용되어 실려 있음을 확인하였다. 북한의 문학사에서 다루고 있는 「녹족부인 전설」은 문헌에 실린 '원형서사'를 토대로 하면서 북한의 이데올로기를 주입한 변형된 형태임을 지적하였다(강상대, 「녹족부인 스토리텔링을 위한 원형서사 연구」, 『한국문예창작』 20, 한국문예창작학회, 2010).

고려 설화 「설죽화」는 우리 문학사의 중요한 의의를 가진 작품으로 자리매김된다. 언제 창작되었는지 분명치 않은 구비설화에 대해 근거 자료를 제시하지 않은 채, 해당 구비설화는 역사적 실재로 인지된 것이다.

『문학사A』에서 단순하게 제시되었던 「녹족부인 전설」이 『문학사B』에서는 보다 구체적으로 소개되었다. 그리고 이를 "고구려 사람들의 애국적 열의와 민족적 자존심을 전해주는 감명 깊은 이야기"라고[32] 한 후, 이 이야기를 을지문덕 설화와 관련을 맺어 놓는다. 이로써 「녹족부인 전설」은 "애국적 투쟁 위훈을 여러 측면에서 전해주는" 고구려 백성들의 영웅적 면모를 담아낸 작품으로 탈바꿈한다. 「설죽화」도 마찬가지다. "「설죽화」는 11세기 거란의 침략을 반대한 고려 인민들의 투쟁을 반영한 설화"라고 한 후, 이 설화가 "고려 사람들이 조상 전래로 지녀온 애국적 기상과 거란 침략자들을 물리치고 나라의 존엄을 지키기 위한 싸움에서 발휘한 애국적 위훈을 생동하게 보여준다"며 강감찬 설화와 연관을 맺어 놓았다. 심지어 『김대B』는 "참으로 설죽화와 그의 어머니의 형상은 나라를 위하여 한 목숨 바치는 것을 영예로운 일로 여기며 죽을지언정 원쑤에게 굴하지 않는 우리 민족의 강의한 의지와 애국적 열정, 순결하고 아름다운 정신도덕적 풍모를 그대로 반영하고 있다"고[33] 하여 오히려 강감찬 설화를 압도하기도 한다.

「녹족부인 전설」과 「설죽화」 모두 반외세를 표방한 민중들의 애국적 위훈을 보여준 작품이라는 점에서 공통점을 가질 뿐 아니라, 설화 주인공이 모두 당대 최고 영웅 을지문덕과 강감찬과 연계된 작품으로 탈바꿈한 것이다. 이에 따라 이야기에 등장하는 설화의 주인공 역시

32　『문학사B』 1, 122면.
33　『김대B』, 68면.

을지문덕과 강감찬에 준하는 영웅으로 부각된다. 그와 함께 고구려 백성과 고려 백성들의 반외세 기치도 역사적 실재였음이 증명된다. 그러는 도정에서 이들은 문학사의 실재가 되었다. 『문학사B』와 『김대B』에서는 창작시기를 알 수 없는 반외세 기치를 이야기한 구비설화 두 편이 각각 고구려시대 작품과 고려시대 작품으로 확정된 것이다.

이 현상을 어떻게 이해할 것인가? 왜곡, 혹은 조작이라고 치부하면 그만이다. 그렇지만 달리 보면, 이런 양상은 북한에서 기술한 문학사에서 흔히 봐왔던 한 모습이기도 하다. 특정한 목적을 드러내기 위해 구전되는 자료를 일부 조작하거나 왜곡하여 실재로 이해하는 방법. 이 방법은 김일성 일가의 항일혁명문학을 이야기하는 데서 그 극점을 드러내지 않았던가? 「녹족부인 전설」이나 「설죽화」를 통해 드러내고자 한 목적성이 항일혁명문학과 비교할 수 없지만, 분명히 두 설화 모두 고구려와 고려 중심의 문학사 기술에 부족한 요인을 채워주는 역할을 위한 의도적인 오류를 범한 작품인 셈이다.[34] 특정한 대목에 주목하여, 해당 부분을 목적에 맞게 변형하는 방법 역시 의도적이다. 이처럼 목적을 위해 구비설화를 역사적 실재로 환치하는 일은 후대로 가면서 더욱 강화되어 갔고, 그 양상은 사회과학원에서 출간한 『문학사B』나 김일성대학에서 간행한 『김대B』나 다를 바 없다.

필요에 따라 전승되는 자료를 일부 왜곡하여 역사적으로 실재화하

---

34 『문학사A』에서는 이야기하지 않던 「견우직녀」를 『문학사B』에서는 고구려시대의 설화로 제시한 것도 그러한 또 한 예다. 408년에 그려진 덕흥리 고구려 고분에서 견우와 직녀 전설을 소재로 한 그림(?)이 발견되었는데, 이 그림을 두고 현전하는 「견우직녀」 이야기를 제시하고 이 작품을 해석하였다. 해석한 내용은 "하늘 세계의 별나라에서 눈물겹게 살아가는 견우와 직녀의 형상을 통하여 당대의 착취 받고 억압당하는 사람들의 고통과 불행, 그에 대한 인민적 동정과 눈물 없는 행복한 생활에 대한 열망을 랑만적으로 표현하였다"는 것이다(『문학사B』 1, 136면).

는 일은 실용주의 문학사를 취한 문학사 기술에서 일어날 수 있는 가장 위험한 요소다. 북한에서 기술한 문학사가 후대로 갈수록 이런 '의도적' 오류를 자주 범하고 있고, 그런 오류를 역사적 실재로 활용하는 것은 남북한 간의 문학사 이해 시각의 갭을 점점 크게 벌릴 수밖에 없다. 물론 이를 단순히 구비설화의 자의적 해석이라고 볼 여지도 있다. 하지만 이런 문학사 기술이 구비설화에 한정되지 않고, 다른 부분에도 적용된다는 점에서 일정한 문제가 발생한다. 예컨대『문학사B』에서 시조나 고려가요의 기원을 고려 초로 소급시킨 일이나『김대B』에서 우리나라 소설의 기원을 6세기 말~7세기 초의「온달전」으로 설정하는 일은 바로 이런 의도적 오류를 통해 현재의 목적을 얻는 양상으로 변모할 수 있음을 보여주는 단적인 예가 된다.

2) 서술 체계의 이질적인 면모

(1) 실용주의 문학사와 객관성

『문학사A』는 김일성 주체사상의 방법론을 실현하기 위한 한 요소로 출간한 것으로, 이 책 안에는 김일성의 교시를 제시한 후 이어서 문학사 제반 사항을 기술하였다. 주객이 전도되어 문학사에 쓰인 내용이 김일성의 교시에 종속된 듯하다. 문학이 지닌 객관적 실체보다는 김일성 교시의 체현이 더 필요한 양상이다. 『문학사A』를 수용한『김대A』도 이와 다를 바 없다.

『문학사B』도 본질적으로는『문학사A』를 따랐다. 김일성의 교시 대신 김정일의 교시가 빈번하게 제시된 것이 차이라면 차이다. 물론 이는 『문학사B』가 김정일의 주체문학론을 반영한 결과다. 그런데 『문학사B』는 『문학사A』와 대비해볼 때 그 기술 태도에서 일정한 차이가 있다. 그 양상은 크게 네 가지로 요약할 수 있다. 첫째, 작품에 대한 출전을 제시하고 가급적 많은 작품을 추가해 넣었다는 점. 둘째, 작품의 형식적인 측면에도 주목했다는 점. 셋째, 작가에 대한 고증이 비교적 철저한 점. 넷째, 『문학사A』에서는 반동적이라며 제외했던 문학 작품을 문학사 전면에 내세운 점 등이 그것이다.[35] 제시한 네 가지 특징만으로도 『문학사B』가 이전의 문학사와 달리 객관적인 측면을 강화했음을 짐작케 한다. 문학사를 통해 특정 이데올로기를 선전하면서도 그 이면에서는 객관성 유지를 위한 노력이 엿보이는 대목이다.

그런데 『문학사B』를 수용한 『김대B』는 이와 일정한 거리를 둔다. 비교적 방대한 자료를 제시한 『문학사B』에서도 다루지 않았던 낯선 자료가 새로 추가되기도 한다. 예컨대 고조선의 노래로 제시한 작품을 보자. 『문학사B』에서는 〈공후의 노래〉만을 고조선시대의 작품으로 다뤘다. 그런데 『김대B』에서는 〈공후의 노래〉 외에 〈강물의 노래〉, 〈서경〉, 〈대동강〉, 「신지비사」, 〈비석을 보며〉 등도 여기에 포함시켰다. 『김대B』에서는 『문학사B』에서 다루지 않은 작품을 대폭 확장한 것이다.

『김대B』에 포함한 작품 중 〈강물의 노래[至德歌]〉만 출전을 밝혔고,[36]

---

35 이 양상에 대해서는 김준형, 앞의 글, 2010에서도 일부 언급한 바 있다.

36 〈강물의 노래〉(일명 〈지덕가〉)는 『해동역사』·『청구풍아』·『청구시초』와 같은 문헌들에 실려 있는 고조선의 대표적인 가요유산의 하나이다(『김대B』, 17면). 『해동역사』에는 이 노래를 다음과 같이 소개하였다. "기자가 조선으로 들어가자, 詩書와 禮樂을 하는 자들이 모두 따라서 들어갔다. 『三才圖會』를 살펴보건대, 『靑邱風雅』를 보면 "기자가 이미 조선에 봉해져서는 백성들에게 예악을 가르쳐서 비루하였던 풍속을 교화시켰다. 이에 백성들이 그것을 생각하여 至德歌를 지어서 불렀는데, 그 노래는 다음과 같다. 하수가 넘실넘실댐이여[河水潑潑兮], 어찌 그 끝이 있으리외[曷維其極

그 나머지는 출전을 밝히지 않았다. 아마도 「신지비사」는 단군 때의 사관(史官)이었다고 알려진 신지(神志)가 쓴 「비서(秘書)」일 터고,[37] 〈서경〉과 〈대동강〉 두 작품은 『고려사·악지(樂誌)』에 전하는 정인지(鄭麟趾)의 기록을 차용한 것일 개연성이 높다.[38] 이들 작품은 모두 고려시대 이후에 기록된 작품들로, 그 창작시기를 분명하게 알 수 없다. 실제 〈서경〉과 〈대동강〉이 기자조선 때에 지어졌다고 밝힌 정인지조차 그 기록에 바로 이어 "이 노래는 고려 왕조가 들어온 이후에 지어진 것이다[此入高麗以後所作也]"라고 작품 형성 배경을 신뢰할 수 없다고 언술하지 않았던가. 이들 작품을 고조선시대의 작품으로 편입시키기에 그만큼 주저되는 면이 많다. 그런데 『김대B』는 이를 고조선시대의 것으로 아예 확정지었다. 객관적 증거보다는 고조선시대에도 많은 작품들이 창작되었음을 드러내기 위함이다. 우리 문학사의 유구함을 밝히기 위해 특정 자료들 중 조금이라도 그와 관련만 있으면 의도적으로 문학사에 편입시킨 것이다. 『문학사B』에서 고조선시대의 작품으로 〈공후의 노래〉만을 다룬 것과는 딴판이다. 『문학사B』는 객관성이 결여된 작품은 그래도 배제하고 있는 반면, 『김대B』는 일말의 가능성만 있으면 모두 문학사로 수용하는 듯한 인상이 강하다. 이런 양상은 〈사모곡〉 해석 부분에서도 나타난다.

〈사모곡〉은 남한에선 고려가요로 다루는 작품이다. 『문학사A』나 『김대A』에서도 이 작품을 고려가요로 처리하였다. 그런데 『문학사B』에

兮, 해와 달이 아름답게 빛남이여[日月休光兮, 임금님의 아름다운 덕이로대維后之懿德兮]." 번역은 민족문화추진회의 것을 따랐다.

37　이가원, 『조선문학사』 상, 태학사, 1995, 34면.

38　『高麗史·樂誌』「西京」. "西京, 古朝鮮卽箕子所封之地. 其民習於禮讓, 知尊君親上之義, 作此歌, 言仁恩充暢, 以及草木, 雖折敗之柳, 亦有生意也."
　　『高麗史·樂誌』「大同江」. "周武王封殷太師箕子于朝鮮, 施八條之敎, 以興禮俗. 朝野無事, 人民懽悅, 以大同江比黃河, 永明嶺比嵩山, 頌禱其君. 此入高麗以後所作也."

서는 이를 신라시대 작품으로 그 창작 시기를 소급시켰다. 우리 민족이 유구한 것처럼 우리 문학 역시 그 역사성이 깊음을 드러내기 위함이리라. 그런데 이런 시도가 미심쩍었는지, 『문학사B』에서는 그 주장에 정당성을 부여하기 위해 무려 4면에 걸쳐 〈사모곡〉이 신라시대 작품임을 설명한다.[39] 논지를 전개하는 서두 부분을 보자.

> 〈사모곡〉은 신라에 사는 효성이 지극한 한 여인이 어머니의 사랑이 못내 그리워 지어 부른 노래로서 『악장가사』와 『시용향악보』 등에 실려 전해지고 있다. 또한 『고려사』에는 신라 때에 어떤 순박하고 마음씨가 착한 딸이 죽은 어머니를 그리워하면서 부른 노래로서 〈목주가〉가 실려 있다.
> **이로부터 〈사모곡〉과 〈목주가〉가 이름을 달리 쓴 하나의 작품인가 아니면 애당초 서로 다른 작품인가 하는 문제가 제기되며, 이 문제는 결국 〈사모곡〉을 삼국시기에 창작된 가요로 보는가 보지 않는가 하는 데 귀착된다.**[40](강조는 인용자)

위의 인용문처럼 이 부분을 집필한 정홍교 역시 〈사모곡〉과 〈목주가〉가 동일한 작품인지 아닌지는 보는 시각에 따라 다를 수 있음을 분명히 밝혔다. 무리수가 있을 수 있음을 간접적으로 드러낸 셈이다. 그럼에도 종국에는 "이것은 〈사모곡〉과 〈목주가〉가 서로 다른 작품이 아니라, 두 가지 이름으로 불린 하나의 작품임을 말하여 준다(159면)"고 결론지었다. 애초 연역적 추론에 의해 〈사모곡〉이 신라시대 작품이라고 확정지은 상태에서 나온 결론이다. 그렇기 때문에 4쪽에 걸친 장황한 설명을 더했음에도 불구하고, 실제 이 작품이 신라시대에 쓰였다는

---

39 『문학사B』1, 157~160면.
40 위의 책, 157면.

확정적인 어떤 근거도 제시하지 못했다. 다만 그를 증명하기 위해 객관적이며 다양한 자료를 제시하는 등의 노력이 있었을 뿐이다. 반면 『김대B』는 어떤 근거나 자료도 제시하지 않은 채 〈사모곡〉을 삼국시대 인민가요로 귀속시켰다.

> 고구려의 〈명주〉, 〈연양〉, 백제의 〈정읍사〉, 〈선운사〉, 〈지이산〉, 〈서동요〉, 신라의 〈사모곡〉, 〈치술령곡〉 등은 모두 삼국 시기의 인정세태를 반영한 개인 창작가요 작품들이다. 이 가운데서 현재 가사가 전해지는 것은 〈정읍사〉, **〈사모곡〉**뿐이며 나머지는 여러 문헌들에 제목과 대의가 전해지고 있다.[41](강조는 인용자)

〈사모곡〉이 삼국시대의 노래로 확정되어 있다. 『문학사B』에서는 객관적 증거라도 제시하려 했지만, 『김대B』에서 〈사모곡〉은 원래부터 신라시대의 노래였다.[42]

이를 보면 『문학사B』와 『김대B』의 이질적인 면모가 드러난다. 『문학사B』는 비교적 객관적 근거를 제시하려고 한 반면, 『김대B』는 어떤 일말의 가능성만 있으면 자의적으로 자료로 활용하고 있는 것이다. 외형이나마 『문학사B』는 객관성을 강조한 반면, 『김대B』는 실용성 강화를 위해 자료의 주관적 해석을 강조하고 있음이 확인된다.

---

41 『김대B』, 26면.

42 이런 양상은 시대를 초월하여 여러 군데서 더 나타나지만 하나하나 예시하지 않는다. 예컨대 민요를 다루는 경우는 논의에 대한 정당성을 확보하기 위해 향유시기를 자의적으로 선택하는 경우도 마찬가지다. 〈모내기노래〉나 〈방아타령〉 등을 조선 후기의 작품으로 보는 것도 이러하다(『김대B』, 136~139면). 이들을 하나하나 설명할 경우 자칫 동일한 주장을 반복할 수 있기에, 이 글은 〈사모곡〉에만 초점을 맞춘다.

물론 그렇다고 『문학사B』가 객관적이라고는 말할 수 없다. 앞서 보았듯이 〈사모곡〉의 창작 시기를 삼국시대로 소급하는 것 자체가 객관을 빙자한 억지 논리로 볼 여지가 많다. 그런데도 객관적 논증을 하는 듯한 양태를 드러낸 것은 다분히 외부를 의식한 장치로 보인다. 북한 연구자들이 '남북의 문학사가 동일해졌다'고[43] 말하는 이유도 여기에서 비롯된 것이 아닌가 한다. 남한의 객관적 연구 방법론처럼 북한 공식 문학사 역시 그 방법론을 채택했다는 점에서 남북한 상호 간에 합리성을 얻으리라는 믿음이 기본 토대가 된다. 물론 문학사에서 말하려는 논지의 정당성을 확보하기 위해 억지로 짜깁기를 한 후, 그것을 객관적 실체로 인식하는 게 객관적 연구 태도는 아니다. 북한문학사에 기술된 객관성이란 게 문학적 실체를 구명하는 객관적 기술이라기보다는 실용주의 문학사를 보다 확고하게 하는 한 틀로서 존재한 것이다. 반면 『김대B』에서는 사실 증명이 없다. 객관성은 국가 공식 문학사로 미루고, 『김대B』는 실용성을 증명하는 데에만 초점을 맞춘 것이다. 외부 논쟁은 『문학사B』가, 내부 결속은 『김대B』가 맡은 셈이다.

(2) 특정 문학 장르의 기원—소설, 시조, 고려가요

『문학사B』와 『김대B』는 특정 장르의 기원에 대해 서로 다른 견해를 제시한 경우가 있다. 그 중에서도 특히 소설, 고려가요, 시조의 기원에 대한 논의가 더욱 흥미롭다. 이들 장르 기원에 대한 언술을 순차적으로 들어보자.

---

[43] 김현양, 앞의 글, 2010, 58면.

「온달전」

『문학사B』-①: 「온달이야기」는 고구려 인민들이 지녀온 애국적 상무정
신과 반침략 조국방위의 투쟁 사적을 전하여주는 인민설화의 대표적 작품
이다.[44] / 설화 「도미와 그 안해」, 「설씨의 딸」, 「견우와 직녀」는 착취받고
억압당하는 인민들의 불행한 처지와 함께 고생 속에서도 서로 의지하고
도와주는 전통적인 미풍량속을 보여주는 우수한 작품들이다.[45] / 이미 세
상에 널리 알려진 설화 「거부기와 토끼」는 전통적인 구전 우화의 선구적
작품인 동시에 대표적인 작품이다.[46]

『문학사B』-②: 김시습은 선행 시기 산문 창작의 성과와 경험을 토대하여
오늘 우리가 말하는 근대적 의미의 소설의 형태상 특성을 기본적으로 갖
춘 새로운 예술적 산문 작품을 처음으로 창작한 공로자이다.[47]

『김대B』: 우리나라에서 소설은 고구려를 중심으로 하여 삼국시기에 발
생하였다. (…중략…) 우리나라 소설 발생의 초기 작품들로는 「온달전」,
「도미전」, 「설씨녀」, 「토끼와 거부기」 등을 들 수 있다.[48]

『김대B』에서는 우리나라 소설의 기원을 6세기 말~7세기 초의 「온달
전」 이하 『삼국사기』에 실린 전기 작품에서 찾았다. 반면 『문학사B』에
서는 이들을 설화 및 우화로 처리한다. 본격적인 소설의 기원은 김시습
(金時習)의 『금오신화』로 본 것이다. 『김대B』가 기본적으로 고구려 중심
의 문학사고, 우리 문학의 유구성을 강조한다는 점을 고려하면 어느 정

---

44 『문학사B』 1, 113면.
45 위의 책, 127면.
46 위의 책, 143면.
47 『문학사B』 3, 200면.
48 『김대B』, 32~33면.

도 이해할 수 있는 대목이기도 하지만, 『문학사B』와는 상당한 차이를 보인다. 고려가요를 보자.

고려가요

『문학사B』: 지금까지 문학사 관계의 거의 모든 글들에서 고려 국어가요의 발생연대를 고려 후반기, 구체적으로 13세기 말~14세기 초로 보아왔다. 그러나 여러 문헌 자료들에 의거하여 보면 고려 국어가요가 고려 후반기가 아니라, 고려 전반기로부터 창작되었다는 것을 알 수 있다.[49]

『김대B』: 이 서정가요는 시조나 향가와는 달리 고려 후반기에 새로 창작되기 시작한 민족 국어시가의 독특한 형식을 띤 가요이다.[50]

『문학사B』에서는 고려가요의 형성시기를 고려 전기, 더구나 고려가 건국하고 얼마 되지 않은 때로 보았다.[51] 그러나 『김대B』는 기존에 출간된 북한문학사와 마찬가지로 고려 후기로 인식하고 있다. 물론 구체적인 형성 시기는 밝히지 않았지만, 그 시기는 13세기 말~14세기 초가 될 것이다. 다음은 시조를 보자.

시조

『문학사B』: 결국 시조의 발생이 13세기 말~14세기 초보다 훨씬 이전 시기, 구체적으로는 향가가 자취를 감춘 때로부터 한 세기를 넘지 않는 10세

---

49 『문학사B』 2, 78면.
50 『김대B』, 64면.
51 〈서경별곡〉이 평양을 개건하고 '서경'이라 부르게 된 이후 얼마 오래지 않은 기간에 창작된 노래임을 추측할 수 있게 한다(『문학사B』 2, 79면).

기 후반기로 보는 것이 보다 합리적이라는 것을 의미한다.[52]

　『김대B』: 시조의 발생 시기 문제에 대하여서는 현재 시조가 고려 전반기에 처음 나왔다는 주장과 고려 후반기에 출현하였다는 서로 다른 견해가 있다. 앞의 견해들은 1876년 박효관 안민영 등이 편찬한 『가곡원류』에서 볼 수 있다. 여기에서 첫째 주장은 고려 전반기에 활동한 최충 곽여 등이 창작한 시조 작품들을 통하여, 그리고 둘째 주장은 13세기 말~14세기 초의 리색 정몽주 최영의 작품을 통하여 볼 수 있다. 그러면서 민족시가 형식에서의 계승과 혁신의 관계와 발생 발전의 합법칙적 과정을 설명하고 있다.[53]

　『문학사B』에서는 시조의 발생 시기를 10세기 후반기로 보았다. 향가가 소멸되고, 그 양식을 시조가 이었다는 발상이다. 반면 『김대B』는 시조의 발생 시기를 언제라고 꼭 짚어 밝히지 않았다. 단지 고려 전기 설과 고려 후기 설이 공존한다고만 밝혀 놓았다.

　이 세 문학 장르의 기원설은 자못 흥미롭다. 북한 학계 내부에 서로 다른 견해가 존재할 수 있음을 확인한 듯하여 경이롭기까지 하다. 두 문학사 모두 고구려 중심의 문학사 기술을 지향한다는 점과 우리 민족의 우수성을 증명하기 위해 문학 장르의 기원을 좀 더 이른 시기로 소급한다는 목적은 같다. 그런데도 서로 다른 견해가 제시될 수 있는 배경이 무엇일까? 특히 『김대B』는 『문학사B』의 내용을 대체적으로 수용하면서도 이런 차이를 드러냈다는 점은 분명 우연의 결과가 아닐 터다.

　『김대B』는 소설의 기원을 고구려 때로 소급한 반면, 『문학사B』는 전례에 따라 15세기로 보았다. 그와 달리 『문학사B』에서는 고려가요와

52　위의 책, 65면.
53　『김대B』, 76면.

시조의 기원을 고려 초기로 주장하였다. 『김대B』는 고려가요는 전대의
문학사에서 말했던 것처럼 고려 후기로, 시조는 확답을 피했다. 형성시
기에 관한 한, 소설은 『김대B』가 더 나아간 반면, 고려가요와 시조는
『문학사B』가 더 나아갔다. 그런데 이상하다. 유구한 민족이 있고, 그에
상응하는 유구한 문학을 강조하는 국가 공식 문학사인 『문학사B』에서
는 왜 소설의 기원을 그렇게 늦췄는가? 고려가요와 시조의 기원을 소급
한 것은 충분히 예상된 결과지만, 소설의 기원을 늦춘 것은 당혹스럽다.
오히려 『문학사B』를 수용한 『김대B』가 소설의 기원을 고구려 때로 말
하고 있다. 이 물음은 앞으로 북한문학사의 향방을 가늠할 수 있다는 점
에서 시사하는 바가 크다. 그런데 이에 대한 해답은 의외로 간단하다.
김정일의 『주체문학론』과 관련지어 생각해 보면 그 해답이 쉽게 드러
나기 때문이다.

공교롭게 소설 기원과 관련한 『문학사B』 1권과 3권은 모두 1991년
에 출간되었다. 김정일의 『주체문학론』이 출간되기 1년 전이다. 따라
서 『문학사B』는 미처 김정일의 사유를 담아내지 못하고, 기존에 도출
된 주장을 되풀이한 것이다. 그러나 『김대B』는 이미 김정일의 주체문
예이론이 널리 보급된 때인지라, 『문학사B』와 무관하게 소설의 기원을
고구려 때로 수정한 것이다. 실제 『김대B』에는 소설 기원과 관련하여
김정일의 교시를 넣은 것도[54] 이러한 현상을 증명한다. 따라서 이 논쟁
은 외형적으로 보면 서로 다른 주장처럼 보이지만, 핵심은 문학사가 출

---

[54] 생활을 이야기식으로 펼쳐나가는 것도 소설의 중요한 특성이다. 소설은 묘사문학인
동시에 이야기문학이다. 소설이라는 말도 이야기라는 말에서 나온 것이다. 인류문
학사를 보면 어느 나라에서나 소설은 이야기 형식의 작품으로부터 유래되었다(『김
대B』, 32면).

간되던 시점에 김정일의 주체문예이론 반영 여부가 그 결과를 다르게 만들었을 뿐이다. 아마도 앞으로 북한에서 문학사가 나오면 우리나라 소설의 기원을 고구려시대의 「온달전」으로 명확히 제시할 것이 확실하다. 따라서 이것만으로는 북한 내부에 쟁점이 존재한다고 볼 수 없다. 다만 북한의 문학사의 기본 틀이 유구한 민족과 그에 상응하는 유구한 문학을 강조하는 데에 있고, 그 양상은 앞으로 더욱 강해질 것임을 시사받을 수 있다. 그리고 『문학사B』는 국가적인 차원에서 우리 문학의 유구성을 제시하고, 『김대B』는 이를 수용하면서 일부분에 한해 나름대로 해석을 하는 방식을 따랐음도 확인케 한다.

보다 큰 문제는 분명히 김정일의 문학론을 수용하였으면서도 그대로 따르지 않는 고려가요와 시조의 기원에 있다. 『김대B』는 시조 기원설에 대해 두 개의 쟁점이 있다고 제시했지만, 문맥을 보면 『문학사B』에서 제시한 고려전기설에는 회의적인 듯하다. 국가 공식 문학사에서 제시한 고려전기설을 수용할 만도 한데 그에 적극적으로 동의하지 않는다. 더구나 고려가요의 형성 시기는 아예 『문학사B』에서 제시한 주장까지 부정해버린다. 시조는 김정일의 교시가 강한 반면, 고려가요는 그 교시가 약하기 때문일 수도 있다. 그러나 본질은 거기에 있지 않다. 『김대B』 자체가 기존에 제시되었던 주장에 대해 크게 변화를 주려고 하지 않는다는 점에 더 주목할 필요가 있다. 이 점은 예전 문학사에서는 지배계층의 이해관계를 반영한 보수적인 문학이라고 비판했던 화랑이나 불교 찬양 노래들을 대하는 태도에서도 확인할 수 있다. 『문학사B』에서는 이들을 옹호하는 입장을 취한 반면, 『김대B』는 철저하게 이들을 배격한다. 『김대B』의 논지는 이전 문학사와 다를 바 없다. 『김대B』는 『문학사B』를 수용하면서도 내면에서는 여전히 이전 주장을 되풀이하고 있는 셈이다. 고려가요나 시조의 기원에 대해『문학사B』를 적극적으로 따르지 않은 이유도 여기에 있다. 국가 공식 문학사가 나왔다 해도 일부 기관에서는 이를 맹목적으로 준용하지 않고, 일정 기간 유예하고 조율하는 단계가 남아 있음을 짐작케 하는 대문이다.

이는 북한 내부에서도 특정 쟁점에 대해 조율하는 단계를 밟고 있음을 방증케 한다. 이는 또한 남한 학계와도 소통할 수 있는 여지를 남겨두는 대목이기도 하다. 물론『문학사B』가 국가 공식 문학사로 대외적으로 학계의 성과를 보고하는 결과물이고,『김대B』는 그를 수용하되 대내적 결속을 다지기 위한 홍보물이라는 점에서 이전과 전혀 다른 급진적인 결론을 도출할 수 없다는 점도 충분히 이해할 수 있다. 그렇지만 국가 공식 문학사와 별도 기관의 문학사 사이에 갭이 있다는 점은 '소통의 장'이 마련될 수 있음을 의미하는 것이기도 하다. 북한문학사에 제공된 그 '장'에 남한 학계가 개입하여 이야기하는 것이 필요한 것도 이 때문이다.

4. 두 문학사, 그 이후

남한에서 일상적으로 보던 문학사 서술과 이질적인 북한의 문학사를 만나는 일은 곤혹스럽다. 이런 곤혹스러움은 단지 견해 차이만이 아니다. 문학사가 지향하는 목적이 다른 문제에서 빚어진 한 결과일 터다. 때문에 그 곤혹스러움에서 벗어나기 위해 차라리 북한문학사를 한국문학사가 아닌 재외 민족의 문학사, 즉 '주변'의 문학사로 인식하려는 시도도 제기된 바 있다. 특히 현대문학의 경우는 더더욱 그렇다. 너무 많이 다른 길을 걸어온 도정을 같은 길로 인식하여 함께 가기에는 어려움도 많으리라. 그렇기 때문에 남북한문학사의 갭을 줄이는 데에는 오히려 고전문학 연구자의 몫이 더 커질 수밖에 없다. 고전문학은 그래도 같은 역사 아래 같은 텍스트를 가지고 이야기하기 때문이다.

그런 의도 아래 이 글은 『문학사B』와 『김대B』를 대비해 보았다. 시대구분을 통해 말하고자 하는 목적, 두 문학사가 지향하는 공통 방향, 그리고 두 문학사 사이에 존재하는 차이. 이 글에서 초점을 맞춘 것은 이것이다. 국가 공식 문학사인 『문학사B』가 말하려는 것은 현재 가치의 정당성을 드러내는 것이고, 『김대B』는 미래의 모습을 제시하려 한다. 문학사 시대구분이 이런 모습을 담아내고 있었다. 그럼에도 두 문학사가 고구려에 초점을 맞춘 우리 민족의 유구함을 이야기하고, 또한 그 유구성에 걸맞은 문학이 존재했음을 밝히는 점은 공통적인 요인이다. 또한 그 땅에 살았던 인민들의 투쟁 정신을 구체화하기 위해 형성시기를 증명할 수 없는 구비설화를 도구로 활용하기도 한다. 녹족부인과 설죽화는 그렇게 만들어진 인민 영웅이다. 그러면서도 『문학사B』는 객관성을 유지하려고 한다. 반면 『김대B』는 일말의 가능성만 있으면 필요에 따라 적극적으로 해당 작품을 소급하여 쓰기도 한다. 『문학사B』가 대외적인 측면을 고려한 반면, 『김대B』는 북한 내부의 일반인과 학생을 대상을 한 탓이다.

그런데 우리의 흥미를 끄는 것은 『문학사B』와 『김대B』 사이에 서로 다른 견해가 존재한다는 점이다. 소설, 고려가요, 시조의 기원에 대해 두 문학사는 일정한 차이를 보인다. 이는 북한 내부에서 특정 문제에 대해 조율하는 단계가 있음을 의미하는 것으로, 이 틈새에 남한 연구자들이 개입할 소지가 있게 된다. 북한문학사에 갭으로 존재하는 문제에 대해 보다 정밀하게 남한 연구자가 같이 논의하는 것이 필요한 이유도 여기에 있다. 남북한 간에 벌어진 문학사의 틈새를 메우고, 그런 도정에서 희미하게나마 통일된 문학사를 설계하는 일은 이러한 도정에서 마련될 수 있으리라 믿기 때문이다.

북한의 일제강점기 문학사 서술[*]

남북한 근대현대문학사 인식의 거리

김성수

1. 위기의식의 만성화

김정일이 통치한 1994년부터 2011년까지의 북한 현대사를 정리하면, 초기의 '유훈통치기'와 '고난의 행군' 시기를 거친 후 '선군(先軍)시대'로 자기정립을 했다고 정리할 수 있다. 1990년대 후반 이래 체제 붕괴의 위기를 넘기면서 인민의 삶의 질은 대폭 희생된 반면 군(軍)의 위상은 절대시되었다.[1] 이에 따라 북한문학은 당과 최고지도부가 원하는 작품만 기계적으로 생산해내는 타성이 만연한 것처럼 판단된다. 정치적 위기의식에 근거한 벼랑 끝 전략이 고착화되면서 위기의식조차 만성화되었

---

[*] 이 글은 김성수, 「남북한 현대문학사 인식의 거리 — 북한의 일제강점기 문학사 재검토」, 『민족문학사연구』 42, 민족문학사학회, 2010을 단행본에 맞게 개제, 개고한 것이다.
[1] 김정일의 긴 직함 중 맨 앞에 예전에는 당을 대표하는 '총비서'였는데, 2009년 개정헌법에는 '국방위원장'으로 순서가 바뀐 것도 상징적 의미 이상이다.

고, 그에 따라 수령론과 선군사상에 긴박된 문학이 양산되는 형국이다.[2]

게다가 남한에서 보수 정권이 연이어 집권한 2008년 이후 현재까지 남북관계는 뚜렷하게 소원해졌다. 문제는 위기라는 사실조차 관심 밖이 될 만큼 위기상황의 만성화, 고착화가 이루어지고 있다는 점이다. 남북 통합 프로세스의 거시적 관점에서 보면, '상호 이해-교류와 협력-동거-통일-통합' 등 단계론적 통합의 길이 끊기고 1단계인 '상호 이해'조차 '상호 소원-적대관계'라는 마이너스 2단계 사이에서 오락가락하는 중이라고 할 수 있다. 북한문학 연구 또한 퇴조 또는 정체상태임을 부정할 수 없다. 연구 침체의 원인은 남북관계의 퇴행 등 객관적 정세 탓도 있지만, 그보다는 연구자 내부의 방법론적 고민이나 새로운 의제를 찾지 못한 주관적 요인에서도 찾아볼 수 있다.[3]

이 글의 문제의식은 북한문학의 물적 기반인 체제의 위기와 남북관계의 퇴행을 '위기의 시대'로 규정하고 향후 2010년대 남북 문학사의 행방을 새롭게 모색하는 데 있다. 미래를 전망하기 위해 먼저 북한에서 이루어진 역대 문학사 서술을 자세하게 살펴봐야 하지만, 이는 이미 민족문학사연구소의 1991년 기존 연구[4] 성과가 있어 그것으로 대신한다. 당시 남북의 문학사 인식을 비교하자는 문제의식을 가지고 북한의 1959년판 『조선문학통사』와 1977~1981년판 『조선문학사』의 역사적 변모를 서술체계와 미학 및 각 시대별로 고찰한 바 있다. 이제는 1980년대

---

2 김성수, 「선군과 문학-조선문학 10년(1998~2007)의 쟁점」, 이화여대 통일학연구원 편, 『북한문학의 지형도』 2, 청동거울, 2009.11, 26면 참조.

3 김성수, 「문학적 '통이(通異)'와 문학사적 통합-북한문학 연구의 존재증명」, 『한국근대문학연구』 19, 한국근대문학회, 2009.2, 31~66면(인쇄 오류로 인한 개정판 별쇄본, 31~60면) 참조.

4 민족문학사연구소, 『북한의 우리문학사 인식』, 창작과비평사, 1991.

말 '북한 바로 알기운동'의 진보적 역량을 학술적 성과를 정리한 1991년과는 이념적 학문적 지형도가 대폭 변화된 '또 다른 의미의 위기의 시대'라는 상황인식하에서, 북한의 이전 문학사와 1990년대판 『조선문학사』[5]의 비교를 통한 남북 '현대'문학사[6] 서술의 새로운 이해와 교류방안을 모색하겠다는 것이다.

1991년부터 2012년까지 16권으로 간행된 1990년대판 『조선문학사』는 1~6권이 원시·고대부터 조선시대, 7~9권이 근대 초기 계몽기부터 일제강점기, 10~16권이 해방 후부터 1990년대까지 서술하고 있다.[7] 이 글은 일제강점기를 다룬 7~9권을 중심으로 한 남북 현대문학사 비교[8]의 일환으로 이루어지는 문학사 서술의 미학·서술체계·내

---

5 앞으로 이 문학사를, 1959년판 『조선문학통사』(『통사』)와 1977~1981년의 『조선문학사』(『문학사A』)와 구별하여 '『문학사B』'라 지칭한다.

6 북한에선 '고전문학 / 현대문학'이란 비학술적 관습적 명칭을 고수하는 남한 학계와는 달리 '고대·중세문학 / 근대·현대문학'이란 학술적 명칭을 사용하고 있지만, 우리 학계의 오랜 관행을 고려해서 '고전문학' '현대문학'을 병용하기로 한다.

7 정홍교, 『조선문학사』 1(고대, 삼국, 발해시기문학), 사회과학출판사, 1991(총 283면); 정홍교, 『조선문학사』 2(고려시기문학), 과학백과사전종합출판사, 1994(총 312면); 김하명, 『조선문학사』 3(15~16세기문학), 사회과학출판사, 1991(총 318면); 김하명, 『조선문학사』 4(17세기문학), 사회과학출판사, 1992(총 318면); 김하명, 『조선문학사』 5(18세기문학), 과학백과사전종합출판사, 1994(총 255면); 김하명, 『조선문학사』 6(19세기문학), 과학백과사전종합출판사, 1999(총 243면); 류만, 『조선문학사』 7(19세기 후반~1926년 문학), 과학백과사전종합출판사, 2000(252면); 류만, 『조선문학사』 8(항일혁명문학), 사회과학출판사, 1992(302면); 류만, 『조선문학사』 9(1920년대 후반기~1940년대 전반기문학), 과학백과사전종합출판사, 1995(262면); 오정애·리용서, 『조선문학사』 10(평화적 민주건설시기), 사회과학출판사, 1994(231면); 김선려·리근실·정명옥, 『조선문학사』 11(조국해방전쟁시기), 사회과학출판사, 1994(232면); 리기주, 『조선문학사』 12(전후복구시기~사회주의 건설 초기), 사회과학출판사, 1999(229면); 최형식, 『조선문학사』 13(사회주의 전면적 건설기), 사회과학출판사, 1999(173면); 천재규·정성무, 『조선문학사』 14(1970년대시기), 사회과학출판사, 1996(243면); 김정웅·천재규, 『조선문학사』 15(주체사상화 위업시기), 사회과학출판사, 1998(259면); 류만·최광일, 『조선문학사』 16(1990년대), 사회과학출판사, 2012(319면).

8 민족문학사연구소 남북한문학사 비교 연구반에서는 2007년부터 만 2년간 '문학사B'를

용 구성에 대한 논의이다.

2. 남북 문학사의 미학적 원리 비교

남한의 역대 문학사 서술은 그 이념적 기반이 매우 다양하였다. 문학사를 서술하는 미학적 원리로 정치사·사회사·경제사의 큰 흐름과 문화사·정신사·문예사조사의 미시적 흐름을 통합하려 노력했다. 다만 북한의 문학사 서술과 대비해볼 때 작품 중심의 장르론적 서술이 주를 이룬다고 할 수 있다. 예술사 시대구분에 정치사·사회사의 논리를 일방적으로 관철시킬 수 없다고 하면서 가능하면 문학을 중심으로 하여 문화사조, 문예사조, 정신사·의식사를 포함하는 포괄적 방법이다.

우리 근현대문학사 연구를 출발시킨 임화는 『신문학사 서설』에서 1894년 갑오경장 이후 이루어진 서양 근대문학의 이식과 모방을 우리 근대문학의 성격이라 규정하였다. 토대와 상부구조의 관계를 반영론적으로 이해하긴 했으나, 우리 나름의 자생적인 내재성에는 정당한 인식에 소홀한 한계가 있다.[9] 8·15해방 직후 나온 백철, 조연현의 근현대 문학사도 서구문학 이식론에 동의한 듯 보인다. 그들에 의하면 한국의 근대문학은 19세기 서구의 사실주의, 낭만주의, 프로문학이 수입되어

공동 연구하였다. 그 목적은 고대·중세문학부터 해방 직후 문학까지 각 시대, 장르, 주제에 대한 남북의 문학사 서술을 1950, 60년대(『통사』) / 1970, 80년대(『문학사A』) / 1990년대(『문학사B』) 세 시기별로 대비하고 그 변화를 추적하여 의미를 살피고 나아가 통일된 민족문학사 서술을 위한 초석을 마련하고자 하는 것이다.

9 임규찬 편, 『임화의 신문학사』(1940), 한길사, 1993.

발전하였고 현대문학은 20세기 서구의 초현실주의, 심리주의, 주지주의가 수입되어 성립하였다는 것이다.[10] 이는 우리 문학사의 특수성을 후진성으로 이해하는 서구 중심적 세계관에 매몰될 여지가 있고, 임화 수준의 역사주의적 시각조차 갖추지 못한 채 문예사조 유입사 및 문단사를 그대로 문학사로 환치하는 한계가 있었다.

조동일은 『한국문학통사』 4, 5권에서 기존의 한계를 극복하고 문학사의 실상을 가능한대로 모두 담으려 하였다. 그러나 문학사적 가치평가의 엄정함이 보이지 않아 우리 문학의 주된 흐름이 무엇인지 불분명하게 되고, 중세에서 근대로의 이행기를 너무 길게 별도 시기로 잡아 시대구분의 한계를 드러냈다.[11] 김재용 외 3인 공저, 『한국 근대민족문학사』[12]는 근대문학의 합법칙적 발전을 사회경제사적으로 설명하였다. 하지만 자국어에 의한 근대민족문학의 출발이 어디쯤인지 문학 중심으로 명쾌하게 밝히지 못하고 있다.

2009년에 나온 민족문학사연구소 편, 『새 민족문학사강좌』[13] 또한 사회사의 변모와 문학작품의 주제사를 통합하여 서술하고 있다. 1980년대의 진보적·과학적 학술운동의 문제의식이 비교적 강했던 1995년판 『민족문학사강좌』의 정신을 이어받되, 민족 이념에 대한 상대화와 타자의 시선을 포용한 결과 서술대상과 외연을 대폭 늘린 점이 특색이다. 민족주의와 내재적 발전사관을 견지하고 있으나 이전의 구심점보다는 제도와 매체, 여성문학 등 하위주제에 대한 배려가 원심적으로 작

---

10 백철, 『조선신문학사조사』, 수선사, 1949; 조연현, 『한국 현대문학사』, 성문각, 1969.
11 조동일, 『한국문학통사』 1~5, 지식산업사, 1982~1988(제4판, 2004).
12 김재용 외, 『한국 근대민족문학사』, 한길사, 1993.
13 민족문학사연구소 편, 『새 민족문학사강좌』 1·2, 창작과비평사, 2009; 민족문학사
    연구소 편, 『민족문학사강좌』 상·하, 창작과비평사, 1995.

용하고 있다. 다만 1980년대적 가치에 여전히 머문 총론의 문제의식과 2000년대 들어 변화된 준거를 적용한 각론 사이의 틈이 적지 않고 공동 집필 및 강의용 서술의 한계를 극복하기 위해서라도 명실상부한 '민족 문학사' 서술이 시급히 요청된다는 점을 새삼 절감한다.

문학사는 문학 발전의 역사를 연구하는 문예학의 한 분과로서, 문학의 발생 발전의 합법칙성을 밝혀 작가들의 창작활동과 문학작품들의 사상적 예술적 특성, 작가작품들이 문학 발전에서 차지하는 의의를 밝히려고, 창작방법, 문예사조, 문학의 형태와 종류 등의 발생 발전의 합법칙적 과정을 서술하며 이러저러한 문학현상들의 선행문학과의 관계 및 그것이 그 이후 시기의 문학 발전에 준 영향 등을 밝힌다. 거기에는 당연히 문학사를 서술하는 이념이 깔려 있고 나름대로 미학적 원리가 존재한다. 남한의 모든 문학사 서술은 이념보다 작가와 작품 중심의 사적 서술이 주류를 이루며, 거기 담긴 이념적 내용을 굳이 상대화시킨다면 자유주의와 민족주의라 할 수 있다. 반면 사회주의와 주체사상이라는 정치적 실용성을 표방한 북한문학사의 미학적 원리를 구체적으로 따져보자.

이를테면 『통사』 머리말을 보면 북한문학사의 미학적 원리가 사회주의 일반의 리얼리즘 미학원칙에서 출발했음을 알 수 있다.

우리는 이 책을 서술함에 있어 역사주의 원칙에 입각하여 우리의 진보적 문학을 관류하고 있는 열렬한 애국주의, 풍부한 인민성, 높은 인도주의의 전통을 밝히며, 특히 해방 후에 조선로동당의 정확한 문예정책에 의하여 찬란히 개화 발전하고 있는 사회주의적 사실주의 문학의 새로운 성과와 그의 특성을 명확히 천명하려는 지향으로 일관했다.[14]

유물사관에 입각한 역사주의적 서술을 일컫는 '역사주의'와 북한 특유의 문학사적 판단 기준인 '애국주의'라고 일컬은 두 가지 원칙을 내세웠지만, 각론에서는 여러모로 무리한 논리가 있고 작가·작품의 논거가 미흡한 점이 있다고 판단된다. 세기별로 시대구분을 한 것이 어떤 사회경제사적 근거를 가지는지 설득력 있게 논지를 펴지 못했다.

게다가 1970년대 이후 문학사에서는 종래의 역사주의 원칙보다 애국주의 원칙에 더 많은 비중을 두고 그 학문적 의도를 개인숭배라는 정치적 실용성에 보다 큰 비중을 두다 보니 역사적 균형감각은 더욱 훼손되었다. 문학사의 전개가 실질적으로 어떻게 이루어졌는지 구체적이고 합법칙적으로 해명하는 작업에는 힘쓰지 않고, 긍정적으로 평가해야 할 수령론적 작품부터 해설하고 정치 지도자를 찬양하는 것을 기본 골격과 역사 서술의 주 내용으로 바꾸어버렸다. 1990년대 이후 최근으로 연구사 시기가 근접할수록 애국주의, 수령에의 충성을 더욱 중요시하고 평가 잣대를 엄격하게 해서 오직 김일성·김정일만 유일 척도로 삼게 되었다. 1970년대 중반의 '주체사상에 기초한 문예이론'에서 자기 집단에 대한 사상적 충실성 정도에 불과하던 종래의 당파성 개념이 직접적으로 당에 대한 충성심 내지 나아가 수령에 대한 충성심으로 이면적 내용이 바뀐 것이 중요하다. 이렇게 되면 문학작품을 평가하는 기준이 아예 김일성주의, 유일사상체계에 종속되어버리는 셈이다.

이를테면 『문학사B』의 집필 배경을 담은 제1권 「머리말」에서는 다음과 같이 '주체의 방법론'에 기초한 이 책의 역사적 위상을 언급하고 있다.

---

14 북한 과학원 언어문학연구소 문학연구실, 『조선문학통사』 상권(원시~19세기), 과학원출판사, 1959.5(서울 : 인동, 1988)의 머리말 참조.

문예학자들은 우리 당이 밝혀준 주체의 방법론에 기초하여 과학적인 조선문학사 서술을 위한 탐구적 노력을 기울여왔다. 우리 연구소에서는 이미 1950년대에 『조선문학통사』(상·하)를, 1970년대에 『조선문학사』(전5권)를 세상에 내놓았으며 해방 후 우리 문예학이 이룩한 성과와 경험에 토대하여 이번에 전15권의 『조선문학사』를 집필 출판하게 되었다.[15]

위 인용문에 잘 드러나듯이 북한의 문학사 서술에 관여한 이념적 배경은, 마르크스-레닌주의 세계관과 사회주의리얼리즘 미학이론에 입각한 보편적 원론에 우리 작품을 예시했던 1단계, 마르크스-레닌주의 미학이론에 입각한 보편적 원론체제에 김일성의 문예사상이 병행 서술되었던 2단계를 거쳐 보편적 원론체제를 완전히 새롭게 재구성한 김일성만의 유일사상체계이론을 확립한 3단계로 변화 발전한 것으로 생각된다.[16] 문학사 서술의 이념은 보편적인 마르크스-레닌주의에서 북한특유의 주체사상으로 변모했으며(중간에 '마르크스-레닌주의의 주체적 수용'

---

15 사회과학원 주체문학연구소, 「머리말」, 『조선문학사』 1(고대, 삼국, 발해시기문학), 사회과학출판사, 1991, 1면 참조. 1권 저자는 정홍교인데 머리말은 주체문학연구소 명의로 되어 있는 점이 주목된다.

16 1970년판 『문학개론』을 보면 마르크스-레닌주의 일반원칙에 입각한 문학원론의 체제에다 김일성의 문예 관련 교시를 적절하게 삽입·부기하는 방식으로 서술이 이루어지고 있는 것을 볼 수 있다. 이는 문예이론의 전체 체제는 보편성에 입각하되 그 구체적 항목에는 당 최고 지도부의 견해를 삽입하는 식으로 서술되어, 이 시기 문예이론이 마르크스-레닌주의와 주체사상의 절충 및 과도기형태임을 알려주고 있다. 1975년판 『주체사상에 기초한 문예이론』과 1983년판 『주체의 문예리론 연구』를 보면 김일성의 '주체사상을 구현하고 있는 가장 혁명적이며 과학적인 문예이론'이라 하여 마르크스-레닌주의미학의 일반원칙은 사라지고 보편적인 체제와는 전혀 다른 독특한 서술방식과 내용으로 되어있다(김성수, 「북한 문예이론의 역사적 변모 고찰」, 『1994 북한 및 통일연구 논문집』 2, 통일원, 1994 참조). 2000년 이후에는 1992년에 이론적 정식화가 이루어진 『주체문학론』을 넘어서서 '선군(先軍)사상'이라는 새로운 정치이념이 미학화를 시도하고 있다(김성수, 「선군사상의 미학화 비판」, 『민족문학사연구』 37, 2008 참조).

이라는 과도기를 설정), 창작방법론으로는 '사회주의적 사실주의'라는 개념이 그 내용을 바꾸어가면서 지속되어왔다. 문학작품을 평가하는 미학적 기준이 아예 주체사상, 김일성주의라는 유일사상에 종속된 셈이다.

남북을 비교하자면, 남한의 민족주의적 문학이념은 북한의 마르크스-레닌주의에 기초한 계급문학의 이념이나 주체사상(유일사상체계)에 기반을 둔 주체문예의 이념과 뚜렷한 거리를 두고 있다고 하겠다. 남한의 리얼리즘과 모더니즘 창작방법도, 사실상 주체문예의 방법론에 수렴되어버린 북한의 주체사실주의와는 적지 않은 차이를 보이고 있다. 그 결과 문학사의 지평 자체가 달라져버리게 된 점도 마땅히 인정해야한다. 다만 고대·중세문학의 경우에는 그 차이가 상대적으로 적고 근현대문학의 경우에는 심각한 형편이라는 사실은 주지하는 바와 같다.

다음으로 북한의 역대 문학사에서 문학의 시대적 변모과정을 어떻게 서술하고 있는지 보면, 최근으로 시기가 가까워질수록 문학에 대한 통사적 이해방식, 역사주의적 원칙이 소멸되고 있음을 알 수 있다. 원래 추상적 개념과 역사적 개념의 통일적 사고하에 인식되던 리얼리즘의 '역사화', 즉 문학사 발전과정을 '리얼리즘 → 비판적 리얼리즘 → 사회주의 리얼리즘' 등 역사적 발전의 3단계 구도로 파악하는 보편이론이 사라진 것이다. 대신 '선행한 사회주의적 사실주의 → 주체사실주의'의 이분법으로 문학사를 바라봄으로써 합법칙적인 역사주의 패러다임을 상실했다는 것이 주체문학론의 주요한 특징으로 생각될 정도이다.

김정일 시대의 문예정책의 지침서인 『주체문학론』(1992)에선 현실사회주의의 붕괴에 따라 예전의 사회주의 리얼리즘을 '선행한 사회주의적 사실주의'라 비판하고 대신 '주체사실주의'를 대안으로 내세워 절대화하니 문제라 아니할 수 없다. '주체사상에 기초한 문예이론' 체계에 전형화 원리로 '당성'보다 더 극단적인 '수령에의 충실성'을 필수요소화한 '주체사실주의'론을 정초한 것이다. 게다가 2000년 이후에는 수령론에 기반을 둔 주체사실주의로는 '고난의 행군'기 난국을 헤쳐갈 수 없었던지 군대 최우선주의라 할 '선군(先軍)사상'을 내세움으로써 북한문학의 미학적 원리는 점입가경이 되었다. 선군정치의 이념적 근거라 할 선군사상의 정체성은 어느 정도 정리되었으나 미학적 체계화는 아직까지 그 이론적 정식화가 이루어지지 않았다. 따라서 '선군문학론'이 정전으로 정립되지 않은 2014년 현 상황에서 북한문학의 동향이나 문학사 서술에 대한 새로운 미학적 이해와 그에 따른 정교한 해석·평가가 쉽지 않은 것 또한 사실이다.

3. 북한 근현대문학사의 서술체계 분석

북한문학사의 서술체계를 분석하기 위해서 먼저 북한의 '**문학사관**'부터 살펴보자. 『주체문학론』의 지침을 반영한 최근 『문학예술사전』 정의에 따르면, 문학사란 창작방법, 문예사조, 문학의 형태와 종류 등의 발생 발전의 합법칙적 과정을 서술하는 것이라고 규정되어 있다. 나아가 문학사를 과학적으로 서술하기 위하여서는 주체적 입장에 서서 당성, 노동계급성의 원칙과 역사주의적 원칙을 견지하며 매개 문제들을 민족사와의 밀접한 관련 속에서 당대의 사회제도, 계급투쟁, 경제관계, 정치 및 다른 사회적 의식형태들과 예술형태들과의 상호관계 속에서 고찰해야 한다고 설명한다.[17]

문제는 이러한 원칙이 구체적 실질적으로『문학사B』서술에 일관되게 관철되었는가 하는 점이다. 이 점에서『문학사A』에선 '보수 반동 문학'이라 배제했던 균여와 그의 향가, '건국송가'(남한에선 악장) 등을 일부 복원했던 정홍교, 김하명이 서술한 고전문학사 부분하고,『문학사A』에서 절반 이상 3분지 2 이상 배제, 누락되거나 왜곡되었던 문학사 실상이 체재와 내용면에서 상당부분 수정 보완된 계몽기~일제강점기문학사 부분이 대비된다고 할 수 있다. 이와 관련하여『문학사B』제1권「머리말」을 다시 인용해보자.

우리는 문학사 서술에서 지난 시기의 성과와 경험을 살려 주체성의 원리, 당성, 로동계급성의 원칙과 력사주의적 원칙을 철저히 구현함으로써 사대주의와 복고주의를 극복하고 조선문학 발전의 합법칙적 과정을 보다 정확히 밝혀낼 수 있게 시기구분과 서술체계를 세우며 새로 발굴 수집된 진보적이며 인민적인 작품들을 문학사의 응당한 위치에 올려세우고 매 시기를 대표하는 작가들의 력사적 공적과 제한성을 올바로 천명하는데 힘을 넣었다. 우리는 특히 조선로동당의 현명한 령도 밑에 사회주의제도의 비옥한 토양에서 찬란히 개화 발전하고 있는 사회주의적 사실주의문학의 자

---

17 1959년판 '통사' 서문과 1972년판 1권짜리『문학예술사전』(과학·백과사전출판사, 1972)의 '문학사' 개념 정의에 사회주의 리얼리즘의 '인민성, 로동계급성, 당성' 원리로 되어 있던 것이 1993년판 3권짜리『문학예술사전』(과학·백과사전종합출판사, 1993)이나 1999년판 5권짜리『문학대사전』(사회과학출판사, 1999)에서는 '인민성'이 누락되었는데, 이에 대한 뚜렷한 이유나 논거는 찾지 못했다. 아마도 주체사상의 자장에서는 '인민'보다 '민족' 개념이 더 중시된 탓인지도 모른다. 최근의 김일성대 강좌용 단권짜리『조선문학사』(김일성종합대학출판사, 2006, 이하『김대B』) 서문에는 '주체성과 민족성'을 준거로 한 '선군시대 주체문학 발전'이 문학사의 발전 방향으로 설정되어 있다.

랑찬 로정을 뚜렷이 그려내며 새 시대 민족문학의 본질적 특성과 그 발전의 합법칙성을 옳게 밝혀내기 위하여 탐구적 노력을 기울였다.[18]

나름대로 문학사 서술의 원칙과 목표를 내세웠는데, 그것이 실제로 본문에서 실현되었는지는 별개 문제이다. 『문학사B』의 서술 특징을 전반적으로 살펴보면, 작품군·미학·주체·세계관·시대배경 등 문학사를 기술하는 치밀하고 입체적인 서술 잣대가 비교적 일관되게 관철된 1~6권과, 그 원칙이 제대로 고려되지 않은 채 작품군의 '주제 사상'[19] 중심의 단선적이고 정형화된 분류로만 서술된 7~15권이 대비된다.

근현대문학사의 경우 문학사를 대표하는 작품군의 시간순·작가순을 무시하고 주제(소재)별로 작품을 유형화시켜 작품들의 주제적 경향을 반복적으로 나열하고 대표작을 상술하는 방식으로 서술되고 있다. 각 장절의 서술체계를 보면, 서두에 시대 배경을 서술하고 무산대중, 노동자 농민, 선각자, 지식인 등 문학 주체의 각종 형상을 '생활상, 계급의식, 투쟁, 항거' 등으로 유형화시켜 평이하게 해설하고 있다.

가령 1926~1945년까지의 문학사적 흐름을 서술한 제9권의 서술체계와 주 내용을 검토해 보자.[20] 시기는 크게 1930년대 중엽을 앞뒤로 둘로 나누었다. "1편 : 1920년대 후반~1930년대 중엽 문학" 중 1장 시

---

18 정홍교, 『조선문학사』 1(고대, 삼국, 발해시기 문학), 사회과학출판사, 1991, 3면.
19 북한 문예학의 '주제 사상'은 우리 방식으로 이해한다면 문학의 '소재와 내용' 정도로 받아들일 수 있다. '사회주의 현실 주제' 문학이란 말은, 이상화된 수령형상문학이 아니라 '사회주의적 현실 등 일상을 소재로 한' 사실적인 문학이란 내포를 갖는다. 이때 작품의 전형화 여부는 미학적 판단의 대상이 되지 않는데, 이러한 특징이 1960년대의 사회주의 리얼리즘 미학과 변별되는 주체사실주의 미학의 특징이라고 할 수 있다.
20 류만, 『조선문학사』 9, 과학백과사전출판사, 1995의 1, 2편 일제강점기 소설사를 개관한 것이다. 시사(詩史) 검토는 이 책에 실린 최현식의 별도 논문에서 이루어졌다.

사 다음의 소설사를 보면, "2장. 무산대중의 계급적 각성과 대중적 투쟁을 반영한 단편소설"과 "3장. 무산대중의 투쟁과 생활, 애국적 지향을 반영한 중장편소설"로 되어 있다.

먼저 단편소설 서술에서는 "1절 무산대중의 생활과 투쟁, 2절 로동자 농민의 대중적 투쟁, 3절 선각자의 형상과 「락동강」, 4절 사회모순과 불합리 폭로, 반일의식, 계급의식" 등의 항목으로 나눠져 있다.[21] 작가군으로 보면 조명희, 송영, 이기영, 한설야 등 카프 작가와 함께 강경애, 이효석, 채만식 등 동반자작가에 주목한 것이 눈에 띤다. 내용 서술을 보면, 「탈출기」, 「민촌」에서는 신경향파소설의 빈궁과 하층민의 반항이 드러나고 「제지공장촌」, 「흘러간 마을」에서는 노동자 농민의 참상이 잘 그려져 있으며, 「아들의 마음」 등에서는 반일사상이 드러나기에 '진보적 소설문학 발전'의 면모를 보인다고 한다.

또한 「석공조합대표」, 「질소비료공장」, 「양회굴뚝」, 「출범 전후」에는 노동자 농민 어민의 투쟁이 형상화되어 있고, 세계관적 한계와 검열에도 불구하고 해방 전 프로문학 대표작이며 사회주의적 사실주의의 첫 작품으로 「낙동강」을 고평하고 있다. 조명희의 「아들의 마음」, 「한여름밤」과 박승극의 「평범한 이야기」에서는 반일의식을 드러나고 「묘.양.자」(이기영), 「꼽추이야기」(송영), 「우박」(리동규), 「송별회」(김영팔) 등에서는 착취계급의 추악상과 위선성이 폭로되어 있어 문학사적 의의가 있다고 한다. 다음으로 중장편소설 서술을 보면 역시 주제별로 분류, 서술된다. 즉, 『선풍시대』(한인택), 『영원의 미소』(심훈), 『탁류』(채만식) 등에서는 사회 모순과 불합리를 비판하고 있고, 『동방의 애인』(심훈),

---

21 엄밀하게 말하면 주제별로 유형화된 작가, 작품군이 아니라 소재별의 편의적 분류라 하겠다.

『적도』(현진건), 『흑풍』(한용운) 등에서는 애국독립운동이 형상화되었으며, 『상록수』(심훈)에는 농촌계몽운동 형상이 진보적 양심적으로 그려져 있다고 한다.

여기서 문학사적 평가의 핵심 잣대는 '반일의식, 계급의식'이라고 판단된다. 1930년대 중엽 이후 문학사를 서술한 "2편 : 1930년대 중엽~1940년대 전반 문학"도 동일한 잣대로 선택된 작가, 작품에 대한 비슷한 방식의 서술이 반복된다. 먼저 시대 개관을 보면, 이전 같은 대중투쟁을 형상화하는 것이 불가능한 상황에서 작가들은 나름대로 노동자, 농민, 지식인의 생활상을 묘사하고, 풍자소설과 역사소설 등의 출구를 통해 진보적 소설 창작의 방도를 모색했다고 서술한다.

1930년대 소설의 대표로 내세운 것이 이기영의 『고향』, 강경애의 『인간문제』, 한설야의 『황혼』이다. 식민지 농촌 현실을 혁명적 발전의 시각으로 그리고 프롤레타리아소설의 높이를 대변하며 '사회주의적 사실주의 창작방법의 경지를 실증'하는 대표작으로 『고향』을 규정하고, "로동계급의 력사적 령도성을 형상"화함으로써 사회주의적 사실주의 문학 발전의 면모를 보여주는 프로소설의 대표작으로 『인간문제』를 평가하며, '공산당으로 표현된 항일무장투쟁의 영향을 직접적으로 반영한 첫 작품'으로 「소금」이 지목된다. 해방 전 노동계급의 생활과 투쟁을 형상화한 사회주의적 사실주의 프로소설의 대표작으로 『황혼』을, 진보적 양심적 지식인의 농촌계몽운동을 형상화한 대표작으로 『상록수』를 평가한다.

1930년대 소설사 중 특기할 만한 것으로 역사소설과 풍자소설에 주목하여 일정한 문학사적 위상을 부여한 점도 주목된다. "무산대중의 운명과 항거 형상, 력사 주제 창작"이란 주제하에 '력사 주제 작품과 풍자소설'의 대표작으로 홍명희의 『임꺽정』과 채만식의 『천하태평춘』을 들고 있다. 민족적 정서로 그린 최하층민의 반봉건 투쟁이 담긴 대표적 역사소설로 『임꺽정』을 규정하고, '친일 배족 반사회주의자 윤장의의 반동적 본질'을 풍자하고 폭로한 대표작으로 『천하태평춘』을 설명한다. 그밖에 이기영의 『봄』을 새 시대의 개화사상이 도래하는 것을 형상한 것으로, 현진건의 『무영탑』을 삼국시대 반봉건투쟁의 역사를 담은 것으로 높이 평가한다. 다른 한편 당시 작가들은 '절박한 현실에 대한 심각한 육박의 필요성'으로 풍자를 시도했으며, 부정적 인물의 본질을 폭로한 채만식의 『천하태평춘』도 중요하지만 그와 함께, 주인공 현호가 풍자대상에서 긍정인물로 갱생된 이기영의 『인간수업』도 또 다른 풍자의 경지를 보여준다고 평가하고 있다.

이상에서 보듯이, 1926~1945년까지의 『문학사B』를 요약하면, 1970년대판 『문학사A』보다는 상당 수준에서 근대소설사의 실상이 원상회복된 것으로 일단 평가된다. 북한 학계에서는 항일혁명문학예술에 대한 과도한 정통성을 부여하는 주체문예이론의 역편향 탓에 1970년대 이후 오랫동안 일제강점기 문학사에서 가장 진보적인 부분이라 할 '카프를 중심으로 한 프로문학'을 의도적으로 축소, 왜곡했다. 남로당계 문인은 완강하게 금기시되고 있으며 카프문학과 일부 진보적 문학을 제외한 대다수 중도파나 민족주의계열, 순수주의나 모더니즘 등의 문학은 상당 분량 무시, 폄하되었다. 때문에 1990년대판 『문학사B』에서 20여 년간 외면되었던 프로문학 및 진보문학 일부가 복원·복권된 것은 평가할 만하다.[22]

---

[22] 복원·복권 시기는 1980년대 중반으로 생각되는데, 그 근거로는 『조선문학개관』 제2권과 은종섭의 『조선 근대 및 해방 전 현대소설사 연구』(1986)를 들 수 있다. 때문에 비

그럼에도 불구하고 『문학사B』는 여전히 문제가 많다. 문학사 서술의 논리구조나 문체가 평이하다 못해 너무나 소략, 허술하기 때문이다. 가령 일제강점기 프로소설 중심의 개별 작품을 설명한 부분을 보면 작품 평가의 미학적 기준이나 서술의 논리 전개상 마르크스-레닌주의미학에 근거한 '통사'의 치밀한 서술과는 비교되지 않을 정도로 허술하다. 이 글에서 앞서 요약한 1920~1930년대의 주요 작가, 작품에 대한 문학사적 규정이나 평가를 일일이 분석, 논평하지 않은 이유는 그런 사적 위상 설정의 논리적 근거(비평문과 논문 등의 구체적 논거)를 찾지 못한 탓도 없지 않다. 전반적으로 볼 때 일제강점기 문학사 전체가 리얼리즘의 합법칙적 발전 등 역사주의적 서술 특징을 보이지 않은 채, '형상, 반영' 수준의 미적 규정 이외에는 지나칠 정도로 범박한 서술로 일관하고 있다.

그렇다고 일제하 항일혁명문학에서 주체문학으로의 합법칙적 발전상조차 치밀한 분석과 미학적 계승원리를 논리적으로 서술했다 하면 그것도 아닌 것 같다. 문학사에 대한 역사주의적 합법칙성에 대한 자의식이 결여되었거나 실사구시 원칙에 충실한 과학적 논거가 부족하다고 아니할 수 없다.[23] 그래서 문학사 기술의 '선택과 재배열' 원리가 '생활의 진실한 반영'이라는 광의의 리얼리즘적 규준에 대한 환기도 없이, '무산대중의 생활상과 투쟁'이라는 얼핏 명쾌해 보이지만 실은 너무 단

평계와 학계의 연구가 일정하게 진전되다가 그 정치적 반영물로서 당 최고지도부인 김정일의 지침서인 『주체문학론』(1992)으로 구체화된 것이 아닐까 판단되기도 한다.

23 가령 '선군문학' 개념의 경우 『문학사B』에는 아직 반영될 시점이 아니라서 아예 없지만, 2006년판 『김대B』에도 '선군문학'의 문학사적 선조가 '항일혁명문학'인지 드러나 있지 않다. 즉 '항일혁명문학'의 합법칙적 계승자가 '주체문학'임은 다른 데서 여러모로 논증했지만 실제 『문학사B』에 이 사실이 제대로 반영되어 있지 않으며, '선군문학'이 그 다음 계승자인지는 여전히 불확실하다. 그것이 문학사 서술로 정식화되어야 하는데, 아직 이와 관련된 공식적인 문예정책이 결정된 바가 없는 듯하다.

선적인 척도로 일관하거나 역으로 '진보적'이라는 지나치게 자의적인 기준에 매여 있다고 판단된다.

창작방법·문예사조·문학 장르의 발생·발전의 합법칙적 과정이라는 문학사 개념 규정이 무색할 지경이다. 적어도 '통사'에선 도식적이나마 '사실주의 → 비판적 사실주의 → 사회주의적 사실주의'란 합법칙적 발전상이라도 전제되었다. 그런데 『문학사B』에 와선 '항일혁명문학의 유일 전통을 계승한 주체문학으로의 일방적 도정'이라는 인식 이외엔 별다른 고민이 보이지 않으니 문제인 셈이다. 물론 문학사적 선택과 재배열의 기준이 지나치게 소략하며 서술조차 조박하단 평가는 북한 독자인 인민대중의 눈높이를 고려한 '인민성' 원칙을 간과한 남한 학자의 편협한 시선의 산물일지도 모르겠다. 하지만 『문학사B』가 『통사』나 『문학사A』에 비해서 학문적 축적성과가 반영되었거나 미학적·역사적 논리 수준이 진전되지 못한 점에서, 문학사 서술이 이론적·자료적으로 진전되지 않았다는 내재적 비판이 가능하다고 본다.

다음으로 **'시대구분'** 문제를 살펴보자. 그동안 남한 학계에서는 문학사의 시대구분에 두고 여러 견해가 대립되어 복잡한 논란을 벌였다. 지금도 논란 중이다. 핵심은 문학내적 기준인 텍스트 중심의 장르사와 문학외적 기준인 전체 사회사(일반사)와의 매개고리인 주체(담당층)의 변모를 어떻게 볼 것인가 하는 점이다. 아마도 제대로 정리된 어문생활사라는 것이 있다면 문학사와 전체 역사와의 중간 다리 구실을 할 것으로 기대한다.

문학사 시대구분의 주요한 문학내적 기준은 전통적으로 텍스트들의 유형화된 집단인 장르로 일컬어졌다. 다만 일제강점기에 관해서는 관행적으로 1910년대의 무단통치기, 1920년대의 문화통치기, 1930년대의 총동원체제기 등과 같은 시기구분이 많이 사용되기도 하였다. 그럴 경우, 식민정책의 변모를 중심으로 삼게 되어 탈식민을 향한 민족해방운동의 주체적 관점이 종속변수화되는 문제가 있다. 그렇다고 민족해방 주체의 반침략 투쟁을 과잉 일반화하여 북한처럼 '1866년 근대 → 1926년 현대'라는 항일혁명문학 중심의 주체문학론으로 문학사를 재단할 수도 없는 노릇이다.

북한의 문학사 서술의 경우 고전문학 분야에선 『문학사B』가 『문학사A』와 달리 시대구분을 세분화하고 있다. 1950년대 『통사』나 1970년대 『문학사A』에선 현재와 가까운 시대를 상세하게 더 많이 서술하는 '현재성의 원칙과 역사의 원근법 원칙'에 따라 단권으로 간행되었기에 고전문학 부분이 상대적으로 소략했다. 하지만 1990년대판 『문학사B』에 와서 6권으로 분권되고 내용도 대폭 늘어난 것은 매우 커다란 변화를 보여주는 것이다. 고대·중세시대를 다룬 『문학사A』『문학사B』 간의 시대구분의 변화 추이에 대한 김현양의 분석과 평가를 보자.

그렇다면 시기구분에서 변화된 점은 무엇인가? 다음 네 지점에서 차이가 있다. 첫째, 원시·고대문학 시기에서 인류의 발생과정이나 고대국가의 성립을 설명하면서 몇몇 연대(年代)가 수정되었다. 이는 북한의 선사고고학이나, 원시고대사 연구 상의 변화를 반영한 것이라 할 수 있으나, 그 변화의 의미는 심상치 않다. 둘째, 고려시대를 구분하지 않고 전체적으로 서술하고 있다. 70년대판에서는 고려 전기와 고려 후기로 나누었는데, 90년대판에서는 그렇게 하지 않았다. 그 이유는 전자에서는 민족시가의 중요한 두 양식인 고려국어가요와 시조가 고려 후기에 발생한 것으로 이해한 결과 전기와 후기의 문학사적 위상에 차이가 있다고 보았으나, 후자에서는 고려국어가요와 시조가 고려 전기에 발생했다고 파악하고 있으므로, 이 두 시기를 구분하는 것이 무의미했기 때문일 것이다. 셋째, 목차로는 구분하지 않았지만 90년대판에서는 15세기 전반기와 15세기 후반기부터 16세기까지로 조선 전기를 구분하고 있다. 이는 70년대판에서 보수적이며 반동적인 문학이라 제외했던, 조선 건국을 송축하는 〈건국송가〉를 비중 있게 서술함으로써 15세기 전반기의 문학사적 경향에 대한 서술의 폭을 확장하면서 이를 15세기 후반기~16세기의 문학사적 경향과 구분하고자 했기 때문이다. 넷째, 70년대판에서는 18~19세기를 함께 묶어 서술하고 있으나 90년대판에서는 18세기와 19세기를 분리하여 시기 구분하고 있다. 이러한 차이는 매우 커다란 변화를 보여주는 것이다.[24]

이는 1967년 이후 상당기간 침체되었다가 1980년대 후반부터 복원된 고대·중세문학의 연구 성과가 일정 정도 반영된 결과를 높이 평가한 것으로 생각된다. 반면 근현대문학 부분은 큰 틀에서 새로운 시대구분이 없다. 다만 1970년대 문학을 별도 명칭 없이 『문학사B』 14권에서 '1970년대 문학'으로, 1980년대 문학을 다룬 15권에서 '주체사상화 위업 시기'란 생소한 명칭을 부여함으로써 『조선전사』 같은 공식적인 전체 역사의 시기 명명에 고민하고 있음을 알게 해준다.

세 번째로 남북 문학사의 **'서술내용'**을 비교하면 차이는 심각하다. 리얼리즘과 애국주의(또는 민족주의)라는 입장에서는 남북 사이에 일정 정

---

24 김현양, 「민족주의 담론과 '주체'의 문학사」, 『민족문학사연구』 35, 민족문학사학회, 2007.12, 380~381면.

도 공통분모를 찾을 수도 있는 고대·중세문학 부분과는 달리 근·현대문학의 경우 남북 문학사 사이에 현격한 차이를 보이고 있는 것이다. 남한에서는 대체적으로 19세기 말의 애국계몽운동의 결과 나온 최남선의 「해(海)에게서 소년에게」와 이인직의 『혈의 누』·이광수의 『무정』 등을 중심으로 한 반중세적 근대지향 문학에 큰 비중을 두고 있다. 근대문학의 출발을 갑오개혁 전후의 근대적 제도 개혁시점에 두었으며, 현대문학의 출발을 1930년대 이상·김기림 등의 모더니즘·초현실주의·심리주의·주지주의 문학에서 찾거나 1945년 8·15광복에서 찾았다. 이는 문학사 서술에서 시대적 배경보다 실제 작품 성과와 사조적 흐름을 중시한 결과라고 하겠다.

북한에서는 1967년의 주체사상 확립 이후 공식 역사를 대폭 수정하였다. 그 결과 1860년대 '제국주의 외세 침략에 대항한 인민대중의 자주적 투쟁'(병인양요)을 근대사의 기점으로, 1926년 '타도제국주의동맹' 결성을 현대사의 기점으로 삼는 것이 공식화되었다. 문학사 또한 그에 맞춰 시대구분을 전면 개편하고 문학사의 전체상을 바꾸었다. 이는 물론 '주체사상의 유일사상 체계화'라는 당 정책이 문학사관과 문학사론의 변화를 일방적으로 강제한 결과이다. 특히 근대 초기문학의 경우 김일성 유일사상체계에 맞추어 김형직·강반석의 문학이 주류를 점하는 것으로, 현대문학(해방 전)은 김일성 자신의 '항일혁명문학'이 주도적이고 모든 여타 문학이 그 영향하에 있는 것으로 극단적으로 위계화되었다. 수령문학과 항일혁명문학의 과도한 비중과 위계화는 언젠가 이루어져야 할 통일된 민족문학사의 관점에서 남한과의 접점을 도저히 찾기 어려운 부분이라 아니할 수 없다.

'통일된 민족문학'의 이념형이라 할 '우리문학사'를 상정한다면 그 기준에서 북한의 문학사 서술이 지닌 문제점은 다음과 같이 지적될 수 있다. 우선, 1967년 이전의 문학사 서술에서는 비교적 온당하게 배치되었던 부르주아문학과 프로문학의 유산이 1970년대 이후에는 유일사상 체계화라는 정치적 이념적 강박으로 의해 비학문적으로 왜곡된 점이다. '김형직·강반석의 혁명문학'과 항일혁명문학이 과도하게 문학사의 주류를 점하면서 우리 근대문학의 풍부한 유산이 배타적 자의적으로 축소 왜곡된 것은 큰 문제이다. 이는 실사구시와 역사주의 원칙에도 맞지 않는다. 민족문학의 소중한 유산인 19세기 말~1920년대 초 계몽주의문학과 비판적 리얼리즘문학, 1920년대 중반~30년대 중반까지의 카프를 중심으로 한 프로문학과 진보적 문학, 1930년대 중후반의 부르주아 순수문학의 존재 자체를 상당 부분 부정하거나 문학사적 위상을 지나치게 축소한 점은 수정해야 할 것이다.

또한 민족문학론의 입장에서 볼 때 주체사상 이후 북한 문예학의 근대문학 개념 자체에도 문제가 많은 것으로 생각된다. '근대'문학에 대한 단선적 개념 인식에 매몰된 결과 '반침략 반봉건 애국주의사상'이란 잣대 하나만으로 모든 문학사 서술을 무리하게 하다 보니 문학적 완성도는 물론, 중세문학의 잔영에 불과한 한시나 구비문학을 무차별적으로 부각시킨 측면이 없지 않았다. 일제하이긴 하지만 많은 양심적인 지식인 작가들이 문단을 중심으로 민족문학의 성과를 쌓았는데도 상당 부분 외면한 사실도 문제다. 근대의 잣대 중 자국어의식이나 개성의 발견 등이 철저히 배제되어 있기 때문이다.

북한의 역대 근현대문학사 서술에서 이광수·김동인·염상섭·이효석 등의 문학을 부르주아 자연주의 성향이라 해서 배제하고 임화·김남천·이태준 등의 진보적인 문학까지 김일성이 주도했다는 항일 빨치산 문학과 연계가 없다 하여 뺀다면 잘못인 것이다. 이는 주체사상의 일방적 관철이 실상을 지나치게 왜곡했던 1970년대 문학사A의 대표적인 오류라 할 것이다. 이 점에서 근대문학이 모국어에 의한 민족문학이어야 한다는 전제하에 부르주아문학이건 프로문학이건 좌우성향을 통합하여 서술한 남한 학계의 문학사인, 『한국문학통사』, 『한국 근대민족문학사』, 『새 민족문학사강좌』가 온당하다고 생각한다.

그나마 다행인 것은 『문학사B』 중에서 류만이 집필한 근대 계몽기~식민지 문학사 부분을 보면 『문학사A』와는 달리 문학사적 실상을 일정 정도 복원하려 고민했다는 점이다. '김형직·강반석 문학'과 '항일혁명문학'이 전체 분량의 3분지 2를 차지할 정도로 지나치게 과대평가되는 바람에 부당하게 축소, 왜곡될 수밖에 없었던 『문학사A』 제2, 3권이 1990년대판 『문학사B』 제7, 9권에서 조금은 제 자리를 찾은 셈이다. 즉, 19세기 후반부터 북한 공식 역사에서 현대사의 기점이라는 타도제국주의동맹 결성(1926)까지 다룬 『문학사B』 7에선 '김형직·강반석 문학'이 3분지 1로 줄고 대신 이광수·최남선·초기 프롤레타리아문학이 복권되었다.

남한 학자·독자들에게 가장 불만이었던 일제강점기의 문학사 서술에서도 대폭적인 수정 보완이 이루어졌다. 문학사A 제3권에서 '항일혁명문학'이 전체 분량의 3분지 2를 차지한데다 나머지 일제강점기문학조차 '항일혁명문학의 직접적 영향하에 이루어진 진보적 문학'으로 축소·왜곡되었던 데 반해, 문학사B에서는 '항일혁명문학'을 8권에서 별도로 다루고 프로문학을 비롯한 진보적 문학과 중도파의 문학이 절반 정도 복원된 9권을 따로 서술해서 문학사A의 무리수를 대폭 수정하고 있다. 이는 『주체문학론』의 지침에 힘입은 바 크다고 아니할 수 없

다.[25] 다만 아쉬운 것은 이 분야의 대표학자라 할 류만[26]이 서술했음에
도 불구하고 안함광이 직간접적으로 서술한 1956년, 1959년, 1964년판
에 비해 내용이 부실하다는 점이다. 김정일 시대에 나온 문학사라면 적
어도 리동수의 계몽기 비판적 사실주의문학 연구, 은종섭의 일제강점
기 소설사, 김학렬, 신영호의 문학비평사 연구 성과[27]가 어느 정도 반영
되었어야 하지 않나 하는 아쉬움이 있는 것이다.

물론『주체문학론』을 통해 1967년 이후 20년 동안 간과되었던 카프
문학 등 과거 진보적 문학에 대한 원론적 복권의 근거가 마련된 것은 인
정할 만하다. 『주체문학론』 제2장 '유산과 전통'에서 항일혁명문학의 전
통 못잖게 민족문화 유산도 중시되어야 하며 "카프문학에 대한 평가와
처리를 공정하게 하여야 한다"면서 카프문학의 복원을 주장한 것은 주
목을 요한다. 그동안 이 문제에 대한 많은 편향이 있었기 때문이다.

그 결과 김기진·박영희가 주도한 초기 카프문학과 임화·김남천
이 주도한 1, 2차 방향전환기 카프문예운동은 '여전히 괄호' 안에 넣으
면서도, 염군사 중심의 초기 카프와 1927년 방향전환 후의 조명희·이
기영·한설야 등의 프로문학을 분리해서 사회주의적 사실주의문학으
로 정당하게 인정해야 한다고 서술하고 있다. 또한 계몽기 비판적 사실

---

25 항일혁명문학을 다룬 문학사 8권은 『주체문학론』이 나온 1992년 7월 이후인 11월에
    나왔고, 일제강점기 문학을 다룬 7, 9권은 1994년에 동일 저자에 의해 집필, 간행되었
    다는 사실이 이러한 추정을 뒷받침해주고 있다.
26 류만은 김정웅, 한중모, 정성무 등과 함께 주체문예론을 이론화하고 오랫동안 주체
    문학연구소장을 역임한 이데올로그였으나 2007년경 사망했다. 이후 소장직을 맡은
    평론가 고철훈은 학자라기보다는 행정가라 할 수 있다.
27 리동수,『우리나라 비판적 사실주의 문학 연구』, 과학백과사전출판사, 1988(『북한의
    비판적 사실주의 연구』, 살림터, 1992); 은종섭,『조선 근대 및 해방 전 현대소설사 연구』,
    김일성종합대학출판사, 1986; 김학렬,『조선프로레타리아문학운동연구』, 김일성종
    합대학출판사, 1996; 신영호,『조선문학비평사연구』, 김일성종합대학출판사, 2003.

주의 문학이나 20세기 초엽의 이해조·이인직·이광수·최남선 등도 응당한 수준에서 취급해야 하고 일제강점기에 진보적인 작품을 창작한 신채호·한용운·김억·김소월·정지용·심훈·이효석·방정환· 나운규 등을 공정하게 평가해야 한다고 하였다. 다만 이러한 방식으로 일제강점기 민족문학예술 '유산'을 정당하게 계승하고 발전적으로 서술할 때는 역사주의적 원칙과 현대성의 원칙을 확고히 지켜야 한다는 단서를 달아둠으로써 항일혁명문학예술의 절대적 '정통성'을 우위에 두긴 하였다.

앞에서 분석했듯이 현 단계 북한에서의 프로문학 평가는 1959년 현종호가 정초하고 1992년 『주체문학론』에서 보완된 '일제하 프로문학의 한계와 항일혁명문학의 절대 우위' 명제로부터 별로 벗어나지 않은 것으로 평가된다.[28] 류만의 문학사를 볼 때, 일제하 프로문학에 대해서 항일혁명문학과의 대비를 통한 한계를 먼저 서술하고 그 한계 내에서 혁명 '전통'이 아닌 민족문화 '유산'으로만 문학사적 의의를 가진다고 서술하는 방식이 그렇다. 이 점에서 1990년대 이후 북한 학계의 인식 수준은 '1960년대로의 일정 수준의 복귀'라는 평가가 가능해진다.

1920~30년대 카프를 중심으로 한 프로문학운동이 일제의 가혹한 정치적 탄압과 박해 속에서도 항일 민족해방운동의 일환으로 진행된 것은 주지의 사실이다. 하지만 여전히 문제는 김일성이다. 과연 북한 학계의 공식 입장처럼 1920~30년대 카프를 중심으로 한 프로문학운동

---

28 이에 대한 논증은 김재용, 「남북의 근대문학사 서술과 프로문학의 평가」, 『남북한 한국학 연구의 접점』(고려대 민족문화연구원 학술대회 발표자료집), 2000.11; 『민족문화연구』 33, 고려대 민족문화연구원, 2000.12; 김성수, 「프로문학과 북한문학의 기원」, 『민족문학사연구』 21, 민족문학사학회, 2002. 참조.

이 만주에서 벌어졌다는 김일성 주도의 항일무장투쟁과 '직접적으로' 연결되었는가 하는 점이다. 1990년대 이후 북한 학계에서 식민지시대 진보적 문학과 항일혁명문학을 일정 정도 분리해서 보듯이 이념적 유연성이 생긴 만큼 이는 앞으로 남북 학계가 공동으로 풀어야 할 중요한 쟁점이 될 것이다.

다만, 『문학사B』에서 『문학사A』보다 프로문학의 실상에 가깝게 수정된 부분이 있어 보다 정교한 독해를 요한다. 『문학사B』에서는 『문학사A』에서 강변하다시피 한 1930년대 프로문학 대표작 '『고향』, 『황혼』 집필과정에서 항일무장투쟁의 직접적 영향'을 받았다는 절대명제가 사라진 점이다. 대신 '작중에서 공산당으로 표현된 항일무장투쟁의 영향을 직접적으로 반영한 첫 작품'으로 강경애의 「소금」을 주목한다는 서술로 변화된 점을 주목할 수 있다.

4. 남북 교류와 선군문학의 길항관계

2014년 현재 남북관계는 위기다. 이는 보수적 남한 정부의 경직된 대북정책 탓도 있지만 체제 붕괴의 위기를 선군사상으로 돌파하려는 북한에 보다 근본적인 원인이 있을 터이다. 문제는 위기라는 사실조차 외면당하는 현실이다. 한창 남북 교류·협력이 활성화되던 2000년대 초중반의 북측 구호였던 '우리 민족끼리'라는 식의 두루뭉술한 담론이 아니라, 너무나 다른 것 사이의 소통이란 의미의 고단하기 짝이 없는 '통이(通異)' 정도가 가까스로 이루어지는 실정이다. 남북한문학이 처한 현실은 통일·통합을 향한 로드맵을 그리기 어려울 만큼 냉혹하다는 사실을 '민족작가대회'나 학술교류에서 새삼 절감한 바 있다.[29]

주지하다시피 북한의 문학사 인식은 유일사상체계에 전일적으로 정초되어 있다. 가령 일제강점기를 근현대문학사에서 항일혁명문학예술에 대한 과도한 정통성을 부여하는 주체문예이론의 역편향 탓에 한동안 일제강점기 문학에서 가장 진보적인 부분이라 할 '카프를 중심으로 한 프로문학'을 의도적으로 축소·왜곡·무시했다. 남로당계 문인은 완강하게 금기시되었으며 카프문학과 일부 진보적 문학을 제외한 대다수 중도파나 민족주의계열, 순수주의나 모더니즘 등의 문학은 여전히 외면되고 있다. 그래도 1990년대판 『문학사B』에서 한동안 외면당했던 프로문학 및 진보적 문학이 일부 복원된 게 다행이다 싶다.

결론적으로 『문학사B』는 『문학사A』가 주체문예이론의 일방적 관철을 위해 무리하게 재편했던 근현대문학사의 실상을 『통사』 수준으로 부분 개편했다는 의의를 찾을 수 있다. 현재 북한 학계의 문학사 인식은 임화·김남천·이태준 등의 문학을 제외한 '1960년대적 수준으로의 복귀'가 이루어졌으며, 한설야의 복권 이후 이육사·윤동주·김억 등으로 근대문학사의 외연과 지평을 계속 넓히고 있다. 1990년대판 『문학사B』가 1960년대적 인식으로 일부 복귀했다는 결론은 얼핏 생각하면 위기를 넘긴 긍정적 지표로 해석될 수 있다. 하지만 역으로 오늘날 북한 학계 내지는 북한 사회가 정체 또는 퇴행했으며 앞으로 북한 '인민'의 삶

---

29 가령 2009년 8월 베이징외국어대학에서 성사된 하정일 외 민족문학사연구소 소속 연구자들과 신영호 외 김일성종합대 조선문학강좌 교수들과의 '신채호 문학 연구' 학술 교류의 예에서 보듯이, 객관적 정세의 악화 속에서 그나마 부분적으로 어렵사리 이루어진 기회조차 교류는커녕 상호 이해와 소통조차 기대 이하였다.

의 질이 결정적으로 나아지거나 그를 기반으로 하는 진정한 의미의 남북 교류·협력이 쉽지 않겠다는 반증이기도 하다.

이는 사회 역사적 맥락에서 1970년대 주체문예론으로는 감당키 어려운 현실사회주의권 몰락과 '전 지구적 지역표준(Global standard)'의 한반도적 모색이라는 글로컬(Glocal standard)한 변화에 맞선 나름의 폐쇄적 자구 노력이라는 의미를 읽어낼 필요도 있다.[30] 문제는 북한에서의 문학사 서술이 앞으로 남북 교류를 위한 통합프로세스로 전화할 것인지는 의문이라는 점이다. 왜냐하면 선군사상에 견인된 '선군(혁명)문학'론이 지난 10여 년간 북한 학계의 주류가 되어 남북 교류를 위한 문학 연구나 문학사 서술이 이루어질 가능성은 별로 없다고 할 수 있기 때문이다.[31] 남북 교류와 수령론, 선군문학의 길항관계를 근본적으로 흔들기 어렵다는 것이 솔직한 판단이다.

그럼에도 불구하고 지난 60여 년간의 남북관계를 돌이켜볼 때 위기 끝에 교류를 했고 교류와 협력 속에 다시 적대가 진행되는 우여곡절을 반복했던 것을 감안하면 비관할 것만은 아니다. 남북 정부의 화해와 교류, 협력을 기다릴 것이 아니라 끊임없는 학술적 이해와 민간부문의 교류를 재개하고 보다 긴 안목으로 궁극적인 통합을 모색하는 중지를 모을 때이다. 남북은 냉전구조 해체와 '통일을 지향하는 평화체제' 구축이라는 확고한 비전으로 민족 모순을 주도적으로 해결하는 지혜를

---

30 탈냉전시대에는 남북한처럼 상호 적대와 상호 교류가 교차하는 진영 간의 첨예한 이념 대립을 넘어서 서로의 장점을 교합하여 새로운 질서 체계를 구성하자는 논의가 활발해졌는데 그 발상 중 하나가 글로컬리즘(Glocalism)이다. 글로컬리즘은 양쪽의 장점을 서로 인정하고 받아들이기에 21세기 오늘날 새로운 국제질서체제로 인정받고 있다.

31 2009년 8월 베이징 학술대회에서 만난 북한 학자 신영호에 의하면 '주체문학론'과 비견되는 '선군문학론'의 서술이 진행되었다는데 2013년 현재까지 실체가 확인된 바 없다.

발휘해야 한다. 이런 맥락에서 상극이 상생이 되고 상생이 상극이 되는 조상의 지혜[32]를 구체적이고 실질적으로 남북관계에 활용할 방도를 찾아보면 어떨까 한다.

---

[32] 남북 문학사의 통합론에 참조할 이론적 기반으로 조동일의 '생극론(生克論)'이 도움될 것이라 생각한다(조동일, 「생극론(生克論)을 다시 말한다」, 『세계 지방화 시대의 한국학』 4, 지식산업사, 2006, 319~349면 참조).

〈부록〉 북한의 역대 문학사 서술

① 리응수, 『조선문학사』(1~14세기), 교육도서출판사, 1956.
　윤세평, 『조선문학사』(15~19세기), 교육도서출판사, 1956.
　안함광, 『조선문학사』(1900~　), 교육도서출판사, 1956.

② 과학원 언어문학연구소 문학연구실, 『조선문학통사』 상(원시~19세기), 과학원출판사,
　1959.5(서울 : 인동, 1988).
　과학원 언어문학연구소 문학연구실, 『조선문학통사』 하(1900~전후시기), 과학원출판
　사, 1959.11(서울 : 인동, 1988).

③ 미상, 『조선문학사』, 교육도서출판사 1960(학우서방, 1964, 번각).

④ 한룡옥, 대학용 『조선문학사』 1(기원전~14세기), 조선문학출판사, 1961.12.
　김하명, 대학용 『조선문학사』 2(15~19세기), 조선문학출판사, 1962.
　안함광, 대학용 『조선문학사』 3(20세기~), 조선문학출판사, 1962.

⑤ 신구현, 『조선문학사』 1(기원전~7세기 전반기), 고등교육도서출판사, 1964.
　리응수, 『조선문학사』 2(7세기 후반기~9세기), 고등교육도서출판사, 1964.
　한룡옥, 『조선문학사』 3(10세기~13세기)
　한룡옥, 『조선문학사』 4(14세기)
　최시학, 『조선문학사』 5(15세기~16세기)
　김하명, 『조선문학사』 6(17세기)
　김하명, 『조선문학사』 7·8(18세기~19세기 60년대), 고등교육도서출판사, 1964.
　안함광, 『조선문학사』 9(19세기 말~1919년), 고등교육도서출판사, 1964.11.
　안함광, 『조선문학사』 10(1920년대), 고등교육도서출판사, 1964.
　연장렬·안함광·방연승, 『조선문학사』 11·12(1930년대~1945년)
　현종호, 『조선문학사』 13(1945~50년)
　연장렬, 『조선문학사』 14(1950~53년)
　엄호석, 『조선문학사』 15(1953~58년)
　리상태, 『조선문학사』 16(1958~)

(참고* 3~6, 11~16권은 간행사실 미확인, 미간행)

⑥ 김일성대학 조선문학강좌, 『조선문학사』1(원시~19세기중엽), 김일성종합대학출판사, 1971.7.
　김일성대학 조선문학강좌, 『조선문학사』2(19세기 말~1945).
　김일성대학 조선문학강좌, 『조선문학사』3(혁명문예, 김형직・강반석 문학).
　김일성대학 조선문학강좌, 『조선문학사』4(1945~1953).
　김일성대학 조선문학강좌, 『조선문학사』5(1953~1966).
　김일성대학 조선문학강좌, 『조선문학사』6(1967~1970).

⑦ 사회과학원 문학연구소, 『조선문학사』(고대중세편), 과학백과사전출판사, 1977.
　박종원・류만・최탁호, 『조선문학사』(19세기 말~1925), 과학백과사전출판사, 1980(서울 : 열사람, 1988).
　김하명・류만・최탁호・김영필, 『조선문학사』(1926~1945), 과학백과사전출판사, 1981(서울 : 열사람, 1988).
　사회과학원 문학연구소, 『조선문학사』(1945~1958), 과학백과사전출판사, 1978.10.
　사회과학원 문학연구소, 『조선문학사』(1959~1975), 과학백과사전출판사, 1977.

⑧ 김일성종합대학 조선문학강좌, 『조선문학사』1, 김일성종합대학출판사, 출간연도 미상.
　김일성종합대학 조선문학강좌, 『조선문학사』2, 김일성종합대학출판사, 1979.5(제5편 혁명문학예술, 6편 해방 후 문학(1945~50).

⑨ 김춘택, 『조선문학사』1, 김일성종합대학출판사, 1982(천지, 1989).
　은종섭, 『조선문학사』2(1866~1945), 김일성종합대학출판사, 1982.12.
　리동원, 『조선문학사』3(1945~53), 김일성종합대학출판사, 1982.12.
　김려숙・변귀송・박용학, 『조선문학사』4(1953~1967), 김일성종합대학출판사, 1982.2.
　김려숙・변귀송・신경균, 『조선문학사』5(1967.5~1980.9), 김일성종합대학출판사, 1982.11.

⑩ 정홍교・박종원, 『조선문학개관』1(원시~1925), 사회과학출판사, 1986.
　박종원・류만, 『조선문학개관』2(1926~1984), 사회과학출판사, 1986.

⑪ 김춘택,『조선고대중세문학사』, 김일성종합대학출판사, 1996.

　미상,『조선근대현대문학사』, 김일성종합대학출판사, 1991.

⑫ 정홍교,『조선문학사』1(고대, 삼국, 발해시기 문학), 사회과학출판사, 1991.

　정홍교,『조선문학사』2(고려시기 문학), 과학백과사전종합출판사, 1994.

　김하명,『조선문학사』3(15~16세기 문학), 사회과학출판사, 1991.

　김하명,『조선문학사』4(17세기문학), 사회과학출판사, 1992.

　김하명,『조선문학사』5(18세기문학)』, 과학백과사전종합출판사, 1994.

　김하명,『조선문학사』6(19세기문학)』, 과학백과사전종합출판사, 1999.

　류만,『조선문학사』7(19세기 후반~1926년 문학), 과학백과사전종합출판사, 2000.

　류만,『조선문학사』8(항일혁명문학), 사회과학출판사, 1992.

　류만,『조선문학사』9(1920년대 후반~1940년대 전반기 문학), 과학백과사전종합출판사, 1995.

　오정애・리용서,『조선문학사』10(해방 후편), 사회과학출판사, 1994.

　김선려・리근실・정명옥,『조선문학사』11(해방 후편(조국해방전쟁시기)), 사회과학출판사, 1994.

　리기주,『조선문학사』12(전후복구, 사회주의 기초건설기), 사회과학출판사, 1999.

　최형식,『조선문학사』13(사회주의 전면적 건설기), 사회과학출판사, 1999.

　천재규・정성무,『조선문학사』14(1970년대 시기), 사회과학출판사, 1996.

　김정웅・천재규,『조선문학사』15(주체사상화위업시기), 사회과학출판사, 1998.

　류만・최광일,『조선문학사』16(1990년대), 사회과학출판사, 2012.

⑬ 미상,『조선문학사』(문학대학용), 김일성종합대학출판사, 2006.

2부
고대중세문학사

북한의 원시·고대 문학사 서술
북한문학사의 역사주의와 탈역사성

윤혜신

1. 북한문학사는 합법칙적으로 기술되었는가

　북한에서 1991년에 간행한 『조선문학사』 1(이하 『문학사B』)은 이전의 문학사인 1959년의 『조선문학통사』 상(이하 『통사』), 1977년의 『조선문학사(고대·중세편)』(이하 『문학사A』)와 비교해서 여러 성과를 이루었다. 연구가 축적되면서 문학사에서 다루는 작품 수가 많아졌고 이해의 심도도 깊어졌다. 이전 문학사가 지향하던 관점이나 기본 원리가 달라지지는 않았으나 강조 항목과 비중에 변화가 있다.

　『문학사B』는 머리말에서 문학사를 서술하되 "력사주의적 원칙을 철저히 구현"하겠다고 공표하였다. 문학사 기술의 원칙으로 "주체성, 당성, 노동계급성, 력사주의적 원칙을 구현하여 조선문학발전의 합법칙적 과정"[1]을 밝히는 것을 목표로 삼고 있다. 이는 '과학적인 조선문학사 서술'로서 문학을 사적으로 기술함에 역사적 단계에 따라 '문학 발전의 합법칙적 과정'을 밝혀 역사적인 특성을 드러내겠다는 의도이다. 결국 문학적 합법칙성에 대한 강조이며 문학의 사적 국면에서 법칙을 확인하는 것이 목표임을 알 수 있다. 이 목표는 전체 문학사 기술을 규율하는 중요한 지침이 된다.

문학사는 기본적으로 역사이므로 사료(史料) 해석의 역사적 정합성(整合性),[2] 역사적 사실성(事實性)은 어느 체제, 어느 사회에서나 중요한 목표가 아닐 수 없다. 남북한의 문학사 기술은, 체제나 이념을 떠나 같은 문학적 현상을 대상으로 하기에 문학사의 역사적 정합성은 중요한

---

1 『문학사B』 1, 3면.
2 '역사가 정합적으로 쓰일 수 있는가'라는 질문은 간단히 답할 수 있는 문제가 아니다. 이는 역사 기술의 철학적 태도, 역사의 본질에 대한 질문으로 역사학, 역사철학의 영역에서 논의되어 왔다. 이 분야의 저명한 연구자인 카(Carr)는 '역사의 기술은 단순하게 과거가 어떠했는지를 보여주는 것이 아니며 역사인식이란 역사가의 현재적 인식 관심에 따라 과거와의 대화를 시도하면서 시작되며 그 대화의 결과로 나타나는 것이 역사라고 하였다. 이 경우, 역사가의 가치 판단이 역사서술의 방향성을 결정하게 된다. 또 포스트모더니즘에 따르면 역사적 사실이란 실재하지 않고 단지 그것은 텍스트로서의 역사서술이 만들어내는 담론적 질서로서만 존재하는 것'이 된다(김기봉, 「역사란 무엇인가-Carr의 역사관을 넘어서기 위한 하나의 시론」, 『역사비평』 41, 역사비평사, 1997, 318~319면 참조). 현재 해체론적 관점의 역사관도 제안된 상황이다(Munslow, Alun, *Deconstructing History*, Publication : London, New York Taylor & Francis Routledge, 2nd Ed., 2006 참조). 이상과 같이 역사의 본질 논의는 역사가의 시선, 역사적 사실이 실재하는가, 담론의 문제인가 등의 철학적 문제를 다루게 된다. 일반적인 수준에서 '역사'로서 북한문학사의 특징을 살펴보면, 표방하고 있는 목표로부터 '특정 방향으로의 역사적 발전'과 '역사적 사실이 역사가의 외부에 실재한다'는 전제를 읽을 수 있다. 또 북한문학사를 기술하는 역사가는 개인이 아닌 북한의 공식적 담론을 대표하는 주체이다.
이 글은 역사의 본질 논의가 본령이 아니므로 이 논의는 역사학의 영역으로 넘겨두고 논의를 분명히 하기 위해 '역사성'의 의미를 협의로 제한하고자 한다. 문학사의 사료(史料)를 '작품과 작가, 문학 환경을 대상 자료'로 보고 역사성의 의미를 '대상 자료에 대한, 타당하게 확인된 사실성(事實性)'으로 제한하겠다. 따라서 '탈역사성'이란 문자적 의미대로 역사성을 벗어나 타당한 사실(事實)로 확인되는 대상 자료의 특성과 상태를 도외시하고 이론적 기준에 맞춰 문학현상의 역사적 속성을 왜곡한다는 뜻이 된다.

 북한의 우리문학사 재인식

목표가 된다. 만약 문학사적 변화를 기술하면서 특정한 이론의 기준을 중시하여 작품의 실제적, 핵심적 국면을 반영하지 않고 확인된 사실적 증거를 취사선택하거나 논리적 타당성을 확보하지 않은 채 일반화한다면 이 문학사는 비역사적이며 탈역사적인 기술이 될 것이다.

북한문학사의 탈역사적 면모는 선행 연구에서 지적된 바 있다. 원시문학과 고대문학을 검토한 남한의 『북한의 우리문학사 인식』(1991)[3]은 강력한 당위적 요구, 관념의 선재성(先在性)에 압도되어 문학사의 실상에 대한 균형적 파악이 어려워서는 안 된다는 점, 이념적 요구 때문에 자료적 실상을 왜곡하지 않을 것, 결론부터 내리지 않기, 기벽한 해석보다 확인되는 사실을 중심으로 문학사적 의의를 평정(評定)하자는 등의 견해를 제시했다. 요컨대 논리와 이론이 실제의 문학 현상보다 선행하면 괴리가 생길 수 있음을 지적한 것이다.

『문학사B』1을 검토한 일련의 연구는 민족주의가 더욱 강조되었다고 평가한다. 『문학사B』1을 포함하여 이후의 문학사를 검토한 연구는 북한문학사가 문학사 서술 원칙으로 '민족성'을 강조하고 있으며 민족의 가치를 절대화하는 방향[4]에 있다고 했다. 『문학사B』1의 고려시대 문학사를 검토한 연구[5]는 국가와 민족에 대한 문학 외적인 요인이 문학 내적인 가치보다 강조된 사실을 지적했으며, 조선 전기의 문학사를 검토한 연구[6]는 반침략애국주의 작품이 강조되면서 민족적 관점이 '애

---

3   민족문학사연구소 편, 『북한의 우리문학사 인식』, 창작과비평사, 1991(이하 『인식』).

4   김현양, 「민족주의 담론과 '주체'의 문학사」, 『민족문학사연구』 35, 민족문학사학회, 2007; 김현양, 「북한의 '우리문학사' 서술의 향방」, 『민족문학사연구』 42, 민족문학사학회, 2010.

5   김준형, 「북한의 고려시대 문학사 기술, 그 특징과 한계」, 『민족문학사연구』 42, 민족문학사학회, 2010.

6   장경남, 「북한의 조선 전기 문학사 서술의 실상과 의의」, 『민족문학사연구』 42, 민족

국'으로 확장되었다고 하였다. 민족을 강조하는 사실 자체가 탈역사적인 것은 아니지만, 작품을 해석하고 평가하는 우선적 기준으로 활용되면 이론과 실제의 괴리를 초래할 수 있다. 또 역사적 사실을 문학 해석에 이용하는 경우도 주의가 필요하다.

『문학사B』1에서는 논리와 이론이 실제보다 선재하는 현상이 완화되었을까. 이 글은 원시부터 중세 초기의 문학사를 다룬『문학사B』1을 대상으로 북한문학사가 그 나름의 역사주의를 추구하는 과정에서 역사적 정합성에서 어긋나 탈역사적인 해석을 하고 있는지, 어떤 면이 탈역사적인지 검토해 보겠다. 이와 같은 논의는 앞으로 문학사적 정합성이 어떠한 방향과 방식으로 추구되어야할지 가늠하는 데 도움이 될 것이다. 이어『문학사B』1의 변화 양상을『통사』와『문학사A』1과 비교하면서 어떤 점이 달라졌는지 살펴보겠다. 마지막으로는 눈에 띄는 북한문학사 특유의 서술방식, 논리 전개방식의 문제점을 짚어보고 북한문학사의 장점이 남한의 연구에 시사하는 점이 있는지도 점검하겠다.

2. 작품 해석의 탈역사적 면모

『문학사B』1은 이전 문학사의 논조를 계승하면서 전반적으로 항목의 내용을 심화하였다. 이는 곧 이전 문학사와 논리적 골조를 같이 하되, 분석과 설명을 보강하였다는 뜻이다. 보강된 부분을 점검해보니 산

문학사학회, 2010.

문에서는 '신화'와 '전설', 시가에서는 '원시가요'와 '달거리체 형식'의 작품 분석과 해석에 문제점이 있어 설득력 있는 해명이 필요하다.

1) 원시신화로 혼동된 고대적 서사

북한문학사의 신화 연구 방법론은 남한의 신화연구와 사뭇 다르다. 남한 학계와 다를 뿐 아니라 세계의 주류 신화연구와도 거리가 있다. 세계의 주류 신화연구가 구스타프 융(Carl Gustav Jung)의 분석심리학과 레비스트로스(Lévi-Strauss)의 구조주의적 신화학, 엘리아데(Mircea Eliade)의 종교적 기능을 중시하는 종교사적 이론의 영향을 받아 인간 의식의 심층에 존재하는 가상의 것, 예를 들어 원형(archetype), 원초성(primodiality), 신화에 공통된 가치, 의례적 면모 등을 탐색하였으며 이러한 지적 조류에서 남한의 신화 연구도 크게 벗어나지 않았다. 그리고 이론적 배경을 직접적으로 명시하지 않아도 구조주의와 분석심리학의 영향으로 역사성보다는 작품의 내재적 분석을 위주로 하면서 공시적, 내재적 논리를 탐색하는 연구에 공을 들여왔다.

반면 북한문학사는 기본적으로 사회주의 역사관에서 비롯한 역사성, 역사적 합법칙성을 중시해왔다. 역사적 발전단계에 따라 대응되는 문학의 변화를 염두에 두고 작품에서 역사성을 추출하려는 의도는 『통사』에서부터 나타나며 『문학사A』1과 『문학사B』1을 거치면서 그 내용이 심화, 보충되고 있다. 남한에서 고대신화로 여겨지는 작품이 북한문학사에서는 역사발전단계에 따라 원시신화,[7] 고대건국신화,[8] 중세건국설화로 나뉘는 점이 특징적이다.

　　북한문학사에서 신화를 보는 기본 관점을 담고 있는 예문은 다음과
같다.

　　신화는 서사생활이전, 인류문화의 려명기에 시원이 개척된 구전문학의
원초형의 형태이니만큼 본래의 그대로 전하여지는 것이 없으며[9]

　　원시신화는 다른 유산 속에 단편적으로 포함되어 전해진다. 「단군신화」
의 경우 곰이 여자로 변하고 변신한 곰녀의 몸에서 고조선의 시조왕인 단
군이 태어났다는 이야기는 곰토템 숭배사상의 반영이다.[10]

　　원시사회단계에서 창조된 신화의 흔적은 대체로 고대건국신화를 비롯
한 후세의 설화유산들과 고전소설을 비롯한 다양한 형태의 작품들, 기타

7　북한문학사에서 '신화'라는 용어에 수식어가 없을 때에는 기본적으로 원시에 기원을
　　둔 원시신화를 뜻한다.
8　북한문학사는 신화와 설화의 용어를 혼용한다. 『통사』 상에서 신화는 원시신화를
　　가리키며 고대건국설화를 신화라고 칭하지는 않았다(12면). 『문학사A』 1에서 '신화'
　　가 광범위하게 사용되는데 이때 신화는 원시신화와 고대건국신화로 나뉜다. 이중 고
　　대건국신화는 건국설화라고도 불렸다(13면). 『문학사B』 1에서는 고대 시기의 신화
　　를 고대건국신화, 고대건국설화로 지칭한다. 이 둘은 모두 고대신화작품을 가리킨
　　다. 고대건국설화와 고대건국신화는 표현이 다르지만 결국 같은 대상을 지칭한다.
　　용례는 아래와 같다.
　　고대건국신화의 용례 : "원시사회단계에서 창조된 신화의 흔적은 대체로 고대건국
　　신화를 비롯한 후세의 설화유산들과 고전소설을 비롯한"(『문학사B』 1, 27면)
　　고대건국설화의 용례 : "고대건국설화의 창조자들은 이와 같이 원시신화의 유산들
　　을 (…중략…) / 고조선의 건국설화인 「단군신화」에서 볼 수 있는 바와 같이"(『문학
　　사B』 1, 28면)
　　두 용어는 엄연히 표현이 다르기에 다른 개념으로 오해할 수 있으므로 앞으로의 문
　　학사에서는 통일하거나 혹은 각 개념의 차이를 해명할 필요가 있다.
9　『문학사B』 1, 27면.
10　위의 책, 29면.

력사사적들과 관련된 여러 기록유산들에 단편적으로 포함되여 전해지고 있으며 력사 유적과 유물 등을 통해서도 엿볼 수 있다.

이 가운데서도 고대시기에 창조된 건국설화들은 원시신화의 흔적을 제일 풍부하게 그리고 집중적으로 보여주는 설화유산들이라고 할 수 있다. 그것은 고대건국설화들이 거의 다 원시시대로부터 전승되여오는 신화의 유산들에 기초하고 그것을 국가출현시기의 사회력사적 현실에 부합되게 재구성하는 방법에 의하여 창조되였기 때문이다.[11]

위의 예문에 따르면 '원시 시대에 창조된 신화가 고대건국신화, 중세 건국설화에 포함되어 있다'고 전제한다. 본래, 원시 시대에 신화가 생겼으나 그대로 전해지지는 못했기에 후대 작품인 고대 건국설화나 중세 건국설화, 이외의 전설 등에 전해진다는 뜻이다. 이뿐 아니라 역사 사적, 유물 등에서도 원시신화의 흔적을 찾을 수 있다고 한다. 고대 건국설화가 원시 신화의 유산에 기초하기 때문에 고대 건국설화가 가장 풍부하고 집중적으로 원시신화의 흔적을 보여준다고 한다.

'원시 신화' 혹은 '원시 신화의 흔적'에 대한 설명은 『통사』[12]와 『문학사A』1[13]에서도 제시되나 『문학사B』1에서 가장 정교해졌다. 『문학사B』1은 기존 문학사에서 설명 없이 제시만 했던 토템, 물활론, 마법이 무엇인지를 설명하고 고대신화와 중세설화에서 어떤 부분이 원시 신화의 흔적인지 제시하고 있다.

---

11 위의 책, 27면.
12 『통사』 상, 5면.
13 『문학사A』 1, 14~15면.

「단군신화」에서 천제의 아들이며 고조선 시조왕의 아버지인 환웅이 하늘에서 내려올 때에 비, 바람, 구름을 다스리는 귀신들을 데리고 땅에 내려왔다는 이야기, 「해모수신화」에서 천제의 아들인 해모수가 오룡차를 타고 하늘을 자유롭게 오르내리며 세상을 다스린 이야기, 바다 룡왕과 류화의 형상, 해모수와 하백의 대결 장면 등은 모두 물활론과 마법에 기초한 환상적 수법에 의하여 창조된 신화적 형상들이라고 볼 수 있다.

또한 가야국과 신라의 건국과 관련되어 있는 박혁거세, 석탈해, 수로 등의 출생설화들에서 우물가에 말이 꿇어앉아 울고 그 곁에 큰 알이 있었다는 이야기, 붉은 구름이 짙게 드리운 가운데서 금궤가 내려오고 그 밑에서 닭이 울고 있었다는 이야기, 하늘에서 내려온 금궤와 알에서 어린 아이가 태여나고 그 아이는 나자부터 말하고 순식간에 대장부로 성장하였다는 이야기 등도 모두 토템과 함께 물활론, 마법 등 원시신앙심에 기초하여 환상적으로 꾸며진 원시신화의 흔적들이라고 할 수 있다.[14]

위의 인용문에서 보다시피, 고대건국신화에서 토템과 함께 물활론, 마법 등 원시신앙심에 기초하여 환상적으로 꾸며진 원시신화의 흔적들을 찾아낸다. 여기서 원시적인 것은 토템, 물활론, 마법 등에 기초한 사건들이 된다. '신화'는 기본적으로 원시의 창작물을 가리킨다.

신화가 구비문학으로 전수되다가 기록된 만큼, 작품이 시간의 흐름과 함께 누적적으로 형성되었을 가능성이 없지 않다. 이러한 면에서 한 작품에서 역사적인 층위를 분리하여 이해하려는 연구방법은 역사성이 누적된 신화를 이해하는 데 도움이 된다.

---

14 『문학사B』 1, 30면.

역사적 층위를 나누는 작품 이해를 시도하는 연구방법은 원칙적으로 타당하다고 할 수 있지만 북한문학사에서 적용된 사례를 구체적으로 살펴보면 문제점이 드러난다. 첫째, 고대건국신화에서 추출한 이야기를 원시신화 혹은 원시신화의 흔적으로 보기 어렵다. 원시신화로 제시된 사건은 원시신화라기보다는 고대적 세계관의 영향 아래 있는 고대적 사건이다. 둘째, 북한문학사가 지칭하는 원시신화가 무엇인지 혼동된다. 행간을 읽어보면 때로는 '작품'을, 때로는 '관념'을 가리키기에 혼동을 일으킨다. 셋째, 남한에서 신화로 다루어온 「금와왕 신화」, 「김알지 신화」, 「석탈해 신화」 등이 소홀히 여겨지거나 다루어지지 않는데 이에 대한 논리적 해명이 없다.

먼저 북한문학사에서 원시신화라고 제시한 부분이 원시신화인지 점검해보자. 『문학사B』 1에서 원시신화로 언급한 「단군신화」의 주요한 사건인 '환웅 하강'을 예로 들어 보자. 『문학사B』 1에 따르면 「단군신화」에서 천제의 아들이며 고조선 시조왕의 아버지인 환웅이 하늘에서 내려올 때에 비, 바람, 구름을 다스리는 귀신들을 데리고 땅에 내려왔다는 이야기'는 원시 신화에 해당한다. 북한문학사의 설명처럼 이 사건이 마법에 기초한 환상적 수법에 의한 것이라는 데 동의할 수 있다. 현실적으로 일어나기 어렵기 때문이다.

환웅은 역사적으로는 고대국가의 건국을 배경으로, 문학적으로는 문맥과 서사적 사건들 속에서만 지고자(至高者)인 천신의 의미를 가진다. 원시와 달리 고대의 가장 큰 특징은 지고하고 강력한 수장(首長)을 정점으로 하는 세속적 제왕 통치[15]이다. 강력한 '제왕'의 배경에 신정국

---

[15] 세속적 제왕통치가 주술적 사유, 즉 샤머니즘적 세계관을 바탕으로 하는 예는 중국에서도 발견된다(이성구, 『중국 고대의 주술적 사유와 제왕통치』, 일조각, 1997 참조).

가(神政國家)의 이상이 있다. 신화 속에서 천신의 지상 하강은 역사적으로 국가의 '건국'이 동반되고 그 흐름 속에서만 의미를 획득하는 서사적 사건이다. 등장인물의 관계는 고대적 질서를 반영한다. 이 사건에서 환웅이 귀신을 거느리고 지상에 내려오는 모습은 고대국가의 왕이 신하를 거느리고 있는 것과 같다. 최고(最高) 수장(首長) 관념, 상하(上下) 관계, 그 관계 사이의 지배와 복종 윤리 등은 원시적이라고 할 수 없으며 고대국가의 왕권적 질서를 반영하고 있다. 그러므로 신화에서 천신 하강은 원시적인 것이라기보다는 고대적 세계관을 반영하고 있다고 보아야 타당하다.

북부여 건국 신화로 소개하고 있는 「해모수 신화」에서 해모수가 오룡거를 타고 하늘과 대지를 이동한다는 이야기도 마찬가지이다. 신적 존재가 하늘과 대지를 이동한다는 마법적 관념은 원시적 관념이라고 인정할 수 있다. 그러나 '하늘이 제(帝)'로 인식되고 '다스린다'는 관념은 원시적인 것이라고 하기 어렵다. '관념'이 아무리 상상적이라고 해도 상상도 막연한 것이 아니라 기본적으로 현실의 필요성에서 추동되는 것이다. 그러므로 천제의 공간 이동과 통치는 단순한 공간 이동이 아니라 기존 질서를 재조직하려는 당시 사회의 역사적 당면 문제에서 비롯된 상상된 사건이며 이러한 서사적 사건은 고대국가 건국, 제(帝)로 향하는 수장, 군신관계 등의 고대적 세계관에서만 형성될 수 있다.

역사적 층위를 나누는 연구방법이 적용되는 과정에서 제기될 수 있는 둘째 문제는 북한문학사가 무엇을 원시신화라고 지칭하는지 혼동된다는 점이다. 원시신화라고 할 문학 작품이 없는 상태에서 부분적으로 에피소드를 떼어 원시신화로 이해하다 보니 북한문학사에서 원시신화는 때로는 '작품'을 가리키고, 때로는 '관념'을 가리킨다. 원시신화에 대한 이러한 불명확한 지칭은 인류학사나 종교사가 아닌 문학사이기에 문제가 된다.

위의 문제를 보여주는 예를 『문학사B』 1에서 찾아보면 다음과 같다. 인용문을 보자.

고조선의 건국설화인 「단군신화」가 원시시대에 창조된 곰토템신화를 주되는 바탕으로 하여 창조되였으나 계급이 분화되고 계급적지배가 실현되고 있던 사회력사적 현실의 요구에 맞게 개적되였으며 또 오랜 기간에 걸쳐 새로운 시대의 사상과 내용이 보충되고 윤색됨으로써 원시씨족공동체의 생활로부터 계급국가형성이후의 여러 단계에 걸치는 사회생활과 사회적 의식을 반영하게 되었다는 것을 말하여 준다.[16]

위의 논리에 따르면 「단군신화」는 곰 토템신화를 바탕으로 한다. 위 인용문의 '곰 토템신화'는 무엇을 지칭하는가. 서사인지 관념인지 모호하다.

이외에 다른 논리적 문제도 제기된다. 토템이란 숭배의 대상인데 만약 곰 토템신화가 있다고 하더라도 '「단군신화」가 곰 토템신화를 주되는 바탕으로 창조되었다'고 할 수 있는지 의문이다. 또 곰 토템이 「단군신화」의 '서사'에 나타나는가.

곰 토템 자체는 고대국가 이전의 관념이라고 할 수 있다. 곰이 토템이었을 가능성은 호랑이, 말, 닭 등을 숭배했던 기록이나 유물이 남아 있으니 그 가능성이 인정된다. 곰이 특정 시기 어느 사회에서 토템이었

16　『문학사B』 1, 55면.

을 수 있지만 「단군신화」 속에서의 곰과 관련된 서사 사건은 '인간 변신 소망'과 '신의 자손 잉태 소망'과 '건국 시조 출산'으로 이 사건은 고대국가가 출현한 사실과 관련해서만 의미를 갖는다. 신화에서 곰은 신적인 어떤 능력도 없으며 이야기 속에서 곰이 신적 존재로 숭배되는 내용도 없다. 곰의 행적은 일련의 서사로 이루어지며 변신 소망은 건국 시조 출산으로 이어진다. 이 과정에서 신적인 존재인 환웅을 정성껏 희구하는데 이 희구가 받아들여지면서 환웅의 자손을 출산하게 되고 이로써 자신의 위상을 전환시킨다. 그리하여 일개 곰에서 한 나라의 시조급 조상이 된다.

역사적 맥락에서 「단군신화」는 고대국가의 형성과 관련된 서사이고 모든 인물은 이 사건과 강력하게 연관되어 있으며 일관적이다. 서사적 주제는 정치체와 그 수장에 대한 이야기로 모인다. 그러한 면에서 곰과 관련된 서사적 사건들은 원시적이라기보다는 고대적이다.

정리해보면, 「단군신화」를 토대로 원시 사회에 곰 토템이 있었을 것이라는 추론이 불가능한 것은 아니지만 「단군신화」가 곰을 신으로 믿는 곰 토템신화가 아닌 이상, 「단군신화」의 주된 바탕이 곰 토템신화라고 하는 논리는 분석을 기반으로 하지 않은 소재적 평가이며 논리적 오류가 있다. 즉 「단군신화」에서 곰을 토템으로 판단할 근거가 없으며 서사적 사건도 원시적이라고 할 수 없다.

곰을 신으로 믿었던 시대가 있었음을 추론하는 것과 일련의 사건을 곰 토템신화로 해석하는 일은 다른 일이다. 북한문학사에서 '단군신화가 곰 토템신화가 주되는 바탕'이라는 평가는 재고될 필요가 있다. 더불어 지칭하는 의미도 분명해야 한다.

북한문학사에서 원시적이라고 해석한 다른 신화의 사건들도 역시 원시적이기보다는 고대적이다. 우물가에 말이 꿇어앉아 울고 그 곁에 큰 알이 있었다는 이야기, 붉은 구름이 짙게 드리운 가운데 금궤가 내려오고 그 밑에서 닭이 울고 있었다는 이야기, 하늘에서 내려온 금궤와 알에서 어린 아이가 태어나고 그 아이가 태어난 즉시 말하고 순식간에 대장부로 성장하였다는 이야기는 원시신화라기보다는 고대국가 건국 당시의 세계관을 보여주는 서사적 사건이다.

상상적 관념이나 상상적 요소는 원시신화의 흔적이라고 할 수 있지만 최소한의 서사적 구조를 갖춘 사건을 원시신화로 보기는 어렵다. 예를 들어 말, 닭 등의 단위 요소는 원시의 토템일 수 있고, 또 알이나 궤에서 아이가 출현하는 이야기, 물가 탄생, 징조를 알리는 동물, 탄생 장소로서 알, 남다른 빠른 성장 등의 관념은 원시의 산물이라고 인정할 수 있다. 그러나 신으로부터 신성(神性)을 전수받은 아이가 정치체의 장(長)이 되는 사건과 이후에 이어지는 계기적 사건은 고대국가의 질서를 반영하고 그 질서를 희구하는 사건들[17]이므로 고대신화의 맥락과 틀에서만 가능한 서사적 사건이기에 원시신화라고 해석하기 어렵다.

물론 「단군신화」를 포함한 다른 고대신화에 원시의 산물이 없는 것은 아니다. 어떤 작품이든 선행 문학 환경에 영향을 받으므로 고대신화가 오로지 고대 문학 환경의 영향 아래서만 창작되었다고는 할 수 없다. 원시의 문학 환경은 고대 작품 창작에 영향을 주었을 것이다. 그러나 원시적 관념·세계관과 텍스트로서 원시신화는 구분되어야 한다. 현재 원시신화는 텍스트로 남아 있지 않으며 혹은 북한문학사의 방법대로

---

17 고대신화에서 주인공의 탄생과정이 고대국가의 이데올로기인 '신성성'과 관련되어 있다는 연구를 참조할 수 있다(윤혜신, 「한국신화의 입사의례적 탄생담 연구」, 연세대 박사논문, 2002.8).

고대신화에서 에피소드를 찾는다고 해도 이를 원시신화로 보기 어렵다. 고대신화의 일부를 원시신화로 확정하려면 좀 더 정밀한 연구가 수행되어야 한다.

원시의 산물은 고대신화에서 추론할 수 있는 관념으로만 존재한다. 예를 들어 자연신으로서 동물 신·식물 신 신앙, 애니미즘, 상상적 마법 등은 역사적으로 선행했을 것으로 추론할 수 있다. 이 생각은 북한문학사[18]에도 보인다. 그러나 이들은 문학형태가 아니므로 종교사나 정신사가 아닌 문학사에서 관념을 들어 원시신화로 지칭하기에는 어려움이 있다. 문학사 기술에서는 '고대신화에 원시적 관념이 반영되어 있다'는 정도가 타당할 것이다.

셋째 문제는 남한 학계에서 신화로 다루어 온 「금와왕 신화」, 「김알지 신화」, 「석탈해 신화」 등이 소홀히 여겨지거나 다루어지지 않는 이유가 분명하지 않은 점이다. 이 신화들에는 건국주의 건국과정이 없다. 이러한 특징은 북한문학사에서 고대건국신화나 중세건국전설의 장르 성격에 적합하지 않은, 결격 사유가 된다. 이러한 이유로 이들 신화가 문학사에 적극적으로 기술되지 않은 것으로 보인다. 고대건국신화와 중세건국전설의 주요한 특성을 건국으로 제한했기에 신화적 특징을 가진 작품들을 어느 장르에 딱히 귀속하지 못하고 있다.

위의 문제들은 작품을 역사적 단계에 강박적으로 귀속하려는 데서 드러난다. 이론을 먼저 세우고 그 논리적 영역에 작품을 넣다보면 문제가 생긴다. 역사적 사건인 '건국'에 부합하는 작품의 예를 우선시하다보니 나머지 작품을 설명하기 어려워졌다. 작품을 역사적 단계에 맞추어

---

18 『문학사B』 1, 30면.

대응시키려는 의도가 강하다 보니 작품군의 일부는 논리적으로 설명할 수 있었으나 일부는 설명하지 못하게 되어 작품의 실제적인 면모를 파악하는 데 무리가 따르고 있다.

북한문학사가 신화의 형성 과정을 역사적인 시각에서 접근하여 작품의 역사적 층위를 드러내려는 지향은 적합하지만 고대적 세계관의 영향을 받은 사건을 원시신화로 해석한 점이 없지 않다. 원시신화와 고대신화에 대한 개념과 내용이 무엇인지는 앞으로 더욱 정밀하게 연구되어야 할 과제이다.

2) 세 시대로 분리된 중세 건국설화

남한 학계에서 고대신화로 이해되는 신화들이 북한문학사에서는 역사적 특징에 따라 원시신화, 고대 건국설화, 중세 건국설화로 나뉜다. 예를 들어 「동명왕 편」 한 작품은 원시, 고대, 중세의 이야기로 나뉘고 있다. '건국' 사건을 담고 있는 점에서 동일한 이야기인 고대 건국설화와 중세 건국설화의 차이는 무엇일까? 이에 대한 『문학사B』 1의 해설은 다음과 같다.

> 중세 건국설화에서 신화적 요소는 지배적 특징이 되지 못한다. 이점에서 중세건국설화는 단군신화, 해모수신화에서와 같이 건국신화라고 하지 않고 건국전설이라고 하며 같은 건국설화이면서도 고대의 것과 구별되는 자체의 고유한 특성을 가지게 된다.[19]

중세 건국설화는 신화적 요소가 있으나 지배적인 특징이 되지 못하므로 건국'신화'가 아닌 건국'전설'이라고 한다. 건국 사건을 담은 이야기라고 해서 같은 시대에 속하는 작품이 아니다. 고대 건국설화는 신화에 속하지만 중세 건국설화는 전설에 속한다. 예를 들자면 「해모수신화」는 고대신화이고 주몽전설은 중세 건국전설이 된다.

북한문학사가 원시신화와 고대신화를 분리하면서 텍스트의 역사적 층위를 나누어 서사의 부분을 해당 시대로 귀속했던 것처럼, 한 작품에서 고대 건국설화와 중세 건국설화를 구분한다. 『문학사B』1은 「동명왕 본기」[20]에서 해모수가 등장하는 부분은 '고대신화'로 고주몽이 등장하는 부분은 주몽전설인 '중세설화'로 설명한다. 고대신화인 「해모수신화」에 원시신화가 존재한다는 북한문학사의 논리를 따르면 「동명왕 본기」에는, 지질층의 단면처럼 원시신화부터 고대신화, 중세설화가 동시에 존재하는 셈이다.

남한 학계에서 고대신화로 보는 주몽신화의 어떠한 면이 중세 전설로 이해되는지 알아보자. 다음 인용문은 주몽이야기가 왜 중세 작품이고, 전설인지 설명하고 있다.

'주몽전설'은 탄생설화적 요소를 가지고 있으나 신화적 성격이 현저히 적어지고 력사에 실재한 사실들에 바탕을 둔 현실적인 인간성격과 인간관

19　『문학사B』1, 100면.
20　『문학사B』1은 「동명왕 본기」를 대상으로 작품을 분석하지만 현재 「동명왕 본기」는 전하지 않는다는 데 문제가 있다. 고려시대 이규보의 「동명왕편 병서」에 제시된 표현인 "『구삼국사』를 얻어 「동명왕 본기」를 보니[得舊三國史, 見東明王本紀]"에 근거하여 『구삼국사』의 「동명왕 본기」가 「동명왕편 병서」에 실린 것처럼 서술하고 있다. 『문학사B』1이 제시한 작품은 고려의 「동명왕편 병서」에 있는 것이므로 「동명왕 본기」의 작품인 것처럼 서술하는 것은 역사적 정합성에 어긋난다.

계가 이야기 줄거리에서 주도적인 자리를 차지하고 있는 점에서 선행한 시대의 건국설화들과 전혀 구별되는 새로운 전설적인 특징을 가진다고 할 수 있다.[21]

주몽전설이 고대신화가 아니고 중세 건국설화인 근거는 첫째. 신화적 성격인 적어진 사실과 둘째, '역사에 실재한 사실에 바탕을 둔 현실적인 인간 성격과 인간관계가 이야기에서 주도적이기 때문'이라고 한다. 이 특징은 이전의 신화와는 전혀 다른 것으로서 전설적이라고 한다.

『문학사B』1의 논리를 계속 따르자면 주몽전설은 현실적 맥락이 묘사되어 있어 다른 작품보다 상대적으로 현실적인 면이 구체화되어 있다. 주몽과 유화의 성격과 모자(母子)관계는 구체화된 사건과 문맥을 통해서 형상화된다. 또 주몽이 천제의 손자, 용왕의 외손으로 신비화되어 있지만 그의 형상에는 당시 고구려 종족들의 성격적 특질을 이르는 용감성과 진취성이 체현[22]되어 있다는 것이다.

그렇다면 다른 중세 전설도 이렇게 이해할 수 있을까. 주몽전설을 『문학사B』1의 논리대로 중세 건국설화로 인정해도 박혁거세 설화와 가야국 건국설화도 중세 건국설화로 볼 수 있을지는 좀 더 점검되어야 한다. 이들 이야기도 신화적 성격이 적어지고 역사적 사실에 바탕을 둔 현실적인 인간성과 인간관계가 주도적인가?

「박혁거세 설화」 등 중세 건국설화로 분류한 작품들은 중세 건국설화라기보다는 고대 건국설화의 특징을 가진다. 북한문학사에 따르면 고대 건국설화는 '나라를 세운 시조왕의 성격을 신격화하는데 복종되

---

21 『문학사B』1, 107면.
22 위의 책, 같은 면.

면서 하나의 정연한 이야기로 엮어진다'[23]고 하였다. 그러나 하늘에서 내려온 알에서 출생한 시조와 주변인의 관계에서 현실적인 인간 성격과 인간관계가 잘 드러난다고 하기 어려워 이 작품들을 중세 건국설화로 판단하기 어렵다. 따라서 박혁거세 설화와 가야국 건국설화는 중세 건국설화라기보다는 고대 건국설화의 특징을 지닌다.

서사적인 내용이 고대 건국설화와 같지만 차이가 있다면 이야기에서 건국되는 국가가 북한의 역사관에서 중세 국가로 이해되고 있다는 점이다. 이와 같은, 『문학사B』 1의 원시, 고대, 중세의 개념은 문학사의 구분과 문학적 판단이 아니라 역사학계의 시대구분에 문학사를 맞춘 것으로 문학적 기준보다는 역사적 기준에 맞춘 판단이다.[24]

어떤 작품을 장르에 귀속시키는 문제는 그 작품과 장르의 정체성을 포함하는 속성을 중심으로 판단해야 한다. 그리고 한편의 「동명왕 편」을 원시신화, 고대건국신화, 중세건국설화로 나누는, 하나를 부분으로 나누는 연구방법이 유효하려면, 현전하는 모습대로의 텍스트가 하나의 전체로 유지되었을 가능성도 따져보아야 한다. 하나의 텍스트로 존재하는 데에는 그 나름의 이유가 있기 마련이므로 굳이 나누어야 한다면 그러할 필연적 이유를 들어야 한다. 예를 들어 하나의 텍스트로 작품

---

23 위의 책, 43면.

24 『인식』은 「동명왕편」이 해모수, 주몽, 유리왕의 삼대 이야기를 유기적으로 얽어내고 있으며 이는 단순히 이규보의 창작이 아니라 『구삼국사』와 구전설화에 기초한 것이므로 그 내용을 자의적으로 분리하기 어렵다고 보았다(124면). 또 원시신화의 역사성에 대해서는 전해오는 자료에서 원시신화라는 것이 따로 전하는 것이 없는데 『문학사A』 1에서 원시신화적 요소를 건국신화에서 추출하고 있다고 하고 다른 예들과 함께 북한문학사가 후대 문학작품을 앞 시대에 귀속시켜 다루는 점이 사료 취급상의 태도의 문제로서 당위적 요구, 관념의 선재성에 압도당할 수 있음을 지적하였다. 원시신화에 대한 『문학사B』 1의 해석도 다르지 않다. 다만 이전 문학사에 비해 원시신화적 요소가 무엇인지 자세히 설명하면서 보완하였다. 『인식』의 지적은 여전히 유효하다.

을 이해했을 때 생기는 문제가 있는지 점검되어야 한다. 작품을 분리하는 문제에 대해 『인식』[25]은 자의적으로 나누지 않아야 한다고 지적한 바 있으며, 이는 여전히 유효한 견해이다.

북한문학사는 역사적 시대구분을 문학사에 적용하고 일률적으로 작품을 해당 시대에 귀속할 때 문제점을 드러낸다. 역사학의 시대구분에 따라 고대국가에 해당하는 나라의 작품이면 고대작품이 되고, 중세국가에 해당하는 나라의 작품이면 중세작품이 되는 무차별적인 귀속법을 적용하지 않아야 한다. 이러한 연구방법론은 역사적이고 정합적인 이해를 지향하면서도 작품을 이론적으로 선규정하면서 다수의 예외나 오류를 만들어낸다. 북한문학사의 신화연구방법은 문학적 해석보다 역사주의에 강박된 태도로 일관한다.

한편, 신화에 대한 역사적 연구방법은 신화의 형성 과정, 신화의 구조를 이해하는 데 원칙적으로 유효하며 남한 학계에 시사하는 바가 크다. 해방 이후 남한 학계에는 외국의 신화 이론에 이론적 바탕을 두거나 작품의 구조 분석에 관심을 기울였고 일정한 성과도 이루었다. 그러나 신화의 역사성, 형성 과정 연구, 신화의 시대성에 대한 탐구가 거의 이루어지지 않았다. 역사성보다는 공시성, 변이보다는 원형이라는 보편적인 상을 추출하고자 하였다. 그런데 이러한 방법으로는 신화의 역사적 형성과정은 이해하기 어렵다. 신화가 기본적으로 구비문학이라는 점을 감안할 때 작품의 형성 과정, 서사의 역사적 층위를 세심하게 구분할 필요가 있으며 앞으로의 신화 연구에서 작품의 역사적 층위는 적극적으로 연구되어야 할 것이다.

---

25 『인식』, 124면.

3) 〈구지가〉와 〈동동〉의 시대상향과 논리적 문제

『문학사B』1의 시가 영역에서 특이한 점은 〈구지가(龜旨歌)〉의 원시 가요적 속성이 보충된 점과 〈동동(動動)〉과 같은 작품의 달거리체 형식이 고구려의 형식으로 시대 상향된 사실이다. 남한 학계와 달리 북한문학사는 원시가요를 설정한다. 가야국건국설화 혹은 수로왕 전설로 부르는 배경설화를 중세국가의 건국과정을 반영하는 중세 건국설화로, 〈구지가〉는 『통사』(상) 이래 원시가요이자 노동요로 이해한다. 한 작품에 서로 다른 역사적 단계의 사회 현실과 의식이 반영되고 있다는 전제인데 이는 『문학사A』1에서부터 분명해졌고 『문학사B』1에 이어져 중세 건국설화에 예부터 전해오던 〈구지가〉가 삽입되었다는 논리를 취하고 있다.

『통사』는 〈구지가〉를 "오래동안 집단적 로동을 진행하던 그들 속에서 즐겨 불려지던 원시집단가요"[26]라고 했으며 『문학사A』1은 가야국의 건국설화가 국가형성이전에 가락지방에서 촌락을 이루고 살고 있던 원시종인들에 의하여 창조된 신화에 토대하여 이루어진 것이며 거북의 노래도 그때 사람들이 부른 것[27]이라고 하였다. 그 내용이 원시신앙과 결합된 집단적 노동가요의 성격을 띠고 있고 그 형식이 극히 단순하고 소박하기 때문[28]에 원시가요라고 한다.

짧은 설명이지만 노래의 원시성을 내용과 형식의 면에서 찾고 있다. 내용은 '원시신앙'의 '집단적 노동가요'이기 때문이고 형식은 '단순하고 소박한 형식'이기 때문이다.

26　『통사』상, 6면.
27　『문학사A』1, 10~11면.
28　위의 책, 11면.

그런데 가요의 배경설화는 신을 맞아들이는 상황 속에서 노래를 부르는 것으로 전하기에 집단적 노동가요라는 해석과 맞지 않는다. 이에 대해 통사는 〈구지가〉의 표면과 이면을 달리 해석한다. 가락국의 2, 300명 인민이 신인의 가리킴에 의하여 수로왕을 맞이할 때 산정흙을 파면서 처음 부른 노래라고 하나 실은 오래 동안 집단적 노동을 진행하던 그들 속에서 즐겨 불리던 원시 집단 가요의 하나[29]라고 한다.

『문학사A』1에서는 그 설명이 좀 더 정교해진다. 가야국건국설화에는 원시시대를 반영하는 원시 시대에 창조된 신화와 원시 가요인 〈구지가〉도 전한다는 것이다. 이러한 이야기가 중세 봉건국가인 가야국 건국 시 이용되었다는 논리이다. 설명의 양적 차이는 있지만 『통사』와 『문학사A』1 양편 모두 〈구지가〉에 대한 기본 견해가 같다.

이후 『인식』은 『통사』와 『문학사A』1의 원시가요 서술 부분을 검토하면서 두 가지의 문제를 제기하였다. 첫째, 형식 논리임을 지적하였다. 『인식』은 '원시가요는 자연정복의 지향을 갖는다, 그런데 이 노래는 원시가요다, 따라서 그 내용이야 알 수 없다손 치더라도 이 노래는 자연정복의 지향을 갖는다'는 식의 형식논리를 취하고[30] 있다고 하였다.

둘째, 〈구지가〉는 건국신화 속의 노래이므로 고대시가로 이해될 수 있다는 점이 간과되었다고 하였다. 〈구지가〉는 가락국 건국신화 속에 나오는 노래로 이 점이 강조된다면 이 노래는 고대시가로 편입될 여지가 있다고 보았다. 남한학계에서는 이 작품을 고대시가로 보고 있다[31]고 지적하였다.

---

29 『통사』상, 6면.
30 『인식』, 113~114면.
31 위의 책, 114면.

이어 〈구지가〉의 작품성격과 그 문학사적 위상의 파악을 위해서는 통일신라시대에 불린 〈해가(海歌)〉와 연결시켜 다루는 시각도 도움이 될 것이라고 제언하였다.[32]

『인식』이 지적한 문제는 타당하나 부분적으로 북한문학사를 오독한 면이 있다. 첫째,『문학사A』1은 〈구지가〉의 내용을 전혀 알 수 없다고 한 것이 아니라 구체적으로 알 수 없다고 했다. 『문학사A』1의 표현인 '해득할 수 없다'는 것은 노랫말의 내용을 풀어 얻어내기 어렵다는 것을 뜻한다. 원시가요인 이유가 전혀 제시되어 있지 않고 원시가요라는 주장만 있는 것은 아니다. 그러나『문학사A』1의 기술, "가요의 내용을 구체적으로 해득할 수는 없으나 집단적으로 불리워진 이 노래에는 자연정복에 대한 원시인들의 지향이 반영되어 있다고 할 수 있다"[33]는 마치 '내용을 알 수 없지만 원시가요이다'라는, 근거가 불충분한 주장을 하는 것 같은 오해를 일으킨다. 이는 논리의 문제라기보다 서술 방식의 문제이다. 『인식』의 오해는 이러한 서술 방식에 기인한다. 『인식』이 지적한 것처럼 자연정복에 대한 지향 때문에 〈구지가〉가 원시가요라는 형식 논리에 따른 주장은 아니고,『문학사A』1은 이외의 이유들을 제시하고 있다.

『인식』은 둘째 문제로 〈구지가〉를 고대시가로 이해할 수도 있는데 『문학사A』1이 이를 간과했다고 보았다. 『인식』에서 〈구지가〉를 고대시가로 이해할 수 있다고 제시한 근거는 〈구지가〉가 가락국 건국신화 속에 나오는 노래이기 때문이다. 즉 가락국이 고대국가이기 때문에 고대시가일 수 있다는 뜻이 된다. 그런데 가락국을 고대 국가로 해석하느

---

32 위의 책, 같은 면.
33 『문학사A』1, 11면.

냐 중세 국가로 해석하느냐는 역사적 관점에 따라 다르므로 이를 근거로 고대시가로 해석하는 것은 북한문학사가 중세 국가의 작품을 모두 중세 작품으로 해석하는 방식과 같다.

다음으로 『인식』은 제언하기를, 〈구지가〉의 작품성격과 문학사적 위상의 파악을 위해서는 〈해가〉와 연결시켜 다루는 시각이 도움이 될 것이라고 하였는데 마침 『문학사B』1에서 두 작품을 비교하였다. 제언이 통일신라와 원시는 시대적 격차가 있으므로 이를 원시가요라고 할 수 있을지 재고하자는 의도였을 것으로 추정되나 『문학사B』1은 오히려 〈구지가〉가 원시가요임을 공고히 하고 있다.

『문학사B』1의 해설에 따르면 두 작품은 "시대적 배경이 서로 같지 않고 불리워진 동기에서 일련의 차이가 있지만 〈바다의 노래〉는 〈거부기 노래〉에 담겨진 사상적 지향을 리해하는데 크게 도움이 된다"[34]고 하면서 〈거부기 노래〉와 〈바다의 노래〉의 공통점에 주목한다. 이로부터 원시 가요로서의 면모를 발견할 수 있다는 것이다. 아래 인용문을 보자.

> 〈바다의 노래〉의 기초로 된 〈거부기 노래〉가 이미 먼 옛날로부터 장구한 력사적 기간에 걸쳐 아름답고 진취적인 생활지향과 융합되어 이곳 주민들속에서 줄기차게 불리워져 왔으며 집단적으로 불리워지는 과정에 노래가사도 생활속에 그대로 굳어져 허물수 없는 전통적으로 고착되여왔음을 의미한다.[35]

이 인용문에 따르면 〈구지가〉는 해가에 영향을 준 작품이고 그 지역

---

34 『문학사B』1, 24면.
35 위의 책, 25면.

에서 오랫동안 불렸다고 한다. 즉 '장구한 향유'와 '집단 가창'이 〈구지가〉의 원시적 특징을 이룬다는 뜻이 된다. 그런데 이 사실이 〈구지가〉가 고대가요가 아니라 원시가요라는 사실을 보장해주는지는 여전히 의문이다. 〈구지가〉가 원시가요인 근거에 대해 『문학사B』 1은 『문학사A』 1의 기본 논조를 이어받고 있다. 원시신앙과 결합된 내용의 모호성, 생활정서와 가창의 집단적 성격, 형식의 미숙성과 소박성[36]이 〈거부기 노래〉의 특징이라고 한다. 그리고 "거북과 같은 자연동물을 종족신으로 숭배하던 원시토템사상이 반영되어 있고 사냥과 고기잡이를 위주로 하던 가야종족들의 생활적 지향과 요구가 담겨져 있다"[37]고 하였다. 『문학사A』 1과 마찬가지로 영신가(迎神歌)로 보지 않는데 신적인물을 맞이하려는 지향이 전혀 반영되어 있지 않[38]기 때문이라고 한다.

〈구지가〉와 관련된 쟁점은 ① 영신가인가, 집단 노동가인가 ② 원시가요의 근거가 타당한가의 문제로 정리된다. 『통사』에서 영신가로 인정하기도 한 만큼[39] 『문학사A』 1의 해설처럼 〈구지가〉의 내용이 모호한지도 검토해봐야 한다. 또 〈구지가〉를 영신가가 아닌 집단노동요로 해석하고자 할 때 영신가의 기능을 하는 맥락에 대한 해명이 있어야 한다. 노래에 담긴 영신의 기능, 영신의 내용과 배경설화와 가요의 관계 등을 설명할 수 있어야 할 것이다.

〈구지가〉에서 원시성의 지표였던 집단성은 다른 작품에서는 특별한 이유 없이 무시된다. 북한문학사에서 중세전설로 보는 「박혁거세

---

36 위의 책, 같은 면.
37 위의 책, 23면.
38 위의 책, 22면.
39 『통사』 상, 17면.

전설」은 집단 회합이 이루어짐에도 원시설화가 아니라 중세 설화로 분류된다. '집단성'이 한편에서는 원시성의 근거로 한편에서는 논의 없이 무시된다면 논리상 모순이 아닐 수 없다.

〈구지가〉를 집단노동요로서 원시가요로 해석하는 데 여러 논리적 문제가 있다. 〈구지가〉가 지닌 다른 속성을 유기적으로 해석하지 못하고 있다. 이러한 문제는 작품에서 적합한 부분을 취사선택하고 각 역사 단계에 작품을 소속시키려는 의도에서 비롯된 결과이다. 북한문학사의 역사성을 고려한 연구방법론이 오히려 실제의 역사성을 사상(捨象)하고 해치기도 하는 예를 보여준다. 이런 점에서 북한문학사의 연구방법론은 역사적 정합성을 추구하면서도 탈역사적인 면을 가지고 있다.

『문학사B』1에서 〈동동가사〉와 달거리체 형식의 연원이 고구려 시기[40]로 소급되었다. 〈동동가사〉는 '달거리체 형식'이 적용된 고구려의 작품으로 소개된다. 선행 연구[41]에서 고려가요로 전하는 〈동동〉의 달거리체 형식이 고구려에서 창조된 것이라는 『문학사B』1의 주장은 충분한 근거가 없다고 지적된 바 있다. 달거리체 형식이 고구려에서 시원이 개척된 장가의 대표적 형식[42]이라는 『문학사B』1의 주장은 민족시가 형식의 시원을 신라의 향가에서 찾는 견해에 대한 대타의식이 작동[43]한 것으로 해석되었다.

『문학사B』1에 따르면, 〈동동가사〉는 고려시대에 창작된 작품이 아니라 고구려 때부터 내려온 달거리체 형식의 가요작품에서 그 형식과

---

40 『문학사B』1, 166면.
41 김현양, 「북한의 '우리문학사' 서술의 향방」, 『민족문학사연구』 42, 민족문학사학회, 2010, 61 · 65면.
42 『문학사B』1, 165면.
43 김현양, 앞의 글, 65면.

곡은 그대로 두고 가사만 윤색[44]되었다고 한다. 〈동동가사〉가 고구려의 동동춤에서 불리워진 노래였던 만큼 "동동춤과 동동가사는 달거리체와 뗄 수 없는 련관"[45]을 가졌다고 한다.

달거리체 형식이 고구려에서 시원이 개척된 형식이라는 주장은 동동춤의 '동동'이라는 이름 때문에 고려의 〈동동가사〉의 형식과 같은 달거리체 형식일 것이라는 주장은 심증적 추정이다. 고려의 달거리체 형식의 〈동동〉의 달거리체 형식의 특성을 앞 시대인 고구려의 동동춤에 소급하여 두 작품의 유사성을 만들어내고 달거리체 형식의 시원을 고구려로 상향한 것은 논리적으로 불충분하다. 현재 동동춤이 달거리체의 형식일 것이라는 근거는 찾을 수 없다. 핵심 근거가 없는 한, 『문학사B』 1의 이 주장은 비논리적이며 탈역사적이라는 평가를 면하기 어렵다.

3. 『조선문학사』 1(1991)의 변화와 특징

1) 시대의 시점(始點) 상향

이전 문학사와 비교해서 『문학사B』 1에는 역사상의 주요 시점(始點)이 상향되어 있다. 미세한 시대 조정이 아니라 시점이 상당한 차이를 보이고 있어 눈길을 끈다. 『문학사A』 1과 『문학사B』 1을 비교해서 시점의 변화폭이 큰 시대를 선별하여 도표화하면 다음 〈표 1〉과 같다.

44　『문학사B』 1, 168면.
45　위의 책, 166면.

<표 1> 시대의 성립 시기 비교

	『통사』	『문학사A』 1	『문학사B』 1
구석기 시대	언급 없음	40~60만 년 전	약 100만 년 전
고조선 성립		기원전 8~7세기경	기원전 10세기 전후
진국 성립		기원전 3~2세기경	기원전 6세기 전
부여		고조선 성립 후	기원전 7세기 전
고구려		기원전 37년	기원전 277년

위의 편년은 북한역사학의 연구 결과를 반영한다. 북한은 사회주의 특유의 역사적 진화론의 시각에서 시대를 구분하여 역사적 단계가 분명하다. 이러한 분위기 때문에 남한의 문학연구가 역사학계의 연구결과를 참조하는 정도와는 비교하기 어려울 만큼, 북한문학사는 역사학의 연구결과를 전면적으로 수용한다.

원시 시대의 첫 시기인 구석기 전기를 판단하는 유적은 평양시 상원군 검은 모루 유적이며 북한 고고학계의 『조선고고학전서─원시편』(1990)은 검은 모루 유적을 100만 년 전 유적으로 비정하고 있어 역시 문학계가 고고학의 연구결과를 수용한 것으로 보인다.

고조선의 성립 시기가 2~3세기 정도 위로 올려졌다. 이 같은 고조선시대 상향은 고조선을 재조명하려는 분위기에서 추구된 결과로 생각된다. 세간의 화제로 떠올랐던 단군릉 발굴은 『문학사B』 1이 간행된 후인 1993년에 이루어졌으나 『문학사B』 1이 간행된 1991년 무렵에 역사학계 일부에서 단군과 고조선을 재인식하려는 학문적 방향이 탐지된다. 예를 들어 '북한의 교과서와 같은 『조선통사』 상(1991)에는 「단군신화」와 단군릉에 대한 언급이 없으나 같은 해 『조선전사』 2(고대편)에서는 「단군신화」를 고조선의 건국신화로 인정'[46]하고 있어서 1990년

---

46 이형구, 「단군(檀君)과 고조선사(古朝鮮史) 연구의 현황과 과제」, 『단군학 연구』 1,

대 초반, 단군과 고조선을 재인식하려는 분위기가 북한에서 새롭게 조성되고 있었음을 알 수 있다.

모든 고대국가의 시점이 다 상향되었다. 부여의 건국 연대는 『문학사A』1에서 고조선 성립 이후라고 했을 뿐 구체적인 연대 추정이 없었다. 그러던 것이 『문학사B』1에서는 기원전 7세기로 제시되었다. 진국의 건국 연대는 『문학사A』1에서 기원전 3~2세기경에서 기원전 6세기로 올라갔다. 고구려의 건국 연대는, 『문학사A』1의 기원전 37년에서 240년이 올라간 기원전 277년, 즉 B.C. 4세기가 되었다. 기원전 37년의 의미는 고주몽이 졸본부여를 정복하고 고구려를 세운 시기였다. 『문학사B』1은 고구려가 고조선 계열의 친연종족집단인 5개의 소국을 연합하여 건국한 때가 기원전 277년[47]이라고 한다.

민족의 유구성을 뒷받침하는 대표적인 유적으로 검은 모루 유적이 언급되었으나 남한 역사학계는 여기에서 발견되는 동물상이 100만 년 전의 것으로 보기에는 어렵기 때문에 이 유적을 100만 년 전으로 설정하기 어렵다[48]고 본다. 그리고 고조선은 기원전 4~3세기경에 성립되었을 것으로 보며 기원전 7세기나 그 이전으로 상향될 가능성도 열어두고 있다.[49] 기원전 7세기 중국서적 『관자(管子)』에 조선에 대한 언급을 감안하면 고조선 성립은 그 전으로 올라갈 수 있기 때문이다. 고구려는 대체로 기원전 1세기 초~2세기 말에 성읍국가를 형성했을 것[50]으로 보

<hr>

단군학회, 1999, 32면.

47　『문학사B』1, 75면.

48　한창균, 「한국의 선사시대에 대한 북한 고고학계의 동향과 시각―구석기시대와 신석기시대를 중심으로」, 『한국고대사연구』25, 한국고대사학회, 2002, 10면.

49　박선미, 「근대사학 이후 고조선사 연구의 현황과 쟁점」, 『한국사학보』23, 고려사학회, 2006.

50　이기백, 「고구려의 국가형성 문제」, 역사학회 편, 『한국고대의 국가와 사회』, 일조각,

고 있어 북한의 기원전 277년과는 대략 1세기 차이가 있다.

역사적 사실 여부를 확인하는 것도 중요한 과제이지만 사실성 논의를 차치하고, 이미 북한문학사는 시대 상향의 역사적 의미를 다음과 같이 해석하고 있다. 시대적 선진성은 조선민족의 역사적 유구성과 혈통의 단일성으로 해석되고, 우리 민족이 우수하고 자랑스러운 민족[51]이 되는 주요한 근거가 되고 있다. 나아가 민족의 유구성, 단일성, 우수성을 인류사의 보편성 속에서 확인하고자 하는 의도가 강화[52]되고 있다. 이러한 경향은 1993년 이후 북한의 고대사 연구가 민족주의 또는 국수주의[53]화되는 분위기와 연결되며 1980년대 후반의 '조선민족제일주의'의 영향과 1990년대 이후의, 대동강 일대가 고대 문명의 발상지라는 '대동강 문화론'과 이어지는 지점을 보여준다. 이러한 일련의 과정에서 우리 민족은 유일무이한, 대단히 우수한 민족으로 평가되며 『문학사B』1은 이러한 분위기를 반영하는 결과물이다.

2) 고조선, 고구려, 발해의 계승관계 정비

『문학사B』1에서 고대국가에 대한 평가가 성연하게 정비된다. 고조선, 고구려, 발해 세 나라의 연관성, 정치적 정통성이 특히 강조된다. 고

1985, 91면; 박경철, 「고구려인의 국가형성 인식 시론」, 『한국고대사연구』 28, 한국고대사학회, 2002.

51 『문학사B』1, 13면.
52 김현양, 「북한의 '우리문학사' 서술의 향방」, 『민족문학사연구』 42, 민족문학사학회, 2010, 60면.
53 이영화, 「북한의 고대사 연구 동향―학술지 계량 분석을 중심으로」, 『한국고대사탐구』 3, 한국고대사탐구학회, 2009, 197면.

조선은 고구려가 계승한 나라이고 고구려를 계승한 나라가 발해가 된다. 『통사』, 『문학사A』1에서 고구려를 중심으로 고구려와 발해의 연관성이 강조되던 것과 달리 『문학사B』1에서는 고조선이 중요해졌다. 그리하여 고조선, 고구려, 발해 세 나라의 정치적 정체성을 관련지어 설명한다. 세 나라의 계승 체계는 1980년대 후반 이후에 완성[54]되었고 문학사도 그 인식을 같이하고 있다.

『통사』에 고조선과 「단군신화」는 중시되지 않았고 제시되지도 않았다. 『문학사A』1은 고조선이 고대 국가이며 이로써 계급 역사가 시작되었다고 했고 「고조선 건국신화」를 고대의 건국신화이자 고대 설화문학으로 제시하였다.

반면 『문학사B』1에서 단군은 신화적 존재가 아닌 '역사적 존재'로 인식되며, 단군의 출생지와 수도의 위치는 요동이 아니라 평양으로, 고조선의 영역은 광대한 요동지역과 한반도 전역이 된다. 이러한 생각은 1990년대 후반의 대동강 중심의 문화론으로 이어진다.

『문학사B』1에는 고조선 사회에 대한 서술이 늘어나 고조선 사회의 성격, 발견된 유물과 유물의 성격, 문화와 사상 등이 보강되었다. 역사적 정보가 풍부해진 것과 더불어 이전 문학사와 달리 「단군 신화」의 서지 사항, 작품 전체를 소개하고 있다.

발해는 고구려의 정체성을 이어받은 나라로 해석된다. 일찍이 『문학사A』1에서 발해는 고구려의 옛 영토를 차지하고 고구려 사람으로 구성되었으므로 고구려의 혈통과 애국적 기상을 이어받았다고 보았다. 이는 『문학사B』1에서도 다시 서술되었으며 사료도 추가되었다. 예를

---

54 이영화, 앞의 글, 169면.

들어 발해국왕은 자신을 고구려의 국왕[55]이라고 했다는 것이다.

역사적 사실과 함께 발해 문학에 대한 정보와 서술도 늘었다. 『문학사A』1에서는 발해의 문인으로 양태사와 왕효렴, 두 사람을 들고 각각 한 작품씩을 소개했으며 작품의 내용은 양태사의 시 「밤의 다듬이 소리」 일부를 제시했다. 한편 『문학사B』1에서는 여러 문인과 작품을 제시했다. 기존의 두 사람 외에 인정과 배정, 이름이 전하지 않는 발해의 왕자, 정소 등 네 사람이 추가되었고 작품은 9편 정도 더 제시되었다.

한편 신라에 대해서는 비판적이다. 그러나 신라에 대한 시각이 『통사』에서부터 비판적인 것은 아니었다. 『통사』에서는 신라에 대한 비판을 찾기 어려우나 『문학사A』1은 신라에 상당한 비판을 가한다. 외세를 끌어들였다는 역사적 해석이 가해지면서 비판이 고조되었다. 아래의 예문에 고구려와 신라를 보는 북한의 관점이 대비적이다.

고구려는 당시에 가장 발전하고 강력한 힘을 가진 나라로서 민족의 통일과 국토의 통합을 실현하기 위한 일련의 정책을 실시하였으나 거듭되는 외세의 침략과 통치계급내부의 모순으로 하여 완강하게 관철하여나가지 못하였다. 신라의 통치배들은 애당초 국토를 통일하고 민족적 단합을 이룩하려는 지향을 가지고 있지 않았으며 통일성책을 실시할만한 힘도 실제상 가지고 있지 못하였다.

『문학사B』1에서도 신라는 '외세를 끌어들여 동족국가들을 침략[56]했으므로 반동적이라면서 『문학사A』1과 같은 관점을 유지한다.

---

55 『문학사B』1, 191면.
56 위의 책, 112 · 188면.

고대국가인 부여도 고구려의 전신으로서 긍정적으로 평가되나 문학 작품이 부여「동명 신화」만 남아 있어서인지 적극적인 의미해석은 이루어지지 않는다. 이전 문학사와 비교해서 분명한 점은 조선 민족사에서 제일 먼저 출현한 고대국가인 '고조선'과 고조선과 부여의 옛 땅을 포괄하는 '고구려'와 그 고구려의 유민이 세운 나라인 '발해'의 정치적 연관성이 정연하게 기술된다는 사실이다.

3) 서술의 경향과 특징

북한문학사의 관심 영역은 문학에만 국한되지 않아 타 분야의 변화상과 의미 등을 문학과 관련지어 설명하고자 한다. 조각, 공예, 무용, 회화, 건축 등에 이르는 여러 분야의 변화를 구체적으로 서술하는 경향은『문학사B』1에서 더욱 강화되었다. 그러나 타 분야의 변화와 문학이 어떠한 관련을 맺는지에 대해서는 유기적으로 설명되지 않았다.

이러한 방법론은 원칙적으로는 문학을 문화 속에서의 문학으로 보게 하며 입체적, 역동적으로 이해하는데 도움이 된다. 문화적 맥락과 지평에서 문학을 이해하려는 시각과 접근은 온전한 문화적 판국을 읽어내고 그 안에서 문학의 위치를 가늠할 수 있다는 점에서 상당히 타당하다. 그러나 단순 제시를 넘어서 서로 관련되는 맥락이 해석되어야 문학을 이해하는 데 도움이 될 것이다.

다음으로 민족주의를 서술하는 방식을 살펴보자. 한민족의 민족성이 강조되면서 민족의 유구성, 고유성, 인정 많음 등이 긍정적으로 평가된다. 북한문학사에서 민족성에 대한 서술을 어렵지 않게 찾을 수 있지만 여기서는 한 예만 들어보겠다. '아름다운 고유한 품성을 가진 우리 민족'에 대한 다음의 서술을 보자.

> 부모와 형제간에 아끼고 사랑하며 이웃 간에 화목하게 사는 것은 우리 민족의 고유한품성의 하나이다.[57]

예문에 따르면 한민족은 부모 형제간에 사랑을, 이웃 간에 화목을 유지하면서 살아왔고 이는 민족의 고유한 품성이 된다. 그런데 사랑과 화목을 추구하는 것이 민족의 '고유성'이라는 명제는 사실에 부합하는가. 다른 민족도 '사랑', '화목' 등의 가치를 중시하며 살아온 예는 얼마든지 들 수 있기 때문에 한민족의 고유성을 이러한 방식으로 서술하는 것은 타당하지 않다. 여러 민족에게서 드러나는 보편적인 속성을 우리 민족의 고유한 속성으로 해석하기는 어렵지 않은가.

한편 민족주의는 작품이나 작가를 평가하는 기준이 되기도 한다. 신라인 박제상을 높이 평가하는 서술을 담고 있는 다음의 예를 보자.

> 그(박제상)의 애국적충성심은 단순히 신라국가의 신하라는 그 직분에 대한 소박한 의무감에 귀착된 것은 아니였다. 인간으로서의 제상의 높은 정신세계를 특징지은 것은 봉건관료라는 그 직분이 아니라 의협심이 강하고 대바른 성품이였으며 조선사람이라는 자부심과 긍지였다.

위의 예에서 보듯, 개인을 평가하는 가치 기준이 일관적이지 않다.

---

[57] 위의 책, 221면.

박제상의 애국심은 개인적 성품과 조선인으로서의 자부심에 의한 것이 된다. 북한문학사에서는 개인의 부정적 행적에 대해서는 봉건관료라는 사실을 문제 삼지만, 긍정적 행적에 대해서는 봉건관료라는 사실과 정체성은 배제되고 같은 민족이라는 사실이 전면화 된다. 북한문학사에서 지배층은 애국심을 지닌 주체로서 긍정적으로 평가되다가도 어떤 때는 봉건관료와 지배층이라는 이유로 문제가 되기도 한다. 작가 개인을 평가할 때 같은 민족이라는 보편적 가치가 더 중시되면서 민족성 이외의 특성인 작가와 개성과 작품의 특수성이 드러나지 않을 때가 있다. 이러한 평가 기준은 발해 시인을 평가할 때에도 드러난다. 보편적인 가치를 적용함으로써 개별자로서 작가나 개별 작품의 특수성이 가려지는 점은 주의해야 한다.

또 눈에 띄는 북한문학사의 특징적 경향은 작품에 드러나는 인간의 보편 정서를 특수 정서로 해석하는 경향이 있다. 한 예로 고향에 대한 그리움, 향수(鄕愁)를 애국심으로 해석하는 경우를 보자. 「달을 보고 고향을 그리며」에서 순결한 애국의 감정이 집중적으로 표현된다고 하였다. 작품은 다음과 같다.

고요한 여름밤은 깊어가고
둥근달만 푸른 하늘에 예어가는데
산마다 들마다 달빛이 스며들어
이세상의 모든 것이 새롭게 안겨오네

외로운 아낙네는 님을 그리고
고향떠난 나그네도 심사설레여라

> 조국은 천리만리 먼곳이건만
>
> 저달은 우리들을 함께 비쳐주리

이 작품에서 애국의 감정이 드러난다고 해석한다. 특히 달이 서정적 주인공의 애국적 감정을 진실하게 표현한다고 보았다. "애국심은 그 어떠한 추상적인 개념인 것이 아니라 자기 조국의 강토와 력사와 문화에 대한 끝없는 사랑이며 그것은 또한 자기 고향과 고향사람들에 대한 애착심, 자기의 부모처자에 대한 애정에서도 표현되는 것"[58]이라고 한다.

그런데 고향 떠난 나그네의 그리움과 수심을 애국심으로 볼 수 있는가? 달을 보고 고향을 그리는 향수를 애국심으로 해석하고 고향이 곧 조국이 되는 것은 논리적으로 타당하지 않다. 향수는 고향에 대한 정서이고 애국심은 나라에 대한 정서이므로 같다고 할 수 없다.

시 「꽃을 관상하며」도 '높은 존대 속에 민족적 존엄을 지켜가는 서정적 주인공의 기쁨'이라고 해석하는데 그 근거가 희박하다. 작품 해석의 이러한 경향은 「출운주에서 두 칙사에게」, 박인범의 「룡삭사에서」, 「강기슭에서 장수재에게」, 최치원의 「비오는 가을밤에」를 해석할 때도 적용되고 있다.

이상과 같이 두 개념, 향수와 애국심은 동일 개념이 아니므로 향수를 애국심으로 등치시키는 것은 무리한 일이다. 보편적인 정서를 민족주의적 정서로 환원하는 데 이 둘을 같은 정서로 해석하는 것은 타당하지 않다.

마지막으로 북한문학사에서 종종 보이는 논리적인 문제를 짚고 넘어가고자 한다. 북한문학사는 문장 서술 시, 감정이 구체적으로 드러나

---

58 위의 책, 233면.

는 용어들을 많이 쓴다. 감정이 드러나는 것 자체가 문제가 된다고 할 수는 없으나 논리적인 글에서는 문제가 된다. 어디에 초점이 있고 비중이 있는지 이해하기가 어려워 정작 전하려는 바가 무엇인지 흐릿해진다. 굳이 거론하지 않고 넘어갈 수도 있으나 전반적으로 이러한 경향이 많아 지적해본다. 다음은 그러한 예이다. 다음 예문의 경우를 보면, 판단을 하되 근거를 제시하지 않아 내용이 모호하다.

고대시기 설화문학의 중요한 특징은 신화창조의 단계를 넘어서서 현실적인 인간과 생활을 반영하는 전설, 민화 등의 새로운 설화 형식들이 출현하고 설화적 형상창조의 수법들이 다양해졌으며 전반적인 예술적 품위가 높아진 것이다.[59]

고대 설화의 예술적 품위가 높아졌다고 했는데 '예술적 품위'가 무엇인지, 또 높아진 것을 어떤 기준으로 판단하는지 알 수 없다.

다음으로 「온달 설화」에서 온달의 성품을 논하는 설명을 보면 판단의 근거가 모호하여 동의하기가 쉽지 않다.

"죽고 삶이 이미 결판이 났으니 아, 고히 돌아가시라"라는 공주의 위로에 비로소 관널이 땅에서 떨어졌다는 이야기는 생활을 더없이 사랑해온 온달의 다정다감한 인정세계와 함께 조국에 대한 의무를 다하지 못한 원통한 심정을 그대로 절절히 표현한 것이다. 이것은 또한 고구려 사람들의 성격 속에 체현되고 있는 애국적충성심에 대한 예술적 구현이였다고 할 수 있다.

---

59 위의 책, 45면.

인용문의 '생활을 더없이 사랑해온 온달의 다정다감한 인정세계'의 논리를 따라가 보겠다. 여기서 생활은 생(生)을 뜻하는 것이리라. 그런데 생활을 사랑하면 다정다감한 인간적 정서를 가진 사람이 된다는 것인지 온달이 생활을 더없이 사랑했고, 다정다감했다는 것인지 모호하다. 그러나 좀 더 생각해보면 '생을 사랑하는 것'과 '다정다감한 인정'은 거리가 있다. 이 설화에서 이 부분은 온달이 자신의 죽음을 인정하지 않는 상태를 뜻한다. 죽을 때가 아니며 죽을 이유가 없으며 아직 죽을 준비도 되어있지 않으므로 자신이 죽었다는 사실을 인정하지 않음 혹은 못함을 표현한다. 생에 대한 애착이라고 할 수 있다.

위와 달리, 문장 표현대로 해석하여 생활에 대한 사랑과 다정다감한 인정세계를 별개로 볼 수 있으나 이렇게 해석하면 다정다감한 인정세계에 대한 근거가 확보되지 않는 어려움이 있다.

또 온달의, 조국에 대한 의무를 다하지 못한 원통한 심정이 사건의 어떠한 부분에서 드러나는지도 제시되어 있지 않다. 이 같은 문제는 논리상 큰 문제가 아니므로 지나칠 수도 있었지만 워낙 많은 서술이 이러한 방식으로 이루어지고 있기 때문에 짚어 보았다.

4. 사회진화론적 역사주의 적용의 장점과 문제점

북한은 사회진화론적으로 시대가 단계별로 구분된다는 사회주의적 역사주의 관념을 가지고 있다. 역사학의 시대구분에 따라 북한문학사는 원시 고대, 중세 등 각 시대별 단계에 작품과 장르를 귀속한 후 그 작품과 장르의 특징을 설명한다. 남한 문학사와 달리, 시대 단계와 배경 국가가 따른 문학적 특징을 해석하는데 중요한 기준으로 강조되고 있다. 원시~중세 초의 문학을 다룬『문학사B』1은 자료와 정보가 많이 추가되었고 이전 문학사에서 제시하지 못했던 이론적 설명을 보충하고 있다.

『통사』로부터『문학사A』1, 『문학사B』1을 거치면서 신화에 여러 역사적 단계의 사회현실이 반영되어 있다고 보아 작품의 역사적 층위를 구분하고 신화의 형성과정을 이해하려는 시도가 보완되어 왔다. 그리하여「단군신화」나「해모수신화」등의 고대신화에서 원시신화를 구분했고, 고려의 작품인「동명왕 병서」에서 원시, 고대, 중세의 이야기를 추출하였다. 이 과정에 대한 서술이『문학사B』1에 상술되었다. 그러나 원시신화로 추출한 부분이 원시의 현실을 반영하는 그리고 원시에 창조된 원시신화인가를 검토해 보면 원시의 작품이라고 하기 어려운 점이 발견된다.

원시신화로 제시된 부분은 고대국가 건국 당시의 세계관을 반영하고 있는 경우가 대부분이다. 예를 들어 지고한 '천손', '천제'로서의 환웅과 해모수의 모습은 소국의 자율성보다 상위를 점하면서 아울러야 하는 현실적, 역사적 요구에서 비롯된 유일한 지고자(至高者)로서 정치체 수장에 대응하는 상징이며, 지고자가 지상에 하강하여 다스린다는 '지배와 피지배' 관념, '군신 상하관계'의 관념도 원시적인 것이 아니라 건국이 사회적으로 요구되었을 때 추동된 관념이다. 이들이 상상이라고 해도 상상이 언제나 원시적인 것은 아니다. 상상도 현실의 결핍된 문제로부터 추동되는 것이므로 작품 속의 현실적 결핍이 무엇인지는 그 역사성을 따져보아야 한다. 북한문학사가 언급한 원시신화에 기원을 두는 이야기들은 원시적이라기보다는 오히려 고대적 세계관의 영향 아래에 있는 서사적 사건이다.

또 신화와 설화 부분을 기술하는 부분에서 때때로 '원시신화'가 지칭하는 의미가 달라 혼동을 일으켰다. 때로는 '서사'를 가리키기도 하고 때로는 '관념'을 뜻하기도 하여 명료하지 않다. 이러한 점이 논리적 정합성을 해치고 있다.

신화와 전설 등의 설화 작품을 특정 시대에 도식적으로 귀속시키는 것도 문제점이 있다. 작품의 특징에 의한 귀속이 아니라 역사학의 시대 구분에 따라 작품의 배경 시대가 고대면 작품도 고대작품이 되고, 시대가 중세면 작품도 중세작품이 되고 있다. 그리하여 고대신화적 특징을 가지고 있는 신라의 「박혁거세 신화」와 가야의 「김수로왕 신화」는 모두 중세 건국설화로 편입되었다. 한편, 건국 사건이 없으나 신화의 특징을 보유한 동부여의 「금와왕 신화」, 신라의 「석탈해 신화」, 「김알지 신화」 등은 소홀히 다루어지거나 언급되지 않아 북한문학사가 이론적 기준에 부합하지 않는 작품은 부주의하게 취급하고 있음을 보여준다.

시가 분야에서는 남한 학계에서 원시 가요로 보지 않는 〈구지가〉를 원시 신앙, 집단노동요로서의 성격, 내용과 형식의 단순성, 생활 지향적이라는 점을 들어 원시가요로 보았는데 영신가(迎神歌)로서의 기능에 대해서는 주목하지 않고 일언으로 사상(捨象)한다는 점은 문세적이다. 또 〈구지가〉에서 '집단성'을 중요한 원시성의 지표로 제시하면서도 「박혁거세 신화」, 「김수로왕 신화」의 집단적 무리와 회합에 대해서는 언급하지 않고 '중세' 작품으로 보는 것은 역사발전단계에 맞추어 작품을 편입하려는 강박적인 태도로 오히려 역사적 정합성을 거스르고 있다.

작품 수가 늘어난 점과 함께 눈에 띄는 『문학사B』1의 변화는 역사상의 주요 시점(始點)이 상향된 점, 한 작품에서 여러 역사적 단계의 특성을 추출한 점, 원시 신화의 면모를 보완한 점, 달거리체 형식을 고구려로 상향한 점 등이다. 원시신화와 원시가요 항목은 기존 문학사의 논조를 이어받으면서 보완되었고, 달거리체 형식의 고구려 기원설, 시점 상향은 새롭게 제안된 것인데 이러한 변화의 사상적 배경을 탐지해보면 1986년 조선민족제일주의가 제창된 이후의, 자민족중심주의 분위기가 반영된 것으로 보인다.

북한문학사는 역사학, 인류학 같은 인접학문의 연구 성과와 타 예술 분야의 변화를 문학과 관련지어 설명하는 등 문학을 입체적으로 이해하려는 지향을 보여준다. 다양한 분야와 맞물리는 지점들을 확인하려는 이해 방식은 의미가 있지만 실제 문학사에서는 문학이 이러한 타 영역과 어떤 관련을 맺었는지는 충분히 밝혀지지 않았다.

서술의 경향과 특징으로는 논리적 타당성이 결핍된 경우가 있어 짚어 보았다. 북한문학의 학문적 판단은 전제와 근거로부터 결론이 이끌어지는 게 아니라 주장으로 제시되는 경우가 많아 동의하기가 어려운 경우가 종종 있었다. 예를 들어 고려의 〈동동〉과 고구려의 동동춤을 관련시켜 달거리체 형식을 소급시키는 경우, 고구려와 발해에 대한 높은 평가, 민족성을 고유한 것으로 평가하는 기준 등에서 핵심적인 근거가 부족하다.

작가 개인을 평가할 때는 같은 민족이라는 보편적 가치가 더 중시되면서 민족성 이외의 특성인 작가와 개성과 작품의 특수성이 드러나지 않는다. 보편적인 가치를 적용함으로써 개별자로서 작가, 개별 작품의 특수성이 가려지는 점은 주의해야 한다.

한편 북한문학사는 남한 학계의 연구에 시사하는 바가 적지 않다. 남한 학계는 신화를 연구하면서 역사성보다는 무시간적(無時間的) 원초성

(原初性), 원형(原型) 등을 밝히는 데 주력하여 신화, 원시가요 등의 작품형
성 과정이나 역사성에는 거의 관심이 없었다. 이론적으로는 분석심리
학과 구조주의의 영향을 많이 받다보니 구조적으로 동일하며 반복되는
요소에 관심을 기울였고 이를 위해서 역사적 분석보다 공시적 분석을
취했다. 그리하여 신화와 설화의 역사적 층위에 대해서는 소홀한 부분
이 없지 않았다. 그러나 상고대문학은 기록되기 전에 구전으로 향유되
던 작품이므로 온전히 이해하기 위해서 역사성에 대한 다양한 탐색이
필요하며 이때 북한의 연구방법론은 고려하고 음미해 볼 필요가 있다.

　　남한과 북한은 각기 나름의 장단점을 가진 문학사 연구를 축적해왔
으나 분단의 상황이 오래 지속되면서 학계의 교류와 소통이 원활하지
못하여 연구 결과를 검증할 기회를 갖기 어려웠다. 정치적 이데올로기
는 다르지만 학문의 영역에서 같은 대상을 다루는 만큼 관점이 다른 부
분을 성찰하고 조율할 필요가 있다.

북한의 고려시대 문학사 기술, 그 특징과 한계

김준형

1. 북한의 공적 문학사, 『문학사A』와 『문학사B』

북한의 공식적인 문학사는 1959년에 간행한 『조선문학통사』(『이하 『통사』)와 1977~1981년에 간행한 『조선문학사(이하 『문학사A』)가 있다. 북한 사회과학원 주체문학연구소에서 1991~2000년에 걸쳐 간행한 『조선문학사』(이하 『문학사B』)는 이들을 이은 세 번째 공적 문학사라 할 수 있는데, 그 점은 이 책 서문에서도 분명히 밝히고 있다.[1]

우리 연구소에서는 이미 1950년대에 『조선문학통사』(상·하)를, 1970년대에 『조선문학사』(전5권)를 세상에 내놓았으며, 해방 후 우리 문예학이 이룩한 성과와 경험을 토대하여 이번에 전15권의 『조선문학사』를 집필·출간하게 되었다.[2]

---

1   최근 김현양도 이러한 시각에 따라 『문학사B』의 특성을 살핀 바 있다(김현양, 「민족주의 담론과 '주체'의 문학사」, 『민족문학사연구』 35, 민족문학사학회, 2007).

이렇게 보면 『문학사B』는 북한에서 제시한 가장 최근의 문학사 인식이라 할 만하다. 또한 이 책이 국가 공식 문학사라는 점에서, 여기에 쓰인 내용 역시 개인의 견해가 아닌 국가의 입장을 드러냈다고 볼 수 있다. 그런 점에서 우리가 『문학사B』를 정밀하게 읽는 것은 최근 북한의 문학 인식, 혹은 문학적 감수성을 통해 드러내고자 한 진보의 이념과 방향성을 파악하는 절차라고 할 수 있다. 그런 과정을 통해 남한과 북한 간의 '문학사 이해 시각'을 올바르게 갖고, 그 시각을 조율하여 '통일문학사'를 준비하는 계기로 삼는 것이 궁극적인 목표가 된다.

이런 문제의식은 이미 민족문학사연구소에서 제기·실현한 바 있다. 민족문학사연구소에서는 그때까지 북한에서 출간된 『통사』와 『문학사A』를 정밀하게 분석·대비함으로써 두 문학사의 차이를 확인하고 통일문학사의 가능성을 열어둔 바 있다.[3] 그 후 20년이 지난 지금, 북한에서는 새로운 문학사를 출간했다. 20년 전에 남한에서 제시한 문제의식이 얼마큼 해소되었는가에 대한 답변조차 주저되는 상황에서 새로 출간된 문학사를 어떻게 이해해야 하는가 하는 물음은 여전히 생경하지만, 그런데도 새로운 문학사에 대해 관심을 가지고 분석해야 한다는 명제는 한국문학 연구자에겐 선택 사항이 아닌 '의무'로까지 보인다. 뜻하든 그렇지 않든 한국문학 연구자에게는 남북한 사이의 갭을 줄이고 민족사적 과업을 수행해야 한다는 짐이 주어져 있기 때문이다. 이 글은 이러한 문제의식 아래 새로 출간된 『문학사B』 가운데 '고려시대' 문학사 기술에 주목하고자 한다. 『문학사B』 가운데 1994년에 출간한 2권이 이에 해당한다.

---

2 『문학사B』 1, 2면.
3 민족문학사연구소, 『북한의 우리문학사 인식』, 창작과비평사, 1991.

『문학사B』에서 고려시대 문학사를 어떻게 인식하고 있는가를 효과적으로 엿보기 위해서는 그 이전에 출간된 『문학사A』와 정밀하게 대비할 필요성이 제기된다. 『문학사A』는 『문학사B』가 나오기 전까지 북한 공식 문학사였다. 그런데 기존 문학사를 대체하는 새로운 문학사가 출간되었다면, 그것은 이전 문학사가 갖는 한계를 극복하고 넘어서기 위한 목적에서 비롯되었을 개연성이 높기 때문이다. 실제 『문학사B』는 이러한 목적에서 출간되었다. 특히 『문학사A』와 『문학사B』 모두 동일인에 의해 집필되었다는[4] 점이 흥미롭다. 보통 한 개인이 20년 사이에 문학사를 바라보는 시각 자체를 완전히 바꾸는 경우가 드물다. 미세한 차이에서 변화를 보이기는 하지만, 문학사의 구도 전체를 좀처럼 바꾸지 않는다. 그런데 『문학사A』와 『문학사B』를 대비해 보면, 문학사의 구도 자체가 판이해진 양상을 볼 수 있다. 이는 국가 공식 문학사인 만큼 개인의 의식 변화라기보다는 외부적인 요인에 의한 변화일 가능성이 높다. 따라서 두 문학사 간에 드러나는 차이를 면밀하게 검토하고, 그 원인을 추적하는 것이 일차적으로 요구된다. 그렇게 함으로써 20년 사이 북한에서 고려시대 문학사를 인식하는 틀의 변화를 엿볼 수 있기 때문이다.

국가 공식 문학사에서 보인 시각과 다른 기관에서 보인 시각 사이에는 어떠한 차이가 있는가?[5] 이 물음도 북한의 고려시대 문학사 인식을 확인하기 위해서는 꼭 필요하다. 이에 대해서는 2006년에 김일성종합

4　저자는 정홍교, 심사는 김하명이 맡았다.
5　『문학사A』가 출간된 후 고려시대 문학에 대한 북한 학계의 개별적인 논의도 분명히 있었으리라 본다. 그리고 그 축적된 결과물이 『문학사B』에 반영되었을 가능성도 있다. 하지만 다방면으로 그런 개별적인 논의를 찾아보았지만, 쉬운 일이 아니었다. 때문에 최근 북한 학계의 동향을 이 글에 적용하기에는 어려움이 있었음을 밝혀둔다.

대학출판사에 출간한 『조선문학사』(이하 『김대B』)와 대비할 필요가 있다. 이 책은 '문학대학용'이라 씌어 있어, 대학교재로 활용되던 것이라 하겠다. 이 점에서 북한 공식 문학사와 다른 기관에서 간행한 문학사 사이에 보이는 차이를 따져보는 일도 흥미롭다.[6] 이 글은 이러한 전제와 방법에 기초하여 북한의 고려시대 문학사 인식을 고찰한다.

2. 고려시대 문학사 기술의 특징

1) 고려시대 문학사 시대구분

형태적으로 볼 때, 『문학사B』의 가장 두드러진 특징은 고려의 시대구분을 하지 않는다는 점이다. 『통사』가 '10∼13세기 / 14세기'로, 『문학사A』가 '10∼ 12세기 전반 / 12세기 후반∼14세기'로 양분해서 문학사를 바라본 것과 큰 차이를 보인다. 『통사』나 『문학사A』는 '인민들의 반봉건·반침략 투쟁'이 강화되기 시작하던 때를 접점으로 삼아 전기와 후기로 가름한 것인데, 『문학사B』는 그렇게 하지 않았다. 그렇다고 해서 『문학사B』가 전기와 후기를 나누는 역사적 준거인 '인민들의 반봉건·반침략 투쟁'을 외면하지도 않았다. 오히려 다른 어떤 문학사보다 이 부분을 더 강화하여 서술하였다. 그런데도 시대구분을 하지 않은

---

6 『김대B』는 분량도 적고 내용도 소략하기 때문에 『문학사A』와 『문학사B』를 대비·비교하는 것처럼 정밀하게 따질 수는 없다. 따라서 『김대B』는 이 두 문학사의 차이를 비교하는 데에 보조하는 자료로 활용한다.

것은 다른 이유가 있을 듯하다. 그것은 문학사 기술의 효용성을 고려했기 때문이 아닌가 한다. 이 점은 『문학사A』와 『문학사B』의 목차만 살펴보면 쉽게 알 수 있다. 『문학사A』의 목차는 다음과 같다.

제5장 10~12세기 전반기 문학

　　1. 고려에 의한 국토통일의 실현과 봉건문화의 새로운 발전

　　2. 서정시의 발전

　　3. 수이전체 문학의 활발한 창작과 연대기 및 전기문학의 발전

제6장 12세기 후반기~14세기 문학

　　1. 고려 봉건사회의 모순의 격화와 농민폭동의 앙양, 인민적이며 진보적인 문학의 획기적 발전

　　2. 구전문학의 활발한 창작

　　3. 문화유산 수집 편찬 사업의 강화와 산문문학의 발전

　　4. 사회 현실 주제를 취급한 시작품의 활발한 창작과 시문학에서의 낭만주의적 및 사실주의적 경향

　　5. 새로운 문학 형태의 출현

『문학사A』에서는 제5장과 제6장을 나누어 기술한다. 전기는 '역사적 배경 / 시가 / 산문'으로, 후기는 '역사적 배경 / 구비문학 / 산문 / 시가 / 새로운 장르의 탄생'으로 나누어 기술하였다. 이런 기술 태도는 『통사』의 '시가 / 산문'으로 양분하여 서술하는 방식의 큰 틀을 따른 것이다. 다만 '인민성'을 강화하기 위해 별도로 '구비문학' 항목을 새로 넣어 기술한 차이만 보일 뿐이다. 전대의 시가와 산문이 후대의 시가와 산

문으로 이어지고, 그 도정에서 구비문학이 성행했음을 엿보게 한다. 또한 '새로운 장르의 탄생'을[7] 마지막에 절에 제시함으로써, 그 장르가 다음 시기로까지 이어진다는 점도 잊지 않았다. 『문학사A』는 기본적으로 문학의 '흐름'[史]에 주목하였음을 짐작케 한다.

그런데 『문학사A』에서 전기와 후기로 나누어 기술한 것은 좋은데, 그 배분이 기형적이다. 전기와 후기의 기술이 어느 정도 균형을 맞춰야 하는데, 『문학사A』에서는 그렇게 하지 못했다. 고려시대 문학사를 100으로 놓고 볼 때, 후기가 80%를 상회하는데 반해 전기는 20%에도 채 미치지 못한다. 그렇다보니 고려시대의 문학사의 면모를 자칫 왜곡된 시각으로 볼 수도 있다. '고려문학 = 고려 후기문학'이란 시각은 분명 옳은 일이 아니다. 또 고려시대를 전기와 후기로 나누면 개별 장르의 움직임을 설명하기가 용이하지 않다. 예컨대 민요의 경우는 굳이 전기와 후기로 양분하지 않고 통합적으로 기술하는 것이 훨씬 효과적이다. 반면 낭만주의적 경향에서 사실주의적 경향으로의 전환 양상을 설명해야 하는 한시는 전기와 후기로 양분하는 시대구분이 탐탁지 않다. 오히려 전기·중기·후기로 삼분하여 설명하는 것이 편리하다. 개별 장르마다 그 움직임을 설명하는 잣대가 달라지는 것이다.

이런 한계를 인식했는지, 『문학사B』는 『통사』나 『문학사A』와 달리 시대구분하지 않고 통합하여 기술하였다. 두 문학사가 지닌 한계로 지적한 개별 장르의 움직임에 주목한 것이다. 『문학사B』의 목차는 다음과 같다.

---

7 『문학사A』에서 새로운 장르를 제시하기 위해 '경기체가와 시조의 발생', '패설의 발생', '의인전기체 산문의 출현'이라는 각각의 절을 제시하였다. 그리고 이 장르들은 15~16세기 문학으로 이어진다.

의 시문학

2. 고려 중엽(12세기 후반기~13세기) 한자시문학의 창작 경향과 대표
   적인 시인들

3. 고려 말기(14세기) 한자시문학의 창작 경향과 대표적 시인들

4. 이제현의 창작과 애국적 감정의 진실한 반영

제6장 이규보와 사실주의적 경향의 시문학

1. 이규보의 생애와 창작활동

2. 미학적 견해

3. 다양한 주제의 대표적 작품들

제7장 문화유산의 수집과 정리, 산문문학의 다양한 발전

1. 문화유산의 수집, 편찬사업의 강화, 다양한 형태의 작품집들의 편찬

2. 전기문학 및 풍자 산문의 새로운 발전

3. 수이전체 산문의 활발한 창작과 패설문학의 출현

4. 의인전기체 산문의 출현

『문학사B』는 『문학사A』와 자못 다른 면모를 보인다. '역사적 배경 /
구비문학 / 시가1(향가 · 시조) / 시가2(고려국어가요 · 경기체가요) / 시가3
(한시) / 이규보 / 산문'으로 나누어 기술하였다. 사적 흐름에 따른 문학
의 변화보다 개별 장르의 독자적인 움직임에 초점을 맞추었다. 이 점은
앞서 언급한 『문학사A』가 안고 있는 한계를 극복한 것으로, 적어도 『문
학사B』는 이런 점만큼은 성공적이라 할 만하다. 특히 시가 기술이 흥미
롭다. '시가1'에서는 향가에서 시조로의 변이 과정을, '시가2'에서는 별

곡체 노래의 분화 양상을, '시가3'에서는 한시의 경향성 변화 과정을 나누어 설명함으로써 개별 장르의 형성·전개·변모 양상을 체계적으로 그렸다. 이런 구도는 당시 고려 시가의 큰 세 줄기를 포착하고, 그 장르들이 어떻게 존재하고 있었던가를 파악하는 데에 긍정적인 역할을 한다.

『문학사B』는 형식적으로나마 기존 북한에서 썼던 시대구분을 부정하였다. 그것은 『통사』에서 보여준 실질적인 몽고 간섭기인 1270년대를 전후로 하여 전기와 후기로 나누어 보든, 『문학사A』에서 보여준 1170년 무신정변을 전후로 하여 전기와 후기로 나누어 보든 그것이 모든 문학 장르를 포괄하는 일관된 흐름을 포착할 수 없다고 보았기 때문이리라. 『문학사B』는 고려 전기와 후기의 시대적·문화적 차이를 분명히 인식했지만, 결국은 왕조사적 문학사를 기술할 수밖에 없었던 것이다. 그 결과, 장르사의 복합체로서의 문학사를 지향하게 된 것이다. 이러한 현상은 역사·장르·문학담당층를 입체적으로 인식하여 문학사를 기술해야 한다는[8] 남한의 태도와 다르다. 남한에서는 이에 따라 '1170년(무신정변)·경기체가·신흥사대부'를 정립(鼎立)시켜 그 이전을 중세 전기, 그 이후를 중세 후기로 명명하였다.[9] 뿐만 아니라, 남북한 모두 사실(현실)주의 문학이 출현한 시기를 12~14세기로 잠정적으로 귀결하고 있을 만큼[10] 1170년 무신정변을 전후하여 시대구분을 하는 것이 필요하다는 점은 분명해 보인다. 이런 점에서 보면, 『문학사B』가 시대구분에 따른 문학사의 흐름을 취하지 않고 장르사를 택한 것은 일정

8　조동일, 『한국문학통사』 1, 지식산업사, 1982.
9　위의 책, 36~37면.
10　임형택, 「민족문학의 개념과 그 사적전개」, 『한국문학사의 논리와 체계』, 창작과비평사, 2002, 39~40면.

한 한계로 보이기까지 한다. 이 문제를 어떻게 조율할 것인가에 대한 물음은 자연스레 앞으로 남북한 간에 해결해야 할 숙제로 남겨진다.

2) 고려시대 문학사 기술 태도

『문학사B』는 15권으로 쓰인 만큼 그 규모가 제법 크다. 이전의 문학사와는 비교가 되지 않는다. 양이 늘어난 만큼 그 안에 담긴 내용 역시 다른 문학사에 비해 풍부해졌다. 양적 풍부함이 질적 우수함과 비례하는가 하는 문제는 별개지만, 적어도 고려시대를 서술한 『문학사B』만큼은 '전체적으로 봤을 때' 그렇다고 대답해야 하지 않을까 생각한다. 내용상 상당한 문제를 내포한 요소가 없지 않지만, 기술 태도에서 만큼은 긍정적으로 볼 부분이 많다.

『문학사A』와 대비해 봤을 때, 고려시대 문학사 기술 과정에서 『문학사B』는 몇 가지 특성을 드러낸다. 그 양상은 크게 일곱 가지로 요약할 수 있다. 첫째, 고려의 국토 통합을[11] 긍정적으로 본다는 점. 둘째, 인민이 창작·향유한 문학의 가치를 높였다는 점. 셋째, 기존의 오류를 수정·반영하였다는 점. 넷째, 작품을 창작한 작가에 내한 전기적(傳記的) 관심을 높였다는 점. 다섯째, 문학 작품의 내용적인 특성 외에 형식적인 면에도 관심을 드러냈다는 점. 여섯째, 새로운 문학 작품을 추가했다는 점. 일곱째, 문학사의 흐름과 관련하여 기존과 전혀 다른 견해를 드러냈다는 점 등을 들 수 있다.

---

11 『문학사B』에서는 '건국'이 아니라, '국토 통합'임을 누차 강조함으로써 최초의 통일 국가로서 고려를 제시한 것이다.

이 중 앞의 다섯 가지 특성은 『문학사A』를 긍정적으로 수용하면서 일정 부분 보완하거나 부분적인 수정을 가한 것이다. 그렇지만 뒤의 두 특성은 김정일의 교시를 드러낸 곳에서 빈번하게 나타난다. 즉 이 두 특성은 1992년에 출간·배포된 김정일의 『주체문학론』을[12] 반영한 결과임을 유추케 한다. 따라서 이 두 특성, 즉 여섯·일곱째로 제시한 두 특성은 각각 별도의 절을 마련하여 정치하게 논의하고, 첫째부터 다섯째까지는 한 절로 한데 묶어 그 특성을 요약적으로 살피고자 한다.

(1) 고려시대 문학사 기술의 제 특징

『통사』에서는 고려를 신라사회의 재편성한 것에 불과하다고 폄하한 데 반해, 『문학사A』에서는 고려의 통일이 단일국가로 경제력과 군사력을 강화시킬 수 있는 토대를 마련한 계기가 되었다고[13] 그 평가를 달리 하였다. 『문학사B』역시 『문학사A』의 입장을 더욱 공고히 하여, 고려의 국토 통합이 우리나라의 사회·경제·문화 발전에 중요한 역할을 하였고, 이로써 우리나라 문화는 인류문명 발전에 크게 기여할 수 있게 되었다고 보았다. 『문학사A』에서 "슬기롭고 재능 있는 고려의 인민들은 벌써 12세기경에 세계에서 맨 처음으로 금속활자를 발명하고 인쇄기술을 새로운 발전 단계로 올려 세움으로써 인류문화 발전에 커다란 공헌을 하였다"고[14] 간략하게 언급한 금속활자 주조를 『문학사B』에서는 꽤 장황하게 서술한 것도[15] 이러한 이유에서 비롯된다.

---

12 김정일, 『주체문학론』, 조선노동당출판사, 1992.
13 이명학, 「고려 전기 문학」, 『북한의 우리문학사 인식』, 창작과비평사, 1991, 156면.
14 『문학사A』1(이회, 1996, 113면). 이하 직접 인용은 본문에 면수만 기재함.
15 『문학사A』2, 9~10면. 이하 직접 인용은 본문에 면수만 기재함.

고려의 국토 통합이 우리의 문화 발전뿐만 아니라, "인류의 문명 발전과 동방문화의 개화에 크게 이바지하였다"(9면)는 점은 문학이 지닌 내면적·심미적인 가치보다 문학 외적인 요인, 예컨대 '국가와 민족' 이데올로기를 봉헌하기 위한 장치로 작동한 것이라 할 만하다. 우리 민족이 다른 민족과 구별되는 우수한 역사와 문화, 독자적인 역사와 문화를 가지고 있음을 확인시킴으로써 효용적인 가치를 극대화할 수 있기 때문이다.[16] 이처럼 민족의 가치를 높인 반면 종교에 대해서는 지극히 소략하거나 배제하는 경향을 보인다. 『문학사A』에서 일부 언급한 불교와 유교 경전의 간행, 불교와 유교가 봉건정치와 밀접하게 관여되었다는 내용들이[17] 『문학사B』에서는 모두 삭제되었다. 종교는 반주체적인 요소로 인식했기 때문이리라.

통합된 국토에서 생활하는 인민에 주목한 것은 『문학사A』나 『문학사B』 모두 동일하다. 인민성의 원칙이 북한문학사에서 가장 중시하는 미적 개념이라는 점에서[18] 이 점은 특별할 것이 없다. 인민들의 향유한 구비문학을 기록문학[書寫文學]과 동등하게 다루고, 문학사 기술 순서에서도 구비문학을 기록문학보다 앞서 기술한 것도 『문학사A』나 『문학사B』 모두 같다. "인민 대중은 민족문화의 진정한 창조자이며 인민문학, 구전문학은 진보적이며 인민적인 문학 발전의 원천으로, 민족적 바

---

16 이 양상은 『김대B』에도 그대로 적용된다. "고려에 의하여 국토 통합이 이룩됨으로써 우리 인민은 조선 반도의 넓은 판도 우에서 단일민족으로서의 혈연적 및 문화적 공통성을 더욱 공고하게 살려 나가게 되었다."(김일성종합대학 편, 『조선문학사』, 동출판사, 2006, 57면)

17 『문학사A』 1(이회, 1996, 114~115·135면).

18 김현양·오현주, 「문학사 서술의 미학적 기초」, 『북한의 우리문학사 인식』, 창작과비평사, 1991, 21~30면; 정출헌, 「고려 후기문학」, 『북한의 우리문학사 인식』, 창작과비평사, 1991, 179~183면.

탕으로 된다"(21면)는 언술은 이를 집약한 대문으로 이해할 수 있겠다. 그러면서도 『문학사B』는 『문학사A』보다 확대 · 부연하고 있다. 특히 참요에 대해 상당히 길게 서술하는 점, 설화 작품을 다수 추가하고 있다는 점 등은 그를 방증한다.

고려의 국토 통합에 대한 긍정적 시각, 인민이 창작 · 향유한 문학의 가치 인정 등을 통해서도 알 수 있듯이 『문학사B』의 지향은 기본적으로 『문학사A』와 유사하다. 그렇기 때문에 『문학사B』에서는 『문학사A』에 나타난 오류를 수정하고, 『문학사A』에서 미흡하게 다룬 부분을 보완하는 양상도 자주 보인다.

『문학사A』에 쓰인 실증적 오류가 『문학사B』에서 정정되는 양상은 곳곳에서 보인다. 『문학사A』에서는 〈도톨밤의 노래[橡栗歌]〉의 작가를 이곡(李穀)으로 보았지만, 『문학사B』에서는 이를 윤여형(尹汝衡)으로 바로잡았다는[19] 지적은 이미 여러 차례 있었던 터다. 이외에도 참요 〈보현사〉의 향유시기를 무신정변 '당시'로 보았다가, 그 시기를 무신정변 '직전'으로 수정한 것도 그 한 예다. 따라서 "보현사가 어디메냐 / 이 곳에서 몽땅 / 다 죽어버렸다네"로 해석했던 내용도 "보현사가 어디메냐 / 여기서 모조리 / 잡아죽이려 하네"(28면)로 바꿀 수밖에 없었다.[20] 또한 『문학사A』에서 제시한 김돈중(金敦中)의 〈지리한 장맛비〉는 그 제목이 잘못되었다. 이 시는 본래 『동문선(東文選)』에 실려 있다. 원제목은 〈화사제고우시(和舍弟苦雨詩)〉로, 그의 동생 김돈시(金敦時)가

---

19 〈도톨밤의 노래〉를 윤여형으로 보는 시각은 『개관』1(107~110면)에서부터다.
20 반면 『김대B』라든가 현종호의 『국어고전시가사연구』(보고사, 1996)에서는 여전히 『문학사A』를 따른다. 이 점은 아직까지 『문학사B』가 다른 문학사에 영향을 미치지 못하고 있음을 뜻한다.

쓴 시에 화답한 시다. 이런 오류를 『문학사B』에서는 바르게 고쳐, 그 제목을 〈동생이 지은 시 '지리한 장맛비'에 화답하며〉(122면)로 바꿨다. 이처럼 『문학사A』에서 보이던 실증적 오류가 『문학사B』에서는 정정되고 있음을 확인할 수 있다.

『문학사B』에서는 『문학사A』에 비해 작가에 대한 전기적 관심을 높였다는 점도 주목할 만하다. 『문학사A』에서는 단지 작가의 이름과 작품만을 소개하였다면, 『문학사B』에서는 작가의 이력을 비교적 길게 진술한다. 예컨대 『문학사A』에서는 "정습명(11세기 말)의 「석죽화」도 이러한 특성을 가지고 있는 작품이다"(120면)라고 한 후, 곧바로 작품을 인용하고, 그 작품을 해석한 후 의미를 부여한다. 그런데 『문학사B』에서는 "정습명의 시 「석죽화」도 이러한 특성을 가진 우수한 작품이다"(123면)라고 한 후, 곧바로 작품을 인용하는 것이 아니라, "정습명은 김부식과 같은 시대에 활동한 사람이고" 운운(云云)하며 비교적 길게 작가를 소개한다. 이러한 현상은 『문학사B』에 거의 일관되게 나타난다. 이 점에서 작가 소개는 『문학사B』를 서술하는 데에 하나의 원칙으로 작용했음을 알 수 있다.

또한 『문학사B』는 작품의 형식에 대해서도 자주 언급한다. 예컨대 경기체가를 말할 때에 『문학사A』에서는 "이 시가 형식은 몇 마디를 제외하고는 대부분 한문투로 쓰여진 것으로 하여 시어가 매우 어렵고 생동성이 부족한 약점을 가지고 있다"(209면)며 그 형식에 대해 크게 주목하지 않다. 반면, 『문학사B』에서는 '3·3·4/3·3·4/4·4·4/ 위 3·3·4(혹은 위 3·5)'의 절제된 형식을 갖춘 시가임을 제시할 뿐 아니라, 표기수단·문법구조 등 경기체가가 지닌 형식에 대해 비교적 상세하고 장황하게 다룬다.[21] 이러한 양상은 단지 경기체가에만 한정되지 않는다. 〈서경별곡〉 등을 포함한 고려국어가요 등도 이러한 방식을 따른다. 음보와 율격에 대한 논의가 그만큼 많아진 것이다. 이런 점에서 보면 『문학사B』는 내용뿐만 아니라 문학의 형식에도 주목하였음을 확인할 수 있다.

이처럼 『문학사B』는 『문학사A』를 긍정적으로 받아들이면서 일정 부분 보완·수정한 면이 없지 않다. 이 점에서 보면 『문학사B』는 『문학사A』를 확장한 것으로 볼 수도 있다. 하지만 기존 문학사에서 부정하였던 새로운 작품을 추가한 점이나 기존 견해와 다른 견해를 제시한 점은 『문학사B』가 『문학사A』를 맹목적인 수용하지 않았음을 방증한다. 맹목적인 수용이 아니라, 오히려 『문학사A』가 지닌 한계를 뛰어넘고 김일성 사후 김정일 체제에서 새로운 문학 해석의 가능성을 제시했다는 점에서 주목할 필요가 있다.

(2) 새로운 작품의 소개

『문학사B』에는 『문학사A』에서 다룬 적이 없는 새 작품을 소개하기도 한다. 참요 〈두레박의 노래(호목가)〉, 설화 「강감찬」·「의좋은 형제」, 극 〈하공진을 찬양하는 놀이〉, 고려국어가요 〈정석가〉, 풍자산문으로 이규보(李奎報)의 「원충갑, 이무의 애국적 기개」, 이제현(李齊賢)의 「주먹바람 천년만년」·「귀신 병에 걸린 어리석은 관료」, 의인전기체 산문으로 임춘(林椿)의 「국순전」, 이규보의 「국선생전」·「청강사자현부전」, 이곡(李穀)의 「죽부인전」, 이첨(李詹)의 「저생전」, 식영암(息影庵)의 「정시자전」, 시선집으로 조운흘(趙云仡)의 『삼한시귀감』, 그리고 40

---

²¹ 『문학사B』 2, 109~111면. 『김대B』는 『문학사A』와 『문학사B』 중간에 놓인다. 즉 '3·3·4조' 양식을 설명하지만 구체적이지는 않다.

여 편의 한시가 추가되었다.[22] 이들은 『문학사B』의 편폭이 커지면서 주제를 강화하거나 논리를 튼실하게 하기 위해 추가·보완한 작품에 지나지 않는다. 『문학사B』에서 주목해야 할 점은 기존 논의를 보완하는 자료를 추가한 작품을 확인하는 데에 있지 않고, 『문학사A』에서는 언급하지 않았던 작품을 새로운 항목으로 설정한 경우다. 물론 따로 항목을 새로 설정하지 않고 기존 논의의 틀에 새로운 절을 마련하는 경우도 있다. 예컨대 설화 항목에 『고려사』 수재 「고려 왕실의 세계(世系)」를 소개한 대목도 그러하다.

「고려 왕실의 세계」는 고려 시조 왕건(王建)의 6대조 호경(虎景)부터 아버지 용건(龍建)까지의 세계(世系)를 그린 것으로, 일종의 고려 신화라 할 만하다. 『문학사A』에서는 이 내용을 다루지 않았는데, 『문학사B』에서는 구전설화가 지닌 특성으로 이 내용을 추가하였다. 애초 『문학사A』에서는 설화의 주제를 ① 반침략애국투쟁을 그린 것과 ② 봉건적 억압과 착취에 반대하는 인민들의 투쟁을 그린 것으로 양분하여 설명하였다. 하지만 『문학사B』에서는 이 두 가지 외에 하나를 추가하였는데, 그것은 바로 "고려의 건국과 국토의 통일 성업을 찬양한 것"(35면)이다.

22　대표적인 것으로 최유청의 「고향에 처음 돌아와서」, 박인량의 「송나라에 가는 길에서」, 고조기의 「운암전에서 읊노라」, 박호의 「거울」, 김돈시의 「괴로운 장맛비」, 유승단의 「덕풍현에서 쓰노라」, 김인경의 「용상 뒤 장지에 쓰노라」·「돌의 굳음을 빼앗지 못하리」, 최자의 「남쪽 언덕의 버들」, 박항의 「북경 가는 길에서」, 김지대의 「아버지를 대신하여 싸움터에 나가며」, 이인로의 「지리산에 놀며」, 임춘의 「이미수와 함께 이담지의 집에서」·「늦은 봄 꾀꼴새의 소리를 들으며」·「장연을 건너며」, 오세재의 「창바위」, 이담지의 「마른 나무」, 조통의 「함박꽃」, 진화의 「들을 거닐며」, 김극기의 「잉불역」·「향촌에 머물며」·「길을 가다가」·「명사」·「촌집」, 오순의 「관가정」, 이연종의 「모진 추위」, 정몽주의 「사신으로 일본에 가서」, 이곡의 「흡곡 객사시의 운을 따서」, 이제현의 「경진 4월에 고국으로 돌아올 제 제화문 주루에서」·「동지」·「전라도 안렴사로 부임하는 전록생을 보내며」, 이규보의 「햇곡식의 노래」·「추위를 물리치는 시각」 등이 여기에 포함된다.

그리고 이에 해당하는 작품으로「고려 왕실의 세계」를 넣은 것이다. 그에 따라 이 작품을 "고려국의 창건자로서가 아니라, 국토의 통일을 실현하고 민족의 통일적 발전의 길을 마련할 위인의 출현담"(37면)으로 해석하였다. 고려를 첫 번째 통일 국가로 이해하고, 이를 토대로 "민족의 통일적 발전을 이룩하게 하는 귀중한 유산"(39면)으로 남기기 위한 수단으로「고려 왕실의 세계」를 이용한 것이다.

또한 김극기(金克己)는「농사집의 네 절기[田家四時]」라는 동일한 제목으로 오언율시(五言律詩)와 오언고시(五言古詩) 형태로 두 편의 시를 지었는데, 모두 농민의 일상을 그린 것이다. 오언율시체는『동문선』9권에, 오언고시체는 같은 책 4권에 실려 있다. 그런데『문학사A』를 기술할 당시에는 이 중 전자만 보고, 후자는 보지 못하였던 듯하다. 따라서 전자를 대상으로 하여 김극기 시의 경향을 읽어냈던 것이다. 그런데『문학사B』에서는 오언율시체보다 내용이 풍부하며 훨씬 생동감 있는 오언고시체를 발견하였는지, 오언율시체「농사집의 네 절기」를 버리고 오언고시체의「농사집의 네 절기」를 취했다. 오언고시체가 생활 체험에 기초한 사실주의적 경향을 보다 더 잘 설명할 수 있었기 때문이다.

이렇게『문학사B』에는 논리를 탄탄하게 하거나 주제를 강화하기 위해 새 작품을 소개하기도 했고, 기존 작품을 새 작품으로 대체하기도 했다. 이런 현상은 문학사 서술 과정에서 몇 작품을 추가한 경우보다 훨씬 의미 있지만, 문학사의 전체 구도를 바꿀 만큼 큰 영향을 주지 않는다. 그런데 전체적인 체제와 어긋나는 장을 새로 설정한다든가, 반동으로 치부하여 부정했던 문학을 문학사 전면에 배치하는 일은 그저 볼 수 없다. 이는 문학사를 보는 시각 자체의 변화로 볼 수 있기 때문이다. 이런 양상이『문학사B』에 나타난다. 전자는 '이규보의 사실주의적 경향의 시문학'이란 새 이름으로 하나의 장을 마련한 경우를 통해, 후자는 2장 「고려시기 향가의 쇠퇴와 시조의 발생」 아래 하나의 절로 제시한 '향가 유산과 균여전'을 통해 확인할 수 있다.

앞서 시대구분에서 살펴보았듯이 『문학사B』는 '역사적 배경 / 구비문학 / 시가1(향가·시조) / 시가2(고려국어가요·경기체가요) / 시가3(한시) / **이규보** / 산문'으로 나누어 기술하고 있다. 이는 '역사적 배경 / 시가 / **이규보** / 산문'으로 집약할 수 있다. 아무리 봐도 중간에 끼인 '이규보'는 전체적인 틀과 조화롭지 않다. 『문학사B』가 장르사의 복합체로서의 문학사를 지향하면서 이규보를 돌출시킨 것도 이질적이다. 아무리 사실주의적 경향을 완성시킨 위대한 작가라 하더라도 별도의 장까지 마련하여 전면에 드러낸 것은 분명히 다른 이유가 있을 듯하다. 그 이유가 무엇인가? 그것은 『문학사B』 6장 제목 아래 쓰인 김정일의 교시에서 그 힌트를 찾을 수 있다.

> 우리는 자기 민족이 낳은 재능 있는 작가, 예술인들을 내세우고 자랑할 줄 알아야 한다. (…중략…) 실학파 작가뿐 아니라 최치원, 이규보, 김시습, 정철, 허균, 김만중을 비롯하여 고대와 중세, 근대와 현대의 이름 있는 작가, 예술인들과 그들의 우수한 작품과 (…중략…) 알려지지 않은 작품도 많이 찾아내어 여러 가지 형식과 방법으로 널리 소개하여야 한다.(223면)

이 글은 『주체문학론』 2장 「유산과 전통」에 실린 내용이기도 하다.[23] 즉 『문학사B』에 이규보가 별도의 장으로 돌출된 양상은 김정일

---

23 김정일, 앞의 책, 86면.

의 주체문학론을 반영한 결과인 셈이다. 실제 고려시대뿐 아니라『문학사B』 3권에 해당하는 15~16세기에는 김시습·임제·정철을 각각의 장으로 마련했고, 17세기에 해당하는 4권에서는 박인로·권필·윤선도·허균·김만중을, 18세기에 해당하는 5권에서는 박지원을, 6권에 해당하는 19세기 초·중엽에는 김려·정약용·조수삼·김삿갓 등을 각각 별도의 장으로 마련해서 기술했다.[24] 이처럼 작가를 하나의 장에 배치하여 작가론을 펼치는 기술 양상은『문학사A』에서 볼 수 없던 새로운 현상이다.[25]

또한「고려시기 향가의 쇠퇴와 시조의 발생」이란 장 아래 독립적인 절로 설정한 '향가 유산과 균여전'도 흥미롭다. 『균여전』의 가치를 인정하고 있기 때문이다. 『문학사A』와 상당히 다른 평가다. 『문학사A』에 쓰인『균여전』에 대한 평가는 다음과 같다.

① 불교 사상에 대한 설교는 고려 초에 창작된 균여의 향가 11수에서 더욱 두드러지게 나타났다. 이런 향가 작품들은 모두 반동적인 불교의 교리를 퍼뜨리고 부처의 공덕을 찬미함으로써 인간에 의한 인간의 착취에 기

---

24 반면『주체문학론』에서 직접 언급한 '최치원'은 1권에서 다루었는데도 별도의 장을 마련하여 기술하고 있지 않다. 단지 제4장「발해 및 후기신라시기 문학」아래 마련된 다섯 개의 절 중 네 번째 절, 즉 제4절 '한자시문학의 발전과 창작 경향'에 '① 한자시문학에 구현된 애국적 감정과 발해의 시가유산, ② 한자시문학에 구현된 현실 비판의 기백과 후기신라의 시가유산, ③ **최치원과 그의 시문학**'으로 나눈 절 가운데 하나로 처리할 뿐이다. 이는 최치원의 문학을 다룬『문학사B』 1권이『주체문학론』이 출간·배포되기 이전에 간행되었기 때문이다. 『문학사B』 1권은『주체문학론』이 출간되기 1년 전인 1991년에 간행되었기 때문에 최치원은 별도의 장으로 마련하지 못한 채, 하나의 절로 쓰인 것이다.

25 이 점은 또한 앞 절에서 언급한『문학사B』의 특성 중 하나로 지적한 '작가에 대한 전기적 관심의 확대'와도 긴밀한 연관이 있다. 『문학사B』에 작가에 대한 전기적 관심을 확장시킨 것도 이와 연계시켜 볼 수 있기 때문이다.

초하고 암흑과 무권리가 지배하는 봉건사회에서 날로 증대되는 인민들의 반항 의식을 마비시키고 그들을 봉건통치에 순종시키려는 목적을 추구한 반동적 작품들이다.(87면)

②이 시기 반동적인 경향은 다음으로(반동적인 양반 사대부 다음으로 −인용자) 문학 작품을 통하여 불교 사상을 설교하고 고취한 데서 나타났다. 균여는 창작을 통하여 불교 사상을 찬미하고 퍼뜨렸다. 균여의 향가 11수는 모두가 그 사상적 내용에서 불교를 선전한 것들이다. (…중략…) 균여의 향가와 〈도이장가〉는 그 내용과 사상적 지향이 반동적인 것으로 하여 문학사적으로 아무런 의의도 갖지 못하였지만.(115~116면)

『문학사A』에서 『균여전』에 대한 평가는 혹독하다. '문학사적으로 아무런 의의도 갖지 못하는' 존재로까지 전락하였다. 그런데 『문학사 B』에서는 "균여의 저술 활동과 창작과정은 그가 불교학자로서 불경에 해박한 지식을 가지고 그 전파에 애쓴 것도 사실이지만 조선 사람으로서의 자존심이 강하였고 민족 고유의 말과 글을 귀중히 여기고 사랑하였으며 이로부터 범패나 한시보다 민족 시가의 고유한 형식으로서의 향가에 더 애착을 가지고 있었던"(56~57면) 인물로 평가한다. 그런 평가를 토대로 하나의 절까지 마련하여 『균여전』의 가치를 제시한다. 『문학사A』와는 정반대 양상이다. 그동안 무슨 일이 있었던 것일까?

이 물음 역시 『주체문학론』에서 그 해답을 찾을 수 있다.[26] 고전문학에 대해 굳이 부정적인 측면을 강조할 필요가 없으며, "근로자들과 청소년들에게 우리나라 문학예술 역사와 민족 고전문학을 가르쳐주지 않으

---

26 이에 대해서는 김현양이 이미 정밀하게 고찰한 바 있다(김현양, 앞의 글, 2007, 396~
    401면).

면 그들이 우리나라 역사에 어떤 고전작품이 있었는지 또 어떤 유명한 작가가 있었는지 잘 모르게 된다"는[27] 지적이 그러하다. 이럴 경우 자칫 '민족 허무주의적 경향'으로 빠질 수 있다는 우려를 반영한 것이다. 그러니 "문학예술사에 훌륭한 작품이 많으면 많을수록 좋은 일이지 이러저러한 이유로 훌륭한 작품을 거세해버려서는 이로울 것이 없다"[28]는 것처럼 다양한 작품을 제시하는 것이 가능했던 것이다.

이상에서 살펴본 것처럼 『문학사A』에서 볼 수 없던, 파격적이라 할 만한, 새로운 내용의 등장은 김정일의 『주체문학론』과 연계되어 있음을 알 수 있다. 이 점은 『문학사B』가 『문학사A』를 긍정적으로 수용하되, 특정한 대목에 관한한 『주체문학론』을 적용한 문학사임을 다시금 확인케 한다. 실제 『문학사B』에서 김일성의 교시가 나온 대목은 『문학사A』와 큰 차이가 없다. 반면 김정일의 교시가 나온 대목은[29] 다른 어떤 내용보다도 상세하게 기술되어 있고, 또한 『문학사A』와 상충하는 장면도 더러 보이는 것은 이러한 데서 비롯된 결과라 하겠다.

(3) 새로운 견해의 제시

『문학사B』에는 『문학사A』와 다른 견해를 제시한 경우도 적지 않다. 그렇지만 대부분은 논의 전개 과정에서 크게 주목하지 않아도 될 만큼 작은 차이에 그칠 경우가 많다. 예컨대 〈거사련(居士戀)〉을 『문학사A』에

---

27 김정일, 앞의 책, 75면.
28 위의 책, 90면.
29 3장 2절 시조의 출현 그 개념과 발생연대, 3장 3절 시조의 형태적 특성과 대표적인 시조 작품들, 4장 고려국어가요와 경기체가요, 5장 2절 고려 중엽(12세기 후반기~13세기) 한자시문학의 창작 경향과 대표적인 시인들, 5장 3절 고려 말기(14세기) 한자시문학의 창작 경향과 대표적 시인들, 6장 이규보와 사실주의적 경향의 시문학 등이 이에 해당한다.

서는 "부역에 끌려간 남편을 기다리는 여인의 심정을 그대로 표현함으로써 인민적 정서를 두드러지게 나타내고 민족적 색채를 더욱 깊게 한"(146면) 작품으로 보았는데, 『문학사B』에서는 "남편 없이 고생스럽게 살아가는 아내의 고독감이나 돌아오지 않는 남편을 걱정 속에 기다리는 애절하고 번민에 찬 심정이 아니라, 변함없는 애정과 인정으로부터 흘러나오는 믿음과 기대로 충만한 뜨거운 열정을 밝고 명랑한 정서로 노래한"(23면) 작품으로 본 것이 그러하다. 두 해석은 분명히 다르지만, 그렇다고 문학사의 흐름을 설명하는 데에 지장을 줄 정도는 아니다.

문제는 이러한 미세한 해석의 차이가 아니다. 『문학사B』에서는 기존 논의를 완전히 부정하고 전혀 새로운 주장을 펼치는 경우가 있다는 점이다. 이는 단순하게 볼 수 없다. 『문학사B』에 드러난 그 두드러진 양상은 크게 두 가지로 요약할 수 있다. 하나는 시조의 형성 시기를 10세기 후반으로 끌어올린 점이고, 다른 하나는 고려국어가요의 형성 시기를 고려 초기로까지 소급시켰다는 점이다. 두 경향 모두 김정일의 교시를 제시한 후 쓴 내용이란 점에서 이 논리 역시 『주체문학론』에 기초하여 기존 논의를 버리고, 새로운 설을 제시하였음을 미루어 짐작할 수 있다. 또한 두 주장은 서로 별개로 존재하는 듯하지만, 그 맥을 짚어보면 두 주장이 상호 긴밀하게 연결된 결과임도 알 수 있다.

『문학사A』에서는 시조의 문학 전통을 경기체가에서 찾았다. 그래서 '경기체가와 시조의 발생'이란 절 아래 경기체가와 시조 두 장르를 함께 다루었다. 『문학사A』에서는 국어 시가의 전통을 '향가 → 경기체가 → 시조'로 연결된다고 보았던 것이다. 그렇게 함으로써 "시조는 향가·경기체가 등 앞선 시기의 국어 시가 형식들과 그 창조 경험에 토대하여 13세기 말~14세기 초경부터 일부 양반 문인들에 의하여 창작되기 시작하

였다"(210면)고 주장했던 것이다. 그런데 뜬금없다고 할 만큼『문학사
B』에서는 이런 도식이 모두 부정된다. 시조를 다룬 장 역시『문학사
A』의 '경기체가와 시조의 발생'과 달리 '향가의 쇠퇴와 시조의 발생'이다.
즉 시조의 문학 전통을 경기체가가 아닌 향가로 완전히 바꾼 것이다.[30]
그리고 "시조의 발생이 13세기 말~14세기 초보다 훨씬 이전 시기, 구체
적으로 향가가 자취를 감춘 때로부터 한 세기를 넘지 않는 10세기 후반
기로 보는 것이 보다 합리적이다"(65면)라는 주장까지 하게 되었다.

시조의 형성 시기를 10세기 후반으로까지 끌어올린 데에는 "시조는
고려시기에 발생하여 오랜 세기에 걸쳐 각이한 계층 속에서 창작되어
온 고유한 민족시가 형식의 하나이다"(61면)라는『주체문학론』에 토대
를 둔 것으로 짐작할 수 있다. 특히 김정일은 시조의 중요성을 장황하게
연설한 바 있는데,[31] 이런 배경에서 시조에 대한 기술은 다른 어떤 장르
보다도 확장될 수밖에 없었다. 그러면서 시조 형식을 향가와 결부시켰
다. 이는 김정일이 '시조 형식'에 대한 논의를 집중하라고 한 것과 일정
한 관련이 있다. 즉 시조 형식을 논하기 위해서는 그와 유사한 시가 형
식을 찾아야 하는데, 경기체가에서 그 양식을 찾기에는 그 형식과 율격
이 맞지 않았기 때문이다. 때문에 시조 형식과 유사성을 찾을 수 있는
향가를 시조의 전통으로 연결시킨 것이라 하겠다.『문학사A』에서는 부

---

30 "시조는 우리나라 중세문학에서 창조의 역사가 제일 길고 가장 널리 보급된 민족시
    가 형식의 하나로서 향가의 뒤를 이어 고려시기에 발생하였다."(62면)『문학사B』에
    서는 자칫 무심히 넘어갈 수 있는 사소한 표기까지도 명확하게 바꾼다. 예컨대 시조
    의 음수율을 논하는 부분은『문학사A』나『문학사B』가 동일하다. 그렇지만 표기만
    달리 나타난다.『문학사A』에는 "시조의 음수율은 **경기체가**에 비하여 보다 정연한 규
    칙성을 가지고 있으나"로 되어 있는데,『문학사B』는 "시조의 음수율은 **향가**에 비하여
    보다 정연한 규칙성을 가지고 있으나"로 달리 쓰고 있다.(강조는 인용자)
31 김정일, 앞의 책, 87~89면.

정했던 『균여전』을 새로 소개하고, 그 안에 기록된 향가 형식 '삼구육명(三句六名)'을 찾은 것도 이 때문이다. 실제 『문학사B』에서는 "평시조의 구조 형식과 시행 조직은 '3구 6명'으로 특징지어지는 향가의 형식을 발전적으로 계승"했다(68면)고 말하기도 한다.

시조의 문학 전통을 향가에서 찾다보니 새로운 문제가 생겼다. 향가의 쇠퇴에 따른 시조의 발생은 합법칙적인 흐름이라 할 수 있는데, 그렇다면 향가의 소멸 원인과 그 시기를 명확히 해야 할 필연적인 계기가 마련되어야만 했기 때문이다. 『문학사A』에서는 이 부분에 대해 크게 문제 삼지 않았다. 단지 향가가 7세기 후반~9세기에 불교를 선전하는 도구로 많이 이용되었지만, 그래도 여전히 민족시가 발전에 영향을 주었음을 인지시켰다는 원론적인 해석에 그칠 뿐이다. 그리고 균여의 반동적인 작품을 지나, "향가의 창조과정으로 볼 때 〈도이장가(悼二將歌)〉는 마지막 작품이며 민족 시가로서의 향가 형식은 이 시기를 전후하여 자취를 감추게 되었다"(116면)고 결론짓고 있다. 12세기 고려 예종(睿宗)이 지은 〈도이장가〉를 향가 형식의 마지막 작품으로 인식한 것이다. 그런데 시조의 형성 시기를 10세기로 소급시켜 놓아야 하는 상황에서 12세기에 창작된 〈도이장가〉가 걸림돌이 되었다. 이에 『문학사B』에서는 〈도이장가〉를 향가와 무관한 작품으로 처리해 버린다. "〈도이장가〉는 개별적인 관료들이 향가의 유풍에 따라 간혹 지은 것에 지나지 않는다. 따라서 〈도이장가〉는 향가의 창작이 고려 중엽, 다시 말하여 예종 시기까지 계속되었다는 것을 확증하는 사료적 근거로는 되지 않는다. 이것은 결국 향가의 창조 역사를 균여의 향가를 마지막으로 하는 10세기 후반기로 보는 것이 합리적이라는 것을 의미한다"(54~55면)고 단정한다. 시조의 기원을 끌어올리기 위해 향가의 소멸 시기를 앞당긴 셈이다.

향가의 소멸 시기를 10세기로 설정하기 위해 〈도이장가〉의 문학사적 의미를 무시한 것이야 그렇다 해도, 이보다 더 큰 문제가 남을 수밖에 없었다. 그것은 바로 10세기를 전후한 시기에 시조가 존재했다는 증거를 찾는 일이었다. 시조의 기원을 10세기까지 소급하였으니, 그 증거를 제시해야 했던 것이다. 이에 따라 『문학사B』에서는 『고려사』 열전 「김원상」조에 쓰인 '김원상이 신조(新調)로 「태평곡」을 지었다'는 대목이나 「오잠」조에 '신성(新聲)'이란 말이 쓰였다는 점 등을 그 근거로 들고 있다. 신조나 신성이 시조와 동일한 것이란 주장이다. 북한문학사에서는 좀처럼 쓰지 않는 한자까지 병기해가면서 애써 시조의 기원을 소급하고 있지만, 그것을 신뢰하기에는 그 근거가 너무 약하다. 설득력을 갖추지 못한 억지 주장으로 보이기까지 한다. 정치 이데올로기에 따라 문학을 그에 적용시키다보니 이러한 무리한 일이 빚어질 수밖에 없었던 것이다. 이 논리는 "문학은 정치에 복무한다. 문학은 정치와 밀착되어 있으며 정치를 떠나서 생각할 수 없다"[32]는 이론을 따른 듯도 하지만, 정치의 지향점이 누구를 향해야 하는가 하는 문제에 대해서는 좀 더 신중을 기할 필요가 있지 않을까 한다.

『문학사B』에서는 시조의 전통을 향가에서 찾았다. 그렇다보니 경기체가에서 시조의 전통을 찾았던 『문학사A』의 논리는 전면 부정될 수밖에 없었다. 부정하는 것이야 문제될 게 없지만, 부정한 경기체가를 어떻게 처리할 것인가에 대한 숙제가 남았다. 합법칙성을 원칙으로 하는 북한문학사에서 경기체가를 독립적으로 둘 수도 없는 노릇이다. 평지돌출은 합법칙성에 위배되기 때문이다. 이에 경기체가를 고려국어가요와 같

---

32 위의 책, 41면.

은 전통 아래에서 다룸으로써 그 해법을 찾을 수밖에 없었던 것이다.

『문학사A』에서는 고려국어가요를 민중의 몫인 구전문학에서 다루었다. 고려국어가요는 민요에서 출발하여 궁중으로 인입된 독특한 장르로 인식한 셈이다. 그런데 『문학사B』에서는 이렇게 처리할 수 없게 되었다. 부정한 경기체가를 합법칙적으로 설명해야 할 필요성이 제기되었기 때문이다. 결국 고려국어가요를 구전문학의 장에서 빼내고, 대신 '고려국어가요와 경기체가요'이라는 독립적인 하나의 장을 마련하여 두 장르를 한데 묶어 다룰 수밖에 없었다.

> 이 가요 형식(고려국어가요)의 개념과 발생연대 등 이해의 기초적인 문제부터 석연하게 해명하여야 하며, 그러자면 고려국어가요와 별곡체 노래와의 관계를 올바르게 밝히는 것이 무엇보다 중요하다. 그것은 고려국어가요가 별곡체의 노래와 일련의 연관을 가지고 있고, 특히는 고려국어가요의 개념과 발생연도 문제가 대체가 별곡체의 노래와 경기체가요 등과의 관계 속에서 논의되고 있기 때문이다. (77면)

전에 없던 '별곡체 노래'라는 용어까지 제시하면서 고려국어가요와 경기체가를 같은 전통 아래 놓인 문학 장르로 묶었다. 이 논리는 남한에서 일반적으로 활용하는 것이니, 오히려 남북한 간의 의견차가 좁혀진 감도 없지 않다. 이 점에서 이 주장은 긍정적이라 할 만하다. 그렇지만 문제가 되는 대목은 고려국어가요의 형성 시기를 고려 초로 소급한다는 점이다.

『문학사A』에서는 "12세기 후반기～14세기에는 참요, 민요 등과 함께 국어가요가 많이 창작되어 널리 퍼졌다"(147면)고 하여, 그 형성 및 향유시기를 12세기 후반~14세기로 보았다. 이 점은 남한에서도 이미 통설화된 내용이다. 그런데 『문학사B』에서는 이를 부정한다. "지금까지 문학사 관계의 거의 모든 글들에서 고려국어가요의 발생연대를 고려 후반기, 구체적으로 13세기 말~14세기 초로 보아왔다. 그러나 여러 문헌 자료들에 의거하여 보면 고려국어가요가 고려 후반기가 아니라 고려 전반기부터 창작되었다는 것을 알 수 있다"(78면)고 하여 그 형성 시기를 고려 전기로 소급시켰다. 『문학사B』에서는 '여러 문헌에 의거'하여 소급하였다고 하는데, 꼭 그런 것 같지는 않다.

『문학사B』에서 주장하는 고려 전기에 고려국어가요가 출현하였다는 증거는 크게 두 가지로 정리할 수 있다. 첫째, 〈정과정곡〉이 고려 의종(1147~1170) 때에 창작되었다는 점이다. 둘째, 〈서경별곡〉의 내용 중에 '신축한 작은 서울'(쇼셩경)이란 말이 나온다는 점이다. '작은 서울'은 고려 태조가 918년에 평양을 개건하고 서경(西京)으로 명명한 것을 말함인데, 〈서경별곡〉에 '신축(新築)한'이란 말이 나오는 것으로 보아 〈서경별곡〉은 태조가 서경을 개건한 918년과 그리 멀지 않은 시기에 지어졌다는 것이다. 제시한 두 가지 증거 역시 설득력이 약하다. 〈정과정곡〉은 여전히 향가의 잔존 형태를 취하고 있을 뿐 아니라, 〈정과정곡〉의 창작 시기 역시 12세기 후반이니 고려전기설을 입증하는 증거가 되지 못한다. 〈서경별곡〉의 '신축한 작은 서울'을 꼭 그렇게 해석할 수만도 없다. 그런 식으로 따지면 이 작품은 실제 서경이 신축된 고려 이전 시기까지 소급해야 하기 때문이다.

이처럼 『문학사B』에서는 『문학사A』와 전혀 다른 견해를 제시하기도 했다. 이런 현상은 『주체문학론』에 근거하여 해석하는 과정에서 도출된 결과라 하겠다. 그 이론이 옳은가 그렇지 않은가보다 정치적 흐름에 따라 문학사의 구도를 새롭게 짠 것이라 하겠다. 이런 해석이 북한에서 어떻게 적용되고 있는가를 아직 명확하게 이야기하기는 어렵다. 다만 대학 교재로 쓰이는 『김대B』에서는 고려시대에 관한 한 기본적으로 『문학사B』가 아니라, 『문학사A』를 따르고 있다는 점에 주목할 필요가 있을 듯하다. 여전히 고려국어가요는 구전문학에서 다루고 있고, 시조는 경기체가의 문학 전통 아래 놓고 기술하고 있다. 『문학사B』가 『통사』와 『문학사A』를 잇는 국가 공적 문학사이지만, 아직까지는 그 영향력이 광범위하게 미치지 않은 것이 아닌가 하는 생각을 갖게 한다.

3. 고려시대 문학사 서술의 의의와 한계

『문학사B』는 『문학사A』와 다른 견해를 제시한 경우가 많다. 그 중 두드러진 차이가 김정일의 '주체문학론'을 수용한 대목이란 점에서 『문학사B』는 정치적인 의도를 반영한 문학사임을 알 수 있다. 포괄적인 내용은 물론 김일성의 교시를 따르지만, 세부적인 내용은 김정일의 교시를 따른다는 점은 북한의 정치 상황을 『문학사B』에 반영한 것이라 하겠다. 그렇지만 이보다 뒤에 나온 『김대B』와 같은 다른 기관에서 간행한 문학사에서는 여전히 『문학사A』를 따른다. 이 점에서 『문학사B』는 가장 최근에 간행한 공적 문학사지만, 아직까지 북한문학사에 일관되게 적용되지는 못한 듯하다. 그렇지만 『김대B』 역시 『문학사B』를 전혀 배제하지 않는다는 점에서[33] 지금은 과도기에 있는 것으로 생각해 볼 수 있다. 차후 출간될 문학사의 변화를 기대할 뿐이다.

『문학사B』는 문학에 정치가 강하게 틈입되었다. 그럼에도『문학사B』는『문학사A』에 비해 진일보한 문학사라고 평가할 만하다. 적어도 '고려시대'를 기술한 문학사에 한해서는 그렇다. 문학이 지닌 형식과 내용을 적절하게 고려했다는 점, 작가에 대한 전기적 관심을 환기시켰다는 점 등은 문학이 지닌 내적 관심과 배경까지 고려했다는 점에서 남한의 문학사 기술과 일정 부분 가까워졌다. 「균여전」 등처럼 반동으로 부정했던 문학 작품 등을 포함한『문학사A』에서는 다루지 않은 다수의 문학 작품을 소개한 것도 우리 문학 유산을 풍부하게 한다는 점에서 긍정적으로 평가할 수 있다. 그렇지만 여전히 우리가 공감하기 어려운 대목은 정치에 이끌린 문학사를 어떻게 이해할 것인가 하는 문제다.

북한의 문학사 기술에 대한 이해의 척도는 크게 근대 이전, 근대 전후, 광복 이후로 삼분할 수 있다. 이 중 근대 이전이나 광복 이후는 남북한 간에 판이한 시각차를 보인다. 그나마 근대 이전을 다룬 고전문학은 상대적으로 남북한 간에 큰 차이가 없다. 이 점은 남북한 간의 문학적 합일점을 찾을 수 있는 구심점이 고전문학이 우선되어야 한다는 주장으로까지 확장시켜 볼 수도 있다. 고전문학에 틈입한 현재적 정치 논리. 『통사』에서 보여준 사회주의 사회로의 이행을 토대로 한 적어도 당의 입장을 강조한 것이라면, 이후의 문학사는 점점 김일성·김정일 중심으로 바뀐다. 고전문학에까지 투영된 이러한 현상은 분명 남북한 간의 합일점을 얻기에 어려움으로 작동할 수밖에 없다.

---

33 예컨대 시조의 발생에 대해서도 "시조의 발생 시기 문제에 대하여서는 현재 시조가 고려 전반기에 처음 나왔다는 주장과 고려 후반기에 출현하였다는 서로 다른 견해가 있다"(76면)고 하여 고려 전기 발생설에 대한 주장을 완전히 거부하지는 않았다는 점 등이 그러하다.

문학적 감수성이라는 인류 보편의 질서 아래 민족적 '특수'성에 기초하여 진보의 이념과 방향성을 담아내는 것이 문학사라고 할 때, 문학사의 초점을 '보편'에 맞출 것인가 혹은 '특수'에 맞출 것인가 따라 그 성격은 확연히 달라지는 경우가 있다. 한국전쟁 이후 남한에서는 이 중 '보편'에 보다 무게를 둔 문학사를 추구했다면, 북한에서는 '특수'에 초점을 맞춘 경향이 많다. 문학이 지닌 내면적이고 심미적인 가치를 지향하는 문학 내적인 요인에 중점을 두거나, 특정 이데올로기에 봉헌하기 위한 실용적인 요인에 중점을 두거나 그 어느 쪽이 반드시 옳을 수는 없다. 그렇지만 우리 민족이 다른 민족과 구별되는 오랜 역사와 문화, 우수한 역사와 문화, 독자적인 역사와 문화를 가지고 있음을 확인시킴으로써 효용적인 가치를 극대화하기 위한 목적으로 문학사가 쓰인다는 점만큼은 남한의 문학사든 북한의 문학사든 본질적으로 입장을 같이 할 수밖에 없다. 그런데 시간이 지나면서 동일한 목적 아래 접근하는 수단의 차이는 점점 더 커지고 있다. 북한의 문학사는 점점 정치에 종속되고 있고, 남한의 문학사는 답보 상태에 머물러 있다. 남한과 북한의 문학사의 격차를 어떻게 좁히고, 통일 문학사를 지향할 것인가에 대한 물음은 언제나 제기되지만, 지금 그 해답을 찾는 것은 거의 불가능해 보이기까지 한다. 그럼에도 '의무적으로라도' 이런 작업을 통해야만 남북한 간의 비판적 토론이 가능하고, 그러면서 조금이라도 남북한 간의 문화 · 문학적 정체성을 함께 고민하는 계기를 마련할 수 있기 때문이다.

북한의 조선 전기 문학사 서술의 실상과 의의

장경남

1. 조선 전기 문학사 검토의 의미

1991년부터 10년에 걸쳐 사회과학원 주체문학연구소에서 펴낸 『조선문학사』(이하 『문학사B』)는 최근의 공식적인 북한의 문학사이다. 이 문학사는 우선 외형상 이전의 문학사와는 비교가 되지 않을 정도로 방대한 내용을 담고 있어 우리의 눈길을 끌고 있다. 방대한 양에 비추어 그 서술의 실상은 어떠한지, 이전의 문학사와는 어떤 차이를 보이는지를 검토해 북한문학사의 실상을 제대로 짚어 보려는 의도가 이 글의 목적이다.

『문학사B』의 출간과 더불어 남북한문학사를 비교한 논문은 속출되었다. 신동흔, 안영훈, 김현양, 김문태, 조규익의 글이 그것이다.[1] 신동

---

[1] 신동흔, 「남북 고전문학사의 만남을 위하여」, 『겨레어문학』 27, 겨레어문학회, 2001; 안영훈, 「북한문학사의 고전문학 서술양상」, 『한국문학논총』, 한국문학회, 2004; 김

흔은 남북한의 대표적인 문학사라 할 만한 조동일의 『한국문학통사』와 『문학사B』의 고전문학 부분을 비교 고찰하여 두 문학사의 거리를 가늠하고 만남의 가능성을 제시하였다. 안영훈은 고전문학의 서술 양상을, 김현양은 17세기 소설과 서술시각을, 김문태는 고전산문과 고전시가를, 조규익은 악장과 시조를 비교의 대상으로 삼아 남북 문학사 비교를 시도하였다. 개별 장르를 중심으로 비교 고찰하고 있으나, 『문학사B』는 1990년대 주체문학론을 반영한 결과 문학사의 서술 시각이 유연해졌으며, 이로 인해 문학사의 대상이 확대되고 있다는 점을 확인한 것은 공통된 견해라 할 수 있다. 이 가운데 북한의 문학사가 현재적 의의를 탐색하는 입장에 있다는 신동흔의 논의와 고전산문과 고전시가 서술이 현대적 계승과 변용에 주안점을 두고 있다는 김문태의 논의, 그리고 『문학사B』의 핵심적인 서술시각으로 작동하고 있는 것이 민족주의인데 그것이 자기중심적이라고 지적한 김현양(2007)의 논의는 눈여겨 볼만하다.

이 글은 기존의 연구 결과를 수용하면서 『문학사B』의 조선 전기 문학사 서술의 실상과 의의를 밝혀보려고 한다. 『문학사B』의 조선 전기 문학사 서술이 이전 문학사의 서술 실상과 어떻게 같고 다른지, 서술의 실상을 꼼꼼히 드러냄으로써 그 의미를 찾고자 한다.

1991년에 민족문학사연구소에서 간행한 『북한의 우리 문학사 인식』을

현양, 「북한의 17세기 소설사 서술의 몇 가지 문제」, 『민족문학사연구』 29, 민족문학사학회, 2005; 김현양, 「민족주의 담론과 '주체'의 문학사」, 『민족문학사연구』 35, 민족문학사학회, 2007; 김문태, 「북한 고전시사관의 변모와 현대적 수용양상」, 『한국시가연구』 21, 한국시가학회, 2006; 김문태, 「북한 고전산문관의 변모와 현대적 수용양상」, 『한민족어문학』 51, 한민족어문학회, 2007; 조규익, 「북한문학사와 악장」, 『온지논총』 14, 온지학회, 2006; 조규익, 「북한문학사와 시조」, 『시조학논총』 28, 한국시조학회, 2008.

통해서 이미 과학원언어문화연구소 문학연구실에서 펴낸『조선문학통사』(이하『통사』)와 사회과학원 문학연구소에서 펴낸『조선문학사(고대·중세편)』(이하『문학사A』)의 비교 검토가 이루어졌기에, 그 성과를 바탕으로 하되, 비교의 시기는 조선 전기로 한정한다. 따라서 이 글은 사회과학원 주체문학연구소에서 펴낸『문학사B』15권 가운데 조선 전기에 해당하는 제3권을 중점 검토하면서 이전의 문학사 서술과 비교하기로 한다. 주로『통사』와『문학사A』의 서술의 실상과 비교 검토하되, 필요에 따라 김춘택의『조선문학사』(이하『김대A』)와 정홍교·박종원의『조선문학개관』I(이하『개관』1), 그리고 최근에 김일성종합대학출판사에서 간행된『조선문학사』(이하『김대B』)도 대상 자료로 삼는다.

검토할 내용은 우선, 조선 전기로 구획 지을 수 있는 15~16세기의 문학사적 배경을 점검해 보려는 목적으로 시대구분, 시대적 성격, 서술체제의 문제 등이다. 이어서 대표적인 갈래를 중심으로 서술의 실상을 들여다보면서 북한문학사 서술의 성과와 의의를 살펴보기로 한다.

2. 조선 전기 문학사의 구도

1) 시대 구분

북한의 문학사 서술에서 조선시대의 시기 구분은 세기별 구분이 주를 이루고 있다. 지금까지 간행된 북한의 문학사에서 조선시대 문학사의 시대구분을 보면 다음과 같다.

『통사』: 15세기, 16세기, 17세기, 18세기, 19세기

『문학사A』: 15~16세기, 17세기, 18~19세기 중엽

『김대A』: 이조 전반기(15~17세기 전반), 이조 후반기(17세기 후반~19세

　　기 중엽)

『개관』: 15~16세기, 17세기, 18~19세기 중엽

『문학사B』: 15~16세기, 17세기, 18세기, 19세기

『김대B』: 리조 전반기, 리조 후반기

　『통사』는 조선시대 전 시기를 세기별로 나누고 있고, 『문학사A』와 『개관』은 조선시대를 세 시기로 나누면서 17세기를 독립시켰다. 그리고, 『김대A』와 『김대B』는 전기와 후기의 두 시기로 나누고 있다. 이에 비해 『문학사B』는 조선시대 전체를 세기별로 나누면서 유독 『문학사B』 3에서 15세기와 16세기는 한 데 묶고 있다. 세기별 구분은 기본적으로 『통사』의 구분법을 따르고 있다. 다만, 조선 전기에 해당하는 15~16세기의 구획은 『문학사A』의 구분법을 따르고 있다. 흥미로운 것은 김일성종합대학에서 간행한 문학사는 조선시대를 전기와 후기 두 시기로 가르고 있는 데 비해, 사회과학원에서 간행한 문학사는 세기별로 시기를 가르고 있는 점이다.

　조선시대를 전기와 후기로 나누면서 17세기를 양분하는 것은 병자호란을 분기점으로 잡기 때문이다. 그러나 17세기는 임·병 양란을 겪고, 전후 혼란스러운 사회질서를 확립하기 위해 분주했던 시기이다. 영·정조시대로 대변되는 18세기와도 분명 차이를 드러내는 시기이기도 하다. 17세기의 양분에 대해 김종철은 『북한의 우리문학사 인식』에서, "17세기가 전후반기로 양분되어 각각 조선시대 전후기에 귀속될

수 있는 성질의 것인가는 의문이다"[2]며 문제를 제기하고, 17세기를 "그 역동적 측면에서 독립된 시대로 구분하여 좀 더 섬세한 분석을 가할 필요가 있는 시기"[3]라고 주장하였다. 17세기를 독립된 시기로 구분할 필요성을 제기한 것이다.

『문학사B』4에서 17세기는 반침략 애국투쟁의 시기로 규정하고, 이 시기의 문학은 중세기 조선문학사의 새 장을 열었다고 평가하고,[4] 실제 문학사 서술도 반침략 애국투쟁 주제의 시문학과 소설문학에 치중하고 있다. 주제적 측면에서 반침략 애국주의 문학의 발전을 부각시키고 있는데, 이는 주체사상과 관련이 있다. 이로 보아 17세기 문학사를 독립시켜 서술한 것은 일면 타당하다고 본다. 북한에서는 17세기를 독립시켜 조선 중기로 보는 것이 일반적이다.[5]

17세기를 독립시켜 조선 '중기'로 설정함에 따라 조선조는 세 시기로 구획되었고, 『문학사A』는 이러한 시대 구분법을 따른 것으로 볼 수 있다. 이러한 맥락에서 조선 전기의 구획은 자연스럽게 15~16세기가 되었던 것이다.

북한의 문학사에서는 조선 '전기'에 해당하는 시기를 15~16세기로 보는데 이견이 없는 것 같다. 남한의 문학사에서도 이 시기를 조선 전기로 보는 것은 마찬가지이다. 가령, 조동일의 『한국문학통사』도 이 시기를 '중세 후기문학 제2기 조선 전기'로 구획하고 있다.

2　김종철, 「이조 전기문학」, 『북한의 우리문학사 인식』, 창작과비평사, 1991, 198면.
3　위의 글, 198면.
4　"외래침략자들을 반대하고 조국의 자주권을 수호하기 위한 성스러운 투쟁 속에서 자기의 처지와 힘을 깨닫기 시작한 피착취인민대중의 창조적 로력과 봉건적 압제와 착취에서 벗어나려는 념원과 지향을 반영하면서 17세기 문학은 중세기 조선문학사에서 새로운 장을 기록하게 되었다."(4권, 3면)
5　김종철, 앞의 글, 198면.

그런데 『문학사B』에서 조선 전기를 15~16세기로 구획하고 있지만, 구체적인 문학사 서술에서는 두 단계로 나누고 있다. 15세기 전반기와 15세기 후반기부터 16세기까지의 두 단계로 나눈 것이 그것인 바, 둘로 나누어 고찰하는 것은 문학 발전의 흐름으로 보아 합리적이라고 주장하고 있다.[6] 정치사회적인 면에서 15세기 전반기는 봉건적 중앙집권체제가 재편성되고 봉건국가가 훨씬 강화된 시기이며,[7] 15세기 후반기~16세기는 사화당쟁의 격화와 인민들의 각성이 일어난 시기[8]로 인식했기 때문이다.

15세기를 둘로 가르는 계기가 된 사건은 세조의 단종 폐위와 훈민정음 창제이다. 단종 폐위 사건은 주자 성리학에 입각한 왕조 정치의 제반 모순을 노출시킨 하나의 계기로,[9] 훈민정음 창제는 국문시가의 중요한 형태인 가사형식을 형성 발전하게 한 계기로[10] 평가하고 있다. 훈민정음 창제와 그 보급에 따른 문자생활의 변화가 문학사의 전개에 일정한 영향을 끼쳤다고 주장하는 것은 일면 타당하다고 본다. 그러나 단종 폐위와 그로 인한 인민 대중의 민족적 계급적 각성과, 그리고 그것이 문학사의 흐름에 얼마나 영향을 미쳤는지에 대한 서술은 지나친 감이 없지

---

6 "문학발전의 전반적 흐름으로 보아 이 시기를 15세기 전반기와 15세기 후반기~16세기의 두 단계로 나누어 고찰하는 것이 합리적이다."(21면)
7 "이 시기에는 주로 리조봉건국가의 건립을 찬양하고 그의 강화를 지향하는 현실미화의 문학이 전면에 나서게 되었다."(21면)
8 "15세기 후반기~16세기에는 발전된 봉건사회가 점차 내부모순을 드러내기 시작하여 사화당쟁이 격화되고 인민들의 반봉건적 투쟁이 적극화되면서 인민들의 민족적 및 계급적 각성을 반영하는 새로운 조류의 문학이 출현하며"(21면)
9 "1455년에 수양대군-세조가 나어린 조카 단종을 내쫓고 왕권을 찬탈한 사건은 주자 성리학으로 미화분식되였던 리왕조봉건통치의 제반모순을 로출시킨 하나의 계기로 되였다."(21면)
10 "훈민정음의 보급에 따라 국문시가의 중요한 형태인 가사형식이 형성발전하고 『금오신화』로부터 소설문학이 새로운 발전의 길에 들어섰다."(22면)

않다. 오히려 4대 사화를 배경으로 하여 16세기를 구획한 『통사』의 시대구분 방식이 합당한 것이 아닌가 싶다.

『문학사B』는 조선조 전체를 세기별로 나누고 있지만, 15, 16세기는 독립해서 서술하지 않았다. 16세기를 독립된 시기로 서술할 특징이 없다고 판단한 것이다. 오히려 훈민정음 창제 이후인 15세기 후반기가 전 시기와 구별할 수 있는 분명한 요인이 있다고 본 것이다. 15~16세기를 한 데 묶었던 사정은 여기에 있다고 생각한다.

2) 문학사의 배경

『문학사B』의 조선 전기의 문학사 배경은 다음의 서술 내용을 통해 확인할 수 있다.

15~16세기에 우리 문학은 봉건적 중앙집권체제의 재편성과 생산력의 발전, 외래침략자를 반대하는 투쟁, 척불숭유정책에 따르는 주자성리학의 보급, 특히 문화 분야에서 훈민정음의 창제와 보급, 전래하는 나라의 법제, 군사, 지리, 역사, 문학예술 유산을 수집 정리하고 집대성하는 출판사업의 대대적인 전개 등과 같은 이러저러한 사회정치적 및 사상문화 분야의 변화를 반영하면서 가사형태의 발생을 비롯하여 국문시가가 급속히 발전하였으며 패설문학이 성행하고 소설형태가 새로운 발전 단계에 들어섰으며 한시문의 창작에서도 문인대가들이 배출되어 전례 없는 성황을 이루었다.[11]

---

11 『문학사B』 3, 4면.

15~16세기의 문학은 봉건적 중앙집권체제의 재편성과 생산력의 발전, 외래 침략 반대 투쟁, 척불숭유 정책과 주자성리학의 보급, 훈민정음의 창제와 보급, 대대적인 출판사업의 전개 등과 같은 사회정치적, 사상문화적 변화를 반영하고 있다는 설명이다.

조선 전기의 시대적 성격에 대해서 『통사』 상은 "15세기 조선은 선행한 어느 시기보다도 발전된 봉건주의 시대로 특징짓게 되는 바, 그것은 생산력의 발전을 기초로 한 세종대의 문화적 업적으로써도 훌륭히 표시되고 있다"[12]고 서술하였고, 『문학사A』 1에서는 "15~16세기는 중앙집권적인 봉건체제의 재편성과 경제의 발전, 봉건적인 억압착취의 강화와 사회계급적 모순의 첨예화로 특징지어진다"[13]로 서술하였다.

『문학사B』 3은 15~16세기를 봉건 사회가 그 발전의 절정에 이른 시기로 규정하였다. 새로 건국된 조선 왕조는 본질적으로 전 왕조의 봉건 관료 정권의 연장으로서 농민을 비롯한 인민대중에 대한 봉건적 착취와 압박에 기초하였으나, 인민 대중의 불만을 누그러뜨리면서 민심을 수습하기 위해 정치 경제적, 사상 문화적 대책들을 세웠는데, 이 대책들은 문학 발전에 영향을 미친 것으로 보고 있다. 조선의 건국은 전 왕조의 계승이라는 관점과 조선 전기는 봉건주의가 발전한 시대라는 인식은 이전의 문학사와 차이가 없다. 그리고 문학 발전에 영향을 끼친 점을 정치경제적, 사상문화적 관점에서 서술하는 방식은 『문학사A』에서 크게 벗어나지 않았다.

---

12 언어문학연구소 문학연구실, 『조선문학통사』(상), 화다, 1989, 213면. 이하 이 책의 인용은 약호와 인용면만 밝히기로 한다.
13 사회과학원 문학연구소, 『조선문학사』(고대·중세편), 과학백과사전출판사, 1977, 210면.

『문학사A』는 이 시기의 시대적 성격을 정치경제적인 측면과 사상문화적인 측면으로 나누어 정리하였다. 즉, 정치경제적인 측면에서 조선 전기는 봉건국가를 강화하기 위한 토지 지배권 강화, 노비정리, 인민억압과 착취 강화, 절간 정리 등의 사업과 농업생산의 장성, 수공업 발전, 대외무역 확대 등에 의한 인민 착취, 그리고 이에 대한 인민의 투쟁을 서술하였다. 사상문화적인 측면에서는 유교 성리학의 조장과 유포가 문화발전에 부정적 영향을 미친 것으로, 훈민정음 창제, 인쇄기술 발전, 미술·음악·무용의 발전이 문학예술 발전에 일정한 역할을 한 것으로 서술하였다.

『문학사B』3도 이와 같은 관점을 취하고 있지만, 세부적인 서술에서는 차이를 보이고 있다. 우선 정치경제적인 측면에서『문학사B』3은 농업생산의 증대, 수공업의 발달, 대외무역 확대에 대한 서술은 일체 없고, 대신 왜구와 여진족의 침입에 대비한 국방력 강화에 대한 서술로 대체하고 있다. 병력확보와 무기제작, 그리고 북방방어선 설치, 왜구침입 대비 강화와 쓰시마 원정 등에 대한 서술이 그것이다. 국방력 강화는 인민들의 계급투쟁과 연계하여 인민 대중의 민족적 계급적 의식을 각성시킴과 동시에 사상문화의 발전을 추동한 계기로 보고 있다.[14]『문학사A』1에서 보여주었던 "인민들의 창조적 로동에 의하여 리조 초기에는 고려 말에 비하여 경제가 발전하고 생산이 장성하게 되었다"(212면)는 서술은 빼고 국방력 강화를 내세운 것이다. 인민의 '노동성'에 대한 강조보다는 '민족적'인 시각을 드러내고 있다.

다음, 문화사상적인 측면에서는 척불숭유의 정책과 교학체계의 확

14　"국내외의 원쑤들을 반대하는 인민들의 투쟁은 인민대중의 민족적 및 계급적 의식을 더욱 각성시켰으며 사상문화의 발전을 추동하였다."(8면)

립, 훈민정음 창제와 악제의 정비를 상세하게 서술하였다. 주자성리학에 대한 형성과 발전, 주자학에 기초한 교학체계 확립과 성균관·향교 설립, 사숙·서당·서원 설립으로 인한 학교교육의 발전을 상세히 서술하고 있으나, 여전히 인민에 대한 착취와 압박을 합리화하려는 음폐물로 이용되었다는 식의 부정적 평가가 이루어지고 있다.[15] 그러나 『문학사A』1에서 구체적인 사례를 거론하지 않은 채 "사상문화 분야에서는 불교를 배척하고 제한하면서 유교의 성리학을 극력조장하고 류포시키는데 급급하였다"(214면)고 한 서술과 비교해 보면 진일보한 것으로 평가할 수 있다.

인쇄기술, 과학기술, 건축·회화·공예 및 음악 등 예술분야에 대한 서술은 이전의 문학사와 크게 다르지 않다. 그러나 다양한 저서의 편찬 간행이 민족적 자의식이 앙양됨에 따라 이루어졌다는 평가와,[16] 『동문선』을 특별히 거론하여 귀중한 민족 문학유산 자료로 평가한 것은[17] 『문학사B』3에서 처음 이루어진 것이다. 민족적 관점에 입각한 서술로 여길 수 있는 바, 훈민정음 창제와 관련된 서술의 확대와 적극적 평가도 이와 밀접한 관련이 있다고 하겠다.

훈민정음 창제와 그 의의에 대해서, 『통사』상은 지배층의 중앙집권

---

15 "리조봉건통치배들은 주자학을 봉건질서강화의 무기로, 인민들에 대한 착취와 압박을 합리화하는 음폐물로 리용하였다."(13면)

16 "이 시기 왜구를 비롯한 외래침략자들과의 투쟁 속에서 민족적자의식이 앙양됨에 따라 집현전을 거점으로 하여 우리나라의 력사, 지리, 의학, 옹학, 군사학 기타의 성과들을 일반화하는 연구사업이 활발히 진행되였으며 력사적으로 발전해온 우리나라 과학문화의 성과를 부문별로 집대성한 저서들이 수많이 편찬간행되였다."(13면)

17 "『동문선』은 3국 시기로부터 당시 15세기에 이르기까지의 대표적인 시와 산문을 형태별, 작가별, 연대순으로 수록한 귀중한 민족문학유산으로서 문학사 연구에서뿐만 아니라 정치, 경제, 사상사의 연구에서도 가치 있는 자료로 된다."(14면)

적인 통일과 생산력의 발전을 위하여, 그리고 인민대중들의 자기 문자에 대한 문화적 요구에 의하여 훈민정음이 창제된 것으로 보았다. 이러한 시각은 『문학사A』 1에도 그대로 이어졌다. 이에 비해 『문학사B』 3은 인민대중의 사회문화생활의 불편과 양반들의 지식 습득에서 오는 곤란, 통치자들의 한자 이해를 위한 필요와 봉건 통치의 유리함, 외교적 접촉을 위해 일본어, 여진어, 몽골어 등을 표기할 수 있는 표음문자의 필요성에 의한 것으로 창제 이유를 보완 서술하였다. 훈민정음 창제 의의에 대해서도 피착취인민 대중이 직접 서사문학을 향유하고 창작할 수 있는 길이 열리게 된 점과 부녀자들이 책을 읽게 된 점을 들어 우리 문학이 발전할 수 있는 계기가 된 점을 높이 평가하고 있다. 훈민정음이 '민족문자'임을 강조하고, 집현전 학자들의 훈민정음 보급 노력과 더불어 유교경서들의 번역, 불경의 번역, 문학작품의 번역 등 번역 사업이 활발하게 이루어진 점을 언급함으로써 훈민정음 창제가 끼친 영향을 다각적으로 서술하였다. 특히, 훈민정음 창제와 더불어 이루어진 번역 사업의 평가[18]는 『문학사B』 3에서 처음 이루어진 것이다. 『김대A』 1에서와 같이 "인민들이 가장 발전된 문자인 훈민정음을 창제함으로써 서사문학의 발전에 크게 기여하였다"[19]라는 식으로 간략하게 서술된 것에 비하면 큰 변화라고 볼 수 있다.

이전의 문학사에 비해 『문학사B』에서 이루어진 시대적 성격과 문학사적 배경에 대한 서술은 좀 더 구체적이면서도 다각적인 입장에서 이루어졌다. 무엇보다도 민족적인 관점을 드러내고 있는 점이 특징적이

18　"이러한 번역사업은 인민들의 문화생활과 별로 관계가 없는 것이였으나 그것이 우리 나라의 문어, 글말의 형성발전에서는 일정한 의의를 가지였다."(20면)
19　김춘택, 『조선문학사』 I, 김일성종합대학출판사, 1982(천지, 1989, 재간행), 205면.

다. 건국송가의 창작, 유교 및 경전의 번역과 같은 사대부의 문학 활동에 대한 성과를 긍정적으로 평가한 것이 그 한 예이다. 그러나 김종철이 지적했던, "건국 초기의 상대적 진보성, 그 이후의 봉건적 모순의 노정, 민중의 진출(의식의 성장)과 그 토대, 이에 맞선 지배층의 동향, 그 내부적 분화, 그 과정에서 분비된 지식층의 진취적 지향 등등이 역동적으로 포착되지 않고 있는"[20] 점은 여전히 유효한 지적이다.

3) 서술 체제

『문학사B』3은 15~16세기에 대한 총론을 앞세우고, 각 갈래별 세부 서술 방식을 택하고 있다. 『통사』상에서는 시가, 산문, 극문학으로 대별되던 것이 『문학사A』1부터는 갈래가 세분되어 인민구전문학, 패설, 소설, 시문학, 국문시가로 구분하여 서술하고 있다. 『문학사B』3도 이에서 벗어나지는 않았으나, 세부적인 부분에서 차이를 보인다. 이해를 돕기 위해 『문학사A』와 『문학사B』의 해당 부분 목차를 보이면 다음과 같다.

『문학사A』1
　제1절 리조봉건국가 성립후 봉건적 착위의 강화와 지배계급 내부모순
　　　의 첨예화, 문학발전의 각이한 경향
　제2절 봉건통치배들의 추악성을 폭로한 인민구전문학

20　김종철, 앞의 글, 202면.

　　목차를 통해 보면,『문학사B』3에서 갈래별 서술 순서와 용어에 변화가 일어났음을 알 수 있다. 인민창작, 국문시가, 한자시, 패설의 갈래별 서술에 김시습, 임제, 정철의 작가 작품론이 이어지고 있다. 김시습과『금오신화』, 임제와 우화소설, 정철과 송강가사를 별도의 장을 설정해 서술하면서 서술의 양을 확대한 것과 임진왜란기에 창작된 작품들을 한데 묶어 '애국적 문학'으로 설정한 것이 표면적으로 드러나는 서술체제의 변화이다.

서술의 순서에 있어서도 변화가 보인다. 『문학사A』1에서는 구전문학 다음에 산문 문학, 그리고 시문학을 서술하는 순서였으나, 『문학사B』3에서는 인민창작(구전문학)을 앞세우고, 국문시가, 한자시, 패설 순으로 서술하였다.

갈래별 서술에도 차이가 있다. 구전문학은 주체사상이 확립된 이후인 『문학사A』부터 중심 갈래로 자리했다. 특이한 것은 『개관』에서는 전부 빠져 있다가 『문학사B』에서 다시 서술하기 시작했다는 점이다. 갈래 명칭도 바뀌어 서술되고 있다. '인민구전문학'이라는 용어 대신에 '인민창작'이라고 했고, 하위 갈래 명칭도 '인민가요', '인민극'으로 바꾸어 표현함으로써 '인민성'을 앞세우고 있다. 하위 갈래로 패설집 소재 '속담'을 새로이 추가 서술한 것도 이전에 볼 수 없었던 것이다.

국문시가를 서술하면서 조선 초의 경기체가와 악장을 '송가체시가'로 묶어서 별도의 항목을 설정한 점도 눈에 띤다. 『문학사A』1의 총론 「여러 가지 문학조류의 출현과 진보적 문학의 발전」 항목에서 조선 초의 경기체가와 〈월인천강지곡〉, 〈용비어천가〉를 한데 묶어 '건국송가'라 명명하고 '반동적인 시가문학'으로 평가하였다. 그러나 『문학사B』3에서는 국문시가의 장에서 「현실미화의 송가체시가」라는 항목을 별도로 설정하여 조선 초기 경기체가와 〈용비어천가〉, 〈월인천강지곡〉을 서술하였다. 〈용비어천가〉 등은 송가체 장시라고 명명한 점이 특이하다. '건국송가'에서 '송가체시가'로 용어가 변화하였고, 이들 작품에 대한 평가도 '반동적'인 것에서 '현실미화'로 바뀌었다.

한시에 대한 명칭도 이전엔 '시문학', '서정시문학'이라고 했던 것과는 달리 '한자시' 또는 '서정시'로 하고 있다. 한자시에 대한 서술의 양을 확대한 것도 특징점이다. 이전의 문학사에서는 다루지 않던 작가와 작품 수를 대폭 보강하였다. 작가작품론을 서술하면서 한결같이 해당 작가의 한시 서술에 많은 지면을 할애하고 있어 한시를 중시하고 있는 경향을 보인다. 주제사상 면에서는 여전히 사회비판적 지향의 작품과 애국적 문학을 중요하게 거론하고 있지만, '조국산천의 아름다움을 찬양'한 시나 '산수시'를 새로운 한자시 영역으로 넓히고 있는 것도 다른 점이다. 이에 따라 보수적 시인들의 작품도 많이 서술되었다. 서술의 양이 종전의 문학사보다 확대된 것은 이 때문이다.

갈래별 서술에서 이전의 문학사와 가장 큰 차이를 보이는 것이 소설이다. 우선, 눈에 띄는 것이 소설에 대한 항목을 별도로 설정하지 않았다는 점이다. 김시습과 임제의 작가작품론을 통해 『금오신화』와 임제의 우화소설을 다루고 있을 뿐이다. 그리고 소설 발생에 대한 서술에서도 차이를 보인다. 이전의 문학사에서는 『금오신화』를 소설의 첫 작품으로 보고, 소설은 15세기 후반에 발생했다는 식으로 서술했다.[21] 그러나 『문학사B』 3에서는 『금오신화』를 소개하면서 근대적 의미의 소설의 형태상 특성을 갖춘 작품이라고만 했지,[22] "새롭게 소설이 발생했다"는 식의 서술은 없다. 『금오신화』에 대한 평가도 패설 작품과 구별되는 고유한 형태상 특성을 보여주고 있다거나, 설화의 영역을 훨씬 넘어서

---

21 "우리나라에서 처음으로 소설에의 길을 열어 놓은 『금오신화』는 획기적인 개인 단편집으로서 당시 인민들의 정신생활을 예술적으로 개괄한 고전적 유산으로 빛나고 있다."(『통사』, 231면)
"15세기 후반기에 들어와서 소설이 발생함으로써 우리나라 중세 산문문학 발전에서는 획기적인 전환이 이루어졌다."(『문학사A』 1, 245면)
22 "김시습은 시인으로서 15세기 시문학의 절정을 이루었을 뿐 아니라 단편소설집 『금오신화』의 작자로서 우리나라 소설문학발전의 새 시대를 열어놓은 뛰여난 소설가이기도 하였다. (…중략…) 오늘 우리가 말하는 근대적의미의 소설의 형태상특성을 기본적으로 갖춘 새로운 예술적 산문작품을 처음으로 창작한 공로자이다."(200면)

고 있다고 평가하는데 그치고 있다.

작가 작품론을 서술하는 부분에서는 작가와 관련된 주된 작품만 서술하지 않고 있다. 가령, 패설을 서술하면서 서거정, 성현, 어숙권을 거론하고 이들의 한시 작품을 서술한다든가, 김시습이나 임제를 서술하는 자리에서 한시 작품을 폭넓게 서술한다든가, 정철의 송강가사를 서술하는 곳에서는 시조와 한시를 서술하는 것이 그것이다. 이전의 간결하고도 집약적인 갈래별 서술에서 많이 벗어난, 서술의 일관성을 잃고 있는 느낌이 든다. 김시습, 임제, 정철에 대한 작가 작품론을 별도의 장을 설정하여 서술하는 방식은 『문학사B』에서 처음 시도한 것이다.

임진왜란시기의 산문 작품도 대폭 확장 서술되었다. 이전의 문학사에서는 참전한 사람들의 시작품만 서술하였으나, 『문학사B』 3에서는 이순신의 『난중일기』, 안방준의 『항의신편』, 이만추의 『당산의열록』, 신유한의 『분충서난록』, 유성룡의 『징비록』, 강항의 『간양록』 등 실기류에 대한 언급도 있다. 외세 침략에 항거한 애국적 지향의 작품을 비중 있게 다루고자 한 의도인 것이다.

북한의 문학사 서술은 『문학사A』부터 문학 갈래를 중심으로 한 서술 체제에 인민성, 진보성, 비판적 경향, 애국적 경향, 사실주의적 경향, 낭만주의적 경향 등과 같은 평가기준을 일관성 있게 적용하고 있다.[23] 『문학사B』는 이러한 입장을 견지하면서 '민족'을 내세우고 있는 점이 특색이다.[24] 가령, 시조문학에 대한 서술에서, "시조문학의 이러한 급

23　김종철, 앞의 글, 203면.
24　'민족'에 대한 강조는 김정일의 『주체문학론』(조선노동당출판사, 1992)에서 일관되게 주장한 것이다. 즉, "문학에서 주체성을 구현하기 위하여서는 높은 민족적 자존심과 긍지를 가지고 자기의 것에 정통하며 자기의 민족문화유산을 귀중히 여기고 옳게 계승발전시켜나가야 한다. (…중략…) 문학에서 주체성을 구현하기 위하여서는 민

속한 보급과 활발한 창작은 당시에 민족적 자각이 높아지면서 사람들이 자기 나라 말로 된 민족적인 시가형식을 요구하였기 때문이다"(50면)는 서술과, "리황이나 신흠의 이 글들은 유학자인 그들이 한시와는 다른 우리말로 된 민족시가형식의 독자성을 인정하고 그 창작의 필요성을 주장하였다는 것을 말해주며 거기에는 민족적각성이 높아지고 있던 당시의 시대적요구가 반영되여있는 것이다"(51면)라는 서술을 보면, '민족'에 대한 강조가 눈에 띤다. 『문학사A』 1에서 "고려 말에 출현한 시조는 15~16세기에 더욱 활발하게 창작되고 전파되었다. (…중략…) 리조시기에 들어와서 량반사대부들은 시조창작에서 저들의 귀족적 생활감정이나 '순수한' 자연풍경을 노래하고 봉건유교교리를 설교함으로써 시조문학을 더욱더 보수적이며 반동적인 경향으로 이끌어 갔다"[25]고 한 것과 비교하면 그 차이가 분명하게 드러난다.

족적 특성을 잘 살리는 것이 중요하다. 문학에서 민족적 특성을 살리는 것은 자기 나라 인민의 심리와 정서, 언어와 풍습을 비롯하여 생활과정에 구체적으로 드러나는 공유한 특성을 반영하는 것으로서 문학의 주체성을 강화하기 위한 필수적인 요구로 나선다"(32~33면)고 했다. 『문학사B』의 서술은 기존의 평가기준에 '민족'을 주요한 평가기준의 하나로 활용하고 있다.

25 『문학사A』 1, 280면.

3. 조선 전기 문학사 서술의 실상

1) 인민창작(구전문학)

'인민창작'은 '인민구전문학'에 대한 다른 표현이다. 인민구전문학은 주체사상이 문학사 서술에 적용되면서부터 중시된 갈래로 『문학사 A』부터 인민구전문학을 각 시기의 맨 앞에 세워 서술하고 있다.[26]

『문학사A』에서 인민구전은 반동적이며 보수적인 문학과 대립되는 주요 갈래로 서술되었고, 『개관』에서는 전혀 서술되지 않았으나, 『문학사B』에서 다시 비중 있게 서술하고 있다. 구전문학이 기록문학과 상보적 관계에 있으며 기록문학 발전에 이바지한 점을 주목한 것이다.[27] 이와 동시에 인민성을 드러낸 갈래로서 그 가치가 작지 않다는 인식도 드러내고 있다.[28]

인민창작의 하위 갈래로는 ① 인민가요, ② 설화, ③ 속담과 인민극을 들었다. 속담이 처음으로 문학사 서술에 등장했으며, 문헌 전승 작품, 즉 패설집에 수록된 작품들을 인민창작의 주요 작품으로 소개하고 있는 점이 특징적이다.

'인민가요'로 소개한 작품은 이전 분학사에서 '민요'나 '참요'로 불리던 작품 그대로이다. 다만 노래의 성격을 달리하고, 작품명을 내세우지

---

26 김종철, 앞의 글, 203면.
27 "이 시기 인민대중의 창조적 지혜와 재능에 의하여 창조된 구전문학－인민창작은 다만 그 자체의 발전을 가져왔을 뿐 아니라 부단히 전문 작가, 문인들의 서사문학에 소재와 형상, 진보적인 사상적 지향과 세련된 형식을 주었다"(23면)
28 "오직 인민만이 참다운 예술의 창조자이며 인민생활을 깊이 알고 인민예술에 의거하는 예술가만이 참다운 예술을 창조할 수 있다는 것을 명백히 보여주고 있다."(48면)

않고 있는 점이 다른 점이다. 가령『문학사A』1부터「남산의 정」이라고 불리는 '참요'에 대해서는, 가사를 들고 '동요'라고 소개하고 있다. 김안로의『용천담적기』소재 참요로 연산군을 야유 조소한 작품에 대해서 제명을「우습구나」(『문학사A』1)라고 했다가,「충의가 사모냐」(『김대A』1)로 바뀌었고,『문학사B』3에서는 제명을 붙이지 않고 작품만 소개하였다. 또『김대A』1에서 소개했던 연산군의 학정과 타락한 생활을 풍자한〈노구〉라는 작품은 아예 빠져 버렸다. 민간에 전승되는 노래로는 유일하게〈강강수월래〉만 소개하였다.『김대A』1에는 임진왜란과 관련된 민요로〈왜장청정〉,〈쾌지나 칭칭 나네〉,〈정방산성가〉를 소개하였으나,『문학사B』3에서는 모두 빠졌다.

　설화는 패설집인 성현의『용재총화』, 어숙권이『패관잡기』, 이제신의『청강쇄어』, 유몽인의『어우야담』에 소개된 작품들을 주제에 따라 분류하여 서술하고 있다. 주제별 분류 서술은『문학사A』1에서 택했던 방식을 그대로 유지하고 있으나 주제별로 훨씬 더 많은 작품을 소개하고 있다. 이전에 소개했던『용재총화』와『어우야담』외에『패관잡기』,『청강쇄어』를 추가했기 때문에 더 많은 작품이 소개되었다. 그런데『김대A』1에서 소개했던 실록 소재「효녀 도리장」과 출처미상의「외귀 온정터와 선녀 바위」, 그리고 임란 관련 설화인「쌀샘」,「곽재우와 이씨 부인」,「한다리의 마장수」는『문학사B』3에서 소개되지 않았다. 구비문학 자료에 대한 정확한 채록시기와 출처를 밝힐 필요가 있다는 지적이 있었던 점[29]을 상기해 볼 때,『문학사B』3의 서술에서 임란 관련 민요와 몇몇 설화 작품을 언급하지 않은 것은 작품 선정에서 신중을 기한

29　김종철은 "구비문학인 경우 특히 자료의 채록 시기나 출처를 밝혀 두는 것이 정확을 기하는 태도"라고 지적하였다(김종철, 앞의 책, 204면).

결과로 볼 수 있다. 설화 갈래에 대한 가치는 『문학사A』 1에서 적극적으로 평가된[30] 반면에 『문학사B』 3에서는 설화 갈래에 대한 가치 평가 없이 작품의 내용 소개와 평가 서술에 치중하고 있다.

속담은 패설집 『용재총화』와 『패관잡기』에 수록되어 있는 작품 각 한 편씩만 소개하였다. 속담은 인민들에게 생활의 교훈을 주는 것으로 속담에는 생활의 진리와 인민의 지향과 슬기가 담겨있다고 평가하였다.

인민극은 『통사』 상에서 '극문학'이라고 해서 독립된 갈래로 다룬 이래 『문학사A』 1에서는 '중세연극'으로, 『김대A』 1에서는 '화극'으로 명명했던 것이다. '인민극'이라고 했지만 서술 내용은 『통사』와 『문학사A』, 『김대A』의 것을 종합 정리한 수준에 머물렀다. 즉 〈학련화대 처용무 합설〉은 『통사』 상의 내용을, 귀석의 작품이라고 한 〈노복의 항거〉, 〈봉물진상〉과 〈무포〉, 〈정평부사 말안장홍정〉은 『문학사A』 1과 『김대A』 1의 내용을 수용하였다. 이 시기 극예술의 대표작으로 평가한[31] 〈학련화대 처용무 합설〉은 『문학사A』 1과 『김대A』 1에는 빠져 있다가 『문학사B』 3에 다시 소개된 것이다. 이는 극의 형성 발전에 대한 고민의 결과로 볼 수 있다. 『통사』 상은 극의 형성이 가무극에 의해서 이루어진 것으로 보았다.[32] 『문학사A』 1은 극의 형성 발전에 대한 논의 없이 이 시기 극은 직업적 예술인들인 광대들에 의하여 창조되고 공연된 것으로 '중세연극'이라 했다. 『김대A』 1은 '화극'이라 이름 하고, 당시 화극

---

30 "설화는 15~16세기에 가장 활발히 창작되고 널리 류포된 인민구전문학의 대표적인 형태이다."(『문학사A』 1, 224면)

31 "이 〈학련화대 처용무 합설〉은 전래하는 인민극에 기초하여 그것을 더욱 완성한 이 시기 우리 극예술의 대표작의 하나이다."(45면)

32 "우리의 극예술은 처음부터 무용, 음악 등과 긴밀히 연결되어 일종의 가무극(歌舞劇)을 이루면서 발전하였다."(『통사』 상, 239면)

은 창우희·무희·잡희·잡극 등으로 불렸으나 이를 다 화극 작품들이었다고 단정할 수 없으나 대부분의 극들은 우리가 말하는 화극이며, 화극은 이전 시기의 '월전'형의 예술 형식을 계승하여 발전한 것이라고 했다.[33] 그런데『문학사B』3은 〈처용놀이〉가 신라 때부터 전해오는 극희로서 13세기에 '가무극'으로 더욱 정제 완성되었고, 세조 때에는 그 내용을 늘려 〈학련화대 처용무 합설〉로 만들어진 것으로 보고 있다. 그리고 패설집 소재 작품은 인형극이나 가무극이 아닌 '화극적인 극예술',[34] 또는 '연극놀이'[35]라 칭했는데, 광대들이 사실을 연극으로 만들었다는 것이다.[36] 또한 광대들에 의한 광대놀이를 연극이라 하였으며, 당시 연극은 널리 보급되었는데『어우야담』소재 창우 귀석의 이야기를 통해 이를 확인할 수 있다고 하였다. 화극적인 극예술, 연극놀이, 광대놀이, 연극이라는 용어상의 혼동은 보이지만 이는 인형극이나 가무극과는 다른, '대사와 행동에 의해 극적으로 형상'한 갈래라는 인식은 분명한 것 같다.[37] 흥미롭게도『김대B』는 다시 '화극'으로 명명하고 동일한 작품

---

33 『김대A』 1, 222면.

34 "어숙권의 〈패관잡기〉나 류몽인의 〈어우야담〉은 인형극이나 가무극이 아니고 사회생활의 이러저러한 현상들과 사변들을 대사와 행동에 의하여 현실그대로의 구체성과 진실성을 가지고 극적으로 형상한 화극적인 극예술이 있었다는 것을 말해주고 있다."(46면)

35 "〈패관잡기〉에는 이 이야기의 뒤를 이어 다른 하나의 연극놀이를 소개하고 있다."(46면)

36 "광대들이 이러한 사실을 가지고 연극으로 만들어 명절날 궁중에서 상연하였는데 이것을 본 왕이 그 세포 받는 것을 금하라고 명령하였다는 것이다."(46면)

37 19세기 문학사를 서술한『문학사B』 6권에 "고대, 중세의 우리나라 극예술형태로서 현재까지 전하는 것은 가면극(탈춤, 또는 탈놀이)과 인형극, 화극들이다. 가면극과 인형극은 그 표현 형식과 수단에서 서로 고유한 특색이 있지만 노래와 춤과 재담이 배합되여있는 점에서 공통적이다. 화극은 말 그대로 배우의 말 즉 대사를 기본형상수단으로 하는 극예술형식이다. (…중략…) 그것이 산대극이나 꼭두각시극과는 같지 않으며 보다 극적성격이 뚜렷한 점에서 오늘의 연극에 가까운 것이였다고 할 수 있다"(205면)고 한 서술도 참조할 수 있다.

을 다루고 있으며, 갈래적 특성은 『김대A』 1에서 서술했던 것과 기본적으로 같다. 배우의 행동과 대사를 중심으로 한 극예술이 중세인 조선 전기에 이루어졌다는 북한문학사의 갈래 인식은 상당히 진전된 논의로 평가할 수 있다.

2) 국문시가

조선 전기의 국문시가는 총론에서 제시하였던 문학 발전의 두 단계를 적용하여 서술하였다. 15세기 전반기는 ① 송가체시가, ② 이조 초기의 시조, ③ 〈상춘곡〉과 가사의 발생을 서술하였고, 15세기 후반기~16세기는 경기체가, 시조, 가사를 갈래 구분 없이 주제별로 묶어 ① 도학적 교훈시가, ② 강호시가, ③ 여류시인들의 서정시조를 서술하였다. 단종 폐위와 훈민정음 창제라는 두 사건을 중심으로 국문시가를 두 시기로 세분하여 서술하는 방식은 이전의 문학사에서 볼 수 없었던 것이다. 그런데 앞 시기는 갈래별로 묶어 서술한 반면, 뒷 시기는 갈래는 무시한 채 주제별 작가별로 묶어 서술함으로써 혼동을 주고 있다.

조선 전기의 국문시가 서술에서 주목할 만한 것은 첫째, 경기체가와 악장을 '송가체시가'로 다루고 있는 점이다. 북한의 문학사에서 조선 전기의 경기체가와 악장은 『통사』 상에서 언급한 이후 자취를 감추었다가 『개관』 1에서 '건국송가'로 언급되었으며, 『문학사B』 3에서 다시 상세히 서술되었다. 즉 『통사』 상에서는 권근의 〈상대별곡〉, 변계량의 〈화산별곡〉은 한림별곡체라 소개하고, 이조 건국을 송축한 시가로서 정도전의 〈신도가〉와 〈용비어천가〉를 비교적 자세히 서술한 반면,

『문학사A』1과『김대A』1에서는 이 시기 국문시가를 시조와 가사 중심으로 서술하고 경기체가와 악장은 일체 거론하지 않았다. 그러다가『개관』1에서 〈용비어천가〉와 몇 작품이 언급되고,『문학사B』3에서 '현실미화의 송가체시가'라는 항목으로 재등장한 것이다.

송가체시가 가운데 권근의 〈상대별곡〉과 변계량의 〈화산별곡〉은 고려 때에 많이 씌어진 경기체가 형식의 작품임을 밝히고 있으나, 〈정동방곡〉, 〈신도가〉, 〈유림곡〉 등은 경기체가와 형식을 달리하는 작품이라고만 했을 뿐, 남한에서처럼 '악장'과 같은 갈래 명칭은 붙이지 않고 있다. 조선 전기 경기체가는『통사』상의 성과를 수용하고 있다. 그런데 경기체가가 태조대로부터 세종대까지 창작되고 사회적 모순이 격화됨에 따라 자취를 감추었다고 서술하면서, 16세기 권호문의 〈독락곡〉으로 경기체가는 자취를 감추었다는 서술은 실상과 다르다. 〈용비어천가〉와 〈월인천강지곡〉은 송가체 장시라 이름하고 있다. 남한학계에서 악장 또는 서사시로 분류하는 것과 차이를 보이는 점이다. 〈용비어천가〉는 사상적 내용에서 반동적이며 별로 가치가 없지만 국문으로 된 첫 서사시형식의 작품이라는 점에서 높게 평가하였다.[38] 같은 맥락에서 〈월인천강지곡〉을 소개하고 평가한[39] 점은 이전에 볼 수 없었던 것이다. 〈용비어천가〉의 평가는『통사』상의 "획기적인 장편 서사시 형식을 취하여 외적의 침해로부터 벗어나 새로이 발흥하는 이조 봉건

---

38 "이 노래는 력사적 사실을 외곡하고 터무니없이 현실을 미화한 것으로 하여 사상적 내용에서 반동적이며 별로 가치가 없지만 국문으로 된 첫 서사시형식의 작품이라는 점에서 그리고 당시의 력사 및 조선어 연구의 자료로 된다는 점에서 문화사적의의를 가진다."(53면)
39 "그것은 〈용비어천가〉와 함께 훈민정음 창제이후 첫 시기의 국문서사시 작품으로서 시작형식의 변화발전과 조선어력사 연구의 자료로서 의의를 가진다."(54면)

국가의 기상을 반영한 점에서 특출"[40]하다는 평가와는 많이 다르다.

둘째, 국문시가의 내용 서술은 시조, 교훈시가, 은일시가·강호시가, 여류시인으로 나누어 서술하였는데,『통사』상의 그것으로 회귀하면서 서술 내용이 확장되었다. 15세기 전반기 시조는 고려유신의 고려조에 대한 그리움(길재, 원천석, 이색 등), 집권층 양반의 이왕조 건립 송축(변계량, 맹사성 등), 국토방위의 애국적 기개(김종서, 남이 등), 사육신의 작품(성삼문, 박팽년, 유응부, 이개 등) 등으로 나누어 서술하였는데, 이는『통사』상에서 서술했던 방식이다.『문학사A』1에서 애국주의적 사상 감정을 노래한 작품에 치중하여 균형을 잃었으나,『문학사B』3에서는 대체적으로 균등하게 나누어 서술하고 있다.

교훈시가 서술은『통사』상에서 이루어졌던 내용을 보완하고 있다. 두 문학사가 공히 주세붕, 이황, 이이, 양사언을 중심으로 서술하였다. 그런데『문학사A』1에서는 주세붕의 작품명을 거론하며 부정적인 평가를 하고,[41] 이황의「도산십이곡」을 현실도피적인 입장에 있는 작품이라고 했다. 이에 비해『문학사B』3은 주세붕을 교훈시 창작의 일인자로 추켜세우면서[42] 많은 작품을 다루어 서술의 양이 상당히 늘어났다. 교훈시에 대한 평가도 사뭇 달라졌다. 주자학자들의 교훈시는 은일사조와 배합하여 당대 봉건현실의 모순에 눈을 감고 유교적 교리를 설교한 것으로 시대에 뒤떨어진 조류의 하나로 평가하면서도,「도산십이곡」이나「고산구곡담」을 거론하여 민족적 자각을 일정하게 반영한 작

---

40 『통사』상, 222면.
41 "반동적인 량반사대부들은 시조들을 동원하여 삼강오륜의 유교교리를 직선적으로 설교하고 봉건적인 도덕관념을 류포시킴으로써 사람들의 사상의식을 마비시키려고 책동하였다."(『문학사A, 280면)
42 "교훈시 창작에서는 주세붕이 그 1인자로 되여있다."(68면)

품으로 칭찬하고 있다.[43]

'은일시가' 또는 '강호시가'라고 불리는 작품은『문학사A』1에서 현실도피적이고 반동적인 것으로 규정했으나,『문학사B』3에서는 긍정적인 서술태도를 보이고 있다.[44] 내용 서술은 벼슬에서 물러난 후 한가로이 산수풍경을 즐기며 득의의 심경을 읊은 작품(이현보, 권호문, 조식, 강익)과 귀양 또는 낙향으로 인해 자연풍경을 노래한 자위적 기분이 농후한 작품(김구, 송순)으로 구별하여 서술하였다. 두 경향으로 나누어 서술한 점과 권호문의 경기체가 〈독락팔곡〉과 연시조「한거십팔곡」을 비중 있게 다루면서 시가사 연구의 귀중한 자료라고 높이 평가한[45] 점은『통사』상과 다른 서술이다. 그런데 〈독락팔곡〉을 현전 문헌에서 맨 마지막으로 남아 있는 경기체가라고 평가한 것과「한거십팔곡」의 16번째 시가 정철의「장진주사」와 함께 사설시조의 선구로 일러오고 있다고 한 서술은 실상과 다른 점이다.

여류시인들의 작품은 황진이와 매창의 시조와 한시 작품을 중심으로 서술하였다. 한시는 별도의 항목으로 서술하고 있는데, 굳이 두 여류시인의 한시작품을 시조 서술과 병행한 이유를 알 수가 없다. 더구나 16세기 이후의 인물이었다고 분명히 밝히면서 송이와 매화의 작품을 소개한 점도 이해할 수 없는 부분이다.

---

43 "그럼에도 불구하고「도산십이곡」이나「고산구곡담」은 16세기에 와서 시조문학이 량반 유학자들의 미학정서생활에서 중요한 역할을 놀았다는 것을 반증하는 자료로 되는 동시에 조국의 아름다운 산수 자연을 노래하려는 지향 속에 시대와 함께 점차 높아가는 민족적 자각이 일정하게 반영되어 있다는 것을 알 수 있다."(74면)

44 "이러한 경향의 노래들은 주로 량반 사대부들이 벼슬살이를 멀리하고 산수 속에 묻혀 한가로이 음풍영월하는 것을 인생의 더없는 행복으로 구가하고 있다."(74면)

45 "권호문의 런시조「한거십팔곡」과 경기체가 〈독락팔곡〉은 다 16세기 우리나라 시가형식의 교체과정을 보여주고 있는 점에서 시가사연구의 귀중한 자료로 되고 있다."(80면)

셋째, 가사의 발생과 관련된 서술이 자세한 점이다. 『통사』에서는 가사의 형성시기를 14세기로 보았는데, 『문학사A』이래 15세기 정극인의 〈상춘곡〉을 첫 작품으로 보고 있고, 『문학사B』도 같다. 가사의 발생 요인을 폭넓은 현실반영의 요구와 한글 창제로 보는 서술은 『김대A』보다 『문학사A』의 관점을 택하고 있다. 『김대A』에서 장황하게 설명하였던 것에 비하면 상당히 후퇴한 서술이다. 그리고 가사의 발생과 관련하여 나옹화상을 거론하고 있는 점도 특징적이다.[46] 가사의 발생을 나옹화상으로 보는 견해에 대해 비판적 입장을 보이기 위한 서술인데, 나옹화상의 작품은 후대의 위조라고 일축하고 있다.[47]

넷째, 별도의 장을 설정해 정철에 대한 작가론과 가사 작품을 장황하게 서술하고 있다. 이전 문학사에서도 정철의 작품은 중요하게 거론된 점을 보면 북한문학사에서 차지하는 정철의 위상을 짐작할 수 있다. 특히 『문학사B』3에서처럼 독립된 장으로 설정하여 서술한 점을 보면 그 위상이 낮지 않음을 알 수 있다.

---

46 나옹화상의 작품은 이전의 문학사에서 언급하지 않았고, 김종철이 가사의 발생 시기와 요인에 대해서 다섯 가지의 문제점을 지적한 것을 상기하면 흥미로운 부분이다. 특히 "실증적 치원에서 고려 말의 불교 계통의 가사가 존재하고 있었음에도 불구하고 이를 무시했다는 점이다(물론 북한문학사에서는 이 불교계 가사를 후대의 위작으로 본다)"(『북한의 우리문학사 인식』, 217면)라는 지적이 있었고, 공교롭게도 고려의 나옹화상이 거론되었다는 점이다.

47 "일부 연구가들은 고려 말의 불교승려 라옹화상이 지었다고 하는 〈서왕가〉 1, 2편, 〈심우가〉, 〈락도가〉에서 가사가 시작되였다고 설명하고 있다. (…중략…) 〈서왕가〉는 오늘 우리가 말하는 가사형태인 것은 사실이다. (…중략…) 이 작품들은 20세기에 와서 한 불교 학자에 의하여 세상에 알려지게 된 것인데 고려 때에 라옹화상의 그 어떤 한시 형식의 원작이 있었던 것을 후세에 불교도들이 가사형식으로 옮겨놓았거나 불교선전을 목적으로 가사를 지어가지고 그 '권위'를 높이기 위하여 고려시대에 불교승려로서 이름있던 라옹화상의 '창작'이라고 위조하였을 수 있었겠다고 생각된다."(66~67면)

3) 한자시(한시)

　북한의 다른 문학사에서는 '시문학', '서정시'로 부르던 한시를 『문학사B』에서는 '한자시'로 명명하고 있다. 한시를 독립된 항목으로 다룬 서술은 『문학사A』에서 처음 이루어졌다. 즉 '시문학'이라 하고, 봉건사회의 모순과 불합리를 반영한 현실주제의 작품들과 여류의 작품으로 나누어 다루었는데, 이들 시는 사실주의적 경향을 보인다고 하였다. 주요 작가로는 15세기의 성간, 이석형, 김시습과 16세기의 이행, 이달, 임제, 어무적을 들었으며, 여류시인은 허난설헌, 이옥봉, 신사임당, 황진이를 들었다. 『김대A』는 '서정시문학'이라 이름하고, 이조 봉건 사회의 현실을 반영한 시와 반침략 애국 감정을 노래한 시로 대별하여 서술하면서 주제 및 경향별로 다시 세부적인 서술을 하였다. 봉건사회 현실반영의 시는 사실주의 경향의 시(김시습, 성간, 이달, 어무적, 이석형, 허난설헌, 신사임당 등의 작품)와 낭만주의 경향의 시(김시습, 이행 등의 작품)로 나누었다. 애국 감정을 노래한 시는 임란 전 후로 나누어 서술하였는데, 시조 작품에 대한 언급도 있다.

　『문학사B』3에서 한시의 서술은 『문학사A』1의 방식을 따르면서 시기별로 세분하고 더 많은 작가와 작품을 다룬 점이 특징적이다. 15세기의 김종직, 유호인, 조위 등 사림파 문인들의 작품과 16세기의 조광조, 서경덕, 조욱, 이황, 이이 등 도학자들의 작품을 문학사에 서술함으로써 이전의 문학사보다 균형 잡힌 서술태도를 보이고 있다. 그러나 인민들의 이해관계와는 멀리 떨어진 작품이라는 부정적 평가는 여전하다. 16세기의 박은, 이행, 안수, 기준, 어무적, 이달, 임제 등의 현실비판의 사실주의적 시풍의 작품과 여류시인인 신사임당, 허난설헌, 이옥봉에 대한 서술도『문학사A』1에서 이루어진 성과를 보완한 서술이다. 그러나 남한 문학사에서 중요하게 언급되는 삼당시인(三唐詩人)의 문학사적 성취에 대한 서술이 빠져 있다.

한시 서술은 여전히 반봉건적이고 인민적인 관점이 우세하나 이전의 문학사에서 다루지 않던 보수적 문인들의 도학적 경향의 작품과 은일적 경향의 작품도 함께 서술하였다는 점에서 다소 균형을 갖춘 서술 태도를 보이고 있다고 하겠다.

4) 패설

패설을 독립된 갈래로 다루는 것은 북한문학사의 서술 특징 가운데 하나이다. 산문문학의 기본은 패설이며, 패설에서 다양한 갈래의 산문문학으로 분화된 것으로 인식하고 있다.[48] 그리고 패설과 소설은 구별되는 갈래로 성격을 달리한다고 했고,[49] 둘 가운데 기본은 패설에 있다는 인식을 하고 있다.

『문학사B』3에서 이 시기에 패설이 성행하게 된 요인으로 ① 주자성리학의 장려와 문인 우대 조치, ② 역사서의 편찬에 따른 사료 수집의 활발한 진행, ③ 한시의 활발한 창작과 보급으로 인한 시화의 발전, ④

---

48 "15세기 후반기~16세기 산문학의 기본 형태는 패설이었으며 점차 일기문학, 기행문학, 소설문학이 분화 발전하는 추세를 보여주었다."(142면)

49 패설은 "한가스러운 여가에 흥밋거리로 보고 들은 이야기들을 정연한 체계가 없이 이것저것 생각나는 대로 적어 놓은 것"이라고 하였고, 소설은 "작가가 하나의 주제 사상에 의하여 주인공을 중심으로 하는 인간관계와 그 발전의 력사로서의 이야기 줄거리를 가지고 인간과 그 생활을 생활 그 자체의 형식으로 그려 보여주는 문학 형태"라고 하였다.(143면)

도시의 발달과 도시 주민들의 미학적 요구 증가를 꼽았다. 『김대A』1에
서 패설이 발전하게 된 요인을 인간생활을 폭넓게 반영할 것을 요구하
는 인민들의 미학적 요구, 역사와 문화유산의 수집 정리의 필요성, 많은
진보적 문인들의 등장이라고 한 데 비하면 보다 세밀한 분석 후에 이루
어진 서술이다.

패설의 분류는 이전의 문학사에서 했던 것과 아주 다른 양상을 보이
고 있다. 『김대A』1에서 ① 민담형식, ② 역사이야기 형식, ③ 시 이야
기 형식, ④ 풍토·풍속 이야기 형식 등으로 분류했고, 『문학사A』1에
서는 내용과 형식에 따라 ① 시 분석과 평가, 시 이야기, 문학예술인들
의 창작 특성을 밝힌 문예평론적 성격의 패설, ② 설화 수집, 사실이나
들은 이야기에 허구를 적용하여 가공한 패설, ③ 역사적 사실 기록, 인
민들의 일화, 문물제도와 민속에 관한 이야기, ④ 류배살이나 표류과
정에서 직접 체험하거나 보고 들은 것을 쓴 기록 등으로 분류했다. 이
와 같은 패설의 분류는 역동적 양상을 드러내기에 미흡하다는 지적을
받은 바 있다.[50] 이에 비추어 보면, 『문학사B』3의 패설 분류는 상당한
고심의 결과로 이루어진 것으로 볼 수 있다. 내용과 형식을 기준으로
단순 분류하는 방식에서 벗어나 종합적 성격의 패설에서 분화되어 가
는 양상을 보이려는데 초점을 두고 있다. 즉, 이 시기 패설 발전에는 개
별적인 단일 형태로 분화되는 경향을 보이고 있다고 하면서, ① 『용재
총화』, 『패관잡기』, 『청파극담』 등은 시화, 문장평, 문물제도와 민속,
일화, 민간 설화들을 담은 종합적 성격의 패설집, ② 『동인시화』는 시

---

[50] "다양한 내용에 다양한 형식들의 복합체로 되어 있는 작품들을 '패설'이라는 명칭으
로 묶어서 그 역동적 양상을 드러낼 수 있을까라는 의문이 생긴다."(김종철, 앞의 책,
208면)

화만을 묶은 시평집, ③『표해기』는 표류일기, ④『촌담해이』,『어면순』,『속어면순』 등은 민간설화들만을 모아 묶은 설화집 등으로 분류하였다. 이 분류법은『김대B』에 그대로 수용되었다. 북한문학사에서 패설에 대한 발전 경로는 대체로 이분화 경향을 따르고 있는 것 같다.

그런데 이를 뒷받침하는 패설집에 대한 서술은 연계되어 있지 않다. 패설의 분화 양상을 보여주려는 의도였다면, 패설집에 대한 각론 서술은 각 유형의 대표적인 작품집을 거론하는 것이 옳은 서술태도일 것이다. 그러나 각론에서는 특별한 기준이 없이 '서거정과『동인시화』', '성현과『용재총화』', '어숙권의『패관잡기』'라는 별도의 항목을 두고 각각의 패설집에 대한 상세한 서술에 그치고 있다. 대표 작품은『문학사A』1에서부터 거론되던 것이 계속 반복되고 있는 것이다. 패설에 대한 서술과 아울러 해당 작가의 한시를 거론하고 시의 경향을 서술하고 있어 서술의 일관성을 잃고 있는 문제점도 노출하고 있다.

패설집 서술에서 주목할 만한 것은 서거정의『동인시화』,『태평한화골계전』,『필원잡기』에 대한 평가이다. 이들의 성격을 각각 평론집, 골계전, 종합적 패설집으로 규정한 점이다.[51] 그리고『용재총화』에 수록된「안생의 사랑」에 대한 성격 규정을 들 수 있다. 이 작품은『문학사A』1에서 소설의 경지에 접근한 작품이라는 평가가 있었고,[52]『김대A』1에

---

[51] 김준형은『한국 패설문학 연구』(보고사, 2004)에서 서거정의『필원잡기』,『태평한화골계전』,『동인시화』의 성격을 각각 잡기, 골계전, 시화로 보았다. 선초의 잡록은 이를 계승하면서 발전 분화하여 잡기, 골계전, 시화, 야사, 야담의 하위 유형으로 자리 잡았다고 하였다. 잡기는 필기로, 골계전은 패설로 대신해, 잡록의 하위 유형은 ① 필기, ② 패설, ③ 시화, ④ 야사, ⑤ 야담으로 분류하였다. 서거정의 작품집에 대한 갈래 고민은 남북에서 같이 이루어졌으며, 그 결과도 대략 일치한 점이 흥미롭다.

[52] "「안생의 사랑」과 같은 작품은 구성이 비교적 째여있을 뿐 아니라 이야기도 일정하게 전개되여 있어서 소설의 경지에 접근하고 있다."(『문학사A』1, 244면)

서는 설화의 다양한 구성을 이용한 작품이라고 평가했지만, 다시『문학
사B』3에서 소설의 경지에 접근한 작품이라는 평가로 돌아갔다.[53]

　『문학사B』3에서는 소설의 형성 및 발전 경로의 하나로 패설을 거론
하고 있다. 김시습의『금오신화』를 패설의 분화 경향의 끝 부분에서 간
단히 서술한 것은 이를 방증한다.[54] 이는『패관잡기』에서 동국소설의
작품명을 거론하는 부분에[55] 이 작품이 들어 있었기 때문인 것으로 보
이나, 이 시기 문학사 서술에서 소설 항목을 따로 설정하지 않은 점을
보면 패설의 분화 발전과 소설의 관련성을 염두에 둔 것은 아닌가 한다.

5) 소설

　조선 전기 문학사에서 소설은 따로 항목을 설정하지 않고 김시습의
작가론에서『금오신화』를 서술하면서, 그리고 임제의 작가론과 그의
우화소설을 서술하면서 다루고 있다. 이전의 문학사에서는 별도의 항
목을 설정해 소설을 서술한 것에 비하면 상당한 변화를 보이는 점이다.
이와 함께 소설 발생에 대한 논의도 없다. 북한문학사에서 소설의 발

53　"주제사상적 내용에 있어서나 인간내면세계의 상당히 깊은 데까지를 드러내 보여주
　　고 있는 구성조직과 예술적 묘사에서 소설의 경지에 빠듯이 접근하고 있다."(160면)
54　"특히 김시습의『금오신화』는 오늘 우리가 쓰고 있는 문예학적 개념으로서의 '소설'
　　의 특성을 기본적으로 갖춘 작품들만을 묶은 단편소설집이다."(147면)
55　"東國小說, 唯高麗李大諫仁老破閒集, 崔拙翁滋補閒集, 李益齋齊賢櫟翁稗說, 姜仁齋希
　　顔養花小錄, 徐四佳居正太平閒話筆苑雜記東人詩話, 姜晉山希孟村談解頤, 金東峰時習
　　金鰲新話, 李靑坡陸劇談, 成虛白堂俔慵齋叢話, 南秋江孝溫六臣傳秋江冷話, 曹梅溪偉
　　梅溪叢話, 崔校理溥漂海記, 鄭海平眉壽閒中啓齒, 金沖菴淨濟州風土記, 曹適菴伸謏聞
　　瑣錄, 行于世."(魚叔權,『稗官雜記』)

생에 대한 논의는 15세기의 『금오신화』에 초점을 맞추어 서술하였다. 가령 『통사』에서는 『금오신화』는 소설의 길을 열어 놓은 작품이라는 평가를 하였으며, 『문학사A』는 15세기 후반기에 소설이 발생하였고 『금오신화』는 중세소설의 발생에서 의의를 지니는 작품이라는 평가를 하였다. 그리고 『김대A』는 15세기에 고전소설이 발생한 것으로 서술하고,[56] 소설 발생 초기의 작품으로 『금오신화』를 주목하였다.

그런데 『문학사B』에서는 소설의 '발생'에 대한 언급이 없이 『금오신화』를 서술하고 있어 이전의 문학사와 다른 점이 확연하게 드러난다. 『금오신화』를 설화의 영역을 넘어선 작품이라고만 평가했지,[57] 소설 발생과 관련된 언급은 없다. 소설 발생을 둘러싼 논의는 남한 문학사에서도 『수이전』 소재 「최치원」을 최초의 소설로 볼 것인가 아니면 『금오신화』로 볼 것인가에 대한 견해가 맞서 있는 상황을 감안하면, 남과 북의 문학사에서 소설발생론은 신중하게 접근하고 있는 편이라고 하겠다. 이러한 상황에서 『김대B』의 논의는 생뚱맞은 느낌이 든다. 『김대B』에서는 소설이 삼국시기에 발생하였다고 주장하며, 소설 발생의 초기작품들로는 「온달전」, 「도미전」, 「설씨녀」, 「토끼와 거부기」 등을 거론하고 있다.[58] 수이전체 작품 가운데 「쌍녀분」은 최치원의 창작소설이며, 가전체는 의인전기체소설이고, 서거정의 「채생과 둥근달의 사랑」은 단편소설이라고 한 것은 소설 발생을 이른 시기로 잡았기 때문에

---

56 "우리나라에서는 15세기에 고전소설이 새롭게 발생하였다."(『김대A』 1, 232면)

57 "작자가 뚜렷한 창작의식을 가지고 사회현실에서 골라잡은 일정한 소재를 자기의 상상력에 의하여 예술적으로 재구성하였으며 인물의 성격 형상과 구성조직, 생활 묘사에서 설화의 령역을 훨씬 넘어서고 있다."(200면)

58 "우리나라에서 소설은 고구려를 중심으로 하여 삼국시기에 발생하였다. (…중략…) 우리나라 소설발생의 초기작품들로는 「온달전」, 「도미전」, 「설씨녀」, 「토끼와 거부기」 등을 들 수 있다."(『김대B』, 32~33면)

가능한 서술이다.

　그렇다면『문학사B』에서『금오신화』는 어떻게 평가하고 있을까. 『금오신화』는 패설과는 구별되는 고유한 형태상의 특성을 보여주고 있는 작품이라고 했다. 어숙권의『패관잡기』에 패설 작품들과 함께 '동국소설'로 거론되고 있기 때문에 패설과의 차이점을 드러내려는 의도로 읽을 수 있다. 이전의 문학사에서는 소설은 패설과의 밀접한 연관 속에서 발생한 것으로 보았다. 그런데『문학사B』는 패설의 분화 발전 맥락에서 소설을 파악하려는 입장을 취하고 있다. 따라서 패설과의 변별 요소를 드러낼 필요가 있었다. 그 결과, 패설은 설화를 기록하는 형식을 취하지만『금오신화』는 작가의 뚜렷한 창작의식, 사회 현실 소재, 상상력에 의한 예술적 재구성, 인물의 성격 형상, 구성 조직 등에서 설화의 영역을 넘어선 작품이라는 평가가 이루어진 것이다. 소설이 패설에서 갈라져 나와 자기 발전의 새로운 길을 개척했음은 이미『개관』에서 지적한 바 있다.[59]『문학사B』도 소설의 발생을 문학사의 합법칙적 발전의 산물로 인식하고자 하는 태도를 취하고 있는 것이다. 그런데,『금오신화』의 고유한 특성을 근대적 의미의 소설의 형태,[60] 또는 문예학적 개념으로서의 소설의 형태[61]를 갖춘 것으로 보고 있는 점은 무엇을 의미하는지 분명하게 설명되어 있지 않다.

59　"15세기 후반기에 들어와 소설이 자기 발전의 새로운 길을 개척함으로써 우리나라 중세산문문학발전에서는 획기적인 전환이 이루어졌다. 이 시기 소설문학은 패설에서 갈라져 나와 독자적인 발전의 길에 들어섰다."(『개관』1, 140면)

60　"다시 말하여 김시습은 선행시기 산문창작의 성과와 경험에 토대하여 오늘 우리가 말하는 근대적의미의 소설의 형태상특성을 기본적으로 갖춘 새로운 예술적 산문작품을 처음으로 창작한 공로자이다."(200면)

61　"우리나라 예술적산문의 발전력사에서 오늘의 문예학적 개념으로서의 소설의 형태상특성을 기본적으로 갖추었다는 점에서 획기적인 의의를 가진다."(215면)

『문학사B』3에서 다룬 소설 작품은 김시습의『금오신화』와 임제의
「원생몽유록」, 「서옥설(재판받는 쥐)」, 「수성지(시름에 싸인 성)」, 「화사(꽃
역사)」 등이다. 남한의 문학사에서 이 시기 소설작품으로 거론하는 것
가운데, 소설사적 성취가 작지 않은 신광한의『기재기이』가 거론되지
않고 있다. 채수의「설공찬전」도 이 시기 소설 작품인데, 패설 작품을
다루면서 잠깐 언급한데 그쳤다.

소설의 하위 갈래에 대해서는『김대A』1에서 주제 사상적 경향과 묘
사 방법에 따라 꿈 형식으로 된 단편소설, 우화소설, 군담소설의 세 갈
래로 나누고 있다. 그러나『문학사B』3에서는 갈래 구분에 대한 서술은
없이 해당 작품에 대한 분석과 평가만 하고 있을 뿐이다.

『금오신화』소재 5편의 작품은 주제 사상적 경향에 따라, 애정윤리
를 주제로 하여 봉건 유교도덕을 반대하는 사상을 담은 작품군, 환상세
계의 묘사를 통한 작가의 사회정치적 견해를 제시한 작품군으로 나누
어 서술하였다. 두 가지 관점에서 작품론을 전개하는 방식은『문학사
A』부터 이루어진 방식이다. 그런데 이전의 문학사에서는「이생규장
전」을 가장 비중 있게 서술하는 태도를 보였으나『문학사B』3에서는
다섯 작품에 대한 서술이 대체적으로 공평하게 이루어지고 있다.

「원생몽유록」의 작자 문제는 남한 학계에서는 쟁점이 되는 사항이
다. 북한문학사에서는『통사』에서 각주를 통해 "「원생몽유록」은 또한
원호(元昊)의 문집에도 들어 있어 원호의 작품이란 설도 있다"고 작자 문
제에 이견이 있음을 밝혔다. 그러나『문학사A』1이나『김대A』1,『개
관』1에서는 별다른 설명이 없이 임제의 작품으로 설명하였다. 그러다
가『문학사B』3에서 임제의 작품임을 입증하는 구체적 자료를 제시하
고 있다. 즉「원생몽유록」은『화몽집』과 남효온의『추강집』에 수록되

어 있는데, 『화몽집』의 「원생몽유록」 끝부분의 기록인 '무진년중추해 월거사 림자순'과, 『추강집』 속집의 이 소설 앞머리의 "림제"라는 작가 이름을 밝힌 것을 근거로 하여 이 작품은 임제가 1568년 가을에 쓴 것으로 추정하였다. 남한에서 이 작품의 작자 시비 문제가 명쾌하게 해결되지 않은 것에 비하면 비교적 분명한 태도를 취하고 있다고 하겠다. 「수성지」의 창작 배경에 대해서도 이식의 『택당잡저』, 자신의 문집 『임백호집』, 고경명의 『제봉집』 등의 기록을 근거로 하여 임제가 북평사로 있던 시절에 아버지를 만나려고 서울로 가는 길에 겪은 일을 바탕으로 지었다고 하고, 구체적인 창작 시기는 1580년 직후 2~3년 어간으로 보고 있다.

임제의 소설 가운데 가장 호평을 한 작품은 「서옥설」이다.[62] 이 작품에 대한 북한문학사의 평가는 대체적으로 일치하고 있다. 그리고 이 작품이 중편소설의 형식을 갖추었다고 보는 것은 『문학사A』를 잇는 것이다. 남한 문학사에서 비중 있게 다루고 있지 않은 「서옥설」에 대해 크게 평가한 것은 주목할 만한 점이다. 그러나 김종철도 지적했듯이[63] 작자 문제가 선결되어야 할 문제이다.

---

62 "「서옥설(재판받는 쥐)」도 당대 봉건사회에서 매우 절박하고 중요한 사회정치적 문제를 제기하고 있는 우화소설로서 16세기의 가장 대표적인 소설작품의 하나이다." (249면)
63 "실증적 측면에서 「재판받는 쥐」를 김태준(金台俊)의 설에 따라 임제(林悌)의 작품으로 보고 있는데, 그 실제적 근거는 제시하지 않고 있다."(김종철, 앞의 책, 214면)

6) 애국적 문학

이전의 문학사와는 달리 『문학사B』에서 관심 있게 다룬 부분은 '애국문학'이고, 이로 인해 임진왜란기 문학작품도 15~16세기 문학에서 비중 있게 다루고 있다. 특히 '애국적 문학'이라는 별도의 장을 마련해 임진왜란 관련 작품을 상세히 서술한 것은 『문학사B』가 처음이다. 임진왜란을 '임진조국전쟁'으로 규정하고, 이와 관련된 문학작품은 전쟁 참가자들의 문학을 중심으로 서술하였다. 주로 이순신, 김덕령, 정문부, 이정암, 사명당, 이항복, 이덕형의 한시를 다루었고, 가장 중점적으로 서술한 것은 이순신의 작품이다. 이순신의 「난중일기」에 대한 상세한 서술과 『이순신장군전집』에 실린 장계에 대한 서술, 그리고 장계를 종군기와 같은 문학적 성격을 부여한[64] 것도 이전 문학사에서는 볼 수 없었던 것이다.

이와 함께 주목할 만한 것은 전후시기에 나온 '창의록'류에 대한 소개와 상세한 설명이다. 주요 작품으로는 안방준의 『항의신편』, 리만추의 『당산의열록』, 신유한의 『분충서난록』, 유성룡의 『징비록』, 박동량의 『임진일록』과 『임진잡사』 등을 다루었다. 이 가운데 『징비록』을 자세히 서술하였고, 그 가치를 높게 평가하였다.[65] 한편, 강항의 『산양록』은 이 작품들과는 성격이 다른 '수기'라 하고,[66] 간행 경위와 내용 소

---

64 "이 시기 전선에서 정부에 보낸 장계문은 그 기능과 형식에 있어서 '종군기' 등의 보도문학적성격을 띠였으며 인민들의 애국주의교양에 기여하였다."(307면)
65 "류성룡의 『징비록』은 그 풍부한 자료와 체계적인 서술, 그 사실적 필치와 창작동기의 명확한 목적지향성에 있어서 문학사적으로도 의의 있는 저술이다."(310면)
66 "이러한 책들과는 좀 성격이 다른 임진조국전쟁참가자의 수기로서 강항의 『수은간양록』이 전한다."(312면)

개를 아주 자세하게 하였다. 일본의 여러 가지 제도와 정세를 조선에 보고한 점을 높이 샀기 때문으로 보인다.

임진왜란 시기의 체험 기록에 대한 서술은 이전의 문학사에서는 없던 것이다. 이에 대해서는, "임진조국전쟁 참가자들의 심장의 목소리로 울리는 이 시기 애국문학은 당대 현실과 인민의 지향을 생동하게 반영한 것으로 하여 일본 침략자들의 천인공노할 죄상에 대한 준렬한 론고장으로, 우리 인민의 영웅적 투쟁과 애국주의에 대한 자랑찬 찬가로 우리 문학사를 빛나게 장식하고 있으며 오늘도 력사, 문화 연구의 귀중한 자료로 된다"(318면)는 서술을 통해 그 이유를 찾을 수 있다. 『문학사B』가 민족적인 관점에서 '애국주의'에 입각해 서술하는 태도를 보이고 있기 때문이다. 임진왜란과 관련된 실기류 작품은 남한의 문학사에서도 서술되고 있는 점을 보면, 임란 체험의 기록을 문학사에 편입시키려는 의도는 남북한에서 동시에 보여주고 있는 것이다.

4. 조선 전기 문학사 서술의 의의

북한의 공식적인 문학사는 사회과학원에서 간행한 『통사』, 『문학사A』, 『문학사B』이다. 세 문학사를 중심으로 조선 전기의 문학사 서술을 비교해 본 결과, 『문학사B』는 『문학사A』보다 『통사』의 서술과 비슷하다. 과거로의 회귀 양상을 보인 셈이다. 그런데 서술의 양은 훨씬 확대되었다. 이는 문학사 서술의 기본 입장이 인민적이고 진보적인 문학을 중심으로 한 서술에서 벗어나려는 노력의 결과이다. 문학사 서술의 태도가 1990년대 주체문학론에 입각하여 인민적, 진보적인 관점 외에 민족적인 관점이 보완되었기 때문이다. 김정일은『주체문학론』에서 "민족고전문학예술유산에서 진보적이며 인민적인 것을 현대적미감에 맞게 비판적으로 계승 발전시켜야 한다"[67]고 언급했고, 아울러 과거의 문학사에 대해 반성을 하면서[68] "봉건유교사상과 부르주아사상을 반대한다고 하여 근로자들과 청소년들에게 우리나라의 문화예술력사와 민족고전작품을 가르쳐주지 않으면 그들이 우니 나라 력사에 어떤 고전작품이 있었는지 또 어떤 유명한 작가가 있었는지 잘 모르게 된다"[69]고 주장했다. 서술 태도에 이와 같은 시각이 개입함에 따라 보다 많은 작품이 문학사에 편입된 것이다.

지금까지『문학사B』3의 조선 전기 문학사 서술의 실상을 검토하면서 이를 확인할 수 있었던 바, 고전문학유산에 대한 시각의 확대라는 변화는 민족의식의 강화에서 나온 것이다. 이로써『문학사B』의 서술적 의의 가운데 하나로 민족적 관점의 강화를 꼽을 수 있다. 그 결과로『문학사B』3은 사대부 문학의 성과를 적극 수용하였고, 이로 인해 문학사 서술의 대상이 확대되었다. 또 경기체가나 악장(송가체시가)에 대한 적극적인 서술이나, 보수적인 문인들의 한시 작품을 폭넓게 서술함으로써 작품 선택의 편향성을 극복하였다는 의의도 있다. 이전의 문학사에서 보수적이며 반동적인 문학이라 하여 부정적으로 평가되고 배제되었

---

67 김정일,『주체문학론』, 조선노동당출판사, 1992, 73면.
68 "한때 일부 문예학자들은 봉건유교사상을 반대한다고 하면서 우리나라의 민족고전 문학예술을 제대로 취급하지 않았으며 문학사와 예술사나 출판보도물에서 고전문학예술작품을 취급하는 경우에도 그의 긍정적 측면은 간단히 언급하고 부정적 측면에 대하여서는 지나치게 많이 언급하였다."(위의 책, 74~75면.)
69 위의 책, 73~74면.

던 것들이 새롭게 주목된 것인데, 이는 인민적이며 진보적인 문학 유산만을 선택적으로 기술하는 태도에서 벗어난 결과이다. 봉건유교사상을 담고 있는 고전예술작품도 긍정적인 측면을 가지고 있으며, 이를 공정하게 평가해야 한다는 입장에 있었기 때문이다.[70] 특히, 한시 서술에서 「사회적 모순의 격화와 도학자들의 한자시」라는 항목을 별도로 두고, "16세기의 전기간을 통하여 앞서 국문시가에서 본바와 같이 한자시 분야에서도 이들 량반문인의 처지와 기분을 반영하면서 도학적인 경향과 은일적인 경향이 이 시기의 주도적 문학사조를 이루게 되었"(112면)다는 평가는 이를 방증하는 것이다. 1990년대 북한문학이 이전의 영웅적이고 긍정적인 인물에 기초한 고상한 리얼리즘에 반하여 도식적 인물에 대한 긍정 및 부정에 대한 비판까지도 그려내야 한다는 인식을[71] 하고 있기에 가능했던 것이다.

이러한 태도의 변화는 엄격한 작품 선정으로 이어졌고, 이로써 『문학사B』 3은 작가나 작품을 서술하면서 보다 실증적인 태도를 보이고 있다. 이전의 문학사에서는 특정한 작품 하나로 작가의 경향을 단정하는 오류를 보이기도 했다. 가령 김종철이 지적한 대로,[72] 한시 작가 가운데 이행이라는 인물의 평가는 한 작품을 예로 들면서 진보적이라는 과대평가가 내려졌다. 그런데 『문학사B』 3에서는 이행의 생애를 간략하게 서술하고 많은 작품을 예로 들고 있다. 즉, 이행은 양반출신임에도 불구하고 현실을 똑바로 보고 피착취 인민 대중의 불행한 처지와 감

---

70 김현양, 「민족주의 담론과 '주체'의 문학사」, 『민족문학사연구』 35, 민족문학사학회, 2007, 401면.
71 김종회, 「북한문학의 실상과 연구의 방향성 문제」, 『한국문화연구』 6, 경희대 민속학연구소, 2002, 15면.
72 김종철, 앞의 글, 215면.

정을 깊이 있게 이해한 인물로 평가하였다. 그리고 3포 왜란과 관련된 4개의 작품을 거론하며 "왜구의 침입에 대한 소식을 듣고 그 비통한 심정과 승리의 확신을 노래한 작품들"(125면)이라고 서술했다. 「여름비의 탄식」을 예로 들고 "당시 인민들의 기분과 지향이 진실하게 반영"(126면)되었다고 했다. 「들은 이야기」, 「얄미운 쥐를 덫을 놓아 잡았다」는 작품은 봉건 사회의 부정적인 면을 폭로 비판하는 주제사상을 갖고 있다고 했다. 그리고 「원생몽유록」의 작자를 임제로 고증한 서술과 어숙권의 『패관잡기』의 기록을 준신해 패설과 소설의 분화 발전 양상을 거론한 것 등은 관련 문헌 기록을 토대로 한 서술 태도를 보이는 것이다.

『주체문학론』에서 김정일의 언급[73]이 있었기 때문이기도 하지만 김시습, 임제, 정철에 대한 작가론과 작품론을 별도의 장을 통해서 상세히 다루고 있다. 물론 이들의 정체성이 봉건사회의 특징을 규정지을 수 있는 적절한 작가군이기 때문인 점도 있지만, 『문학사B』가 이전의 문학사에 비해 작가나 작품에 대한 엄격한 해석과 분석을 통해 서술하려는 태도를 보이고 있는 점을 반영한 것이라 할 수 있다.

『문학사B』의 서술 태도에서 민족적 관점은 '애국'으로 확장된 면모를 보이기도 한다. 반침략 애국주의 문학의 강조는 이전의 문학사에서도 견지해 왔던 것이지만, 특별히 애국적 문학을 별도의 장으로 마련하여 임란 관련 실기류 작품을 적극적으로 서술하는 태도는 민족적 관점에 입각한 애국주의의 강조이다. 북한의 문학사 서술에서 고전작품은

---

73 "실학파작가뿐 아니라 최치원, 리규보, 김시습, 정철, 허균, 김만중을 비롯하여 고대와 중세, 근대와 현대의 이름 있는 작가, 예술인들과 그들의 우수한 작품과 『춘향전』, 「흥부전」, 『심청전』을 비롯하여 작가의 이름이 알려지지 않은 작품도 많이 찾아내여 여러 가지 형식과 방법으로 널리 소개하여야 한다."(『주체문학론』, 86면)

단지 지나간 과거의 유산으로만 보지 않는다. 고전 작품의 현재적 의의를 적극적으로 탐색하여 일반 대중과 소통하고자 하는 노력을 보이고 있다.[74] 임란과 관련된 작품의 언급을 확대하면서 반침략 애국주의를 강조한 서술은 1910년대 신채호의 문학과 1920년대 항일혁명 문학의 서술에까지 닿아 있다. 반침략 애국주의의 전통은 과거에 형성되었으며, 이는 애국독립적 성격을 갖는 신채호의 작품으로 이어졌고, 김일성의 항일혁명 문학으로 계승되고 있다는 인식을 드러내는 것이다. 북한의 문학사 서술은 문학사를 연계적 계승적 발전과정으로 본다. 문학사의 전개를 시대별로 등장한 작품의 나열에 그치지 않고, 그들 작품에 현재적 의미를 부여함으로써 현대까지 계승 발전되고 있다는 서술 논리는 북한의 문학사가 가지고 있는 장점 가운데 하나이다. 조선 전기 문학사 서술에서 애국주의를 강조한 서술은 바로 문학사의 계승적 과정과 함께 현재적 의의를 드러내기 위한 것이었다고 할 수 있다. 『문학사B』가 지니고 있는 서술 의의는 이 점에서도 찾을 수 있다.

---

74 신동흔, 앞의 글, 75면.

북한의 17세기 소설사 서술의 몇 가지 문제

민족주의적 지향과 주체의 이상화

김현양

1. 말하고자 하는 것

우리나라 문학사 서술의 전통에는 강렬한 민족주의적 지향이 자리 잡고 있다. 이는 식민지 지배에 저항하려는 의도가 문학사 서술과 굳건히 결합되어 있기 때문이다.[1] 북한에서 서술된 문학사에도 이러한 민족주의적 지향이 서술의 원리로 작동하고 있는바, 이 글의 목표는 서술의 원리로 작동하고 있는 민족주의적 지향을, '17세기 소설사'로 그 범위를 한정해 살펴보고자 하는데 있다.

북한에서 서술된 문학사가 민족주의적 지향을 드러내고 있음은, 북한의 지배이념이라고 할 수 있는 주체사상의 민족주의적 성격에 의해 예견할 수 있다.[2] 지배이념이 전일적으로 관철되는 북한 체제의 성격상

---

1   이에 대해서는 김현양, 「민족주의 담론과 한국문학사—문학사 서술 전통의 비판적 점검 (1)」, 『민족문학사연구』 19, 민족문학사학회, 2001 참조.

문학사 서술도 예외일 수 없으며, 이는 문학사 서술의 지도 지침으로 지도자(당)의 '교시'를 내세우고 있는 것에서도 쉽게 확인할 수 있다. 문제는 이러한 지도 지침이 문학사 서술에 특수하게 구현되고 있는 양상을 '구체적으로' 확인하는데 있을 것이다.

문학사 서술은 근본적으로 문학의 역사를 구성하는 작품, 작가, 갈래, 경향 등을 선택·배치하고 역사적으로 평가하는 일이다. 그러므로 문학사 서술 양상을 구체적으로 확인하는 일은 선택·배치·평가의 양상을 검토하고 그 타당성과 유효성을 문제 삼는 것이라 할 수 있다. 따라서 이 글은 북한에서 서술된 17세기 소설사를 대상으로 그 선택·배치·평가의 양상을 민족주의적 지향과 관련하여 검토하고 그 타당성과 유효성을 문제삼는 것을 목표로 서술된다.

이 글에서 검토의 대상이 되는 주자료는 1990년대에 간행된 『조선문학사』(이하 『문학사B』) 가운데 '17세기 문학사'를 서술하고 있는 『조선문학사』 4(이하 『문학사B』 4)이다. 『문학사B』 4의 서술 양상을 검토하기 위해 이전에 간행된 문학사와 소설사 서술의 성과들도 함께 자료로 이용하고자 한다. 마르크스–레닌주의에 입각해 서술된 『조선문학통사』(이하 『통사』)와 주체사상 정립 이후에 간행된 『조선문학사(고대중세편)』(이하 『문학사A』), 그리고 문학사는 아니지만 소설사 서술의 성과라 할 수 있는 『조선 고전소설사 연구』(1986년)의 서술 양상을 『문학사B』 4와 비교하면서, 북한의 17세기 소설사 서술 동향을 점검하고자 한다.[3]

---

2   정지웅, 「한반도 통일에 있어서 민족주의의 함의」, 『북한연구학회보』, 북한연구학회, 2004; 정성장, 「주체사상의 기원과 형성 및 발전 과정」, 『한국정치외교사논총』, 한국정치외교사학회, 2000; 이준형, 「주체사상의 민족주의적 변용」, 『국민윤리연구』, 한국국민윤리학회, 1995.
3   북한에서 서술된 문학사와 소설사의 구체적인 서지사항은 다음과 같다. 사회과학원

2. 17세기 소설사의 지형을 구획하는 시선

1992년에 간행된 『문학사B』 4에서는 17세기 소설사의 지형을 어떻게 그리고 있는가? 북한의 문학사 서술이 으레 그래왔듯이, 주제와 형태상의 측면에서 특징적인 국면들을 부각시킴으로써 전체 지형의 구도를 잡아나가고 있다.

주제적인 측면에서 17세기 소설사의 지형은 반침략애국투쟁을 반영한 애국적 주제의 작품들(『임진록』, 『박씨부인전』, 「림경업전」, 「몽유달천록」), 사회적 모순과 인민들의 해방적 지향을 반영한 사회비판적 주제의 작품들(『홍길동전』, 「남궁선생전」, 「장생전」, 「순군부군의 말을 듣고서(순군부군청기)」, 「전우치전」, 「임꺽정전」), 개성해방적 지향을 반영한 가정윤리 및 애정윤리적 주제의 작품들(『창선감의록』, 『사씨남정기』, 『구운몽』, 『운영전』, 「영영전」, 「류록전」)로 구획된다.[4] 이러한 내용적 구획에다가, 형태적 특성이라고 지칭되는 표기문자(국문)와 양식(단·중·장편)의 측면이 소설사적 발전의 양상으로 덧보태지면서 17세기 소설사의 전체적인 지형이 구성된다.

17세기 소설사를 구획하고 구성하는 이러한 『문학사B』 4의 면모는 주체사상 성립 이후에 간행된 문학사와 소설사의 서술 진통을 계승하고 있는 것이다. 1977년에 간행된 『문학사A』와 1986년에 간행된 김춘

언어문화연구소문학연구실, 『통사』(상), 과학원출판사, 1959(화다, 1989); 사회과학원 문학연구소, 『조선문학사』(고대중세편), 과학, 백과사전출판사, 1977; 사회과학원 문학연구소(김하명), 『조선문학사』 4, 사회과학출판사, 1992; 김춘택, 『조선 고전소설사 연구』, 김일성대학출판부, 1986(김춘택, 『우리나라 고전소설사』, 한길사, 1993); 김춘택, 『조선문학사』 I, 김일성대학출판사, 1982(천지, 1989).

4 『문학사B』 4에서는 애정륜리와 반침략애국투쟁이 결합된 작품으로 「동선전」을 거론하기도 한다. 하지만 이를 따로 독립된 절로 서술하고 있지는 않다.

택의 『조선 고전소설사 연구』 또한 거의 동일하게 주제를 삼분하고 두 가지의 특성을 지적하고 있다.[5]

『조선 고전소설사 연구』에서 17세기 소설사의 지형을 구획하는 시선은 『문학사B』4와 거의 동일하나, 그 구성은 『문학사B』4에서처럼 선명하지 않다. 『조선 고전소설사 연구』는 2장에서 애국적 주제의 소설에 대해 서술하고 있으며, 3장에서 허균의 소설을 대상으로 비판적 주제의 소설에 대해 서술하고 있고, 4장에서 애정윤리적 주제의 작품을 중편소설의 창작 경향과 관련하여 서술하고 있다. 이러한 구성으로 인해 3장에서는 「전우치전」을 포괄하지 못하고 있으며, 4장에서는 서술의 초점을 중편소설의 창작에 두어 결과적으로 애정윤리적 주제를 확연하게 드러내지 못하고 있기는 하다.[6] 하지만 2장, 3장, 4장의 순차적 흐름 속에서 세 가지의 주제적 경향으로 구분하고자 하는 의식을 간취해낼 수는 있다. 양식(중편)의 문제에 대해서는 4장에서 매우 비중 있게 다루고 있는 반면, 국문 표기의 문제에 대해서는 따로 주목하지 않고 있다.

『문학사A』에서 17세기 소설사는 제8장 「17세기 문학」 가운데 제3절

---

5 북한의 문학사 연구는 1967년 이후 북한사회의 전반적인 변화, 즉 주체사상과 유일 사상 체계의 확립과 더불어 변모하게 된다고 한다. 1967년 이전의 문학사 연구를 포함한 북한의 문예학이 주로 마르크스-레닌주의적 연구방법론을 표방했다면 1967년 이후의 시기는 주체사상과 유일사상의 체계에 의해 이루어진다. 이에 대해서는 김재용, 「북한 문예학의 전개과정과 과학적 문학사의 과제」, 『실천문학』, 1992 봄; 김재용, 「유일사상체계의 확립과 북한문학의 변모」, 『한길문학』 1991 여름 참조.

6 중편소설에 서술의 초점을 맞추고 있으나, 서술 대상이 되는 작품들이 애정윤리적 주제의 작품이라는 점을 밝히고 있다. "소설창작에서 주제범위가 더욱 확대됨에 따라서 반봉건적 주제는 물론 애정윤리적 주제의 소설들에서도 비판적 경향이 한층 더 강화되었다. 17세기 소설들인 「동선의 노래」(「동선기」), 「운영전」, 「영영전」 등이 이러한 경향을 잘 보여준다."(91~92면)

'소설의 발전과 소설문학에서의 비판적기백의 강화'라는 제목으로 서술된다. 절의 제목이 보여주듯, 여기에서는 17세기 소설의 발전 양상을 개괄하면서, 「전우치전」과 『홍길동전』, 『사씨남정기』를 당대 현실의 불합리성을 비판하는 사회비판적 주제의 작품들로 주목한다. 그러므로 얼핏 보면 『문학사A』는 사회비판적 주제의 작품만을 도드라지게 부조하는 방식으로 17세기 소설사를 구성하고 있는 것이 아닌가 하고 오해하게 된다.

하지만 『문학사A』에서 더욱 내세우고 있는 것은 애국적 주제의 작품들이다. 17세기 문학사에서 애국적 주제의 작품들이 차지하는 중요성을 더욱 강조하기 위해, 『문학사A』에서는 맨 앞자리에 '반침략애국주의문학의 발전'이라는 제목의 절을 따로 마련하여 설화와 민요, 소설, 가사를 함께 묶어 서술하고 있다.[7]

가정윤리 및 애정윤리적 주제와 두 가지 형태상 특성에 대한 서술은 독립적인 장을 마련하여 따로 서술하지 않고 있으나, 소설의 발전 양상을 개괄하면서 언급하고 있다. 「동선기」, 「영영전」, 『운영전』을 애정윤리적 주제의 소설로, 『사씨남정기』를 가정윤리적 주제의 소설로 거론하고 있으며,[8] 국문 표기를 중편 및 장편 양식의 출현과 관련지어 해명

---

7 『문학사A』의 17세기 시문학사를 서술하는 제4절에서 애국적 주제의 작품들이 빠진 것도 마찬가지 이유에서이다.

8 해당 서술 대목을 적시하면 다음과 같다. "이 시기 소설문학에는 반침략애국투쟁의 주제, 사회비판적주제의 작품들과 함께 사랑의 주제, 가정륜리적주제의 작품들이 적지 않다. 그런데 소설 『운영전』, 『사씨남정기』 등이 보여주는 바와 같이 남녀 간의 사랑이나 가정륜리문제를 취급하고 있는 작품들도 주제를 사회적 문제에로 확대하고 봉건사회의 불합리한 현실에 대한 강한 비판적 기백을 체현하고 있는 것이 특징적이다."(333); "「동선기」, 「영영전」, 『운영전』 등은 봉건적 구속에서 해방된 남녀 간의 자유로운 사랑에 대한 지향을 반영하고 있다. 이 가운데서 『운영전』은 사상예술적으로 비교적 우수하고 그 이후시기까지 사람들에게 널리 읽혀진 소설의 하나이다."(335)

하고 있다.[9] 비록 반침략애국주의문학에 대한 의도적 강조와 가정윤리 및 애정윤리 주제의 소설에 대한 개괄적 처리로 인해 소설사의 지형을 구획하는 시선이 서술의 체계로 선명하게 구성되지는 않고 있지만, 구획의 시선 자체는 『문학사B』 4와 동일한 것을 확인할 수 있다.

그렇다면 주체사상 성립 이전에 서술된 『통사』의 경우는 어떠한가? 『통사』의 17세기 문학사 총론에 해당하는 대목을 보면 문학상의 전변을 서술하면서 이 시기의 주요한 특징으로 애국주의적 조국 방위의 테마가 반영된 점을 먼저 지적하고 있다. 이를 통해 주체사상 성립 이후와 마찬가지로 애국주의적 주제의 경향을 중시하고 있다는 것을 알 수 있다. 이는 각론에 해당하는 시가 분야의 서술에서 애국적 주제의 시가를 우선 서술하고 있는 것에서 다시 확인된다.

그런데 각론격인 산문 분야의 서술에서는 소설의 본격적인 발전양상에 대해 우선적으로 서술하고 있다. 중국소설의 수입과 보급이 소설 문학 발전에 끼친 영향을 중심으로 소설 문학의 발전 요인에 대해 비중 있게 다루면서[10] 소설 문학의 인민적인 성격에 대해 강조하고 있다. 그렇다고

9　해당 서술 대목을 적시하면 다음과 같다. "17세기 소설문학의 발전면모는 무엇보다도 유명무명의 작가들에 의하여 각이한 창작 경위를 밟아 다양한 양식의 소설들, 특히 중편 및 장편 소설들이 많이 나오고 소설의 형태상특성이 더욱 뚜렷이 갖추어진데서 나타나고 있다."(331); "이 시기에 중편 및 장편들을 비롯한 다양한 양식의 소설작품들이 많이 나오게 된 것은 우리글이 소설창작에 널리 쓰이게 된 사정과 관련되어 있다."(332); "17세기 소설문학에서는 또한 소설집 『삼설기』에 실려 있는 작자불명의 작품들과 박두세의 「요로원의 밤이야기」 등 단편소설들이 한 자리를 차지하고 있다."(337)

10　해당 대목을 적시하면 다음과 같다. "또한 임진 조국 전쟁을 전후하여 중국의 소설 작품들이 대량으로 수입되어 유학자들의 분분한 시비 가운데서도 널리 애독되었으며, 특히 전후의 일반 군담(軍談)의 성행과도 관련하여 『삼국지연의(三國志演義)』는 비상한 인기를 끌었다. 그리고 『수호전(水滸傳)』, 『서유기(西遊記)』 등의 중국 고전 작품들이 널리 보급된 사실도 1669년에 『수호전』, 『서유기』 가운데 있는 백화(白話)를 모아 『소설 어록해(小說語錄解)』란 책까지 출판된 것으로 확증할 수 있다. 따라서 이

해서 애국적 주제의 소설 경향을 아예 도외시하고 있는 것은 아니다. 17세기 소설사를 구성하고 있는 작품들의 주제적 경향을, 로만스를 모티브로 한 것(『운영전』, 「회산군전」, 「홍백화전」), 반봉건적이며 인민적인 사상 주제를 추구한 작품(『홍길동전』, 「전우치전」, 「서화담전」, 「장경천전(章敬天傳)」, 「주생전」) 임진조국전쟁·여진의 침략과 관련된 작품(『임진록』, 『박씨부인전』, 「임장군전」)과 장수들의 전기 소설(「조웅전」, 「소대성전」, 「장국진전」)로 나누어 서술하고 있는데, 임진조국전쟁이나 여진의 침략과 관련된 작품이 바로 애국적 주제의 소설에 해당한다. 그렇지만 애정윤리적 주제의 소설이나 사회비판적 주제의 소설에 비해 서술의 순서가 뒤처져 있는 것으로 보아 상대적으로 소홀히 여겨지고 있음을 알 수 있다.

앞서, 『통사』의 총론에 해당하는 대목에서 문학상의 전변을 서술하면서 애국주의적 조국 방위의 테마가 반영된 점을 먼저 지적하고 있으며 이는 애국주의적 주제의 경향을 중시하고 있는 것이라 했지만, 그렇다고 해서 반침략애국주의 경향을 최우선적으로 다루고 있는 것은 아니다. 문학상의 전변을 서술하기에 앞서 17세기의 역사적 성격을 핵심적으로 규정하는 대목에서는 전후(戰後)에 자행된 봉건 관료들의 수탈과 당쟁을 우선 언급한다. 이는 민족문제보다 계급문제를 상위의 문제로 인식하고 있음을 드러내고 있는 것으로,[11] 역사적 유물론의 원칙에

러한 중국 소설의 보급이 우리의 소설 문학 발전에도 일정한 영향을 주었다는 것은 우리의 소설 형식에서도 찾아 볼 수 있다."(307)

11 정지웅은 북한에서 민족개념과 계급개념의 위계를 시기적으로 셋으로 구분하여 파악하고 있다. 그에 의하면, 초기 소련, 특히 스탈린의 민족개념을 차용하던 시기에는 민족개념이 계급개념보다 하위의 것으로 인식되었으며, 중·소의 영향권에서 벗어나 자주화를 추구하던 시기(1950년 후반부터 1970년 초반까지)에는 민족개념과 계급개념이 대체로 비슷한 비중을 가졌으며, 주체사상이 공식화된 이후에는 민족개념이 계급개념보다 앞선 것으로 인식되었다고 한다(정지웅, 「한반도 통일에 있어서 민족

보다 철저하고자 했던 시대적 경향을 반영하고 있는 것이라 할 수 있다.[12] 소설사의 서술에서 애국적 주제의 소설에 대한 서술이 다른 주제적 경향에 비해 서술의 순서가 뒤처지게 된 이유가 여기에 있다고 생각된다.

『통사』에서는 표기문자의 문제나 양식의 문제를 17세기 소설사의 발전을 드러내는 특성으로 중시하지 않는다. 소설의 형태상 특징으로 이후의 문학사(소설사)에서 중요하게 거론되는 소설 양식 자체의 문제(중·장편)에 대해서는 언급하지 않으며, 표기문자의 문제는 소설 발전의 조건을 언급하면서 간단히 지적될 뿐이다.[13]

이에 비해 『문학사B』4에서는 17세기 소설사의 주요한 특징으로 국문소설의 발생·발전을 서두에서부터 비중 있게 서술한다. 이 시기 '국문'소설은 이전15~16세기의 '한문'소설의 제한성을 극복한 것으로 인민들의 급격히 높아가는 미학적 요구를 반영한 것이라 강조한다.[14] 국

주의의 함의」, 『북한연구학회보』, 북한연구학회, 2004, 233~234면).

12 『통사』(상)이 역사적 유물론의 원칙에 입각해 서술되고 있으며, 이 저서의 전체를 규정하는 중심 잣대가 '반봉건'임은 이미 민족문학사연구소에서 간행한 『북한의 우리 문학사 인식』(창작과비평사, 1991)에서 지적한 바 있다.(102면)

13 『통사』(상)의 해당 대목을 적시하면 다음과 같다. "17세기에 들어와서 소설 문학이 활발하게 진출하게 된 조건을 찾아본다면 우선 앞에서 지적한 임진 조국 전쟁 후에 있어서의 일반 서민 계층의 진출과 외국과의 접촉에 따르는 시야의 확대, 그리고 '민족적' 자의식의 성장과 같은 일반적 조건들을 들게 되며, **특히 국문소설의 출현에는 훈민정음의 대중적 보급이 전제되는 것도 사실이다.** 이와 동시에 서사시적 형식으로서의 소설 문학이 활발하게 된 직접적 계기로서는 임진 조국 전쟁 후의 현실 생활이 복잡 첨예화하여 감에 따라서 보다 큰 생활적 화폭을 담을 수 있는 형식을 찾게 되었으며, **특히 현실을 폭로 비판하고 새로운 이상을 추구함에 있어서 소설 형식의 수요가 증대되었던 것이다.** 동시에 우에서 언급한 중국의 소설 작품들이 벌써 막을 수 없는 기세로 보급되어 일반에게 소설에 대한 새로운 인식을 부식시킨 것도 우리 소설 창작을 왕성하게 한 요인의 하나라고 할 것이다."(308면, 강조는 인용자)

14 해당 대목을 적시하면 다음과 같다. "17세기 초엽에 들어서면서 훈민정음으로 표기된 국문소설이 새로 발생하고 발전의 길에 들어서게 됨. 이 시기 인민들이 앙양된 민족

문소설 출현의 역사적 의의를 보다 실감나게 전달하고자 국문소설 작품이 작자 미상인 이유를 양반사대부의 소설 천시·배격의 태도와 관련지어 설명하고 있다. 또한 17세기 소설문학의 발전을 보여주는 뚜렷한 징표로 국문소설의 출현뿐만 아니라 단편소설과 함께 장중편소설 양식이 형성·발전한 사실을 적시한다.[15] 이에 비해 『통사』상은 훈민정음의 대중적 보급에 의해 국문소설이 출현했다는 사실만을 단편적으로 언급하고 있으며,[16] '중장편'소설에 대한 양식적 분별없이 '소설'이라는 양식 일반의 형식적 의의만이 간단히 언급되고 있는 정도이다.

『통사』에서 불분명하면서 소략하게 서술되었던 17세기 소설사의 구도가, 『문학사A』을 거쳐 『문학사B』 4에 이르게 되면, 반침략애국주의의 주제적 경향이 우선적으로 강조되면서, 세 가지의 주제적(내용적) 특성과 두 가지의 형태적(형식적) 특성으로 명확하게 정리된다. 『문학사B』 4에서 17세기 소설사를 구성하는 핵심적인 국면들을 보다 선명하게 조망할 수 있게 된 것이다.

적자의식과 보다 좋은 생활을 갈망하는 랑만적 지향은 현실을 보다 구체적으로 인식할 수 있도록 사회생활을 폭넓게 생동한 화폭으로 재현한 대형식의 서사적 문학을 요구하였다. 국문소설은 바로 이러한 시대의 요구와 인민의 지향에 맞는 문학형식이었다."(158~159면)

15 『조선 고전소설사 연구』에서는 '중편'소설 양식의 출현을 중시하는 태도를 보이는데 비해, 『문학사B』 4에서는 특별히 '중편'에 강조점을 두지 않고 있다.; "오늘의 문예학적규범에 기준하여볼 때 이 작품들을 장편소설이라고 하겠는가 중편소설로 보겠는가 하는 것을 가늠하기 어렵지만 벌써 17세기 초엽에 이르러 국문소설이나 한문소설에서 다 같이 장중편 소설의 기초가 마련되였다는 것을 말할 수 있다"(『문학사B』 4, 162~163면)는 서술에서 이를 확인할 수 있다.

16 총론격의 서술에서도 이와 관련된 단편적인 언급이 보인다. "이와 함께 이제까지 겨우 명맥만 보지되어 오던 훈민정음이 인민 대중의 자각과 더불어 대중적으로 보급되어 갔으며, 한편으로 명(明), 청(淸) 소설이 대량으로 수입 보급되고 이제까지 억압되었던 소설 문학이 본격적으로 발전하게 된 일련의 사실들도 모두 이 시기의 사회 문화적 전변의 특징을 중시하는 것으로 된다."(285면)

3. (반침략)애국주의 소설과 주체의 이상화

앞서 언급했듯이, 주체사상 성립 이후에 북한에서 서술된 문학사는 강렬한 민족주의적 지향을 지니고 있다. 17세기 소설사의 지형을 구획하는 시선에도 이러한 지향이 짙게 배어있음은 반침략애국주의 주제의 소설 작품들을 최우선적으로 비중 있게 서술하고 있는 데서 확인할 수 있다.

'주체의 문학사'가 강조하고 있듯이 17세기는 전란의 경험이 깊이 각인된 시기이다. 그러므로 17세기의 소설이 이러한 전란의 기억을 형상화했을 가능성은 매우 높으며, 실제로 형상화하기도 했다. 그렇지만 문제는 17세기 소설사의 지형에서 전란의 경험과 관련된 소설 창작을 최우선적으로 비중 있게 서술하는 것이 과연 타당한 것인가에 있다.

이런 질문은 반침략애국주의 주제의 소설로 호명되는 작품들이 이 시기에 창작되지 않았을 가능성으로부터 제기될 수 있다. 반침략애국주의 주제의 소설로 호명되는 작품들 가운데 윤계선(1577~1604)의 「달천몽유록(몽유달천록)」을 제외한 『임진록』, 『박씨부인전』, 「림경업전」은 17세기에 창작된 작품이라 확증하기 어렵다.[17] 작품의 내용이 창작 시기를 확증할 증거가 될 수 없음에도 불구하고, 이들 작품을 내세워 17

---

17 『문학사B』 4에서는 『임진록』의 창작연대에 대해 다음과 같이 추정하여 기술하고 있다. "『임진록』의 창작연대는 정확히 밝히기 어려우나 1598년 11월에 로량해전에서 적함대를 격파하여 7년간에 걸친 임진조국전쟁에서 승리를 이룩한 이후의 대일외교관계까지 그려져 있고 또 그것이 장편적구성의 소설작품이라는 점들을 고려할 때 적에도 17세기 초엽에 들어와서 창작된 것으로 추정된다. 그리고 『임진록』은 그 형상적 특성과 문체로 볼 때 국문소설로서 가장 초기의 작품계렬에 속하는 것으로 보아진다."(165면) 그러나 『박씨부인전』의 창작연대에 대한 서술을 없으며, 「림경업전」의 창작연대에 대해서는 "이 작품도 또한 작자와 창작연대를 정확히 알 수 없으나 인민들 속에서 널리 애독된 작품의 하나이다"(198면)라고만 서술되어 있다. 남한에서 서술된 『한국문학통사』의 경우에는 19세기 중반(1860년)까지의 이행기 속에서 포괄적으로 서술되고 있다.

세기 소설사에서 "반침략애국투쟁이 소설문학의 기본주제 분야를 이루고 있으며"(163면), 이는 "우리나라 소설에 고유한 민족적 특성"(163면)이라고까지 서술하고 있는 것은 신중치 못한 것이라 할 수 있다.

전란의 경험과 관련되는 이 시기의 작품이 전혀 없는 것도 아니다. 「최척전」(조위한, 1558~1649)과 「김영철전」(홍세태, 1653~1725)은 바로 전란의 경험을 가족 이산을 통해 심중히 그려낸 이 시기의 소설로, 남한의 학계에서 특별히 주목한 바 있다.[18] 그럼에도 불구하고 북한의 문학사(소설사)에서 이들 작품을 도외시하고 창작 시기조차 불분명한 『임진록』, 『박씨부인전』, 「림경업전」을 내세운 까닭은 무엇일까? 분명히 알 수는 없지만, 추정이 허락된다면, 그 이유를 추측해 볼 수는 있을 것이다. 먼저 이들 작품의 존재를 몰랐을 수 있다. 그렇다면 이는 학적 수준의 문제가 되겠지만, 그럴 가능성은 거의 없다고 생각한다.

다음으로 생각해 볼 수 있는 것이 『임진록』, 『박씨부인전』, 「림경업전」과 「최척전」, 「김영철전」과의 차이이다. 두 작품군 사이의 근본적 차이는 전란에 대응하는 서사적 주체의 능동성의 측면에서 찾을 수 있다. 전자의 주인공들은 전란을 야기한 외적에 맞서 적극적으로 투쟁하는 인물들이다. 이에 비해 후자의 주인공들은 전란의 고통을 수동적으로 감내하는 인물들이다. '반침략애국투쟁'과 관련시키기에 전자의 작품군이 더욱 적합하다는 것을 쉽게 간취할 수 있다. 외세의 침략에 맞서는 저항적 주체의 형상은 저항적 민족주의 담론이라 할 수 있는 주체사

---

18 박희병, 「최척전」, 『한국고전소설작품론』, 집문당, 1990; 박희병, 「17세기 동아시아의 전란과 민중적 삶」, 김학성·최원식 외, 『한국 근대문학사의 쟁점』, 창작과비평사, 1990; 권혁래, 「나손본 「김철전」의 사실성과 여성적 시각의 면모」, 『고전문학연구』 15, 한국고전문학회, 1999.

상의 요구에 그대로 부합된다. 17세기 소설사에서 이들 작품들을 적극 내세운 이유가 여기에 있을 것이라 판단된다.

그렇다 하더라도 이들 작품들을 17세기에 창작되고 향유된 작품이라 확증할 수 없다면, 이들 작품들을 내세워 반침략애국주의적 경향이 17세기 소설사의 '기본주제 분야'라고 말하기는 어렵다. 「최척전」이나 「김영철전」을 배제하고 이들 작품들을 17세기의 지형 속에 우뚝 세운 것은 주체사상의 민족주의적 요구에 부응한 결과이다.

주체사상의 요구는 반침략애국투쟁의 주제를 구현하고 있는 소설들에만 관철되고 있는 것은 아니다. "다른 주제의 작품에서도 긍정적주인공은 애국주의를 주요한 성격적 특성으로 체현하고 있다"(163면)고 하고 있는바, 허균의 소설은 "외래침략자들과 봉건통치자들을 반대하여 억세게 투쟁한 이 시기 인민들의 열렬한 애국주의와 해방적 지향을 반영하고있다"(256면)고 한다거나, 『구운몽』의 양소유를 "다만 8명의 녀성과의 관계에서만 형상한 것이 아니라 국난을 타개하기 위하여 '구구한 사정'에 구애됨이 없이 헌신적으로 투쟁하는 애국자"(316면)로 그려냈다고 서술하고 있는 것에서도 주체사상의 요구를 읽어낼 수 있다. 허균의 소설을 인민의 애국주의와 관련하여 어떻게 해석할 수 있는지, 『구운몽』의 양소유를 애국자의 형상으로 읽어내는 것이 어떤 의미가 있을지 의문을 품지 않을 수 없다.

북한의 문학사는 끊임없이 주체(민족, 인민, 문학, 소설)를 이상화하고자 한다.[19] 사실 여부나 해석의 타당성과 관계없이 17세기 소설사의 지형 안에 반침략애국주의적 관점에서 해석 혹은 평가할 수 있는 공간을

---

19 여기서 이상화(理想化, idealization)란 대상을 있는 그대로 보지 않고 가장 바람직한 모습에 비추어 파악하는 것을 의미한다.

최대한 허용함으로써, 침략적 타자에 맞서는 주체의 투쟁사로서의 '인민의 역사'의 한 부문으로 17세기 소설사의 상이 그려지도록 한다. 이는 이른바, 타자의 억압에 수동적으로 굴종하는 '주체의 빈곤'만을 일방적으로 강조하는 '부르주아의 역사'에 맞서는 이념 투쟁의 한 방법이기도 하다. 하지만 '이상화된 주체'는 '진정한 주체'일 수 없다. 주체의 이상화는 민족주의의 본래적 한계라 할 수 있는 '자기중심주의'의 이념적 외화일 뿐이다. 그것이 부당한 억압이나 침략에 저항하는 의도를 내재하고 있는 명분 있는 자기중심주의라 하더라도 온당한 것으로 받아들여질 수는 없다. 지배의 민족주의 담론이 주체의 이상화를 통해 구성되었다는 역사적 사실을 기억할 필요가 있다.

4. 「림꺽정전」, 전도된 시선, 상상의 텍스트

「림꺽정전」은 『문학사B』4에서 "17세기의 선진적 지향을 반영하고 있는 진보적 문학의 새로운 성과"(212면)로 칭송되고 있는 작품이다.[20] 「림꺽정전」은 임꺽정과 관련된 몇몇 행적을 박동량(1589~1835)이 기록한 단편적인 역사적 서사물인데,[21] 『문학사B』4에서는 이를 "허균의

---

20 「림꺽정전」은 『문학사B』4에 기술되기 전에 이미 김춘택이 『조선 고전소설사 연구』에서 비중있게 다룬 바 있다. 『문학사B』4의 「림꺽정전」 서술은 이러한 선행 연구 성과를 적극 반영한 것이다.

21 『조선 고전소설사 연구』나 『문학사B』4에서는 「림꺽정전」을 단편소설로 규정하고 있다. 하지만 『조선 고전소설사 연구』를 검토하여 이에 대한 평문(評文)을 썼던 박희병은 「림꺽정전」을 "완결된 서사구조나 제대로 된 형상화를 갖추고 있지 못하며, 기껏해야 전문(傳聞)의 기록이나 일화에 불과하다"고 했다. 이 글에서는 「림꺽정전」의

『홍길동전』이나 작자불명의 「전우치전」보다도 일보 전진"(212면)한 작품으로 적극 평가하고 있다.

「림꺽정전」이 진보적 문학의 성과로 적극 평가되고 있는 이유는 당대 봉건사회의 최하층 신분인 백정 출신 인물을 주인공으로 하여 인민들의 조직적인 무장투쟁의 과정을 '생활적 화폭'으로 그려냈을 뿐만 아니라, 주인공인 임꺽정의 지도자로서의 성격적 특성을 특히 잘 그려냈기 때문이라고 한다.[22] 「림꺽정전」이 과연 이러한 평가에 부합하는 작품이라면, 이는 17세기 소설사에 특기해야 할 대단한 성취라 아니할 수 없을 것이다. 하지만『문학사B』4의 이러한 평가는 온당하지 않다.

> "림꺽정은 양주의 백정이다. 그는 사람됨이 총명하고 용감한 기질을 지니고 있어서 처음에 몇몇 사람들과 함께 무장대를 무었다."

소설은 이렇게 주인공 림꺽정의 인물소개로부터 시작하고 있다. 소설은 이 첫 부분에서 림꺽정을 두령으로 하는 농민무장대가 경기도로부터 황해도에 이르는 넓은 지역에서 종횡무진으로 활동하였으나 관가에서는 이를 단속할 수 없었다는 것을 밝히면서 그것은 농민무장대가 한편으로는 일반 백성들과 밀접한 련계를 가지고 관가의 기도를 제때에 알아차렸기 때문에

장르 귀속 문제에 대해서는 따로 논의하지 않으려 하지만, 필자 또한 소설로 보기는 어렵다고 생각한다(박희병, 「최근 북한학계에서의 고전소설사 연구의 성과와 문제점」, 『우리나라 고전소설사』, 한길사, 1993, 597면).

22 해당 대목을 적시하면 다음과 같다; "「림꺽정전」은 이처럼 림꺽정이 리조봉건사회에서 가장 비천한 백정출신으로 농민들을 규합하여 무장부대를 꾸리고 봉건량반통치배들의 착취와 압제를 반대하는 의로운 투쟁을 조직전개하는 과정을 생활적 화폭으로 그리면서 17세기의 사회정치적 변혁과 반봉건투쟁의 인민적 성격을 예술적으로 일반화하였다. (…중략…) 이 소설은 농민무장대의 조직자, 지휘자로서의 림꺽정의 활동을 인민들과의 련관관계에서 그리면서 그 성격적 특성을 드러내 보여주는데 모를 박아 예술적 재창조를 실현하였다."(212면)

재빨리 대응책을 취할 수 있었다는 것과 또한 그들이 량반관료들이 따를 수 없는 슬기와 용감성을 지니고 있었기 때문임을 강조하였다.(208면)

「림꺽정전」의 시작 부분을 소개하고 있는『문학사B』4의 서술 대목이다. 「림꺽정전」의 시작 부분을 짧게 인용하고는, 이 기술이 농민무장대와 백성들의 연계사실, 농민무장대의 슬기와 용감성을 강조하고 있다고 서술하고 있다. 인용된 부분만을 보면 농민무장대를 조직한 임꺽정이 총명하고 용감한 인물이라는 점만을 확인할 수 있을 뿐이다. 그렇다면 박동량의『기재잡기(企齋雜記)』에 기록된 원문은 어떠한가?

강포(强暴)한 도적 임꺽정(林巨正)은 양주(楊洲) 출신 백정으로, 성격이 교활한데다가 날쌔고 용맹스러웠다. 그 무리들도 모두 매우 민첩하여, 일어나 도적이 되었다. 민가를 불사르고 마소를 닥치는 대로 약탈하였는데, 만약 항거하는 자가 있으면 (살을) 발라내고 (사지를) 찢어 죽였으니, 잔혹(殘酷)하기 그지없었다. 경기와 황해도 일대의 아전・백성들과 비밀스럽게 결탁되어 있어, 관에서 잡으려고 하면, (그 사실이) 먼저 새어나가 알려졌다. 이 때문에 거리낌 없이 날뛰었으나, 관에서 금할 수가 없었다.[23]

『문학사B』4에서는 총명한 림꺽정과 슬기로운 농민무장대의 용감성을 부각시켜 서술하고 있지만, 실제 원문에서는 오히려 그들의 강포

---

23 "强賊林巨正楊州白丁也, 性狡且驍勇. 與其徒數人, 皆極捷, 起而爲賊. 焚燒民居, 亂搶牛馬, 若有抗之者, 則刷裂屠剪, 極其殘酷. 自圻甸至海西一路吏民, 與之密結, 官欲措捕, 輒先漏通. 以此橫行無忌, 官不能禁."(朴東亮,「企齋雜記 三」「歷朝舊聞 三」「明宗」,『大東野乘』IV, 경희출판사 영인본, 1969, 54면)

와 잔혹에 서술의 초점을 맞추고 있다. 임꺽정 무리를 바라보는 박동량의 부정적 시선이 이토록 분명함에도 불구하고 『문학사B』 4는 오히려 이를 전도시키고 있는 것이다.

지도자로서의 임꺽정의 견결한 신념과 의지, 슬기를 부각하고 있다고 서술하고 있는 '무장대의 최후 장면'에서도 이러한 시선의 전도를 확인할 수 있다.

> 이렇게 어려운 정황에서도 림꺽정은 침착하게 포위망을 뚫고 산에서 내려 어느 한 민가에 몸을 피한다. 이 사실을 알게 된 남치근은 관군에게 그 민가를 포위하고 들어가 림꺽정을 사로잡도록 지시한다. 관군이 집을 둘러싸고 조여들어올 때 림꺽정은 그 집 할머니에게 "도적이야!" 하고 소리치며 바깥으로 뛰쳐나가도록 부탁한다. (211면)

『문학사B』 4의 서술은 사뭇 묘사적이다. 급박한 상황임에도 당황하지 않고 침착하게 위기에 대응하며, 곤경에서 벗어나기 위해 할머니에게 도움을 구하는 임꺽정의 모습은 말 그대로 지도자다운 의지와 슬기를 느끼게 해준다. 『문학사B』 4의 서술대로 따라 읽어가다 보면 박동량의 「림꺽정전」은 농민무장대의 지도자로서의 임꺽정의 풍모를 매우 긍정적인 시선으로 묘사하고 있다고 생각하게 된다. 하지만 원문은 이와 전혀 다르다.

> 꺽정은 골짜기를 넘어 도망하였다. (토포대장) 남치근(南致勤)은 황주(黃州)에서 해주(海州)까지의 모든 장정들을 동원하여 사람으로 성을 쌓고, 문화(文化)에서 재령(載寧)까지를 한 호(戶), 한 막(幕) 할 것 없이 샅샅

이 뒤졌다. 꺽정은 비로소 할 수 없게 되어, 한 촌가에 뛰어 들어갔다. 남치근이 다가가 포위하니, 꺽정이 그 집 주인 노파를 위협하며 말했다.

"네가 급히 외치면서 뛰쳐나가지 않으면 죽이겠다."

드디어 (노파가) "도적이야" 하고 외치며 문 밖으로 뛰쳐나가자, 꺽정이 활과 화살을 차고 군인차림으로 칼을 빼어 들고 그 노파를 쫓으며 외쳤다.

"도적은 벌써 달아났다."

그러자 군인들은 그가 도적의 괴수임을 알지 못하고 일제히 외치며 뛰어 갔다.[24]

『문학사B』4에서는 위기에 처한 임꺽정이 위기에서 벗어나고자 노파에게 도와줄 것을 부탁한 것으로 서술하고 있으나, 원문은 협조하지 않으면 죽이겠다고 노파를 위협한 것으로 기술되어 있다. 『문학사B』4는 임꺽정을 슬기롭고 자애로운 농민군지도자의 형상으로 묘사한 것처럼 서술하고 있지만, 박동량은 자신의 목숨을 구하고자 노파(인민)의 목숨을 위협하는 치졸한 도적의 형상으로 그렸던 것이다. "농민무장대의 최후장면을 통하여 자기 사업의 정당성에 대한 견결한 신념과 의지, 림기응변하는 령활한 전술을 쓰는 뛰어난 슬기 등 지휘자로서의 림꺽정의 성격적 특성을 더욱 뚜렷이 부각하면서 작품의 주제사상적과제의 해명에 이바지하고 있다"(210면)고 한 서술이, 원문의 기록에서 얼마나 벗어난 것인가를 확인할 수 있다.

---

[24] "巨正越壑而逃. 致勤令自黃州至海州, 盡發民丁作人城, 自文化至載寧, 一戶一幕箇箇搜探. 賊始計窮, 投一村家. 致勤進圍之, 巨正劫其家主老媼曰, '汝不急呼而出, 則當殺之'. 遂呼賊而出門, 則巨正帶弓矢, 爲軍人狀, 拔劍逐其媼出曰, '賊已走矣'. 諸軍不知彼爲賊魁, 一時齊呼走."

원문에 없는 내용을 첨가하면서 서술하는 경우도 있다. 『문학사B』4
에서는 임꺽정이 어려운 정황에서도 침착하게 포위망을 뚫고 산에서
내려와 어느 한 민가에 몸을 피했으며, 이를 안 토포사 남치근이 관군에
게 그 민가를 포위하고 들어가 임꺽정을 사로잡도록 지시했다고 서술
하고 있다.(211면) 그러나 이 내용은 원문에도 없는 것이다. 원문의 이 대
목은 "賊始計窮, 投一村家. 致勤進圍之"로, "림꺽정이 침착하게 포위망
을 뚫"었다는 내용도 "임꺽정을 사로잡으라는 남치근의 지시"도 기술되
어 있지 않다. 이러한 예는 한둘이 아니다.

①"단천령은 피리를 잘 불어서 이름이 났는데 **늘 옥피리를 지니고 명승지를
찾아다녔다.** 그가 어느날 개성 북쪽에 있는 청석령을 **넘어온다는 것을 알게 된
림꺽정무장부대에서는** 그를 붙잡아서 청석골의 깊은 골짜기에 데려오게 하
였다."[宗室端川令善吹笛, 行到開城靑石嶺被拘](209~210면)

②"피리소리가 점차 '**칼을 추켜들고 말을 타고 달려 나아가는 듯한**' 우조의 **씩
씩한** 곡조로 넘어가자 무장대사람들은 저마다 자리에서 일어나 덩실덩실
춤을 추었다. **손벽을 치며 멋드러지게 춤추는** 그 기세는 참으로 하늘을 찌를
듯하였다."[弄之作羽調, 賊聞之, 咸曲踊飛動, 有衝天之勢](210면)

③"단천령에게 이곳을 떠나도록 지시를 주고 **피리는 남겨두도록 하였으며**
몸에 찼던 **빼또칼을** 꺼내여주며 길을 막아나서는 사람이 있으면 칼을 보
여주라고 하였다."[可使還送, 因解其所佩小刀, 給之曰, "道路如有梗, 以此示
之"](210면)

④"단천령이 임꺽정에게서 받은 칼을 들어보이니 **그들은 알았다는 눈인사
를 보내고** 어데론가 사라져버렸다."[見其刀, 嘖嘖而散曰, "何從得此耶"](210
면, 강조는 인용자)

위의 ①~④는 『문학사B』 4에서 "무장부대의 지휘자로서의 림꺽정의 인간적 풍모, 지휘자와 대원들 사이의 형제적인 다정한 관계를 생활적 화폭으로 실감 있게 펼쳐 보여주고 있"는 예로서 제시되고 있는 '단천령 피리 사건'을 서술하고 있는 대목이다. ①은 피리를 잘 부는 종실 단천령이 임꺽정의 무리에게 잡히는 대목의 서술이다. 『문학사B』 4에서는 단천령이 늘 옥피리를 지니고 명승지를 찾아다니다가 임꺽정의 무리에게 잡힌 것으로 서술되어 있으나, 실제 원문에서는 단천령이 피리를 잘 불었다는 기술만 있을 뿐, 그가 늘 옥피리를 지니고 명승지를 찾아다녔다는 기술은 없다. ②는 단천령이 피리를 연주하는 장면으로, 『문학사B』 4에서는 피리소리가 점차 칼을 추켜들고 말을 타고 달려 나가는 듯한 우조의 씩씩한 곡조로 넘어갔다고 서술하고 있으나, 실제 원문에서는 피리를 우조로 연주했다는 단순한 기술만 있을 뿐이다. 『문학사B』 4에서는 우조의 곡조가 '칼을 추켜들고 말을 타고 달려 나가는 듯'하다고 강조하면서 묘사하고 있으나, 원문에서는 이러한 묘사가 전혀 없다. ③은 임꺽정이 단천령에게 작은 칼을 증표(證票)로 주며 떠나게 하는 대목으로, 『문학사B』 4에서는 '피리를 남겨두도록' 했다고 서술하고 있으나, 원문에서는 단천령에게 작을 칼을 준 사실만 기술하고 있을 뿐이다. ④는 단천령이 임꺽정의 무리에 임꺽징이 준 칼을 보이는 대목으로, 『문학사B』 4에서는 임꺽정의 무리가 칼을 보고는 단천령에게 '알았다는 눈인사를 보'냈다고 서술되어 있으나, 원문에는 아예 그런 행동이 기술되어 있지 않다.

그렇다면 『문학사B』 4에서 원문에 기술되어 있지 않은 내용을 이렇듯 첨가하여 서술하고 있는 까닭은 무엇인가? 단순한 착오일 수도 있겠으나, 단순한 착오로 보기에는 너무도 빈번하다. 이 '단천령 피리 사건'

을 서술하면서『문학사B』4에서 강조하고 있는 내용의 핵심은 '인간적 풍모'와 '생활적 화폭'이다. '인간적 풍모'는 무장대의 지도자 임꺽정의 지도자다운 성격화와 관련되는 것으로, 이는 앞의 예에서도 살펴본 바 있다. 생활적 화폭이란 말은 생활적 계기 속에서 발생한 행동(사건)을 구체적으로 묘사하고 있다는 의미를 지니고 있는 것으로, 소설적 성취와 관련된다. 생활적 화폭이란 말 뒤에 항상 '실감 있게 펼쳐 보여준다'는 말이 따라붙는 것으로도 이를 짐작할 수 있다.

이러한 첨가는 원문에서 충분히 드러내지 못하고 있는 '인간적 풍모'와 '생활적 화폭'을 보강하고자 하는 의도와 관련된 것이 아닌가 한다. ①에서 단천령이 늘 옥피리를 지니고 명승지를 찾아다녔다는 내용을 첨가한 것은, 단천령이 청석령에 이른 이유를 생활적 계기 속에서 실감 있게 드러내고자 한 것이며, ②에서 우조의 곡조를 '칼을 추켜들고 말을 타고 달려 나가는' 듯하다고 첨가하여 서술하고 있는 것은 그 곡조의 '씩씩함'을 묘사적으로 전달하기 위함이다. ③에서 임꺽정이 피리를 남겨 두도록 했다는 내용을 첨가한 것은 피리 연주에 감동한 부하들을 배려하는 임꺽정의 풍모를 드러내기 위함이며, ④에서 칼을 보고 '눈인사'를 하는 임꺽정 무리의 행동을 첨가한 것은 비밀 결사의 긴장된 분위기를 생생하게 전달하기 위함이다. 이처럼『문학사B』4에서 "17세기의 선진적 지향을 반영하고 있는 새로운 성과"로서 평가되고 있는「림꺽정전」은 서술자의 의도적 첨가에 의해 탄생한 '상상의 텍스트'일 뿐이다.

그렇다면『홍길동전』이나「전우치전」과 같이 사회비판적 주제를 담아내고 있어 진보적 맥락에서 해석될 수 있는 작품이 있음에도 불구하고「림꺽정전」과 같은 상상된 텍스트가 요구된 것은 왜 일까? 그것은 임꺽정의 역사적 일화를 부정적 시선으로 기술하고 있는 박동량의 단편적 서사에서 『홍길동전』이나 「전우치전」에서 발견할 수 없었던 매혹적인 '미덕'의 단서를 발견했기 때문일 것이다. 임꺽정이라는 백정 출신의 주인공은 '홍길동'과 '전우치'의 계급적 한계를 벗어던지게 할 뿐만 아니라[25] 생활적 화폭으로 그려진 '사실성'은 『홍길동전』과 「전우치전」의 '낭만성'의 제약을 뛰어넘을 수 있게 할 것이라는 미덕. 그리하여 상상된 텍스트인 「림꺽정전」은 17세기 소설의 진보적 성취의 수준을 상향시킴으로써 민족적 자부심을 더욱 고양시킬 수 있는 소중한 민족적 '재보(財寶)'로 내세울 수 있을 것이라는 미덕. 이 두 가지 미덕의 단서를 발견하고 「림꺽정전」은 탄생된 것이 아닐까.

> 우리나라 고전소설의 주요한 민족적 특성은 또한 인민들을 억압착취하는 온갖 사회악을 폭로 단죄하는 비판정신이 강하며 인간의 존엄을 귀중히 여기고 진리와 정의를 사랑하고 지지하는 인도주의적지향이 투철한 것이다.(163면)

사회악에 대한 투철한 비판정신을 적극 반영하고 있는 우리나라 고전소설의 경향을 민족적 특성과 관련시키고 있는 위의 인용문의 내용으로부터 「림꺽정전」의 서술에 작동하고 있는 강렬한 민족주의적 지향

---

25 예전에 고정옥은 『홍길동전』에 대해 서술하면서 홍길동을 '우리 문학에서 처음으로 등장하는 싸우는 농민'이라 서술한 적이 있는데, 홍길동을 농민이라 한 것은 홍길동의 신분상 한계를 의식했기 때문으로 보인다. 원문을 보이면 다음과 같다. "17세기에 출현하면서 작가들의 안목은 획기적으로 넓어졌다. 우리 문학에서 처음으로 등장하는 싸우는 농민으로서의 홍길동의 거대한 전형적 의의 (…하략…)"(고정옥, 「조선문학에서의 사실주의 발전의 첫 단계는 9세기이다」, 『조선에서의 사실주의의 산생과 발전』, 작가동맹출판사, 1962, 19면. 이는 최웅권, 『북한의 고전소설연구』, 지식산업사, 2000, 56면에서 재인용)

을 읽어낼 수 있는 단서를 찾을 수 있다.[26] '소설'이라는 장르는 간접적
으로든, 직접적으로든 인간의 사회적 관계를 비판적으로 반영하는 특
성이 있다는 점을 고려할 때, 이러한 특성을 '민족적' 특성으로 특화하
여 강조하고 있는 태도를 '민족주의적'이라 아니할 수 없다. 「림꺽정전」
을 사회비판적 주제의 '상상적 텍스트'로 서술하는 것은 이러한 민족주
의적 지향을 외화한 것으로, 이 또한 주체를 이상화하는 또 다른 방식이
라 할 수 있을 것이다.

5.『사씨남정기』, 사정옥의 재탄생과 과잉 해석

『사씨남정기』는 17세기 소설사에서 대표적으로 내세워지는 작품이
다. 남북한을 막론하고 이 작품은 사회 현실의 문제를 비판적이며 사실
적으로 반영한 작품으로 높이 평가된다. 그런데 북한에서는,『문학사
B』4에 와서, 대체로 이런 평가를 유지하면서도, 그 평가의 중심축이 급
격하게 전환된다.

사씨 부인은 어디까지나 정숙한 부덕(婦德)을 가진 운명에 인종하는 인

---

26 실제로『문학사B』4를 집필한 김하명이 1990년에 있었던 제3차 조선학국제학술토론
　회에서「17세기 소설발전과 민족적 특성」이라는 제목으로 발표를 하면서, 17세기에
　소설의 주제영역이 확대되고 사회적으로 의의 있는 다양한 문제들을 주제로 하고 있
　는 면을 들고 이를 민족적 특성으로 파악하고 있는데, 이러한 태도에서도 이러한 민
　족주의적 지향을 읽어낼 수 있다(장효현,「남북한 고전소설 연구의 쟁점과 전망」,『민
　족문화연구』33, 고려대 민족문화연구소, 2000, 155~156면).

물로 형상화되었으며, 이 반면에 교녀는 온갖 악덕을 갖추어 자기의 과보
(果報)를 받는 인물로 형상화되었다. 그리하여 사씨 부인은 작가가 여성의
구감으로 지나치게 이상화시킨 점은 있으나 그가 봉건적 멍에 속에서 비
극적 운명을 걷게 된 점에서 또한 조선 여성의 정숙하고 인내성 있는 전통
적 측면을 보여 준 점에서 독자들의 깊은 동정을 자아내고 있다. 반면에 교
녀는 작가의 증오와 경멸의 빠포스[파토스]와 함께 그의 악덕이 아주 사실
주의적이며, 생동하는 형상으로 묘사되고 있다.(325면) (…중략…) 교녀의
형상을 통하여 봉건귀족 가정의 부패상을 사실적으로 폭로 반영한 것으로
특출하다.(326면)

『통사』에서 사정옥과 교채란의 인물 형상에 대해 서술하고 있는 대
목이다. 사정옥의 인물 형상에서 정숙하고 인내성 있는 전통적 여성상
을 읽어내고 있으며, 교채란의 인물 형상에서 사실주의적이며 생동하
는 악인의 형상을 읽어내고 있다. 작품의 주제를 "양반 귀족 가정의 처
첩간의 갈등을 제재로 하여 그들의 추악상과 비극적 운명을 보여 준 작
품"으로 파악하고 있는 데서 『사씨남정기』에서 차지하는 두 인물의 비
중을 등가적으로 인식하고 있음을 알 수 있다.
　그런데 『문학사A』에 오면 『사씨남정기』를 평가하는 데 있어, 평가
의 중심축이 교채란으로 급격하게 이동한다. 『문학사A』에서는 "소설
의 사상주제적과제의 실현에서 부정인물 교채란은 중심적 위치에 서있
다"(350면)고 단정적으로 서술하면서, 사정옥을 중심으로 한 긍정적 인
물들의 비중을 현저히 약화시키고 있다.

　이 두 계렬(부정인물계렬과 긍정인물계렬)의 등장인물들 사이의 모순과

충돌은 반동적인 세력과 진보적인 력량 간의 갈등과 투쟁을 반영하는 것
이 아니라 지배계급내부의 모순과 알륵을 보여주고 있다. 따라서 소설에
는 정확한 의미에서의 긍정인물은 없으며 사정옥, 류연수, 두부인, 묘혜 등
은 '악한 사람'들인 교채란, 동청, 냉진, 엄숭 등과 대립적 관계에 놓여있는
'착한 사람'들로서 작가의 동정과 지지를 받고 있다는 점에서 조건부적 '긍
정인물'들이라고 말할 수 있을 뿐이다.(351면)

『문학사A』에서는 사정옥 등을 조건부적 '긍정인물'이라 규정하고
있는데, 이는 이들을 통해 진보적인 역량, 즉 진보적인 가치를 읽어낼
수 없다는 것을 의미한다. 이들 조건부적 긍정인물들은 부정인물들과
의 관계 속에서 봉건제도의 모순을 드러내는 한에서만 작품의 진보적
의미를 드러내는데 기여한다는 것이다. 이러한 시각은 『통사』에서 보
여준 양가적인 태도와는 구별되는 것이다. 긍정적 인물에 대한 이러한
평가는 사정옥의 형상에 대한 서술에서 확연히 드러난다.

사정옥은 봉건적인 '부덕'을 체현한 량반가문의 현모량처형의 인물이다.
작가는 그를 아름답고 현숙하며 재주 있고 교양 있는 '리상적인물'로 내세
우고 있으나 그의 실지행동은 무위무능을 스스로 폭로하고 있다. '삼종지
도', '칠거지악'을 설교하는 봉건유교사상에 깊이 물젖어 있는 그는 자기가
아이를 낳지 못한다고 하여 자진하여 남편 류연수로 하여금 첩을 얻어 들
이게 할 뿐 아니라 첩의 악독한 행동을 견제하지 못하고 집안의 질서를 유
지하지 못하며 드디어 교채란의 모함에 빠져 집에서 쫓기여나는 비극적인
처지에까지 이르게 된다.(351면)

『문학사A』에서 사정옥은 유교적 품성을 체득하고 있는 현모양처형의 양반 여성이지만 매우 무능한 인물로 파악된다. 사정옥은 교채란의 악행에 의해 비극적인 처지로 전락함으로써 교채란의 악행에 의해 발현되는 처첩제도의 모순의 희생양이기는 하지만 작품의 주제를 주동적으로 실현하는 주체는 교채란으로 파악하고 있다.

그러나 사정옥을 바라보는『문학사A의 이러한 시각은『문학사B』4에 와서 급격히 변모한다.『문학사B』4에서는 "사정옥을 단순히 유교의 삼종지도에 맹목적인 신봉자라고 볼 수는 없다"(293면)고 단언하면서, 사정옥을 "자신이 옳다고 생각하는 것은 자기를 희생하면서까지 지키고 실천하는 강의하고 정의감이 센 여성"(293면)으로 파악한다. 이는『문학사A』의 시각을 단호하게 부정하고 있는 것이다.

　①인간에 대한 이러한 성실한 태도는 작품에서 사정옥의 아름다운 품성을 규정하는 중요한 요인으로 되어 있다. 그것은 상하사람들에 대하여 언제나 례절바르고 겸손하며 어려울 때 자신보다 남을 먼저 생각하며 은혜를 갚는데서 생활적으로 뚜렷이 형상되여 있다.(294면)
　②사씨의 이러한 성품은 시비, 노복 등 당시 봉건사회에서 인간취급을 받지 못하던 천인들에게 인간적 사랑으로써 뜨겁게 대하는데서 더욱 뚜렷이 드러나 있다.(295면)
　③작자는 사정옥에게서 이렇듯 순결성, 검박성, 성실성과 함께 또한 근로애호적인 성품도 보여주려고 관심을 돌린 것으로 보아진다.(295면)
　④사정옥의 이러한 성격형상은 우리 인민이 오랜 력사적 기간에 형성발전시켜온 전통적인 민족적 특성을 일정한 정도에서 구현하고 있다고 보아야 할 것이다.(296면)

『문학사B』4에서는 사정옥을 성실성, 인간애, 순결성, 검박성, 근로
애호성을 지닌 인물로 파악한다. 여기에 그치지 않고 사정옥의 인물 형
상에 구현되어 있는 이러한 품성을 인민들이 오랜 역사적 기간 동안에
형성·발전시켜온 인민적 품성으로 파악하면서, 이러한 인민적 품성
은 우리 민족의 민족적 특성이라고까지 규정한다. "인민들 특히 봉건시
대에 부녀자들이 『사씨남정기』를 애독한 것은 바로 사정옥의 형상의
매력과 관련되는 것이며 그 형상의 매력은 거기에 체현된 민족적 특성
에 대한 공감"(296면) 때문이며, 사람들이 『사씨남정기』를 읽고 눈물을
흘리며 감동하는 것은 바로 이러한 사씨의 품성에 공감하기 때문이라
고 한다(296~297면). 『문학사B』4에 와서 사정옥은 무능무위한 양반 여
성의 품성을 지닌 인물로부터 민족적 특성이라고까지 말할 수 있는 인
민의 품성을 지닌 여성으로 재탄생하게 된 것이라 하겠다.

그렇다면 『문학사B』4에서 사정옥을 이렇듯 재탄생시킨 까닭은 무
엇일까? 이는 우리식 사회주의를 보위(保衛)하는 시기의 이념적 좌표라
할 수 있는 '주체사상'을 바탕으로 한 '주체의 문예이론'의 요구를 적극
적으로 접목한 결과라 생각된다. 주체의 문예이론에서는 사회주의 사
실주의를 구현하기 위한 미학적 자질로 "인민의 생활을 진실하게 반영"
하면서 "자기 나라 혁명과 건설의 참된 주인공들의 전형을 창조"[27]하는
것을 우선적으로 요구하는 바, 이에 따라 사정옥을 인민적 품성을 지닌
정의롭고 강의(剛毅)한 실천하는 여성으로 읽어낸 것이다.

사정옥의 형상에서 유교적 이념에 바탕한 개인적 기득(旣得)을 지켜

---

27   사회과학원 문학연구소, 『북한의 문예이론－주체사상에 기초한 문예이론』, 인동,
    1989, 18면(사회과학원 문학연구소, 『주체사상에 기초한 문예이론』, 사회과학출판
    사, 1975).

내기 위해 분투하는 그의 '욕망'을 읽어내려 한 남한의 연구가 있듯이,[28] 사정옥을 단순히 무위무능한 인물로 파악하는 것은 문제가 있다. 그러나 그렇다고 해서 사정옥의 형상을 민족적 특성으로까지 환원되는 인민적 형상으로 독해하는 것은 지나치다. 사정옥의 욕망과 교채란의 욕망이 서로 부딪치며 갈등하고 이동하는 역사적 맥락과 의미를 온당하게 해석해내는 긴요한 과제를 뒤로 한 채, 사정옥의 형상을 인민성의 차원으로 독해하고 이를 민족성으로 귀결시키는 것은 비역사적인 태도이며, 해석의 임무를 유기(遺棄)한 것이라 할 수 있다.

『문학사B』 4에서 사정옥을 민족적 특성으로 환원되는 인민적 품성을 구현한 인물로 파악하고 있는 것은, 물론 주체의 문예이론에 바탕한 것이지만, 이 또한 주체를 이상화하고자 하는 의도에서 기인한 것이다. 여기서 주체는 사정옥이기도 하면서 동시에 『사씨남정기』이기도 하고 또한 『사씨남정기』를 생산한 17세기 소설사이면서 17세기 소설사를 만들어간 우리 민족이기도 하다. 주체를 이상화하고자하는 주체사상, 주체의 문예학의 강렬한 민족주의적 지향이 사정옥을 전혀 다른 인물로 재탄생시켰던 것이다.

---

28 지연숙은 「사씨남정기의 이념과 현실」(『민족문학사연구』 17, 민족문학사학회, 2000)이라는 논문에서 유교적 이념에 바탕한 개인적 기득(既得)을 지켜내기 위해 분투하는 사정옥의 '욕망'을 읽어내고 있다. 필자는 『사씨남정기』를 교채란의 욕망기로 해석하면서, 교채란의 욕망의 준동을 역사적 맥락에서 살펴본 바 있다(김현양, 「『사씨남정기』와 욕망의 문제」, 『고전문학연구』 12, 한국고전문학회, 1997).

6. 17세기 소설사 서술의 민족주의적 지향

이상에서 북한에서 간행된 『문학사B』 가운데 『문학사B』 4에 서술되어 있는 '17세기 소설사' 부분을 대상으로, 소설사의 지형이 어떻게 그려지고 있으며, 작품의 선택·배치·평가가 이전에 비해 어떻게 변모했는가를 문학사 서술의 이념이라 할 수 있는 주체사상의 민족주의적 지향과 관련하여 살펴보았다. 이를 간략하게 정리하면 다음과 같다.

① 『문학사B』 4에서는 17세기 소설사의 지형을 세 가지의 주제적 특성과 두 가지의 형태적 특성으로 구획하고 있는데, 이러한 서술의 구도는 17세기 소설사의 지형을 그려내는 이전 문학사의 구도를 계승하면서 이를 보다 선명하게 드러내주고 있는 것이다.

② 세 가지의 주제적 특성 가운데 반침략애국주의의 주제적 경향은 북한의 문학사에서 특히 중시되며 우선적으로 서술된다. 이러한 서술의 특징은 주체사상 성립 이후에 서술된 문학사인 『문학사A』에서 더욱 분명히 표방되어 『문학사B』 4로 계승되고 있다. 북한에서 서술된 17세기 문학사에서 반침략애국주의의 주제적 경향을 대표하는 작품으로 내세워지고 있는 것은 『임진록』, 『박씨부인전』, 「임경업전」이다. 하지만 이들은 17세기 작품이라 확증하기 어려운 작품들이다. 그럼에도 불구하고 이들을 17세기 소설사를 대표하는 작품으로 선택·배치하고 있는 것은 이들 작품이 17세기 소설사의 기본주제 분야가 반침략애국주의임을 드러내고 싶은 의도에 부합되기 때문이라 판단된다.

③『문학사B』4의 17세기 소설사 서술에서 가장 눈에 띄는 작품은 「림꺽정전」이다. 「림꺽정전」은 『조선 고전소설사 연구』에서 주목된 바 있는데, 『문학사B』4에서 17세기의 선진적 지향을 반영하고 있는 새로운 성과를 보여주는 작품으로 등재되었다. 그렇지만 「림꺽정전」은 이러한 평가에 부합하는 작품이라 하기 곤란하다. 「림꺽정전」의 해석과 평가에는 작품을 이상화하고자 하는 서술자의 주관이 과도하게 개입하고 있는바, 「림꺽정전」은 서술자의 이념적 의도에 의해 탄생된 '상상된 텍스트'일 뿐이다. 「림꺽정전」을 이상화하여 17세기 소설사에서 도드라지게 부조하고 있는 것도 주체사상의 민족주의적 이념을 문학사 서술에 구현하고자 하는 의도 때문이라 판단된다.

④『문학사B』4의 17세기 소설사 서술 부분에서 해석의 중심축을 이동시키면서 이전과는 다른 독해의 시각을 보여주고 있는 작품이 『사씨남정기』이다. 이전의 문학사에서 『사씨남정기』는 교채란을 중심으로 독해되어 왔으나, 『문학사B』4에서는 사정옥을 중심으로 독해된다. 『문학사B』4에서 사정옥은 무능무위한 양반 여성의 품성을 지닌 인물로부터 민족적 특성이라고까지 말할 수 있는 인민의 품성을 지닌 여성으로 재탄생하게 되는데, 이 또한 주체(인민, 민족)를 이상화하고자 하는 의도에서 기인한 것이다.

『문학사B』4의 '17세기 소설사' 서술에서 포착되는 이러한 서술 양상 — 무리한 배치, 의도적인 오독, 과잉 해석 — 은 주체를 이상화하고자 하는 강렬한 민족주의적 지향이 서술시각으로 작동했기 때문이라 할 수 있다. 『문학사B』가 간행된 이후 북한은 '조선 민족 제일주의'를 내세우며 주체를 이상화하고자 하는 이념적 의지를 더욱 강화하고 있다고 한다. 하지만 '이상화된 주체'는 허상일 뿐 실상일 수 없다. 이 글은 17세기 소설사 서술을 검토함으로써 북한의 문학사 서술의 문제가 이러한 민족주의적 지향과 긴밀한 관련이 있음을 드러내고자 했다.

북한의 조선 후기 문학사 서술

김형태

1. 계급의식 및 근대문학 이행기(移行期)적 성격 강조

북한의 사회과학원 주체문학연구소에서 『조선문학사』(이하 『문학사
B』)[1]가 출간되기 이전 북한의 문학사[2]에서는 역사주의에 입각해 조선
후기 문학을 '봉건사회의 점차적 분해 시기의 문학'으로 이해하여 큰 비

---

1 이 가운데 이 글에서 참고한 『문학사B』 텍스트는 ① 사회과학원 주체문학연구소, 『조
선문학사』 4 (17세기 문학), 사회과학출판사, 1992, ② 사회과학원 주체문학연구소, 『조
선문학사』 5 (18세기 문학), 사회과학출판사, 1994, ③ 사회과학원 주체문학연구소, 『조
선문학사』 6 (19세기 문학), 과학백과사전종합출판사, 1999 등이다.

2 이 글에서 참고한 기존 북한문학사로는 ① 조선민주주의인민공화국 과학원 언어문
학연구소 문학연구실, 『조선문학통사』(상), 1959,(1989년 도서출판 화다 간행, 이하 『
통사』) ② 사회과학원 문학연구소, 『조선문학사―고대·중세편』(전5권 중 제1권),
과학백과사전출판사, 1977(이하 『문학사A』) ③ 김일성종합대학 편, 『조선문학사』 I,
김일성종합대학 출판사, 1982(천지, 1989, 이하 『김대A』) ④ 정홍교·박종원, 『조선
문학개관』 I, 사회과학출판사, 1986. (서울 : 인동, 1988, 이하 『개관』) ⑤ 문학대학용,
『조선문학사』, 김일성종합대학출판사, 2006(이하 『김대B』) 등이다.

중을 두고 기술하였다.[3] 특히 18세기 영·정조 집권 시기에 대한 종래의 평가는 봉건사가나 부르주아 역사학자에 의해 태평성대나 왕정의 중흥기 등으로 위조되었다고 보는 관점이 일반적이었다.

이에 반해 『문학사B』에서는 계급의식에 초점을 맞추고 있다. 즉, 이 시기 인민은 봉건 전제적 압박과 착취에 시달렸고, 각성과 투쟁을 통해 창조력이 발현되었으며, 이에 따라 봉건주의가 종말을 맞이하게 된 시기라고 평가하고 있다. 이에 따라 18세기 문학의 역사를 밝히는 당위성이 영·정시대의 태평성대 환상을 깨기라고 보았는데, 이는 새로운 관점의 추구라기보다는 역사주의가 계급의식이라는 평가 기준으로 바뀌었을 뿐 실상 큰 변화가 없는 것으로 평가할 수 있다.

19세기를 바라보는 관점 변화와 관련해서 주목할 것은 근대문학 이행기로서 19세기의 정체성을 설정했다는 점이다. 즉, 근대문학이 전통 없이 자체의 합법칙적 발전을 거치지 않고, 서구라파 문화의 수입과 모방에 의해 형성된 것처럼 보는 이식문화론의 타개책으로 19세기를 설정하고 있다는 것이다. 여기에서 문학사의 연속성 문제에 대한 북한의 고민을 잘 확인할 수 있으며, 이러한 고민은 『문학사B』 중 6권(19세기 편)이 전체 15권 중에서 가장 늦게 간행되었다는 점에서도 확인할 수 있다. 따라서 북한문학사에서 18세기와 19세기를 나누어 간행한 의도는 연속성의 측면에는 어긋나지만, 이후 내재적 근대와 외세에 의한 근대라는 첨예한 논리를 보다 부각시키려는 의도로 파악할 수 있다.

이 글은 북한에서 출간된 『문학사B』 중 조선 후기에 해당하는 4·5·6권을 대상으로 최근 북한문학사의 변화를 조망하는 데 목표를 두

3　민족문학사연구소, 『북한의 우리문학사 인식』, 창작과비평사, 1991, 239면.

고 있다. 그 구체적 시기는 17세기부터 19세기까지이다. 이 가운데 특히 17세기가 중요한데, 『문학사B』도 『개관』처럼 17세기를 독립시켜 설정하고 있기 때문이다. 이러한 시대구분이 연속성의 측면에서 과연 온당한 것인가의 문제는 한번쯤 깊이 생각해볼 문제이다. 이는 기존 북한 문학사에서 17세기 문학의 반침략 애국주의적 성격을 강조하려다 발생한 무리수라고 할 수 있는데, 『문학사B』에서도 사실주의적 창작기풍 정도만 보충되었을 뿐 강조점에는 큰 변화가 없다. 이는 『문학사B』가 기존 북한문학사의 체제와 마찬가지로 그 구체적 서술에 있어 시문학과 소설문학만으로 도식화되어 있다[4]는 점에서도 확인할 수 있다.

이 글에서는 『문학사B』를 중심으로 그 구도와 갈래별 내용의 향방을 기존 북한문학사와 비교해 살펴보고자 한다. 북한문학사의 구도 측면에서는 시대구분과 서술체계의 변화 및 사회문화적 환경과 문학에 대한 관점을 고찰하고, 갈래별 내용에서는 논의 편의상 서정문학, 서사문학, 극문학(19세기에만 해당)으로 나누어 그 실체를 살펴보도록 한다.

---

4 『문학사B』 4(17세기문학)의 큰 차례는 "제1장 사회문화적환경과 문학개관 / 제2장 시문학 / 제3장 박인로의 창작과 「로계가사」 / 제4장 권필의 창작과 현실비판의 시 / 제5장 윤선도의 창작과 「어부사시사」 / 제6장 소설문학 / 제7장 허균의 소설창작과 「홍길동전」 / 제8장 김만중과 국문장편소설" 등이다(『문학사B』 4, 1~2면).

2. 조선 후기 문학사 서술의 향방

1) 시대구분과 서술체계의 변화

기존 북한문학사에서는 조선 후기 문학을 봉건사회의 점진적 와해기 문학으로 규정하였는데, 각 문학사마다 시대구분과 서술체계가 조금씩 다르다. 『통사』는 조선 후기 시대구분을 시기별로 17세기, 18세기, 19세기로 나누고, 서술체계는 시가, 산문, 극문학(19세기에만 해당)으로 구성하였다. 『김대A』는 17세기 후반에서 19세기 중엽까지를 '이조후반기 문학'으로 규정하였는데, 이는 임·병양난 이후 봉건사회가 해체되고 자본주의적 생산관계가 싹트면서 달라지는 문학 발전 양상을 강조하기 위한 의도로 파악할 수 있다. 또한 『개관』은 17세기가 반침략애국주의 문학기였음을 강조하기 위해 이 시기를 독립시켜 그 의의를 강조하였고, 18~19세기 문학을 자본주의적 생산관계의 발생에 따른 문학으로 파악해 다루었다.

한편 『문학사A』역시 『개관』처럼 17세기와 18~19세기로 나누어 서술하고 있다. 즉, 17세기는 '반침략애국주의문학' 시기로 규정하고, 소설은 활발한 창작과 당대현실에 대한 비판성이 강화되었으며, 시가문학이 다양한 발전을 이룬 시기로 보았다. 18~19세기는 소설문학이 다양한 발전을 이루었고, 구전설화에 토대를 둔 국문소설이 활발히 창작되었으며, 시가문학의 새로운 풍조를 통해 서민문학의 발전을 가늠해 볼 수 있는 시기라고 규정하였다. 또 실학파문학을 독립된 항목으로 다루고 있다. 이처럼 기존 북한문학사는 조선 후기 문학을 서술함에 있어서 전통적으로 강조된 인민성과 반침략 애국주의가 시대구분이나 서술

체계에 절대적 영향력을 끼치고 있다.

이에 비해 『문학사B』는 우선 17・18・19세기에 해당하는 각 시기별로 책의 권수를 달리했다는 점이 특징적이다. 각 권별로 서두에서는 공통적으로 그 시기의 사회문화적 배경과 문학을 개관하고 있으며, 서술체계는 각 시기별로 상이하다. 즉, 17세기의 경우에는 크게 시문학(한시 포함)과 소설문학으로 양분하였고, 18세기는 평민 국문시가와 한자시문학, 소설과 국문소설, 실학파문학으로 나누어 서술하였으며, 19세기는 국문시가, 소설문학, 한자시문학, 김려・정약용・조수삼・김삿갓의 문학창작, 극문학 등으로 나누어 서술하고 있다. 『문학사B』는 분량이 방대한 만큼 내용 중에는 각 시기를 대표하는 작가와 작품에 대한 설명이 기존 북한문학사보다 자세한 편이다. 다만 기존 북한문학사에서 가장 먼저 기술된 인민구전문학에 대한 개별 서술체계가 없고 그 비중이 적다. 이상의 내용을 요약하여 도식화[5]하면 다음과 같다.

〈표 1〉 기존 북한문학사와 『문학사B』의 시대구분 및 서술체계 비교

	기존 북한문학사	『문학사B』
핵심 테제	인민성, 반침략 애국주의	사실주의 강화, 근대성
17세기	반침략 애국주의 문학 1. 반침략 애국주의 문학 2. 활발한 소설 창작과 현실비판 강화 3. 시가문학의 다양한 발전	민족적・인민적 문학의 새로운 대두 1. 시문학 2. 박인로의 창작과「로계가사」 3. 권필의 창작과 현실비판의 시 4. 윤선도의 창작과「어부사시사」 5. 소설문학 6. 허균의 소설창작과『홍길동전』 7. 김만중과 국문장편소설

---

5   도표에서 '기존 북한문학사'는 『문학사A』를 중심으로 주 2)에서 언급한 북한문학사 5종의 차례 중 핵심 테제와 제재를 요약해 정리했고, '『문학사B』'는 각 권의 장(章) 명을 요약했음.

	기존 북한문학사	『문학사B』
18세기		사실주의 문학예술의 개화 발전 1. 평민의 진출과 국문시가의 발전 2. 평민시인들의 한자시문학 3. 소설의 다양한 발전 4. 구전설화에 토대한 국문소설 5. 봉건사회를 풍자한 우화소설 6. 『춘향전』 7. 실학파문학 8. 연암 박지원
19세기	자본주의적 생산관계 발생에 따른 문학 1. 소설문학의 다양한 발전 2. 국문소설의 왕성한 창작 3. 시가 중심의 서민문학 발전 4. 실학파문학	자생적 근대성의 대두 1. 국문시가의 발전 2. 소설문학의 근대성 강화와 제한 3. 한자시문학의 발전 4. 담정 김려의 문학세계 5. 다산 정약용의 문학세계 6. 추재 조수삼의 문학세계 7. 김삿갓의 풍자와 문학세계 8. 극문학

이상의 도표를 통해 기존 북한문학사에서 『문학사B』로의 변화를 확인할 수 있는 부분은 다음과 같다. 첫째, 핵심 테제의 구체화이다. 기존 조선 후기 북한문학사를 관류하는 인민성과 반침략 애국주의에서 발전해 사실주의의 강화와 근대성을 보충했다는 점이다. 그러나 문학 내적 변화의 동인을 사실주의의 강화에서 찾은 점은 인정할 수 있다하더라도 조선 후기 문학에서 근대성을 찾으려는 시도는 지금처럼 보다 확고한 근거가 없으면 인정할 수 없는 전제 조건이라고 하겠다. 둘째, 시대 구분의 문제이다. 기존 북한문학사에서는 18~19세기 중엽까지 같은 장에서 함께 다루고 있지만, 『문학사B』에서는 이들을 분리하여 다루고 있다. 이는 새롭게 『문학사B』에 편입시킬 작품들의 발굴과 선정 때문에 야기된 변화 양상으로 볼 수 있고, 17·18·19세기별 서술의 분량을 맞추려는 의도로 파악할 수 있다. 따라서 이러한 도식적 분류는 보다 세

심한 내용 고찰을 통해 상호 대조할 필요가 있다. 셋째, 내용의 대동소이함이다. 기존 문학사보다 『문학사B』의 서술체계가 보다 구체화된 감은 있지만, 실상 내용의 변화는 그리 크지 않다. 이는 우리에게 매우 중요한 시사점을 던져주고 있다. 즉, 그 시사점은 『문학사B』를 완성하기 이전에 북한에서 이미 기존 문학사의 한계를 파악하고, 내심 새로운 서술체계를 준비하고 있었다는 것이다. 그러나 제반 여건 때문에 온전한 서술체계의 확립에 실패한 것으로 파악할 수 있다. 이는 앞서 간략히 언급했듯이 『문학사B』 가운데 19세기에 해당하는 6권이 전체 15권 중에서 가장 늦게 간행되었다[6]는 점에서도 짐작할 수 있다.

2) 사회문화적 환경과 문학에 대한 관점

　기존 북한문학사는 조선 후기 문학의 성격을 규정하는 데 있어 이 시기 문학이 봉건사회 해체기, 자본주의적 생산관계 발생 시기의 문학임을 공통적으로 지적하고 있다. 다만 주체사상 이후 문학사에서는 인민성이 강조되어 조선 후기 문학의 한계점이 구체적으로 제시되고 있다는 점이 특징이다.

　기존 북한문학사에서 판단한 조선 후기 문학의 특징은 다음과 같다.[7]

6　이는 『문학사A』와 『개관』의 내용적 유사성에서도 확인할 수 있다. 즉, 김하명에 의해 기존 북한문학사의 범주 안에서 어느 정도 완성된 19세기 문학사(6권)가 출간되지 못하다가 김하명 사후(死後)에 다른 연구자에 의해 보충의 방식을 빌어 출간된 것으로 볼 수 있다는 것이다. 이는 『조선문학사』(『문학사B』) 가운데 19세기 편이 가장 늦게 출간되었다는 점에서도 유추가 가능하다.

7　민족문학사연구소, 앞의 책, 240~241면.

첫째, 봉건적 구속을 반대하고 자주성을 실현하기 위한 줄기찬 인민의 투쟁에 따라 인민의 창작활동이 강화되었고, 민요·설화·민간극 같은 인민구전문학이 크게 발달하였다. 둘째, 사회변동에 따른 신분 변동에 따라 서류·중인·서리 계층의 문인들에 의한 창작활동이 매우 활발해져 설화를 바탕으로 한 국문소설의 창작,『청구영언』,『해동가요』,『가곡원류』등 시가집의 편찬, 서민출신 시인들의 의식세계와 예술적 특징을 잘 보여주는 풍요(風謠) 작품들의 활발한 창작이 이루어졌다. 셋째, 실학파 문학을 비롯한 진보적 문학이 발전해갔다. 넷째, 근대적 지향이 점차 높아져갔다. 이를 통해 기존 북한문학사는 주로 인민의 의식적 각성과 진보 지향성에 초점을 맞추고 있음을 확인할 수 있다.

또한 조선 후기 실학파의 문학을 애국적·진보적 문학사조로 평가하고, 봉건시기 가장 우수한 문학유산의 하나로 주목했다. 한편으로는 그들의 미학견해가 아직 관념론에서 벗어나지 못했다고 하면서 현실과 예술 관계 문제에 대해 소박한 유물론적 견해와 해석을 가지고 있다고 평가하였다. 이러한 실학파 문학의 특징은 다음과 같은 네 가지로 정리하고 있다.[8] 첫째, 반동 통치배들의 죄행을 비판하고, 이조현실을 비판적으로 반영하였다. 둘째, 양반들의 공리공담을 반대하고, 어지러운 사회현실을 바로잡을 것에 대한 지향과 희망을 보여주었다. 셋째, 실사구시의 진보적 사상에 기초한 사실주의적 경향을 띤다. 넷째, 인민창작에서 소재를 취하고 많은 관심을 가졌다는 점 등이다. 이처럼 실학파에 대한 기존 북한문학사의 견해는 긍정적 평가가 두드러지는데, 이는 근대의 맹아를 실학파라는 내재적 원리에서 찾으려는 입장이 반영된 결과

8　위의 책, 254~255면.

라고 하겠다. 그러나 이후 이러한 내재적 발전론에 대한 북한 내부의 재고가 이루어졌음을 확인할 수 있다.

> 실학파문학에 대한 평가와 처리도 공정하게 하여야 한다 (…중략…) 물론 실학파는 량반계급 출신의 계급적제한성으로 말미암아 주로 부패변질된 개별적인 량반과 악질관료를 비판하는데 머물고 근로인민대중의 근본적인 리해관계를 대변하지 못하였으며 철저한 개혁사상을 주장하지 못하였다. 지난 시기 일부 사람들 속에서는 실학파문학의 제한성은 보지 않고 긍정적인 측면만 평가하고 과장하는 것과 같은 편향이 나타났다.[9]

이상은 『주체문학론』의 제2장 「유산과 전통」 중 '민족문화예술유산을 주체적 입장에서 바로 평가해야한다'는 명제하에 실학파문학에 대한 처리 문제를 언급한 부분이다. 결국 실학파문학에 대한 이와 같은 내부적 재고가 이미 대두되었으므로 『문학사B』에서 실학파문학의 제한적 경향성을 지적하였다고 할 수 있다.[10]

한편, 『문학사B』는 17세기 문학을 별도의 텍스트로 설정했다는 점이 특징적이다. 그 근거는 임진왜란(1592~1598)과 병자호란(1627 · 1636~

---

9 김정일, 『주체문학론』, 조선노동당출판사, 1992, 85면.
10 "그러나 실학자들이 창작한 작품들은 일반적으로 볼 때에 당시 봉건사회제도의 점차적인 붕괴과정을 반영하면서 지배계급의 전횡에 불만을 품은 미천한 계층 출신의 지식인들, 선진사상을 지닌 몰락 량반들과 평범한 보통사람들이 중심주인공으로 등장하며 그들의 조국과 인민을 위한 의로운 행동들과 고상한 도덕적 품성을 부패 타락한 량반 사대부들의 위선적인 도덕에 대치시키고 있는 것이 일반적 특성을 이루고 있다. 그리고 신랄한 해학과 풍자에 의하여 봉건사회 상층부들의 비행을 폭로 비판하는 한편 새로운 주인공들인 인민의 정치도덕적우월성을 천명하고 있는 점도 또한 일정한 경향성으로 나타나있다."(『문학사B』 5, 187~188면).

1637)을 17세기 문학사의 분수령으로 보고 있기 때문이다. 그 근거로 제시한 조건들은 첫째, 봉건적 신분질서 동요. 둘째, 현물대납제. 셋째, 농업과 수공업의 새로운 발전. 넷째, 이수광으로부터 비롯되어 한백겸과 유형원을 거치며 발전한 실학사상. 다섯째, 과학기술의 급속한 발전 등인데, 그 결과 문학에서는 보다 민족적·인민적인 문학이 새롭게 대두하였으며, 한글이 보급됨에 따라 국문 표기의 소설 창작에 대한 사회적 요구도 높아졌다고 분석하고 있다. 그 예로 사실주의적 견해를 주장한 김창협과 민족주의적·사실주의적 미학적 견해를 더욱 발전·실천시킨 김만중을 들고 있다.

이 가운데 김만중은 『문학사A』에서 자국어선언과 한글소설 창작에 입각해 국문장편소설 분야에서 높이 평가된 바 있다. 그러면서도 『구운몽(九雲夢)』에 대해서는 매우 간략하게 기술하고 있지만, 『문학사B』에서는 절을 달리하여 비교적 자세하게 다루고 있다는 점이 특징적이다. 이는 『구운몽』을 우리나라 소설 발전에 기여한 사실주의적 장편소설의 대표 작품으로 자리매김 시키려는 의도로 파악할 수 있다. 그러나 여전히 김만중의 작품들이 사실주의적 성향을 담보하고 있다고 평가할 수 있는지에 대해서는 회의적이다.

『문학사B』에서 언급한바, 이상 17세기 진보적 문학의 특징은 첫째, 양란을 반영한 애국적 주제의 작품들이 많이 창작되었다는 점을 제시하였고, 그 예로 국문소설 『임진록(壬辰錄)』, 윤계선의 「몽유달천록(夢遊達川錄)」, 권필의 소설 「주생전(周生傳)」, 국문소설 『박씨부인전(朴氏夫人傳)』과 「림경업전(林慶業傳)」, 한문소설 「강로전(姜虜傳)」 등을 들고 있다. 둘째, 봉건사회의 불합리성과 양반사대부들의 부패타락상을 폭로·비판하고, 인민들의 반봉건투쟁을 반영한 시와 산문들의 출현이다. 그 예

로 권필, 유몽인, 신흠, 『계곡집』을 남긴 장유의 시와 허균의 국문소설
『홍길동전(洪吉童傳)』, 「전우치전(田禹治傳)」, 박두세의 국문단편소설
「요로원야화기(要路院夜話記)」 등을 들고 있다. 셋째, 애정윤리적 주제의
창작에서도 개성해방적 지향이 뚜렷해져 소설『운영전(雲英傳)』, 「영영
전(英英傳)」, 김만중의 『구운몽』 등이 나왔다. 넷째, 민족적 특성이 더욱
뚜렷해지고 국문장편소설 『사씨남정기(謝氏南征記)』 등 국문표기의 문
학작품이 많이 창작되었다. 다섯째, 평민출신의 작가 군이 등장하였다.
국문시가 분야에서는 사설시조, 잡가 등을 창작한 서민출신의 직업적
가객들이 출현하였고, 한시 창작에서도 평민시인 6명이 1668년에 『륙
가잡영(六家雜詠)』을 내놓았다는 점 등을 들고 있다.

이상 『문학사B』에서 17세기가 개별 텍스트로 다루어지면서 분량이
늘어났고, 내용 역시 기존 북한문학사보다 풍부해진 것은 사실이다.
또한 다른 시기와 마찬가지로 문학에 정치가 강하게 틈입[11]되었지만,
문학이 지닌 내적 관심에 있어서는 사실주의의 강화라는 명제를 합리
화하기 위해 작가와 작품을 나열한 데 그쳤다는 평가를 면하기 어렵다.

한편, 『문학사B』는 18세기를 '근대문학의 여명기'로 규정하고, 박지
원 등 실학파 작가들과 평민출신 작가들에 의해 전대에서 비롯된 사실
주의가 더욱 발전하였다고 보고 있다. 아울러 이 시기 사상과 문학예술
분야의 큰 성과는 인민각성과 창조력에 의한 반봉건 투쟁을 통해 봉건
제도 붕괴를 예고한 데 있다고 평가했다. 『문학사B』가 18세기를 근대
문학의 여명기라고 명명한 근거는 평민출신 작가들에 의해 사실주의가
개화·발전했다고 보았기 때문인데, 이는 17세기와 마찬가지로 『문학

---

11 김준형, 「북한의 고려시대 문학사 기술, 그 특징과 한계」, 『민족문학사연구』 42, 민족
    문학사학회, 2010, 123면.

사A』의 논지를 확장시켜 18세기에 보다 큰 의미를 부여하기 위한 방편
에 불과하다고 할 수 있다.

또한 18세기 문학사 연구의 현실적 의의는 태평성대로 인식된 영·
정시대의 환상을 깨는 것이며, 이를 통해 근대문학이 서구문화의 수입
과 모방에 의해 형성되었다는 '이식문화론'을 없앨 수 있다고 보고 있다.
이 경우에 이식문화론은 외세의 영향에 의한 근대 성립관점을 차단하
기 위한 방편으로 사용되었다고 볼 수 있는데, 민족적 시각을 더욱 공고
히 하기 위한 방편이지만, 남북한문학사의 간극을 더 소원하게 하는 동
인으로 작용했다.[12]

18세기 봉건 계층의 문학적 지향을 반대하는 진보적 문인들의 선두
에 실학 사상가들을 배치하면서 그 예로 당시 평론활동을 통해 문학발
전을 추동하고 미학사상의 발전에 기여한 홍만종의 『시화총림(詩話叢
林)』, 김득신의 『종남총지(終南叢志)』, 남용익의 『호곡만필(壺谷漫筆)』 등
을 들고 있다.

이처럼 18세기 문학사에서 비중 있게 다루고 있는 것 중 하나가 실학
자들의 문학이다. 그들의 평론활동이 당시 문학의 사상예술성을 제고
함에 중요한 역할을 하였다고 평가하면서 이익, 홍대용, 박지원, 정약용
등을 『문학사A』보다 비중 있게 다루고 있다. 특히 박지원의 『열하일기
(熱河日記)』, 이덕무의 『입연기(入燕記)』, 박제가의 『북학의(北學議)』 등 여
행기를 실학자들의 주요한 문학형식으로 들고 있다는 점이 특징적이
다. 이는 문학의 모든 형태를 다양하게 발전시켜야 한다는 주체문학론
적 관점[13]에 힘입은바 크다고 하겠다. 소설의 예로는 박지원의 「방경각

12　김현양, 「북한의 '우리문학사' 서술의 향방」, 『민족문학사연구』 42, 민족문학사학회,
　　2010, 65면.

외전(放璃閣外傳)」, 이익의 「동방일사전(東方一士傳)」, 「빈소선생전(嚬笑先生傳)」, 이용휴의 「해서의 거지[海西丐者]」, 안정복의 「홍생원유기(洪生遠游記)」, 「여용국전(女容國傳)」, 이덕무의 「은애전(銀愛傳)」, 「김신부부전(金申夫婦傳)」, 유득공의 「류우춘전(柳愚春傳)」 등을 들었다. 이 작품들은 봉건사회제도의 붕괴과정을 반영하면서 지배계급의 전횡에 불만을 품은 미천한 계층 출신의 지식인들, 선진사상을 지닌 몰락 양반들과 평범한 보통사람들이 주인공으로 등장하며, 그들의 조국과 인민을 위한 의로운 행동과 고상한 도덕적 품성을 부패·타락한 양반사대부들의 위선적 도덕에 대치시키고 있다고 평가하고 있다. 특히 이익은 실학파문학의 특성을 잘 구현한 사람으로서 그의 대표적 작품은 '악부'라고 평가했으며, 박지원을 매우 비중 있게 다루면서 부국유민의 애국적 지향을 가지고, 실사구시의 정력적 탐구에 일생을 바친 지식인으로 평가하고 있다. 이는 실학파와 관련해『문학사A』에서 김정희의 글 쓰는 목적에 주목해서 진리를 밝혀 세상을 구하고 풍습을 바로잡는 일 등이 실사구시의 사상과 애국적 감정에서 나온 미학적 견해이자 실학파의 본령인 것처럼 설명한 것과 비교할 때 진일보한 서술이라고 할 수 있다. 그러나 18세기 문학발전의 가장 주된 장애물이 양반사대부들의 모방주의, 형식주의임을 간파한 박지원이 이를 반대하는 정력적 투쟁을 전개하였다고 평가한 대목은『문학사A』의 견해와 별반 차이가 없다.

---

13 "작가가 수필을 홀시하여서는 안 된다. 수필을 아담하게 잘 쓰면 소설이나 시보다 오히려 사람들을 더 울릴 수 있다. 작가라면 평생에 사람의 기억에 남는 좋은 수필을 적어도 몇 편씩은 내놓아야 한다. 수필은 산문으로 씌어진 한편의 정교하고 아담한 서정시와 같은 것으로 되여야 한다. 필자의 느낌을 펼쳐 보이지 않고 어디서 보고 들은 사실을 전달하는 식으로 쓰면 수필다운 맛이 나지 않는다. 수필에서 필자의 느낌을 적는 경우에도 상식적으로 누구나 할 수 있는 말을 곱씹거나 정치적 내용을 직선적으로 늘어놓으면 읽을 맛이 없다."(김정일, 앞의 책, 264면)

또한 18세기 문학 분야의 특성으로 도시평민(여항인), 위항시인들의 진출과 산문분야에서 소설, 특히 국문장편소설과 여행기, 정론의 발전 촉진을 들고 있다. 이들은 사실주의 발전에 기여했으며, 그 예로『춘향전(春香傳)』,『홍보전(興夫傳)』,「장끼전」,『옥루몽(玉樓夢)』,「사성기봉(四姓奇逢)」,「쌍천기봉(雙釧奇逢)」,『옥린몽(玉麟夢)』등을 들었다.

이상에 언급한 실학파문학과 여항문학에 대해 남한에서는 문자 의식 등에 대한 한계를 언급하는 데 반해, 북한의 문학사는 내재적 발전론에 입각했기 때문에 의식의 각성이란 측면에서 매우 높이 평가하고 있다는 점도 특징적이다.

따라서 18세기 문학은 17세기의 전통하에 사실주의의 발전을 이룩한 시기이며, 19세기 말 20세기 초 애국계몽문화운동기 새 문학의 직접적 선구라고 종합하고 있다.『문학사A』에서는 이 시기를 직접적 선구라고까지는 표현하지 않았는데,『문학사B』에서 보다 큰 의미를 부여한 것은 실학이 지닌 의의를 확대 해석하려는 의도에서 나온 것으로 볼 수 있다. 이는 최근 간행된『김대B』에서 실학파를 평가한 부분을 통해서도 확인할 수 있다.[14]

마지막으로『문학사B』의 19세기 문학사에 대한 기본 시각은 봉건사회가 전면적 위기에 직면한 것으로 파악한다는 점이다. 즉, 19세기는 자본주의적 관계가 성장하고, 봉건통치 질서의 극단적 혼란을 겪음에 따라 계급적 모순의 격화와 인민들의 투쟁이 수반되었으며, 서구자

---

[14] "실학파는 량반 사대부들의 부패성과 공리공담, 무너져가는 봉건국가의 후진성을 개탄하고 '실사구시'의 구호 밑에 사회적 진보와 문명발전을 위하여 투쟁하였으며 우수한 문학예술작품을 창작하여 우리나라 근대문학의 려명기를 개척하는데 기여하였다."(문학대학용,『조선문학사』, 김일성종합대학출판사, 2006, 164면)

본주의 열강의 침략과 천주교 탄압이 자행된 시기로 규정하고 있다. 그리고 이 점이 19세기 문학예술의 새로운 성격과 그 발전의 길을 규정하였다고 보았다. 그러나 과연 자본주의적 관계의 성립과 서구자본주의 열강의 침략이 동일한 범주에서 논의될 성질의 것인가는 생각해볼 여지가 있다. 19세기 조선이 극단적 쇄국을 펼쳤음은 주지의 사실이기 때문이다.[15]

물론 19세기에는 서민 출신의 작가, 예술인들이 두각을 나타내었고, 민간예술이 널리 보급되는 과정에 서민계층의 요구가 반영되어 문학 형태들이 분화·발전되었으며, 기존 작품들의 많은 변종과 이본들이 발생했다고 볼 수 있다. 그러나 그 근거로 민요에 집단적·서정적 노동가요와 인민서정가요가 생겨났다는 견해는『문학사A』에서 비중 있게 다루었던 인민구전문학이『문학사B』에서 빠지면서 이를 보충하려는 의도에서 설정한 궁여지책이라고 하겠다. 이외 민간예술인 집단인 사당패, 광대들의 등장과 판소리가 신재효 등의 창조적 노력에 의해 창극 형태의 형성을 위한 토대가 축성되었던 시기로 본 점은 기존 북한문학사와 같다.

또한 문학에 있어서 '실학파문학'과 조수삼, 김병연, 신재효로 대표되는 '서민문학'의 두 줄기 흐름이 생겨났으며, 한문문학은 쇠퇴기에 접어든 반면, 서민계층이 즐기는 국문문학 형태들, 특히 국문소설과 판소

---

15 "근세 조선은 서양과 외교관계는 물론이고 통상관계도 맺지 않았다는 점에서 동시대의 일본이나 중국과는 달랐다. 근대에 들어서도 서양에 대한 대응 역시 근세의 차이를 반영하여, 조약 체결이나 통상을 거부하는 태도는 일본이나 중국보다 더 강렬했으며, 조선이 거부를 지속한 기간 역시 훨씬 더 길었다. 조선이 서양 국가와 처음 조약을 맺은 것은 중국이나 일본보다 한참 더 늦은 1882년의 일이다."(미타니 히로시·나미키 요리히사·쓰키아시 다쓰히코 편, 강진아 역,『다시 보는 동아시아 근대사』, 까치, 2011, 184면)

리문학이 전면에 나서게 되었음을 강조하고 있다. 이를 바탕으로 시문학에서는 악부시의 창작, 서민 시인들의 눈부신 창작활동, 시조나 가사 등 국문시가의 가창이 널리 보급되었고, 국문소설 「일치전」, 「옥단춘(玉丹春)」, 「배비장전(裵裨將傳)」, 「이춘풍전(李春風傳)」, 「옥랑자전(玉娘子傳)」, 「숙영낭자전(淑英娘子傳)」, 『옥루몽』, 『옥련몽(玉蓮夢)』, 「사성기봉」, 「쌍천기봉」, 「하진량문록(河陳兩門錄)」 등이 나왔으며, 구전문학은 양반관료들과 부유한 지주, 토호들을 풍자·조소한 민담과 서사적인 민요로 발현되었다고 보았다. 하지만 과연 이러한 변화를 바탕으로 국문학이 서구문학의 수입과 모방에 의하여 형성된 것처럼 보는 사대주의자, 민족허무주의자들의 '이식문화론'을 배격할 수 있는 토대를 마련할 수 있는지는 깊이 생각해볼 문제이다.

결국 『문학사B』는 19세기를 변화무쌍한 시기임과 동시에 '위기의 시대'로 규정하고 있는데, 그 위기의 원인이 무엇인지에 대한 설명이 모호하다. 즉, 18세기에 발생한 자본주의적 관계의 성장과 봉건 통치 질서의 극단적 혼란에 의해 신분제도의 분화과정이 촉진되었고, 봉건 관료 지배 계층과 근로 대중의 계급적 모순이 격화된 것으로 파악하고 있다. 이 점이 봉건사회의 전면적 위기를 촉진하는 주된 요인의 하나라고 하였는데, 그 원인이 설령 이와 같은 계급 모순에 있다고 하더라도 그 계급 모순이 문학작품 속에서 구체적으로 어떻게 형상화되고 있는가에 대한 설명이 소략한 점은 한계라고 하겠다.

3. 조선 후기 문학사의 갈래별 서술 변화

1) 서정문학

기존 북한문학사는 대부분 서정문학을 국문시가와 한자시로 크게 나누어 살펴보고 있다. 조선 후기 서정문학 중 우선 주목할 부분은 '사설시조'에 대한 서술이다. 『문학사A』는 잡가와 가사에 주목하고 있어서 사설시조에 대한 평가가 소략하다. 이는 인민성과 애국주의, 계급투쟁적 관점이 문학작품 평가에 투영된 결과라고 할 수 있다.[16] 그러나 『문학사B』에서는 조선 후기에 새로운 시 형식의 탐색에 의한 '사설시조의 등장'에 주목한다. 즉, 사설시조에는 상품화폐의 유통문제, 남녀 간의 사랑 및 도시 시정인들의 생활감정 등이 해학적으로 반영되어 있다고 보고 있는 것이다. 이는 『문학사A』가 애국주의적 사상 감정을 노래한 작품에 치중해 균형을 잃었던 것[17]과 비교할 때 긍정적으로 평가할 수 있는 요소이다.

가사 장르는 『문학사A』에서 인민성과 애국주의, 계급투쟁적 관점을 앞세워 중요시했던 〈초당문답가(草堂問答歌)〉, 〈농가월령가(農家月令歌)〉, 〈만언사(萬言詞)〉 등의 작품을 『문학사B』에서 언급하면서도 시조와 마찬가지로 주제와 담당층의 측면에서 큰 변화가 있었기 때문에 현실생활과 신변사가 주요 소재로 사용되었으며, 평민 출신 작가들이 점차 중요한 위치를 차지하게 되었다고 보고 있다.

---

16 민족문학사연구소, 앞의 책, 250면.
17 장경남, 「북한의 조선 전기 문학사 서술의 실상과 의의」, 『민족문학사연구』 42, 민족문학사학회, 2010, 147면.

한자시의 경우, 조선 후기에 시의 주체를 사회적 현실세계로 확대해 나가고 있었다고 지적하고, 18세기 한시로 이용휴·이언진·이덕무·박제가·유득공·이서구·박지원, 19세기 한시로 정약용과 김립의 시를 주로 다루었다. 특히 김립은 풍자시인이자 한시문학의 주요작가로 『문학사A』를 비롯한 대부분의 기존 북한문학사들이 다루고 있는데, 『문학사B』에서는 '김삿갓의 창작과 풍자시'라는 제하에 제6권 제8장에서 자세히 다루고 있다. 이는 문학형태와 창작실천에 있어서 풍자문학의 중요성을 강조한 주체문학론이 반영된 결과[18]라고 할 수 있다.

17세기를 별도로 설정한 『문학사B』에서는 17세기 국문시가의 특징으로 다음과 같은 사항들을 새롭게 제시하고 있다. 첫째, 현실체험에 기반하여 시조창작에서 상당한 성과를 이룩한 것으로 평가하고 있다. 즉, 17세기 전반기까지 '은일시가'(강호시가)가 주류를 이루었고, 이 시기 주요 작가 및 작품으로 신흠, 이명한, 조존성의 〈호아곡(呼兒曲, 아이를 부르는 노래)〉, 김상헌, 홍서봉의 시조, 박인로의 가사 〈태평사(太平詞)〉, 〈선상탄(船上歎)〉, 〈누항사(陋巷詞)〉, 〈사제곡(莎堤曲)〉, 〈영남가(嶺南歌)〉, 〈노계가(蘆溪歌)〉, 〈독락당(獨樂堂)〉 등과 〈조홍시가(早紅杮歌)〉를 비롯한 시조 60수와 한시 「노계에 살며」 등을 다루었다. 특히 『문학사A』에서 소략하게 다루었던 박인로를 당시 진보적 문학 앞에 제기된 절실한 요구를 비교적 잘 반영한 시인의 한 사람으로 평가한 점이 특징적이다. 즉, 사회적 성격이 뚜렷한 작품에 시대적·세계관적 제한성이 심각하지만, "임진조국전

---

18 "풍자문학도 발전시켜야 한다. (…중략…) 지금은 풍자시와 풍자소설도 없고 풍자극도 별로 없다. 이따금 방송에서 만담이나 내보내는 정도이다. 신문지상에서 펠레톤 형식의 기사가 사라진 것과 거의나 때를 같이하여 풍자문학도 자취를 감추기 시작하였다."(김정일, 앞의 책, 263면)

쟁에서 영용한 투쟁을 전개한 인민들의 애국적 기개와 승리의 신념이 반영되어 있으며, 전후시기 인민들의 간고한 생활에 대한 깊은 동정이 표시되어 있다"[19]고 평가했다. 이와 같이 박인로의 문학사적 가치는 가사문학의 주제를 사회적으로 확대한 데 있는 것으로 보았지만, 그 한계로 유교적 인생관과 언어관이 당대 인민들과 괴리될 수밖에 없었던 점도 간과하지 않고 있다.

이외 17세기 후반기 작가와 작품으로 김광욱의 〈율리유곡(栗里遺曲)〉, 윤선도의 〈오우가(五友歌, 다섯 벗의 노래)〉·〈산중신곡(山中新曲)〉·〈산중속신곡(山中續新曲)〉·〈어부사시사(漁父四時詞)〉 등을 소개하고 있다. 윤선도에 대해서는 그의 은일적 사상을 비롯한 세계관에 대해 매우 비판적이다. 즉, 그의 생활과 사회정치적 견해가 그의 시세계를 제약하였기 때문에 인민의 노래가 될 수 없었고, 봉건사회의 계급적 모순을 적절하게 밝힐 수 없었으며, 인민들의 반봉건적 지향을 진실하게 반영할 수 없었다는 점을 한계성으로 제시하고 있는 것이다. 아울러 실학 선구자의 한 사람인 김육, 남구만의 「동창이 밝았느냐」, 장만의 「풍파에 놀란 사공」, 참다운 인간의 고결성을 우의적 수법으로 정서 깊이 노래한 윤두서의 「옥에 흙이 묻어」 등의 시조를 소개하고 있다.

둘째, 병자호란 때 인민들의 애국적 감정을 노래한 시조들을 중요하게 평가했다. 그 예로 김상헌의 시조 「가노라 삼각산아」·「심양 옥중에서 가을날을 보내며」·「밤에 앉아서」·「최지천에게」, 홍서봉, 이명한, 정온, 김류, 홍익한의 시조를 예로 들고 있다.

셋째, 김천택이 1727년에 편찬한 시가집 『청구영언(靑丘永言)』에는 도

---

19 『문학사B』 4, 84면.

시주민으로서 시정인의 생활과 사상 감정을 담은 작자미상의 사설시조 및 남녀 간의 사랑을 노래한 작품들이 많다는 점을 제시하고 있다. 그런데 『청구영언』은 사실 18세기 가집이기 때문에 여기에서 언급하는 것이 적절치 않다. 이에 따라 실제 서술에 있어서도 '잡가' 작품에 해당하는 말미의 '가사' 17편과 함께 18세기 초엽에 몰아서 고찰하는 모순을 보이고 있다. 바로 이러한 점이 앞서 언급했던 처음 의도와 다르게 전개된 『문학사B』의 서술 향방이라고 할 수 있다.

한자시의 특징과 관련해서 『문학사A』에서는 시의 주제가 추상적 세계에서 현실세계로 확장해나간 점을 높이 평가했다. 이에 비해 『문학사B』는 다음과 같은 점을 들어 그 특징을 세분화하고 있다. 첫째, 자신의 시문집이나 종합 시선집에 시를 남긴 시인의 수가 비교적 많다는 점이다. 그 대표적 시인에 권필, 심광세, 이정구, 신흠, 장유, 이식, 김창협 형제 등과 평민시인들의 진출 예를 들고 있다. 특히 권필은 현실을 반영하면서 양반을 풍자·비판하고 인민들에 대한 동정을 표현한 시작품들로 사실주의 시문학 발전에 이바지하였다고 평가하고 있다. 또 한자시와 별도로 『화몽집(花夢集)』에 수록된 소설 「주생전」을 소개하면서 이 작품을 17세기 선진적 지향을 반영한 대표적 소설의 하나로 평가했다는 점이 특징적이다.

둘째, 인민들의 애국주의정신을 반영한 한시 작품들이 많이 창작되었다는 점이다. 이는 『문학사A』와 동일한 견해이지만, 해당 작가가 풍부해졌다. 즉, 이안눌의 「병사의 노래」, 홍익한·윤집·오달제의 작품들과 김준룡, 김정후, 김남중, 조상우, 이민성, 심광세의 악부시를 소개하고 있다.

셋째, 주제적 특성으로 봉건사회 현실에 대한 예리한 비판을 지적했다. 대표적 작가로 권필, 신흠, 장유, 이식, 이민성, 이민구, 채진형을 들었고, 김창집, 김창협, 김창흡, 김창업 4형제도 비중 있게 다루었으나, 이 역시 18세기 초반에 걸쳐 있어 이 부분에서 다루는 데는 시기적으로 한계가 있다.

넷째, 발전상 주요한 특징은 "평민 시인의 창작에서 뚜렷이 나타났다"[20]고 보았다. 그 근거로 최기남, 남응주, 정례남, 김효일, 최대립, 정유수 등의 시를 모아 1668년에 발간한 시선집『륙가잡영』을 들었다. 이외 역사문제에 관심을 가진 이득원, 평민시문학을 시단에서 하나의 유파로 형성시키는 데 주동적 역할을 했다고 평가한 홍세태에도 주목하고 있다.

그러므로 이 시기 평가에 대한 북한의 전제 조건은 애국주의와 평민의식에 의한 비판의식 고취라고 정리할 수 있으나, 예로 들고 있는 작가나 작품의 분량은 기존 북한문학사와 비교할 수 없을 만큼 늘어났으나, 구체적 설명이 부족하기 때문에 논지에 선뜻 수긍하기 어려운 점이 있다.

『문학사B』는 18세기를 다루면서 시문학 중 사설시조에 대한 서술에 치중하고 있다. 즉, 상품화폐경제의 발전에 따른 계급관계의 변화가 국문시가에 반영되었으며, 17세기 후반 도시평민들이 적극적으로 사회문학 분야에 진출을 시작한 이후 사설시조가 활발히 창작된 것으로 추정하고 있다. 사설시조는 평민 출신 시인의 창작이 압도적이어서 김천택, 김수장, 김삼현, 김성기, 김유기, 김묵수, 김진태, 김두성, 정래교, 김우규 등 도시의 자유민이자 유흥가와 관련된 직업적 가창자도 등장했고, 이들이 도시평민들의 미학적 요구를 반영하였다고 보고 있다. 또한

---

20 홍유손, 박지화, 서기, 송익필, 이식의『촌은집』서문에 '풍월향도'라 일컬어진 류희경과 백대붕 등 평민출신으로서 시단에 이름을 남긴 사람들은 벌써 15~16세기에도 있었다(위의 책, 73면).

이들과 연관 있는 대표적 가집으로 종합국문시가집인 『청구영언』과 『해동가요(海東歌謠)』를 제시하고 있다.

가사는 이전의 강호가사보다 현실적 의의를 갖는 사회정치적 문제와 보통 사람들의 평범한 생활이 제재가 되어 읊어졌다고 평가하고 있다. 『문학사A』에서 비교적 덜 주목받았던 김인겸의 〈일동장유가(日東壯遊歌)〉를 제시하면서 기행가사에 현상을 정확히 하고, 진리를 밝히기 위한 탐구·분석·사유하는 시대정신이 반영되어 있다는 점을 시가사의 가장 큰 공적이라고 평가하고 있다. 이외 기행가사의 예로 이방익의 〈표해가(漂海歌)〉, 이진유의 〈속사미인곡(續思美人曲)〉, 〈만언사〉 등을 들고 있다. '부녀가사'는 주로 영남지방 부녀자들의 가사군(群)으로서 주로 상층 부녀자의 협소한 범위에서 읊어졌다고 서술하면서 그 예로 〈선반가(宣飯歌)〉, 허난설헌의 〈사친가(思親歌)〉, 〈사형가(思兄歌)〉, 〈사제가(思弟歌)〉, 〈붕우이별가(朋友離別歌)〉, 〈사향곡(思鄕曲)〉, 〈이별가(離別歌)〉, 〈붕우소회가(朋友所懷歌)〉, 〈원별사(怨別詞)〉, 〈모녀상사곡(母女相思曲)〉, 〈해조사(諧嘲詞)〉, 〈석별가(惜別歌)〉 등을 들었다. 또한 부녀가사의 효용성과 관련해 부녀자 교양에서 중요 역할을 수행한 작품들로 〈계녀가(誡女歌)〉, 〈교녀가(敎女歌)〉, 〈계아가(戒兒歌)〉, 〈규중행실가(閨中行實歌)〉, 〈달거리〉 등을 제시하고 있다. 특히 사랑에 대한 미련·그리움을 노래한 가사로 〈상사진정몽가(相思陣情夢歌)〉, 〈상사회답곡(相思回答曲)〉, 〈진정록〉, 〈과부가(寡婦歌)〉, 〈원한가(怨恨歌)〉 등을 제시했고, 명절놀이의 즐거움 노래한 작품으로 〈화전가(花煎歌)〉, 〈춘윤가〉, 〈화수석춘가(和酬惜春歌)〉 등을 들었으며, 기타 '서사가사'로 달거리 형식이 특색인 〈농가월령가〉에 대해 언급했다. 『문학사A』를 비롯한 기존 북한문학사에서 인민성과 애국주의, 계급투쟁적 관점을 앞세워 중요시했던 〈농가월령가〉, 〈만언사〉 등에서 탈피해 부녀가사 등으로 그 관심의 지평을 넓힌 점은 매우 긍정적 변화라고 할 수 있지만, 남한문학사와 비교할 때 철저한 내용분석에 따른 유형화가 부족하다는 점을 한계로 지적할 수 있다.

'잡가'는『문학사B』에서 사당이나 광대 등 직업적 예술인에 의해 불리고, 도시 시정인들에게 향유된 작가 불명의 구전된 노래라고 규정하고 있다. 그 주제는 도시 평민들의 생활범위에 국한되어 있고, 남녀 간 사랑에 대한 서정가요와 아름다운 자연에 대한 찬가가 다수라고 보았으며, 작품의 예로 〈수심가(愁心歌)〉, 〈사랑가〉, 사물을 나열한 〈담방구 타령〉, 〈화초사거리(花草四巨里)〉, 〈개타령〉, 〈맹꽁이타령〉, 〈날개타령〉 등을 들었고, 특히 〈소춘향가(小春香歌)〉, 〈십장가(十丈歌)〉 등 판소리 작품의 한 대목만 가요화한 작품들도 제시했다. 이는『문학사A』에서 잡가가 가사의 변종이나 자기 고유의 특성을 지닌다고 보고, 작자층이 하층민이며 구전되었다[21]는 견해와 비교해볼 때, 분명 발전된 서술 변화를 읽을 수 있다. 반면에『문학사B』에서 '단가'는 내용·형식이 다양하고 그 수가 많으나, 구어체와 자유로운 율조로 자연풍경을 노래한 서경시라는 공통성이 있다고 보았다. 아울러 양반들의 안빈낙도 사상을 배경으로 하면서 생활 긍정적이며 유흥적 기분이 농후하다는 점을 특징으로 꼽고 있다. 잡가는 문학적 연속성의 측면에서 18세기에도 자세히 다루었어야 하는 갈래인데,『문학사B』가 실학파문학에 초점을 맞춘 까닭에 19세기로 넘겨 다룬 것으로 볼 수 있다.

18세기 한자시문학과 관련해『문학사B』는 중인 서류, 서리, 양민, 노비 출신의 사회문화진출이 적극화되었고, 평민시인들의 창작적 진

---

21   민족문학사연구소, 앞의 책, 250면.

출이 두드러진 시기로 보고 있다. 그 예로 서류출신 홍세태가 위항시인 48명의 시 230여 수를 모아 간행한 『해동유주(海東遺珠)』와 채팽윤, 이달봉, 고시언 등이 『해동유주』를 기초로 편찬한 『소대풍요(昭代風謠)』를 제시했다. 『문학사B』는 이 항목을 따로 설정하지는 않았지만, 『문학사A』를 비롯한 기존 북한문학사에서도 서민 출신 시인들이 한자시 창작에 참가해 풍요 작품을 짓게 되는 새로운 문학적 현상으로 이 부분을 강조해서 평가[22]하고 있다.

한편, 『문학사B』는 18세기부터 19세기 초엽을 서민문학이 대성황을 이룬 시기로 규정하고, 송석원시사, 서원시사, 옥계시사 등 시회를 거론하면서 주요 인물로 천수경, 김락서, 장혼, 이이수, 김태욱, 왕태, 노윤직, 박윤묵, 차좌일, 조수삼, 임득명 등을 들고 있다. 아울러 이 같은 위항시인들의 시의 경향성은 자신에 대한 심각한 반성으로 조국·사회·자신의 생활에 대해 냉철하게 살펴보고 비판했으며, 그 아픈 심정을 토로한 데 있다고 평가하고 있다. 특히 『문학사A』에서 조수삼이 실학자들과 교유하며 풍요의 사상예술적 수준을 제고하는 데 큰 역할을 했던 인물로 평가한 것과는 달리, 『문학사B』에서는 홍세태를 18세기 문학운동에서 차지하는 위치와 시 창작 업적이 대표적인 시인으로 꼽은 점은 애국주의 관점에서 사실주의의 강화로 서술의 초점이 변화했음을 보여주는 좋은 예라고 할 수 있다. 이는 이언진을 『풍요속선(風謠續選)』 수록 시인 중 가장 중요한 시인으로 평가한 데서도 확인할 수 있다. 즉, 1797년 간행된 『풍요속선』에는 『소대풍요』 이후 주로 18세기 중엽에 창작된 위항시인의 작품이 수록되어 있는데, 이를 통해 위항시

---

22 위의 책, 251면.

인들은 당대 현실에 대한 정확한 인식적 바탕하에 지향과 처지의 모순을 자각하면서 사회정치적 문제를 보다 더 비판적으로 대했으며, 불만과 항의를 노골적으로 표시했다고 평가하고 있기 때문이다.

19세기 국문시가 중 시조에 대한『문학사B』의 서술은『문학사A』와 마찬가지로 소략하다. 그 이유는 19세기 시조가 가객들의 가창에 의해 더욱 널리 보급되었지만, 형식과 작가적 제한성 때문에 일부 가집 편찬을 제외하고는 큰 성과가 없었던 것으로 평가하고 있기 때문이다.[23] 다만 이 시기 편찬 가집의 예로 박효관, 안민영의『가곡원류(歌曲源流)』,『고금가곡(古今歌曲)』,『객악보(客樂譜)』,『동가선(東歌選)』,『남훈태평가(南薰太平歌)』,『여창가요록(女唱歌謠錄)』 등을 들고 있다.

이 시기 가사는 앞 시기와 마찬가지로 기행가사, 부녀가사, 잡가의 세 갈래로 발전하면서 특색 있는 작품들을 적지 않게 내놓았다고 평가하였으며, 그 예로 김진형의 〈북천가(北遷歌)〉, 한산거사의 〈한양가(漢陽歌)〉, 〈초당문답가〉를 들었다. 이는 잡가가 가사의 하위 갈래에 포함될 수 있는지, 잡가의 정체성 규명에 대한 천착이 좀 더 이루어진 후에 고려할 사항이라고 할 수 있다.

19세기 한자시문학과 관련해서『문학사B』는 이를 실학파문학과 연계해서 서술하고 있다. 즉, 그 대표적 인물로 정약용, 김려, 신위, 김정희 등을 들었고, 서민 시문학의 대표로는 송석원시사 성원들인 천수경, 장혼, 왕태, 김락서, 임광택, 차좌일, 장지완, 이상적, 조수삼의 문학 운동을 제시하고 있다. 이 외에 김삿갓으로 더 잘 알려진 김병연과 진보

---

23 또한 향가와의 연속성에 결부시켜 시조의 중요성을 장황하게 언급했던 김정일의 영향으로 고려나 조선 전기에 그 갈래의 실체를 어느 정도 규명했다고 파악했기 때문에 일어난 현상으로 파악할 수 있다(김준형, 앞의 글, 119면).

적 경향의 사대부로 홍석주, 이학교, 김경직, 김평묵, 박규수, 이상수, 황오, 조희룡, 권용정 등을 언급하고 있다. 또한 여류시인으로 김금원, 운초, 박죽서를 들고 있다. 『문학사A』보다 언급한 작가가 풍부해진 것은 고무적이지만, 시기적으로 모호하게 18세기 말엽에 출생한 19세기 전반기 시인으로 이량연, 홍석주, 김헌기, 이학규, 황오를 제시한 점과 19세기 초엽에 출생한 시인으로 김평묵, 권용정, 김금원, 운초, 박죽서 등을 들고 있는 것은 재고를 요한다고 하겠다. 사상과 작품 분석 없이 시기에 연연한 유형화는 적지 않은 오류를 낳을 수도 있기 때문이다. 한편 『문학사A』와 마찬가지로 신위와 김정희에 대해 한자시문학에서 비교적 상세하게 다루고 있다. 이들은 사상과 예술에 있어 연암과 다산의 혁신적 측면을 계승하면서도 그것을 새롭게 발전시키지는 못한 것으로 파악하고 있는데, 그 이유를 이 시기의 정치적 제약과 혁명 세력의 미성숙에서 찾고 있다.

또한 『문학사B』는 18세기 말부터 19세기 초엽에 활동한 실학자이자 시인인 김려를 사실주의 문학 발전에 크게 이바지 한 독자적인 경지의 개척자로 비중 있게 소개하고 있다. 『문학사A』에서도 김려가 이 시기 풍속세태를 다룬 시인으로서 사실적 시세계와 장편서사시 「방주의 노래[蚌珠歌]」에 대해 상술했다.[24] 이는 『김대A』에서도 마찬가지이다. 『문학사B』는 이러한 기존 견해를 구체화시켜 그의 생활체험을 담은 서정시까지 소개하고 있다. 즉, 『사유악부(思牖樂府)』와 시집 『의당별고(擬唐別稿)』,

---

[24] 북한문학사에서는 「방주의 노래」가 이조 말기 천한 인간들의 형상을 창조함으로써 이 시기 모진 생활고와 봉건적 예속의 조건 속에서도 자주성에 대한 지향을 간직한 인민들의 아름다운 정신세계를 폭넓은 서사시적 화폭을 통해 보여준 작품으로 높이 평가한다(민족문학사연구소, 앞의 책, 251면).

『간성춘혜집(艮城春囈集)』,『만선와잉고(萬蟬窩媵藁)』를 소개하면서「방주의 노래」는 그의 진보적 입장과 시적 재능을 보여주는 작품으로 최하층 천민을 주인공삼아 그들의 참다운 인간적 가치를 생동한 시적 화폭 속에서 노래한 새로운 시적발견이라고 높이 평가하고 있다. 아울러 1797년 유배 과정을 쓴 일기체 기행문『감담일기(坎窞日記)』와 진해 바다 어류들의 생태를 서술한『우해이어보(牛海異魚譜)』를 소개하였으며, 전기소설 형식의 단편소설집『단량패사(丹良稗史)』와 수록 작품들도 소개하고 있다. 결국『문학사B』는 김려에 대해 시와 산문에서 정약용과 함께 18·19세기 문학 발전에서 중요한 위치를 차지하는 실학자이자 작가라고 총평하고 있다. 즉, 다산이 당대의 첨예한 정치적 문제를 정면으로 취급하고 양반들의 파렴치한 범죄 상을 폭로·단죄한 반면, 김려는 이러한 비판적 지향을 바탕으로 당시 인민들의 생활과 그들 정신세계의 아름다움을 가벼운 필치로 그려낸 작가라는 것이다. 이처럼 김려가 실학에 기반하고 있었다는 점을 보다 부각시키기 위해서는 앞으로 그의 저술 중『우해이어보』에 대한 평가가 보다 자세히 이루어질 필요가 있다.[25]

『문학사B』는 정약용에 대해서 실학의 내용을 풍부화·체계화시켜 실학을 집대성한 애국적이며 진보적인 학자의 한사람으로 소개하면서 그의 세계관과 미학적 견해의 바탕에는 문학을 객관적 사물현상의 반영으로 보는 유물론적 입장이 반영되어 있다고 보고 있다. 아울러 그의 시 창작을 수학시기, 유배 전, 유배 이후의 세 시기로 나누어 상술하고

---

25 『우해이어보』는 정약전(丁若銓)이 1814년에 흑산도(黑山島)에서 지은『자산어보(玆山魚譜)』보다 약11년 정도 빠른 1803년에 유배지 진해(鎭海)에서 김려가 지은 우리나라 최초의 어보이다. 이 책은 진해에서 서식하는 어패류 72종의 명칭과 형태, 습성, 포획방법 등을 상세히 기록하고 있다(김려, 박준원 역,『우해이어보』, 다운샘, 2004, 5면).

있다. 앞으로 정약용에 대한 서술 역시 시기적 특성뿐만 아니라 그의 다양한 저술 작업에 드러난 특성들이 함께 반영되어야 한다고 하겠다.

『문학사B』19세기 부분에서 정약용과 함께 주요 인물로 다루고 있는 이가 조수삼과 김병연이다. 즉, 조수삼에 대해 18·19세기의 가장 많은 유산을 남긴 서민 출신 시인의 한사람으로 평가하고, 기행시초『북행백절(北行百絶)』을 소개하고 있다. 또한 그가 진보적 입장하에 다양한 주제의 시 세계를 보여줄 수 있었던 것은 주로 실학의 영향 아래 형성된 선진적 세계관과 사회정치적 시야, 풍부한 생활체험에 바탕을 두고 있기 때문인 것으로 파악하고 있다. 그의 산문으로『추재집(秋齋集)』에 실린 전기소설 작품 「육서조생원전(趙生員傳)」, 「최렬부전(崔烈婦傳)」, 「김장군전(金將軍傳)」, 「동리선생전」, 「리단전전」 등을 소개하고 있다. 김병연의 공적은 한시 형식으로 일반인에게 친근한 시의 세계를 개척한데 있으며, 이의 바탕을 이루는 해학과 풍자, 인도주의 사상이 인민들의 생활과 사상·감정에 근원을 둔 것이라고 평가하고 있다. 조수삼과 김병연의 예에서 볼 수 있듯이 문학의 연속성 측면에서 18세기와 19세기를 완전히 양분하는 것은 불가능하겠지만, 북한문학사는 앞으로 보다 체계적 구분 원칙에 준거해 서술할 필요가 있다. 조선 후기를 다룬『문학사B』가 작가와 작품 위주의 구성을 보이는 것도 이 때문이라고 할 수 있다.

2) 서사문학

『문학사A』를 비롯한 기존 북한문학사는 구전문학을 중요시했기 때문에 서사문학에 있어서도 구전설화가 바탕인 국문소설을 맨 먼저 서술하고, 판소리계 소설 역시 인민설화에 바탕을 둔 소설로 이해하고 있다. 그 이유는 이러한 소설들이 우리나라 현실을 잘 반영하고 있고, 당시 기득권의 이해관계와 반대되는 인민적이며 진보적인 사상을 반영하고 있기 때문인 것으로 파악하기 때문이다.[26]

『문학사B』에서 소설을 유형화하는 큰 틀에 중요하게 적용하는 사조는 사실주의와 낭만주의 전통이다. 사실주의의 경우, 조선 후기를 가르는 분수령인 임·병양난의 영향으로 의식적 각성이 만들어낸 결과물로서 소설의 지위를 명백히 하기 위한 수단으로 설정되었다고 하겠다. 한편, 낭만주의는 이전 시기 소설 문학 전통 계승의 연장선상에서 사실주의의 대척점에 설정한 사조라고 할 수 있다. 또한 소설문학을 시대의 요구에 맞게 발전시켜야 한다는 김정일 문학론의 영향으로 파악할 수 있다.[27]

이와 같은 경향에 따라 『문학사B』는 17세기 서사문학의 특징을 다음과 같이 규정하고 있다. 첫째, 다양한 주제의 소설작품들이 창작되어 사회적으로 널리 보급되었다는 점이다. 둘째, 주제 영역이 확대되고 사회적으로 의의 있는 문제들을 주제로 하는 작품들이 많이 창작되었다

---

26 이는 '인민창작'의 원리에 입각한 것으로 파악할 수 있다. 이는 '인민구전문학'에 대한 다른 표현이다. 인민구전문학은 주체사상이 문학사 서술에 적용되면서부터 중시된 갈래로 『문학사A』부터 인민구전문학을 각 시기의 맨 앞에 세워 서술하고 있다(장경남, 앞의 글, 142면).

27 "감정조직은 작품의 서정성과 련결되여있다. 소설의 서정성은 대상에 대한 짙은 정서적묘사와 주정토로를 통해서도 보장되지만 그보다도 이야기자체가 깊은 정서를 가지고 있어야 살아날 수 있다. 소설에서 이야기의 서정성은 감정조직에 따라 좌우된다. 작가는 매 인물의 감정선과 그사이의 련쇄관계를 성격과 생활의 론리에 맞게 잘 엮어나감으로써 작품에 풍만한 서정이 넘쳐흐르도록 하여야 한다. (⋯중략⋯) 소설에서 랑만주의 수법도 널리 탐구리용하여야 한다. 작가는 인류문학발전과정에서 이루어진 랑만주의 수법을 현대생활의 요구와 미감에 맞게 창조적으로 적용하는 한편 새로운 랑만주의 수법을 적극 탐구해내야 한다."(김정일, 앞의 책, 242·246면)

는 점을 들었고, 그 예로 국문소설의 초기 작품 『임진록』·『홍길동전』·「전우치전」, 중기의 『박씨부인전』·「림경업전」, 후반기의 『사씨남정기』·『구운몽』을 제시하고 있다. 아울러 한문소설의 주제도 확대되어 「몽유달천록」, 허균의 「남궁선생전(南宮先生傳)」·「순군부군의 말을 듣고서―순군부녀신의 원한」·「장생전(蔣生傳)」·「장산인전(張山人傳)」, 박동량의 「림꺽정전(林巨正傳)」, 류영의 『운영전』, 작자불명의 「영영전」·「동선전(洞仙傳)」을 들고 있다. 이 가운데 『임진록』에 대해서는 『문학사A』와 달리 다소 비판적이어서 환상과 과장의 수법을 사용한 점과 미신관념 사용, 세부묘사와 인물형상화의 부족을 한계로 제시하고 있다. 「전우치전」에 대해서도 비판적인데, 봉건국가의 전면적 부정에 이르지 못한 점과 진실성의 부족을 그 근거로 들고 있다. 반면에 「몽유달천록」에 대해서는 주제의 사회적 의의와 인물 형상의 생동성, 구성조직의 독창성 때문에 문학사적 의의가 매우 큰 것으로 평가하고 있다. 또한 『박씨부인전』은 폭넓은 현실 재현과 애국주의 정신의 반영에 따라 17세기 국문소설의 다양한 발전 면모를 보여주는 작품으로 평가하고 있으며, 군담소설의 선구인 「임경업전」과 함께 후대의 애국주의 교양에 기여한 작품으로 보고 있다. 「림꺽정전」은 당시 인민들의 조직화된 무장투쟁을 묘사했다는 점을 높이 사고 있다.

셋째, 장·중편소설 양식이 형성·발전하면서 소설의 형태상 특징을 더욱 원만히 갖추게 되었다는 점이다. 그 예로 『홍길동전』·『박씨부인전』·『임진록』·『운영전』, 김만중의 『사씨남정기』·『구운몽』을 들고 있다. 특히 허균에 대해 자세히 언급하면서 『성소부부고(惺所覆瓿藁)』에는 당대 사회현실에 대한 강렬한 비판적 지향을 반영한 여러 편의 단편소설이 실려 있고, 『홍길동전』은 17세기 조선사회의 첨예한 모

순이 얽혀 있는 사회·정치적 문제가 주제사상적 내용이고, 국문으로
표기했다는 예술적 성과와 창작자의 이름이 명확하다는 점에서 조선
문학사상 획기적 의의를 가지며, 세계 소설 역사에서도 새로운 현상이
라고 높이 평가하고 있다. 이러한 평가는『문학사A』에서 허균과『홍길
동전』에 대한 평가가 인색했던 것에 비하면 매우 중요한 변화인데, 소
설에 있어 사실주의의 강화와 연관해서 새롭게 대두된 현상이라고 할
수 있다. 즉,『홍길동전』이 소설에 창조적으로 구현된, 설화와는 다른
예술적 형상으로는 인물들의 성격과 운명을 생활적으로 진실하게 보
여주는 이야기줄거리 조직 방식, 구체적이면서도 생동한 인물 형상, 등
장인물들의 심리묘사와 외형 묘사에 있어 적실한 작품이라고 평가하
고 있는 것이다.[28] 김만중의 소설에 대해서는『문학사A』와 같은 견해
를 드러내고 있으나, 작품별로 항목을 달리해 자세하게 다루고 있다는
점이 특징적이다. 즉,『사씨남정기』는 사실주의 정신과 인물 형상화에
한계는 있지만, 봉건사회의 가부장제적 축첩제도를 반대하고, 양반의
부패타락상을 날카롭게 적발·폭로한 주제사상적 내용과 국문장편소
설의 선구로서 우리 문학어의 형성·발전에 큰 기여를 한 점, 사실주의
적 묘사의 새 경지를 개척한 점에서 문학사적으로 획기적 의의를 갖는
작품이라고 평가하고 있다. 다만,『문학사A』에서 언급이 소략했던『구
운몽』은 낭만주의적 색채가 농후하고, 개성해방의 지향을 보여주기 때
문에 독자들에게 애독되었다고 평가하고 있다. 따라서 김만중의 소설
작품은 17세기에 새로 발생·발전한 국문소설 창작의 성과를 집대성

---

28 최근에 출간된『김대B』는 '소설'에 대해서 설화의 전통을 바탕으로 하고 있으나 설화
와는 다른 예술적 형상을 창조해낸 산문 장르로 새롭게 파악하고 있다(김현양, 앞의
글, 68면).

하고, 장성하는 미학적 요구를 민감하게 반영함으로써 우리나라 소설 발전의 새로운 지표가 되었으며, 이후의 소설 발전에 큰 영향을 끼쳐 『사씨남정기』 계열에 속하는 『창선감의록(彰善感義錄)』, 『구운몽』의 인기를 반영한 『옥루몽』·『옥린몽』 등 '몽자소설'의 유행을 이끌었다고 보고 있다.

넷째, 사실주의와 낭만주의의 결합으로 『홍길동전』과 『운영전』의 예를 들고 있다. 애정윤리를 주제[29]로 하는 『운영전』은 주인공의 비극적 종말에 주목하여 이것이 이 작품의 사실주의적 성격을 특징짓는 중요한 징표라고 평가하면서 중편소설 양식의 풍격을 훌륭히 갖춘 17세기 사실주의 소설의 대표작 중 하나로 평가하고 있다. 「영영전」은 제기한 문제의 사회적 의의나 예술적 형상 수준은 『운영전』에 못 미치지만, 전대 소설 양식의 평면성과 단순성을 현저히 극복한 것으로 보고 있다. 이외 여성으로서 도덕적 순결성과 함께 애국심을 훌륭하게 구현하고 있다고 평가한 「유록전(柳綠傳)」도 제시하고 있다. 흥미로운 점은 17세기 가정윤리 주제를 다룬 장편소설 작품으로 김만중의 『사씨남정기』와 함께 조성기(1638~1689)의 『창선감의록』을 소개하고 있다는 점이다. 하지만 그 사상예술적 수준은 『사씨남정기』가 훨씬 앞섰다고 보고 있는데, 『문학사B』에 새롭게 제시된 『사씨남정기』와 『창선감의록』의 차이점은 다음 〈표 2〉와 같다.

이상의 작품 비교를 통해 주체문학론에서 강조한 바, 사실주의 문

---

29 "이조 봉건사회에서 청춘남녀 간의 참다운 사랑에 대한 문제는 중요한 사회적 의의를 가졌으며, 이 주제의 소설작품들은 많은 경우 반봉건적 성격을 띠게 되었다. 그 유래는 10세기 수이전체 소설작품 「쌍녀분－두 녀자의 무덤」으로부터 15세기 김시습의 단편소설 「리생규장전－리생과 최랑의 사랑」, 「만복사저포기－만복사의 윷놀이」 등에서 찾을 수 있다."(『문학사B』 4, 213면)

	『사씨남정기』	『창선감의록』
제기된 문제	일부다처제 축첩제도의 철폐	① 부모에 대한 효, 형제 간 우애 (표면적) ② 봉건유교도덕의 절대화 및 인간의 자주성과 존엄을 짓밟는 악덕에 대한 무저항주의 설교
인물의 주제사상적 과제 실현	형상이 명백, 풍부한 생활 묘사에 의해 뚜렷한 개성적 특성 부각	복잡한 인간관계와 줄거리 및 구체적 생활 묘사의 부족으로 인한 몰개성

학에서는 개성화의 요구가 실현되어야 한다는 논지가 반영되었음을 확인할 수 있다.[30] 이와 함께 『문학사B』는 17세기 초 대표적 패설집인 유몽인의 『어우야담』에 대해서도 비교적 자세하게 서술하고 있다. 유몽인이 당대에 보다 발전된 미학적 요구를 반영하면서 사실주의적 미학 견해를 가지고 있었고, 『어우야담』의 특징은 인민들 속에 전해지는 설화나 실재 인물의 일화들, 기이한 사변들을 소재로 한 실화를 토대로 작자 자신이 대담하게 예술적 재창조를 가했다고 평가하고 있다. 이 가운데 한문본에 있는 박두세의 『요로원야화기』는 17세기 후반기에 창작된 것으로 추정하였으며, 봉건사회 현실의 부정적 측면을 예리하게 폭로·비판하였고, 본격적인 단편소설의 풍격을 갖춘 국문소설이라는 점에서 문학사적 의의가 큰 것으로 평가하고 있다. 『요로원야화기』의 경우, 사실주의적 성격을 강화하기 위해서는 17세기보다는 18세기에 편입시켜 논의하는 것이 더욱 타당할 것이다. 이 사례 역시 북

---

30 "문학에서 어떤 인물을 하나의 전형으로 내세우려면 일반화의 요구와 함께 개성화의 요구도 옳게 실현하여야 한다. 세상에는 같은 얼굴을 가진 사람이 없듯이 개성이 꼭 같은 사람도 없다. 그런 의미에서 문학이 사람을 그린다고 하는 것은 개성을 그리는 것이라고 말할 수 있다. 문제는 인물의 개성을 어떻게 그려내는가 하는데 있다."(김정일, 앞의 책, 25면)

한문학사가 아직도 단선적 시대구분에 머물고 있다는 비판에서 자유로울 수 없음을 명백하게 보여주고 있다.

앞서 언급했듯이 기존 북한문학사에서는 18세기에 상품화폐경제의 발전에 따라 도시 발달이 이루어졌고, 도시 평민들이 자신의 요구를 문학에 더욱 강하게 제기했으며, 실학사상의 발전은 이를 더욱 추동하였다고 보고 있다. 이는 『문학사A』와 『문학사B』의 공통된 견해이기도 하다. 이러한 분위기 아래 국문소설 수요가 증가했고, 도시에 책방과 읽는 것을 직업으로 하는 사람들이 출현했다고 보는 『문학사B』는 그 형성발전 과정의 특성에 따라 국문소설을 두 계열로 나누고 있다. 하나는 『홍길동전』, 『박씨부인전』 등 이야기책 국문소설의 전통을 계승하여 발전한 '대형식의 소설'이고, 다른 하나는 『구운몽』의 영향 밑에서 파생된 '몽자소설' 『옥루몽』, 『옥련몽』, 『옥린몽』, 『창선감의록』, 「장화홍련전」 등이다. 『옥루몽』에 대해서는 『문학사A』에서도 18∼19세기의 대표적 장편소설로 큰 비중을 차지하면서 기술되고 있다.[31] 『문학사B』는 『옥루몽』이 달성한 주요 예술적 성과로 긍정적 주인공과 인물 형상의 개성화, 낭만주의적 형상을 통한 작자의 선진적 사회정치적 견해 대변, 개성해방의 지향 등을 새롭게 제시하고 있다. 또한 『옥린몽』의 예술적 성과는 첫째, 부정인물의 성격형성을 통해 봉건 통치배의 도덕적 부패성과 전제군주제도의 반인민·비인간적 정체를 드러내 보여준 것. 둘째, 형상요소의 구성상 작품의 주제사상적 과제를 실현하며 예술적 감흥을 높일 수 있도록 생활반영의 진실성을 담보한 것.

---

31 "이것은 『옥루몽』이 가지고 있는 통속적 흥미에 대한 재발견과 함께 그들의 표현대로 반침략 애국사상과 반봉건적 의식을 새롭게 주목한 결과라 하겠다."(민족문학사연구소, 앞의 책, 247면)

셋째, 개성화된 성격창조. 넷째, 현실감 있는 구체적 언어묘사. 다섯째, 심리세계를 드러내기 위한 내면독백 등을 들고 있다.

18세기 서사문학에 대해서 『문학사A』는 국문소설에 비중을 두고, 구전설화에 바탕한 국문소설과 국문장편소설로 양분해 서술하고 있다. 반면 『문학사B』는 그 주제의 흐름에 따라 작품을 양분하고 있다는 특색을 보인다. 18세기에 많이 읽힌 소설작품들을 주제 측면에서 정리해보면 〈표 3〉과 같다.

〈표 3〉 주제적 측면에서 접근한 18세기 소설의 유형

계열	전대 계승 작품	작품 명
영웅전기소설	『박씨부인전』, 『림경업전』	「류충렬전(劉忠烈傳)」, 「장국진전(張國振傳)」, 「소대성전(蘇大成傳)」, 「조웅전(趙雄傳)」
가정윤리소설	『사씨남정기』	「장화홍련전(薔花紅蓮傳)」, 「콩쥐팥쥐전」, 「정윤선전」, 「어룡전(魚龍傳)」, 「정진사전(鄭進士傳)」, 「진대방전(陳大房傳)」, 「신유복전(申遺腹傳)」, 『옥린몽』, 『쌍천기봉』, 『사성기봉』, 『창선감의록』
기봉기연소설 (애정윤리소설)	『구운몽』	『옥루몽』, 『사성기봉』, 『옥환기봉(玉環奇逢)』, 『옥쌍환기봉(玉雙環奇逢)』, 『명주기봉(明珠奇逢)』, 『황한기봉(黃韓奇逢)』, 『옥연재합록』, 『하진양문록(河陳兩門錄)』, 『쌍주기연(雙珠奇緣)』, 『옥소기연(玉簫奇緣)』, 『황주기연』, 『명주기연(明珠奇緣)』

이 가운데 '가정윤리 소설'은 봉건가정 내부의 모순을 반영하나, 봉건적 윤리관에 의해 모순을 완화시키며, 사회적 근원을 사실적으로 철저히 추구하지 못한 한계가 있다고 평가하고 있다. 특히 「장화홍련전」은 구전설화 토대 소설로서 가장 널리 보급된 작품의 하나인데, 장화홍련의 불행과 비극적 운명을 과장된 수사로 묘사함으로써 미학정서적 작용을 강화하고 있으며, 예술적 형상화 면에서 아직 전대 소설들의 제한성을 극복하지 못하고 있지만, 자국 배경이나 생활소재를 취급하고 있다는 점에서 독자들의 공감을 자아냈다고 보고 있다. 또 「콩쥐팥쥐

전」 역시 전실 소생과 계모간의 모순을 기본갈등으로 한 권선징악적 가정윤리소설로 규정하였고, 구전설화의 영역을 벗어나지 못한 채 소박한 동화적 성격을 지니고 있는 것으로 평가하고 있다. 한편, '기봉기연소설' 계열은 중세기적 봉건윤리의 구속에서 해방되려는 청춘남녀들의 해방적 지향을 반영하였으며 낭만적이라고 평가하였다. 그러나 과연 18세기 소설 작품을 이상과 같이 도식화함으로써 모두 설명 가능한가의 문제는 재고가 필요하다고 할 수 있다. 『문학사A』 등에서 구전설화에 바탕한 국문소설에 포함시켜 다루었던 다음과 같은 작품들의 처리 문제가 대두되기 때문이다.

즉, 『문학사B』에서는 이상의 작품과 별도로 『심청전(沈淸傳)』은 사실주의와 낭만주의의 결합에 의해 인민들의 낭만적 지향과 염원을 구현한 작품이라고 평가하고 있으며, 『흥보전』의 배경은 상품화폐경제가 인민들의 경제생활에 상당히 침투한 18세기의 생활세태로 보고 있으며, 구전설화의 기본줄거리를 토대로 형제간 상반된 성격을 통해 첨예한 사회적 갈등을 시대적 전형으로 부각시켰다고 평가하고 있다.[32] 18세기 대표적 작품으로 평가하는 『춘향전』에 대해서는 "조선인민이 사랑하는 가장 우수한 소설의 하나"라고 규정하고, 대화를 통한 인물 형상화, 세부묘사의 진실성, 서정성의 강화 등을 그 특성으로 제시하고 있는데, 『문학사A』에서 이야기식 서술과 한문투가 쓰이는 한계를 제시함으로써 그 한계까지 평가한 데 비하면 오히려 서술 내용의 후퇴라는 생

---

[32] 『문학사A』는 『심청전』에 대해서 풍부한 세태묘사와 등장인물의 말에 의한 개성화, 해학과 풍자적 수법 등으로 사실주의적 성격을 띤 작품으로 평가하고 있으며, 『흥보전』은 인민적이고 계급투쟁적인 관점을 더욱 선명히 드러내고 있다고 평가하여 그 사실주의적 성격에만 초점을 맞추고 있다(민족문학사연구소, 앞의 책, 245면).

각까지 들게 한다.

이외에『문학사B』는 18세기에「서동지전(鼠同知傳)」,「서대쥐전[鼠大州傳]」,「섬동지전(蟾同知傳)」,「토끼전」,「장끼전」등 우화소설의 발전을 언급하고 있는 점이 특징적이다. 그 발생 원인은 봉건통치계급이 정치적 지배를 유지하는 조건에서 의인화의 수법을 이용해 합법적으로 그들의 정체를 폭로비판하고, 인민들을 교양하는 데 적합했기 때문이라고 보고 있다.

이 시기 사대부들은 소설의 폐해에 대해 자주 언급했으나, 그들 역시 소설을 즐겨 읽었기 때문에『수호전(水滸傳)』,『삼국지연의(三國志演義)』,『서유기(西遊記)』,『금병매(金甁梅)』등 청대 창작 소설작품들이 다수 들어와 읽혔던 점도 언급하고 있다. 아울러 18세기에는 봉건제도를 유지·공고화하고 이용하기 위해 봉건적 충효와 절의를 장려하는 충효록, 선행록을 창작 보급시켰던 점을 언급하면서 그 예로『소씨충효록(蘇氏忠孝錄)』,『서문충효록』,『삼대충효록(三代忠孝錄)』등을 제시했지만, 주로 당시 봉건도덕을 장려하는 이야기를 가공하여 꾸며내었기 때문에 예술적으로 논의할만한 가치 없다고 평가절하하고 있다. 이러한 견해는 '록' 양식이 조선 후기 서사문학 중 소설 유형화의 전제인 사실주의와 낭만주의 전통에 위배될 수 있는 갈래이기 때문에 발생한 입장으로 파악할 수 있다.

『문학사B』에서 18세기 소설발전에 중요하게 이바지한 갈래로 평가한 것이 판소리 대본이다. 기존 북한문학사 중『통사』에서만 판소리와 판소리 서적, 신재효의 역할에 주목하였을 뿐『문학사A』등에서는 신재효에 대한 언급이 거의 없다. 이는 판소리계 소설을 인민구전문학에 바탕을 둔 소설로 파악하고 있기 때문이다.[33] 그러나『문학사B』는 그 예술

형태상 특성으로 '종합성'을 꼽았고, 이는 선행 문학, 음악, 각종 예술성 과를 토대로 17세기 이후 형성·발전해 온 것으로 추정하고 있다. 아울러 18세기 말엽 3명창으로 하헌담, 최선달, 권삼득을 들고 있다. 판소리 12마당에 대해서는 송만재가 영조 30년(1754)에 지은 관극시에 의해 당시에 이미 〈춘향가〉, 〈화용도(적벽가)〉, 〈홍보가〉, 〈매화타령〉, 〈변강쇠타령〉, 〈왈자타령〉, 〈심청가〉, 〈배비장타령〉, 〈옹고집타령〉, 〈가짜신선타령〉, 〈토끼타령〉, 〈장끼타령〉 등이 상연된 것으로 파악해서 남한 문학사와의 간극이 어느 정도 좁혀진 것으로 파악된다. 판소리는 소설보다 현실반영의 진실성, 사실주의적 전형화, 현실비판성, 민족적 특성에서 한걸음 더 전진했다고 평가하였는데, 그 이유는 인민들의 지향과 예술적 재능이 집중적으로 반영되었기 때문이라고 분석하고 있다.

한편, 18세기 한문소설에 대해서는 표기수단인 한문의 난해성으로 인민들이 읽을 수는 없었지만, 「방경각외전」 등 박지원의 소설이 가장 혁신적이라고 평가하고 있다. 이외 한문소설로 김려의 「단량패사」, 작자 불명의 「황강잡록」, 「기담수록(奇談隨錄)」, 「삼설기(三說記)」, 김재육의 『육미당기(六美堂記)』, 김소행의 『삼한습유(三韓拾遺)』, 「서초패왕기(西楚覇王記)」, 「삼자원종기(三子願從記)」, 「노처녀가(老處女歌)」 등을 들고 있다. 박지원에 대한 평가는 『문학사A』의 견해에서 크게 벗어나지 않고 있다.[34]

이외 『문학사B』는 18세기 상층 계급 부녀자에 의한 내간체 작품에

---

33 "이는 주체사상 확립 이후에 이루어진, 판소리에 대한 부정적 평가와 신재효의 역할에 대한 비판적 재평가와 관련이 있는 것으로 보인다."(위의 책, 249면)

34 "「양반전」은 부패무능한 양반의 풍자적 형상을 통하여 당대사회의 계급투쟁을 보여준 작품으로, 짜인 구성 속에서 극적 상황과 극적 계기를 통하여 양반의 부정적 측면을 집중적으로 보이고 있는 이 시기 사실주의적 경향을 띤 풍자소설의 대표작이라고 하면서도 선비란 하늘이 내린 고상한 존재라는 입장에서 명예와 절개를 조심하지 않는 양반을 비판하는 데 머물고 있다"고 그 제한성을 지적하고 있다(위의 책, 256면).

도 주목하고 있다. 그 예로 「제침문(祭針文)」, 「규중칠우쟁론기(閨中七友爭論記)」, 「계축일기(癸丑日記)」, 「인현왕후전(仁顯王后傳)」, 『한중록(閑中錄)』 등을 제시하고 있으며, 이들은 당대 기본 모순이나 시대 지향을 진실하게 반영하지는 못했지만, 봉건시대 부녀자들의 처지·교양·정서를 이해할 수 있고, 서정성이 풍부하여 우아한 문체로 우리 문학을 다양하고 풍부하게 했다는 데 그 의의가 있다고 평가하고 있다.

19세기로 넘어가면, 기존 북한문학사는 공통적으로 소설의 연속적 발전을 해명하기 위해 19세기 서사문학에서 근대적 요소를 찾아 이를 크게 부각시키고 있다. 특히 『채봉감별곡(彩鳳感別曲)』의 예를 들면서 이 작품의 시대배경, 주제사상, 인물형상, 예술적 묘사 등 모든 면이 신소설의 그것과 별반 차이가 없을 정도라고 평가한다. 또한 『통사』는 이 외에도 판소리와 신재효의 역할에 주목하여 그의 업적이 우리 문학사에서 획기적 의의를 지닌다고 평가하고 있다. 앞서 언급했듯이 『통사』를 이어 출간된 문학사들에는 이러한 언급이 거의 없지만, 『문학사B』에 들어와 신재효에 대한 재조명이 이루어진 것은 특기할만하다.

『문학사B』는 19세기 소설문학에서 사회정치적 주제의 작품들보다 가정윤리의 인정세태를 주제로 한 작품들이 많이 창작되었던 것으로 평가했다. 이점은 세도정치에 의해 실학파를 비롯한 당대의 진보적인 문인들이 가혹한 탄압을 당하고 있었고, 당대 정계생활에서 배제되어 있던 서민 출신의 문인들이 소설 창작의 담당층이 되어가던 사정과 관련된 것으로 파악하고 있다. 한편으로 이 점도 사실주의 못지않게 낭만주의적 전통도 우리 서사문학에서 제 자리를 잡아가고 있었음을 입증하기 위한 의도에서 비롯된 것으로 파악할 수 있다.

다만 사건전개에서 환상적 요소가 사라지고, 개념적 서술이 현저히 극복되었으며, 예술적 묘사에서도 새로운 발전을 가져왔고, 문체가 구어체로 되어 사실주의적 묘사가 한층 더 강화되고, 신소설 쪽으로 가까이 접근할 수 있었다고 평가하고 있다. 「옥랑자전」이나 「옥단춘」은 문학사적으로 큰 의의가 없는 것으로 보았지만, 「배비장전」, 「이춘풍전」, 『채봉감별곡』, 신재효 개작 판소리 작품 등은 우수한 작품으로 평가하고 있다. 특히 「배비장전」은 제재의 현실성, 사회비판, 형상의 생동성, 언어의 통속화 등에 기반할 때, 신소설에 직접 연결되며 우리나라 사실주의 발전에 큰 의의를 갖는 것으로 보고 있다. 또한 「이춘풍전」은 19세기 새로운 사회적 조건에서 형성된 새로운 성격적 특성을 사실주의적으로 구현했다고 평가했다. 이에 따라 이후 신소설도 우리나라 중세 소설문학이 이룩해놓은 이러한 성과를 토대로 삼고, 그 창작 경험을 새로운 시대적 요구에 맞게 계승·발전시킨 결과에 의해 출현한 필연적 결과로 보고 있다.

3) 극문학

분량이 적기는 하지만 『문학사B』에서는 앞 시기와 다르게 '극문학'을 별도로 설정하여 서술하고 있는 것이 특징적이다. 여기에 포함되는 것으로 가면극(탈춤 또는 탈놀이), 인형극, 화극, 판소리이며, 현재 우리에게 전해지는 것은 19세기 말부터 20세기 초에 비로소 문헌으로 기록된 것으로 보았다. 이처럼 판소리를 극문학에 포함시켜 별도로 다루고 있는 점은 주체문학론에 입각해 북한문학사의 관점이 변화했음을 보여주는 좋은 증거이다.

물론 지난날의 사실주의창작방법에서도 사람을 사회적관계의 총체로 보고 형상의 중심에 내세워야 한다고 하기는 하였다. 그러나 사람을 형상의 중심에 내세워야 한다고 하는 경우에도 세계에서 사람이 차지하는 지위와 역할에 기초하여 현실을 보고 그릴데 대한 요구를 전면에 제기하지 못하였다. (…중략…) 인간과 생활을 어떻게 보고 그려야 하는가 하는 문학예술의 근본문제는 사람중심의 철학적세계관에 기초하고 있는 주체사실주의에 의하여 비로소 완벽하게 해결될 수 있었다.[35]

이상은 주체사실주의의 창작방법에 대한 설명 중 일부분이다. 기존의 사회주의적 사실주의 창작방법에서는 인간이 사회적 총체로서 묘사되기 때문에 기존 북한문학사에서는 판소리를 서사문학의 일부로 다룰 수 있었다면, 주체사실주의는 인간을 사회적 존재로 보기 때문에 극문학으로 독립시켜 서술했다고 할 수 있다. 또한 김정일 개인의 극문학 옹호론도 여기에 영향을 주었을 것이다.

『문학사B』는 판소리와 관련하여 신재효를 비중 있게 다루고 있다. 그를 판소리 예술의 특성을 이해하고, 이를 새 시대의 미학적 요구에 맞게 혁신하고 발전시킨 재능 있는 예술가로 규정하면서 판소리 여섯 마당을 시대적 요구에 맞게 개작하여 자신이 활동한 시대의 생활세태를 풍부히 도입해 현실감을 강화하였다고 평가하고 있다. 특히 〈토별

---

35 "주체사실주의는 사람을 중심으로 하여 현실을 보고 그리는 창작방법이다. (…중략…) 주체사실주의와 선행한 사회주의적사실주의의 근본적인 차이는 사람을 어떤 견지에서 보고 그리는가 하는데 있다. 선행한 사회주의적 사실주의에서는 주로 인간을 사회적관계의 총체로 보고 그리였다면 주체사실주의에서는 인간을 자주성, 창조성, 의식성을 가진 사회적 존재로 보고 그린다. 관점상의 이러한 차이로 하여 두 창작방법에는 인간을 보고 그리는데서 근본적인 차이가 있게 된다."(김정일, 앞의 책, 100~101면)

가(兎鼈歌)〉를 통해 통치계급과 인민간의 모순을 더욱 뚜렷하게 첨예화시켰기 때문에 이 작품은 「토끼전」에 비해 훨씬 더 사상적으로 목적의식적이며, 붕괴에 직면한 양반의 내면을 더욱 적나라하게 폭로하고 있다고 보고 있다. 『문학사A』에서는 「토끼전」의 토끼를 인민적 성격의 체현자라고 서사문학 부분에서 간략히 서술한 정도에 그친 것과 비교해보면, 그 평가의 심화에 있어 긍정적이라고 하겠다. 신재효 작품의 특징으로는 결말에서 대담한 혁신을 가한 점, 인민들의 지향을 더욱 진실하게 반영한 점, 기본 주제를 더욱 명백히 확인해 준 점, 인민들의 염원과 미감을 중시한 점, 세부묘사의 구체화와 강화된 인정세태의 사실적 재현, 판소리 고유의 해학성을 한층 더 강화시킨 점을 들고 있다. 따라서 신재효의 판소리 여섯마당은 독창적이며, 19세기의 현실과 미학을 반영한 새로운 작품들이고, 그의 창작활동과 성과는 우리 문학의 사실주의적 발전에서 중요한 역할을 한 것으로 평가하고 있다. 그러나 중요한 의의를 갖는 장면의 삭제나 간단한 설명의 대치로 그 사상예술성을 손상시킨 점이나 지나친 고사 인용과 한자 어구의 남용 등 그의 창작이 인민운동과 직접 연결되지 못한 점 등은 제한성이라고 평가하고 있다. 이처럼 『문학사B』에서는 신재효를 긍정적으로 평가하고 있다. 남한에서도 판소리 6마당의 정리 등에 대해서 당대 광대들 사이에 전승되던 작품들을 정리하고, 후대에 이를 매개했다는 점에서 그 의의를 인정한다. 그러나 그가 판소리 사설을 합리적·사실적으로 고치는 과정에서 당대 하층민의 현실인식이 유가(儒家)적 합리주의에 의해 상당 부분 훼손되는 한계를 함께 지닌 것으로 보기도 한다. 따라서 북한 문학사가 신재효에 대한 객관적 평가에서 조선 후기 상하층의 문화를 총체적으로 아우르는 데 실패했다는 점을 간과해서는 안 될 것이다.[36]

『문학사B』는 산대극, 봉산탈춤, 오광대극 등 가면극에 대해서 진보적 사상과 인민성을 담보하고 있는 것으로 평가하고 있다. 즉, 그 기본 사상은 조국에 대한 사랑과 행복한 미래에 대한 염원이며, 이를 저해하는 양반들의 수탈과 만행, 양반제도를 합리화하는 봉건통치제도에 대한 증오와 폭로비판이라고 보고 있다. 꼭두각시극은 가면극에 비해 좀 더 발전하였으며, 희곡으로서 일정하게 자기완성을 이루고 있다고 평가하면서 애국주의와 인도주의적 사상·감정의 표현 형태이며, 인민의 수탈을 통해 호사를 누리는 양반들의 허욕과 반인민성을 재확인한 계기라고 평가하고 있다. 특이하게 〈배뱅이굿〉을 서도소리의 창조에 의한 판소리로 보면서 이 작품은 우리나라 문학예술을 풍부히 한 점에서 마땅히 재평가되어야 한다고 보았다. 또한 그 주제는 미신타파인데, 언어가 생동감 있고 힘차며 한문투가 거의 없이 세련되었다고 평가하였지만, 미신타파적 요소 등에 대한 자세한 논의가 없어 수긍하기 어려운 점이 있다.

이상과 같은 19세기 극문학에 대한 『문학사B』 서술의 한계는 극문학의 전통이 오래되었다고 하면서도 정작 기존 문학사에서는 거의 다루지 않고 있다는 점이다. 즉, 『문학사A』를 포함한 기존 북한문학사에서는 판소리를 산문문학의 범주에서 다루다가 『문학사B』에서는 갑자기 극문학의 범주를 따로 설정해서 다루고 있다는 점이다. 이는 앞서 언급했듯이 주체문학론에 입각해 북한문학사의 관점이 변화했음을 보여주는 증거라고 하겠다.

---

36 특히 작품창작에서 외래어와 한자어를 많이 쓰는 경향이 작가의 낡은 언어 관념과 관련이 있기 때문에 민족어 발전에 장애가 된다는 주체문학론의 언어형상관은 오히려 이전 문학론으로의 퇴보라는 느낌을 준다(김정일, 앞의 책, 219면).

4. 조선 후기 문학사 서술의 변모 의의와 한계

이상의 논의를 통해 『문학사B』를 중심으로 북한문학사 서술의 향방과 변화에 대해 살펴보았다. 『문학사B』가 기존 문학사보다 내용 면에서 풍성해진 것은 사실이다. 그리고 이 점은 매우 긍정적으로 평가할만하다. 그러나 내용이 늘어난 만큼 한계 또한 적지 않게 내포하고 있다.

『문학사A』 등 기존 북한문학사와 비교해볼 때, 우선 지적할만한 문제는 시대 구분의 준거가 명확하지 못하다는 점이다. 조선 후기를 세기별로 구분한 시도는 참신하다고 평가할 수 있다. 그러나 19세기 문학이 양적으로 18세기보다 우세할지는 모르겠지만, 작가나 작품의 대표성이라는 측면에서는 18세기에 비할 바가 아니다. 그럼에도 불구하고 명확한 근거 없이 18세기와 19세기를 구분한 점은 고려해볼 문제이다. 이처럼 도식적으로 시기를 구분했기 때문에 조선 후기 가집이나 작품들 일부에서 귀속 시기를 확정짓지 못하는 문제가 발생한다고 볼 수 있다. 또한 17세기의 경우에도 반침략 애국주의 문학을 강조하려다 보니 별도로 독립시킬 수밖에 없었던 것으로 보이는데, 문학의 연속성 측면에서 과연 독립시키는 것이 타당한가의 문제는 좀 더 신중하게 고려해볼 문제이다.

둘째, 근대와 관련된 내재적 발전론의 당위성 문제이다. 물론 근대와 관련된 자생적 요소를 찾는 일은 우리 문학사에서 매우 중요한 문제이다. 그러나 북한문학사에서 이를 뒷받침하는 근거로 제시하는 것은 조선 후기 평민의식의 각성과 사실주의 전통의 확립 정도이다. 아울러 그 지표로 설성하고 있는 것은 실학의 발달이다. 그런데 북한의 문학사는 이를 설명함에 있어서 임진왜란과 병자호란이라는 국난에 의해

일시에 확립된 조류로 보고 있다는 생각을 지울 수 없게 한다. 이들이 어떤 구체적 경로를 통해 동인으로 작용했는가에 대한 설명이 매우 소략하다. 이는 남한 문학사에서도 풀어내야 할 과제 중의 하나이다.

셋째, 민족의식의 지나친 강조이다. 이것은 『문학사B』가 우리 문학사와 관련된 방대한 업적임에도 불구하고, 부분적으로 일관성 없어 보이는 서술이 눈에 띄는 가장 큰 이유이다. 당시 문자 인식에 대한 수용층의 의식에 대한 고찰 없이 민족의식만 내세웠기 때문에 작가에 대한 설명이 소략하거나 시기적으로 적합하지 않게 편제를 하는 등 수긍하기 어려운 점들이 있다. 가집 『청구영언』과 한시집 『소대풍요』 등을 그 예로 들 수 있다.

넷째, 사실주의 미학원리에 입각한 문학사 기술의 강화이다. 기존 북한문학사에서 작품 평가의 가장 중요한 기준은 인민성이었다. 즉, 이는 인민의 계급적 각성을 바탕으로 전제된 반봉건의식, 봉건세력에 대한 풍자와 저항, 애국주의 등으로 구체화된다. 그런데 『문학사B』는 인민성을 강조하면서도 사실주의 강화에 주안점을 두고 있기 때문에 사회현실의 모순이나 인민들의 실제생활을 그대로 묘사한 작품들을 긍정적으로 평가하고 있다. 물론 작가와 작품의 평가에 있어서 한계도 함께 지적하고 있으므로 일정 정도 객관성을 담보하고 있다고 볼 수 있지만, 지나친 이념의 개입으로 평가에 무리수를 둔 경우를 발견할 수 있다.

이외에도 내용 위주의 작품 소개와 분석이나 이념적 경직화 등 기존 북한문학사에서 한계로 지적되었던 점들에 대한 해결이 다소 부족하다는 점도 앞으로 풀어나가야 할 과제라고 할 수 있다.

3부
근대현대문학사

북한의 1910~1926년 '근대'소설사 서술

근대소설에 대한 인식론적 변화 양상 고찰

오태호

1. 근대 초기 문학사 시기 구분의 유동성

-1925~1927년의 혼재적 활용

이 글은 북한의 문학사에서 1910~1926년 시기의 '근대소설'에 대한 문학사적 인식의 변화 양상을 고찰하는 데에 목적을 둔다. 이 글에서 검 토하는 대상은 『조선문학통사(현대문학편)』(1959),[1] 『조선문학사(19세기 말~1925)』(1980),[2] 『조선문학개관』I(1986),[3] 『조선문학사』7(19세기 후반 기~1926)(2000)[4]로 한다. 주지하다시피 북한의 문학사는 이 네 권의 텍스

---

[1] 과학원 언어문학연구소 문학연구실, 『조선문학통사』하(1900~전후시기), 과학원출 판사, 1959(서울 : 인동, 1988)(이하 『통사』하).

[2] 박종원·류만·최탁호, 『조선문학사』(19세기 말~1925), 과학백과사전출판사, 1980 (서울 : 열사람, 1988)(이하 『문학사A』2).

[3] 정홍교·박종원, 『조선문학개관』I, 사회과학출판사, 1986(서울 : 인동, 1988)(이하 『개 관』1).

[4] 류만, 『조선문학사』7(19세기 후반기~1926), 과학백과사전종합출판사, 2000(이하『문

트 시기를 기준으로 1950년대와 1970년대 말, 1980년대 중반, 1990년대 이후로 크게 대별할 수 있다.[5] 특히 1986년의 『개관』 1 이전과 이후는 문학사적 구성과 진술이 완전히 다르며, 문학사 영역의 확장과 더불어 작가와 작품 평가의 유연한 태도 변화를 보여준다.[6] 따라서 그 구체적인 텍스트를 일별하면서 그 차이를 점검하는 것은 북한 체제가 문학을 호명하는 방식과 인식의 변화 양상을 포착하는 데에 기여할 수 있을 것으로 판단된다.

이 글의 주 연구 범위는 『문학사B』 7의 체제를 중심으로 '1910년~1926년 시기'에 해당하는 소설문학에 대한 부분이다. 최현식은 이 시기의 북한 시문학에 대해 검토하면서 『문학사B』 7이 세 가지 면에서 문제적이라고 검토한다. 첫째는 시대구획으로, 북한 입장에서 근대로의 진입과 근대 극복이 정치사적·문학사적 관점에서 동시에 수행된다는 점, 둘째 기존 문학사에서 배제, 축소, 왜곡되었던 주요 작가와 군소 작가, 작품, 문학적 사건들이 폭넓게 복원된다는 점, 셋째 『문학사B』 15권 중 출간시기가 가장 늦다는 점을 꼽고 있다.[7] 필자 역시 최현식의 견해에 동의한다. 이 시기는 근대문학의 태동기이자 일제강점의 식민지배

학사B』 7).

5 물론 김재용에 의하면 이외에도 1964년 『조선문학사』가 16권으로 출간되었으며, 그 중 9권이 '19세기 말~1919년'(안함광 기술)이며, 10권이 '1920년대'(안함광 기술)로 전체 면모가 구성되어 있다(김재용, 『북한문학의 역사적 이해』, 문학과지성사, 1994, 244~245면). 하지만 이 문학사는 필자가 아직 확인하지 못한 텍스트이므로 이 글의 연구대상에서 제외한다. 다만 문학사가 실재한다면, 그 편제를 볼 때 '통사' 하'의 편제와 내용을 확장한 문학사일 가능성이 크다. 이를테면 『주체문학론』의 입장을 보강하고 확장한 텍스트가 『문학사B』 15(1991~2000)이듯이 말이다.

6 유문선, 「최근 북한 근대문학사 인식의 변화―『현대조선문학선집』(1987~)의 '1920~30년대 시선'을 중심으로」, 『민족문학사연구』 35, 민족문학사학회, 2007, 427~428면.

7 최현식, 「근대시와 주체문학―19세기 말~1926년의 경우」, 『민족문학사연구』 42, 2010, 180면.

가 공고해지는 시기라는 점에서 주목을 요한다. 특히 북한식 어법으로 하자면 '3 · 1인민봉기'를 전후로 크게 문학적 표현과 대응 양상이 변곡점을 드러내는 시기를 포함한다. 남한 연구자들에게도 이 시기는 유사한 분기점을 형성하는 것으로 인식된다. 김윤식 · 김현에 따르면 1919년까지는 계몽주의와 민족주의의 시대로, 1919년 이후는 '개인과 민족의 발견'을 꾀했던 시기를 내포한다.[8] 김재용 등의 경우 1910~1919년 사이는 계몽주의 문학의 기간으로 1919~1927년까지는 3 · 1운동 이후 본격적인 프로문학의 시대가 개화되기 이전까지 '개인과 사회의 변증법'이 발견된 시기로 주목된다.[9] 권영민의 경우 식민지 전반기에는 '개인과 현실의 발견'으로 파악하면서 '근대소설과 단편소설 양식의 확립' 기간으로 파악하고 식민지 중반기인 1920년대 중반 이후 경향소설과 계급소설을 통해 '리얼리즘의 성과'가 집약된다고 평가한다.[10]

이 시기에 대해 전15권으로 기술된 북한의 『조선문학사』(1991~2000)에서 7권은 제2편에서 1910~1926년까지로 기술되고 있다. 김일성에 의한 항일혁명투쟁의 조직적 전개가 1926년 10월 17일에 조직한 '타도제국주의동맹'으로부터 진행되었다는 '북한의 역사적 정설'[11]로 인해 '항일혁명문학'을 강조하는 『문학사A』2에서는 1926년을 분기점으로 삼고 1925년까지의 문학과 1926년 이후의 문학을 구분한다. 이것은 1980년에 출간된 『조선전사』의 문학부문 기술에서 근대문학기를 19세

8　김윤식 · 김현, 「방법론비판」, 『한국문학사』, 민음사, 1973, 21면.
9　김재용 · 이상경 · 오성호 · 하정일, 『한국 근대민족문학사』, 한길사, 1993, 59~60면.
10　권영민, 「서설─한국문학사의 연구방법」, 『한국 현대문학사』 1, 민음사, 2002, 34~35면.
11　진경환 · 신두원, 「문학사의 시대구분」, 『북한의 우리문학사 인식』, 창작과비평사, 1991, 84면.

기 후반기부터 1920년대 전반기까지로 보고, 1926년부터 1945년까지를 현대문학기로 보고 있는 것과 유사하다.[12] 좀 더 구체적으로 살펴보면 '『문학사A』2'에서 1925년으로 시대구분을 한정하는 것에 대한 추정을 가능하게 하는 언급이 두 군데 나온다. 하나는 '문학발전의 사회력사적 환경'에서 김형직이 "1925년 8월 력사적인 무송회의를 소집"[13]하여 '반일민족단체련합촉진회'를 결성한 사건으로서의 해이고, 문학사적 사건으로서는 "1925년 8월 24일 『조선프로레타리아문학동맹』('카프')이 결성"[14]되어 계급문학운동에 나서게 되었다는 이야기를 언급할 때이다. 따라서 '『문학사A』2'에서는 김일성의 전범으로서의 김형직의 활동을 1925년까지로 묶고 있으며, 김일성의 '항일혁명문학' 이전에 카프의 결성까지를 문학사적 전환시기로 삼고 있는 셈이다. 이에 대해 최현식은 '김형직 문예활동의 신화화'로 요약하면서 '『문학사A』2'에서 김형직 문예활동에 대한 보고와 영웅화가 처음 등장한 후 '『문학사B』7'에서 완결되고 있다고 판단한다. 특히 김일성의 사상미학적 전범으로서 김형직의 문예활동이 그 사실성 여부를 떠나 북한문학 고유의 정치의 심미화를 수행하는 주요한 기원에 해당한다고 분석한다.[15] '『개관』1' 역시 '1920년대 전반기 문학'이라는 표현으로 이러한 인식을 따르고 있다. 그것은 1926년 이후 김일성의 항일혁명문학을 새로운 분기점으로 강화하기 위한 논리적 초석이라고 판단된다.

하지만 '1920년대 후반기~1940년대 전반기'를 다루고 있는 '『문학

---

12 이형기·이상호, 『북한의 현대문학』 I, 고려원, 1990, 51면.
13 『문학사A』 2, 97면.
14 위의 책, 175면.
15 최현식, 앞의 글, 180·185~186면 참조.

사B』9'(1995)에 이르면 『주체문학론』에서 "카프'에 대한 공정한 평가'를 강조하는 김정일의 주문과 함께 '카프의 재조직화(제1차 방향전환)'가 시작된 1927년 9월 1일 이전과 이후로 '문학의 계급성'이 강화된 것을 중요한 분기점으로 강조한다.[16] 물론 이것은 1920년대 후반을 강조하려는 문학적 레토릭의 하나일 수도 있다. 그러나 1991년에 나온 '『문학사B』 1'의 '머리말'에서 "『조선문학사』(전15권)의 권별 구성은 다음과 같다"면서 "제7권 19세기 말~1925년, 제8권 1926년~1945년(I), 제9권 1926년~1945년(II)"[17]으로 명기하고 있어서 1990년대 초(정확히는 1991년)와 1990년대 중반 이후(정확히는 『주체문학론』이 출간된 1992년)의 시대구분에 따른 인식이 다른 것으로 추정된다. 그리고 앞서 보았듯이 1995년에 출간된 『문학사B』 9는 시기의 출발점을 '1920년대 후반기'로 특정하면서 시기를 모호하게 명기하고 있다. 이것은 좀 더 정치하게 검토해보아야 할 문제이지만, 기존 북한의 문학사에서 김일성의 항일무장투쟁을 강조하던 방식이, 문학사의 실제적 외연을 확대하려는 김정일의 방침과 겹쳐지면서 문학사적 시대구분에서 '시기적 혼란'을 겪고 있는 것으로 판단된다. 물론 이러한 시기구분의 혼란과는 상관없이 실제 문학텍스트 분석은 1925년이나 1926년(심지어 1927년 작품까지)이라는 시기에 한정하지 않은 채 『문학사A』 2나 『개관』 1, 『문학사B』 7에서 작품 분석이 진행되고 있다. 즉 항일혁명문학을 분기점으로 삼을 경우 비판적 사실주의문학, 신경향파 문학, 무산계급문학의 연계성이 약화될 우려가 있으므로 1925년, 1926년, 1920년대 전반기 등의 표현을 혼재적으로 활용하고 있을 뿐, 텍스트 분석은 대동소이한 것으로 파악된다.

16　『문학사B』 9, 10면.
17　『문학사B』 1, 3면.

이 글은 본론에서 『문학사B』 7을 중심으로 『통사』 하, 『문학사A』 2, 『개관』 1이 지닌 목차의 함의와 그 차이를 검토한 뒤, 『문학사B』 7의 가장 큰 특징인 '김일성의 교시'와 '김정일의 말씀'이 지닌 의미망의 차이를 점검함으로써 김일성 체제의 『문학사A』 2와 김정일 체제의 『문학사B』 7의 차이를 분석하고, 김정일의 '주체문학론'의 핵심인 '유산의 발굴과 확충'이 『문학사B』 7에서 어떻게 구체적으로 보강되고 있는지를 검토하고자 한다. 이것은 1990년대 이후 현재에 이르는 북한의 문학사의 '공식성'을 확인하는 데에 일조할 것이다.

2. 수사적 표현의 유연화 ― '조선문학사' 목차 비교

1991년부터 기획되어 2000년까지 출간된 총 15권 중 7권에 해당하는 『문학사B』 7에서 '제1편 19세기 후반기～20세기 초 문학'과 '제3편 1910년대～1926년 문학 (2)(불요불굴의 혁명투사 김형직 선생님과 강반석 녀사의 혁명시가)'[18]를 제외하고, 이 글의 연구대상이 되는 '제2편 1910년대～1926년의 문학 (1)'의 목차에서 특기할 만한 사항은 수사적 표현의 유연화이다. 유문선은 이러한 특징이 1986년 '『개관』 1' 이후 『현대조선문학

---

18 이 부분은 김일성의 전범으로서 김형직과 강반석의 문예활동을 신화화한 부분으로 이미 앞서 살펴본 최현식의 「근대시와 주체문학」에서 상세히 분석되고 있다. 7권 전체에서 약 5분의 1 분량을 차지하는데, 이는 『문학사A』 2'에서 3분의 2를 차지했던 분량에 비해 축소된 것으로, 문학사적 실상을 복원하려는 노력에 해당한다고 판단된다 (김성수, 「남북한 현대문학사 인식의 거리 ― 북한의 일제강점기 문학사 재검토」, 『민족문학사연구』, 42, 민족문학사학회, 2010, 92면).

<표 1> 『문학사A』와 『문학사B』의 목차 비교

구분	『문학사A』 2(1980)	『문학사B』 7(2000)
1910~ 1925 / 1926	제2편 1910년~1925년의 문학 제1장 문학발전의 사회력사적 환경과 일반적 정형 제1절 문학발전의 사회력사적환경 제2절 1910년~1925년의 문학개관 제2장 일제식민지통치하의 사회현실과 무산계급의 리익을 반영한 문학 제1절 착취사회의 모순과 자유독립에 대한 지향, 애국적인 민족생활감정을 반영한 문학 1. 일제강점하의 불합리한 사회현실을 폭로비판한 문학 2. 자유, 독립에 대한 애국적지향과 갈망을 반영한 문학 3. 애국적인 민족생활감정을 반영한 문학 제2절 무산계급의 리익을 반영한 프로레타리아문학 1. 프로레타리아문학의 발전정형 2. 부르주아반동문예조류들을 반대하는 프로레타리아문학의 투쟁 1) 1920년대의 부르주아반동문학조류 2) 부르주아반동문학을 반대하여 투쟁한 프로레타리아 문예평론 3. 초기프로레타리아문학 1) 소설문학 2) 시문학 3) 극문학	제2편 1910년대~1926년 문학(1) 제1장 문학발전의 사회력사적환경과 일반적정형 제1절. 문학발전의 사회력사적환경 제2절. 문학발전의 일반적정형 제2장. 일제식민지통치하의 사회현실을 비판하고 애국독립에 대한 지향을 반영한 문학 제1절 시문학 (…중략…) 제2절 소설문학 1. 착취사회의 모순을 파헤치고 사회악에 대한 불만을 보여준 소설, 리광수의 장편소설 『개척자』 2. 애국독립에 대한 지향과 신채호의 소설 3. 비판적사실주의소설의 발전, 현진건과 라도향의 창작 제3절 극문학 제3장. 무산대중의 요구와 리익을 반영한 초기 프로레타리아문학 제1절 시문학 (…중략…) 제2절 소설문학 1. 착취사회의 모순과 불합리를 폭로하고 현실에 대한 반항정신을 반영한 소설문학 2. 초기프로레타리아문학의 대표적작가―최서해와 단편소설「탈출기」 제3절 극문학

선집(1987~)』을 거쳐 '『문학사B』'로 연결되면서 선택과 배제의 원리가 유연화됨으로써 문학사의 비약적인 확충이 진행되고 있는 것으로 분석한다.[19]

전체적으로 『문학사A』 2와 『문학사B』 7 두 목차를 비교해보면 『문학사B』 7의 편제가 『문학사A』 2의 편제와 유사하며, 『문학사A』 2를 전

---

[19] 유문선, 앞의 글, 419~420면.

제로 새로이 내용과 형식을 구성하고 있음이 확인된다. 즉 그 차이의 구체적 양상을 보면 첫째『문학사A』2의 '제2편 1910년~1925년의 문학'에서 '제2장 일제식민지통치하의 사회현실과 무산계급의 리익을 반영한 문학'의 하위항목인 '1절 착취사회의 모순과 자유독립에 대한 지향, 애국적인 민족생활감정을 반영한 문학'과 '2절 무산계급의 리익을 반영한 프로레타리아문학'을 '『문학사B』7'의 '제2장 일제식민지통치하의 사회현실을 비판하고 애국독립에 대한 지향을 반영한 문학'과 '제3장 무산대중의 요구와 리익을 반영한 초기 프로레타리아문학'으로 확장했음이 드러난다.[20] 이것은 하위 항목인 '두 개의 절'을 상위 항목인 '두 개의 장'으로 개편하면서 문학사 기술의 양적인 확대라는 차원에서 내용이 확장 보강된 장절항목이라고 할 수 있다.

둘째『문학사A』2에서 상용되던 수식어인 "부르주아 반동문학"류의 적대적 수사가 사라진 점이 확연하다. 즉 '『문학사A』2' 제2절의 하위항목의 내용은 '2. 부르주아반동문예조류들을 반대하는 프로레타리아 문학의 투쟁'으로 명명하면서 그 하위 제목으로 '1) 1920년대의 부르주아반동문학조류'와 '2) 부르주아반동문학을 반대하여 투쟁한 프로레타리아 문예평론'을 다루고 있다. 하지만『문학사B』7에서는 '부르주아반동'이라는 표현 자체가 사라진다. 이것은 프롤레타리아의 안티테제로서의 '부르주아'에 대한 적대적 인식이『문학사B』7에 이르러 유연해졌음을 보여준다.

셋째로 가장 큰 차이는 문인 개인의 실명이 소제목에서 호명되고 있다는 점이다. 이를테면 리광수, 신채호, 현진건, 라도향, 최서해 등

---

20 두 권의 '제1장'은 「문학발전의 사회력사적 환경과 일반적 정형」으로 동일하다.

의 실명이 『문학사B』7의 목차에서는 강조된다. 즉 제2장 '제2절 소설문학'에서는 '1. 착취사회의 모순을 파헤치고 사회악에 대한 불만을 보여준 소설, 리광수의 장편소설 『개척자』, 2. 애국독립에 대한 지향과 신채호의 소설, 3. 비판적사실주의소설의 발전, 현진건과 라도향의 창작'으로, 제3장 '제2절 소설문학'에서는 '2. 초기 프로레타리아문학의 대표적 작가-최서해와 단편소설 「탈출기」'가 눈에 띄는 대목이다. 이것은 '집단과 계급'을 강조하던 문학사 기술 방식에서 대표적 개인을 중심으로 문학사적 특이성을 설명하는 방식으로 문학사적 인식이 바뀌었음을 보여준다. 유문선은 이러한 변화가 '1986년의 집중적인 논의 → 개인적 시도(은종섭, 『조선 근대 및 해방 전 현대소설사 연구』, 김일성종합대학 출판사, 1986.7) → 1차 보고서로서의 『개관』 → 『선집』을 비롯한 본격적 성과 산출'의 경로를 강조하면서 이후 『주체문학론』과 『문학사B』의 유연화의 과정을 추론한다. 그리하여 문학작품의 정전화로서의 『선집』과 문학사적 기술로서의 『문학사B』가 나타난 것으로 판단한다.[21] 이러한 『문학사B』7의 세 가지 특징은 북한에서 문학사적 인식이 유연해지고 있으며, "부르주아 반동"이라는 표현을 연성화함으로써 문학적 외연을 확대함과 동시에 창작자 개인의 문학적 수월성을 주목하려는 변화의 대목이라고 판단된다.

『문학사B』7과 『문학사A』2의 목차는 『통사』하(1959)에서의 같은 시기의 목차와는 현저히 이질적이다. 즉 1919년 3·1운동을 전후로 근대문학 초기의 장면이 분화되고, 1930년 이후 문학에서는 "김일성 원수 항일무장투쟁 과정에서의 혁명문학"이 강조됨으로써 『통사』하에서는

---

21 유문선, 앞의 글, 429~430면.

아직 문학사적 분기점에 대한 명확한 자의식이 형성되지 않았던 것과
확연히 대조된다.

<blockquote>

제1장 1900~1919년의 문학

　1. 산문 2. 시가

제2장 1919~1930년의 문학

Ⅰ. 프로레타리아문학

　1. 산문 2. 시문학 3. 평론

Ⅱ. 프로레타리아문학 이외의 이 시기 진보적 문학

—『통사』 하의 목차

</blockquote>

　『통사』 하의 목차를 보면 장을 분할하는 경계가 '1919년'이었으며, 각
장의 내용이 '산문과 시가(시문학), 평론' 등의 장르적 개념으로 구분되고
있음을 확인할 수 있다. 즉 1967년 유일사상체계 확립 이전에는 '김일성
의 항일혁명투쟁'을 강조하는 주체사상의 잣대로 문학사적 시대 구분을
재단하지 않았음이 확인된다. 물론 시기와 장르를 구분하면서 객관적 기
술인 듯 보이는 목차와는 다르게, 내용 자체는 가장 공격적인 표현을 통해
'부르주아 반동(문학 혹은 조류)의 퇴폐성'을 극복할 것을 강조하고 있다.
　특히 1919년 이후의 문학에서는 이념적이고 계급적인 입장을 강조
함으로써 '프로레타리아문학'과 '진보적 문학'이라는 두 축으로 문학사
를 재구성하고 있음이 확인된다. 즉 '프롤레타리아'와 '진보'의 강조는
그것의 대타적 개념으로서의 '부르주아'나 '보수'의 문학적 양상을 배제
할 가능성이 농후한 명명인 것이다. 그리고 실제로 '반동'이라는 수사적
표현과 함께 '부르주아, 보수, 퇴폐, 예술지상주의, 자연주의' 등을 제거

해야 할 구시대적 문학 행태로 평가절하한다.

　이렇듯『통사』하에 비할 때『문학사A』2와『문학사B』7의 체제는 상대적으로 안정된 문학사적 기준을 보여준다. 특히 30년 이상의 시공적 차이를 내장한『통사』하와『문학사B』7은 시기 구분뿐만 아니라 방법적 접근에서도 뚜렷한 차이를 노정한다. 반면에『문학사A』2와『개관』1은『문학사B』7의 목차와 내용적 구성 면에서 유사한 측면이 상당함을 확인할 수 있다. 즉『문학사A』2의 형식적 특성과『개관』1의 내용적 특색이『문학사B』7로 종합되고 있다고 판단된다. 그러므로『문학사A』2의 편제를 보완하고『개관』1이 담보한 내용적 문제의식을 반영한 문학사 텍스트가 바로『문학사B』7인 것이다.

　Ⅸ. 1910~1920년대 전반기의 문학

　　1. 부르주아계몽문학으로서의 '신문학'

　　2. 반일애국문학의 창조발전

　　　－나라 잃은 슬픔과 독립에 대한 지향을 반영한 시작품들

　　　－신채호와 그의 소설「꿈하늘」

　　3. 비판적사실주의문학

　　　－1910년대 일제식민지통치하의 불합리한 사회현실을 비판한 문학

　　　－1920년대 비판적사실주의문학과 현진건, 라도향, 김소월의 창작

　　4. 무산계급의 리익을 반영한 프로레타리아문학

　　　－초기프로레타리아문학과 최서해의 창작

　　　－리상화와 그의 시「빼앗긴 들에도 봄은 오는가」

—『개관』1(1986)의 목차

『개관』1은『문학사A』2와『문학사B』7의 중개적 공간에 탄생한 그야말로 '개관'이다. 『문학사A』2와의 가장 큰 차이는 '부르주아 문학'의 긍정성을 문학사에 기입한 점을 들 수 있다. 이상경에 의하면, 『문학사A』2는 이 시기 문학의 경향을 크게 "비판적 사실주의 문학과 진보적 낭만주의 문학, 애국적인 민족 생활감정을 반영한 문학, 초기 프롤레타리아 문학"으로 나누어 서술하는 반면, 『개관』1은 "부르주아 계몽문학과 비판적 사실주의 문학 그리고 초기 프롤레타리아문학으로 나누고 반일 애국문학이라는 항목을 따로 설정"[22]한 것이 차이다.

하지만 목차에서 확인되는『문학사A』2와『개관』1의 가장 큰 차이는 '부르주아 반동문학 조류'에 대한『문학사A』2의 언급이 '부르주아 계몽문학으로서의 신문학'이라는 새로운 내용으로 바뀐 것에서 드러난다. 이것은 '부르주아 문학'에 대한 인식이 '반동'이라는 이데올로기적 접근방식에서 '계몽'이라는 문학사적 사실에 대한 접근으로, 부정적 비판에서 중립적인 의미에서의 긍정적이고 객관적인 평가로 전환되었음을 보여준다. 즉 '부르주아 반동문학 조류'에 대한 반대로서의 '프롤레타리아문학'이 아니라 '1910년대 신문학'의 부르주아적 실체를 인정함과 동시에 '부르주아 문학'이 내포한 계몽적 태도를 문학사에 새로이 기입한 것이다. 그런 점에서『문학사A』2와『개관』1은 현격한 인식 차이를 보여준다. 『개관』1의 목차에서 드러나듯 "부르주아 계몽문학으로서의 '신문학'"은 기존 '북한문학사'에서의 제목과는 상당히 이질적인데, 제목만이 아니라 내용에서도 상당한 새로움이 드러난다. 즉 이광수 문학의 공과(功過)에 대한 직접적인 평가가 진행되고 있는 것이다.

---

22 이상경, 「1910년~1925년의 소설」, 『북한의 우리문학사 인식』, 창작과비평사, 1991, 301면.

'『문학사A』 2'에서 "부르주아문학의 반인민성"을 퍼뜨린 "반동작가"[23]
만으로 평가되던 작가가『문학사B』 7에서는 "1910년대 계몽주의 문학
을 대표"하는 "부르주아계몽주의문학"작가로서 "사회악에 대한 불만
을 일정하게 표현함으로써 이 시기 진보적소설문학발전에 기여"[24]한
공로를 인정받고 있다는 대목에서 그것을 확인할 수 있다.

　　『문학사A』 2와『개관』 1의 목차와 비교할 때『문학사B』 7의 목차는
『문학사A』 2의 편제와 유사하다고 할 수 있으며,『개관』 1의 내용적 측
면을 구체적이고 실증적으로 보완하고 있다고 볼 수 있다. 반면에『개
관』 1과『문학사B』 7의 가장 큰 차이는『문학사B』 7에서 '리광수'라는
개인이 목차의 전면에 나서고 있다는 점과, 분량과 내용 면에서도 이광
수 문학의 긍정성을 강화한 점을 들 수 있다. 최현식의 경우 "『문학사
B』의 유연성과 확장성이 근대문학 자체에 대한 시각과 인식의 변화에
전적으로 의존하지 않"으며, "오히려 중심과 주변의 전도, 문학사적 원
리의 전유 등을 통해 혁명문학을 주류화 정통화하는 전략의 부산물"에
해당한다고 비판한다. 그러면서『문학사B』 7이『개관』 1의 확장판이자
완결판이며,『개관』 1은『문학사A』 2와『문학사B』 7의 완충제이자, 태
도와 시각의 일정한 변화를 매끄럽게 연결짓고 봉합하는 심리적 연결
고리에 해당한다고 분석한다.[25] 이광수를 단순히 "부르주아계몽문학
으로서의 '신문학'"에 일조한 작가가 아니라 "착취사회의 모순을 파헤치
고 사회악에 대한 불만을 보여준 소설"가로 1910년대의 문학적 성과를
호평하고 있는 것이 그것을 입증한다.『무정』(1917)에 대해서는 "청년들

23 　『문학사A』 2, 175면.
24 　『문학사B』 7, 88면.
25 　최현식, 앞의 글, 172~174면.

의 사랑과 련정에 대한 이야기"로 "신문명에 대한 청년들의 리상과 시대적 기분"을 추적하고 있다고 평가한다. 그러면서 『개척자』가 『무정』의 약점을 극복하고 "낡은 봉건도덕에 저항하는 신시대의 륜리, 개성의 자유와 해방에 관한 사상을 표현하면서 당대의 사회악에 대한 불만"[26]을 반영한 작품이라고 2면에 걸쳐 상세히 분석 평가하고 있다. 『개척자』에 대해 "관념적인 조작"과 "신사상의 주입이 겉으로 뻔히 드러난 졸작"이라는 남한 연구자의 인색한 평가[27]와는 사뭇 다르다는 점에서 북한의 문학사 특유의 이데올로기적 접근을 확인할 수 있다.

이렇듯 『통사』 하, 『문학사A』 2, 『개관』 1 등의 기존 문학사와 비교할 때 『문학사B』 7의 목차는 균형감이 돋보인다. 그것은 제1장에서 문학사회학적 관점으로 문학 텍스트가 탄생된 사회역사적 배경과 문학적 개요를 설명한 뒤, 구체적으로 제2장에서 "일제식민지통치하의 사회현실을 비판하고 애국독립에 대한 지향을 반영한 문학"으로 시와 소설, 극문학을 구체적으로 검토하고 제3장에서 "무산대중의 요구와 리익을 반영한 초기 프로레타리아문학"으로 시와 소설, 극문학을 구체적으로 검토하고 있기 때문이다. 그러므로 『문학사B』의 목차는 1986년 이래로 '주체사실주의'[28]라는 창작방법론을 기준으로 문학사회학적 관점에서 문학의 장르적 특성을 시, 소설, 극으로 분류하여 체계화하고 있는 특성을 내포한다.

---

26 『문학사B』 7, 130~131면.
27 김윤식, 『한국 현대문학사』(수정판), 서울대 출판문화원, 2008(1992), 108면.
28 김정일에 의하면 주체사실주의는 사람중심의 세계관에 기초한 창작방법이며 사회주의적 내용을 민족적 형식에 담을 것을 요구하고, "우리의 혁명적 문학예술의 력사"가 곧 주체사실주의의 역사임을 강조한다(김정일, 『주체문학론』, 조선노동당출판사, 1992, 91~116면).

 북한의 우리문학사 재인식

3. 지도 담론의 변화—김일성 유일 담론에서 김정일 병행 담론으로

『문학사B』7에서 새로이 담론적 주체로 부가된 "령도자"는 김정일이다. 그것은 장을 설명하는 앞부분의 교시가 김일성저작선집의 구절을 전거로 해서 논지가 펼쳐지는『통사』하와『문학사A』2,『개관』1과는 다르게『문학사B』7에서는 "령도자 김정일의 지적"이 두 차례 제시되기 때문이다. 최현식의 경우 이러한 변화를 "역사와 현실을 통찰하는 '교시' 주체의 분절과 역할 분담 문제"로 파악한다. 즉 김일성이 '포괄적인 교시의 형식'을 취한다면, 김정일은 '구체적인 세목'에 집중하는 경향을 보인다고 판단한다.[29]

『통사』하에서는 "10월혁명의 승리의 결과에 마르크스·레닌주의 선진적 혁명사상이 조선에 침투되여 급속히 전파되기 시작하였으며 점차적으로 조선민족해방운동의 전략전술의 기초로 되였다"[30]는 '김일성의 말씀'이 제2장「1919~1930년의 문학」을 개관하는 부분에서 전거로 활용된다. 즉 러시아 혁명의 영향하에 1910년대 후반에 마르크스-레닌주의의 사상적 흐름이 한반도의 운명에 영향을 미치게 되었다는 인식이다. 그리고『문학사A』2에서는 "일본제국주의자들의 독점적 식민지였던 조선은 세계에서 류례가 드문 야만적학정과 략탈로 말미암아 극도의 정치적 무권리와 경제적파산과 문화적 암흑상태에 처하여있었습니다"[31]라는 '김일성의 교시'가 '제2편 1910~1925년의 문학'의 도입부에 자리한다. '러시아 사회주의 혁명의 강조'가 사라지고 일제의 학정

---

29 최현식, 앞의 글, 168~169면.
30 『통사』하, 31면.
31 『문학사A』2, 87면(『김일성저작선집』1권, 제2판, 52면에서 재인용).

과 약탈이 정치, 사회, 경제, 문화적 식민의 상황을 강제하고 있는 현실
을 더욱 강조하는 것이다.

이어 『개관』1에서는 "일본제국주의자들은 일찍이 세계력사에서 보
지 못한 극악한 중세기적 공포정치를 실시하였습니다. 일제는 조선민
족의 모든 권리와 자유를 박탈하였으며 언론, 출판, 집회, 결사, 신앙의
자유의 마지막 흔적까지도 허용하지 않았습니다"[32]라는 '김일성의 교
시'가 'IX. 1910~1920년대 전반기의 문학'의 도입부에 자리한다. '중세
기적 공포 정치'라는 표현으로 일제의 혹독한 탄압을 요약하면서 1910
년대의 상황을 압축하고 있는 것이다. 이렇듯 『통사』 하에서 『개관』1
에 이르기까지 시대 인식을 대표하는 주체는 김일성이며, 따라서 실질
적인 '문학적 수령' 역시 김일성이고 그의 교시가 문학 내외적 좌표 역할
을 담당하고 있음이 드러난다.

하지만 『문학사B』 7에서 기존의 교시와는 다른 변화된 징후를 보여
주는 것이 '김정일의 지적'이다.

'카프'문학과 함께 '신경향파'문학에 대하여서도 응당한 위치에서 옳게
평가하여야 한다. 1920년대 전반기 우리나라에서 프로레타리아문학의 기
치를 들고 새로운 경향으로 나타난 최서해, 리상화, 리익상의 초기작품을
비롯하여 '신경향파'문학은 비판적 사실주의로부터 사회주의적 사실주의
에로 넘어가는 길을 열어놓았다.[33]

'제2편. 1910년대~1926년 문학 (1)'에서 가장 앞에 나오는 "령도자

32　『개관』1, 333면(『김일성저작집』 2권, 350면에서 재인용).
33　『문학사B』 7, 91면(『김정일선집』 12권, 385면에서 재인용).

의 지적"이 바로『김정일선집』에 나온 '카프'문학과 '신경향파'문학에 대한 정당한 평가의 필요성이다. 즉 '항일혁명문학' 중심의 기존 평가에서 소외되었던 '카프와 신경향파'라는 문학사적 사실에 대한 공정한 평가를 주문하는 것이다. 이러한 평가의 필요성은『주체문학론』의 2장 「유산과 전통」에서 '3) 민족문학예술유산을 주체적 립장에서 바로 평가하여야 한다'라는 대목에서 "'카프'문학에 대한 평가와 처리를 공정하게 하여야 한다"[34]는 것으로 이어진다. 즉 "'카프'문학을 사회주의적 사실주의로 규정하면 우리의 혁명적 문학예술전통에 대한 해석에서 혼란이 생길 수 있다고 생각하는 것은 잘못"[35]이라는 전제와 연결되는 대목이다. '항일혁명문학'만이 '사회주의적 사실주의' 문학이 아니라 카프의 문학텍스트 가운데에서도 '사회주의적 사실주의' 문학이 있음을 강조함으로써 객관적 문학 텍스트에 대한 '공정한 평가'의 필요성을 제기함과 동시에 문학적 외연을 확대하려는 포석이라고 볼 수 있다. 특히『주체문학론』에서의 김정일의 논점은 그대로『문학사B』7에 반영되어 있다는 점에서 중요한 시사점을 갖는다. 즉 "20세기 초엽의 우리나라 문학작품을 더 많이 찾아내고 옳게 평가하여야 한다"[36]면서 자신이 '리인직과 리해조'를 문학사에 기입하게 하였음을 강조하는 것은 김정일의 지적이 곧 문학사에 반영되는 힘의 논리를 입증한다.

이렇듯 김정일의 문학적 외연의 확장과 공정한 평가의 주문은 '『개관』1'에서부터 문학사적 평가의 변화를 가져오게 한다. 즉 '부르주아 계몽문학으로서의 신문학'이 언급되면서 리광수와 최남선에 대한 긍정적

---

34 김정일,『주체문학론』, 조선로동당출판사, 1992, 77면.
35 위의 책, 79면.
36 위의 책, 82면.

평가가 진행되고 있다는 점에서 그것을 확인할 수 있다. '『문학사B』7'에서의 기존 문학사와의 대표적인 차이는 '리광수의 공적'을 높게 평가하는 점에서 드러난다. 즉 "1910년대 부르주아 민족주의운동의 시대사조에 편승하여 부르주아계몽주의 사상을 고취하는 작품"[37]들을 창작한 대표적 작가로 이광수가 거론된다. 특히 『주체문학론』에서 김정일이 "장편소설 『개척자』를 비롯한 리광수의 초기소설들은 1910년대의 우리나라 소설문학의 대표작으로서 당대의 사회악에 대한 불만이 일정하게 반영되여 있다"[38]고 지적한 것을 전거로 삼는다. 김정일의 지적이 주요한 문학적 평가의 잣대로 활용되고 있음을 보여주는 두 번째 대목이다.

실제로 『문학사B』 7에서는 "신문명에 대한 청년들의 리상과 시대적기분"[39]을 보여준 『무정』(1917)에 대해 개략적인 분석과 평가를 진행한다. 그리하여 "착취 사회의 사회악에 대한 폭로"가 드러나지만, "현실 비판정신은 미미하며, 종교적 '박애'사상과 부르주아적 '미덕'도 당대 현실을 미화한 흔적"이라며 비판적 평가를 진행한다. 나아가 『개척자』가 "『무정』의 약점을 적지 않게 극복하고 낡은 봉건도덕에 저항하는 신시대의 륜리, 개성의 자유와 해방에 관한 사상을 표현하면서 당대의 사회악에 대한 불만을 일정하게 반영"하였다고 평가한다. 김정일의 지적이 수용되어 "사회악에 대한 불만"을 중심으로 『개척자』의 공이 『무정』의 과를 압도한다고 평가되는 것이다. 물론 "과학기술을 습득하고 발전시키는 것을 나라의 독립과 문명개화를 위한 기본방도로 내세우고 녀성의 인격문제, 자유로운 사랑과 결혼이 '신시대'의 근본 문제

---

37 『문학사B』 7, 129면.
38 위의 책, 129면(김정일, 『주체문학론』, 조선로동당출판사, 1992, 83면).
39 『문학사B』 7, 129면.

인 것처럼 제기한 것, 그리고 형상에서의 생활적진실의 빈약 등 작가의 세계관적제한성으로부터 오는 일련의 부족점"이 지적되기도 한다. 이러한 작가의 세계관에 대한 비판은 1930년대 문학과 이후의 친일문학인으로서의 이광수를 연계하기 위한 장치인 것으로 파악된다. 하지만, "당시로서는 시대가 제기한 문제를 일정하게 반영하고 그에 형상을 지향시키면서 사회악에 대한 불만을 표현한 것으로 하여 진보적 의의"를 가지며, "신소설에 비하여 인물들의 성격 형상과 묘사, 언어문체 등에서 새롭게 전진함으로써 현대적인 소설을 개척하는데 이바지하였다"[40]고 높이 평가한다. 이렇게 보면 "사회악에 대한 불만"만이 아니라 근대적 인물의 형상화와 언문일치체의 특성까지 함께 고평하는 것으로 파악할 수 있다. 물론 그러한 종합적 평가가 가능한 것은 김정일이 '지적'한 '사회악에 대한 불만의 반영'이 문학사적 평가의 핵심적인 '종자'에 해당하기 때문이다.

『통사』 하와 『문학사A』 2에서는 배제되었던 이광수가 『개관』 1에서부터 "부르주아 계몽문학으로서의 '신문학'"의 선구자로 최남선과 함께 전면 복권되듯 언급된다는 것은 특기할 만한 사실이다.[41] 이것은 『개관』 1 즈음에 이미 '김정일의 지적'이 『문학사A』 2에서와는 다르게 작동하고 있었음을 보여준다. 아니면 적어도 『개관』 1의 '근대문학' 집필 저자인 박종원이 김정일과의 교감 속에 '부르주아 계몽문학의 복권'을 진행하고 있었다고 판단할 수 있다. 유문선에 의하면 1986년을 경

---

40 위의 책, 131면.
41 물론 '『개관』 1'에서는 이광수의 첫 작품을 1915년의 「젊은 꿈」으로 잘못 기록하는 등 좀 더 정치하게 자료를 분석하지는 않고 있다. 통상적으로 일어로 쓴 「사랑인가」 (1909)나 우리말로 쓴 단편 「무정」(1910)을 첫 작품으로 기록하기 때문이다. 김윤식·정호웅, 『한국소설사』, 문학동네, 2000, 68~69면.

계로 문학사 기술 양상이 획기적 변모를 시작한 것은 확실하지만, 이 변화의 저변에 내재된 "내적인 배경과 의도 혹은 은밀한 사정 등은 아직 알 수 없다"고 설명한다.[42] 즉 『개관』 1에서 "봉건적인 락후성과 식민지민족으로서의 불행한 처지에서 벗어나 문명개화와 부강발전을 이룩하려는 계몽사상"이 "『무정』(1917), 『개척자』(1918) 등에서 더욱 깊이 있게 추구"[43]되고 있다고 높이 평가하는 것은 적어도 『주체문학론』 이전 시기인 1980년대 중반에 이미 문학적 공과에 대한 '공정한 평가'가 가능하다는 김정일의 승인이 있었음을 보여주는 대목인 것이다. 아니면 적어도 박종원의 문학사적 인식을 김정일이 『주체문학론』으로 집대성하면서 수용했음을 보여주는 대목이기도 하다.[44]

물론 『개관』 1에서는 긍정성보다는 부정성에 보다 많은 지면을 할애하고 있다. 즉 『민족개조론』(1922) 등의 해독성을 지적하면서 "부르주아 반동작가 리광수는 『단종애사』(1929), 『혁명가의 안해』(1930), 『흙』(1933) 등 색정적이며 허무주의적인 반동소설들을 써서 친일적인 민족개량주의와 굴종적인 패배주의사상, 복고주의사상을 전파"하였으며 특히 『혁명가의 안해』에서 "혁명가, 공산주의자들을 중상모독함으로써 공산주의에 대한 불신을 부식하려고 책동"한 사실을 비판한다.[45] 특히 결론적으로는 '신문학운동'이 "부르주아민족주의사상자체가 진보성을 상실한

---

42 유문선, 앞의 글, 428면.

43 『개관』 1, 338면.

44 권영민의 경우 은종섭의 『조선 근대 및 현대 소설사 연구』(1986)를 근거로 들면서 반동적 부르주아 작가로 비판받았던 이광수, 현진건, 이효석, 채만식 등의 문학 재평가 작업이 이루어지면서 진보적 성격이 새로이 조명되고 있다고 평가한다. 하지만 개략적 언급만 있을 뿐 구체적인 내용에 대한 분석은 부재하다. 권영민, 『한국 현대문학사』 2, 민음사, 2002, 433면.

45 『개관』 1, 338~339면.

것과 마찬가지로 시대의 요구와 인민의 지향에 맞지 않는 반인민적이며 반동적인 길을 걸었으며 민족문학의 건전한 발전에 부정적으로 작용"[46] 했음을 지적하면서 비판적 평가를 마무리한다. 즉『개관』1에서는 작가에 대한 부정적 평가를 배제하지 않으면서 일정한 긍정성을 도입했다면,『문학사B』7은 1910년대에 국한하여 "사회악에 대한 불만"을 반영한 긍정적인 작가라는 점에 방점을 찍어 호의적으로 평가하고 있는 것이다.

이렇게 보았을 때『통사』하나『문학사A』2 등의 기존 문학사가 김일성 담론을 중시했다면,『문학사B』7은 김정일의 담론을 중심으로 새로운 문학사적 평가와 더불어 문학적 외연이 확장되고 있음을 알 수 있다. 특히『개관』1에서 '부르주아 계몽문학'이자 '신문학'의 선구자로 언급되고 문학적으로 복권된 '이광수'에 대해 '사회악에 대한 불만 표출'이라는 요소를 강조하면서 문학적 위상과 비중이 더욱 확대되었음이 주목된다. 이것은 '김정일의 말씀'을 전제로 북한의 문학사에서 이광수가 차지하는 근대문학의 위상에 대해 유연한 문학사적 입장을 견지하는 것으로 인식이 전환되었음을 보여준다.

4. 문학 유산의 확충―공정한 평가의 강조

『문학사B』7이 두 차례에 해당하는 '김정일의 지적'을 수용하여 문학적 유산을 확충하고 1910~1920년대 문학에 대한 공정한 평가를 강

---

46 위의 책, 340면.

조하는 대목은 여러 곳에서 발견된다. 그러한 유산의 확충과 공정한 평가에 대한 강조는 문학적 외연의 확대로 이어진다. 그것을 가능케 한 표현은 『주체문학론』에서 우선적으로 확인된다.

> 작가와 문학작품을 공정하게 평가하기 위하여서는 작가의 출신성분이나 가정환경, 사회정치생활경위를 문제시하면서 편견을 가지고 대하는 일이 없어야 한다. 작가의 출신과 사회생활경위가 복잡하다 하여도 우리나라 문학예술발전과 인민의 문화정서생활에 이바지한 좋은 작품을 썼다면 그 작가와 작품을 아끼고 대담하게 내세워주어야 한다.[47]

인용문에서 보다시피 김정일은 작가와 작품에 대한 공정한 평가를 위해 편견을 없앨 것을 강조한다. 특히 "문학예술발전"이라는 측면과 "인민의 문화정서생활에 이바지한" 측면을 선행 평가의 기준으로 제시한다. 즉 문학예술의 발전적 측면에서 중요한 작품을 산출했느냐의 여부와 인민의 정서생활을 함양한 작품을 산출했느냐의 여부로, 작가의 출신이나 복잡한 사회생활경위를 떠나서 텍스트성을 높이 살 수 있다는 주문인 것이다. 이러한 기준을 적용하여 이광수가 복권되었음을 짐작할 수 있는 대목이다.

『개관』 1이나 『문학사B』 7 이전에는 이광수, 김동인, 염상섭이 문학사에 끼어들 여지가 없었다. 왜냐하면 『문학사A』 2에서는 '반인민적, 퇴폐적, 반동' 작가로 낙인찍힌 상태이기 때문이다. 즉 "3 · 1인민봉기 이후의 부르주아문학에는 반인민적이며 퇴폐적인 경향이 더욱 강화되

---

47 김정일, 앞의 책, 83면.

고 여러 가지의 반동적 사조들이 발생"했음을 지적하면서 곧이어 "반동 작가 리광수, 김동인, 주요한 등이 동인이 된『창조』(1919), 반동작가 렴상섭, 오상순 등이 동인이 된『폐허』(1920), 반동작가 박종화, 박영희, 김기진 등이 동인이 된『백조』(1922) 등 이 시기 부르주아 문예잡지들을 무대로 자연주의, 허무주의, 퇴폐주의, 소극적 감상주의, 반동적 랑만주의 등을 퍼뜨리기에 광분한 각이한 문학류파들의 존재"[48]가 있었음이 비판된다. '프롤레타리아문학'을 강조하기 위해 적대적 개념으로서의 부르주아 문학이 내포한 '반인민적, 퇴폐적, 반동적 사조들'을 거론하고 있는 것이다. 이광수, 김동인, 염상섭, 박종화 등이 노정한 문학적 특성을 '자연주의, 허무주의, 퇴폐주의, 소극적 감상주의, 반동적 낭만주의'라고 폄하하면서 그 차이를 규명하기보다는 '광분한 문학 유파의 존재'로 평가절하하고 있는 것이다. 특히 "리광수는 감옥에서 나온 혁명가들을 모욕하는 내용의 작품『혁명가의 안해』라는 소설"을 썼으며, "조선사람은 일본제국주의자들과 '동조동근'이라고 떠벌이던 놈"[49]이라는 원색적인 '김일성의 교시'가 주요한 판단의 근거로 작동한다. 수령의 교시와 말씀이 당과 인민에 앞서는 전일적 사회에서 이광수에게 가해진 비판과 욕설은 지극히 당연한 것으로 받아들여질 수밖에 없는 것이다. 이렇듯 '친일반민족작가로서의 이광수의 반동성'을 비판하던 목소리는 적어도『개관』1 이전까지는 지속된다. 물론『개관』1에서도 "부르주아 반동작가"라는 꼬리표는 곳곳에서 사라지지 않고 등장한다.

하지만『문학사B』7에서는 이광수를 비롯한 김동인, 염상섭 등의 다른 작가군들에게서도 "반동작가"라는 수식어가 거의 완전히 사라진다.

---

48 『문학사A』2, 176면.
49 위의 책, 179면(김일성, 『사회주의문학예술론』, 77면).

즉 "주체9년(1920)을 전후하여 문단에는 또한 동인지들인 『창조』, 『백조』, 『폐허』가 출현하였는데 이것은 이 시기 부르주아문학의 한 류파를 이루었다"는 식으로 객관적 사실을 나열하는 식의 가치중립적 평가가 이루어진다. '반동작가'들의 '반동적 사조'에서 '부르주아 문학의 한 유파'로 평가의 객관화가 진행된 것이다.

김동인, 주요한, 전영택, 오천석, 김억 등 『창조』(1919.2.1~1921.5.30)의 동인들은 1910년대의 부르죠아 계몽주의문학에 대한 비판적 태도를 취하면서 "소설의 취재를 구구한 조선사회풍속개량에 두지 않고 인생이라 하는 문제와 그리고 살아가는 고통"을 그리는데 둔다고 주장해 나섰다. (…중략…) 『창조』는 3·1운동을 전후하여 9권이 발행되였는데 거기에 실린 대부분 작품들은 자연주의, 예술지상주의의 경향을 다분히 발로시켰다.
씨러의 시 "옛것은 멸하고 시대는 변하였다. 내 생명은 폐허로부터 온다"에서 그 제목이 유래하였다고 하는 『폐허』(1920.7.25~1921.1.20)는 렴상섭, 오상순, 황석우, 김억 등이 동인으로 있었는데 『폐허』 역시 퇴폐주의적 경향을 띠였다.
『창조』, 『폐허』와 함께 1920년대 초 부르죠야적 문예잡지의 하나로서 홍사용, 박종화, 라도향, 리상화, 현진건, 안석주 등이 동인이 되어 간행된 『백조』(1922.1.1~1923.9.6)는 많은 경우 감상적인 랑만주의의 세계에 머물러있었다.[50]

인용문에서 보이듯 『문학사B』 7은 '반동'이라는 부정적 꼬리표가 삭

---

50 『문학사B』 7, 90~91면.

제된다. 『개관』 1에서도 이광수와 함께 "퇴폐적인 부르주아 반동"이라는 수식어를 『창조』, 『폐허』, 『백조』 등의 동인지가 받고 있었다는 점에 비춰보면 진일보한 평가이다. 즉 『문학사B』 7에서는 중립적 표현을 통해 기존의 비판적 평가로부터 인식론적 전환이 이루어지고 있음을 확인할 수 있다. 실명을 나열하면서 『창조』의 특징을 '자연주의와 예술지상주의의 경향'으로, 『폐허』는 '퇴폐주의적 경향'으로, 『백조』는 '감상적 낭만주의의 세계'에 국한하는 '하나의 경향'을 띠고 있다고 진술하고 있을 뿐이다. 그것은 '보수 반동'이기 때문에 극복해야 할 '반동조류'이거나 제거해야 할 '배타적 대상'으로 접근하는 기존의 인식론적 태도에 변화가 진행되고 있음을 보여준다.

특히 『창조』 등의 유파들의 주장과 작품에 대해 "일부 사실주의적 경향을 보여주고 문장 같은 데서 이전 시기 문학에 비하여 보다 근대적인 성격을 드러내긴 하였지만 적지 않은 현실 도피적이며 생활의 진실을 외곡 반영하는 데로 나감으로써"[51]라고 평가하여 '근대성'에 대한 긍정적 평가로의 전환을 암시하고 있다는 점은 시사적이다. 즉 사실주의적 경향과 문체에 대한 근대적 성격을 고평함과 동시에 현실 도피적 성격과 생활적 진실의 왜곡을 두루 비판하고 있는 것은 문학적 공과를 공정한 잣대로 의미화하려는 가치중립적 태도를 보여주는 것이다. '사실주의적 근대성'과 '현실의 왜곡 반영' 사이를 유동하는 문학사적 인식은 기존 평가에서 제외되었던 문인들에 대한 재평가가 진행될 수 있는 여지를 보여주는 것이다. 기존의 평가에서 '반동작가'라는 명명에 의해 김동인과 염상섭이 제외되어 있던 점이 북한의 문학사 기술의 맹점이

---

51 위의 책, 91면.

라고 보았을 때, 이러한 변화된 인식은 당대의 객관적이고 실체적인 문학적 사실을 문학사에 기입할 가능성을 보여준다는 점에서 유의미한 변화라고 파악된다.

김동인의 경우 '비판적 사실주의, 초기프롤레타리아문학, 진보적 낭만주의' 등의 관점에서 보면 놓일 자리가 없다고 보는 시각도 있다.[52] 하지만, 3·1운동 직후 감옥의 풍경을 다룬 「태형」(1922) 같은 작품은 충분히 비판적 사실주의문학으로 거론될 수도 있다는 점에서 기존의 북한의 문학사에서 의도적으로 배제했다고 판단된다. 그리고 이상경의 지적처럼 염상섭의 경우 『만세전』까지의 초기작품들에서 드러난 사실주의 경향의 작품들을 외면하고 있는 것 역시 여전히 북한의 문학사 기술이 자의적인 기준에 의한 것임을 보여주는 대목이다.

이외에도 『문학사B』 7에서는 1910년대 '비판적 사실주의 문학'의 대상 텍스트가 확충된다. 『문학사A』 2에서는 「슬픈 모순」과 「절교의 서한」만이 거론된 반면에, 비판적 사실주의 문학의 대표작으로 「마을집」(주락영, 1917), 「랭면 한그릇」(류종석, 1917), 「우유배달부」(ㅅㅎ생, 1918), 「의심의 소녀」(김명순, 1918)[53] 등이 추가된다. 이 작품들에는 "일제강점하에서 천대와 멸시를 받으며 궁핍과 고통 속에서 살아가는 하급사무원들과 품팔이군, 빈농민과 지식인, 청년학생들의 실생활이 사실주의적으로 재현되어 있다"고 분석된다. 하지만 기존 『통사』 하, 『문학사A』 2, 『개관』 1 등에서와는 다르게 새로이 언급된 '「마을집」, 「랭면 한그릇」, 「우유배달부」, 「의심의 소녀」' 등의 작품은 이 개관 부분에서 작품 제목만 거론될 뿐 본문에서 구체적인 내용에 대한 분석과 평가가 부재하다. 이

---

52 이상경, 앞의 글, 310면.
53 『문학사B』 7, 89면.

것은 '문학유산의 새로운 확충'이라는 차원에서 새로이 추가된 텍스트로 파악되지만, 미학적 분석이 병행되어야 온당한 평가라고 할 수 있을 것이다.[54]

'비판적 사실주의 경향의 소설문학'을 대표하는 1920년대 작가와 작품에서도 새로운 작품들이 보강된다. 그리하여 현진건의 경우 「빈처」, 「운수 좋은 날」 등의 기존 작품들 외에도 「피아노」(1922)를 언급하며 "수만 원대의 돈의 소유자인 한 부잣집의 무위도식하고 허례허식에 가득 찬 생활을 그리면서 부자들의 정신적공허성을 풍자적으로 폭로 규탄하였"[55]음을 높이 평가한다. 나도향의 경우에도 「벙어리 삼룡이」나 「지형근」 등의 기존 작품들 외에도 "가난과 천대에 시달리는 사람들의 비참한 생활처지를 그린 단편소설 「17원 50전」(1923), 녀성들의 비참한 운명과 생활문제를 다룬 단편소설 「전차차장의 일기 몇절」(1924), 「계집하인」(1924) 등에서 자본주의사회 면모의 일단을 드러내고 그에 대한 비판정신을 보여주었"[56]음을 언급한다. 이런 작품들과 함께 기존 문학사에서 거론되지 않던 박길수의 「땅 파먹는 사람들」(1925)도 새로이 거론되는데, "1920년대 비판적 사실주의문학의 발전면모를 잘 보여주고 있다"[57]고만 언급할 뿐, 구체적인 내용과 분석, 평가는 부재하다. 이렇듯 새로이 추가된 작품들은 당대의 현실반영으로서 주제나 소재의 차원에서 취사선택된 것으로 판단된다. 이를테면 현진건의 「피아노」가 보여주는

---

54 유문선의 연구에 따르면 총 100권 정도에 이를 것으로 짐작되는 『현대조선문학선집』과 '『문학사B』 7'을 면밀히 교차 검토해야 그 변화의 구체적 의미와 양상을 평가할 수 있을 것으로 판단된다.
55 『문학사B』 7, 145면.
56 위의 책, 151면.
57 위의 책, 89면.

부자의 허례허식에 대한 비판을 제외한다면 하층민들의 궁핍한 생활상을 통해 일제강점하의 자본주의적 폐해를 보여주고 있기 때문이다.

그리고 기존의 문학사에서는 '염군사'와 '파스큐라'에 이은 1925년의 '카프' 결성이 강조되었다면, 『문학사B』7에서는 카프 결성 이후, "1920년대 말에는 그 회원수가 200여 명, 1930년대에는 300여 명에 달하였다고 한다"[58]라고 적시하면서 회원 수의 증가와 "문학의 계급성"을 강조한다. 즉 "1927년 재조직을 계기로 새로운 강령을 채택하고 '조합주의 투쟁에서 정치투쟁'으로 방향을 전환하여 무산대중을 위한 문학으로서의 목적의식성"[59]을 강화하였음을 부연 설명한다. 이러한 1927년의 강조 역시 김정일이 제기한 '유산의 발굴과 확충'과 더불어 '카프'에 대한 '공정한 평가'의 연장선상에 있는 변화라고 볼 수 있다.

5. 문학사적 외연의 확장

이 글은 『문학사B』7을 중심으로 북한의 문학사에서 1910~1926년 시기의 '근대소설'에 대한 문학사적 인식의 변화양상을 고찰하였다. 『문학사B』7을 중심으로 『통사』하(1959), 『문학사A』2(1980), 『개관』1(1986) 등과의 비교를 통해 구체적인 텍스트를 일별하면서 그 차이를 점검함으로써 북한 체제가 문학을 호명하는 방식과 인식의 변화 양상을 포착할 수 있었다. 이 시기는 근대문학의 태동기이자 일제강점의 식민지배가

---

58 위의 책, 93면.
59 위의 책, 95면.

공고해지는 시기로서 계몽주의 문학의 기간이자 본격적인 프로문학의 시대가 개화되기 직전까지의 시기를 포괄한다는 점에서 남북 문학의 분기점에 해당하는 시기라고 볼 수 있다.

뿐만 아니라 『문학사B』 7은 북한이 1990년대 이후 문학사적 외연을 확장하고 있는 현재적 시점의 모습을 보여준다. 『주체문학론』의 출간 (1992)을 전후하여 출판되기 시작한 『문학사B』 전체는 1991년 이후 2000년까지 15권으로 기획된 북한의 정통문학사에 해당한다.[60] 그 문학사 안에서 여전히 김동인이나 염상섭에 대한 문학적 공백이 표출되고 있는 것은 남북 문학사의 인식론적 차이가 상당함을 보여준다. 하지만 '부르주아, 반동, 보수, 퇴폐' 등의 부정적 표현들이 『문학사B』 7에 이르러 제거되고 있는 것은 문학사적 간극이 좁혀지고 객관화될 수 있음을 보여주는 징표라는 점에서 고무적이다. 특히 1910년대 '부르주아 계몽주의 문학'에 제한되긴 하지만 이광수의 문학적 공과에 대한 복원이 이루어진 점은 다양한 문학적 텍스트가 '조선문학사'에서 논구의 대상이 될 수 있음을 보여준다는 점에서 주목할 만한 변화라고 판단된다.

이 글에서 검토한 『문학사B』 7의 가장 큰 특징은 크게 세 가지로 대별된다. 첫째, 이광수의 문학을 1910년대 문학의 핵심으로 거론하는 등 기존 문학사에서 '부르주아, 반동, 퇴폐, 보수' 등 적대적 대립을 강조하던 표현에서 표현의 적대감을 제거하고 중립적 입장을 강조하고 있다는 점이다. 둘째, '김일성의 교시'만 강조되던 방식에서 『주체문학론』을 위시한 '김정일의 지적'이 『문학사B』 7에서는 함께 강조되는 담론으로

---

60 2012년에 1990년대 북한의 문학을 다룬 『문학사B』 16(류만·최광일, 『조선문학사』 16, 사회과학출판사, 2012.6.20)이 출간되어, 전체의 면모가 16권으로 확대되었다. 따라서 이 진술은 수정되어야 한다.

수용되고 있음이 드러난다. 셋째, 문학 유산의 확충의 측면에서 새로운 문학작품의 소개가 늘고 있다는 점이다.

김동인이나 염상섭처럼 남쪽 문단에서 주목을 받고 있는 문인이 북한의 문학사에서 배제되어 있는 것은 여전히 북한의 문학사가 문학적 사실보다는 이데올로기적 기준으로 작품의 공과를 평가하고 있음을 보여준다. 그러나 『문학사B』 7에서 보이듯 문학적 사실에 기반하여 문학 연구의 대상 텍스트를 확충하려는 노력은 남북한의 문학적 이질성을 극복하고 공통분모를 확대하는 데에 기여할 수 있다고 판단된다.

북한의 19세기 말~1926년 '근대'시사 서술

근대시와 주체문학

최현식

1. 새로운 『조선문학사』를 읽다

최근 김정일의 사망과 후계자 김정은의 집권 과정에서 발생한 숱한 논란과 기이한 사태들을 접하면서, 우리에게 북한은 여전히 사실 이전에 이미지로 존재하고 있다는 느낌을 지울 수 없었다. 수령의 건재함을 자랑하려는 북한이나 거기에 어떤 조작이 숨어 있음을 찾아내려는 한국 및 서방세계들이나 퍼즐 게임에 열중해 있기는 마찬가지라는 점에서, 이들 모두는 이미지 생산의 공모자이다. 이런 이유 때문에 북한의 내부를 비교적 객관적으로 지시하고 표상하는 어떤 '실물'들은 상당한 위력과 가치를 행사한다. 물론 이것들조차 국가의 기획과 통제의 산물임을 부정할 수는 없다. 하지만 '공적 담론'으로서 '실물'들은 각종 이미지가 산종하는 오해와 왜곡, 과장과 축소 등을 한 번쯤은 진지하게 걸러보게 한다. 이 지점에서야 비로소 객관적 사실은 형성되고 또 손에 잡히기 시작한다.

북한문학, 특히 문학사 분야에서 어떤 '실물'을 들라면, 무엇보다 사회과학원 주체문학연구소가 편찬한 『문학사B』를 꼽아야 할 것이다. 이 텍스트는 이전의 공식 문학사 『통사』나 『문학사A』와 달리, 매우 조직적인 편찬과 서술, 새로운 자료의 발굴과 집적에 공들인 흔적이 역력하다. 『문학사B』의 기초 작업으로 『개관』이 먼저 작성되었다는 것, 그리고 『문학사B』의 편찬과 맞물려 방대한 규모의 '조선문학선집'[1]이 간행되었다는 것, 주체문학론이 이 작업들의 실질적 주체로 작동하고 있다는 것 등은 새로운 『문학사B』의 위상을 여실히 짐작케 한다.[2] 말하자면 『문학사B』는 단순히 문학사 서술에 바쳐진 언어행위가 아니라, 혁명의 계승과 쇄신을 동시에 목적하는 김정일 시대를 문학사적으로 표상하는 아이콘인 것이다.

이 글이 중점적으로 다룰 『문학사B』 7은 다른 어떤 부분보다 이 아이콘의 위상과 역할이 두드러진다. 북한에서 통칭 '근대'라 불릴 수 있는 19세기 말~1926년의 문학사[3]를 다룬 이 책은 여러 가지 면에서 문제적이다.

1　『조선고전문학선집』, 『현대조선문학선집』, 『조선사화전설집』이 그것으로(「머리말」, 『문학사B』 1, 2면), 이를테면 『현대조선문학선집』의 경우, 해방 이전까지만 해도 총 45권이 발간되었다(유문선, 「최근 북한 근대문학사 인식의 변화」, 『민족문학사연구』 35, 민족문학사학회, 2007, 435~436면 참조).

2　이런 사정에 대한 보다 자세한 검토는 유문선, 위의 글, 427~431면 참조.

3　이 시대 구분은 『문학사B』 7을 따른 것이다. 이 책은 반제반봉건 투쟁과 근대문명 수용이 본격화된 근대계몽기부터, 북한 혁명문학의 싹을 처음 틔운 영웅으로 칭송되는 김형직과 강반석의 문예활동까지를 다루고 있다. 1926년은 김형직이 사망한 해이자 김일성이 '타도! 제국주의 동맹'을 결성한 해이다. 동 시기를 다룬 『문학사A』 2가 '근대'의 하한선을 1925년으로 설정했음을 고려할 때, 이런 치밀성은 '사실'에 따른 수정 이상의 특별한 의미를 지닌다. 혁명투쟁의 세대교체가 근대문학과 현대문학(= 주체문학)의 교체를 획정하는 형국이랄까.

첫째, 시대구획. 이 시기는 이전의 한국문학사에서 흔히 취했던 근대문학기에 해당한다. 1930년대부터 언어와 사상의 갱신과 심화에 역점을 둔 미적 근대성의 획기(= 현대문학)가 본격적으로 열린다는 인식은 여전히 유효하다. 이에 반해 북한 입장에서 이 시기는 근대로의 진입과 근대 극복이 정치사적·문학사적 관점에서 동시에 수행되는 매우 의미 있는 시절이다. 미리 말해두건대, 이 시기는 김일성 가계의 혁명투쟁이 발아, 성장하는 시기이며, 그들의 문예활동이 당대의 프로문학을 훨씬 뛰어넘는 '혁명문학'으로 진화해가는 때로 규정된다.

둘째, 기존의 문학사에서 배제, 축소, 왜곡되거나 아예 실종되었던 주요 작가와 군소작가의 작품, 문학적 사건들이 매우 폭넓게 복원되고 있다는 사실. 우리는 이런 객관적 태도에 유의하면서도, 그러나 이것이 과연 전적으로 '사실'의 복원인가 아니면 일종의 정치적 전략과 긴밀히 맞물린 '전통의 창안'인가를 진지하게 되물을 필요가 있다. 이 문제는 다음 사항과도 깊이 연관되어 있다.

셋째, 출간 시기. 『문학사B』 7은 15권 중 가장 늦은 2000년에 발행되었다. 『문학사B』는 현대문학 부분만 하더라도 대상 시기의 순서에 따라 간행되지 않으며, 또한 출판도 사회과학출판사를 위주로 하되 과학백과사전종합출판사에서도 몇 권 간행되는 특이한 양상을 보인다.[4] 물론 이전의 『문학사A』 역시 19세기 말~1945년을 대상으로 한 두 권이 가장 늦게 발간되었다는 점에서, 이런 변형은 크게 새로울 것 없다.

하지만 이 문학사의 아이콘적 성격을 감안하면, 문제는 그리 간단하

---

4 가령 『문학사B』 9는 책등에는 '사회과학출판사'로, 표지와 서지란에는 '과학백과종합출판사'로, 『문학사B』 11은 책등과 서지란에는 '사회과학출판사'로, 표지에는 '과학백과종합출판사'로 표기하는 혼동을 보이고 있다.

지 않다. 『문학사B』 7은 북한문학사 최초로 신체시, 최남선, 이광수, 한용운, 주요한, 김억 등을 복권했으며, 『문학사A』 2에서 탈락되었던 김소월을 다시 등재하고 있다. 더욱이는 김형직의 생애와 문예활동을 혁명투쟁에 비추어 정교하게 되살려내고 있다.[5] 어쩌면 이 부분이야말로 『문학사B』 7이 가장 뒤늦게 발행된 결정적 이유인지도 모른다. 김형직의 혁명투쟁 및 문예활동은 구전이나 상상의 차원이 아니라 객관적 논리를 갖춘 '사실'로 치밀하게 조직되고 구축되어야 했다는 것. 이것은 대를 이은 혁명투쟁과 그것을 지도하는 수령의 창조에 없어서는 안 될 기반, 즉 기원성과 정통성의 확보를 뜻한다.[6] 1994년 김일성의 갑작스런 죽음은 혁명투쟁과 혁명문학의 가계도 작성을 더욱 요구했는지도 모른다.[7]

나는 이런 문제들에 유의하면서, 특히 다음 사항들의 검토에 주안점을 둔다.[8] 첫째, 김정일의 『주체문학사』가 북한의 '근대'문학사 서술의

---

5 이들 이름이 처음 언급되고 김형직이 본격적인 서술 대상이 된 것은 『문학사A』 2이다. 이 문학사는 김일성의 문예지침을 다룬 『주체사상에 기초한 문예이론』(사회과학출판사, 1975)을 사상적·미학적 기저로 삼고 있다. 그 때문인지 몰라도 위에서 언급한 근대문학사의 주역들은 대부분 부정적인 평가를 받고 있다. 이 점, 『문학사B』 7과 매우 대비되는 양상 가운데 하나이다.

6 이에 비한다면, 근대문학사 주역들의 복권과 재배치는 자료와 평가의 문제가 남북한을 가로지를 때 비교적 쉽게 해결될만한 성질의 것이란 점에서 출간을 지연시키는 결정적 요소가 되지는 못했을 것이다.

7 1998년 이후 발간된 『문학사B』들(7, 12, 13, 15권)이 김일성 탄생에 기점을 둔 '주체' 연호를 적은 뒤 괄호 안에 서기를 병기하는 역사표기 체계를 채택하고 있다는 사실 역시 이와 무관치 않겠다. 그리고 김일성에 대한 충성심과 효성을 대내외에 과시함으로써 수령 지위의 안정적 획득을 도모했던 유훈통치 기간(1994~1997)이 『문학사B』 7의 발간 과정에 자리 잡고 있다는 사실 역시 기억해둘 만하다.

8 이 글은 『문학사B』 7에 집중하는 만큼 기존의 시문학사에 대해서는 덜 친절할 수밖에 없다. 따라서 비슷한 시기를 대상으로, 『문학사A』 2와 『개관』 1의 시 장르를 검토한 김윤태, 「1910년~1925년의 시」(민족문학사연구소 편, 『북한의 우리문학사 인식』, 창작과비평사, 1991)는 여러모로 일독할 필요가 있다.

개변과 확장에 끼친 영향. 둘째, 복권된 근대시의 주역들에 대한 서술과 가치평가의 '사실성'과 '정치성'. 셋째, 이 시기 가장 높은 사상·예술적 경지를 보여준 것으로 평가되는 김형직 문학의 신화성과 허구성, 다시 말해 '만들어진 전통'의 복합적 의미. 이런 사항들을 논의하는 가운데 『문학사B』7에 대한 가치평가 역시 자연스럽게 드러나기를 희망한다.

2. '근대' 문학사와 『주체문학론』의 접합 원리

『문학사B』에 대한 공식적 입장과 서술 감각을 살피려면, 먼저 「머리말」을 볼 일이다. 이곳은 북한의 문학사 편찬사업을 총괄하는 자리이자 이데올로기적 지향성을 대내외에 선포하는 공적 담론의 장이기 때문이다. 「머리말」에서 눈에 띄는 몇 가지 사항을 검토하는 것으로 『문학사B』의 공적 위상과 발화 체계를 엿보고자 한다.

먼저 역사와 현실을 통찰하는 '교시' 주체의 분절과 역할 분담 문제. 『문학사B』이전 교시는 철저히 김일성의 몫이었다. 그러나 『문학사B』의 경우, 그 역할을 김일성과 김정일이 나누어 수행하는 경향을 보인다. 김일성 쪽이 보다 포괄적인 교시의 형식을 취한다면, 김정일은 보다 구체적인 세목에 집중하는 경향을 보인다. 이것은 『문학사B』 본문에서 더욱 두드러지는데, 이를 통해 김일성과 김정일의 연속성 및 지위 체계, 주체문학론의 정론성과 진화 과정이 객관화되는 효과가 창출되는 것이다.

둘째, 민족문화의 유구성과 인민의 창조성, 그리고 세계문화에 대한 기여 강조. 자문화의 연원과 우수성에 대한 강조는 문화민족주의의 전형적인 클리셰 가운데 하나이다. '민족'의 강조는 마르크시즘과 마르크시즘적 문예미학의 퇴장을 자연스럽게 유도하며, 민족문화의 기원성과 보편성에 대한 창안의 욕망[9]을 더욱 가속시킨다. 서구 및 일본 문학의 이입과 내면화에 대한 성실한 고구(考究)가 거의 누락되고, 문학사의 '내재적 발전론'이 전경화되는 현상[10]은 이와 밀접히 연관된다.

셋째, 주체문학론 또는 주체의 방법론에 의한 문학사의 전일화. '주체' 담론이 북한의 공식적인 목소리로 등장한 때는 1960년대 중반 이후라는 것이 통설이다. 그러나『문학사B』는 마르크스주의 문예학에 기반한『통사』까지도 '주체의 방법론'에 기초하여 서술된 것으로 파악한다. 기존 문학사의 전유는 단순히 역사의 왜곡이나 날조로 바라볼 성질의 것이 아니다. 역사의 전유는 현재의 발화(發話) 능력과 권한을 대폭 확장하는바,『통사』와『문학사B』의 미학적·사상적 차이는 주체문학론에 의해 상당 부분 봉합된다. 물론 이들의 봉합은 '사실'의 응시 이전에 서술 대상의 역사화, 그러니까 혁명문학(= 주체문학) 이전의 근대문학을 민족의 문화유산으로 과거화함으로써 획득되는 것이다.

세 가지 관점은『문학사B』전반을 일관하는 서술의 기저이자, 작가·작품의 선택과 배제, 가치평가의 기준에 해당한다. 허나 이런 전반적 입장만을 가지고『주체문학론』이 근대문학사의 개변과 확장에 개입하는 방식을 세목화하기는 어렵다. 따라서『주체문학론』이 근대문학

---

9   고전문학을 대상으로 이런 경향을 검토한 글로는 김현양, 「민족주의 담론과 '주체'의 문학사」,『민족문학사연구』35, 민족문학사학회, 2007 참조.
10 '사대주의와 복고주의의 극복', 주체성에 바탕한 '조선문학 발전의 합법칙적 과정 서술', '진보적이며 인민적인 작품의 발굴 및 문학사 편재' 등과 같은『문학사B』의 주요 원리는 김정일의『주체문학론』(조선노동당출판사, 1992)을 일관하는 문학사적 관점이기도 하다.

을 파악하고 재구성하는 관점과 방법에 대한 선이해가 요청된다.

　　김정일은 근대문학을 '유산과 전통'의 일부, 다시 말해 '민족문화유산'으로 위치 짓는 한편 '혁명적 문학예술전통'과 '민족문화유산' 사이에 확실한 계선을 설정하는 방식으로 근대문학의 자리와 지위를 확정짓는다. 이런 태도는 근대문학의 포용적 확장이 차이의 무화가 아닌, 근본적 차이의 생성에 의해 수행되는 것임을 암암리에 시사한다.

> 　　지난 시대의 작가와 작품을 문학사나 예술사에서 취급하는 목적은 어디까지나 작가, 예술인들과 자라나는 새 세대들에게 우리 문학사와 예술사에서도 당대 문학예술발전에 긍정적인 기여를 한 작가와 작품이 있다는 것을 알려줌으로써 민족적 긍지와 자부심을 안겨주는 동시에 지난날의 력사에서 경험과 교훈을 찾게 하자는데 있다. (…중략…) 그런 것만큼 지난 시대의 작가, 예술인들을 문학사나 예술사에서 취급할 때에는 응당 주체사상의 사회력사 원리와 조선민족제일주의정신에 기초하여 작품에 반영된 긍정적 측면을 많이 이야기하면서 부정적인 측면에 대하여서도 사리에 맞게 잘 분석하여야 한다.
>
> 　　　　　　　　　　　　　　　　　　　　─김정일, 『주체문학론』, 84면.

　　인용문의 앞부분에서 발굴과 복권, 재평가가 필요한 근대문학자들을 언급하고 있음을 고려하면, 이 단락은 근대문학의 재배치와 확장 원리를 제시한 것으로 읽힌다. 그간 실종됐던 작가와 작품은 그것들의 뛰어남 때문에, 혹은 인민의 심미적 교양 습득에 적합하기 때문에 새로 편입된 것은 아니다. 일제에 의해 말살된 근대문학 작품을 적극 발굴하여 조선민족의 우수성을 널리 알려야 된다는 김일성 교시와 위의 인용문이 보여주듯이,[11] 무엇보다 조선민족제일주의와 애국투쟁(혁명) 의식의 고양에 궁극적 목적이 있는 것이다. 문학적 '사실'은, 그리고 문학사의 확장성과 유연성은, 정치의 미학화를 위한 보조 장치로 여전히 기능하고 있다는 회의적 평가는 그래서 가능하다.[12]

> 민족문화유산을 고전문화유산으로만 보아도 안되지만 혁명적문학예술전통을 과거의 민족문화유산과 뒤섞어놓거나 민족문화 유산에서 차지하는 그의 위치를 다른 유산과 평균주의적으로 대하여서도 안된다. 혁명적 문화예술전통은 민족문화유산의 핵이며 중추이다.
>
> ―김정일, 『주체문학론』, 61면.

『주체문학론』을 읽다보면, 추방자들, 그러니까 반동적 근대문학을 비롯한 카프문학의 재평가와 복권을 둘러싸고 꽤 심각한 우려와 반발이 있었다는 느낌을 받는다. 주체의 방법론에 의한 문학사 구축이 한껏 진행되는 와중에 '공공의 적'으로 낙인찍은 문학들을 특정한 원칙과 기준 없이 불러들인다는 것은 사상적·미학적 분란과 위험을 자초하는 일일 수밖에 없다. 다 같이 민족문화유산에 속하는 근대문학·카프문학과 1920년대 혁명문학 사이의 계선 설정은 따라서 필연적이었다.

이들은 민족문화유산이란 틀에서는 같이 묶일 수 있지만, 사상적·미학적 층위에서는 엄연히 혁명문학이 제일의 가치를 지닌다. 가령 카

---

11 김정일, 『주체문학론』, 조선노동당출판사, 1992, 82면.

12 이 말은 북한에서 "문학사의 확장과 유연화가 불가역적이고 근본적인 변화의 추세를 타고 있다"는 사실을 부정하기 위한 것이 아니다. 문학사 변화의 계기가 미학성의 재인식보다는 정치성의 강화에 의해 주어지고 있음을 주의해 보자는 뜻이다(유문선, 「최근 북한 근대문학사 인식의 변화」, 앞의 책, 433면).

프문학은 비록 사회주의적 사실주의 경향을 띠고 있기는 하지만, "로동계급의 당의 지도 받지 못"한 결정적 한계, 바꿔 말해 "새로운 우리식의 사회주의적 사실주의"(= 주체문학)로 진화하지 못했기에 부차적인 형식일 수밖에 없다.[13] 이에 따라 '주체문학'이란 정체성, 다시 말해 혁명에의 복무라는 '당대성'을 획득치 못한 카프문학은 '우수한 과거문학유산'으로 차등화된다.

이런 문학유산 내부의 서열화야말로 『문학사B』7을 지배하는 유력한 서술 원리 가운데 하나이다. 이를테면 이 책은 근대문학 시기를 세 부분으로 나눈다. 근대계몽기에 해당하는 '제1편. 19세기 후반기~20세기 초 문학', 그 이후를 다룬 '제2편. 1910년대~1926년 문학 (1)'과 '제3편. 1910년대~1926년 문학 (2)'가 그것이다. '제2편'의 중심이 비판적 사실주의 및 신경향파를 포함한 초기 프로문학이라면, '제3편'은 김형직과 강반석의 문예활동과 혁명시가가 핵심이다. '근대'문학사를 제1~2편을 중심에 두는 우리 입장에서 볼 때, '제3편'의 균등 배치는 차라리 기이하다.

이 문학사의 분할과 배치는 언뜻 김일성 가계의 신화화에만 소용되는 것처럼 보인다.[14] 그러나 이것은 혁명의 정통성과 주체성, 평양 중심주의 등을 관철시키는 미학적 장치일 뿐만 아니라, 김일성 가계에 연면

---

13 가령 김정일의 다음 말을 보라. "새로운 우리 식의 사회주의적사실주의가 우리나라 혁명적 문학예술의 시원으로 되는 조건에서는 '카프'문학의 사회주의적 사실주의경향을 인정한다고 하여 유산과 전통의 계선이 모호해지는 것도 아니며 혁명적 문학예술전통에 '카프'문학이 포함되는 것도 아니다."(김정일, 앞의 책, 79~80면)

14 김형직의 "혁명적 시가문학은 그 혁명성과 전투성, 인민성과 민족적 특성으로 하여" 김일성의 지도 밑에 창조 보급된 "항일혁명시가문학의 튼튼한 터전"이 된다는 것, 즉 이후 주체문학의 기원성과 정통성의 근거라는 점에서 신화성과 위대성을 보장받는다(『문학사B』7, 252면).

한 미학적 재능과 아우라를 설득, 선양하는 언어수행인 것이다. 따라서
『문학사B』7은 문학적 재능이 출중한 혁명 영웅의 출현 또는 발견을 통
해 기존의 문학사적 구도들, 이를테면 서울 중심주의와 문자 중심주의,
전문작가 중심주의, 문학주의 등에 균열을 가하고 해체하는 한편, 그것
들에 맞설 수 있는 문학들을 창안, 재조직하는 전형적인 장이 아닐 수 없
다. 4장에서 자세히 검토하겠지만, 이 작업은 사상과 이념 등의 외삽에
의한 효과 이전에, 김형직의 시가가 정형시와 애국가요, 학교교가(창가)
등을 거쳐 '시'로 명명되는 작품의 창조에 이르는 내재적 발전론까지 흡
착하는 치밀한 논리를 구사하고 있어 각별히 주목된다.

　『문학사B』7의 유연성과 확장성은 근대문학 자체에 대한 시각과 인
식의 변화에 전적으로 의존하지 않는다. 오히려 중심과 주변의 전도, 문
학사적 원리의 전유 등을 통해 혁명문학을 주류화·정통화하는 전략의
부산물이라고 해도 과언은 아니다. 배제된 근대문학의 복권이 진정한
귀환보다는 혁명문학(= 주체문학)의 주변부로 재배치되는 또 다른 형식
의 소외처럼 느껴지는 것은 이 때문이다. 따라서 다음 장들에서는 '전통
의 귀환'(3장)과 '전통의 창조'(4장)에 얽힌 '사실'에 주의하면서도, 혁명문
학과 그 외 근대문학들의 서열화와 그것을 보장하는 힘센 목소리의 실
체와 파장을 보다 입체적으로 파악하는 태도가 절실히 요청된다.

3. 배제된 문학들의 귀환과 '민족문화유산'의 정치학

　혁명문학 이전의 문학들을 민족의 뛰어난 자질과 미학적 재능을 드

러내는 민족문화유산으로 입법화한 것은 『문학사B』의 특권적 자질 가운데 하나이다. 이것이 민족문화유산을 '민족적 자존심'과 '민족제일주의'의 표상체로 바라보는 주체문학론[15]의 구체적 실현임은 물론이다. 따라서 과거에 배제됐던 근대문학들은 두 요소와 더불어 혁명적 애국주의[16]의 표현 및 선양에 얼마만큼 근접해 있는가에 따라 그 귀환과 재배치의 성격이 달라질 수밖에 없다.

하지만 분명한 것은 이 작업이 세심한 기획 없이 특정 사상과 미학에 의지해 일사천리로 진행되지는 않았다는 사실이다. 그들은 누락, 삭제된 작가작품의 발굴과 더불어, 자신들의 입장을 체계화하고 정당화할 수 있는 이론화 과정을 먼저 거쳤으니, 『개관』 1~2가 그것이다. 이 저작은 근대문학 부분만 해도 『문학사A』 2와 상당히 다르다. 무엇보다 제국주의와 봉건제에 대한 적개심을 강화하려는 듯한 서술 태도가 상당히 순치되었으며,[17] 서술 대상을 객관적으로 평가하는 태도가 뚜렷해

---

15 김정일, 앞의 책, 57면.

16 북한의 문학사 서술에서 주요한 골간을 차지했던 것은 유물사관에 입각한 역사주의와 '진보적 문학을 관류하고 있는 열렬한 애국주의, 풍부한 인민성, 높은 인도주의 전통' 여부였다. 그러나 주체사상의 성립과 함께 역사주의는 점차 탈각되어 갔으며, 항일혁명투쟁과 그 지도자 김일성을 절대화하는 수령론을 정당화하는 애국주의가 더욱 강화되었다(김성수, 「위기의 시대, 북한의 우리문학사 인식─남북한 현대문학사의 통이(通異)」, 민족문학사연구소 편, 『위기의 시대, 남북한문학사의 행방』(심포지엄 자료집), 2009.12, 11~12면). 이는 사회주의와 조선 민족의 결합 원리로 적용되던 애국주의가 주체사상의 출현과 함께 수령이 영도하는 당, 나아가 수령에 대한 충성심을 강화하는, 유일사상체계의 보조 원리로 변질되어 갔음을 뜻한다. 작품 평가에서 이런 애국주의가 강조되는 한, 북한문학사에서 취급되는 근대문학 전반은 주체문학의 하위체계로 재편될 수밖에 없다. 이런 원리와 욕망이 가장 치밀하고 체계적으로 시도된 '조선문학사'가 『문학사B』임은 물론이다.

17 『문학사A』 2에는 듣기 민망할 정도의 욕설에 가까운 호칭과 평가들이 난무하지만, 『개관』과 『문학사B』에서는 이런 경향이 상당히 약화되어, 서술의 객관성 제고에 기여하고 있다.

졌다.

가령『개관』의 경우, 근대문학들의 주역들인 이광수와 최남선, 김억, 한용운(이상 첫 등장), 김소월(『통사』 이후 재등장) 등과 문예매체『소년』,『청춘』,『창조』,『태서문예신보』등에 대해 이들의 기여와 한계를 사상적·미학적 차원에서 골고루 견주고 있다. 이런 사실을 기억하지 않으면, 김일성의 주체문예이론에 기반한『문학사A』2와 김정일의 주체문학론에 기반한『문학사B』7의 차이가 꽤 크게 느껴질 법하다. 요컨대『개관』은 두 공식문학사의 완충제이자, 태도와 시각의 일정한 변화를 매끄럽게 연결 짓고 봉합하는 심리적 연결고리인 셈이다.[18] 이제『개관』의 확장판이자 완결판인『문학사B』7에서 수행된 근대문학의 귀환 또는 복권의 실체를 주목할 만한 몇 가지 사항들을 중심으로 세심히 검토할 차례이다.

1_북한문학사에서 최남선과 그의 시가, 특히 신체시는 거의 무의미한 존재였다. 개화가사와 창가가 애국주의와 문명론의 전파자로 상찬받는 데 반해, 최남선의 시가들은 반동적 존재이거나 자유시로의 교량역할 정도로 그 의미가 한정되었다.[19] 이런 홀대는 최남선의 친일 행적과, 서구적 문명론의 학습에 현저하게 기울었던『소년』에 대한 비판에서 비롯되었을 것이다. 애국주의와 인민성의 부재가 결정적 결여태였

---

18 이 저작들 사이의 차이와 갈등은, 만약 저자가 달랐다면 크게 불거졌을 수도 있겠다. 따라서 세 저작에 모두 참여한 류만의 역할은 자못 중대한 것으로 판단된다.

19 전자로는 "자유시 가운데에는 최남선 등의 시와 같은 반인민적인 작품들도 있었다"(『통사』, 29면)를, 후자로는 "신체시는 창가와 마찬가지로 음수률의 반복(7·5조가 지배적이였다)을 기본형식으로 한 정형시였으나 그 구성과 표현형식, 운율조직 등에서 현대 자유시와 류사한 특성들도 가지고 있었다"를 들 수 있다(『문학사A』2, 86면).

던 까닭에, 신체시와 최남선의 복권은 새로운 시형식의 개척을 우선하면서, '소년'의 각성을 도모하는 문명개화, 애국정신 등의 계몽정신을 더하는 방식으로 진행된다.[20]

신체시 이해에서 특이한 것은 신체시를 자유시로 이행하는 과정에 나타난 '근대시가문학발전의 합법칙적 과정'으로 파악한다는 사실이다. 신체시는 중세시가의 정형율과 틀을 타파하면서 보다 자유롭게 인간과 그 생활을 노래하려는 시대적 지향을 반영하는 진보적 문학으로 성립한다는 게 그들의 주장이다.[21] 표면적으로는 마르크스주의적 반영론에 충실한 신체시 이해처럼 보인다. 신체시의 실체성 인정은 개화가사 → 창가 → 신체시 → 자유시로 진화하는 근대시 발전론을 뒤늦게 완성시킨다.[22] 이로써 신체시는 민족의 시가적 재능과 조선문학사의 주체성을 널리 확인시키는 표상체계로 공인된다. 동시에 어딘지 낯익은 구도, 그러니까 남한의 1970년대를 주름잡던 조선시가의 내재적 발전론이 북한에서 다시 한 번 매끄럽게 완성되는 것이다.

하지만 주체성에의 지나친 욕망은 신체시에 흔히 제기되는 문제점들을 은폐, 축소하는 핵심적 지점이기도 하다. 신체시가 일본의 신체시 또는 일본을 경유한 서구시의 번역과 영향에 의해 산출된 일종의 외래종임

---

20 "새로운 시대사조를 받아들여 사람의 눈을 티워주고 새 시가형식을 개척하는데 일정한 기여를 한" 것으로 육당의 초기작품을 재평가한 김정일의 교시(『주체문학론』, 83면)는 『문학사B』 7의 56면에 그대로 등장한다.
21 『문학사B』 7, 55~56면 참조.
22 우리 쪽 연구는 개화가사와 창가의 상호영향이나 장르의 계승을 거의 불용하는 관점을 취하는 경우가 많다. 물론 계몽사상의 전파라는 목적을 공유한다고 볼 수도 있겠지만, 전자는 자주독립에 후자는 문명개화에 초점이 맞춰지고 있어, 유사성보다는 차이성이 더 두드러지는 경우도 적잖다. 그러나 북한은 인민의 계몽과 애국주의의 함양이란 주제론적 관점에 입각해 있기 때문에, 두 시가 간의 장르 차이나 미미한 영향 관계를 거의 문제 삼지 않는다.

은 주지의 사실이다. 그러나『문학사B』7은 영향관계에 대한 성찰과 검토는 물론, 신체시 장르의 허구성, 그러니까 장르적 독자성과 보편성의 결핍에 대한 회의 역시 전혀 드러내지 않는다. 이런 기원성의 소거와 특수성의 삭제는 궁극적으로 신체시의 사상과 현실이해의 약점까지도 용인하는 결과를 낳는다. 최남선 비판이 '조선사편수위원회' 참가를 계기로 본격화되는 친일행위로부터 시작되는 장면은 이와 무관치 않다.[23]

2_『통사』이래 명백한 프롤레타리아 시인으로 추앙받아온 이상화에 비한다면,[24] 한용운과 김소월의 지위는 매우 미약하거나 불안정했다. 소월은 문학사에의 등재(『통사』)와 탈락(『문학사A』 2)을 반복하다『개관』에서야 비로소 안정적 지위를 획득하며, 만해 역시 이 저작에서 겨우 첫자리를 얻는다. 그렇다면『문학사B』7은 이들의 정통성과 우수성을 어디에 두고 있으며, 무엇을 통해 공인하는가.

한용운의 배제 근거가 종교성에 있었다면, 복권의 근거는 애국주의 전통의 충실한 계승과 자유시 영역의 다채성 확장에 있다.[25] 물론 종교

---

23 '소년'이 '청년'으로 확장되지 못한 채 '청소년'으로 국한되어 이해되는 것, 최근 북한의 주요 관심사 가운데 하나인 단군의 신성화에 바쳐진 육당의 각종 시편들에 대한 무관심 역시 낯설다.

24 가령 다음을 보라. "시인(이상화―인용자)은 그러한 변혁발전을 촉진할 담당자로서의 새로운 계급적 력량을 이미 이 시기에 긍정 확인하였으며 자기의 노래는 그러한 새로운 계급적 력량 ― 로동자, 농민 기타 근로하는 무산계급이 생활의 증인이 될 수 있는 사회의 쟁취를 위한 혁명의 기폭이라는 것을 그의 시 「저무는 놀 안에서」 읊조리고 있다."(『통사』 하, 73면) "리상화는 자기의 시들에서 당대현실에 대한 예리한 비판과 폭발적인 저항의식을 강렬하게 표현하였으며 그만큼 새 생활에 대한 지향도 힘있게 노래하였다. 그의 시는 또한 격조가 높고 호소적이며 서정이 깊고 풍만할 뿐 아니라 민족적 향취와 랑만적 정서가 차넘치는 것으로 하여 개성적인 세계를 뚜렷이 보여준다."(『문학사B』 7, 180면)

25 『문학사B』 7, 104면.

성과 철학성에 대한 새로운 인식도 추가되어 있지만, '님'을 조국과 겨레의 상징적 의미로 거의 획정하는 태도로 볼 때, 만해의 시는 애국주의의 탁월한 유형으로 계속 편재될 것이다. '님'을 향한 사랑과 기다림이 조국애로 쉽사리 연계되는「님의 침묵」과「복종」을 선택적으로 인용·해석하고, 소설가로 더 익숙한 신채호와 조명희의 몇몇 시편들을 애국주의와 자유시의 확대로 평가하면서 만해 시와 나란히 배치하는 태도는 이런 심증을 굳히게 하는 요소이다.『문학사B』7에서 근대시의 복권이 전면적인 곳을 찾으라면, "2. 향토적인 서정과 민요풍의 시. 김소월의 시"일 것이다. 여기서는 주요한을 필두로 정지용,[26] 이은상, 김억, 김소월을 일제하 현실의 불합리성과 그에 따른 비통한 감정을 향토적 서정과 전통적 율격을 통해 뛰어나게 형상화한 시인으로 꼽고 있다. 애국주의의 미약성을 향토애(愛 / 哀)와 인민적이고 세태적인 생활감정의 풍부성으로 보완하여 뚜렷한 시사적 지위를 부여한 것이다. 음악성에 충실했던 서북출신 3인과 이미지스트로 흔히 지칭되는 정지용,[27] 시조시인 이은상의 낯설고도 어색한 동시적 편재는 인민적 전통과 생활정서의 공유 때문에 가능했던 것이다. '고향'(향토)을 민족성과 조국애의 표상체로 내면화한 것은 춘원과 육당의 국토순례, 요한과 안서의 민요시 개척 이래 지속되어온 관습적 전통인데, 북한은 이것을 '인민성'

26　정지용의 등장은「향수」,「압천(鴨川)」,「바다」,「고향」등이 1920년대에 창작된 사실에 바탕한 것이다. 그러나「고향」은『동방평론』2호(1932.7)에 발표되었으므로 잘못이다. 유문선에 따르면, 정지용과 한용운은『현대조선문학선집』의『1920년대 시선』과『1930년대 시선』모두에 작품이 실린 경우에 해당한다. 이런 사실과 근대시인의 편재 여부 및 변화 양상에 대해서는 유문선,「최근 북한 근대문학사 인식의 변화」, 앞의 책, 413~427면 참조.

27　정지용의 복권 및 그에 대한 문학사적 고평의 의미에 대해서는 이 책에 실린 최현식,「북한의 1927~1945년의 '현대'시사 서술—프로시의 위상과 가치를 중심으로」참조.

의 영역으로 확대 적용하여 새로운 구도를 창출하고 있는 것이다.

북한은 이들 중 특히 김억과 김소월을 작품[28]을 인용하여 다룰 정도로 높이 평가한다. 물론 소월은 "짓밟히고 버림받은 인민들에 대한 동정, 향토와 조국, 자연에 대한 사랑의 감정을 깊은 비애의 감정으로 노래"함으로써, 민요시의 개척에 그친 스승 김억을 압도하고 있다.[29] 이런 소월 시의 특징은 『통사』 하의 "인민성, 애국성과 아울러 형상의 행동성, 시적 언어의 음악적 풍부성 등으로 조선 인민의 해방투쟁에 긍정적으로 작용하였다"[30]는 평가와 꽤 다른 것이다. 『통사』 하가 소월의 궁극적 가치를 해방투쟁에 환원시켰다면, 『문학사B』 7은 민족적 감정과 생활 정서의 심화 및 고양에 더 무게를 두고 있는 것이다.[31] 이런 관점의 변화는 소월시의 본류를 직핍하게 잡아내고 있다는 점, 그에 따라 우리 쪽과의 소통가능성이 상당히 확장되고 있다는 점에서 매우 긍정적이다.[32]

---

28 『개관』에서는 김소월이 열세 살 때에, 최소월의 작품인 「긴 숙시」를 썼다고 잘못 기록했는데, 『문학사B』 7에서도 "12살 때에 쓴 「긴 숙시」는 그의 정신적 성숙과 문학적 재능을 엿볼 수 있게 하는 첫 작품"(112면)이라고 잘못 적고 있다. 만약 앞의 책의 잘못을 처음 지적한 김윤태, 「1910년~1925년의 시」(1991)를 편찬자가 보았다면 이런 오류는 2000년 발간된 『문학사B』 7에서는 재현되지 않았을 것이다.

29 이 청출어람의 광경에 대한 현저한 관심은 무엇을 의미할까. 여기에서 평양중심주의와 김일성 가계의 체계적 잇기를 떠올린다면 지나친 무리일까. 그래서 김정일이 일제시기에 진보적 작품을 창작한 시인으로 신채호, 한용운, 김억, 김소월, 정지용을 직접 거명하고 있는 것도 심상치 않게 느껴진다(『주체문학론』, 83~84면).

30 『통사』 하, 101면.

31 김동환의 『국경의 밤』에 대한 긍정적 평가 역시 이와 궤를 같이한다. 『국경의 밤』은 착취사회의 모순과 인민의 비통한 처지를 잘 그린 시로 고평된다(『문학사B』 7, 122~123면).

32 류희정 편, 『현대조선문학선집』 14(1920년대 시선 2)(문예출판사, 1992)의 첫 순서가 김소월이고 다음이 김억이다. 김소월의 작품은 「시혼」 등 산문 2편을 포함 총156편이 실려 있는데, 『현대조선문학선집』(1920년대 총3권, 1930년대 총3권)에 등재된 시인 가운데 단연 수위를 차지한다.

3_이상화와 박팔양 정도를 제외한다면, 북한의 신경향파 시문학에 대한 평가는 상당히 인색하다. 이를테면 카프의 모체들인 '염군사'와 '파스큘라'를 비교하면, 전자는 무산계급문학의 발전에 상당히 기여한 집단으로 평가되지만, 후자는 뚜렷한 강령 없이 사회역사적 환경의 변화 아래 사실주의문학을 추구한 집단으로 평가된다.[33] 그나마 이상화, 이익상의 존재가 '파스큘라'에 대한 부정적 태도를 약화시키는 요인으로 작용하고 있다. '파스큘라'의 핵심 김기진과 박영희는 이전에는 『백조』파에 대한 부정적 평가, 이를테면 퇴폐주의, 소극적 감상주의, 반동적 낭만주의의 전파자로 지목되었지만,[34] 『문학사B』 7에서는 『백조』파에서 '파스큘라'로 옮겨간 자들로 간략히 거명되고 있을 뿐이다.

하지만 이런 변화는 이들에 대한 부정적 평가의 축소로 이해되지는 않는다. 『현대조선문학선집』에 홍사용, 이장희의 이름은 보이는데, 김기진, 박영희, 박종화의 이름은 보이지 않는다. 『백조』파라는 공통분모를 제외한 상태에서 이들의 탈락은, 임화가 그러하듯이 '북한의 체제적 정체성 문제'를 고려한 정치적 판단에 따른 것일 가능성이 크다.[35] 문학사적 '사실'의 무게가 체제 보위의 엄중함을 넘어서지 못하는 장면의 하나다.

일제에 의해 배제, 탈락된 문학작품의 발굴과 복원은 김일성의 주요 문예지침 가운데 하나였다. 이것은 민족문화유산을 풍부하게 하는 사업인 동시에 민족의 문학적 재능을 확인하는 작업이기도 했다. 『문학사B』 7은 이것을 두 측면에서 진행하는바, 하나가 그간 배제해온 유명 근

---

33 『문학사B』 7, 92~93면.

34 『문학사A』 2, 176면.

35 유문선, 「최근 북한 근대문학사 인식의 변화」, 앞의 책, 422~423면.

대시인들의 재평가라면, 다른 하나는 프로문학과 친근하되 그간 전혀 주목받지 못한 무명시인들을 발굴, 등재하는 것이었다.[36] 북한이 일찍부터 배려해온 김창술과 류완희를 제외하면, 강영균, 최화숙, 로초생, 월파생, 월양, 한사배, 권파 등은 매우 낯설다.[37] 하지만 이들은 "인민들의 가나한 생활과 비참한 운명을 그린" 진보 시인이거나, "무산대중의 생활과 반항 의식을 구현하고 미래에 대한 지향을 노래한"[38] 초기 프로문학의 개성적 존재들인 만큼, 북한의 입장에서는 그 의미가 자못 중대할 수밖에 없다.

이들의 등재는 혁명문학의 우군 프로문학을 민족문화유산의 정점에 놓으려는 정치적 욕망과, 비록 시의 전문성과 우수성은 떨어지지만 애국주의와 계급성, 인민성에 민감한 시인들을 현재화함으로써 체제문학의 모범으로 삼으려는 의도의 산물일 가능성이 크다.[39] 특히 후자에는 인민을 단지 향유의 존재가 아니라 가능하다면 창작의 주체로까지 교양하려는 의지가 담겨 있을지도 모른다. 한시(漢詩)와 구전가요, 인민창작가요 등 근대문학의 범주에서 벗어나는 이른바 변두리 장르들이 애국주의를 근거로 주요하게 취급되어온 사실은 이에 대한 적절한 증거일 수 있다. 이로부터 김형직의 창작가요 역시 아마추어리즘을 넘

---

36   이것이 『현대조선문학선집』 편찬에도 그대로 적용되고 있음은 위의 글, 419~422면 참조.

37   이들의 활동상황을 살펴볼 요량으로 1920.1.1~1926.12.31까지의 『조선일보』 아카이브를 검색해 보았다. 강영균(1회), 한사배(1회), 김창술(15회), 김해강(21회)만 찾을 수 있었다. 마찬가지 조건으로 김성윤 편, 『카프시전집』 I(시대평론, 1988)을 살펴보았는데, 김창술, 김해강, 로초생만 확인될 뿐이었다.

38   앞은 『문학사B』 7, 117면, 뒤는 같은 책, 161면.

39   그럼에도 불구하고, 1920년대 후반 이후 프로문학이 항일혁명문학 아래 계열화되고 차별화되는 사정 및 그를 위한 북한의 미학적 전략에 대해서는 이 책에 실린 최현식, 「북한의 1927~1945년의 '현대'시사 서술―프로시의 위상과 가치를 중심으로」 참조.

어 보편성과 대중성(인민성)을 획득하는 효과를 얻는다는 사실도 기억
해둘 만하다.

우리의 관점에서 볼 때, 변두리 장르 및 작품의 주류화는 복원된 근
대문학의 위상, 그러니까 당대의 주류문학들을 끊임없이 상대화하며,
그것들의 대중성과 민족적 성격에 대한 회의를 더하는 것처럼 느껴진
다. 그럴수록 혁명문학(주체문학)의 절대성과 우월성은 강화되며, 타 문
학을 배려, 포섭하는 유연성과 확장성의 효과 역시 뚜렷해진다. 여기 어
딘가에 '민족문화유산'의 계선을 혁명문학 대 기타 문학으로 엄격히 준
별하는 '주체문학론'의 정치성과 그 효과가 숨어있을 것이다.

4. 변두리 장르의 주류화와 문학적 전통의 창조

『문학사B』 7에서 가장 흥미롭고도 곤란한 지점을 찾으라면, 애국적
한시(漢詩)와[40] 인민구전 / 창작가요에 대한 지속적 고평, 그리고 김형
직과 강반석, 특히 김형직 문예활동의 신화화라 할 것이다. 근대문학의
변두리에 위치한 이것들은 표면적으로 보면 서로가 별 연관성이 없어
보인다. 전자 가운데 인민가요는 오래전부터 인민의 교양을 위한 주요
한 전통으로 취급되어온 반면, 김형직 문예활동에 대한 보고와 영웅화
는 『문학사A』 2에서 처음 등장한 후 『문학사B』 7에서 완결되고 있기 때

---

40 한시는 『문학사B』 7에 이르러 비교적 객관적 평가를 얻는다. 새롭게 '한자시'로 명명
되는 한편, 계급적 세계관의 제한에 따른 봉건적 충군사상과 개인적 감정표출에 긴
박되었다는 한계가 지적되고 있다(문학사B』 7, 23~43면 참조).

문이다.

그러나 이들은 첫째, 노래를 중심에 둔 구술문화의 전통에 기대고 있다는 것, 둘째, 시가의 창작 및 향유의 일체성을 지향한다는 것, 다시 말해 비전문가가 창작하고 함께 즐기는 대중(인민)문화를 구현하고 있다는 것, 셋째, 애국주의와 인민성, 민족 및 생활정서의 공동성을 사상적·미학적 기저로 하고 있다는 점에서 공통적이다. "가요는 개인과 민족, 가정과 조국을 하나의 생명체, 운명의 공동체"로 품격 있게 형상화할 수 있는 장르[41]라는 인식은 저런 공동성의 주요한 토대를 형성한다.

사실 인민가요는 실체도 없던 김형직의 문예활동을 창조하고 전통화하는 데 결정적 기여를 한 존재라 할 수 있다. 김형직은 가요의 인민적 속성을 자기화하는 가운데 인민과 혁명을 동시에 거머쥐는 일세의 영웅으로 거듭난다. 인민가요가 없었더라면 그 실체가 적이 의심되는 김형직 문학은 훨씬 복잡한 경로와 구조화를 통과한 후에야 사실성을 획득했을 것이란 추측은 그래서 가능하다. 이런 연계점에 유의하면서 인민가요와 김형직의 문예활동에서 생산되는 '전통'의 의미와 현재성을 살펴보기로 한다.

1_구전이든 창작이든 인민가요의 최대가치는 인민들의 반제반봉건 투쟁 또는 그 의식을 여과 없이 반영하고 표현한 진실성에 있다. 가요는 시공간의 제약을 넘어 창작, 전승되며, 인민 모두가 함께 즐길 수 있는 내용의 평이성과 정서적 감염성을 지녔다는 점에서, 애국주의와 주체성의 선양에 더할 나위없는 형식이다. 전대의 민요와 마찬가지로 인민

41　『문학사B』 7, 216면.

자신의 "고상한 정신 도덕적 풍모와 뜨거운 숨결을 담"[42]고 있으며, 시대현실에 맞게 그 미감과 내용을 갱신해가는 인민가요의 역동성은 문화유산이란 울타리를 넘어 늘 자신을 현재화하는 덕목이 아닐 수 없다.

그래서일까. 인민가요는 각 시기별 문학사 서술의 첫 자리를 차지하며, 무엇보다 중요한 발굴의 대상으로 가치화되고 있다.[43] 이것은 당대 현실을 반영한 구전가요와 반일의병가요, 이를테면 〈록두새〉, 〈란이 났네〉, 〈병정가〉 등의 참요와 민요는 물론, 〈압록강의 노래〉, 〈아동십진가〉, 〈진짜 가갸거겨나 배우자〉 등의 창작가요를 포괄한다. 제목들이 시사하듯이, 인민가요는 무엇보다 애국주의와 함께 피지배계급의 이데올로기를 직접 표명하는 경우가 많다. 하지만 이런 이념성은 일상적인 삶을 통해, 또 인민들의 삶과 분리되지 않기 때문에 더욱 고무적이다.

따라서 북한의 민요 개념 "첫째, 인민대중이 생활과정에서 창조하고 즐겨 부른 까닭에 당대 인민의 생활과 사상감정이 완전하게 주어진 인민의 노래이며 둘째, 인민이 부른 '요(謠－인용자)'로서의 인민적이며 민족적인 시가형식, 선률적 특성이 주어져 있으며 셋째, 인민적인 시음악이란 존재방식을 가진 것"[44]은 가요에도 그대로 적용될 수 있다. 이 개념에 두드러진 것은 인민적 집체성과 주체성이다. 이것이 실현된 노래야말로 공동체의 번영과 운명을 특히 강조하는 북한에서는 아주 이상

42　김정일, 앞의 책, 87면.

43　인민가요의 중요성은 누군가가 지은 「압록강의 노래」를 부르며 독립투쟁의 결의를 새삼 다지곤 했다는 김일성의 회고에 따라 더욱 결정적인 것이 되었다고 해도 과언은 아니다(『문학사B』 7, 97~98면 참조).

44　리동원, 『조선구전문학연구』 1, 문학예술종합출판사, 1999, 165~178면(한정미, 『북한의 문예정책과 구비문학의 활용』, 민속원, 2007, 49면에서 재인용).

적이며 완미한 예술형식일 수 있다.

그러나 북한이 이 지점에 목표를 두고 인민가요의 발굴과 가치평가에 적극적이었다고 말할 수는 없다. 반제반봉건 의식에 투철한 가요들은 선택되지만 훨씬 대중적이었던 유행가류의 가요들은 일절 배제되고 있다는 사실은 인민가요가 인민들의 복잡다단한 내면보다는 체제와 통치자의 이념을 선양하는 정치적 기제로 작동하고 있음을 여실히 증명한다. 이런 의미에서 인민가요의 문학사 등록은 "통치자의 이념을 전달하기 위해 민중성을 제거"[45]하는 부정적 행위에 해당한다는 냉혹한 역설을 동반할 수밖에 없다.

인민가요의 성격을 한껏 전유하고 있는 김형직의 시가들은 그래서 이런 역설의 태생적 기반 가운데 하나일 수 있다. 일단 그 사실성을 괄호 친다 해도, 김형직의 시가는 혁명적 문학예술의 기원으로 정립됨으로써 인민가요의 모범적 형식과 내용을 일괄 지정하는 절대형식으로 자리 잡기 때문이다. 더군다나 그의 시가는 영웅문학보다는 생활현장의 문학에 가까운 형태로 등장했던 것이다. 이것은 김형직 시가에 부여된 보편성과 자주성의 근거인 동시에, 김형직의 시가가 인민가요와 융합, 소통하는 기초적 원리에 해당한다.

2_『문학사B』 7의 '제2편 1910년대~1926년 문학 (1)'은 우리 쪽의 근대문학 논의와 거의 겹친다. 따라서 이 자리는 김형직이 끼어들 여지가 없는 곳이다. 그러나 북한은 '문학발전의 사회력사적 환경'을 서술하면서, 김형직이 "반일민족해방투쟁을 민족주의 운동으로부터 공

---

[45] 한정미, 위의 책, 153면.

산주의 운동에로 방향전환"[46] 해낸 위대한 혁명가임을 전면에 내세운다. 이와 함께 1920년대 최고의 사상예술적 경지를 보인 문학 역시 김형직의 창작품이란 서술 역시 빼놓지 않고 있다.

'제3편 1910년대~1926년 문학 (2)'가 오로지 김형직과 강반석에게 할애되고 있음을 감안하면, 이런 배치와 서술은 매우 전략적인 것일 수밖에 없다. 김형직이 혁명운동의 선편을 쥐고 있다는 것, 그리고 거기에 걸맞은 혁명문학예술을 창조했다는 것, 따라서 여타의 사회주의 운동과 프로문학 등은 부차적이라는 것을 전면적으로 선포하는 언어행위인 것이다. 이런 김형직의 우월성은 궁극적으로 김일성의 항일투쟁과 그 과정에서 창시된 주체문예로 연결된다는 점에서 가장 위대하고 진보적인 '혁명문학적 예술전통'을 형성한다는 것이 그들의 주장이다.[47]

그러나 이런 포석이 김형직과 그의 문학의 위대성과 진보성, 보편성을 보장하지 않는다. 이것을 피할 수 없는 사실로 정위하는 작업은 그런 점에서 필연적이다. 따라서 '제3편 1910년대~1926년 문학 (2)'는 매우 전략적이며 치밀한 서사를 취할 수밖에 없다. 김형직의 전기 서술을 주로 하면서 시의적절하게 문예활동을 부가해가는 방식이 그것이다. 그럴진대 그의 문예활동은 독자적이며 자율적인 형식으로 주어질 수 없다. 그와는 반대로 김형직의 혁명적 애국주의와 공산주의 운동을 고상화·영웅화하는 도구적 수단으로 기능한다.[48]

물론 이것은 어디까지나 우리의 시각일 따름이다. 과연 북한은 문학

---

46 『문학사B』 7, 86면.

47 김정일, 앞의 책, 61~63면.

48 이를테면 "선생님께서 벌리신 애국적이며 혁명적인 교육사업과 문필문예활동은 명실공히 일제 원쑤와의 정치사상적 대결을 보여주는 심각한 혁명투쟁이었다"는 말을 보라(『문학사B』 7, 201면).

적 재능까지도 고상한 영웅의 자질로 부각시키는바, 김형직의 문예활동에 정통성과 보편성, 기원성과 주류성을 보장하기 위한 장치를 치밀히 구축한다. 가령 그의 문예활동은 '개체발생은 계통발생을 반복한다'는 이른바 생물학적 진화론에 방불한 방식으로 기술된다. 이것은 '혁명적문학예술전통'은 그간의 "민족문화유산의 진보적이고 인민적인 모든 우수한 내용을 집대성하고 있을 뿐만 아니라 종래의 유산이 도달할 수 없었던 문학예술의 높은 경지를 개척한 것"[49]이란 사실을 드러내기 위한 서사전략이라 하겠다.

우선 그는 독서회를 이끌면서 근대계몽기의 대표적 독물(讀物)『월남망국사』,『이순신전』등의 역사전기물과 안국선의『금수회의록』을 읽힌다. 이것들이 민족자주의식과 반일애국사상을 고양하기 위한 독물임은 두말 할 나위 없다. 그러나 이런 사실의 기록 또는 창조는 김형직의 근대문학적 소양을 부각시키는 장치이면서, 동시에 이인직, 안국선 같은 반동적 인물의 복권에 필요한 안전장치이기도 하다.

서술의 치밀성은 김형직 문예활동의 핵심에 해당하는 시가의 창작 및 보급에서 더 두드러진다. 그의 시가는 생활가요(〈자장가〉)와 혁명적가요(〈전진가〉), 학교교가(〈명신학교교가〉), 혁명적 신념의 노래(〈남산의 푸른 소나무〉)를 거쳐 혁명시가(〈통군정의 노래〉, 〈철봉산〉)[50]의 창작에 이른

---

49 김정일, 앞의 책, 62면.
50 이것들은 '제5절 무장투쟁과 새 사회 건설을 노래한 시가'로 묶여 있으나, 본문에서는 '시「통군정의 노래」'로 표기된다. 시가와 시를 혼용하고 있는 까닭은 이 시편들이 이른바 '현장지도'의 과정에서 읊어진 것이기 때문이다. 요컨대 애국주의에 기반해 있기는 마찬가지지만, 노래(집단성)의 성격보다는 개인의 생각과 느낌을 표현하는 성격이 강하기 때문일 것이다. 그래도 '자유시'란 명칭은 철저히 기피되고 있다. 당대 '자유시'의 퇴폐적이며 반동적인 성격을 고려하는 한편, '혁명시'의 출현을 강조하기 위한 조치였을 것이다.

다. 애국사상의 표출과 고양, 인민의 교육과 계도라는 목적상, 그리고 당대 근대시의 부정적 측면을 고려하면, 가요와 시가를 중심에 놓는 것은 정해진 수순이라 할 수 있다. 이것들은 애국주의를 기반으로 생활현장 및 미래의지를 집중적으로 표출한다는 점에서 인민과 밀착되어 있다는 효과를 생산한다. 또한 시대현실과 교육 및 혁명운동의 성격에 맞추어 장르를 선택, 갱신해가는 진화론적 서사를 통해 주체의 유연성과 확장성 역시 확연해진다.[51] 이런 장면들은 자아 감정의 표출과 내면에의 침잠에 골몰하던 당대의 자유시나 '노동계급의 당의 지도'를 받지 못한 결정적 한계에 노출되어 있던 초기 프로시가 왜 혁명문학의 부차적 형식일 수밖에 없는가를 설득하는 내적 논리에 해당한다.

김형직 문예활동의 서술은 문학사이기 전에 일정한 목적을 가진 이야기이다. 전통, 즉 '혁명적 문학예술의 기원'이 됨으로써 김일성 이래의 주체문예 건설과 확립에 결정적 기여를 하게 되는 위대한 영웅의 탄생을 널리 알리는 송사(頌辭)인 것이다.[52] 체제의 정통성과 우월성을 보

---

51 이런 장치 가운데 하나가 최치영 외편, 『현대조선문학선집』 24(혁명시가집)(문학예술출판사, 2002)의 편찬일 것이다. 이 작품집에는 김일성, 김정숙, 김형직, 강반석이 지은 고전적 명작 및 혁명시가가 차례대로 실려 있으며, 항일혁명가요와 항일무장투쟁을 반영한 인민가요가 뒤를 잇고 있다. 정치성의 심미성 전유 및 혁명운동의 대중화가 가장 잘 드러난 부면 가운데 하나이다.

52 "김형직 선생님께서 친히 지으신 시가작품들은 우리나라에서 혁명적 시가문학의 시초를 장식한 귀중한 유산으로 될 뿐 아니라 위대한 수령 김일성동지의 지도 밑에 창조보급된 항일혁명시가문학형성의 튼튼한 터전을 마련한 가치 있는 재보로 된다. 바로 여기에 김형직 선생님의 혁명시가문학이 우리나라 문학발전력사에 차지하는 지위가 있다."(『문학사B』 7, 246면) 과연 『문학사B』 8은 김일성을 중심으로 한 항일혁명문학의 치밀한 구성과 가치화로 일관하고 있다. 『문학사B』 9에서야 비로소 1920년대 후반~해방 전까지의 문학사가 서술된다. 이곳 역시 김일성의 혁명문학이 조선문학에 끼친 영향 및 프로시인 이찬 등의 혁명송가 창작에 대한 고평이 핵심 내용으로 등장하고 있다.

장받기 위한 '만들어진 전통'의 생산은 근대 민족주의의 전형적 산물이란 점에서 김형직 문예활동을 역사적 사실로 공표하는 『문학사B』7에 대한 막무가내식의 비난과 격하는 그리 유용하지 못하다. 그보다는 『문학사B』7의 유연성과 확장성만큼이나 더 치밀해진 포용과 배제, 격상과 차별의 정치학을 섬세하게 준별하는 편이 훨씬 바람직하겠다. 김형직의 문예활동은, 그 사실성 여부를 떠나, 이미 북한문학 고유의 정치의 심미화를 수행하는 주요한 기원 및 기준으로 우뚝 서있다. 한국의 문학사와 북한의 문학사는 이 지점을 사이에 두고 근대문학을 둘러싼 소통과 갈등의 서사를 오랫동안 반복할 가능성이 크다. 어쩌면 이 과정에서 명백한 허구가 객관적 사실로 교묘하게 착근되는 이상한 가역반응이 더욱 활성화될지도 모른다. 가장 세심한 주의가 요청되는 대목 가운데 하나다.

5. 변화와 동요의 갈림길에 선 북한 '근대'시사

최근 흥미로운 사실 하나가 발표되었다. 북한이 2009년 4월 헌법 개정에서 '공산주의'라는 용어를 삭제하고 새롭게 '선군사상'을 명기했다는 것이다. 하지만 이 뜻밖의 사태는 사회주의 체제의 포기를 뜻한다기보다는, 김일성-주체사상과 김정일-선군사상의 대등성과 연속성에 대한 제도적 승인으로 보아야 옳다. 김일성 사후 유훈통치와 더불어 선군사상이 북한 체제의 안정과 김정일의 절대화에 핵심적 역학을 하고 있음은 주지의 사실이다. 이를 증명이라도 하듯이, 현재의 북한문학은

'선군혁명문학'의 깃발 아래 사회주의 강성 대국을 건설하기 위한 대중
의 동원과 그들의 자발적 희생 및 헌신을 독려하고 있다.[53]

이런 현실 못지않게 우리의 관심은 과연 선군사상이 그것의 기원과
보편화의 시점을 어디까지 끌어올릴 것인가 하는 점이다. 이미 주체사
상에서 보았듯이, 선군사상 역시 과거를 점유하고 거기에 자기영토를
지정함으로써 그것의 기원성과 현재성을 선명히 각인시킬지도 모른다.
그 자리에서 문학사는 여전히 매력적인 증거이자 독물(讀物)로 각광받
을 것이다. 이것은 우리가 보아온『문학사B』의 또 다른 변형과 재배치
를 의미한다는 점에서 또 다시 문제적이다.[54] 문학사를 포함한 북한문
학에 대한 관심이 늘 현재진행형이어야 할 까닭이 여기에 있다. 그 몇몇
지점을 살펴보는 것으로 결론을 대신하고자 한다.

먼저 북한의 문학사에서 근대시와 프로시의 대거 복권이 내포한 이
중성에 주목할 필요가 있다. 이것은 그간 배제된 텍스트의 복원 및 문학
사로의 공식적 진입을 뜻하는 만큼 매우 긍정적인 현상이다. 적어도 텍

---

53 오성호,「수령 사후 북한시 연구」,『배달말』43, 배달말학회, 2008 참조.
54 이런 점에서 김일성종합대학 교수진이 "선군시대 주체문학 발전에서 이룩하신 불멸
    의 업적을 뚜렷이 부각시켰다"(「머리글」)고 자평한『김대B』는 징후적이다. 가령 그
    들은 최남선을 비롯한 근대계몽기문학을 '부르주아 계몽주의문학'으로 새롭게 명명
    하면서, 육당류가 추구한 반봉건 문명개화의식의 긍정적 기능보다는 부정적 역할,
    즉 문명개화의 주제의식이 "식민지조선에서 사실상 실현 불가능한 것이었며 적극적
    인 투쟁을 외면하고 개량주의에로 나가는 유해로운 요소를 내포한 것"였음을 강조
    하고 있다(『김대B』, 190면). 또한『문학사B』에서 높이 평가되었던 정지용도 보이지
    않는다. 물론 전체 1권으로 집대성된 문학사란 한계는 있지만, 이런 변화는 선군의식
    에 바탕한 근대문학에 대한 재평가의 징후로, 혹은 김일성대 교수진과 사회과학원
    소속의『문학사B』집필진 사이의 상호조정 내지 미묘한 갈등을 암시하는 것으로도
    읽힌다. 왜냐하면 이전의『김대A』2에는 최남선류의 계몽문학과 김소월, 한용운, 정
    지용이 전혀 언급되지 않았음에 반해,『김대B』에는 이들에 대한 선택(김소월, 한용
    운)과 배제(최남선, 정지용)가 새롭게 수행되고 있기 때문이다.

스트에 관한 한 — 물론 원전의 출처나 확정 문제 등은 여전히 회의적이기는 하지만 — 사실성과 미학성의 지평이 새롭게 열렸다. 항일혁명문학과 주체문학으로 대변되는 정치성의 위력은, 자신들을 절대화하기 위해 문화유산이란 명목 아래 하위계열로 끌어들인 근대시, 자세히는 진보적 시문학에 의해 상대화될 수밖에 없다.

그에 따른 미학적 감수성의 충격은 암암리에 잘 '만들어진' 항일혁명문학의 허구적 실체를 엿보게 할 것이며, 근대시 일반의 복원과 북한 '근대'문학사의 재구성에 대한 욕망 역시 자극할 것이다. 비록 주체문학론의 독보적 지위가 더욱 강화되는 양상을 보이고는 있지만 오히려 근대문학 전반이 그것을 포위하는 형국으로 주어지고 있는『문학사B』는 그에 대한 1차적 자료로 모자람이 없다.

그러나 이것은 일종의 딜레마이기도 한데, 왜냐하면 새로운 감각에 눈뜬 자들일지라도 사방으로 튕겨 오르려는 미학성과 사실성을 언제나 정치성과 이념성의 수면 아래 감추어 둘 수밖에 없기 때문이다. 이 숨막히는 긴장을 얼마간이라도 해소하기 위해서는 텍스트의 사실성과 그것에 대한 가치평가를 공공화하는 작업이 필요할 것이다. 최근 몇몇 학술단체에서 수행하고 있는 남북한 문학자 사이의 공동 심포지엄은 이를 위한 가장 유력한 방책으로 생각된다.

물론 민족과 민중(인민), 이데올로기와 같은 집단적 가치의 심급에서 공동감각이 구해진다는 한계는 있겠지만, 우리 쪽의 보다 객관적인 자료와 다양한 시각의 전달은 그들의 균형감각 확보에 긍정적인 영향을 미칠 것이다. 이것이야말로『문학사B』에 담긴 의외의 개방성과 시각의 유연성을 확실한 어떤 것으로 구조화하는 유력한 방책일 것이다. 이는 곧 어떤 권력의 의지와는 정반대되는 형식으로 근대시와 프로시, 그리고 항일혁명문학 사이의 계선이 중층화 되고 근대시의 객관적 지위가 사실화 되는 역설적 언어수행이 아닐 수 없다. 이런 점에서 『문학사 B』는 남북한 모두에게 위기인 동시에 기회이기도 하다.

북한의 1927~1945년의 '현대'시사 서술

프로시의 위상과 가치를 중심으로

최현식

1. 프로시[1]의 역사화와 현재화의 궤적

상식에 근거한다면, 북한에서 프롤레타리아 시(이하 프로시)는 지향해 마땅한 시 일반의 모범이자 모델로 고평 받으며 현재까지 그 영향력을 지속적으로 발휘해 왔을 듯하다. 하지만 그들의 프로시에 대한 평가와 가치부여는, 몇몇 시인과 작품을 제외한다면, 그 편폭이 예상 밖으로

---

1 우리 쪽을 기준으로 한다면, 카프 성립(1925) 이후 해방 전까지의 프로시와 그에 연동된 리얼리즘시가 해당된다. 북한 역시 1920년대 후반~1940년대 전반기 문학으로 구획하는데, 『문학사B』 9가 여기에 해당된다. 하지만 특기해둘 것은 북한에서 1920년대 후반은 김일성이 '타도제국주의동맹'을 결성한 시점(1926.10)에서 시작된다는 사실이다. 북한은 이때부터 항일혁명문학이 본격화되며, 또 그것을 지도하는 사상적·미학적 원리로서 주체사상이 발현된다고 주장한다. 이를 뒷받침하기라도 하듯이 『문학사B』 7은 19세기 후반기~1926년의 문학을 서술 대상으로 삼고 있다. 『문학사B』 7의 '근대'시사 서술에 대한 검토는 이 책에 실린 최현식, 「북한의 19세기 말~1926년 '근대'시사 서술 — 근대시와 주체문학」 참조.

크다. 가치화의 차이는 공적 목소리로 발화되는 공식 문학사를 시대별로 견줘볼 때 뚜렷하게 드러난다. 가령 북한 최초의 문학사『통사』하는 '마르크스-레닌주의적 방법'을 서술 원리로 채택하면서, 김일성의 항일혁명문학과 카프 중심의 프로문학을 비교적 균형 있게 서술한다. 물론 항일혁명문학의 중심이 혁명가요와 가극, 인민창작 등에 가 있다는 점에서, 시와 소설, 평론이 중심인 프로문학과 거의 겹치지 않는다. 프로문학의 독립성과 중심성이 꽤 보장되고 있는 셈이다. 당시의 수차례에 걸친 종파투쟁이 시사하듯이, 두 문학의 화평한 동서(同棲)는 아무래도 김일성과 각 종파 사이의 갸우뚱한 균형, 다시 말해 권력 분점에 의해 성립되었을 가능성이 농후하다.[2]

하지만 이 불안한 균형은 1960년대 중반 이후 김일성의 절대화, 그리고 그것의 사상적·미학적 원리로서 주체사상의 출현과 함께 일거에 무너진다. 1995년 간행된『문학사B』9에 따르면 프로문학은 "반일민족해방투쟁의 주류를 이룬 항일혁명투쟁의 거대한 영향력과 밀접히 연관되어 있"는 것으로 평가된다.[3] 항일혁명문학의 절대화가 프로문학의 주류성을 거침없이 해소시키고, 그 결과 프로문학이 혁명문학의 영향에 긴박된 주변부 문학으로 서열화되는 장면인 것이다.[4]

물론 1990년대 이후 발간된『문학사B』와『현대조선문학선집』[5](이하

---

2 『통사』에는 이후 북한『조선문학사』들의 핵심을 차지하는 김일성과 김정숙, 김형직과 강반석의 창작시가 및 김일성을 향해 바쳐진 혁명송가에 대한 서술이 전혀 존재하지 않는다. 이로 미루어볼 때『통사』의 객관성과 사실성은 권력의 분점에 의해 지지된 측면이 크다는 가설은 별 무리가 없다.

3 『문학사B』9, 5면.

4 북한에서 1950년대 중반 이후~현재까지 프로문학의 지위 변화에 대한 개괄은 김성수,「프로문학과 북한문학의 기원」(『민족문학사연구』21, 민족문학사학회, 2002)이 유익하다.

『선집』)을 읽어보면, 시의 경우, "카프 시인을 중심에 놓은 점차적 확장과 『선집』에서의 비약적 확대라는 양상"이 비교적 뚜렷하다. 이 변화에 대한 유문선의 "'다름'이란 물론 문학사—시사 영역의 확장과 작가·작품 평가의 유연한 태도 변화를 가리키는 것이다"[6]란 평가는 따라서 비교적 온당하다. 하지만 카프 시문학과 진보적 시문학의 대거 복권 및 재평가, 그에 따른 프로시의 영역과 범주 확장, '현대'시사의 풍부한 확충은 사실성(fact)의 강화가 교묘히 환기하는 어떤 착시일 가능성 역시 배제할 수 없다. 왜냐하면 북한의 문학적 역량이 집중된 일련의 문학사와 문학선집 발간은 항일혁명문학과 주체문학, 그것의 토대로서 주체사상의 유일성과 최종심급을 확정하기 위한 매우 전략적인 언어행위이기 때문이다.[7]

---

5 『문학사B』1은 "민족문화유산을 전면적으로 수집 정리하고 그 사상예술적 특성과 발전의 합법칙적 과정을 깊이 연구하여 과학적인 문학사를 서술하는 것은 사회주의 문화 건설에서 중요한 의의를 가진다"고 천명하고 있다. 『현대조선문학선집』은 이런 관점이 근대문학(근대계몽기~1945년 해방)에 투사된 결과물로, 2007년 현재 총 41권정도 간행된 것으로 확인된다. 이 가운데 시(가)는 근대계몽기 1권, 1920년대 3권, 1930년대 3권, 혁명시가 1권이 간행되었다. 1910년대와 1920년대의 작품을 발굴해야 한다는 김일성의 지시를 열정적으로 수행한 문학자들은, 그 결과로 1920년대 시선을 편집하는 과정에서만 350명의 이미 잘 알려진 시인, 유명무명의 군소시인들이 쓴 3,500여 편의 시작품을 발존(發存)하게 되었다고 밝혔다(리동수, 「1920년대 시문학 사조와 다채로운 형상」, 류희정 편, 『현대조선문학선집』13(1920년대 시선 1), 문예출판사, 1991, 13면 참조). 『선집』 간행 의미와 가치에 대해서는 유문선, 「최근 북한 근대문학사 인식의 변화—『현대조선문학선집』(1987~)의 1920년대~30년대 시선'을 중심으로」(『민족문학사연구』35, 민족문학사학회, 2007)가 자세하다.
6 이상의 인용은 유문선, 위의 글, 418·428면. 『문학사A』3과 『개관』을 검토한 김윤태의 「1910~1925년의 시」 및 「1926~1945년의 시」(민족문학사연구소 편, 『북한의 우리문학사 인식』, 창작과비평사, 1991) 역시 비슷한 견해를 제출한 바 있다.
7 필자는 이 책에 실린 「북한의 19세기 말~1926년 '근대'시사 서술—근대시와 주체문학」에서 북한의 문학사 서술에 대한 변화의 긍정성 못지않게, 작가·작품에 대해 더욱 치밀해진 포용과 배제, 격상과 차별의 정치학을 섬세하게 준별할 필요가 있다고 강조한 바 있다.

이 때문에 프로시와 진보적 시문학의 독립성은 '잃어버린 사실'로 존재하게 되며, 그만큼 이것들의 현재성은 대폭 삭감될 수밖에 없다. 실제로 북한은 프로시를 핵심으로 하는 카프 시문학을 혁명운동의 긴요한 동력보다는 '우수한 과거문학유산'에 속하는 것으로 그 지위와 역할을 한정하고 있다. 요컨대 프로시는 오로지 과거화됨으로써 현재성을 보장받고 또 혁명문학의 그늘로 편입됨으로써 역사화의 기회를 얻는 불행한 지위를 어느 순간 구가하게 된 것이다.[8]

이런 상황은 북한의 프로시에 대한 이해와 평가를 올바로 검토하기 위해서 보다 복합적이며 다층적인 지평의 설정을 요구한다. 먼저 시간적 지평으로, 공식 문학사들인『통사』와 1980년을 전후한『문학사A』,[9] 그리고 1990년 이후의『문학사B』[10]에 대한 비교가 요구된다. 물론 최

---

8 카프문학의 진보성을 새롭게 평가하면서도, 그것을 "항일혁명투쟁의 영향 밑에 그에 대한 인민의 뜨거운 공감과 지지성원을 반영하는 데로 지향"(79면)한 문학으로 제한하고, 민족문화 유산으로서 카프문학의 가치를 "민족문화유산의 핵이며 중추인" '혁명적 문학예술 전통'(61면)과 뚜렷이 차이화한 것은 김정일의『주체문학론』(1992)이었다.

9 『문학사A』 2와『문학사A』 3이 '근현대'문학 부분이다. 김일성의 교시를 핵심으로 하는 '주체문예이론'에 근거한 문학사로, '애국주의'의 강조, 구전문학과 한시의 대거 포섭, 김형직과 강반석, 김일성과 김정숙의 혁명문학 창작에 대한 본격적 서술 등이 변화의 핵심을 차지한다. 이 문학사의 원리와 방법, 문학사적 가치를 본격적으로 검토한 연구서로는 민족문학사연구소 편,『북한의 우리문학사 인식』(창작과비평사, 1991)이 주목된다. 이 책은 이 글의『문학사A』에 대한 이해와 평가에도 많은 참조가 되었다. 이 글은『문학사B』를 검토하면서,『북한의 우리 문학사 인식』과 겹치지 않는 새로운 사실과 평가의 부감, 그리고 특히『주체문학론』에 의해 생산되고 굴절되는 정치성과 심미성의 상관관계 등을 조망하는 일에 보다 집중했음을 미리 알려둔다.

10 프로시에 대한 서술이 등장하는 것은『문학사B』 7·8·9이다.『문학사B』 7은 19세기 말~1926년까지를,『문학사B』 8은 김일성의 작품과 김일성 송가 등 항일혁명문학을 다룬다는 점에서, 1920년대 후반기~해방까지를 취급하는『문학사B』 9가 프로시 서술의 실질적 중심이다. 항일혁명문학에 대한 서술은『문학사B』 7의 절반을 차지하는 김형직의 창작을 포함하면 무려 1권 반의 분량에 해당한다. 문학사 서술의 순서 역시 항일혁명문학의 절대화와 그 밖의 문학의 주변화, 주체사상의 기원 소급과 그

근의 프로시 이해를 중심에 두는 만큼, 마지막 문학사가 꼭짓점을, 나머지 2종은 그것의 변화와 책략을 돋을새김하는 저변으로 소용될 것이다. 다음으로 공간적 지평에 위치시키기. 문학사들의 변이는 단순히 특정 텍스트의 탈락과 추가, 재평가와 재배치 따위에 의해서 수행되지 않는다. 변화의 핵심은 김일성과 주체사상의 최종심급화 과정과 밀착되어 있는바, 따라서 그것의 궁극적인 문학적 언표인『주체문학론』을 프로시는 반드시 통과해야한다.

프로시의 상대화와 주변화는 비단 항일혁명문학과 혁명송가의 절대화에 의해서만 빚어지지 않는다. 프로시 못지않게, 민족성과 인민성, 애국주의를 반영하고 있는 작품들이 진보적 시문학이란 명칭 아래 대거 복권되거나 발굴되고 있다. 이후 서술하겠지만,『문학사B』9에서 이찬의 극적인 평가 반전, 진보적 시문학의 주요 분자로서 정지용의 재평가와 지위 확정, 백석과 오장환, 윤동주 등의 첫 등장은 근대시사에 대한 북한의 인식 변화 정도를 가늠키에 충분하다.[11] 북한의 문학사에서 '현대'시의 내용과 역량의 풍성화는 다른 추가 조건 없이 그 자체로 반가운 현상이다. 비록 그 폭이 제한되어 있지만, 그간 은폐되고 억압되어 있던 우수한 시인과 텍스트의 출현은 암암리에 프로시의 약점과 빈곤함을 더욱 두드러지게 한다.[12] 더군다나 이 작품들마저 항일혁명문학

에 따른 마르크시즘의 약화에 적잖이 기여하는 것처럼 보인다.

11 이런 변화가 비교적 명확하게 드러나는 저작은『개관』이다. 유문선은 "1986년을 경계로 그 이전과 이후의 문학사적 구성과 진술은 완전히 다르다고 해도 좋을 정도의 변모 양상을 보여"준다고 평가하면서도, "변화의 저변에 깔려 있는 내적인 배경과 의도 혹은 은밀한 사정 등은 아직 알 수 없다"는 아쉬움을 토로하고 있다(유문선, 앞의 글, 428면).

12 김정일의『주체문학론』(조선노동당출판사, 1992)의 물적 토대이자 성과로 주어지고 있는『선집』은『문학사B』의 이런 사정을 더욱 노골적으로 드러낸다.『선집』에서 프

의 영향 아래 배치되고 있는 형국인지라, 미적 가치의 보충 없는 프로시의 나이브한 확장과 배열은 매우 곤혹스러운 것일 수 있다. 그런 의미에서 북한에서 프로시는, 표면적 활성화와 달리, 아직도 북한 '현대'문학사의 핵심으로부터 여전히 미끄러지고 있는 중인지도 모른다.

2. 프로시 재평가의 안과 밖, 그리고 주체문학

『문학사B』 1(1면)에 따르면, "조선문학은 고유한 민족적 형식으로 우리 인민의 투쟁과 창조의 역사를 반영하면서 줄기차게 발전하여 왔으며 일제 식민지 통치의 엄혹한 시기에도 자기 발전을 멈추지 않"은 것으로 정의된다. 여기에는 조선문학을 가치화하는 핵심원리로서 민족성과 인민성에 대한 강조, 그리고 조선문학 고유의 내재적 발전론에 대한 의지가 강하게 투사되어 있다. '우리 식대로'라는 북한 특유의 체제론이 반영되어 있는 이 문예관은 "주체사상에 기초한 혁명문학"과 "민족해방, 계급해방, 인간해방을 위하여 복무하는 참다운 인민의 문학"에 대한 굳건한 신뢰를 기저로 한다.

주지하다시피, 북한은 주체사상과 혁명문학의 출발점을 김일성의 '타도제국주의동맹'(1926.10)의 결성에 둔다. 이것은 조선 고유의 민족해

로시의 확장은 군소무명시인들의 소작(小作)에 의해 수행되는 반면, 진보적 시문학과 기타 근대시의 복권은 한국문학사에서도 출중한 미학적 역량의 발휘자로 꼽히는 시인들에 의해 수행되고 있기 때문이다. 프로시의 풍부화가 프로시의 상대화를 넘어서지 못하는 형국이 이로부터 발생한다.

방과 계급해방 운동의 새로운 도래를 의미하는데, 과연 그들은 동맹 결성의 결정적 의미 가운데 하나를 초기 공산주의 운동의 종파성에 대한 강력한 비판에 맞춘다(『문학사B』 9, 6면). '타도제국주의동맹'의 가치와 역할을 충분히 인정한다하더라도, 그러나 우리는 주체사상의 기원성 소급과 창출이 궁극적으로 마르크시즘의 희석화 또는 주변화와도 깊이 연동되어 있음을 각별히 유념해야 한다.

김정일의 저작 『주체문학론』은 북한문학사의 이런 암묵적 전제를 승인하고 구성하는 힘센 담론이다. 김정일의 다음과 같은 카프문학 재평가 발언은 그것의 복권과 상대화를 동시에 달성하는 고도의 이중적 언술로 모자람이 없다.

'카프'문학에 대한 평가와 처리를 공정하게 하여야 한다. 지금 문학 분야에서는 '카프'문학에 대한 평가를 매우 어정쩡하게 하고 있다. 어떤 사람들은 '카프'문학을 비판적 사실주의문학의 계열에도 넣지 않고 사회주의적 사실주의 문학의 계열에도 넣지 않고 그저 프로레타리아문학이라고 막연하게 규정하고 있다. 이것은 '카프'문학에 대한 공정치 못한 평가이다. '카프'의 작품에는 비판적 사실주의 작품도 있고 사회주의적 사실주의 작품도 있다. 특히 '카프'가 새로운 강령을 내놓은 이후시기에 나온 작품은 기본적으로 사회주의적 사실주의 작품이라고 보아야 한다. 조명희, 송영, 리기영, 한설야, 류완희, 김창술, 박세영, 박팔양을 비롯한 '카프'에 망라된 많은 작가들이 맑스주의를 신봉하고 무산계급의 계급적 해방을 지향하였으며 그들이 1927년 이후에 내놓은 작품은 대체로 내용에서 사회주의적이었다. (…중략…) '카프'문학은 민족문학의 고유한 특성을 살리어 우리 인민의 민족적 감정과 지향에 맞는 우수한 형식을 창조하였으며 우리나라의 선행한 사실주의 문학의 제한성에서 벗어나 사상예술적으로 높은 수준에 이르렀다. (…중략…) '카프'작가들은 비록 노동계급의 당의 지도를 받지 못하였지만 노동계급적 입장에서 조직의 강령을 내걸고 투쟁하였으며 작품창작에서도 노동계급의 혁명적 입장에서 문제를 제기하고 해명하였다. 더욱이 1930년대 '카프'문학은 항일혁명투쟁의 영향 밑에 그에 대한 인민의 뜨거운 공감과 지지성원을 반영하는 데로 지향하였다.

—김정일, 『주체문학론』, 77~79면[13]

카프문학이 곧 프로문학은 아니라는 주장은 긴요하다. 김정일은 카프문학이 비판적 사실주의와 사회주의적 사실주의 양자로 구성된다는 확장의 입장을 취하면서도, 그것의 핵심을 사회주의적 리얼리즘, 그러니까 프로문학의 핵심 작가들에 부여하고 있다. 실제로 이들은 북한에서 발행된 3종의 『조선문학사』 모두에서 프로문학의 핵심적 실천자로 거듭 호명되어온 존재들이다. 그러나 이 장면에서 더욱 중요한 것은 그들을 호명하고 전유하는 방식이다. 김정일은 마르크시즘에 토대한 이들의 사상과 작품을 인정하면서도, 결국은 민족문학의 특성을 살린 점, 인민의 민족적 감정과 지향에 맞는 우수한 형식을 창조했다는 점을 유난히 강조하고 있다.[14]

---

13 김정일의 이런 입장은 『문학사B』 9(23면)에도 명확히 반영되어 있다. "이 시기 프로레타리아문학 발전에서 주도적인 자리를 차지하는 것은 '카프'문학이다. '카프'작가들에 의하여 우리나라 프로레타리아문학은 자기의 면모를 드러내고 그 발전을 이룩하였다."

14 이것은 김정일이 '신경향파문학'을 재평가하는 기준이기도 하다. 최서해, 이상화, 이익상의 초기작품을 비롯한 '신경향파문학'문학은 비판적 사실주의로부터 사회주의적 사실주의에로 넘어가는 길을 열어놓은 것으로 새롭게 규정된다(김정일, 앞의 책, 80면). 시의 경우, 이상화는 류완희, 김창술과 더불어 초기 프롤레타리아 시인으로 1950

민족과 인민이야말로 카프문학이 항일혁명문학의 영향 혹은 범주 아래 편입될 수 있는 결정적 조건이며, 또한 프로문학과 진보적 시문학을 하나의 카테고리로 묶어주는 미학적 기저인 것이다. 만약 김일성의 항일혁명운동과 관련되지 않은 채 마르크시즘 단독의 문예미학으로 카프문학이 이해되었다면, 그것은 민족문학과 별 연관 없는 계급문학 혹은 경향문학으로 절하되었을지도 모른다. 요컨대 카프문학, 좁혀 말해 프로문학은 항일혁명문학에 호출됨으로써, 그러니까 민족성과 인민성의 내재를 인정받음으로써, 주체문학으로 완성되는 조선문학의 내재적 발전에 기여한 주요 분자로 안착된 것이다.

> 항일빨치산 투쟁 과정에서 개화 발전한 30년대의 혁명문학과 그 영향 밑에 장성 발전한 이 시기의 프로레타리아문학은 전(前) 시기에 있어서의 조선 프로레타리아문학의 특질들을 더욱 발전시키면서, 동시에 사회주의적 이상을 쟁취하기 위한 투쟁의 구체적 방법의 세계, 맑스주의적 전략전술에 의거한 실지 투쟁과의 결부의 세계를 광범한 시대적 규모의 혁명적 진폭 속에서 우수한 전형 창조를 통하여 제시하고 있으며, 노농동맹의 사상을 단순한 선언에서가 아니라 그러한 구체적 투쟁 속에서 형상하고 있으며, 혁명투쟁과 맑스주의 사상을 보다 철저하게 결부시키고 있다.
>
> —『통사』 하, 167~168면

『통사』 하는 김일성의 절대화가 시작되기 전인 1950년대 후반에 작성되었다. '항일빨치산'이 시사하듯이, 1930년대의 프로문학이 혁명문

년대부터 지속적으로 호명되고 있어 눈길을 끈다.

학의 영향 아래 장성 발전되었다는 말은 체제의 지도자를 높이기 위한 의례적 언사에 가깝다. 프로문학의 사상적·미학적 원리는 철저하게 맑시즘에 기초해 있으며, 그것의 가치 역시 당성과 프롤레타리아 국제주의에 의해 견인되고 있다.[15] 이상화, 박팔양, 김창술, 류완희 등을 제외하면, 겨우 김소월만 눈에 띄는 『통사』의 협소한 체제는 결코 이와 무관치 않다. 더군다나 당성이 루카치 식의 객관적 당파성과는 거의 무관한 개념, 즉 당의 직접적 지도 내지 당과의 결합을 중심에 둔 당성[16]으로 규정됨으로써 문학사의 빈곤은 더욱 증폭될 수밖에 없었다.

그러나 북한의 문예이론에서 당성 개념은 주체사상을 통과해가며 보다 세련화·풍부화 된다. 가령 『문학사A』의 서술 원칙을 제공한 '주체사상에 기초한 문예이론'은 당성을 노동계급성·인민성과 유기적으로 연관되어 있으며, 당과 혁명을 위한 복무, 그리고 수령에 대한 충실성을 의미하는 개념으로 재정립하였다. 하지만 이것을 관통하는 문학적 원리, 다시 말해 "당의 노선과 정책에 철저하게 의거한 혁명적 문학예술만이 진정으로 인민대중의 사랑을 받을 수 있으며 근로대중을 공산주의적 혁명정신으로 교양하는 당의 힘 있는 무기로 될 수 있다"[17]는

---

15 임화와 김남천, 이태준의 처형 사유 역시 이와 밀접히 연관된다. 북한은 이들이 조선 "문학예술의 당성, 계급성을 부정"해왔다는 점과 민족문학예술을 미제의 침략 도구인 부르주아 문학예술의 길로 이끌었다는 점을 처형의 결정적 빌미로 삼았다(『통사』 하, 246~248면). 그러나 주체사상에 기초한 이후의 문학사에서 이들은 아예 삭제·실종되어 버린다.

16 주체사상이 확립된 뒤의 당성은 '마르크스·레닌주의당'과 아울러 '수령의 혁명사상'을 유일한 사상적 기초로 하고 그것을 철저히 고수하는 데서 실현되는 것으로 개념화 되었다. 보다 자세한 내용은, 김현양·오현주, 「문학사 서술의 미학적 기초」, 민족문학사연구소 편, 『북한의 우리문학사 인식』, 창작과비평사, 1991, 30~39면 참조.

17 『김일성저작선집』 2권, 579면(사회과학원 문학연구소, 『주체사상에 기초한 문예이론』, 사회과학출판사, 1975, 12면에서 재인용).

김일성의 교시는 카프문학을 비롯한 모든 진보적 문학을 상대화·타자화할 수밖에 없었다. 왜냐하면 그 당시 혁명문학을 제외하고는 이 조건을 만족하는 문학은 어디에도 존재하지 않았기 때문이다.[18] 실제로『문학사A』3은 김일성(김형직 포함)의 혁명문학과 김일성 송가, 인민창작가요와 구전가요를 높이 평가하지만, 프로시에 관한 한『통사』의 수준을 넘어서지 못한다. 아니 김소월의 탈락을 위시하여, 여전히 '현대'시 일반에 무관심하거나 비판적이란 점에서 퇴보의 기미마저 엿보인다.

하지만 세 원리의 교조적 적용에 따른 문학사의 빈곤은 민족문학의 자주성과 인민의 문학적 재능, 진보적 시가 유산의 꾸준한 적층 등을 전제하는 주체문학의 관점과 상당히 어긋난다.[19] 이 결락의 공간에 대한 보충은 주체문학의 합리성과 역사성을 보증하는 필요조건이라는 점에서, 새로운 원리와 방법의 창출은 필연적이었다. 프로문학과 진보적 시 문학을 항일혁명문학 아래 계열화하는 것은 1950년대 이래의 언표라는 점에서 신선할 것 없다. 새롭게 뽑힌 선택지는 당성·노동계급성·인민성의 원리를 해치지 않으면서 그것의 내포를 확장하는 민족주의, 그리고 되도록 많은 진보적 시편들을 아우르면서도 항일혁명문학과의 뚜렷한 구분을 교묘히 전제하는 민족문화 유산 개념의 전면적 적용이었

---

18 물론 항일혁명문학의 상대적 완전성도 주체사상의 발현을 '타도제국주의동맹'의 결성 당시로 끌어올렸기 때문에 성취된 것이었다. '만들어진 전통'이 항일혁명문학과 프로문학의 연관성 부재 또는 미약이라는 역사적 사실을 은폐하는 한편, 항일혁명문학을 식민지 조선의 주류문학으로 부상시키는 문제적 장면이 아닐 수 없다.

19 가령 김일성은 1920~30년대의 문학예술작품이 얼마 없다고 하면서, "문학예술작품 발굴 사업을 잘 조직하여 1930년대의 혁명적인 작품들과 함께 1910년대와 1920년대의 작품들을 찾아내야"(『김일성 저작집』25, 28~29면(리동수「1920년대 시문학사조와 다채로운 형상」, 12면에서 재인용))한다고 교시한 바 있다. 이 교시의 충실한 수행의 결과물이『현대조선문학선집』이며,『문학사B』는 이 결과물을 대폭 반영하고 있다.

다. 이른바 문화유산으로 통칭되는 작품의 풍부화, 항일혁명문학과 프로문학을 포함한 진보적 시문학의 공존 및 계열화는 과연 어떻게 가능해졌을까.

혁명적 문학예술 전통을 민족문화 유산 속에 포함시켜 본다고 하여 혁명적 문학예술 전통의 가치와 의의가 왜소화되는 것이 아니다. 혁명적 문학예술 전통을 민족문화 유산의 중요한 구성 부분으로 보아야 그 전통의 역사적 지위와 가치를 전(全) 민족사적인 견지에서 옳게 평가할 수 있으며 민족문화 유산의 격도 높일 수 있다.

— 김정일, 『주체문학론』, 61면[20]

『문학사B』 1은 서두에 "조선인민은 자기의 유구한 역사에서 고유한 민족문화를 끊임없이 개화 발전시켜 왔으며 인류문화의 보물고를 다채롭고 풍부히 하는 데 크게 이바지하였다"(1면)고 명기하고 있다. 그들의 민족문화 유산에 대한 관심은 조선 인민의 우수성과 민족문화의 탁월성, 인류문화에의 기여를 설득하고 인정받기 위한 미학적 충동에서 비롯된 것이다. 북한이 문학적 역량을 총동원해 간행한 『현대조선문학선집』 『조선고전문학선집』 『조선사화전설집』은 그 욕망을 현실화한 물질적 존재인 것이다. 주지하다시피, 민족문화의 독창성과 수월성, 그것의 주체로서 인민, 더 구체적으로는 그들의 문화 창조와 향유에 대한 강

20　이 말은 『문학사B』 9에서 "해방 전에 창작된 프로레타리아 문학을 비롯한 진보적 문학은 노동자, 농민 등 무산대중의 사회적 해방을 위한 지향을 반영하고 민족문학의 고유한 특성을 살리고 진보성을 고수해 나간 것으로 하여 우리나라의 우수한 과거문학유산에 속한다"(5면)는 말로 기록된다.

조는 자민족의 우수성을 각인하기 위한, 그럼으로써 주어진 현실과 위기를 극복하고 민족(국가)의 발전을 극대화하기 위한 문화민족주의의 전형적인 레퍼토리에 해당한다. 민족의 자주적 역량에 방점을 찍는 주체사상의 입장에서 보면, 문화민족주의는 정치이기 전에 일종의 체제 보존과 발전의 논리일 수 있다.[21] 더군다나 문학사와 『선집』들이 발간되던 즈음이 핵 문제와 김일성의 사망 등에 따른 체제의 위기가 가속화되던 때였음을 고려하면 인민의 통합과 헌신을 유도하는 기제로서 민족문화 유산에 대한 관심과 배려는 거의 필연적이었다.[22]

하지만 그렇다고 해서 북한의 민족문화 유산에 대한 관심에 정치성이 전혀 게재되지 않았다고 말할 수는 없다. 왜냐하면 민족문화 유산을 이원화함으로써, 즉 일부는 과거로 귀속시키고 다른 일부는 현재로 밀어올림으로써, 그것들을 상대화·차이화하고 있기 때문이다. 민족문화 유산을 이원화하는 핵심원리는 물론 주체사상이다. 비록 과거에 속하기는 마찬가지지만, 항일혁명문학은 주체사상에 기반해 있기 때문에 현재성을 획득하는 반면, 여타의 문학은 주체사상의 직접적인 지도와 배려를 받지 못했다는 점에서 부차적이며 제한적이다.

21　북한 체제의 성립과 함께 추진되어온 민족문화 정책의 본질과 내용, 성격, 그리고 정책 변화 등에 대해서는 전영선, 『북한 민족문화 정책의 이론과 현장』(역락, 2005)이 자세하다.

22　항일혁명투쟁과 사회주의 체제 건설에 대한 또 다른 선양 작업의 하나로 전33권 분량의 '불멸의 력사' 총서를 들어야 할 것이다. 김정일이 진두지휘한 '4·15문학창작단'이 창작을 주도하였는데, 권정웅의 『1932년』(1972)에서 시작되어 김삼복의 『청산벌』(2007)에 이르고 있다. 이 총서의 주된 내용은 당연히도 김일성의 혁명투쟁과 사회주의 체제 건설의 신성화인데, 이를 통해 김일성 유훈통치의 강화, 김정일 권력 승계의 정당화, 체제위기 극복을 위한 교양과 교화의 강화를 목적하였다. 최근 강진호의 주도 아래 『총서 '불멸의 력사' 연구』 1~3(소명출판, 2009)이 간행되었는바, 우리의 궁금증 해소에 큰 도움이 될 듯하다.

　프로문학의 가장 큰 한계로는 노동계급의 당과 수령의 영도를 받지 못한 점이 주로 지적되는데, 이것은 여타의 문학을 평가하는 보편적 기준이기도 하다. 따라서 주체사상은 프로문학의 발전과 존속에 기여한 긍정적 원리이기도 하지만, 프로문학의 보편성과 혁명성을 제약하는 부정적 원리이기도 한 것이다. 이 동일성과 차이성은 체제의 형편과 시각에 따라 얼마든지 변동 가능한 자의적 기준이라는 점에서 프로문학의 불확실성을 오히려 심화시킬 수 있는 아이러니적 요소에 해당한다. 과연 김정일은『주체문학론』에서 혁명적 문화예술 전통은 다른 유산과 평균할 수 없는 민족문화 유산의 핵이자 중추이며, 혁명적 문화예술 전통과 민족문화 유산 사이에 계선을 확실히 설정함으로써 오히려 전자의 순결성을 고수할 수 있다고 교시하고 있다.[23]

　물론 민족문화유산과 혁명적 문화예술 전통의 구획이 가져온 효과는 혁명문학의 절대화와 프로문학의 상대화에만 있지 않다. 그 구획이 뚜렷해짐으로써 김일성 가계의 문학적 우수성을 공론화하고 역사화하는 작업과 그간 문학사에서 제외되었던 진보적 시문학과 현대시 일반에 대한 적극적 포섭이 가능해졌다. 재차 말하건대, 북한의 은폐된 문학사와 작가·작품에 대한 복권 및 재평가는 어디까지나 항일혁명문학 아래로의 계열화를 전제한 것이다. 항일혁명문학의 특권화와 현재화 없이는 여타 문학의 포괄과 인정 역시 성립될 수 없었던 것이다. 이처럼『문학사B』의 정치성은, 문학사적 시각의 유연성과 포괄성을 충분히 인정한다 해도, 그것이 새로 받아들인 작품들의 역사성과 심미성을 언제나 초과한다.[24] 이런 현상들이 프로시와 몇몇 현대시에서 어떻게 질서

23　김정일, 앞의 책, 60~61면.
24　김현양은『문학사B』에 배어나오는 이런 특질을 북한식 민족주의의 특수성에서 찾고

화되고 있는지를 특히 민족성의 개진에 주목하여 살펴보는 것이 다음 절의 몫이다.

3. 프로시의 안과 밖, 그 문학사적 지지(地誌)

북한에서 프로시는 안정적 지위를 구가했다기보다는 항일혁명문학에 연루된 순간부터 사상적·미학적 위상을 끊임없이 조정당해야 했다. 항일혁명문학의 영향 아래 자기 노선을 견지해갔다는 평가는 차치하고라도, 김정일의 카프에 대한 재평가 속에서 그것의 일부로 다시 수렴되는 듯한 기미도 엿보인다. 또 애국주의와 인민성, 민족성을 무기로 재발굴된(!) 진보적 시문학과의 경합은 평균대에 올라선 프로시의 피로감을 가중시키는 느낌마저 없잖다. 물론 이 표현들을 프로시의 가치절하를 향해 던지는 서글픈 탄식으로 읽을 필요는 없다. 아니 주체문학의 출현과 함께 프로시 자체에 대한 신뢰와 평가는 더욱 굳건해 졌다는 게 사실에 부합할지도 모른다.[25] 그러나 문제는 프로시를 둘러

있다. "『조선문학사』의 서술시각으로 핵심적으로 작동하고 있는 민족주의는 실사(實事)가 매우 불안하게 구축되어 있을 뿐만 아니라, 자기중심주의가 도사리고 있는 나르시즘적이며 폐쇄적인 민족주의"이다(김현양, 「민족주의 담론과 '주체'의 문학사」, 『민족문학사연구』 35, 민족문학사학회, 2007, 374면).

25 가령 다음을 보라. "프로레타리아 작가, 진보적 작가들이 계급문학의 발전을 위한 사상이론투쟁과 실제적인 창작활동을 통하여 자체의 사상미학적 수준을 높이였을 뿐 아니라 현실생활을 반영할 수 있는 창조적 경험과 예술적 기량을 일정하게 축적하였기 때문이다."(『문학사A』 3, 356면) 그러나 주체의 문예이론에 바탕한 문학사답게 필자들은 이런 성취가 김일성의 항일무장투쟁에서 얻은 힘과 신심에서 비롯되었음을 강조하고 있다.

싼 지형의 변화가 그 상승치를 벌충하며, 프로시를 상대화·차이화하고 있다는 것이다. 프로시의 독자성 못지않게 그것과 상관된 미적 지지(地誌)의 작성이 중요한 까닭이 여기에 있다. 이찬의 경우는 프로시가 항일혁명문학 또는 김일성의 절대화에 전유되는 방식을, 정지용의 경우는 민족제일주의의 가공할만한 잡식성을 표상하는 극적 사례라는 점에서 프로시의 위상 변화와 크게 비견될 만하다.

1_북한에서 프로시는 고유한 '민족문학예술'[26]로 규정되면서 그 지위가 보다 분명해졌다. '민족문학예술'로의 명명은 프로시가 민족문화 유산으로 편입됨과 동시에 항일혁명문학의 하부로 계열화되었음을 뜻한다. 이런 계열화는 프로시가 혁명적 문학예술의 원리인 인민성과 민족성의 성취 여부[27]에 따라 그 의미화가 결정될 것임을 알리는 미학적 기준의 제시이기도 했다. 문학사별 프로시에 대한 표지(標識) 서술의 변화에는 이런 사정이 명확히 반영되어 있다. 『통사』는 오로지 '프로레타리아 문학'만을 분류항으로 명기했다면, 『문학사A』3은 '프로레타리아 시인의 사명과 역할을 노래한 시문학'을, 『문학사B』9는 '무산대중의 계

---

26 이런 규정은 『개관』2에 처음 등장한다. 이전부터 쓰이던 '민족문화 유산'의 문학적 변용으로 이해되어도 좋을 텐데, 『문학사B』9에서는 "우수한 과거문학 유산"(5면)으로 정식화되었다.

27 혁명적 문학예술의 원리는 물론 인민성·당성·노동계급성이다. 당성은 김일성의 혁명사상과 주체사상에 철저히 의거할 때 구현된다. 노동계급성은 노동계급의 이익과 혁명에 복무할 때 발휘된다. 인민성은 인민을 위하여 복무하는 혁명에서 쟁취된다. 필자가 인민성을 대표 원리로 지목한 것은 당성과 노동계급성의 실현이 추상적 선언으로 그치고 있는 데 반해, 인민성의 실현은 3가지의 구체적인 방법을 제시하고 있기 때문이다. ① 인민대중의 사상감정에 맞을 것, ② 누구나 이해하기 쉽게 통속성을 보장할 것, ③ 인민대중의 편리한 이해 위해 고유한 조선말을 사용할 것이 그것이다. 이 원칙을 민족 단위로 확대하면 "민족적 바탕 위에서 조선사람의 구미와 비위에 맞게 발전시킬" 것쯤으로 될 터이다. 이상의 내용은 『문학사A』3, 18~34면 참조.

급의식과 민족의식을 반영한 시문학'을 분류항으로 지정하고 있다.[28]
'프로레타리아'에서 '무산대중'으로의 변화는 조선말 쓰기라는 번역의
원칙이 우선 게재된 것이겠지만, 그래도 우리 입장에서는 두 말의 이격
이 상당히 커 보인다. '계급'보다는 '민족'의 목소리가 커지는 효과가 창
출되며, 그간 특히 당성과 노동계급성을 빌미로 문학사에서 배제되거
나 과소평가되었던 몇몇 부류의 근대시들이 진보적 시문학이란 팻말
아래 귀환, 재배치되는 장이 열린 형국이라고나 할까.

인민성과 민족성의 과잉 강조는 그러나 프로시에 대한 통념을 배반
하는 서술을 전제하게 된다는 점에서 문제적이다. 『문학사B』 9는 프로
문학이 노동계급적 입장에서 문제를 제기하고 해명하며 또 생활을 역
사적 구체성 속에서 진실하게 그린 사회주의적 사실주의임을 강조한
다. 하지만 사회주의적 내용을 민족적 형식에 맞추어 형상화한다는 사
회주의 리얼리즘의 미학적 원리를 상기한다 해도, 조선의 프로문학에
"민족문학의 고유한 특성을 살려 우리 인민의 민족적 감정과 지향에 맞
는 우수한 형식을 창조"[29]했다는 고평을 가하는 것에는 쉽사리 동의하
기 어렵다.

가령 세 종류의 조선문학사에서 모조리 삭제되어 있는, 단편서사시
를 둘러싼 임화와 김기진[30]의 대중화 논쟁을 떠올려 보라. 임화는 감상

28　『문학사B』 9는 '1930년대 중엽~1940년대 전반기 문학'의 서술 부분에서 '프로레타리
　　아'를 분류항에서 아예 제외하고 있다. 여기에는 1930년대 후반 카프문학과 진보문학
　　의 후퇴 시 조선문학의 명맥을 잇는 데에 항일혁명대오 안의 지식인과 북부 국경지대
　　의 작가 등이 큰 역할을 담당했음을 교시한 김일성의 입장이 반영되어 있는 것으로 보
　　인다(김일성, 『세기와 더불어』 5, 53~54면 참조(『문학사B』 9, 22면에서 재인용)).
29　이상의 설명과 인용은 『문학사B』 9, 28면 참조.
30　『문학사B』 9는 김기진을 형식을 절대화함으로써 프로문학의 사상을 무장해제한 자
　　로, 박영희를 문학의 예술성을 무시함으로써 프로문학을 비속화·도식화한 자로 비

성의 과잉과 진실한 생활상의 부재를 단편서사시의 결정적 약점으로 지적하면서 대중화의 실패를 자인하는 한편, 그 대안으로 예술운동의 볼셰비키화를 주장하기에 이른다. 물론 북한의 '민족문학'에 대한 보고는 김창술과 류완희, 박세영 등 프로예맹 계열 시인을 대상으로 했기에, 임화의 그것과 상치될 수도 있다. 하지만 그들이 1927년 이후 프로시의 새로운 형식으로 거론하는 서사적 요소의 도입이나 산문시·합창시의 시도가 과연 민족문학의 고유한 특성을 살린 작업으로 이해될 수 있는가. 이런 형식적 시도들은 차라리 대중화 논쟁의 몫으로 돌리는 게 합당하지 않을까. 더군다나 프로시는 담천하의 현실을 대중화보다는 볼셰비키화로 맞서고자 했다는 점에서 오히려 인민의 민족적 감정과 지향을 뒤로 미뤄둔 소수자의 문학이었다는 평가조자 가능하다. 민족성의 과도한 부여가 프로시의 허구성을 강화하는 아이러니가 발생하는 지점인 것이다.

마치도 무산대중의 생활의 실상을 펼쳐 보이며 그 근원을 밝히고 각성을 촉구하며 깨우쳐 주듯이 그것도 생활자의 감정과 말투로 시를 엮음으로써 시에서는 계급의식의 고취와 계급투쟁에로의 선동이 일반적인 외침이나

판하고 있지만(13면), 임화는 여전히 삭제 중이다. 이런 정치적 규제는 『현대조선문학선집』에도 고스란히 반영되어, 김기진과 박영희, 임화의 작품은 모두 배제되어 있다. 그런데 흥미롭게도 문학대학용으로 편찬된 『김대B』에서는, 아예 이름마저 삭제되었던 임화와 김남천이 다음처럼 언급되고 있다. "일제의 파쇼적 탄압으로 말미암아 프로레타리아문학 대열 안에서도 복잡한 현상이 벌어졌다. 카프 대열에 끼여들어 '고민의 문학', '감각의 혁명' '인간묘사시대'를 떠들며 혼란을 일으키던 박영희, 김기진, 백철 등 우연분자들은 일제 앞에 투항 변절하여 진보적 문학을 악랄하게 공격해 나섰으며 림화, 김남천 등 종파분자들은 저들의 반동적 정체를 교묘하게 위장하면서 소란을 피우고 인위적인 장애를 조성하였다."(220면) 당연히 1982년 간행된 『김대A』 2에서는 임화와 김남천이 전혀 언급되지 않는다.

호소로가 아니라 보다 생활의 울림으로 설득력 있게 표현되었다. 이런 면에서 그의 시는 이 시기 프로레타리아 시문학의 대중화에 실천적인 기여를 하였다고 말할 수 있다.

—『문학사B』9, 79면

권환에 대한 평가의 일부이다. 그는 김창술[31]과 더불어 주체문학의 인민성과 민족성 원리가 가장 극심하게 투사된 경우에 해당한다. 북한은 권환의 프로시 대중화에 대한 실천적 기여의 원천을 다른 프로시인과 유달리 구별되는 강한 정론성과 선동성에서 찾는다. 그러나 이것들이야말로 그의 시가 '예술적 진실의 차원에서 후퇴된 도구적 문학'이라는 비판을 초래하는 결정적 요인이다. 또한 북한이 프로시의 새로운 형식으로 거론한 사항들, 이를테면 대중으로부터의 시의 소외를 극복하기 위해 시에 행위와 사건을 도입하고 설명체의 언어를 사용한 것들이 오히려 반시(反詩的) 분위기를 강화하여 프로시의 소외를 강화했다는 우리 쪽의 지적[32] 역시 인용에 대한 적절한 반론이 될 수 있을 것이다.

프로시의 형식적 갱신을 남한은 시적 소외의 조건으로, 북한은 인민성 강화의 근원으로 인식하는 이 절대적 간극은 남북의 프로시 인식의 소통이 여전히 정치성의 장에 묶여 있음을 뚜렷이 보여준다. 남한은 그래도 프로시가 걸어간 길의 사실성에 충실한 반면, 북한은 당위적 계급

31　김창술은 "민족의식과 함께 계급의식을 힘 있게 구현"한, "가장 전투적 기백이 높고 격조가 강한 시를 창작한 시인"(69면)으로 평가된다. 그러나 우리 쪽은 특히 목적의 식기의 김창술의 프로시가 새롭게 마르크스주의적 세계관으로 무장하지만, 그것을 자신의 삶 속에서 체화시키지 못한 채 관념적이며 추상적인 경향으로 몰아간 것으로 비판되고 있다(김성윤, 「김창술의 시세계와 경향시의 전개 양상」, 『한국 현대 리얼리즘 시인론』, 태학사, 1990, 9~22면 참조).
32　이상의 인용과 설명은 정재찬, 「시와 정치의 긴장 단계―권환론」, 위의 책, 86면.

성의 지향을 인민성으로 치환함으로써 프로시의 대중화 성공이라는 기
만적 시사의 창출에 성공하고 있다. 이 왜곡의 저변에 '항일무장투쟁의
영향'과, '조선의 기상, 민족의 슬기와 존엄'으로 대변되는 애국주의 혹
은 민족성의 논리가 삼투해 있음은 물론이다.

　엄밀히 말해, 애국주의나 민족성의 논리는 정통 프로시에 비해 북한
이 새로 발굴하거나 재평가한 시에서 더욱 확연하다. 북한에서 가장 높
이 평가되는 김창술, 류완희, 박팔양, 박세영, 권환 들의 프로시는 어쩌
면 새로 기입된 군소시인들과의 대비[33] 속에서 사실과 허구 사이의 모
순이 더 커지는 지도 모른다. 민족적 정서와 취향, 무산대중의 비참한
생활상과 계급투쟁 의식에 대한 강조 따위는 항일혁명투쟁의 영향을
승인하는 주요 요소들이다. 그러나 영향의 선언과 영향의 실제는 엄연
히 다르다. 실제로 북한의 문학사가는 내용과 형식 모두에서 항일혁명
문학이 프로시에 끼친 영향을 적실하게 해명하지 못한다, 아니 않는다.
그들이 프로시의 제반 경향과 동렬에 올려놓은 "민족적 기상과 의분을
고취하고 미래에 대한 지향을 노래한 시문학"의 시인들, 이를테면 류창
선, 한용운, 박로아, 양주동, 김정한 등의 시[34]는 그래서 인민성과 민족
성의 구현을 실체화하기 위한 전략적 발굴품 내지 전시물로까지 이해

33　앞의 다섯 시인은 북한에서 꾸준히 고평되어온 프로시인들인데, 『문학사B』 9 역시
　　그들을 일정 분량을 할애하여 단독 서술하고 있다. 군소시인의 명단에는 송순일, 박
　　아지, 이찬, 이흡, 김우철, 안용만, 함효영, 빈고영, 민병균, 방인희, 정용산 등이 보인
　　다. 이들은 『현대조선문학선집—1930년대 시선 1~3』에 이름이 거의 올라 있다. 그
　　외에 김조규, 조벽암, 조영출, 이원우, 김태오, 이계원 등도 제 이름 아래 수편의 시를
　　등재하고 있다.

34　『문학사B』 9, 57~62면 참조. 『문학사B』 7에서도 '향토적인 서정과 민요풍의 시'라는
　　분류항 아래 김소월, 김억, 주요한, 정지용, 이은상 등을 새롭게 기입하며, 그것의 민
　　족적 가치를 높이 사고 있다.

된다. 이 때문에 우리는 시사의 범주 확장과 작품의 풍성화라는 긍정적 측면을 반기면서도, 그에 못지않은 주체문학에서 방사되는 정치성의 강화와, 미학적 기준의 해이 및 자의적 적용에 당혹감을 금치 못하는 것이다.

2_1930년대 중반 이후 조선문학의 퇴조를 바라보는 북한의 시각은 비교적 분명하다. 카프와 진보적 시문학의 뚜렷한 약화를 인정하되, 그 빈자리를 채우고 조선문학의 명맥을 잇는 데 항일혁명문학이 중요한 기여를 했다는 입장이 그것이다. 이런 주장은 김일성에게서 발화되었으며, 항일혁명 대오 안의 지식인들, 북부국경지대의 작가들, 중국 본토의 적색구역, 이전의 사회주의 소련에서 활동하던 망명작가가 그 예로 지목되었다는 점에서 매우 시사적이다.[35] 김일성의 교시와 유훈이 차지하는 절대적 비중을 감안하면, 이들의 문학에 대한 혁명적 가치의 부여는 문학사의 긴급한 과제로 부상될 수밖에 없다. 시의 경우는 '항일무장투쟁에 대한 지지와 공감을 노래한 시'란 분류항 아래 이찬과 김남인의 작품[36]이 초점화 되고 있다.[37] 이것들과 항일혁명문학의 구체적

---

35 『문학사B』 9, 22면. 용정의 강경애, 국경 지대의 이찬과 김남인, 연안의 김사량, 소련의 조명희가 그들이다.

36 북한에서 이들의 중요성은 류희정 편, 『현대조선문학선집』 27(1930년대 시선 2)(문학예술출판사, 2004)에서도 뚜렷하다. 작품 게재는 이찬이 박세영의 뒤를 이어 두 번째이고 김남인은 훨씬 뒤에 오지만, 류만의 해설 「『1930년대 시선 (2)』에 대하여」는 두 시인을 맨 처음 언급한다. 국경지대에서 항일무장투쟁에 대한 지지와 공감을 적극 노래했다는 이유에서이다(12~16면 참조).

37 하나를 더한다면, 김조규의 「전선주」(1941)를 들어야 할 것이다. 「전신주」는 해방 전 진보적 문화유산 가운데서 항일유격대의 투쟁을 직접 반영한 유일한 작품으로 평가되고 있다. 새로 발굴된 관계로 이 작품은 『문학사B』 9에는 등장하지 않는다. 류희정 편, 『현대조선문학선집』 28(1930년대 시선 3), 문학예술출판사, 2004에 처음 게재되었으며, 선집의 해설자 류만에 의해 그 가치가 고평되었다.

연계 지점은 과연 어디인가.

우리에게 낯선 존재인 김남인은 줄곧 재북 상태에서 생애(1910~1951)를 마감한 시인인 듯한데, 중강진에서 발행된 『시건설』(1936.11~1941.5, 총8호)의 주재자로 알려진다. 서지란의 편집 겸 발행인은 김익부(金益富)로 되어 있다. 시와 편집 후기에서 남인(嵐人)을 주로 쓰며 어쩌다 남금(南琴)도 등장하는 점을 고려하면, 두 가지 필명을 동시에 썼던 듯하다.[38] 물론 북한에서 그를 높이 평가하는 것은 잡지의 발간이 아니라 거기에 발표된 「청색마」, 「뻬치카」 등에 항일무장투쟁을 열렬히 동경하고 조선독립을 열렬히 바라는 숭고한 사상감정이 열정적으로 포함되어 있다는 사실 때문이다. 그들은 미래의 희망과 열정을 무기로 비극적 현실을 초극하려는 시인의 의지를 김일성에 대한 흠모와 존경심의 발로로 해석하는 데 주저함이 없다. 그러나 이를테면 "천동울고 소낙비 퍼부어도 / 움찍않고 굳굳이 서서 / 폭풍의 살촉처럼 날르는 / 제비를 응시하는 너"(「청색마」, 『시건설』 8호) 같은 대목을 김일성에의 존경과 기다림으로 읽는 것은 지나치다. 프로시인 김해강과의 친분, 중강진이란 국경지대에서의 삶을 충분히 고려해도, 김남인 시의 낭만적 경향 및 구체적 삶

---

38 하지만 이 정도의 정보로 김익부와 김남인의 동일인 여부를 확정할 수 없다. 아직까지는 잠정적 가설인 셈이다. 권영민 편, 『한국 근대문인대사전』(아세아문화사)에도 김익부, 김남인 모두 보이지 않는다. 한편 류만은 앞의 해설에서 『시건설』이 7호로 종간되었다고 쓰고 있지만 실제로는 8호(1940.6.25)까지 발간되었다. 8호의 광고에 따르면, 김남인은 김해강과 함께 2인 시집 『청색마』의 발간을 준비하고 있다. 김남인 총19편, 김해강 총12편이 수록된 4·6판 양장미본의 형태로 가격은 1원, 출판은 명성출판사이다. 그들은 남과 북에서 서로를 그리워하며 시작 활동을 해왔다고 말하며, "이 시집은 삭풍이 휘파람 치는 국경지대 성에 치는 밤 양로(洋爐)를 끼고 앉아 주로 북방색이 두터운 작품을 추려놓은 것이다"는 예고를 붙이고 있다. 국립중앙도서관 소장 『청색마』는 이 시집의 발간을 선명하게 확인한다. 참고로 『한국시잡지집성』 4(태학사, 1988)에 누락되어 있는 『시건설』 창간호~5권은 고려대 중앙도서관에 제책되어 소장돼 있음을 알려둔다.

과의 이격은 그런 읽기에 물음표를 달게 한다. 이것은 재북 상태를 상당 기간 유지하며, 때에 따라 만주를 떠돌며 때로는 가난한 민족의 행복을 노래하고 때로는 그것의 상실을 호곡했던 백석이 항일무장투쟁의 울타리에 포섭되지 않은 이치와 비슷하다.

다음으로 이찬. 프로시인으로서 이찬의 시적 성취는 상당 기간 남북한 모두에서 적극적 평가의 대상은 아니었던 듯하다. 그는 노동자와 농민의 비극적 현실과 그들을 탄압하는 적대계급의 야비함을 서술시로 표현하는 등 당대 프로시의 노선에 적극 동참했다. 그러나 카프 해산 후 일상으로의 침잠과 낭만적 도피, 일제 말 친일 행위에의 적극적 가담 등 오히려 프로시인의 지위를 격하시키는 굴곡 많은 이력의 부담에서 자유롭지 못했다. 이찬의 슬픈 이력에 새로운 빛을 더한 것은 월북, 아니 귀향 후 적극 감행한 새로운 체제 형성에 바치는 각종 과업시와 행사시, 그리고 〈김일성 장군의 노래〉로 대표되는 송가의 제작이었다.[39]

하지만 흥미로운 사실은 1950년대 당시 그의 시적 지위는 김일성 송가보다는 특히 소련과의 국제주의적 연대를 표상한 시들에 의해 주어졌다는 사실이다.[40] 이것은 다음과 같은 사실을 암시한다. 첫째, 프로시

---

[39] 이찬의 삶과 시적 여정에 대해서는 윤여탁, 「이찬 시의 현실인식과 변모과정에 대한 연구」, 『한국 현대 리얼리즘 시인론』, 태학사, 1990; 김응교, 『이찬과 한국 근대문학』, 소명출판, 2006 참조.

[40] 『통사』하에서 이찬은 1950년대 중반 이후의 활동을 서술할 때 처음 등장하는데, 친소 시편 및 『리찬 시선집』의 간행이 언급되는 정도이다. 『개관』 2는 이찬이 「김일성 장군의 노래」, 「삼천만의 합창」, 「더욱 굳게 뭉치리 장군님 두리에」(이상 1946) 등을 창작함으로써 북한 시문학의 첫 장을 "위대한 수령님에 대한 경모와 충성의 마음으로 빛나게 장식"(105면)했다고 적고 있다. 그러나 『통사』 하의 해방기 시문학사에는 이런 내용이 전혀 보이지 않으며, 김일성 송가의 대표작으로 조기천의 『백두산』을 거론하고 있을 뿐이다. 김응교는 「김일성 장군의 노래」를 수록한 1차 자료의 여전한 부재를 확인하면서도, 그것의 모작(母作)으로 『문화전선』 1946년 7월에 수록된 「김 장군의 노래」를 제시하고 있다(김응교, 「'리찬'의 개작시」, 위의 책, 192면). 이런 사실

에 관한 한 이찬은 김창술, 류완희, 박세영 등보다 비주류로 인식되었다. 둘째, 절대화 이전의 김일성에 대한 송가는 이찬의 지위 변화에 큰 영향력을 미치지 못했다. 이런 사정은 1970년대 들어 급변하는 이찬의 문학사적 위상 변화가 김일성 절대화 과정의 부산물임을 입증하는 물적 증거로서 손색이 없다.[41]

1970년대 들어 「김일성 장군의 노래」가 사회변혁의 핵심주체로서 김일성의 사실성을 확인하는 미학적 언술로 소환되었다면, 1930년대 중후반 국경지대의 삶을 취급한 「국경의 밤」(『조광』, 1936.2)과 「눈 내리는 보성의 밤」(『조선문학』, 1937.1)은 항일혁명투쟁과 김일성의 위대성을 기리는 기원성의 장치로 호명되었다.[42] 그러나 문제는 두 작품 모두 원래의 기원을 삭제당하고 새로운 창작년도를 얻는 한편, 그 내용 역시 1958년 『리찬 시선집』의 간행 당시 개작되었다는 것이다.[43] 1937년과 1938년으로 창작 시점을 바꾸기, "무장삼엄한 일경들" "마적떼"를 "무장삼엄한 순경들" "전설의 대오"(이상 「국경의 밤」)로 개작하기, 그리고 현실에 대한 절망적 인식을 항일혁명투쟁에 대한 뜨거운 기대로 뒤바꿔 읽

의 문학사적 탈락 역시 김일성의 절대화 이전에는 북한 문단에서 이찬의 위상이 생각보다 미약했을지도 모른다는 추측을 가능케 한다.

41 이찬 이외에도 『문학사A』 3은 김일성 송가의 모범적 인물로 혁명시인 김혁을 들고 있다(56~62면). 그는 김일성의 곁에서 항일혁명투쟁을 전개하며 혁명송가 〈조선의 별〉을 창작한 자로, 투쟁의 와중에 전사한 것으로 기록되고 있다. 생애와 행적이 거의 누락되어 있는 문학사들과 달리, 『조선대백과사전』 4(백과사전출판사, 1996)에 생몰연대(1907~1930)와 고향(평안북도), 항일투쟁의 행적 등이 비교적 소상히 기록되어 있다. 이찬이라는 외부와 김혁이라는 내부의 통합 속에서 김일성의 절대성과 위대성은 한층 완미해진다.

42 이찬에 대한 평가의 극적 반전은 『문학사A』 3, 462~465면에서 매우 뚜렷해진다.

43 이 과정에 대한 자세한 연구는 김응교, 앞의 글 참조. 두 시의 개작에 대해서는 이미 김윤태, 「1926년~1945년의 시」, 민족문학사연구소 편, 『북한의 우리문학사 인식』, 328~329면에서 지적된 바 있다.

기의 의도는 비교적 분명하다.

시적 기원의 시공간을 보천보 전투(1937.6)의 시점으로 지연시킴으로써, 시인을 비롯한 인민들의 기대, 즉 "항일무장투쟁을 조국해방의 '화염'으로 우러르며 그 '화염'으로 밝아올 광복의 그날에 대한 믿음과 확신"을 폭력적으로 전유하기.[44] 이를 두고 김응교는 '민족해방의 서사에 '흡수'된 개작시'로 일렀지만, 그 이면에는 항일무장투쟁의 보편적 역사화와 김일성의 신화화에 복무되어 파탄난, 다시 말해 시적 불행을 현실의 행복으로 속량한 프로시인의 비극, 아니 희극 역시 흡수되어 있다.[45] 따라서 혁명과 수령의 신성성 아래, 그리고 민족과 인민의 이름으로, 허상이 사실을 잠식하고 대체하는 이찬의 사례는 김일성이라는 단일심급에 의해 창안, 변개, 구현되는 전통 혹은 문학사의 허구성과 파행성을 보여주는 상징적 아이콘으로 얼마든지 읽힐 수 있다. 이찬의 문학사적 훼손은 이 지점에서 극대화된다.

3_김억, 주요한, 한용운, 김소월, 정지용.[46] 『통사』에 올랐던 소월을

---

44 『문학사B』 9, 193면. 『문학사A』 3에서는 "서정적 주인공의 이러한 확신은 수령님께서 조직전개하신 항일무장투쟁에 의한 조국광복에 그날에 대한 당시 우리 인민들의 확고한 신념을 반영하고 있다"(464면)라고 표현된다.

45 이찬은 북한의 혁명 대작 시리즈 영화 가운데 한 편인 「민족과 운명─카프 작가편」에서 주인공으로 등장함은 물론 김일성의 부름을 받아 북한 체제를 이롭게 하는 '새로운 지식인의 전형'으로 형상화된다. 연상의 여인을 사랑하는 순애보적 인물, 계급적 분노를 참지 못하는 투사적 인물로의 등장은 '리찬의 시대'란 유행어를 낳으며 그를 혁명사업의 완수를 위해 반드시 따라야만 하는 모범으로 밀어 올렸다고 한다. 자세한 내용은 김응교, 앞의 글, 240~242면 참조.

46 이들은 '19세기 말~1926년' 사이의 문학을 다룬 『문학사B』 7의 주요 대상이다. 주요한을 빼면, 이들은 김정일이 공정하게 평가할 것을 지시한 시인들이기도 하다(김정일, 앞의 책, 84면). 아마도 활동 시기와도 밀접히 연관되겠지만, 특히 정지용은 '1926년~1945년' 사이를 다룬 『문학사B』 9에서도 주요하게 취급된다. 『문학사B』 7에 등

제외하면, 1980년대 중반 이후에야 비로소 복권된 근대 시인들의 면면
이다. 『개관』 2와 『문학사B』 7·9를 들춰보면, 1987년 해금조치에 따
라 비로소 신원과 자유를 회복한 납·월북 시인들을 미쁘게 바라보던
때가 떠오른다. 문학사의 동토에서 극적으로 귀환한 그들 역시 향토성
과 민족성에 초점을 맞춘 과거 문화유산 혹은 진보적 시문학에 편입, 분
류되고 있기는 마찬가지다. 그러나 카프시나 항일혁명문학과 뚜렷이
대비되는 미학성의 돌출은, 그런 계열화와 상관없이, 북한문학사와 시
인, 연구자들에게 당혹스런 충격을 주었을 법하다. 현대시에 대한 포괄
과 흡수의 전략이 거꾸로 북한의 '현대'문학(사)에 미학적 갈등과 시각의
다양성을 암암리에 전염시키는 뜻밖의 사태를 일으킨다고나 할까.[47]
이 가운데 정지용은 프로문학의 성장과 후퇴, 항일혁명문학의 출현과
성장에 대응되는 시적 이력의 소유자이기에, 그 변화에 끼치는 영향이
더욱 거셀 것으로 짐작된다.

정지용을 본격적으로 다루는 곳은 『문학사B』 9이다. 『문학사B』 7의
경우는, 「향수」, 「압천」, 「바다」, 「고향」 등을 예로 들어 "향토에 대한 절
절한 사랑과 그리움을 짙은 민족적 정서로 전통적인 율조에 담아 노래
함으로써"[48] 조선시의 풍부화에 기여했다고 평가했다. 이에 비하면 『문

재된 이들의 가치와 의미에 대해서는 이 책에 실린 최현식, 「북한의 19세기 말~1926
년 '근대'시사 서술—근대시와 주체문학」 참조.

47 물론 나의 주관적 판단과 소망에 불과한 말이지만, 남북한문학사의 소통 가능성이
확대된 것만은 틀림없겠다. 이를테면 최근 수년간 한국작가회의 산하 민족문학연구
소가 김소월, 강경애, 현진건, 윤동주, 이육사에 대해, 학술단체 민족문학사학회가 신
채호에 대해 북한문학자들과 공동으로 심포지엄을 개최해온 사실을 떠올려보라. 정
지용 역시 강력한 후보로 부상한 셈이다.

48 『문학사B』 7, 108~109면. 이런 평가 기준은 시선집의 작품 선택에서도 대체적으로
관철된다. 『현대조선문학선집』 15(1920년대 시선 3)(1992)에는 「그리워」를 필두로
21편이, 『현대조선문학선집 26』(1930년대 시선 1)(2004)에는 「폭포」를 필두로 22편이

학사B』9의 평가는 보다 개방적이며, 특히 1920년대 작품에 편만한 향토애를 포괄한 민족성의 성취에 진보적 가치를 부여하는 편이다.

동시대의 프로레타리아 시인들이 짓밟히는 삶과 잃어진 고향을 두고 분노를 터뜨리며 항거를 외칠 때 정지용은 이 정도의 서정세계에서 벗어나지 못했다. 그러나 그는 고향을 대상으로 하든 자연과 풍속을 대상으로 하든 식민지 시대 민족이 당하는 고통과 불행을 제 나름의 설음과 울분으로 터뜨림으로써 민족적 의분을 나타냈으며 특히는 그것을 짙은 민족적 정서로 민요풍의 시풍으로 그려내여 민족시가의 전통을 살려나갔다. (…중략…) 그러나 정지용은 1930년대 들어서면서 점차 형식주의적이며 기교주의적인 경향으로 기울어졌으며 순수 문학을 표방하고 나선 '구인회'의 동인으로서 그의 시는 사실주의적 경향으로부터 더욱 멀어져 갔다.

—『문학사B』9, 81~82면.

『문학사B』7에서와 마찬가지로 정지용 시의 가치는 "짙은 향토적 및 민족적 정서와 민요풍의 시풍"을 보여주었다는 데에 있다.[49] 이것들은 이른바 대중적 호소력을 발휘하는 대표적 요소라는 점에서, 인민성의 가치와 직결될 수 있다. 항일혁명문학과의 연계 및 시문학의 진보성을 부여할 수 있는 지점인 것이다. 그러나 북한은 정지용 시의 감각성과 생동성을 승인하면서도, 사회현실에 비교적 무감한 모더니즘 시편 및『백

실려 있다. 하지만 대표작「바다」연작은 모조리 제외되었다.

49 예로 든 작품으로「향수」,「압천」,「고향」,「그리워」,「할아버지」,「홍춘」,「석류」,「백록담」등이 있다.「압천」의 경우, 일본 교토의 '카모가와[鴨川]'를 대상으로 작성된 시임을 고려하면, 향토애를 표방한 시로 읽을 수 있을지 의문이다.

록담』의 세계와는 냉정한 거리감을 유지하고 있다.[50] 『백록담』 소재 '산' 시편들, 이를테면 「장수산」 연작, 「비로봉」 「옥류동」 「구성동」 등이 북한 산하의 미감에 도취되어 있음을 떠올리면, 북한의 향토애와 민족적 정서에 대한 취사선택의 기준이 꽤 엄격함을 엿볼 수 있다. 이 작품들의 배제는 인민대중의 사상·감정과 이해하기 쉬운 통속성에 맞을 것이란 기준에 의거한 탓일 것이다. 한결 실생활과 밀착된 소월의 시에 비해[51] 지용의 시는, 인민의 사상적 교양과 애국적 민족의식을 고취시키기에는 너무 탈속적이거나 지나치게 미학적이기 때문이다. 그러나 다행스럽게도 저 시들 대다수가 『1930년대 시선』 1에 충실히 수록되어 있으니, 지용을 둘러싼 남북한의 공통감각의 확보는 비교적 순탄하게 실현될 가능성이 크다 하겠다.[52]

1930년대 후반 지용의 공백을 메꾸는 시인들로는 단연 이용악과 백석, 오장환, 윤동주가 주목된다.[53] 『통사』 시절의 이용악을 제외하고는

---

50 북한의 모더니즘에 냉정한 평가는 문학사 및 시선 모두에 보이지 않는 이상(李箱)의 경우 더욱 두드러진다. 『시문학』 동인 김영랑과 박용철, '구인회'의 김기림은 문학사에서는 누락되었지만, 『현대조선문학선집』 27(1930년대 시선 2)에는 작품들이 수록되어 있어 일정 부분 복권되었음을 알 수 있다.

51 류희정 편, 『현대조선문학선집』 14(1920년대 시선 2), 문예출판사, 1992는 김소월의 시를 무려 157편을 싣고 있다. 근대시인 중 100편 이상이 실린 경우로는 그가 유일한데, 가령 지용의 43편과 비교해보라. 총 6권에 실린 시인 및 작품 수효는 유문선, 「최근 북한 근대문학사 인식의 변화─『현대조선문학선집』(1987~)의 '1920년대~30년대 시선'을 중심으로」, 413~417면에 상세히 정리되어 있다.

52 다만 유심히 살펴볼 지점이 있다면, 김일성종합대학출판사에서 간행된 『김대A』와 『김대B』 모두에서 정지용이 여전히 배제되어 있다는 점이다. 이에 반해 『김대A』에 없었던 김소월, 한용운, 김남인 등은 『김대B』에서 주요하게 언급되고 있다. 이와 같은 선택과 배제의 정치학은 김일성대학 『조선문학사』와 사회과학원 『조선문학사』 사이의 상호 조정 또는 갈등을 암암리에 환기한다.

53 문학사에서 언급되지 않은 서정주는 『현대조선문학선집』 26(1930년대 시선 1)(문학예술출판사, 2004)에, 이육사와 유치환, 김광균은 『현대조선문학선집』 27(1930년대 시선 2)에 작품이 수록되었다. 청록파에서는 박두진과 조지훈의 작품이 게재된 반면,

이들 역시 『문학사B』 9에 이르러 비로소 시의 자유를 다시 얻었다. 세태풍속 혹은 실생활에 대한 예민한 반응과 깊은 울림의 포착을 통해 민족적 정서를 진하게 체현했다는 평가나 애국적 정서 및 참된 삶의 의지에 대한 고평(윤동주)은 이들 시의 가치 역시 민족성과 인민성에 주어지고 있음을 알려준다. 남한의 해금조치에 따른 문학사의 복권과 재건이 또 다른 형식으로 북한에서도 진행되고 있다는 낯선 상동구조는 특히 이들의 출현에 의해 거의 완결되고 있다. 그런 만큼 이들이 남북한 서로의 정치성을 향한 미학적 투기의 대상들로 호출될 가능성은 한결 낮아질 것이다.

그렇다면 지용의 경우와 마찬가지로 프로시의 빈자리 또한 이들이 채우는 것이다. 어쩌면 이 자리에서 항일혁명문학은 영향의 차원이 아니라 조선 밖의 공간 분할이라는 점에서만 그 존재가치를 인정받는 뜻밖의 제한이 출현하는 것인지도 모른다. 민족문화 유산으로의 과거화가 프로시를 비롯한 진보적 시문학(넓게는 근대시 일반)의 생환을 가져왔지만, 오히려 이들의 귀환은 주체문학의 현저한 결여, 이를테면 발랄한 개인성의 내면 통찰과 그것의 개성적 표현의 부재에 대해 침통한 숙고를 요구하고 있다(고 믿는다).

그런데 이런 의외의 상황은 프로시의 객관적 지위 확보나 가파른 상대화의 저지가 서로 다른 영역에 서 있던 '미학적 적대자'나 세대적 감수성이 달랐던 '신진시인'들에 의해 수행되고 있음을 뚜렷이 역설하고 있다. 정치성과 미학성의 갸우뚱한 균형, 그러니까 정치성의 과잉에 미학

박목월은 제외되었다. 이찬이나 서정주의 경우를 생각하면, 북한에서 친일 혐의는 미학적 삶을 박탈한 만큼의 중대 결점은 아닌 듯하다. 박목월의 탈락은 그래서 더욱 이해되지 않는다.

성의 사소한 개입이 일으키는 효과조차 이리도 큰 것이다. 여러모로 문제적인 북한의 민족제일주의가 아직은 빈약하고 편향적인 그들의 '현대'문학사 인식에 끼친 긍정적 영향으로 내세워도 좋을 의미 있는 국면 가운데 하나이다.

4. 프로시의 소통과 활성화를 위한 몇 가지 제언

프로시는 남북한문학사에서 미학적 실상보다 정치적 풍속(風俗 / 風速)이 대상의 가치와 의미를 주저 없이 변곡해간 대표적 사례에 해당한다. 냉정과 열정의 미학적 균형보다는 냉혹과 과장의 정치적 편향 속에서 프로시는 사행(斜行)의 비극적 행보를 할당받아 왔다고나 할까. 남북한문학사에서 프로시의 행적과 지위 변화는 식민지 경험과 분단체제에 의해 관통되고 있다는 공통점을 지닌다. 그러나 한편으로는 양 체제의 본질과 논리, 지향성과 같은 상대적 자율성이 주조해간 정치적·미학적 파동에 따라 서로 다른 역사화와 현재화의 궤적을 밟아왔다. 가령 탈근대 담론이 횡행하는 남한에서 프로시는, 15여 년 전의 열기가 괴이할 정도로 시대착오적인 것으로 치부되고 있다. 이에 반해 북한에서는 이전의 꺼림칙한 이해와 수용에서 벗어나, 주체문학의 전일화를 수행하는 데 유효적절한 전략적 예술체로 부감되고 있다. 물론 항일혁명문학과 뚜렷이 차별화되는 과거 문학유산으로 그 지위가 한정되고 있다는 점에서 프로시의 복권은 제한적이며, 또 다른 왜곡의 출발이랄 수 있을 것이다.

아무튼 이런 현상은 언뜻 보면 시대 변화에 견인된 미학적 평가의 변화가 주도하는 듯하나, 여전히 그 핵심에는 정치성 혹은 이념성의 결여와 과잉이 자리 잡고 있다. 일상의 문화적 변용이 주류를 형성하는 남한문학에서 정치성은 공소한 윤리, 그러니까 별 재미없는 회의의 대상이라면, 주체문학의 최종심급화에 성공한 북한의 문학에서 정치성은 이른바 '자주적 체제'를 보위하고 발전시키는 데 필요한 당위적 윤리이다. 이와 같은 과잉과 결여의 시대적 반복 속에서 프로시의 객관적 지위와 본질은 풍부한 통찰의 기회를 얻기는커녕 잃어왔다는 게 진실에 보다 가까울 것이다. 그런 의미에서 프로시는 아직 미학적 대상 이전이다.

그렇다면 프로시 원래의 지위와 내용을 되찾고 또 올바로 평가하기 위해서는 어떤 일이 선행되어야하는가. 첫째, 프로시 텍스트와 그에 대한 비평 등 프로시의 사실성과 역사성을 확보할 수 있는 자료 확충의 문제. 물론 남한에는 창작과 비평에 걸친 다양한 자료집과 총서들이 간행되어 있다. 하지만 북한의 『현대조선문학선집』[54]과의 비교 작업이나 이전에 채 수집되지 못한 텍스트와 담론의 확보를 통해 원전 자료의 충실성을 기할 필요가 있다. 여러 면에서 자료의 수집과 확보에 용이한 남한의 의지와 실천은 북한에도 의미 있는 영향력을 끼칠 텐데, 특히 자료의 왜곡이나 편의적 적용을 억제하는 선한 힘으로 작용할 수 있을 것이다.

둘째, 프로시 연구의 새로운 영역을 개척함으로써 프로시의 풍부성과 다면성을 제고해갈 필요가 있다. 예컨대 프로시에 내재된 민족어와 감각, 도시성 등에 대한 최근의 문제의식은[55] 프로시를 일상적·미학

---

54 엄격히 말하면, 여기 실린 무명 시인들의 프로시나 진보시는 미학성의 측면에서 일정한 가치를 부여받기 어렵다. 자료 확보라는 의미 이외에 어떤 가치를 찾는다면 이른바 인민들의 주체적인 시창작과 향유 정도일 것이다.

적 차원으로 재위치시킨 성과라 할 수 있는데, 이에 대한 보다 진전된 논의가 절실히 요구된다. 최근 각광받는 탈식민주의적 관점[56]이나 디아스포라적 시각의 적용 역시 프로시의 낯선 영역을 비추어 줄 것이다. 『문학사B』의 관점과 논의 등을 세밀히 살피다 보면, 남한의 논의가 암암리에 참조되고 있다는 느낌을 문득 받을 때가 있다. 국가의 역량을 집중한 『문학사B』나 『현대조선문학선집』의 발간이 우리에게 일정 정도의 충격을 가하는 것처럼, 우리의 새로운 논의는 북한 연구진에게 프로시, 나아가 현대시 전반에 대한 보다 개방되고 변화된 시점을 알게 모르게 요구할지도 모른다. 이런 상호 영향 속에서 프로시의 역사성과 현재성은 특정 이념과 영토에 귀속되지 않는 객관적이고 자율적인 국면을 서서히 구축해가게 될 것이다.

최근 김정일의 사망과 김정은의 권력 승계 과정에서 표출된 체제의 불안전성과 급변 가능성, 핵문제를 둘러싼 남한과 미국, 일본, 중국 등과의 여전한 갈등은 북한의 문학(사)에 어떠한 형태로든 반영될 소지가 크다. 프로시의 또 다른 변형과 왜곡 역시 이 와중에 저질러질 것이다. 따라서 위와 같은 물적 제도의 차원 못지않게, 앞서 언뜻 언급한 남북한 문학가 및 연구자의 학술교류를 지속해가는 것이 중요하다. 이런 인적

---

55 대표적인 성과를 소개하면 다음과 같다.
　　민족어 : 김재용, 「프로문학 시절의 임화와 문학어로서의 민족어」, 임화문학연구회 편, 『임화문학연구』, 소명출판, 2009; 배개화, 「민족어, 민족문학, 리얼리즘—임화의 경우」, 『현대소설연구』37, 한국현대소설학회, 2008.
　　감각 : 손유경, 「프로문학과 '감각'의 문제—김기진의 '감각'의 변혁을 중심으로」, 『민족문학사연구』32, 민족문학사학회, 2006.
　　도시성 : 오문석, 「프로시의 아포리아」, 『상허학보』15, 상허학회, 2005.
56 프로문학의 약한 고리로 흔히 지적되는 민족 문제를 (탈)식민주의의 맥락에서 검토한 하정일의 「프로문학과 식민주의」(『한국 근대문학연구』5, 한국근대문학회, 2002)는 이런 작업의 선편에 해당한다.

교류는 서로의 차이를 현장에서 확인하는 기회도 되겠으나, 텍스트 또는 문학사의 행간에 숨어 있는 상대방의 시선 변화와 새로운 독해의 의지를 엿보는 쾌미의 경험을 제공할지도 모른다. 텍스트의 균열과 분열을 남한과 북한 서로의 목소리들이 봉합하고 잇대는 가운데 프로시는 양자의 정치적 욕망을 탈각하며 보다 합리적인 해석의 지평으로 나아가게 될 것이다.

북한의 1927~1940년대 전반 '현대' 소설사 서술
계급의식과 민족의식, 갈등과 화해의 도정

오창은

1. 차이를 통한 소통의 틈새

문학사 기술은 근대문학 이후 다양한 형태로 존재해 왔다. 단지 여러 문학사들의 경합 과정에서, 새로운 문학사가 우월적 지위를 확보했을 뿐이다. 한국문학사는 1961년 조연현의 『한국 현대문학사』, 1972년에 간행된 김현·김윤식의 『한국문학사』, 1989년에 발간된 김윤식·김우종 외 34인의 『한국 현대문학사』, 그리고 민족문학사연구소가 1995년에 간행한 『민족문학사 강좌』와 2009년에 새로 간행한 『새 민족문학사 강좌』, 그리고 2013년 천정환·소영현·임태훈 등이 편한 『문학사 이후의 문학사』까지 다양한 형태로 다시 쓰여지고 있다.

일찍이 조연현은 『한국 현대문학사』에서 "자료의 빈곤"과 "괴뢰집단에 사역되는 문학인"으로 인해 문학사 기술이 쉽지 않다고 했다.[1] 식민지 경험(자료 유실)과 분단 경험(이데올로기적 대립)로 인해 조연현의 『한국 현대문학사』기술은 굴절의 과정을 겪을 수밖에 없었던 것이다. 조연현은 스스로 문학사 기술이 완결적 작업이기 보다는 통합의 과정에 이뤄지는 산물임을 인정한 셈이다. 김현·김윤식도『한국문학사』에서 "문학사가 문학과 역사를 동시에 포용해야 한다는 데서 생겨나는 어려움"[2]이 있었음을 토로했다. 그러면서, 책의「서언」에서 "한국문학사는 문단사, 논쟁사, 잡지사의 성격을 띠우고 있어, 과거의 한국문학을 체계적으로 이해하는데 어떤 면에서는 오히려 장해를 이루어 왔다"고 했다. 김현·김윤식은 문학사가 감정적 차원에서의 서술, 예외적 인간에 대한 관심, 상상력을 중시하는 등의 방법적 차이를 갖는다고 주장했다. 방법의 차이에 따라 기술의 결과물도 달라질 수밖에 없다. 이 또한 문학사가 다양한 방법으로 기술될 수 있음을 시인한 열린 태도라고 할 수 있다. 또 다른 사례로, 민족문학사연구소에서 엮은『새 민족문학사 강좌』를 들 수 있다. 민족문학사연구소는 1995년에 간행된『민족문학사 강좌』를 개정판으로 간행하려다, 신편(新編)으로 간행하기로 편집 방향을 바꾸었다. 집필의 기본 방향은 "민족주의와 내재적 발전론을 좀 더 온전하게 극복"함으로써, "폐쇄성과 자기중심주의를 극복"하는데 맞춰졌다.[3] 민족문학사연구소의 문학사 기술 또한 스스로를 갱신해야 하는 문학사 기술의 운명을 보여주는 것이라고 할 수 있다. 천정환·소영현·임태훈 등이 편한『문학사 이후의 문학사』또한 "기존의 민족주의-남성-엘리트 중심의 문학사가 배제한 '문학들'을 새롭게 조명해보고자"한다는 의도를 분명히 밝히고 있다.[4] 문학사의 담론과 관점, 그리고 텍스트에 대한 평가가 변화하

---

1   조연현,『한국 현대문학사』, 인간사, 1961, 3면.
2   김윤식·김현,『한국문학사』, 민음사, 1973, 8면.
3   민족문학사연구소 편,『새 민족문학사 강좌』2, 창작과비평사, 2009, 7면.

는 상황에서 문학사는 끊임없이 다시 씌어지고 있다.

특정 시기의 문학사 기술은 결정적인 문학사의 전형이기보다는 또 다른 관점의 문학사 서술들 중 하나이다. 문학사 기술은 사실에 기반하면서도, 다양한 방법론이 적용될 수 있다. 문학사'들'이라는 측면에서 바라보았을 때, 한국문학사는 '북한문학사'를 적극적으로 고려해야 한다. 그간 북한문학사에 대해서는 '무의식적 배제'의 메커니즘이 작동해왔다. 한국문학사에서 북한문학사는 '재외 문학'으로 취급되어온 것이다. 남북문학은 근대문학의 형성이라는 동일한 기원을 갖고 있고, 일제강점기까지는 동일한 역사적 전통에 있었으며, 분단 이후에도 동일한 언어로 창작되었다. 북한의 문학사는 복수의 문학사 중 하나로 온당히 취급되어 오지 못했다.[5] 그런 의미에서 『북한의 우리문학사 인식』[6]은 '우리'의 안에 기묘한 형태로 배제되어 있는 '북한'을 끌어안으려는 고투의 흔적을 담고 있다. 언어적 측면에서는 북한이라는 재외의 존재가 바라본 우리문학사라는 의미와 함께, 우리 안에 포함된 북한의 문학사 인식이 갖고 있는 차이를 확인했다는 의미도 갖고 있다. 서로의 차이를 확인함으로써, 그 차이를 '문학사들'로 포용하려는 시도는 가치 있는 작업이다.

분단시대를 살고 있는 문학연구자들은 남북의 통합적인 문학사를 구상하기 마련이다. 그것이 '민족문학사'이든, '통일문학사'의 전제이든 간에 미래를 위한 과거의 진술이라는 성격을 지닌다. 과거의 현재화가 어떤 지향성을 지닐 것인가는 현재 시점에서 끊임없이 확인하고 성찰

---

4 천정환·소영현·임태훈 외편, 『문학사 이후의 문학사』, 푸른역사, 2013, 8면.
5 신형기·오성호의 『북한문학사』는 남한에서 쓰여진 최초의 북한문학사라 할 수 있다. 신형기·오성호는 "북한문학의 흐름을 정리함으로써 우리 근대문학사는 다르게 씌어질 수 있을 것"이라고 했다(신형기·오성호, 『북한문학사』, 평민사, 2000, 6면).
6 민족문학사연구소, 『북한의 우리문학사 인식』, 창작과비평사, 1991.

해야 할 과제이다. 논자는 남북문학사에 대한 고찰이 '차이'를 확인하는 작업이고, 분단의 무의식을 성찰하는 작업이라고 본다. 그 '차이'의 틈새가 커지면 소통의 불가능성에 좌절하게 되고, 강박적 '동일성'에 포박되면 낭만적 민족주의에 경도되고 만다. '차이'를 확인함으로써 오히려 소통의 틈새를 발견하려는 것이기에 거기에는 이중의 틈이 존재한다. 그 둘은 차이로 인한 거리감과 틈새로 인해 가능한 숨통일 것이다.

남북의 문학연구자들은 '문학'을 매개로 만날 수 있는 여지를 발견해야 한다. '문학'에 대한 상이한 태도가 남북한문학사에 전제되어 있는 것은 엄연한 사실이다. 하지만, 문학에 대한 공통감각이 존재한다는 믿음도 쉽게 포기할 수 없다. 상이한 이념과 공통감각 사이의 균열, 그 '틈'이 바로 '차이'이면서 '소통'의 가능성일 수 있다는 것이 논자의 견해이다.

논자는 북한의 문학사 기술의 변천 양상을 통해, 북한의 문학사가 어떤 방식으로 다양한 '문학사들'을 형성해 왔는가를 살피고자 한다. 논자가 분석한 북한의 문학사 기술 대상 텍스트는 1959년 조선민주주의 인민공화국 과학원 언어문학연구소 문학연구실에 편찬한 『조선문학 통사』하, 1981년 간행한 김하명·류만·최탁호·김영필의 『조선문학사(1926~1945)』, 1986년에 출판한 박종원·류만의 『조선문학 개관』II, 그리고 1995년에 발표한 류만의 『조선문학사』9(1920년대 후반~1940년대 전반기 문학)이다.[7] 이 네 가지 텍스트 중 본 논문에서 집중적인 논의의 대

---

7 이 글에서 주요하게 다룬 북한에서 서술된 문학사는 다음과 같다. ① 조선민주주의 인민 공화국 과학원 언어문학연구소 문학연구실, 『조선문학통사』하, 과학원출판사, 1959. ② 김하명·류만·최탁호·김영필, 『조선문학사』(1926~1945), 과학백과사전출판사, 1981. ③ 박종원·류만, 『조선문학개관』II, 사회과학출판사, 1986. ④ 류만, 『조선문학사』9, 과학백과사전종합출판사, 1995. 이 텍스트들을 언급할 때 ①은 『통사』하로, ②는 『문학사A』3으로, ③은 『개관』2로, ④는 『문학사B』9로 약칭할 것이다.

상이 되는 것은 『문학사B』 9인 『조선문학사』 9이다. 이미, 이상경은 『통사』 하, 『문학사A』 3, 『개관』 2를 대상으로 북한문학의 이념, 주요 대상 작가, '비판적 사실주의와 동반자 작가'에 대한 기술 태도, 1930년 대 후반의 소설사 구성의 문제, 소설 작품의 개작 문제를 다룬 바 있다.[8] 『통사』 하, 『문학사A』 3, 『개관』 2에 대해 의미 분석을 진행하고, 『문학 사B』 9에 대해서는 보다 분석적인 태도로 그 의미를 논하고자 한다. 이 를 통해 북한의 문학사와 남한문학사가 어떻게 서로 닮아가면서 새로 운 차이를 발생시키는지를 살펴보고자 한다.

2. 작가 중심의 프롤레타리아 문학 서술―『통사』 하

조선민주주의 인민 공화국 과학원 언어문학연구소 문학연구실에서 간행한 『조선문학통사』 하(이하 『통사』 하)는 동시대의 감각으로 쓰여졌 다. 『통사』 하는 다루는 시기는 1900년부터 책이 간행되기 바로 전인 1958년까지이다. 『통사』 하의 기술자는 "사회주의적 사실주의의 기초" 아래 "우리 문학의 혁명적 전통에 대한 심오한 리해"를 위해 노력했다 고 밝혔다.[9] 이는 '사회주의적 사실주의'를 문학적 이념으로 삼았고, 카

---

8 이상경은 『통사』 하, 『문학사A』 3, 『개관』 2를 대상으로 북한문학의 이념, 주요 대상 작가, '비판적 사실주의와 동반자 작가'에 대한 기술 태도, 1930년대 후반의 소설사 구 성의 문제, 소설 작품의 개작 문제를 다뤘다. 이 글은 이상경의 분석 이후 간행된 『문 학사B』 9를 보다 비중있게 다뤄 논의를 전개하고자 한다(이상경, 「1926~1945년의 소설」, 『북한의 우리문학사 인식』, 창작과비평사, 1991, 330~342면).
9 『통사』 하, 274~275면.

프문학을 혁명적 전통으로 수용하고 있다고 해석할 수 있다.

『통사』 하의 시기 구분은 「1900~1919년의 문학」, 「1919~1930년의 문학」, 「1930~1945년의 문학」, 「해방 후 문학 - 평화적 민주 건설 시기의 문학」, 「조국 해방 전쟁 시기의 문학」, 「전후 시기의 문학」으로 이뤄졌다. 10년 단위로 물리적 시간을 구분한 후, 3·1운동, 해방, 한국전쟁 등 주요사건을 시기구분의 결절점으로 규정했다. 이는 사회사와 사건사에 문학사의 시기구분을 접맥시킨 것이다. 일제강점기부터 진행되어온 10년 단위의 시기 구분이 관성적으로 적용된 양상이다.

'1920년대부터 1940년대 전반기 산문 문학'은 '일본 제국주의와 자본주의 사회 제도 반대'(「1919~1930년의 문학」)와 '사회주의 사실주의 문학의 발전 과정'(「1930~1945년의 문학」)으로 구분해 기술했다. 시기구분의 출발점은 1919년 3·1운동으로 삼고, 종착점은 1945년 8·15해방으로 보고 있다.

「1919~1930년의 문학」은 주요 작가중심으로 서술했다. 작가를 우위에 두고, 그들의 개별 작품을 해설하는 방식으로 문학사를 구성했다. 특히, 조명희·리기영·한설야·송영·최서해가 중심 작가로 언급된다. 조명희의 주요 작품으로 「땅 속에서」, 「R군에게」, 「새길」, 「농촌 사람들」, 「마음을 갈아 먹는 사람」 등을 거론한다. 「락동강」과 「이쁜이와 룡이」는 조명희 작품 중에서 중심적으로 언급되는 소설들이다. 「락동강」에 대해서는 "사회주의 사실주의의 제반 원칙의 뚜렷한 표현"이라고 평했고, 「이쁜이와 룡이」는 "농촌 생활로부터 도시의 공장 로동자로 전입된 룡이가 어떻게 혁명적 투사로 발전하여 갔느냐"를 이야기한다는 측면에서 의미가 있다고 서술했다. (32면) 조명희는 "조선의 비판적 사실주의 문학의 전통을 계승 발전"시켜 "무산계급운동"으로 나아가는데 기여한 인물로 위치지워졌다. (27면) 조명희 문학에 대한 북한문학의 적극적인 평가는 『통사』 하로부터 기원한다고 볼 수 있다. 조명희의 문학은 분명한 사회주의 이념을 지향했다. 이것이 계급문학의 선취자로서 북한의 문학사에서 중요하게 의미부여하고 있다. 특히, 1950년대 조선과 소련의 긴밀한 유대가 조명희에 대한 문학사적 평가에도 영향을 미쳤다. 조명희가 소련으로 망명한 후 연해주 지역을 중심으로 고려인 문학 형성에 기여했고, 이것인 이념지향의 북한사 기술과 맥이 닿고 있었다.

조명희 다음으로 높이 평가하는 작가가 이기영이다. 이기영에 대해서는 "출발 초기부터 견실한 사실주의 작가로서의 자기의 작가적 특질"(32면)을 보여주었다고 했다. 이기영의 주요 작품으로는 「오빠의 비밀편지」, 「가난한 사람들」, 「농부 정도룡」, 「민촌」, 「민며누리」, 「원보」, 「제지공장촌」 등을 꼽았고, 작품 하나하나에 대해 상세하게 다루었다. 이기영 문학에 대해 『통사』 하는 '새로운 인간' '새로운 사회'에 대한 '새로운 발전적인 세계'를 보여준 작가로 평했다. 구체적 현실에 기반해 "로동 계급의 광범한 력사적 임무를 특수적으로는 일제 통치하의 자본주의 사회 제도에 대한 근본적 전복의 임무를 내세웠던"(41면) 작가로 규정했다. 이기영은 카프의 전통을 잇는 작가이고, 월북 작가이며, 북한의 대표 작가라는 측면에서 상징성이 강하다. 그는 농민들의 세계를 핍진하게 그려낸 식민지 시대의 대표 작가이기도 하다. 그의 문학세계가 중요한 위치를 점하는 이유는 창작 부문에서 카프의 핵심적 작가였기 때문이다. 『통사』 하의 기술 이후 시대의 변화와 관계없이 북한문학사들은 주요 작가로 항상 조명희와 이기영은 언급해 오고 있다.

한설야의 경우는 조명희와 이기영과 비교했을 때 특수한 위치에 있다. 그에 대한 평가는 시기에 따라 엇갈리는 양상이다. 『통사』 하의 경우는 이기영처럼 비중 있게 한설야를 기술하고 있다. 한설야는 초기에는 "인테리들의 이러저러한 생활 모습과 관련된 형상"(41면)을 보여주다가 "사회의 기본적 모순에로 좀 더 직접적으로 육박하며, 그 모순의 해결을 위한 투사의 장성 과정 또는 투사의 혁명적인 생활 륜리의 문제 등을 취급"(41~42면)하는 방향으로 나아갔다고 했다. 그의 초기작품인 「그릇된 동경」, 「그 전후」, 「뒷걸음질」, 「합숙소의 밤」, 「인조 폭포」, 「과도기」, 「씨름」 등을 적극적으로 의미부여했다. 『통사』하는『과도기』 등이 "전형적으로 현대적인 대규모의 산업과 관계되는 로동자의 세계를 보여 준다"(47면)고 높게 평가했다. 이기영이 농민적 세계관에 입각해 있다면, 한설야는 노동자의 세계를 포착했다. 그렇기에 한설야에 대한 평가가 더 적극적일 수 있다. 하지만, 문학사 기술에 한설야는 높게 평가되었다가 갑자기 언급이 사라지고, 다시 등장하는 양상을 띤다. 한설야와 관련된 문학사 기술이 정치적 상황에 따라 크게 영향을 받고 있음을 보여주는 중요한 사례다. 정치적 상황의 변화에 따라 이뤄지는 작가에 대한 판단이 해당 작가의 문학적 성취를 압도하고 있다.

송영은 남한문학사에서는 '프롤레타리아 작가' 혹은 '희곡작가'로만 언급되고 있다. 그는 일제 말기에는 조선연극문화협회의 이사를 역임했기에 훼절의 혐의에서 자유롭지 못하다. 그런 그가 월북 이후 북한의 문학사에서는 소설과 희곡에서 두루 중요 작가로 논의되고 있다.[10] 『통사』하는 송영의 「석공조합대표」, 「군중 정류」, 「용광로」, 「교대시간」

---

10 송영은 "일제 말기 전형기의 자기 혼란을 극복"하고, 해방기에 「황혼」과 『자매』와 같은 작품을 통해 자기 정체성 회복을 위한 논리적 근거를 확보했다. 이러한 변화의 과정은 송영이 북한의 문학사에서 차지하는 높은 비중을 해명하는 단초가 될 수 있다 (오창은, 「자기회복 과정을 통한 북한 문단으로의 길」, 『어문론집』 28, 중앙어문학회, 2000, 358면).

을 주요 소설작품으로 언급하며 평했다. 송영의 작품들은 "한결같이 무산 대중이 빈곤과 불행 속에 헤매게 되는 사회적 원인을 천명하며 그러한 암흑의 상태로부터의 출로를 계급적으로 제기하는 방향에로 지향하고 있"(51~52면)다고 기술했다. 송영의 사례에서 알 수 있듯이, 북한의 문학사 기술은 엄격하게 장르를 구분하여 기술하지 않고, 작가의 특성에 따라 비교적 자유롭게 작가에게 문학사적 의미를 부여한다. 반면, '친일청산 문제'에 대해서는 북한의 문학사 기술이 엄밀하지 못했음을 송영의 사례에서 알 수 있다. 첫 문학사 기술이 일제 말기 행적에 대해 적절히 기술하지 못함으로써, 과거사 청산의 문제가 북한사회에서도 녹록치 않았음을 드러낸다.

『통사』하는 조명희, 이기영, 한설야, 송영, 최서해가 "'카프'의 기치 밑에 창작 활동"(59면)을 했음을 명시적으로 제시했다. 이 시기 문학사 기술의 이념은 반제국주의와 반자본주의였다. 그렇기에 비판적 사실주의에서 사회주의 사실주의로의 이행을 문학적 평가의 기준으로 설정하고 있다. 문학사적 측면에서는 기술의 핵심적 위치에 '카프의 활동'을 놓고 있다. 그렇다면, 비슷한 시기에 남한에서 간행된 조연현의 『한국 현대문학사』는 어떤 태도로 문학사를 기술하고 있을까? 비록 조연현은 '식민지 경험'과 '분단경험'을 문학사 기술의 난점으로 거론했지만, 문학사 기술에서는 객관적 태도를 견지하고 있다. 물론, 임화 등은 복자(卜 audio)로 처리되어 있다. 이기영·조포석(조명희) 등은 직접적으로 거론하며 논의를 전개하고 있다는 사실이 눈길을 끈다. 조연현은 창조, 폐허, 백조, 영대, 개벽, 문예공론, 해외문학 등 문예지 중심으로 문학사의 논의를 전개했다. 카프에 대해 따로 장을 설정해 기술할 정도로 비중 있게 기술했다. 반면, 『통사』하는 조연현의 『한국 현대문학사』에 비해 논의의 폭이 협소하다. 작가뿐만 아니라 동인지까지 아우르는 정도로 서술의 폭을 확대하지 못하고 있을 뿐만 아니라, 이광수·김동인·염상섭·박종화 등은 배제하고 있다. 그런 의미에서『통사』하는『한국 현대문학사』보다 더 이념적으로 폐쇄적이다.

『통사』하의「1930~1945년의 문학」의 '산문', 즉 소설문학사에 대한 기술도 작가를 중심으로 이뤄졌다. 주로 언급하는 작가는 이기영, 한설야, 송영이고, 여기에 리북명, 엄흥섭, 강경애, 홍명희를 첨가했다. 형식적 측면에서는 이 시기 주요 작품들이 중장편들이라는 점이 눈길을 끈다. 주목한 중장편으로 이기영의『고향』·『인간수업』·『봄』과 한설야의『황혼』, 그리고 강경애의『인간문제』와 홍명희의『림꺽정』등이 거론되었다.

이기영의『고향』은 "일제 통치하의 조선 사회의 특징을 개괄 천명하면서 제기되는 제반 현실적 문제들을 마르크스-레닌주의적 사상 관점에서 구체적 형상 안에 도입"(109면)한 작품으로 고평했다.『인간수업』에 대해서도 "소부르주아 인테리의 과대망상증을 풍자적으로 폭로"(111면)한 작품이고,『봄』은 "량반 가정을 중심으로 하여 봉건 제도의 멸망과 자본주의적 발전의 대두를 보여 주면서 사회 발전의 객관적 발전 법칙을 천명"(113면)했다고 보았다. 한설야의『황혼』은 보다 집중적으로 해설했다. 이 작품이 "1930년대의 조선 현실의 특질을 자본 계급과 로동 계급의 기본적 대립 과정에서 개괄 형상"(115면)했다는 평가다. 신진 작가로서는 이북명의「질소비료공장」, 엄흥섭의「번견탈출기」에 대한 해설과 더불어 강경애의『인간문제』를 다루었다. 더불어, 홍명희의『림꺽정』을 말미에 배치해 이 시기에 역사소설이 하나의 흐름을 형성했음을 보여주었다. 특히, 강경애와 홍명희에 대해서는 "'카프' 작가가

(는) 아니였"(134·135면)다는 사실을 강조하고 있다. 이로 미루어 볼 때, 문학사 논의의 핵심에 카프가 자리하고 있음을 알 수 있다. 1930년대 문학을 기술하는 데서는 조연현의 『한국 현대문학사』가 보다 폐쇄적이다. 조연현은 이 시기에 대한 기술을 '순수문학'의 형성과정으로 보았다. 그는 '구인회'와 '주지주의 문학' '시인부락'을 중심에 놓는다. 하지만, 『통사』 하의 논의에 포함된 강경애, 홍명희 등은 조연현의 『한국 현대문학사』에서 배제되었다. 이는 남한문학사가 1930년대 이후 일제 말기 기술에 있어서는 보다 수세적인 태도를 보이고 있음을 나타낸다.

북한의 항일혁명문학에서 쟁점이 되고 있는 텍스트는 『혈해』, 『성황당』, 『경축 대회』이다. 흔히, 이들 텍스트에 대한 논의가 본격화된 것은 1967년 유일사상체계 확립 이후로 알려져 있다. 하지만, 주목할 부분은 『통사』 하에 세 텍스트에 대한 언급이 이미 등장한다는 사실이다. 나중에 『피바다』로 불리게 되는 『혈해』는 "비장하고도 격동적인 사실들과 첨예하고도 긴장된 극적 갈등"을 통해 "혁명적 투쟁 정신과 원쑤들에 대한 고도의 적개심을 고취"하고 있는 작품이라고 평가했다.(95면) 『경축 대회』는 "풍자적 수법으로 적들의 야수성 및 허장 성세의 본질을 폭로 야유하면서 우리 빨찌산 부대의 불패의 력량을 표현"(96면)했다고 평했고, 『성황당』은 "희극적 수법으로 미신 타파의 계몽적 내용을 표현"(97면)했다고 기술했다. 문학사에서 논란이 되고 있는 것은 1959년 시기에 이들 작품의 작자를 누구로 기술하고 있는가다. 『통사』 하의 기술자는 "창조 과정에서 그것들은 많은 경우 개별적 사람의 작품이기보다는 그러한 영웅적 투쟁에 참가한 많은 대원들의 지혜와 체험과 열정을 한데 뭉쳐 엮은 집체적 창조 과정의 소산"이라고 했다.(97~98면) 『통사』 하에서는 항일혁명문학이 집체작임을 분명히 밝히고 있다. 하지만, 『통사』

하 이후의 북한의 문학사에 항일혁명문학은 김일성의 직접 창작으로 기술된다. 『통사』하 이후로 '항일혁명문학'은 '구성된 담론'인 셈이다. 이는 대단히 중요한 북한문학사의 방향전환이라고 평가할 수 있다. 이러한 변화와 더불어, 항일혁명문학을 의미화하려는 노력이 『통사』하에 적극 반영되어 있음은 분명하다. 『통사』하는 북한문학사에서 '카프의 전통'과 '항일혁명문학의 전통'이 공존하던 시기의 문학사였다.

『통사』하는 작가를 중심한 문학사로, 그 작가들이 창작한 작품을 의미부여하는 방식으로 기술하고 있다. '사회주의 리얼리즘'과 '카프문학 전통'은 문학사 기술의 중요한 준거점이었다. 시기 구분은 일제강점기의 역사적 사건을 앞뒤로 하고, 10년 단위로 나누는 방식을 취해 다소 관성적이었다. 눈길을 끄는 것은 『통사』하에서 『혈해』, 『성황당』, 『경축 대회』가 '집체창작'이었음을 분명히 밝혔다는 사실이다. 이들 항일혁명문학에 대해 "김일성 원수의 항일 유격 부대"의 활약상을 보여주고 있으면서도, 그것이 "대원들의 마르크스-레닌주의적 사상교양과 투지의 제고를 위하여 또는 인민들의 애국적 궐기를 위하여 문학예술 공작을 다양한 형태로 전개"(92면)했다고 기술했다. 『통사』하는 일본제국주의에 대한 반제국주의에 관점에 입각해 있으면서도, 마르크스-레닌주의적 관점인 계급주의적 태도가 강하게 기입되어 있는 문학사였다.

3. 항일혁명투쟁과 혁명적 문학예술의 전면화―『문학사A』

1981년 간행된 『문학사A』3은 1926년을 중요한 시기구분의 결절점으로 제시한다. 문학사에서 1926년은 한용운의 『님의 침묵』과 최남선의 『백팔번뇌』, 최학송의 창작집 『혈흔』이 발표되었고, 해외문학연구회가 결성된 해이다. 하지만, 명확한 시대 구분의 준거점이 될 만한 의미 있는 문학사적 사건은 발생하지 않았다. 특이한 점은 북한의 문학사가 1926년을 변화의 지점으로 제시하고 있다는 사실이다.

　1926년은 북한의 정치·사회사적 측면에서 의미가 있을 뿐, 문학사적 구분에 적용하기 곤란한 시기였다. 『문학사A』3은 도입부에서 1926년 10월 17일의 의미를 다음과 같이 언급했다.

　혁명의 길에 나서신 첫 시기부터 진정한 혁명의 길, 새로운 투쟁의 길을 지향하시던 위대한 수령님께서는 화전에서 새 세대의 청년공산주의자들의 전투적 조직을 무을 수 있는 토대를 튼튼히 마련하신데 기초하시여 1926년 10월 17일 우리나라에서 처음으로 되는 참다운 공산주의적 혁명조직인 타도제국주의동맹(략칭 'ㅌㄷ')을 조직하시였다.
　타도제국주의동맹의 결성은 우리 혁명의 새로운 출발을 알리는 력사적인 선언이였다.[11]

　북한의 역사기술에서 타도제국주의동맹은 현대사의 출발로 간주된다. 정치사의 기준점이 역사서술의 준거점이 됨으로써, 항일혁명투쟁을 전통이 형성되고 있는 것이다. 이종석은 타도제국주의 동맹이 '북한 현대사의 출발점'이라고 했다. 정치, 경제, 문화 등에도 타도제국주의 동맹이 영향력을 행사하고 있다는 것이다.[12] 『문학사A』3은 명시적으

11　『문학사A』3, 7면.
12　"오늘날 북한은 현대사의 출발점을 김일성이 1926년 10월에 결성했다는 '타도제국주

로 1931년 12월 16일을 중요한 시기로 제시했다. 이날 개최된 명월구회의[13]에서 김일성이 '항일무장투쟁의 전략적 방침을 제안하는 연설'을 했다고 한다. 김일성의 항일무장투쟁과 명월구회의를 결합시킴으로써, 문학사를 현대사에 복속시키는 시기구분을 취하고 있는 것이다.

1926년을 문학사적 결절점으로 부각시키면서, 항일혁명문학에 대한 기술도 확연히 바뀌는 양상을 보인다. 『문학사A』 3에서는 "위대한 수령 김일성 동지께서는 항일유격대원들을 혁명적 문학예술 창작 사업에 참가하도록 이끄시였을 뿐 아니라 조선혁명의 중하를 한몸에 지니시고 혈전의 수십만 리길을 헤치시는 그 간고한 투쟁의 나날에 『피바다』와 『한 자위단원의 운명』, 『꽃파는 처녀』를 비롯하여 『성황당』, 『단심줄』, 『조선의 노래』, 『반일전가』, 『조국광복회10대강열가』 등 수많은 기념비적 명작들을 친히 창작하심으로써 혁명적 문학예술창작에서 기준으로 삼아야 할 고전적 본보기를 마련해주시였다"(42면)고 진술했다. 다만, 부연하듯이 "이 불후의 고전적 명작들을 본보기로 하여 항일유격대원들은 가렬한 전투와 어려운 행군의 여가에 모여앉아 집체적 지혜를 발양하여 가사도 쓰고 노래도 지었으며 연극도 창조"(42면)하

의동맹'(ㅌㄷ)으로 잡고 있다. 이와 함께 북한의 지도사상은 주체사상의 형성시기를 항일무장투쟁시기로 소급시키고 있다. 뿐만 아니라 김일성이 태어난 1912년을 원년(元年)으로 하는 주체연호를 사용하고 있다."(이종석, 『새로 쓴 현대북한의 이해』, 역사비평가, 2000, 473면)

13 "1931년 12월 연길현 옹성라자(명월구)에서 동만각현당단적극분자회의(東滿各縣黨團積極分子會議)가 열렸다. 약 40명이 참가했다고 하는데 대부분이 조선인이었을 것이다. 10일간에 걸친 회의에서 동만에 항일유격대와 항일유격근거지를 만들 것이 결정되었다. (…중략…) 북조선에서는 31년 12월의 명월구회의에서 김일성이 항일무장투쟁의 전략적 방침을 제안하는 연설을 했다고 하며, 그 연설 원문도 발표되어 있으나 김일성이 이 회의에 참가했다는 것 이상의 사실은 느닷없어 믿기 어렵다."(와다 하루끼, 이종석 역, 『김일성과 만주항일전쟁』, 창작과비평사, 1992, 49~50면)

였다는 설명을 하고 있다. 즉, 김일성의 창작과 집체창작이 융합된 형태로 서술되고 있는 것이다. 유격대원들의 집체 창작에 대한 이러한 변화는 '혁명적 전통'을 강조하는 북한 사회의 이념체계의 변화와 깊이 연관되어 있다.[14] 유격대의 중심에 김일성을 놓음으로써 지도체제를 강화했고, 이것이 유일사상체제 확립으로 이어진 것이다.[15] 『통사』 하에서 '집체적 창조의 소산'이라고 했던 것이 『문학사A』 3에서 "친히 창작하심"으로 바뀌었다. 『문학사A』 3에 이르러서는, 항일혁명문학의 전통이 수립되었고 김일성의 위치가 크게 부각되었다. 이는 문학작품의 문학사에서 정치적 인물의 문학사로의 변화라고 평가할 수 있다.

이렇다보니, 소설 장르의 문학사 서술도 '항일혁명투쟁의 영향 밑에 발전한 진보적 문학'이라는 규정 아래 이뤄졌다. 주목할 부분은 문학사 시기구분으로 1926년을 직접적으로 제시하고 있음에도, 문학텍스트에 입각한 구체적 서술에서는 1926년이 좀처럼 부각되지 않는다는 사실이

---

14 1980년대 후반까지 남한 연구자는 "혁명 가극의 대표작으로 저들은 〈피바다〉를 위시하여 〈밀림아 이야기하라〉, 〈꽃파는 처녀〉, 〈당의 참된 딸〉, 〈금강산의 노래〉 등 다섯 작품을 꼽는다. 이들 5대 혁명 가극은 거의가 김일성 작으로 되어 있다"고 기술했다(유민영, 「북한의 희곡」, 『북한의 문학』, 을유문화사, 1989, 288면).

15 최근 연구는 '불후의 고전적 명작'에 대한 보다 구체적인 진술을 하고 있다. 천현식은 혁명가극을 연구하면서 이들 작품의 맥락에 대해 북한 문헌에 입각해 다음과 같이 재구성했다. "연극 〈혈해〉는 김일성의 부대가 1936년 2월 남호두회의 이후 장백지구로 이동하며 1936년 8월 무송현 만강부락에서 체류할 때 2막 3장으로 40~45분 정도 공연되었다. 당시 연극 〈혈해〉(2막3장)와 함께 연극 〈성황당〉(1막), 〈경축대회〉(2막)가 함께 공연되었다. 그리고 1939년 9월 김일성부대가 시난차 전투에서 승리한 후 연극 〈혈해〉와 〈경축대회〉가 공연되었다고 한다. 이렇듯 일제강점기 항일무장투쟁 당시 공연되었다고 하는 연극 〈혈해〉, 즉 연극 〈피바다〉는 1953년 9월 초순부터 12월 하순까지 100여 일간 '김일성 원수 항일유격투쟁전적지조사단(국립중앙해방투쟁박물관, 과학원력사연구소, 작가, 영화촬영반, 사진사, 화가)'이 만주일대 유격지대에서 항일혁명운동의 역사를 수집 발굴하면서 처음 공개된다."(천현식, 「북한 가극의 특성과 변화―혁명가극에서 민족가극으로」, 북한대학원대 박사논문, 2012, 160면)

다. 오히려 문학사 기술에서는 '1920년대 말~1930년대 초'라는 시기 구분이 더 중시된다. 구체적인 연도 표기에서도 『문학사A』 3은 1926년보다는 1927년을 중요한 시기구분으로 나타난다. '소설문학'을 기술하면서 그 첫 문장은 "이 시기 프로레타리아문학은 위대한 수령 김일성동지께서 조직적령도하신 항일혁명투쟁과 그 영향 밑에 전개된 로동자, 농민의 대중적인 반일투쟁의 새로운 현실에 고무되면서 1927년 이후시기 특히 1930년대 초부터 더욱 발전하게 되였다"(370면)와 같이 기술되어 있다. 그렇다면, 문학사에서 1927년에는 무슨 일이 있었을까.

1927년 9월, 카프 방향 전환이라는 문학사적 사건이 발생했다. 이에 대해 『문학사A』 3은 "1927년 9월 '카프'는 발전된 현실의 요구에 맞게 자신의 기능과 역할을 높이기 위하여 새 강령을 채택하고 조직을 개편확대"했고, "기관지 『예술운동』(1927.11 창간호 발행)을 발간하였으며 아동문예잡지 『별나라』, 『신소년』 등을 발간"했다고 기술했다.(359면) 정치·사회사적 관점에서는 1926년 타도제국주의동맹이 상위의 결절점으로 기술되지만, 문학사적 관점에서는 여전히 문학운동조직인 카프가 논의의 주요한 고려의 대상임을 보여주는 대목이다. 문학사 기술자들은 의식적으로 문학적 사건을 중시하는 태도를 보였다. 이러한 태도는 정치적 사건이 지배적 고려 대상이 됨으로써, 문학사적 사건 또한 더불어 강조되었기에 나타난 현상이라고 할 수 있다.

『통사』 하의 문학사 서술이 카프 출신 문인의 작품을 중심으로 이뤄졌다면, 『문학사A』 3에 이르러서는 주제별로 서술된다는 점에서 보다 체계화된 형태를 띤다. 형식적 측면에서 문학사 기술 방법이 훨씬 세련되어졌다고도 할 수 있다. 그 체제는 "로동자, 농민들의 항거정신과 대중적 투쟁"을 주제로 한 소설, "진보적 인테리들과 청년학생들의 생활처지와 항거정신을 반영한 소설"로 구분했다. 계급적 관점에서 소설을 주제별로 묶는 기술형식을 취하고 있는 것이다. 또한, 중장편소설의 발전을 부각시키면서 이기영의 『고향』과 강경애의 『인간문제』를 농민의 계급적 각성과 근로자의 투쟁이라는 측면에서 의미부여했다.

주제별 접근은 문학작품이 그리는 계급·계층별로 구분해 기술하는 방식을 취했다. 일제강점기에 노동자들을 그린 소설로는 「아들의 마음」(조명희, 1928.9), 「민보의 생활표」(리북명, 1935), 「여름」(리동규, 1936.11) 등을 꼽았다. 이들 작품들은 "로동자들의 항거정신과 계급적 각성"(371면)을 보여준다고 했다. 노동자들이 계급적 각성을 거쳐 대중적 투쟁으로 나가는 모습을 그린 작품으로는 「제지공장촌」(리기영, 1930.3), 「양회굴뚝」(윤기정, 1930.6), 「질소비료공장」(리북명, 1931), 「출근정지」(리북명, 1932.2), 「오전3시」(리북명, 1935)를 거론했다.

농민들을 그린 작품으로는 「민며느리」(리기영, 1927), 「채색무지개」(리기영, 1928), 「춘선이」(조명희, 1928.1), 「원보」(리기영, 1928.5), 「안개 속의 춘삼이」(엄흥섭, 1928.5)를 꼽았다. 이 작품들은 "농민들이 일제와 지주, 자본가들의 착취와 억압, 멸시와 학대를 받는 가운데 자신의 계급적 처지를 자각하고 놈들을 반대하는 투쟁세계에 발을 들여놓는 그들의 계급적 각성과 항거정신을 반영"(375면)하고 있다고 평했다. 농민들의 저항이 본격적으로 그려진 작품으로는 「흘러간 마을」(엄흥섭, 1929.1), 「우박」(리동규, 1932.10), 「채전」(강경애, 1933.9), 「평범한 이야기」(박승극, 1935)를 집중적으로 해설했다. 『문학사A』3은 주제 중심으로 노동자들의 대중투쟁, 농민들의 대중투쟁, 인테리와 청년들의 저항 등을 기술하고 있어 체계적이다.[16]

『문학사A』3은 주제 중심의 기술을 보완하는 형태로 문학적 정전을 제시하고 있다. 조명희의 「낙동강」, 이기영의 『고향』, 강경애의 『인간문제』, 현진건의 『무영탑』 등이 집중적으로 해설하는 작품이다. 특징적인 부분은 『고향』보다는 『인간문제』를 더 높게 평가하고 있으며, 그간 문학사에서 중요 작품으로 취급되던 한설야의 『황혼』에 대한 언급을 찾아볼 수 없다는 점이다. 한설야는 북한문학사 기술에서 문제적인 인물이다. 특정시기에 그에 대한 언급이 빠졌다가 복권되는 등 문학사 기술에서는 부침을 거듭하고 있다.[17]

『통사』하가 카프 작가들만을 기술하고, 민족주의 문학 자체는 언급조차 하지 않았던 것에 비해, 『문학사A』 3은 민족주의 문학을 '부르주아 반동문학'이라고 일컬으며 비판적으로 논평했다. 또한, 문학사적으로 비중 있는 작가였으나, 정치적 맥락에서 배제되었던 작가들에 대해서도 신랄한 어조로 거론했다. 이광수와 최남선은 "일제의 민족동화책동을 협력"(366면)했다고 비판했으며, 박영희, 김남천, 김기진, 림화, 최재서에

---

16 지식인과 청년 학생을 그린 작품으로는 「월급날」(한인택, 1934.6), 「돈」(리기영, 1937.7), 「숙수치마」(송영, 1936.2), 「적막」(리기영, 1936.8), 「해직사령」(한인택, 1936.2)을 꼽았다. 청소년 학생들의 고통과 불행을 그린 소설로는 「새로 들어온 야학생」(송영, 1933.12), 「아버지와 딸」(안준식, 1934)이 있고, 지식인들의 항거정신을 그린 작품으로는 「쫓겨가는 선생님」(송영, 1930.6), 「가책」(엄흥섭, 1936), 「별」(현경준, 1937.5), 「음악교원」(송영, 1937.3), 「아버지의 소식」(엄흥섭, 1938.1)이 있다. 국제적 연대를 다룬 작품도 거론하고 있는데, 「인도병사」(송영, 1927.2)와 「교대시간」(송영, 1930.1)을 언급했다(『문학사A』 3, 403~421면).

17 한설야에 대한 비판에 대해서 김재용은 다음과 같이 언급했다. "1962년에 한설야를 위시한 일련의 문학가들이 비판을 받는다. 이 시기의 비판에 대해서 북한의 출판물에서 밝혀놓은 것은 찾아볼 수가 없다. 그리하여 이 시기 여러 문학가들이 비판받는 것에 대해 여러 억측들이 나오곤 하는데 최근 북한을 방문한 사람의 기행문에서도 이 사실이 부분적으로 드러나 있다. 북한의 평론가 장형준은 "나이가 들면서 사상적 질이 떨어졌기 때문"이라고 밝히고 있어 실제 이 시기에도 단순한 문제가 아닌 그 이상의 문제가 개입되어 있었음을 간접적으로 알려주고 있다."(김재용, 『북한문학의 역사적 이해』, 문학과지성사, 1994, 153~154면)

대해서는 "일제의 주구로 완전히 전락되어 놈들이 조작한 반동적인 어용문학단체에 들어가 반역적인 문예활동"(366면)을 했다고 규정했다.

『문학사A』3이 1926년의 정치적 사건과 1927년의 카프 방향전환 사이에서 진자운동을 하고 있었다면, 남한의 문학사는 '근대의 기원' 문제와 '근대적 개인'에 관심을 집중시키고 있었다. 시기상으로는 다소 차이가 나지만 김현·김윤식의 『현대문학사』는 '개인과 민족'을 아우르려는 노력의 소산이었다. '개인과 사회의 발견'이라는 측면에서 김현·김윤식은 염상섭·최서해·김동인·현진건을 주목했다. 또한, 남북 문학사에서 잊혀진 존재인 임화를 본격적으로 논의하고 있는 것도 인상적이다. 하지만, 분단 이데올로기의 영향으로 『문학사A』3이 중시한 대부분의 카프 작가들은 김현·김윤식의 『현대문학사』에서는 빠져 있다. 마찬가지로 『문학사A』도 유연하게 포용할 수 있는 대표적 작가인 염상섭·채만식 등에 대한 논의를 하지 않고 있음을 확인할 수 있다. 1970년대에 이르러서는 식민지 시기의 문학을 실제로 경험하지 않은 이들이 문학사 기술의 전면에 나서게 되었다. 이렇다 보니, 반쪽 문학으로 고착화되는 경향이 심화된 것이다.

『문학사A』3은 김일성이 '타도제국주의동맹'을 결성한 1926년을 문학사 기술의 전환점으로 제시했다. 하지만, 소설문학의 변화를 기술할 때는 1927년을 변화의 시기로 기술했다. 정치적 기준이 실제 문학사적 변화와 조응하지 않기에 이러한 이중적 서술이 나타난 것으로 보인다. 기술 형식의 측면에서는 『통사』하가 작가 중심으로 구성했다면, 『문학사A』3은 작품의 주제 중심으로 구성해 보다 체계화된 문학사의 형태를 띠고 있다. 비록 비판적이기는 하지만 민족주의 문학진영이나 정치적으로 배제되었던 작가들도 언급하고 있다는 점도 눈길을 끈다. 『통사』하가 카프 문학운동을 중심으로 한 문학사 기술을 통해 '계급의식'이 강하게 내포되어 있었다면, 『문학사A』3은 '민족의식'이 강조되는 방식으로 문학사 기술이 이뤄졌다고 볼 수 있다. 또한, 문학사 전체를 '사실'에 기반해 적극적인 '평가'를 하려는 의지가 반영된 측면도 있다.

4. 문학사의 요약과 새로운 해석의 징후들―『개관』2

박종홍·류만의 『개관』2는 『문학사A』3과 5년여의 시차를 두고 간행되었다. 『개관』2의 기술 내용은 전반적으로 『문학사A』3을 따르고 있다. 부분적으로 『통사』하와 『문학사A』3과는 달리 새로운 문학사적 해석이 기입되어 있는 부분도 있다. 이는 박종원·류만이 문학사 기술의 주체가 되면서, 새롭게 문학사를 기술하려한 의도가 반영된 것이다.

『개관』2는 소설문학에 대한 시기구분에서 『문학사A』3에 비해 다소 유연한 '1926년 10월부터~1945년 8월'라는 포괄적 기준을 취했다. 문학사적 측면에서 1927년을 '카프 재조직화'와 연결해 비중 있게 다룬 것도 특징적이다. 『개관』2도 『문학사A』3과 같이 테마별로 소설을 묶어 언급하는 방식을 취했다. 특이한 지점은 『문학사A』3에서 배제되었던 한설야가 다시 언급되고 있다는 사실이다. 한설야의 『황혼』을 주요 장편소설로 제시하면서 "일제의 식민지통치하에서의 우리나라 로동계급의 비참한 생활처지와 성장과정, 각계각층 인민들의 사회정치적 동향과 운명, 자본가계급을 반대하는 투쟁을 그린 작품"[18](63면)이라고 고평했다. 또한, 『통사』하와 『문학사A』3에서는 한인택의 『선풍시대』를 주요작품으로 언급하고 있는 점도 이채롭다. 이 작품은 "로동자들의 파업투쟁은 비록 자연발생적이며 개별적 반항의 세계에 머물렀으나 자본을 반대하는 조선로동계급의 대중적 투쟁의 일단을 반영"(65면)했다는 의의가 있다고 했다. 『개관』2는 『문학사A』3에서는 구체적으로 언급하지 않았던 현진건의 『무영탑』과 『흑치상지』, 그리고 홍명희의 『림꺽정』도 높게 평가했다. 또한, 채만식·심훈·리효석을 기술하는 절을 따로 설정해 "'동반작가'들로서 그 세계관적 및 미학적 제한성에도 불구하고 당대 현실의 불합리성을 예리하게 비판하고 선진적 리상을 진실하게 사실주의적으로 구현한 성과작들을 내놓"(78면)았다고 긍정적으로 평가했다.

『개관』2에 대비해서 읽을 수 있는 남한의 문학사는 김윤식·김우종 외 30인이 함께 지은 『한국 현대문학사』를 꼽을 수 있다.[19] 편의적으로 10년 단위로 문학사를 기술하고 있는 『한국 현대문학사』는 '개관과 시 / 소설 / 희곡 / 비평'으로 나눠 기술했다. 1920년대에 관한 논의에서는 대상 작가에 카프 문인인 최서해·이익상·최승일·이기영 등을 포함했고, 부분적으로 카프문학에 대한 언급도 이뤄지고 있다.[20] 1930년대 논의에서는 이태준·채만식·박영준·이무영·이효석·김유정·유진오·이상·박태원·김남천으로 한정되어 있다. 다만, 안회남·최명익 등이 논의되어야 할 작가로 거론되고 있을 뿐이다.[21] 공교롭게 『개관』2와 『한국 현대문학사』는 소략한 문학사 기술이라는 측면에서 공

18　『개관』2, 63면.
19　김윤식·김우종 외, 『한국 현대문학사』, 현대문학, 1995.
20　전문수, 「근대소설의 정착과 인식지평의 분화기」, 위의 책, 145～149면.
21　장사선, 「소설 경향의 몇 가지 흐름」, 위의 책, 204～218면.

통점을 갖고 있다. 이 두 텍스트가 문학적 공통분모를 부분적으로 공유하고 있다. 상호 비판적 관점을 유지하고 있더라도 카프 문학에 대한 논의의 접점이 형성되고, 이기영과 같은 작가가 함께 논의해야 식민지 시기 문학적 성과로 공감대를 형성하고 있는 것이다.

본격적인 문학사 기술로 보기에는 소략한 측면이 있으나, 북한에서의 문학사 기술 태도의 변화를 가늠하게 몇 가지 징후를 『개관』2를 통해 포착할 수 있다. 『개관』2는 『문학사A』3에 비해 유연한 태도를 보이고 있다. 한설야의 『황혼』이 주요 작품으로 거론되는가 하면, 이른바 '동반작가'를 의미 있게 기술했다. 또한, 그간 문학사에서 비중 있게 다뤄지지 않던 현경준의 『선풍시대』를 주요 작품으로 거론하는 등 새로운 해석을 가미하려는 노력의 흔적이 보인다. 이러한 노력들은 류만의 새로운 문학사 쓰기와 연결된다.

5. 체계화된 기술과 객관성 강화―『문학사B』

사회과학원 주체연구소가 간행 주체가 되어 발간한 『문학사B』는 1991년부터 2000년에 걸쳐 전15권으로 간행되었다. 근현대문학사의 경우, 7권부터 9권까지가 근대문학 초기부터 일제강점기, 10권부터 15권까지 해방 후부터 1980년대까지 기술하고 있다.[22] 방대한 분량으로

22　『문학사B』9의 근현대문학사 부분의 저자와 출판년도는 다음과 같다. 류만, 『조선문
　　학사』7(19세기 후반~1926년 문학), 과학백과사전종합출판사, 2000; 류만, 『조선문학
　　사』8(항일혁명문학), 사회과학출판사, 1992; 류만, 『조선문학사』9, 과학백과사전종합

시기를 세분화해 기술하고 있어, 지금까지 간행된 북한의 문학사로는 최고의 역작이라고 할 수 있다. 이 글에서는 류만의『문학사B』9를 중심으로 시기구분의 문제, 서술방법의 문제, 문학사적 평가에 관한 문제를 검토하고자 한다.

1) 문학사 시기 구분

문학사 기술에서 시기구분 문제는 쟁점이 될 수밖에 없다. 북한의 문학사는 유일사상체제 확립 이후 1926년의 '타도제국주의동맹'을 주요한 시기 구분으로 제시했다. 북한사회의 기원으로 인식되는 1926년은 문학사 기술에도 영향을 미쳤다. 이는 역사적 사실보다는 전통을 중시하려는 태도가 기입되어 있는 시기구분법이다. 1926년에 '타도제국주의동맹'이 결성되었다는 북한역사학계의 주장에 대해 국내외 학자들의 반론도 만만치 않게 제기되고 있다. 그중 가장 설득력 있는 논의를 와다 하루끼의『김일성과 만주항일전쟁』에서 찾아볼 수 있다. 와다 하루끼는 '타도제국주의동맹'에 대한 기술이 최형우의『해외조선혁명운동소사』(1946)에 처음 나타난다고 하면서, 역사적 오류가 많다고 지적했다.[23] 문학사 기술에서도 '역사적 사실'과 '항일혁명의 전통'이

출판사, 1995; 오정애·리용서,『조선문학사』10(해방 후편―평화적민주건설시기), 사회과학출판사, 1994; 김선려·리근실·정명옥,『조선문학사』11(해방 후편―조국해방전쟁시기), 사회과학출판사, 1994; 리기주,『조선문학사』12, 사회과학출판사, 1999; 최형식,『조선문학사』13, 사회과학출판사, 1999; 천재규·정성무,『조선문학사』14, 사회과학출판사, 1996; 김정웅·천재규,『조선문학사』15, 사회과학출판사, 1998.

23 "'타도제국주의동맹'에 대한 최형우의 증언은 좀 과장일 것이다. 당시의 관헌자료에 전혀 나오지 않는 이 단체는 남만청총의 청년들이 일시적으로 만든 조직이든가, 그

충돌하면서, 문학사 서술자는 여러 난점에 봉착한 것으로 보인다. 이미 『문학사A』3에서 언급한 것처럼, 총론에서는 1926년의 '타도제국주의 동맹' 결성을 강조하지만, 각론에 이르러서는 1927년 '카프의 재조직'이 중시될 수밖에 없는 상황이 발생하고 있는 것이다.

국가사회주의체제 확립이라는 근대성에 도달하려는 노력이, 김일성 빨치산의 항일혁명투쟁을 강조하는 '전통성으로 회귀'함으로써 난관에 봉착하고 말았다. 정치학자 서동만은 이를 '비속화·통속화'라고 언급한 바 있다.[24] 문학사 기술의 이론적 난맥상을 극복하기 위해 북한 문학계가 선택한 것은 '항일혁명문학'과 '1920년대 후반기~1940년대 전반기' 문학으로 구분해 기술하는 것이다. 그래서 동일한 시기를 다루는 문학사가 두 권으로 편집되어 발간되는 상황이 발생한 것이다. 『문학사B』의 8권은 항일혁명문학을 중심으로 민족의식을 강조한 것이고, 9권은 '카프문학'을 중심으로 계급의식을 강조한 것이라고 할 수 있다. 두 권을 모두 동일한 저자인 류만이 집필했다는 사실도 눈길을 끈다.

『문학사B』의 8권은 1926년 10월부터 1945년 8월까지를 다루고 있다. 글의 서두에서부터 1926년 10월 17일 "우리나라에서 처음으로 되는 참다운 공산주의적 혁명조직인 '타도제국주의동맹'을 조직"[25]했다는

렇지 않으면 김일성이 만든 공부서클이든가 그 어느 쪽일 것이다. 17세의 김일성이 지도자이고, 남만청총의 청년들이 멤버인 듯한 정치조직은 전혀 상상할 수 없다. 거기에 'ㅌ·ㄷ'란, '타도제국주의'라는 길회선 반대시위에서도 외쳐졌던 중국어 슬로건을 염두에 두고 그 '타도'를 조선어읽기로 한 것을 줄인 것이다. 조선혁명을 위한 본격적인 단체의 이름으로는 기묘하다. (…중략…) 이것은 김일성의 초기 활동을 신화화한 예다."(와다 하루끼, 앞의 책, 84~85면)

24 "빨치산혁명 전통이 이른바 혁명적 군중노선과 결합하면서 북한사회주의는 대중적 성격을 강화해가지만 내용적으로는 비속화·통속화하는 경향을 보이는데, 이는 고도의 이론적 모색을 저해하는 요소가 된다."(서동만, 『북조선 연구』, 창작과비평사, 2010, 73면)

사실을 명시했다. 근대적 장르 구분에 구애받지 않고 혁명적 시문학과 혁명적 극문학으로 구분해 기술한 부분도 특징적이다.[26] 『문학사B』의 9권은 1926년의 '타도제국주의동맹'에 대한 명시적 언급 없이 국내의 사회적 상황의 추이를 제시하면서 기술했다. 문학사적 측면에서는 카프를 전면에 내세우면서 "1927년 9월 1일 '카프'는 총회를 열고 발전하는 현실의 요구에 맞게 자신의 기능과 역할"을 확대하기 위해 "새 강령을 채택하고 조직을 개편확대"[27](10면)했다는 사실을 부각시켰다.

『문학사B』9는 1930년대의 시기 구분도 카프를 중심에 놓는 방식으로 바뀌었다. 『통사』하가 10년 단위의 구분법에 따라 1930년을 시기구분의 지점으로 삼았고, 『문학사A』3은 김일성의 항일무장투쟁에서 중요한 사건으로 이야기되는 '명월구 회의'가 개최된 1931년 12월을 구분점으로 제시했다. 반면, 『문학사B』9는 '1930년대 중엽의 문학'이라고만 제시한 후, 1934년 카프 제2차 검거 사건과 1935년 5월 카프 해산을 문학사적 사건으로 제시했다. 정치사적 맥락이 아닌 문학사적 맥락에서 시기구분이 이뤄졌다는 사실은 주목할 만하다. 이는 문학의 상대적 자율성을 징후적으로 보여주는 것이며, 북한의 문학사가 사실에 근거한 기술에 접근하고 있음을 보여준다. 하지만, 『문학사B』의 8권이 '항일무장투쟁'을 따로 기술하고 있다는 측면에서 '전통'과 '근대'를 구분함으로써 획득된 '불균형적 자율성'임을 간과해서는 안 될 것이다.

---

25 『문학사B』8(항일혁명문학), 5면.
26 김은정은 『문학사B』의 8권에 대해 "객관성을 유지하려는 흔적"이 보인지만, "'항일혁명투쟁시기문학'이 갖는 민중들의 역동성을 소거하는 동시에 그들이 신성화하는 '항일혁명투쟁시기문학'의 빈약함을 초래하는 결과를 낳았다"고 비판적으로 고찰했다(김은정, 「만들어진 전통과 '항일혁명 투쟁시기 문학'」, 『민족문학사연구』 43, 민족문학사학회, 2010, 185면).
27 『문학사B』9, 10면.

2) 서술 방법의 체계화와 문학사적 포용력의 확대

『문학사B』9는 총론부분에서 역사적 사건과 문학사적 사건을 개관
한다. 사회적 사건에 대해서는 소략하게 제시한 반면, 카프 결성과 조직
변화 등에 대해서는 상술하고 있다.『문학사B』는 사회정치사에 복무하
는 문학사 기술에서 벗어나, 문학 자체의 발전사를 추적하고 있다는 측
면에서 의미가 있다. 이념적 측면에서는 프롤레타리아 문학을 포괄적
지위에 놓고, 비판적 사실주의와 유물변증법적 사실주의, 그리고 사회
주의 사실주의로 구분해 기술했다. 신경향파문학은 비판적 사실주의 문
학에서 사회주의적 사실주의문학으로 연결되는데 중요한 역할을 했다
고 평했다. 또한, 카프문학을 사회주의적 사실주의로 보고, 프롤레타리
아 문학으로 적극적으로 포용하고 있다.[28] 김정일의『주체문학론』에서
카프 문학에 대한 의미부여가 이뤄진 이후에『문학사B』9가 기술되었다
는 측면에 주목할 필요가 있다.[29]『통사』하에서는 카프문학이 '비판적

---

28 이에 대해 김성수는 '카프문학 및 진보문학의 일부가 복권된 것'이라고 평가했다. 김
    성수,「남북한 현대문학사 인식의 거리 ― 북한의 일제강점기 문학사 재검토」,『민족
    문학사연구』42, 민족문학사학회, 2010, 87면.
29 "'카프'문학을 사회주의적 사실주의로 규정하면 우리의 혁명적 문학예술전통에 대한
    해석에서 혼란이 생길 수 있다고 생각하는 것은 잘못이다. 우리나라 혁명적 문학예
    술의 시원으로 되는 항일혁명문학예술은 처음부터 주체사상을 세계관적기초로 하
    여 우리 식이 새로운 사회주의적 사실주의문학으로 발생발전하였다. 오늘 우리의 문
    학예술은 우리 식의 사회주의적 사실주의문학예술이며 그 력사적 뿌리도 항일혁명
    투쟁시기에 마련된 우리 식의 새로운 사회주의적 사실주의로부터 내리기 시작하였
    다. 새로운 우리 식의 사회주의적사실주의가 우리나라 혁명적 문학예술의 시원으로
    되는 조건에서는 '카프'문학의 사회주의적 사실주의경향을 인정한다고 하여 유산과
    전통의 계선이 모호해지는 것도 아니며 혁명적 문학예술전통에 '카프'문학이 포함되
    는 것도 아니다. '카프'문학은 선행한 사회주의적사실주의의 창작방법에 기초하고
    있음에도 불구하고 우리나라의 우수한 과거문학유산에 속한다."(김정일,『주체문학
    론』, 조선로동당출판사, 1992, 79~80면)

사실주의에서 사회주의적 사실주의'로 전환되는 계기였음을 분명히 밝혔으나, 『문학사A』 3에서는 포괄적으로 '프롤레타리아 문학'으로 카프를 규정했다. 『문학사B』 9에 이르러서야 사회주의적 사실주의 전통으로 카프를 평가하는 정전화된 규범이 형성된 것으로 볼 수 있다.[30]

각론의 기술 방식도 체계적이며, 포괄적이다. '1920년대 후반기~1930년대 중엽 문학'을 기술하면서, 문학제도의 변화를 상술했다. 『창조』, 『폐허』, 『백조』와 같은 동인지가 "일반 대중 속에서 나온 신진의 진출"(84면)을 불가능하게 했다면, 『신민』(1928), 『삼천리』(1929), 『신동아』(1931), 『조광』(1935), 『녀성』(1935) 등의 대중잡지들이 나오면서 "한인택, 엄흥섭, 리북명, 홍구, 리동규, 송순일, 현경준, 안준식"(84면) 등이 문단에 진출할 수 있는 돌파구가 마련되었다고 했다. 문학제도의 변화를 문학적 내용과 결부시킨 기술은 '근대적 문학제도 형성'에 주목했다는 측면에서 의미가 있다. 내용중심의 이념 지향의 글쓰기에서 글쓰기의 토대를 주목하는 방식으로 문학사 기술이 이뤄지고 있다.

작품에 대한 해설은 주제중심으로 배치하면서, 주요 작품을 집중적으로 해설하는 방식을 취했다. 『통사』 하가 주요작가 중심으로 기술하고, 『문학사A』 3이 계급·계층에 따른 주제화 방식을 취하고 있다면, 『문학사B』 9는 주제와 주요작품을 결합해 체계적으로 서술했다. 노동자와 농민들의 대중투쟁을 그린 작품으로 「석공조합대표」(송영, 1927), 「어떤 광경」(김영팔, 1927), 「락동강」(조명희, 1927), 「제지공장촌」(이기영,

---

30 북한의 문학사가 '사회주의적 사실주의'에서 '주체사실주의'로 이행하는 과정으로 보았을 때, 식민지 시기 카프 문학을 '사회주의적 사실주의'로 국한해 보려는 태도는 비교적 냉정한 기술이라고 평가할 수 있다(유임하, 「'사회주의적 사실주의'에서 '주체사실주의'로의 이해—'해방 후 평화적 민주건설기'에 대한 북한문학사의 기술 변화」, 『민족문학사연구』 42, 민족문학사학회, 2010, 201~203면).

1930),「양회굴뚝」(윤기정, 1930)과「흘러간 마을」·「출범전후」(엄흥섭, 1930),「출근정지」(리북명, 1932),「오전3시」(리북명, 1935) 등을 제시했다. 무산계급의 각성과 선각자의 형상을 그린 작품으로는「민며느리」(이기영, 1927),「안개 속의 춘삼이」(엄흥섭, 1928),「민보의 생활표」(리북명, 1935), 그리고 강경애의「채전」(1933)과「해고」(1935)를 주요 작품으로 의미부여했다. 여기에「락동강」은 따로 절을 구분해 "우리나라에서 사회주의적 사실주의의 첫 자욱을 뗀 의의있는 작품"(107~108면)이라고 정전화했다.

중장편 소설의 발전을 기술하면서도 마찬가지 서술 방식을 취했다. 주목할 만한 작품으로『고향』(이기영, 1933),『인간문제』(강경애, 1934),『황혼』(한설야, 1936), 이익상의『키 잃은 범선』(1927)과『짓밟힌 진주』(1928), 중편『쥐불』(이기여, 1933),『선풍시대』(한인택, 1932),『영원한 미소』(심훈, 1933),『탁류』(채만식, 1937) 등을 제시했다. 이 중 이기영의『고향』은 "해방 전 프로레타리아문학의 대표적인 장편소설의 하나로, 사회주의적 사실주의 장편소설의 하나로 문학사적 의의"(138면)를 지닌다고 평하며 상술했다. 강경애의『인간문제』와『소금』은 "'카프'작가는 아니였지만 일제의 폭압 속에서도 진보적문학창작의 길을 걸어오면서 사회주의적 사실주의"(139면) 작품을 써왔다는 사실을 높이 샀다. 한설야의『황혼』은 "자본가계급의 '산업합리화' 책동을 반대하는 로동계급의 조직적이며 대중적인 투쟁을 반영한"(149면) 작품으로서 "프로레타리아문학 발전과 사회주의적사실주의 확립에 의의 있는 기여"(153면)를 한 작품으로 고평했다.

더불어 애국독립운동과 농촌계몽운동에 대한 적극적인 의미부여 차원에서『룡과 룡의 대격전』(신채호, 1929),『동방의 애인』(심훈, 1930),『적도』(현진건, 1934),『흑풍』(한용운, 1935)을 제시했다. 이중 심훈의『상록

수』(1935)는 "농촌계몽운동선구자의 성격을 그린 것으로 하여 1930년대 진보적이며 량심적인 지식인의 형상 창조에서 의의 있는 작품의 하나"(163면)로 기술했다.

『문학사B』9는 이른바 암흑기로 불리는 '1930년대 중엽~1940년대 전반기 문학'을 상술하고 있어 특징적이다. 『통사』하의 경우, 이기영, 한설야, 강경애, 홍명희의 장편을 논의하면서 일제 말기의 엄혹한 시기에 대한 구체적 언급은 피했다. 『문학사A』3 또한 "일제의 가혹한 식민지 파쑈통치의 암담한 조건하에서도 붓을 놓지 않고 지나간 력사적 현실에 의탁하거나 풍자와 완곡된 형상방법에 의거하면서 제한된 범위에서나마 현실의 모순과 불합리를 폭로 비판"[31]했다는 정도의 기술에 멈췄다. 『문학사B』9에서는 일제 말기의 실상을 보다 구체적으로 텍스트에 입각해 그려냈다. 직접적으로 "'카프' 해산을 계기로 1936~1937년 이후에는 프로레타리아적 경향의 작품들이 거의 창작되지 못"(19면)했다고 진술했다. 더 나아가 카프 출신을 포함한 진보적 작가들이 "1940년대에 와서 일제가 강요하는 '국민문학'(전향문학)을 하느냐, 붓을 아주 꺾어버리고 마느냐 하는 기로"(20면)에 섰다고 했다. 이기영, 한설야, 송영은 작품 창작을 지속했으나 "이전의 프로레타리아문학경향이 점차 약화되는"(216면) 양상을 보였다고 했다. 미약하나마 신진 작가인 최인준, 김만선, 지봉문, 김영석 등이 노동자 농민의 비참한 생활상을 그리거나 지식인들의 불우한 운명과 생활을 그렸다고 기술했다. 『문학사B』9는 이 시기 주목할 만한 작품으로 역사를 주제로한 홍명희의 『림꺽정』(1928~1939), 이기영의 『봄』(1940), 그리고 현진건의 『무영탑』(1938)을 꼽았다. 풍자소설로는 이

---

31 『문학사A』3, 421~422면.

기영의 『인간수업』(1936)과 채만식의 『태평천하춘』(1938)을 이 시기를 대표하는 문학으로 특징화하고 있다. 일제 말기에 대한 『문학사B』9는 이와 같은 기술은 사실의 복원이라는 측면에서 의미가 있다. 항일혁명전통을 앞세우다 보면, 엄혹한 현실이 은폐될 수 있었다. 이런 문학사 기술의 왜곡현상이 부분적으로나마 『문학사B』9에서는 극복되고 있음을 '일제 말기 문학사 기술'을 통해 확인할 수 있다.

『문학사B』9는 신채호, 심훈, 현진건, 한용운, 심훈 등을 주목했다. 『통사』 하에서는 이들 작가들이 배제되어 있었다. 『문학사A』3에서도 구체적 언급은 이뤄지지 않다가, 『개관』2에서 '동반자 작가'라는 가치평가가 이뤄졌다. 그런데, 『문학사B』9에 이르러서는 보다 적극적인 의미부여가 이뤄지고 있는 것이다. 작품뿐만 아니라, 문학이념의 측면에서도 포용력을 넓히고 있다. 총론 부분인 '1920년대 후반기～1940년대 전반기 사회력사적 환경과 문학창작의 일반적 과정'에서 문학사적 추이를 제시했다. 1925년 카프의 결성으로 "프롤레타리아 문학의 급격한 진출"(10면)이 이뤄졌고, 1927년 카프 재조직화가 문학사적 사건임을 명시했다. 뿐만 아니라, 1920년대 후반기의 문학지형을 프롤레타리아문학운동, 국민문학운동, 절충주의 문학론, 무정부주의적 문학이론 등으로 제시하여 논평하고 있다. 특히, 국민문학운동에 대해서는 '긍정적이고 진보적인 의도'가 있었음을 평가하면서, '계급적인 것을 부정해 버리는' 일면성과 제한성을 갖고 있었다고 했다.[32] 『문학사B』9가 이념적 차

---

[32] "국민문학운동이 들고 나온 오래적인 요소에 대한 배척과 '조선심, 조선혼, 조선적'인 것에 대한 선양은 일제의 식민지통치가 가혹해지던 당시 문학에서 민족성을 고수하려는 진보적인 의도의 반영이라고 볼 수 있다. 그들은 외래적인 요소를 배척하고 조선적인 것을 살림으로써 일제의 폭압에 의하여 점차 사라져가는 민족의 넋을 살리고 민족문학을 지키려고 하였던 것이다. 국민문학운동의 이러한 긍정적이며 진보적인

이에도 불구하고 포용력을 확대하려는 의도를 지니고 있음을 보여주는 대목이다.[33]

　문학사 기술은 '문학의 역사'에 기반해 그것을 '정의하고 평가'하는 작업이라고 할 수 있다. 북한의 문학사는 '이념적 평가'를 앞세워 '문학의 역사'를 재구성하는 서술 형식을 취했다. 『문학사B』9에 이르러서는 '문학의 역사'에 보다 접근해 '포용력 있는 평가'를 내리는 양상을 보이고 있다. 이러한 의식적 노력이 '계급의식'과 '민족의식'을 균형 있게 서술하려는 사실적 노력으로 이어진 것으로 평가할 수 있다. 『문학사B』9는 시기구분의 측면에서 1926년 '타도제국주의 동맹'을 결절점으로 삼던 방식에서 상대적 자율성을 확보해 '카프문학'을 중시했다. 서술 형식에 있어서도 주제적 측면에서 작품을 계열화한 후, 중요 작품을 의미화하는 방식으로 체계화했다. 또한, 일제 말기 문학을 적극적으로 기술한다든지, 문학이념적 측면에서도 '국민문학운동'을 포용하는 양상을 보이고 있어 특징적이다.

의도에도 불구하고 그 제창자들이 민족적인 것 일면만 내세우면서 계급적인 것을 부정해버린 것은 그들의 주장이 일면성과 제한성을 가지고 있었으며 결국 무산대중의 요구와 리익을 반영한 프로레타리아문학 발전을 저해해 나서기까지 하였다는 것을 말하여준다."(『문학사B』9, 14면)

33　『문학사B』9의 포용적 태도는 북한의 연구자가 '남과 북의 문학사가 대동소이해졌다'고 말한 근거로 보인다. "『문학사B』의 간행을 주도했던 북한의 연구자는 『문학사B』가 간행되면서 남과 북의 문학사가 대동소이해졌다고 말한다. 이는 『문학사B』가 이전과 달라졌다는 말이다. 북한의 연구자가 달라졌다고 하는 서술상의 변화를 남한의 연구자들은 감지하지 못했던 것이다."(김현양, 「북한의 '우리문학사' 서술의 향방—근대문학 이전의 문학사 서술을 대상으로」, 『민족문학사연구』 42, 민족문학사학회, 2010, 58면)

6. '민족문학 담론'을 넘어서

북한의 문학사 기술은 다음과 같은 시기적 구분이 중시된다. 문학사적 전통을 중시하며 사회주의 리얼리즘 문학 논의가 활발했던 유일사상체제 확립 이전의 단계(1950~1960년대 말), 1967년 유일사상체제 확립 이후의 경직된 주체사실주의의 단계(1967년~1970년대), 1980년대 '전통'에 대한 문학사적 포용과 『주체문학론』의 단계(1980~1990년대 초중반), 그리고 '고난의 행군' 이후의 경직된 문학사의 단계(1990년대 중반 이후)가 중요한 결절점이다. 이러한 흐름은 북한의 문학사가 단일한 색채를 띠기보다는 역사적 상황에 따라 이념적 경직도가 변화해 왔음을 보여준다. 단일한 지도이념에 따른 기술로 보기 보다는 '여러 문학사들'로 볼 수 있다는 것이다.

그런 의미에서 『통사』 하와 『문학사A』 3, 『개관』 2와 『문학사B』 9를 단일한 텍스트의 변화과정으로 보는 것에 대해서는 비판적 거리를 유지할 필요가 있다. 각각의 문학사 텍스트들은 그 시대의 정치사와 사회사, 그리고 정신사가 투영되어 서술의 결이 상이한 양상을 띠고 있는 것이다. 『통사』 하가 '카프 출신 비평가로 추정되는 저자'에 의해 식민지 시기 문학이 카프 작가 중심으로 이뤄진 것이 비해, 『문학사A』 3은 계급·계층을 범주화하는 주제론적 서술을 통해 유일사상체제를 문학사 서술에 반영하고 있었다. 『개관』 2는 『문학사A』 3에 기반해 있으면서도, 해당 시기 젊은 작가들을 적극 포용하는 방식으로 새로운 문학사적 해석에 대한 열망이 기입되어 있었다. 문제적인 텍스트는 『문학사B』 9이다. 『문학사B』 9는 김정일의 『주체문학론』의 영향 아래 씌어진 것이다. 김정일은 "민족문학예술유산의 계승에서 력사주의적 원칙과 현대성의 원칙"[34]을 강조했다. 이는 주체성을 강조하면서, 역사적 사실의 복원을 허용하는 것이기도 하다. 그렇다보니, 문학의 상대적 자율성이 부분적으로 허용되어 '1920년대 후반기~1940년대 전반기 문학'이라는 시기 구분이 가능했다. 더불어, 이념을 앞세운 평가보다는 '문학적 사실'에 접근하는 기술 양상을 보임으로써, 남북문학사가 소통할 수 있는 여지가 확대되었다. 북한의 문학사 기술은 개별적 의미를 지닌 '문학사들'로 평가할 수 있으며, 역사적 측면에서는 '계급의식'과 '민족의식'이 갈등과 화해를 거듭하는 도정으로 의미화할 수 있다.

이러한 문학사의 다양성은 남한문학사에서도 마찬가지로 적용될 수 있다. 김윤식은 "오늘날의 포스트모던한 현실에 적응되는 그러한 우리 근대문학사가 새로이 씌어지지 않는다면 아무도 문학사 자체에 흥미를 가지지 않을 것"이라면서, "역사는 써 보태는 것이 아니라 항시 새로 쓰는 법"이라고 강조했다.[35] '새로 쓰는 문학사'의 탄생은 다양한 문학사들의 존재를 실증한다.

남북문학사는 여전히 개별적이면서, 서로의 거리조차 가늠하지 못한 채로 자신의 자리만을 고수하고 있다. 돌이켜보면, 남한의 문학사도 끊임없이 '새로 쓰는 문학사'였다. 1988년 '월북문인 해금 조치' 이전에는 공식적으로 카프문학에 대한 적극적인 연구과 기술이 금기시되었다. 남한 문학사의 경우 국가기구의 문학사의 이념에 대한 공식적인 통제는 없지만, 지적 유행이나 시대정신의 흐름 속에서 '사회주의 리얼리즘 논의'나 '북한문학' 논의가 '후진적인 것'으로 바라보는 '암묵적 금기'가 이뤄지고 있는 상황이었다. 이렇듯 역사적 상황에 따라 남북한문학

---

34 김정일, 앞의 책, 78면.
35 김윤식·김우종 외, 앞의 책, 18면.

사 기술이 '엇갈리면서 만나고 있다'고 했을 때, 지금은 '각자 멀리서 서로를 바라보는 단계'에 직면해 있는 것으로 보인다.

문제는 자본주의와 사회주의라는 체제의 지배를 넘어서는 문학사의 공통감각을 회복할 수 있는가이다. 북한문학은 우리민족 제일주의(민족주의)와 강성대국건설(애국주의)를 강조하고 있고, 남한문학의 지적 풍토는 '민족주의'에 대한 비판과 다원주의를 선호하는 경향성을 보이고 있다. '민족주의 문학 담론'을 통한 남북한문학사의 통합적 인식은 지금으로써는 현실성 있는 대안인 듯하다. 하지만, 남북 간의 '민족주의'에 대한 이해의 간극은 점차 커질 수밖에 없을 것이다. 남북문학사에서 '민족문학'이라는 공통항 이외에 다른 공통감각을 통한 문학사의 이해와 교류 방안은 없는지, 그 가능성을 기초 자료에 입각해 확인하기 위해서도 '북한의 문학사 기술'을 단일한 것으로 보지 않고, 다양한 문학사들로 바라보는 태도가 필요하다.

북한의 항일혁명투쟁시기 문학사 서술

김은정

1. 항일혁명투쟁시기 문학

　북한에서 '항일혁명'은 정권의 정통성을 지켜주는 용어이다. 북한은 북조선 창건이후 새로운 법질서를 탄생시켰다. 새로운 법질서란 김일성 / 김정일의 교시를 뜻하는 것으로, 그들의 교시는 성문법보다 우선시 되었다. 북한에서 교시가 신탁과 동일한 의미에서 언명될 수 있었던 것은 우상화에 대한 인민들의 동의가 있었기에 가능했다. 북한은 이러한 동의를 위해 전통 세우기에 착수[1]하는 데 그것이 바로 항일혁명에 관

---

[1]　해방 직후인 1946년부터 발행되기 시작한 『조선문학』의 전신인 『문화전선』 창간호에 이미 김일성 우상화가 등장하고 있다. 창간호의 본문 첫 장에 이찬의 「김장군의 노래」와 「김일성 장군·십이개조 정강」을 싣고 있으며, 이기영의 「김일성 장군 인상」, 한재덕의 「김일성 장군 개선기」, 이경희의 시 「귀환―김일성 장군을 맞으며」 등이 실려 있는 것을 볼 때 우상화 작업은 창건 당시부터 진행되어 왔다고 볼 수 있다. 『문화전선』에 나타나는 이러한 경향은 정치적인 의미로서의 선택과 이에 의한 창작, 그리고 아래로부터의 자발적인 움직임 등 세 가지의 방향성을 모두 열어둬야 하지만 확인

한 사업들이었다. 북한은 1953년 9월 김일성의 항일빨치산 투쟁전적지로 조사단을 파견[2]하면서 김일성과 관련된 역사를 본격적으로 복원하기 시작한다.[3]

북한에서 '혁명전통'을 언급하기 시작한 것은 1948년부터이다.[4] 1차(1946.8), 2차(1948.3) 당 대회에서는 "로동자 농민 근로인테리들의 공통한 리익의 대표"[5]로 기술되고 있는 것을 볼 때'혁명전통'이라는 개념이 1948년 3월에 열린 2차 당 대회에는 반영이 되지 않은 듯하다. 그러나 1956년 제3차 당 대회에서는 조선노동당의 성격이 '조선인민의 혁명적 전통의 계승자'[6]로 변화하였으며, 항일 유적지 복원사업과 동시에 1961년 4차 당 대회부터는 '항일무장투쟁의 영광스러운 혁명전통의 직접적인 계승자'로 고착되고 있다. 1959년 발행된 『조선문학통사』에 '항

되고 있는 『문화전선』 창간호의 편집체제와 내용은 예상외로 자발적 움직임의 경향이 크게 드러난다는 점이다. 북한의 우상화 작업에 대한 문제는 좀 더 많은 자료 수집과 심도 깊은 논의가 필요한 사항이기 때문에 성급한 진단은 유보하려 한다.

2　「김일성원수 항일 빨찌산 투쟁 전적지 조사단 현지로 향발」, 『로동신문』, 1953.9.3.

3　『조선중앙년감』 1956년에 따르면 항일 빨치산의 전적지 복원은 1955년 보천보 전투에서부터 시작된다. 1955년 보천보에 김일성 동상 건립 및 박물관을 건설한다.

4　1946.4.29. 평양학원 제1기 졸업식에서 한 연설 「훌륭한 정치군사간부가 되라」에서 '혁명전통'이 처음 언급되고 있다(조선로동당 중앙위원회 당력사연구소, 『김일성 저작집』 2, 조선로동당출판사, 1979, 195면). 하지만 이 저작집이 주체사상이 정착되기 시작한 1979년에 출간된 것이어서 가필되었을 가능성이 있으며, 1946년도에 발행된 『로동신문』이 완전하지 않아 전체 확인 불가능하므로 확인이 가능한 범위 내에서 북조선인민위원회의 창립 2주년을 경축하면서 정규 군인 조선인민군 창설선포를 기념한 축하 메시지로 1948년 2월 8일 『로동신문』에 실린 「조선인민군 열병식에서 한 연설」에서 '항일 무장투쟁'과 '혁명전통'을 언급하고 있어 1948년을 따른다.

5　김일성, 「2차 대회. 1948년 3월 당 중앙위원회 사업 결산 보고」, 『북한 '조선로동당' 대회 주요문헌집』, 돌베개, 1988, 63면. 1960년대 중반까지는 조선노동당을 인민의 정권이라는 말로 대체하여 표현하는 경우가 많았다.

6　「혁명전통 연구와 전투력강화로 2·8절을 맞는 방선 용사들」, 『로동신문』, 1956.2.5. 1967년 이전에 출간된 「조선로동당 제3차대회에서 한 중앙위원회사업총결보고」, 『김일성 선집』 4, 1956.4.23(동경 : 학우서방, 1963)에서도 "혁명전통"에 대한 언급이 보인다.

일혁명투쟁시기문학'에 대한 기술이 없는 것은 아니지만 항일혁명전통 세우기의 일환 중의 하나인 '항일혁명투쟁시기문학'이 본격적으로 발굴 복원되기 시작한 것은 1970년대 초부터라 할 수 있다.

북한의 '항일혁명투쟁시기문학'에서 널리 알려진 작품은 1928년에 창작되었다고 전해지는 김혁의 혁명송가 〈조선의 별〉이다. 이 작품은 최초의 수령형상 문학작품이라는 점에서 많이 언급되어 왔다.[7] 그러나 이 작품과 이찬이 작사한 〈김일성 장군의 노래〉를 제외한 다른 '항일혁명투쟁시기문학'의 작품에는 남한 연구자들이 접하지 못했던 낯선 작품들이 많다. '항일혁명투쟁시기문학'이라는 용어 자체가 생소한 단어이며, 항일혁명을 직접적으로 다룬 문학을 접하기 어려웠으며, 항일무장투쟁 자체가 조선이 아닌 중국에서 벌어졌기 때문에 '항일혁명투쟁시기문학'은 남한에서 공백으로 남을 수밖에 없었다.[8] 하지만 북한은 남한과는 달리 해방 후 중국에서 무장 활동을 하던 독립군 및 의용군, 빨치산들이 평양으로 대거 귀국하고, 단독정부를 수립하면서 중국에서의 '항일혁명투쟁시기' 투쟁의 원동력으로 작용했던 '항일혁명투쟁시기문학'을 자생적으로 파생된 고유의 문학 갈래로 평가하고 있다.[9] '항일혁명투쟁시기문학'은 용어 그대로 반제반봉건투쟁 과정 속에서 창

---

7 소설에서 '수령형상문학'의 선구자적 역할을 한 사람은 한설야이다. 그가 월북 후 처음으로 발표한 「혈로」(1946)나 김일성의 혁명역사를 반영한 「력사」,『영웅김일성 장군』(1960),『만경대』(1970) 등에서 김일성의 형상이 그려지고 있다.
8 북한의 '항일혁명투쟁시기문학'은 주로 시와 가요, 연극, 극으로 이루어져 있어 활자로 접하기에 어려움이 있었다. 조선에서 활동한 1920~30년대 작가들이 사회주의자들을 다루고는 있지만 직접적인 테러 활동이나 독립군 활동은 염상섭이나 최서해의 작품에서 간혹 보일 뿐이며 강경애의 「소금」에서 항일빨치산이 등장하는 정도이다.
9 항일무장투쟁시기의 문학에 대한 평가는 중국 연변의 조선족이 편찬한 문학사에서도 보인다.

작되었기 때문에 주로 공연문학 즉, 시와 혁명가요, 연극, 가극이 주류를 이룬다. 그리고 이때 창작된 공연문학은 민중들에 대한 계몽과 교양이 주를 이루고 있어 예술성보다 정치적 목적성이 강하다. 하지만 '항일혁명투쟁시기문학'이 북한의 1960년대 후반에서 1970년대 문학·예술에 지대한 영향을 미쳤다는 점에서 북한문학사를 연구함에 있어 소홀히 할 수 없는 부분이다.

북한에서 '항일혁명투쟁시기'는 지도이념인 주체사상의 기원이 되는 시기[10]이다. '항일혁명투쟁시기'는 문학적 측면에서 1960년대 '항일혁명문학'과 '수령형상문학'의 재생산을 가능하게 했으며, 정치적 측면에서는 김일성을 위시한 빨치산 계열의 집권과 유지에 기여했다. 1994년 김일성 사망이후부터는 선군사상을 통해 북한은 현재 정권을 유지하고 있다. 특히 현재는 '지원(志遠)'사상[11]에서 연원된 총대사상[12]을 선

---

10 김일성은 저작집에서 "주체사상은 이론을 위한 이론이 아니라 복잡한 혁명투쟁 과정에서 얻은 경험과 교훈에 기초하여 우리가 내놓은 우리나라 건설의 지도사상"이라고 기술하고 있다(조선로동당 중앙위원회 당력사연구소, 『김일성 저작집』 27, 조선로동당출판사, 1984, 401면).
　　주체사상의 지도적 원칙은 1955년 당선동원대회에서부터 나타나기 시작해서 당중앙위원회 제4기 5차 전원회의를 통해 완성된다. 북한은 조선노동당 제4차 대회(1961.9.11~18)부터 마르크스·레닌주의, 항일무장투쟁의 혁명전통을 지도이념으로 세우면서 이념의 변화를 시도한다. 1967년부터 1969년까지 갑산파를 제거한 후 조선노동당 제5차 대회(1970.11.2~13)부터는 지도이념을 마르크스·레닌주의, 항일무장투쟁의 혁명전통을 마르크스·레닌주의, 주체사상으로 전환시킨다(김은정, 「수령형상문학론」, 『북한의 언어와 문학』, 경인문화사, 2006, 161면).
11 김형직이 주창한 사상으로 조선의 독립은 외세의존이나 청원 방법이 아닌 인민이 무기를 잡고 민족자력으로 성취해야 한다는 방략으로 내가 싸우다 쓰러지면 아들이 하고 아들이 싸우다 못다하면 손자가 싸워서라도 독립을 이룩해야한다는 사상이다(김일성, 『세기와 더불어』, 조선로동당출판사, 1992, 128~130면). 김형직의 '지원'사상과 죽기 전 총을 소년 김일성에 남긴 행위는 총대사상의 근간이 되고 있다.
12 총대란 단어는 1998년 1월1일 『로동신문』 사설 「위대한 당의 령도따라 새해의 총진군을 다그치자」에서부터 보이기 시작한다. 김은정, 「『불멸의 향도』에 나타난 "고난

군사상의 하위 개념으로 이용함으로써 이념적 측면을 강화하고 있다. 지도이념의 변화는 북한에서 '항일혁명투쟁시기'의 문학을 기술하는 태도나 시기 구분에 영향을 미치고 있다. 이러한 변화는 마르크스-레닌주의 관점에서 기술된 『조선문학통사』(현대문학편, 1959)와 주체사상의 관점에서 기술된 『조선문학사』에 드러나고 있다.

이 글의 목적은 북한에서 출간된 문학사의 비교를 통해 북한의 '항일혁명투쟁시기문학'에 대한 변화와 그 과정에서 도출되는 성과 및 편향과 한계를 검토하는 데 있다. 북한의 문학사의 비교·검토는 남한문학사에서 공백으로 남아 있는 항일혁명문학에 대한 우리 문학사에서 위치 설정은 물론 향후 북한문학사의 방향을 전망하는 데 있어 필요한 작업이다. 이 글의 문제의식은 '항일혁명투쟁시기문학'이 우리 문학사에서 자리매김할 수 있는지에 대한 가능성을 타진하는 데 있다. '항일혁명투쟁시기문학'은 북한문학 내에서도 문학사별·시기별 차이가 두드러지게 나타나고 있다. 그리고 강한 정치성으로 인하여 과장과 축소 등의 왜곡이 매우 심해 우리의 관점에서 비판적으로 수용하는 데 다른 시기보다 많은 한계가 따른다는 점을 미리 밝힌다.

이 글에서는 '항일혁명투쟁시기문학'의 비교·검토를 위해 북한에서 출판된 문학사와 남한에서 출간된 북한문학사를 대상으로 하여 첫째, 북한의 출판사별 기술태도의 비교, 둘째 출판 시기별 비교, 셋째 남·북의 체제와 기술방법의 비교 등 교차 비교 방식을 취할 것이다. 교차 비교를 통해 확인하고자 하는 것은 첫째, 북한의 문학사에 대한 기술태도의 변화와 사회과학출판사와 김일성대학출판사에서 출간된 문학

의 행군" 묘사방식과 〈적기가〉의 수용양상」, 『세계문학비교연구』 15, 세계문학비교학회, 2006, 48면.

사의 기술 차이이다. 둘째, 서술과 가치평가의 사실성과 정치성 속에 드러나는 전통의 기획에 대한 것이다. 작품의 재배치를 통한 북한의 기억 만들기의 과정이 '기획된 전통 만들기'의 핵심이라는 점에서 문학사에 기술된 작품들 중 대표작과 논란이 있는 작품에 주목하여 조심스레 이에 대한 진단을 하고자한다.

이를 위해 시기와 기술체제의 문제로 나누어 살펴보고자 한다. 갈래는 시문학, 극문학, 동화로 분류하여 '항일혁명투쟁시기문학'과 '불후의 고전적 명작'에 대해 살필 것이다. '불후의 고전적 명작'은 김일성 작, 김일성 지도 작, 기타로 하위분류를 할 것이다. 그리고 대표작품 중 차이가 보이는 작품을 선별하여 살펴보도록 하겠다. 분석대상은 1959 년부터 2006년까지 북한에서 출간된 문학사 중 사회과학출판사와 김 일성종합대학출판사에서 출간된 문학사 7종[13]과 남한에서 출간된 북 한의 문학사 4종[14]이며, 주요 비교대상은 『문학사A』3과 『문학사B』8 이다. 엄밀한 의미에서 '항일혁명투쟁시기'는 1931년부터 1945년까지 이다. 그러나 『개관』(1986) 이후에 출간된 문학사는 그 연원을 김형직

---

13 이 글에서 참고한 북한의 문학사는 ① 조선민주주의 인민공화국 과학원 언어문학연구소 문학연구실, 『조선문학통사』 하, 1959(서울 : 인동, 1988), ② 김일성종합대학편, 『조선문학사』 2~3, 조선문학강좌, 김일성종합대학출판사, 1979~1981. ③ 김일성종합대학 편, 『조선문학사』, 김일성종합대학출판사, 1982. ④ 김하명, 『조선문학사』, 과학백과사전출판사, 1981. ⑤ 정홍교・박종원, 『조선문학개관』 II, 사회과학출판사, 1986. ⑥ 류만, 『조선문학사』 8, 사회과학출판사, 1992. ⑦ 김일성종합대학 편, 『조선문학사』, 김일성종합대학출판사, 2006. 등 총 7종이다. 이 외에 연도와 작품의 중요도의 확인을 위해 당대에 출판된 문예사전 등을 참조하였다. 이 텍스트들을 거론할 때는 ① 은 『통사』로, ②는 『김대A』로, ③은 『김대A』 2로, ④는 『문학사A』 3으로 ⑤는 『개관』으로, ⑥은 『문학사B』 8로, ⑦은 『김대B』로 약칭할 것이다.
14 ① 김재용, 『북한문학의 역사적 이해』, 문학과 지성사, 1994. ② 신형기・오성호, 『북한문학사』, 평민사, 2000. ③ 조동일 『한국문학통사』 5, 지식산업사, 2005. ④ 민족문학사연구소, 『북한의 우리문학사 인식』, 창작과비평사, 1991.

까지(1910년대 후반) 소급하고 있다. 반면 비교대상인『문학사A』3과
『문학사B』8은 '항일혁명투쟁시기문학' 시기를 1926년부터 1945년까
지로 설정하고 있다. 이 글에서는 '항일혁명투쟁시기문학' 시기를『문
학사A』3과『문학사B』8의 시기 설정에 따른다.

『문학사A』3의 절반가량을 진보적 문학에 할애[15]하고 있지만 이미
『북한의 우리문학사 인식』에서 이를 중심으로 한 분석 작업이 이루어진
상태이며,『문학사B』8에는 진보적 문학(카프)에 대한 부분이 실려 있지
않다. 진보적 문학은『조선문학』9에서 따로 다루고 있어 비교 대상에서
제외하되 다음 장의 연구사에 해당하는 '항일혁명투쟁시기문학'의 시기
구분과 기술체제에서 간략하게 언급하는 것으로 대신하려 한다.

2. 우리 문학사에서의 '항일혁명투쟁시기문학'의 시기구분과 기술체제

1) 북한문학사

북한문학사의 시대구분은 앞에서 설명했듯이 지도이념과 출판사
에 따라 시기구분과 기술체계가 달라진다. 사회과학출판사의 출간물
이 극문학, 시문학, 산문문학 순으로 기술하고 있는 반면, 김일성종합
대학출판사에서 출간된 문학사는 시문학, 극문학(가무 포함), 산문문학

---

15 『문학사A』3은 단편소설과 장편소설을 중심으로 다루고 있으며 장편소설 중 이기영
의『고향』과 강경애의『인간문제』는 절로 분류하여 상세하게 다루고 있다.

순으로 기술하고 있다. 그러나 문학사들은 마르크스-레닌주의적 관점에서 기술된 문학사나 주체사상적 관점에서 기술된 문학사 모두 김일성의 문예방침인 혁명적 군중노선의 관철을 강조하고 있다는 점에서 내용의 큰 변화는 보이지 않는다.

마르크스-레닌주의적 관점에서 기술된 『통사』는 다른 문학사들과는 달리 정세분석 및 당시 조선 내 문단 상황이 기술되어 있다. 『통사』는 1919~1930년대까지를 프롤레타리아 문학과 진보문학으로 구분하고 있다. 이 당시 순수문학과 친일문학, 풍자문학과 역사물 창작이 강화되었으며, 형식과 형태의 다양한 발전을 이루었다고 평가하고 있다. 프롤레타리아 문학에서 조명희·이기영·한설야·송영·최서해·이상화·김창술·박세영·박팔양·이상 등을, 평론에서는 리성태·한설야 등을 많은 지면을 할애하여 분석하고 있다. 그리고 김화선·권구현의 무정부주의 이론, 박영희·김기진의 '반동적 견해 등이 등장하여 인민을 혼미케하려 하고 있다'[16]고 기술하고 있다. 1930년대 진보적 문학은 '사회 역사적 현실을 반영하면서 목적의식성과 대중에 대한 교양적 기능이 더욱 강화되었으며 부르주아적 문예조류를 반대하는 문예비평 활동 활발하였으며, 카프해산 후 1920년대 출현한 자연주의·퇴폐주의·예술지상주의 등의 문예조류들이 일제의 비호 아래 1930년대에 와서 더욱 발전하였지만 프로 작가들과 나도향, 이상화 등 진보적 작가들이 항일 투쟁의 영향력 아래에서 민족문학에 복무함으로서 진보적 문학역량은 사실주주의적 문화전통에 대한 관계에 있어서도 자기의 기능을 재고'[17]하였다고 평가하고 있다.

---

16 『통사』하, 92면.
17 위의 책, 107면.

『통사』는 '항일혁명투쟁시기문학'의 시기를 1930년부터 1945년으로 구분하고 있어, 직접적인 투쟁시기를 기점으로 잡고 있다는 점에서 가장 객관적이라 할 수 있다. 기술체제는 시기와 갈래로 나누고 있다. 갈래는 혁명문학과 사실주의문학으로 구분하여, 1930~1940년대 작가를 아우르고 있으며, 연극, 가요의 순으로 기술되어 있다. 『통사』의 특징은 무장 투쟁시기를 기점으로 잡고 있는 점과 1970년대 이후에 나온 문학사에서 김일성 작으로 소개하고 있는 작품들을 집체창작으로 소개하고 있는 점이다.

주체사상적 관점에서 기술된 『김대A』는 '항일혁명투쟁시기문학'의 시기를 1910년대의 '반일혁명문학'부터 1945년까지로 규정하고 있다. 1910년대 '지원'에 기초한 반일혁명문학으로 〈명신학교 교가〉[18]를 가장 먼저 소개하고 있으며, 1936년 작품까지 다루고 있다. 기술체제는 반일혁명문학, 항일무장투쟁 전 시기, 후 시기로 구분하고 있으며, 김일성이 창작한 작품, 김일성의 지도 아래 창작된 작품과 작자 미상의 작품 등을 시기별로 연극, 가요, 가무 순으로 기술하고 있다.

『김대A』의 특징은 첫째, 다른 문학사에 비해 김형직, 강반석, 김형권, 김철주 등 김일성 가계의 작품을 집중적 발굴하고 있는 데서 찾을 수 있다. 예를 들어 『김대B』에서 김일성의 지도아래 창작된 것으로 기술되고 있는 〈승냥이와 여우는 때려잡아야한다〉가 김철주의 작품으로 소개되고 있는 점이다.[19] 사회과학출판사가 이 작품을 김일성 가계작

---

18 이 책에서는 연도를 표기 하지 않은 〈명신학교 교가〉를 다루고 있기 때문에 문학예술 사전의 기록을 참조한다면 시기는 1910년 중반이 될 수도 있다. 〈명신학교 교가〉가 창작 시기에 대해 『문학예술 대사전』은 1916년 초봄 1917년 가을 사이로 기술하고 있다(사회과학출판사 편, 『문학예술사전』, 사회과학출판사, 2006).
19 연극 〈승냥이와 여우는 때려잡아야한다〉의 창작자를 김철주로 기술하고 있는 문학

품으로 확정하고 있는 반면 김일성종합대학출판사는 초기에는 김철주의 작품으로 분류하였지만 1980년대 이후 김일성 지도 작으로 재분류함으로서 두 출판사 간의 시각 차이를 보이고 있다는 점이다.

반면 작자 미상으로 분류되었던 〈동틀날이 온다〉(1930.8)는 창작연도와 함께 김일성의 삼촌 김형권의 작품으로 소개되고 있는 점을 미루어 볼 때 가계창작 논쟁이 있는 것은 김일성 지도 작으로 흡수시키고, 작자 미상의 작품 중 북한의 기준에서 예술성이 확보되어 있다고 판단되는 작품을 가계형상문학으로 편입시키려는 의도가 엿보인다.

둘째, 정세분석 대신 김형직, 강반석, 김일성의 투쟁사를 자세하게 기술하고 있는 점이다. 가계의 항일혁명투쟁사를 부각시킴으로서 혁명전통을 소급하고, 근대 문학의 뿌리를 가계문학에서 찾으려하고 있다.

셋째, '항일혁명투쟁시기문학' 대신 '혁명문학예술'이라는 용어를 쓰고 있다. '혁명문학예술'이라는 용어를 사용함으로써 혁명문학의 범주를 확대하고 있는 점은 향후 주체사상과 김일성 우상화의 방향성을 보여주고 있다고 할 수 있다.

반면 주체사상적 관점에서 기술된 『김대B』 2는 시기를 명확하게 명시하고 있지 않다. 그러나 1918년에 창작되었다고 주장하는 김형직의 〈남산의 푸른 소나무〉를 가장 먼저 소개하고 있는 점에서 시기를 1918~1945년으로 추정하고 있는 것으로 보인다. 『김대A』는 시기구분 대신 항일문학 탄생시기(반일혁명문학시기), 준비시기, 투쟁시기, 진보적 문학으로 나누고 있다.

마르크스-레닌주의적 관점-주체사상적 관점에서 기술된 『개관』은

사는 『김대A』와 『문학사B』 8뿐이며 나머지 문학사는 이 작품을 김일성 지도작으로 기술하고 있다.

북한에서 주체사상의 시원으로 보고 있는 '타도동맹'(이하 ㅌ.ㄷ)의 결성 시기인 1926년 10월부터 해방시기인 1945년 8월까지로 구분하고 있다는 점에서 마르크스-레닌주의적 관점에서 기술된 『통사』 그리고 『김대A』2와 차이를 보인다. 내용적 측면에서도 첫째, 김형직과 강반석의 작품을 다루면서 1918년까지 소급하고 있다. 둘째, 시기별로 역사적 터전, 첫 시기, 항일무장투쟁시기로 나눈 후 시와 가요, 연극 순으로 배치하고 있으며, 셋째, 소설문학, 극문학, 시문학 갈래로 나눠 항일혁명 영향 밑에 발전한 진보적 문학으로 카프와 구인회 작가들의 작품을 다루고 있다.

『개관』에서는 진보적 문학을 프롤레타리아문학과 비판적 사실주의 경향의 문학으로 나누어 기술하고 있으며, 프롤레타리아 소설문학의 대표적 작가로 조명희·이기영·강경애·엄흥섭·이북명·송영·류완희·김창술·권환·박세영·송순일·박아지 등을 소개하고 있으며, 채만식·심훈·이효석을 비판적 사실주의 경향의 작가로 리찬·안룡만·이원우·김우철 등을 진보적인 작가로 구분하고 있다. 『통사』와 비교해 볼 때 한설야·최서해·이상화·이상 등이 『개관』에서 지워졌음을 알 수 있다.

『문학사B』8은 『개관』, 『문학사A』3과 시기구분이 같다. 그러나 서술체제에 있어 차이를 보이는데 첫째, 『개관』이 시기를 1926년으로 구분하면서도 내용에서는 1910년대 후반부터 다루는 반면, 『문학사B』8은 시기를 1926년부터 구분하지만 작품 기술은 1927년부터 하고 있다. 『문학사A』3은 창작년도를 밝히지 않고 작품이 창작된 배경의 시기만 밝히고 있다는 점에서 『개관』과 『문학사B』8의 과도기적 단계에 있었음을 알 수 있다. 둘째, 무장투쟁시기를 『개관』이 1930년부터 구분하는 데 반해 『문학사A』3과 『문학사B』8은 무장투쟁의 시기를 조선인민혁명군 창건일인 1932년 4월 25일을 기점으로 보고 있으며 작품들도 1932년 이후에 창작된 것을 소개하고 있다. 그리고 '항일무장투쟁시기 문학'에 대한 내용을 한 권에 할애하고 있어 문예방침, 작가, 작품, 장르에 대한 설명이 자세한 편이다.

『김대B』는 시기를 1910년대 후반부터 1945년 해방 전까지로 구분하고 있어 1918년을 기점으로 하고 있음을 알 수 있다. 기술체제도 기존의 김일성종합대학출판사에 나온 문학사들과 시기가 크게 다르지 않다. 이 저술이 이전의 저술들과 다른 점은 주체사상과 선군사상이 공존하고 있어, 지원사상과 총대사상에 대한 강조가 두드러지게 나타나고 있는 것이다. 이것은 지도이념의 무게중심이 주체사상에서 선군사상으로 옮겨가는 과도기적 단계에 놓여 있음을 보여준다.

이 시기 문학의 특징은 시기와 상황의 문제로 인하여 이 당시의 문학은 유격대원들이 향유한 구전 가요와 구전 동화, 연극 등이 대부분을 차지한다.[20] 따라서 작품의 양도 많지 않을뿐더러 작자 미상의 작품들이 많다. 그런데 북한에서 꼽는 '항일혁명투쟁시기문학'의 절반가량이 김일성이나 김일성 가계의 작품으로 기록되고 있으며[21] 최근으로 올수록

---

20 구전 가요, 구전 동화, 연극 등 항일무장투쟁시기 구전 문학의 출현과 특성에 대해『조선 구전문학 개요ㅡ항일혁명편』에서는 다음과 같이 기술하고 있다. "항일무장투쟁시기 혁명적 구전문학은 무엇보다도 혁명의 영재이시며 위대한 사상리론거이신 경애하는 수령 김일성동지께서 항일혁명문학예술의 사명과 임무, 그 창조방향과 현실반영의 원칙 등 문예방침을 밝혀주시고 탁월한 문학예술의 창작적 모범으로 그를 현명하게 영도하심으로써 출현하게 되었다. (…중략…) 또한 혁명적 구전문학의 창조보급에서 집단에 의한 집체성 실현과 전승보급에서의 조직성 등에서 새로운 경향성을 보여주었다. 이와 같은 특성들은 선행시기 구전문학과는 본질적으로 다른 이 시기 혁명적구전문학의 새로운 특성으로 된다."(리동원,『조선 구전문학 개요ㅡ항일혁명편』, 사회과학출판사, 1994, 6·11면)

21 김일성종합대학 출판물의 경우 그 정도가 사회과학출판사보다 심하게 나타난다.

김일성 작품으로 편입되는 양이 증가하고 있다.

북한은 '항일혁명투쟁시기문학' 창작된 작품 중 김일성이 창작했다고 주장하는 작품들을 1970년대 '불후의 고전적 명작'이라는 명칭으로 재분류하여 복원하기 시작하며 이를 문학사에 반영한다. 그러나 마르크스-레닌주의적 관점에서 기술된 『통사』에는 이러한 내용이 반영되지 않았다. 『통사』는 이외 문학사에서 김일성의 작품으로 소개한 작품들을 집체작으로 설명하고 있어 지도이념의 변화에 의한 기술의 차이가 보인다. 출판사별 차이는 앞에서 지적했듯이 기술체계와 시기의 문제에서 드러난다.

〈표 1〉 북한의 문학사별 '항일혁명투쟁시기문학'의 시기구분 및 기술체제

문학사	지도이념	시기	갈래	기술체제
『통사』 (1959)	마르크스 -레닌주의	1930~1945	혁명문학과 사실주의문학	극문학 시문학 산문문학 순
『김대』 (1979~1981)	마르크스 -레닌주의 -주체사상	1910년대~1945	반일혁명문학-항일무장투쟁 전·후	시문학 극문학(가무 포함) 산문문학 순
『문학사A』 (1981)	주체사상	1926~1945	김일성 지도 밑에 창조된 혁명적 문학예술 항일혁명투쟁의 영향 밑에 발전한 진보적 문학	혁명가요 혁명연극 진보적 문학(소설, 시, 극문학)
『김대A』 (1982)	주체사상	1918~1945 추정	항일문학 탄생시기 항일문학 준비시기 항일문학 투쟁시기 진보적 문학	시문학 극문학(가무 포함) 산문문학 순
『개관』 (1986)	주체사상	1926.10~1945.8	역사적 터전 첫 시기 항일무장투쟁시기	극문학 시문학 산문문학 순
『문학사B』 (1992)	주체사상	1926.10~1945.8	항일혁명의 첫 시기 혁명문학 항일무장투쟁시기의 혁명적 문학	극문학 시문학 산문문학 순
『김대B』 (2006)	주체사상 -선군사상	1910년대 후반기~1945	항일혁명문학의 시원 항일혁명투쟁 준비시기 문학 항일무장투쟁시기문학	시문학 극문학(가무 포함) 산문문학 순

〈표 1〉에서 알 수 있듯이 사회과학출판사에서 발행된 문학사가 '항일혁명투쟁시기문학'의 시점을 무장투쟁 시기인 1930년이나 1926년('ㅌ·ㄷ' 결성일)으로 설정하고 있는 반면, 김일성종합대학출판사에 간행된 문학사는 김형직이 명신학교를 세우고 교가를 작사한 시기인 1910년대 중·후반을 시점으로 설정하고 있다. 이것은 혁명전통과 지도이념의 기원의 문제와 깊은 연관이 있다. 사회과학출판사의 경우 지도이념인 주체사상의 기원과 혁명전통을 'ㅌ·ㄷ'으로 보는 노동당의 입장을 따르는 반면, 김일성종합대학출판사의 경우 주체사상의 연원을 '지원'사상까지 소급하여 가계의 정통성에 무게 중심을 두고 있다.[22] 즉 김일성종합대학출판사는 '사실'보다도 김일성과 그 가계의 혁명적 업적 발굴과 가계의 정통성과 위대성을 증명하는 데 역점을 두고 있는 것으로 보인다. 이러한 집필태도는 그들이 '신화 만들기' 즉 혁명적 전통 기획의 중심에 있음을 보여준다.[23]

　이러한 점은 내용에서도 드러난다. 김일성의 작품이라고 분류되어 있는 절에서 『김대A』는 '불후의 고전적 명작'과 김일성이 창작한 '불후의 고전적 명작'을 모호하게 기술하고 있으며, 반면 『김대B』는 김일성의 작품을 '불후의 고전적 명작'과 일반작품으로 구분하고 있다. 일반적

22　북한은 1970년대 초반 정통성 확보의 일환으로 가계우상화를 시작했다. 그리고 1970년대 중반 북한은 김일성 가계(김일성의 부모, 조부모, 김정숙)의 혁명사적지 복원을 완료한다.

23　이것은 현재까지 지속적으로 진행되고 있는 김형직 및 김보현의 작품 발굴과 소개에서도 알 수 있다. 『조선문학』에는 김형직과 김보현의 가사가 발굴되어 소개되고 있는데 앞으로 이 작품들의 문학사 반영 여부를 지켜보면 김일성종합대학출판사의 기술과 편집의 특징을 좀 더 명확하게 파악할 수 있을 것으로 예상된다. 한 가지 분명한 것은 이례적으로 현재까지 김일성의 조부인 김보현이 사전에 유일하게 등재가 되지 않은 것을 볼 때 발굴은 하고 있지만 문학사적 평가를 유보하고 있다는 것이다.

으로 김일성이 창작한 작품에 '불후의 고전적 명작'이라는 명칭을 붙이는 것을 관례로 하는 북한에서 '불후의 고전적 명작'(『김대A』, 『김대B』)과 일반 작품(『김대B』)로 구분하는 것을 볼 때 김일성 작품으로 소개되는 작품 중 일부가 그의 작품이 아닐 가능성이 제기된다. 또한 편집부 내부나 연구자들 사이에서 김일성 작품의 범위에 대한 합의가 아직 이루어지지 않았음을 알 수 있게 한다. 논란이 되는 기술의 차이를 연구자의 자율성이나 연구 성과로 보기에는 무리가 따른다. 합의가 이루어지지 않았음에도 이들 작품을 김일성 작품 안에서 논의하는 것이 '항일혁명시기문학'의 시원이 김일성 가계에서 시작되었음을 확정하려는 의도로 보이기 때문이다.

따라서 기점의 문제는 혁명전통을 기점으로 삼는 사회과학출판사와 가계의 정통성을 우선하는 김일성종합대학출판사의 견해의 차이에서 비롯된 것으로 볼 수 있다. 하지만 사회과학출판사의 경우 1986년에 출간된 『개관』에서부터 김일성종합대학출판사의 기술 내용을 일정 정도 수용하고 있다는 점에서 앞으로 반영의 폭은 더욱 넓어질 것으로 보인다. 사회과학출판사의 문학사는 작가 분류나 내용평가에 있어 김일성종합대학출판사보다 조심스럽고, 작품의 창작 시기를 보다 정확하게 기록하고 있다는 점에서 보다 객관적이라 할 수 있다.

사회과학출판사와 김일성종합대학출판사의 차이는 사회과학출판사가 카프문학과 구인회 문학을 부분적(프로레타리아 시인 : 박세영 · 박아지 · 권환 · 송순일 · 김창술 · 류완희, 진보적 시인 : 이육사 · 윤동주 · 김소월 · 한용운 · 안용만 · 이용악 · 이원우 · 김우철)으로 수용하고 있는 것과는 달리 김일성종합대학출판사가 이들을 지워버린 것에서도 찾을 수 있다. 그리고 연변에서 출간된 문학사[24]에서 매우 중요하게 다루는 시인 중의 한

사람으로 〈김일성 장군의 노래〉를 작사한 이찬에 대한 소개 역시 해방기 이후에서 다루고 있는데 이것은 그에 대한 평가를 〈김일성 장군의 노래〉를 창작한 시점부터 하고 있기 때문으로 여겨진다.

김일성종합대학출판사에서 출간된 문학사는 김일성 가계의 작품 발굴에 적극적이나, 반면 사회과학출판사는 이에 대한 수용을 유보하고 있다. 하지만 사회과학출판사에서 출간된 문학사 중『개관』은 사회과학출판사의 입장보다 김일성종합대학출판사의 입장을 적극 수용하고 있는 것으로 보인다.

2) 남한에서 기술된 북한의 문학사

남한에서 출간된 북한의 문학사로는 먼저 민족문학사연구소의『북한의 우리문학사 인식』이 있다.『북한의 우리문학사 인식』은『통사』,『개관』과『문학사A』3을 비교 대상으로 삼아 '항일혁명투쟁시기문학'의 시기를 「1926~1945년의 시」, 「1926~1945년의 소설」, 「1926~1945년의 희곡」, 「1926~1945년의 평론」, 「항일혁명문학」으로 구분하여 기술하고 있다. 이 문학사는 서술상의 문제에서 개작문제에 초점을 맞추고 있다. 김윤태는 「1926~1945년의 시」에서 북한문학사의 과장된 해석과 서술의 왜곡이 다른 부분에서의 문학사의 맥락이 갖는 정당성을 훼손시킨다고 분석하고 있으며, 이상경 역시 엄흥섭·이기영·한설야의 작품에 대한 개작 문제를 비판하고 있다. 유문선은 희곡을 분

24　연변에서 출간된『조선문학사』에서는 김조규와 박세영, 박아지, 이찬을 대표적 시인으로 소개하고 있다.

석하면서 문학사에 기술된 텍스트로 개작본이 적당하지 않다는 평가를 내리고 있으며, 임진영은 '북한이 몇십 년에 걸쳐 실증적 자료들을 정리·체계화하고 이것을 현대적 전범으로 자리매김한 것은 큰 성과이나 내용과 형식적인 면에서 현대적 전범이 될 수 있는지'[25]에 대한 의문을 제기하고 있다. 『북한의 우리문학사 인식』은 북한의 문학사 비교·검토를 통해 북한문학사의 한계와 문제점은 물론 우리문학사 서술에서의 필요한 원칙, 방향성 등을 제시함으로써 우리 문학사 기술의 가능성을 열어 놓았다는 점에서 의의가 있다.

신형기·오성호의 『북한문학사』[26]는 북한문학의 발단에서부터 주체문학까지 순차적으로 기술하고 있다는 점에서 북한문학사에 대한 이해도를 높이고 있다. 특히 항일혁명역사 복원과정에서 창작된 최현의 『혁명의 길에서』, 박달의 『서광』, 림춘추의 『청년전위』 등의 회상소설과 〈피바다〉의 원작으로 알려진 『혈해지창』의 비교를 통해 항일혁명문학의 흐름을 기술하고 있는 점이 돋보인다. 그러나 이 문학사는 남한적 시각에서 작품들을 선택하였다는 점과 소개된 작품만으로는 북한문학사의 전반을 파악하는 데 한계가 있다. 하지만 아직 이 문학사를 뛰어넘는 『북한문학사』가 기술되지 않고 있다는 점에서 이 문학사가 지니는 의의와 성과는 크다 할 수 있다.

이 글에서는 남한에서 출간된 두 문학사의 평가를 수렴하여 문학사 ①~⑦ 중 ④와 ⑥에 해당하는 『문학사A』3과 『문학사B』8을 중심으로 '항일무장투쟁시기 문학'을 비교·검토하려한다. 비교·검토를 통해 도출하고자 하는 내용은 앞에서 밝혔듯이 첫째, 북한의 문학사에 대한

---

25 임진영, 「항일혁명문학」, 『북한의 우리문학사 인식』, 창작과비평사, 1991, 409면.
26 신형기·오성호, 『북한문학사』, 평민사, 2000.

기술태도의 변화이다. 둘째, 서술과 가치평가의 사실성과 정치성 속에 드러나는 전통의 기획에 대한 것이다. 그리고 이를 통해 '항일혁명투쟁시기문학'에 대한 변화와 그 과정에서 도출되는 성과 및 편향과 한계를 재고하고 항일혁명투생시기 문학'을 비판적으로 수용함으로써 우리 문학사에서의 자리매김할 수 있는지에 대한 가능성을 타진하려한다.

3. '항일무장투쟁시기문학'의 기술 내용의 변화

1) 시문학 - 가요 / 시

『문학사A』3은 김일성 지도 밑에 창조된 혁명적 문학예술의 하위로 '항일혁명투쟁의 첫 시기'와 '항일무장투쟁시기'로 구분하고 있다. 따라서 『김대A』, 『김대A』 2, 『김대B』에서 소개되고 있는 김형직의 작품인 〈남산의 푸른 소나무〉, 〈전진가〉, 〈정신가〉와 강반석의 〈만경대에 봄은 와도〉와 〈하늘은 높고〉는 수록되어 있지 않다. 그 이유는 『문학사A』3이 '항일혁명투쟁시기문학'을 한 권으로 기술하고 있지만 항일 무장투쟁의 기점을 1926년으로 잡고 있어 1926년 이전의 작품들이 반영되지 않았기 때문이다. 반면 『개관』에는 『김대A』와 『김대A』 2에 실려 있는 목록 이외에 김형직의 첫 작품으로 알려진 〈명신학교 교가〉(1916~1917년 사이 창작)가 새로 추가되어 있다. 〈명신학교 교가〉의 삽입은 주체사상 이후 혁명전통의 기원을 '타도동맹'이 아닌 김형직으로 소급하려는 북한의 기획이 『개관』에 반영되고 있음 알 수 있게 한다.

　『문학사A』3은 항일혁명문학예술이 "위대한 수령 김일성 동지께서 제시하신 문예 방침을 지도적 지침으로 하여 창조됨으로써 광범한 대중을 혁명화 하고 투쟁에로 힘 있게 불러일으키는 로동계급의 혁명적 문학예술로 찬란히 개화 발전할 수 있었다"[27]라고 평가하고 있다. 이 기술은 『김대A』와 『김대A』2의 항일 무장투쟁시기의 문학을 주체적인 '항일혁명투쟁시기문학'의 탄생에 의해 북한에서 현대문학발전의 시기가 열렸다[28]는 평가와 김일성의 항일 혁명문학예술에 대한 지도가 주체적인 혁명문학예술의 시원을 열었다는 평가[29]와 서술상으로는 큰 차이가 없어 보이지만 노동계급 문학의 발전에 국한되어 있는 『문학사A』3보다 '인민' 또는 '근로인민' 등의 용어를 사용하는 『김대』A-B가 대상 범위를 넓게 잡고 있음을 알 수 있다. 『김대A』가 노동계급에 대해 언급하지 않는 것은 아니나 항일혁명문학의 특성 중 인민의 '전투성'과 '주체적인 사회주주의적 사실주의 문학'[30]에 비중을 더 두고 있기 때문이다. 한편 『김대A』2는 항일혁명문학의 특성으로 근로인민대중의 '창조적 적극성'과 '자력갱생'이 '주체적 문학예술'의 발전[31]을 담보하였다는 관점에서 기술하고 있어 두 문학사 간에서도 이념적, 방법적 차이를 보이고 있다.

　『문학사A』3은 '항일혁명투쟁의 첫 시기'의 작품으로 불후의 고전적 명작 〈조선의 노래〉와 〈사향가〉를 제시하고 있다. 〈조선의 노래〉는 새날 청년 동맹과 연애선전대를 조직했을 당시 인민대중 속에서 선

27　『문학사A』3, 43면.
28　『김대A』2, 114·151~157면.
29　『김대A』, 26~39면.
30　위의 책, 142면.
31　『김대A』2, 151~157면.

전 작업을 벌이던 중에 창작한 기념비적 작품[32]이라고 평가되고 있는 데 이 작품이 이 시기 혁명 가요의 심오한 사상 예술적 높이와 새로운 혁신적 특성을 가장 집중적으로 잘 구현하고 있다는 점이 기념비적 작품으로 평가되는 이유이다.

〈사향가〉는 참된 '공산주의자들이 지닌 조국에 대한 열렬한 사랑과 아름다운 이상을 보다 생활적 계기를 통하여 심오하게 펼쳐 보이고 있다',[33] '사회주의적 애국주의의 숭고한 사상 감정을 심오한 시적 형상으로 일반화하고 있다'[34]고 평하고 있다.

혁명 송가인 김혁의 〈조선의 별〉을 『문학사A』3에는 김일성을 노래한 어느 인민의 첫 작품으로 평가하는 한편, 『문학사B』8에는 김혁의 작품이라는 부제가 달려 있다. 『문학사A』3은 한 절에 해당하는 본문 속에서 김혁의 이름을 단 한번 언급했을 뿐 작가를 김일성의 측근이자 혁명동지가 아닌 인민으로 격하 또는 확대하여 김일성의 위대성을 찬양하고 있는 점에서 『문학사B』8과 차이를 보인다.

『문학사A』3에서 〈혁명가〉는 '민족해방과 계급해방의 길을 따라 항일무장투쟁에 무산계급과 인민대중이 궐기할 것을 호소한 작품'[35]으로 소개하고 있다. 그리고 일련의 작품으로 여성들의 사회적·계급적 해방과 사회적 평등에 대한 지향을 담은 〈녀성해방가〉, 혁명적 소년들의 생활과 투쟁을 노래한 가요로 〈혁명군은 왔고나〉, 〈어데까지 왔나〉, 〈혁명군의 노래〉 등을 소개하고 있다.

---

32 『김대A』는 무송에서 새날소년동맹원들을 위해 지은 것으로 『새날』에 발표·보급한 혁명가요로 소개되고 있다.
33 『문학사A』3, 53면.
34 위의 책, 55면.
35 위의 책, 62~63면.

무장투쟁시기의 작품으로는 불후의 고전적 명작으로 〈반일전가〉(1934)와 〈조선인민혁명군〉, 〈조국광복회 10대 강령가〉를 소개하고 있으며, 이 중 〈반일전가〉(1934)와 〈조국광복회 10대 강령가〉를 김일성이 창작했다고 밝히고 있다. 『문학사A』3은 『김대A』2, 『개관』과 마찬가지로 〈반일전가〉를 북만원정을 마치고 돌아오는 길에 촉한(감기)으로 고생하던 중 그가 지은 노래로 기술하고 있다는 점에서 1986년까지 사회과학출판사의 문학사 기술이 크게 변화하지 않았다는 것을 알 수 있다. 반면 『문학사B』8은 『문학사A』3, 『김대A』2, 『개관』에서 김일성 창작으로 소개되었던 〈반일전가〉를 북만원정을 마치고 돌아오는 길에 촉한으로 고생하던 중 그가 부른 노래로 기술함으로서 창작자를 명확하게 규정하지 않는 점이 특징이다. 〈조국광복회 10대 강령가〉(1936.5)는 조국광복회 10대 강령을 발표한 후 이 강령을 가사화 하였다고 소개하고 있는데 불후의 고전적 명작 중 〈조선혁명인민군〉만 김일성 창작에 대한 설명이 없다는 점에서 이 가요는 김일성 창작이 아닐 가능성이 높다. 혁명가요의 대표작으로 혁명가극 〈피바다〉에 수록된 〈피바다가〉, 〈토벌가〉[36]를 소개하고 있다.

『문학사B』8은 항일혁명 첫 시기에 창조 보급된 혁명적 시가에 대해 "사상적 혁명가–서정적 주인공의 형상과 혁명적 현실을 진실하게 창조함으로써 사상적 지향을 분명히 하고 있으며, 사실주의적 혁명 시가의 창조 발전에 귀중한 토대"[37]가 되었다고 기술하고 있다. 1920년대 말~30년대 시문학으로 〈조선의 노래〉(1928), 〈사향가〉(1927) 등을 "열렬한 조국애를 숭고한 사상 예술적 경지에서 일반화시킨 첫 시가일 뿐 아니

---

36 북한문학사에서는 '〈토벌가〉'를 "《〈토벌〉가》"로 표기하고 있다.
37 『문학사B』8, 57면.

라 항일 혁명시가의 시원을 이루는 작품으로서의 문학사적 의의"[38]를 가지는 작품이라 평가하고 있는 점에서 『김대A』의 평가와 닿아 있다.

『문학사B』 8이 『문학사A』 3과는 달리 불후의 고전적 명작으로 혁명가극 〈꽃파는 처녀〉의 주제가 〈꽃파는 처녀〉가 '혁명가극의 주체사상적 지향을 반영하고 있는 작품으로 가사문학의 참다운 본보기'[39]라고 가사만을 따로 분석하고 있는 점은 주체문학에서의 수령문학에 대한 강화로 볼 수 있다. 수령과 혁명에 대한 끝없는 충실성과 투쟁정신 반제 반일혁명사상을 반영한 작품으로는 김혁의 〈조선의 별〉, 〈혁명가〉, 〈결사전가〉, 〈총동원가〉, 〈녀자투사가〉, 〈유희곡〉, 〈적기가〉 등을 소개하고 있다.

이 가운데 김혁의 〈조선의 별〉은 인민의 작품임을 강조하던 『문학사A』 3과는 달리 충성의 첫 혁명 송가로 "청년공산주의자들의 숭고한 조국애와 혁명적 열정을 자유분방한 낭만적 정서로 밝고 씩씩하게, 낙천적으로 펼쳐 보여 특색 있는 작품"[40]이 되었다고 비교적 사실에 입각해 평가하고 있다.

그리고 특이 사항으로 이제까지 문학사에 등장하지 않았던 〈적기가〉가 『문학사B』 8에 편입되어 있다. 〈적기가〉의 삽입은 1994년 11월에 발표된 논문 「사회주의는 과학이다」에서 김정일이 사회주의 혁명을 상징하는 보편적 의미의 '붉은 기'[41]에 다시 특별한 의미를 부여하기 시

38　위의 책, 31면.
39　위의 책, 33면.
40　위의 책, 44면.
41　북한은 붉은 기를 "붉은 기 사상"으로 이데올로기화하기에 앞서 이미 중요한 이념적 표상으로 삼아왔다. 북한이 붉은색 또는 붉은 기의 상징적 의미를 정치·사회적인 부문에 적극적으로 이용하기 시작한 것은 대략 1950년대 말 이후부터이다. 이때부터 일부 조직의 이름에서 붉은색의 의미를 부각시키는가 하면 각종 대중운동과 문예물에

작한 것과 무관하지 않은 것 같다. 이후 〈적기가〉가 1990년대 중반을 시대적 배경으로 다루고 있는 총서『불멸의 향도』에서 혁명전통을 상기시키는 주요한 기제로 작동하고 있기 때문이다.

『문학사B』8은 '불후의 고전적 명작'인 〈조선인민혁명군〉, 〈반일전가〉, 〈반일가〉, 〈모두다 반일전으로〉는 주체사상을 구현하고 있는 작품으로, 〈불평등가〉, 〈계급전가〉, 〈단결하라 무산대중〉은 새 사회 건설에 대한 혁명적인 사상의 깊이를 일반화 작품으로, 인민의 주권과 투쟁을 고취시키는 대표 작품으로 〈유격대행진곡〉, 〈혁명군의 노래〉, 〈인민주권가〉, 〈즐거운 무도곡〉, 〈유희곡〉, 〈통일전선가〉, 〈민족해방가〉를, 그 외 조선인민혁명군의 숭고한 정신세계를 노래한 작품으로 〈빨치산 추도가〉, 〈추도가〉, 〈혁명군의 노래〉, 〈혁명가〉, 〈유격대 추도가〉, 〈옥중가〉를 소개하고 있다. 그리고 혁명가요의 대표작에서는 혁명가극 〈피바다〉에 수록된 〈피바다가〉, 〈토벌가〉 이외에 〈한자위단의 운명〉의 주제가를 편입시키고 있다.

붉은 기를 강조하는 사례가 나타나고 있다. 그 사례로는 1959년 1월 창설된 노농적위대, 1970년대 들어 붉은 청년근위대 등 조직에 붉은 기의 의미가 사용되기 시작한 것에서 찾을 수 있다. 대중운동에서 붉은 기의 의미가 가미되기 시작한 것은 1960년 8월 김일성이 인민군을 현지지도하면서 제기한 것을 계기로 "붉은 기 중대운동"이 등장하면서부터이다. 이 운동은 인민군대로 하여금 1950년대 말 사회주의건설을 위해 추진된 천리마운동에 보조를 맞추도록 하기 위해 제기된 것으로, 나중에 "붉은 기 대대", "붉은 기 연대" 운동으로 확산됐다. 북한은 1996년 타도제국주의동맹(ㅌ·ㄷ)결성 70주년을 맞아 타도제국주의동맹이 창조한 혁명정신이 곧 "붉은 기 정신"이라고 주장하면서 "붉은 기 정신"의 기원을 ㅌ·ㄷ의 결성일인 1926년 10월 17일로 소급하고 있다. 1994년 이후『로동신문』을 검토해보면 "붉은 기 사상"이라는 용어를 사용함에 있어서 현재까지도 "붉은 기 사상", "붉은 기 철학", "붉은 기 정신" 등을 혼용하고 있다. 북한은 초기에 "붉은 기 철학"이라는 용어를 주로 사용했고 차츰 "붉은 기 사상"이라는 용어로 통일하려는 과정을 밟고 있지만, 아직 완전히 통일되지는 못했다(김은정, 「『불멸의 향도』에 나타난 "고난의 행군" 묘사방식과 〈적기가〉의 수용양상」, 『세계문학비교연구』 15, 세계문학비교학회, 2006, 47면).

<동틀날이 온다>(1930.8)는 다른 문학사에서 작자 미상인 기타 작으로 분류하거나 『문학사A』 3과 『문학사B』 8에 누락되어 있는 작품이지만 『김대A』와 『김대A』 3에는 김형권으로 작품으로 언급되고 있어 창작자에 대한 확인이 필요한 작품이다. 반면 『김대B』에는 김일성이 창작한 혁명가요의 대표작에서 <피바다가>, <토벌가>가 누락되어 있으며, 기타 작품으로 <적기가>, <금란지계전>(1937) 등이 편입되어 있어 『문학사B』 8에서 평가 받고 있는 작품들을 승계하고 있음을 알 수 있다.

2) 극문학

『문학사A』 3은 이 시기에 창작된 혁명연극이 '김일성이 제시한 주체 혁명노선에 기초하여 혁명투쟁의 요구와 혁명적 현실을 진실되게 반영함으로써 사실주의연극 예술의 높은 경지를 개척하고 인민 대중의 혁명 전통에 이바지'[42]하였다고 기술하고 있다. 불후의 고전적 명작으로 김일성이 창작한 <성황당>, <지주와 머슴군>, <흡혈귀>, <안중근 이등박문을 쏘다>, <만국회에서 피를 뿜다>(혈분만국회), <3인1당>을 소개하고 있다. <성황당>은 항일혁명연극의 시원을 연 기념비적 작품으로, <지주와 머슴군>은 농민의 각성 과정을, <흡혈귀>는 정미소를 배경으로 하여 항일혁명연극에서는 최초로 노동계급을 형상화하고 있다는 점을 높이 평가하고 있다. <안중근 이등박문을 쏘다>, <만국회에서 피를 뿜다>(혈분만국회), <3인1당> 등은 '반일 운동과 민족주의운동의 본질적

---

42 『문학사A』 3, 76면.

약점과 제한성을 밝히면서 역사적 교훈으로 투쟁의 진리를 천명하는데 바쳐진 의의'[43] 있는 작품으로 평가되고 있다.

『문학사B』8은 김일성이 혁명적 예술을 창시하였으며 '혁명연극은 항일유격대원들과 인민들을 주체의 혁명관으로 무장시킬 뿐만 아니라 항일유격대원들의 전투적 사기를 고무하고 인민들을 민족적, 계급적 해방을 위한 투쟁에 몸 바쳐 나서도록 추동하는 혁명적 무기라고 기술하고 있다. 무장 전과 무장 후의 차이에 대해서는 무장투쟁 준비시기의 혁명연극은 인민대중을 각성과 자각을 위한 교양 중심이라면, 무장투쟁시기 연극은 각성의 문제를 지속적으로 제기하면서 항일유격대원들과 인민들의 투쟁문제를 다양하게 취급'[44]하고 있다고 설명하고 있다. 민족주제 작품인 〈안중근 이등박문을 쏘다〉(1927), 〈혈분만국회〉(1927), 〈3인1당〉(1927), 계몽주제 작품인 〈딸에게서 온 편지〉(1927), 〈성황당〉(1928), 근로인민대중을 주제로 한 〈지주와 머슴군〉, 〈흡혈귀〉, 〈젊은 소작농〉과 가극 작품으로 〈조선의 노래〉, 〈꽃파는 처녀〉[45](1930.11.7)를 김일성이 창작하였다고 기술하고 있다. 김일성이 창작하여 올린 연극 〈안중근 이등박문을 쏘다〉는 '나라의 독립과 자주권을 찾기 위한 위업을 개인적 복수나 테로가 아닌 수령의 영도 밑에 인민투쟁에 의해 실현 될'[46]수 있다는 교훈을 준다고 평가하면서 안중근 의사의 의거를 수령영도에 수렴하려 하고 있다. 헤이그 밀사 사건을 그리고 있는 〈혈분만국회〉은 '외세의존과 사대에서 벗어 나 전 민중이 항거할 때만 나라의 자주독립과 국권을

---

43 『문학사B』8, 82면.

44 위의 책, 6 · 58 · 110~116 · 170~174면.

45 이 가극은 1972년에 혁명 영화와 〈피바다〉식 혁명 가극으로, 1977년에 혁명소설로 옮겨졌다(사회과학출판사 편, 『문학예술사전』, 사회과학출판사, 2006).

46 『문학사B』8, 67면.

회복할 수 있다'[47]는 사실을 강조하고 있으며, 〈3인1당〉은 파벌 싸움을 비판하고자 쓴 작품으로 '파쟁은 망국의 길임을 천명한 새 시대의 풍자극'[48]이라고 평하고 있다.

『문학사A』 3은 혁명가극 〈꽃파는 처녀〉를 한 절로 구성하고 있는 『문학사B』 8과는 달리 이야기 및 동화와 함께 묶여 기술되고 있다. 북한은 1986년 이전까지 〈꽃파는 처녀〉를 "주체적 문예사상이 완벽하게 구현된 기념비적 작품이며, 혁명가극의 첫 시원이 되는 작품으로 사회주의적 사실주의 문학예술의 '고전적 본보기'"[49]로 평가하고 있는데 『문학사A』 3의 평가도 여기서 크게 벗어나지 않는다. 그에 반해 『문학사B』 8은 〈꽃파는 처녀〉를 계급투쟁의 필연성을 밝히고 있는 작품이라 기술하면서 "이 작품의 높은 예술성은 가사의 심오한 철학성"[50]에 있다고 평가함으로써 '계급문제'를 직접적으로 지적하고 있으며, 이 작품에 대해 '사회주의적 사실주의 문학예술'이라는 용어도 사용하지 않는다. 『문학사A』 3의 불후의 고전적 명작 중 기념비적 작품으로 일컬어지는 〈피바다〉에 대한 평가는 다음과 같다.

불후의 고전적 명작 〈피바다〉가 거둔 사상예술적성과는 또한 주인공 어머니의 혁명적세계관형성과정을 진실하게 그림으로써 혁명이란 특별한 사람들이 하는 것이 아니라 어머니와 같은 평범한 보통사람들, 착취받고 천대받는 사람들이 혁명할 각오를 굳게 다지고, 투쟁에 나서면 누구나 다

---

47 위의 책, 73면.
48 위의 책, 79면.
49 『문학사A』 3, 106면.
50 『문학사B』 8, 90면.

할 수 있으며, 혁명가의 일생이라는 것이 간고하나 한번 각호하고 나면 누구나 그렇게 살수 있다는 것을 힘 있게 보여준 것이다. (…중략…) 〈피바다〉의 사상예술적 특성은 어머니의 형상 창조에서 뿐 아니라 (…중략…) 1930년대 혁명적 현실이 낳은 새형의 인간들의 다양한 전형을 생동하고 창조하고 있는 데서도 표현된다.[51]

이를 통해 인민을 혁명에로 추동하고, 선전선동자적인 역할을 수행하게 한 작품이라 평가하고 있다. 〈한자위단의 운명〉은 갑룡 일가의 생활과 운명에 대한 생동한 형상을 통해 정치, 경제, 문화 등 여러 측면에 걸쳐 그 시기 인간들의 생활과 지향을 보여주고 있다고 평하고 있으며 불후의 고전적 명작의 특성은 규모가 대작이 아닌 내용이 대작이어야 한다[52]고 주장하고 있다. 항일무장투쟁시기 극문학으로는 혁명적 풍자 희극 〈경축대회〉를 분석하고 있으며, 이 연극의 특징을 혁명적 시가의 도입에서 찾고 있다.

『문학사B』 8은 무송현 만강에서 〈피바다〉, 〈한 자위단원의 운명〉과 함께 처음으로 창조 공연된 작품으로 유격대의 위력과 일제의 패망상을 보여준 작품인 '불후의 고전적 명작' 〈경축대회〉(1936.8)가 1930년 중엽 성시에서 벌어진 사건을 소재한 정극적인 요소와 풍자적 요소를 띤 작품이라고 소개하고 있다. 이 작품은 풍자성을 띤 〈성황당〉을 계승 발전한 것으로 〈성황당〉과 경희극적 요소를 지닌 〈딸에게서 온 편지〉와 다른 위치에 놓이며 혁명적 풍자극 발전에 새로운 기여[53]를 하였

---

51 『문학사A』 3, 275∼277면.
52 위의 책, 295면.
53 『문학사B』 8, 197∼201면.

다는 것이다. 〈게다짝이 운다〉와 김철주가 창작하였다고 전해지는 〈승냥이와 여우는 때려잡아야한다〉와 〈개싸움〉도 〈경축 대회〉와 같은 계열의 작품으로 평가하고 있다. 이 가운데 〈승냥이와 여우는 때려잡아야한다〉는 『문학사A』 3과 『문학사B』 8 그리고 『김대A』에서는 김철주의 작품으로 표기하고 있으며, 『김대B』에서는 김일성 작에 편입되어 있어 이 작품 역시 창작자의 확인이 필요한 작품이다.

　　『문학사B』 8은 한 절씩을 할애한 『문학사A』 3과 달리 〈피바다〉와 〈한자위단원의 운명〉을 묶어서 기술하고 있다. 김일성이 창작한 '불후의 고전적 명작' 〈피바다〉(1936, 무송현 만강부락 공연)와 〈한자위단원의 운명〉(1936.8, 행군길에서 구상 창작무송현 만강부락 공연)은 '자주적 인간의 탄생과 민족해방, 계급해방의 위대한 진리를 밝힌 작품'[54]으로 평가하고 있다. 내용적 평가도 위의 인용문과 같다. 다른 점은 〈피바다〉에 대해 『문학사A』 3은 '혁명적 대작'으로써의 의의를 부여하고 있지만 『문학사B』 8은 현대조선문학의 '참된 본보기'로 평가하고 있다. 〈한자위단원의 운명〉에 대해서 『문학사A』 3은 혁명연극 발전에 새로운 경지 개척과 혁명적 문예전통을 세운 작품으로, 『문학사B』 8은 현대조선문학을 대표하는 작품으로 그 의의를 평하고 있는 점에서 다소 과장된 『문학사A』 3과는 달리 객관성을 유지하려한 노력이 보인다.

　　민중의 계급적 각성과정과 투쟁을 반영한 작품으로 '불후의 고전적 명작' 〈기민탄식〉, 이외 기타 작품으로 〈한 고학생의 가정〉(1933~1934), 〈한 지식인의 각성〉(1939), 〈귀신굴〉, 〈매혼〉(1932, 훈춘), 〈무당과 의원〉, 〈굿과 약〉, 〈민며느리〉(1932, 화룡), 〈고아의 기쁨〉』(1935, 처장즈 유

54　위의 책, 211면.

격대근거지) 등을 소개하고 있다. 〈기민탄식〉은 〈한 자위단원의 운명〉과 내용이 유사하며, 〈무당과 의원〉과 〈굿과 약〉, 그리고 〈매혼〉과 〈민며느리〉는 비슷한 내용을 담고 있어 구전되어 온 이야기가 각기 다른 지역에서 다른 제목으로 공연된 것으로 보인다.

『김대B』는 다른 문학서들에 비해 〈아버지는 이겼다〉의 무기획득 장면에 대해 높이 평가하고 있다. 『김대B』는 무기획득을 총대사상과 연결시키고 있는데 선군정치와 총대사상의 강조를 통해 '항일혁명투쟁시기문학'의 기원을 김형직의 '지원'사상까지 소급하고 있었다. 주체사상이 중심인 『문학사A』 3과와 『문학사B』 8에서도 김형직의 '지원'사상에 대해 설명을 하고 있지만 『김대B』에서처럼 김형직의 '지원'사상 = 총대사상으로 연결시키지는 않고 있다. 『김대B』에서 총대사상을 '지원'사상의 한 개념으로 설정한 것은 '지원'사상을 통해 주체사상과 선군사상이 연동되고 있음을 보여주기 위함이다.

『김대B』의 김형직 작품의 평가 중 "조국의 광복과 민족해방을 이룩할데 대한 견견한 혁명적 립장과 불굴의 투쟁정신, 열화같은 혁명적 호소가 강한 시적 열정과 랑만 속에 구현"[55]이라는 구절은 1950년대 문학에 대한 평가와 별 차이 없으며, "간결하고 전투적이며 친근한 시가형식의 리용, 고유어를 기본으로 하는 인민적 언어구사, 생활적인 비유와 표현, 민족정서의 구현 등은 반일혁명문학의 혁명적이며, 인민적인 특성을 조건 짓는 중요한 요소"[56]가 되고 있다는 평가 역시 1950년대 전쟁 시에 대한 평가와 변별성이 보이지 않는다.

항일혁명 첫 시기에 보이는 문학사 간의 차이는 첫째, '민족주제' 연

---

55 『김대B』, 230면.
56 위의 책, 231면.

극과 가극이 '불후의 고전적 명작'(『김대A』2)으로 흡수되고, '불후의 고전적 명작'이 김일성 지도(『개관』)로 분류되었으며, 김일성 지도의 작품 중 작품의 일부가 다시 김일성 창작(『문학사A』3과 『문학사B』8)으로 분류되어 '불후의 고전적 명작'이 되었다는 점이다. 둘째, 작품 창작의 시기에서도 차이가 보인다. 『문학사A』3이 작품 창작 년도를 밝히고 있지 않는 반면 『문학사B』8(1986)에서는 〈안중근 이등박문을 쏘다〉를 1928년 1월에 초연하였다고 기술하고 있으며, 나머지 문학사는 1927년으로 표기하고 있다. 〈3인1당〉은 『문학사B』8에는 1929년으로 『김대B』는 1927년으로 표기하고 있다. 위의 내용을 볼 때 연도의 차이는 물론 『김대』가 작품의 창작시기를 소급하고 있음을 알 수 있다. 이렇게 소급된 시기는 이후 사회과학출판사에서 출간되는 문학사에 반영될 가능성이 높다.

셋째, 볼 때 작자 미상의 작품 중 북한에서 비중 있게 다루어지는 작품들의 경우 '불후의 고전적 명작'으로 분류된 이후 김일성 작이나 김정일 작에 포함될 가능성이 높아 보인다. 따라서 작가 판별은 시기의 문제와 더불어 '항일혁명투쟁시기문학'에서 가장 세심함을 요하는 부분이다.

『문학사B』8은 김정일의 문예의식이 반영되었다는 점에서 『문학사A』3과 차이를 보인다. 『문학사B』8에서 류만은 첫 장에서는 김정일의 『영화 예술론』을 인용하여 김일성의 치적을 싣고 있으며, 마지막 장에 해당하는 "6장. 항일혁명투쟁을 반영한 인민창작"에서도 김일성 전설에 관한 김정일의 지적[57]과 함께 인민창작물에 해당하는 김정일의 탄생 전설 〈룡마바위〉, 〈장검바위〉, 〈어린장수〉, 〈백두산에 새 장수 났네〉 등을 소개하고 있다. 특히 문학사의 말미에 '친애하는 지도자 김정일 동

57　『문학사B』8은 김일성의 언급한 내용을 '교시'로 김정일이 언급한 내용을 '지적'으로 표기하고 있다.

지의 현명한 영도에 의하여 김일성이 창작한 불후의 고전적 명작들을 소설과 영화, 가극 등 여러 예술형식으로 옮기는 역사적 위업이 실현된 것은 사회주의, 공산주의 문학예술을 건설하는데 획기적인 사변'[58]이라고 차기 지도자 김정일을 의식한 서술하고 있는 점에서『문학사A』3이 김일성 중심이었다면『문학사B』8은 내용적으로는 김일성의 문학을, 기술방식에서는 김정일의 원칙을 따르고 있음을 알 수 있다. 그리고 김일성 문학에서 김정일 문학으로의 전환의 징후가 보이는 것 역시『문학사B』8의 특징이라 할 수 있다.

3) 동화

『문학사A』3은 동화가 당시의 시대적 요구와 인민대중의 혁명적 지향을 반영하고 대중교양의 조건과 특성에 맞게 창작된 것으로 '청소년들과 인민들에 대한 사상교양의 교과서'[59]가 되었다고 평가하고 있으며,『문학사B』8은 동화와 우화, 이야기 등은 청소년들의 정서와 연령적 심리적 특성에 맞는 중요한 자리를 차지하고 있으며 청소년들의 교양에 중요한 수단[60]이 된다고 기술하고 있다.『문학사A』3과『문학사B』8에서 분석하고 있는 작품은 「열다섯 소년에 대한 이야기」(1930년대 초), 「놀고먹던 꿀꿀이」(1927), 「겨떡과 금덩이」(1927), 「두 장군 이야기」, 「범을 타고 온 소년」, 「나비와 수탉」(1927),[61] 「여우 이야기」, 「개미와 매

---

58 『문학사B』8, 301~302면.

59 『문학사A』3, 120면.

60 『문학사B』8, 102~103면.

미」 등이다. 이 작품들은 김일성이 학생. 소년들에게 들려 준 이야기로 북한에서는 내용과 형식에 있어서 '혁명적 동화문학의 참다운 본보기'[62]로 삼고 있다. 이 중 「나비와 수탉」은 나비가 수탉과 싸워 이겼다는 이야기를 통하여 싸움에서 이기고 지는 것은 무력의 강대성에 있는 것이 아니라 지혜에 있다는 것을 깨우쳐주는 작품[63]으로 소개하고 있다.

『김대A』 2와 『김대B』에서는 「열다섯 소년에 대한 이야기」(1930년대 초), 「놀고먹던 꿀꿀이」, 「겨떡과 금덩이」, 「두 장군 이야기」, 「범을 타고 온 소년」, 「나비와 수탉」을 김일성이 들려준 대표적 동화로 소개하고 있다.[64]

4) 남한 출간물에 기술된 항일혁명문학

남한 출간물들은 항일혁명무장투쟁시기의 문학 중 혁명가극을 중심으로 다루고 있다. 남한 출간물에서 쟁점이 되고 있는 부분은 〈피바다〉의 저본인 『혈해』와 『혈해』 유일한 각본인 『혈해지창』의 원작자와 줄거리에 대한 부분이다.

먼저 김재용은 『북한문학의 역사적 이해』[65]에서 〈피바다〉와 〈꽃파는 처녀〉, 〈한자위단원의 운명〉가 다른 예술형식으로 옮겨진 시점에

---

61 이 동화에 기초하여 1977년에 만화영화 〈나비와 수탉〉이 제작되었다. 이 영화는 국내용인 내레이션 판과 국제용인 무성영화 판이 있다. 무성영화판은 10분 분량으로 국제 아동영화제에서 대상을 수상했다.
62 『문학사B』 8, 109면.
63 위의 책, 106~108면.
64 위의 동화들은 1970~1980년 사이 아동영화와 동화책으로 재탄생되었다.
65 김재용, 『북한문학의 역사적 이해』, 문학과 지성사, 1994, 164면.

국한하여 짧게 기술하고 있다.

신형기는 『북한문학사』에서 〈피바다〉의 원래 형태인 『혈해』(항일무장투쟁 전적지 조사단 발견)와 『혈해』의 유일한 각본인 『혈해지창』(연변대 조선족 문학자료 수집조 발굴)의 원작자문제를 논의 하고 있으며, 안함광의 『조선문학사』와 『통사』에서 이 작품을 집체창작으로 밝힌 것을 예로 들며 신형기는 〈피바다〉의 저본인 『혈해』와 『혈해지창』의 원작자가 김일성이 아님이 『혈해』, 『혈해지창』, 〈피바다〉의 줄거리의 차이[66]에서도 보인다고 기술하고 있다.

신형기가 주장하는 줄거리의 차이는 어머니가 변화하는 시점과 공간의 차이다. 『혈해』는 2막에서 막내아들 을남이가 일본군에게 희생된 후 3막에서 유격대에 입대함으로써 어머니의 변화가 보이지만 〈피바다〉는 작품 중간 2막에서 어머니가 공작원에 의해 변화한다는 점, 『혈해』 2막의 무대가 중국 농민 왕펑의 오막살이라는 점을 들어 『혈해』와 『혈해지창』 차이, 『혈해』와 〈피바다〉의 차이를 분석하고 있다. 이외에 〈꽃파는 처녀〉, 〈이등방문 안중근을 쏘다〉 등의 항일혁명문예의 복원이 김일성의 혁명역사를 주체사상의 발전과 병행시켜 수미일관한 체계를 세우려 했던 북한이 역사적 자기정립 과정의 일환이었다는 평가를 내리고 있다.

조동일은 『한국문학통사』[67]에서 항일연극은 무장투쟁에서 은밀하게 해야 했음으로 확실한 자료를 얻기가 어렵다고 지적하면서 1920년대 작품으로 〈이등방문 안중근을 쏘다〉와 북한문학사에서 거론하고 있지 않은 『경숙의 마지막』과 용정에서 활동하던 극단 연극호의 1928

66　신형기·오성호, 앞의 책, 54~59·243~249면.
67　조동일, 『한국문학통사』 5, 지식산업사, 2005, 397~400면.

년 작품 〈수상한 청년〉을 소개하고 있다. 그리고 『혈해지창』(1937, 까마귀)에 대한 내용은 신형기의 논의에서 나아가지 못하고 있다는 점에서 새롭지 못하다. 반면 『혈해지창』과 더불어 까마귀의 작품이라 알려진 〈싸우는 밀림〉을 『중국조선족문학사』에 의거해 소개하면서 1938년을 배경으로 『혈해지창』보다 더욱 처참한 희생을 보여주면서 투쟁의 강도를 높이고 있다고 기술하고 있다.

남한에서 기술된 북한문학사에서는 북한문학사에서 지워진 박동운·한유한의 작품 〈조선의 한 용사〉(1940)와 진동명의 〈태항산에서〉(1942)를 연변에서 출간된 문학사를 참고해 소개하고 있는 데 연변에서 출간된 문학사는 중국에서 활동을 했거나 중국에 체류한 경험이 있는 모든 작가를 연변문학사에서 조선족 작가로 소개하고 있기 때문에 박동운·한유한·진동명이 중국에서 활동하다 입북한 작가인지, 중국에서 활동한 작가인지에 대한 확인이 필요하다. 더불어 조동일의 『한국문학통사』에서 『혈해지창』의 창작시기를 1937년으로 밝히고 있는데 『혈해지창』의 배경이 1937년 음력 8월 14일에 일어난 일을 다루고 있어 시기에 대한 재검토도 필요한 부분이다.

4. 항일혁명투쟁시기문학의 한계와 문제

이상과 같이 북한문학사의 시기별 비교 통한 문학사의 변화 양상을 살펴보았다. 북한에서 출간된 문학사를 비교해 본 결과 사회과학출판사에서 출간된 문학사보다 김일성종합대학에서 출간된 문학사가 오히려 정치성을 강하게 띠고 있으며 체제 동원적 성격이 짙음을 알 수 있었다. 김일성종합대학에서 출간된 문학사가 김형직의 '지원' 사상의 강조를 통한 김일성의 가계에 대한 혁명적 전통 확립에 초점을 맞추고 있기 때문이다. 따라서 김일성종합대학에서 출간된 문학사는 김일성 가계의 작품 발굴을 통해 김일성 가계의 반일 사상과 혁명성을 강조를 하고 있으며, 김형직과 강반석의 작품을 배치함으로서 김일성과 김정일의 예술적 감각 역시 유전된 것임을 보여주고 있다. 뿐만 아니라 김일성종합대학에서 출간된 문학사는 주요 작품의 창작 시기를 지속적으로 소급하고 있는데 이것은 혁명전통과 연관이 있다. 즉, 창작 시기의 재규정을 통해 혁명전통의 시기의 소급을 추인하려는 의도로 보인다.

반면『개관』은 사회과학출판사와 김일성종합대학출판사의 입장을 모두 수렴하면서도 수용 면에서 김일성종합대학출판사 쪽으로 기울어 있다. 이것은 지도이념의 변화 따른 차이로 보인다.『통사』와『개관』은 작품 발굴에 우선하는 김일성종합대학출판사와는 달리 검증된 작품을 우선하여 작품선정하고 있다. 그러나 김일성종합대학출판사의 입장에 경사되어 있는『문학사A』3과 그를 계승한『문학사B』8의 기술 방식, 시기별로 편입과 누락되는 작품, 그리고 작가 미상의 작품들이 김일성의 작품으로 편입 흡수되는 과정은 항일혁명문학이 일정한 환경과 일정한 목적 아래 '만들어진 기억' 즉 문화적 기억으로 재생산되는 과정과 크게 다르지 않으며, 기획된 기억으로서의 신화 생산 그 이상은 아니라는 점을 보여준다.『문학사B』8의 경우 객관성을 유지하려는 흔적이 보이지만 많은 부분에서『문학사A』3을 계승함으로써 '항일혁명투쟁시기문학'이 갖는 민중들의 역동성을 소거하는 동시에 그들이 신성화하는 '항일혁명투쟁시기문학'의 빈약함을 초래하는 결과를 낳았다. 뿐만 아니라 김정일의 '지적'의 삽입과 그와 관련된 신생전설에 대한 소개가 '김일성 시대'에서 '김정일 시대'로의 전환을 준비하는 작업으로 읽힌다는 점에서『문학사B』8은 '김일성 시대'에 주체문학적 관점에서 집필된 김일성 중심의 마지막 문학서라 할 수 있다.

『김대B』의 경우 선군정치와 총대사상의 영향 아래 '항일혁명투쟁시기문학'에 대한 평가가 김형직의 '지원'사상까지 소급하고 있어 1998년 이후 창작되고 있는 선군문학의 기원을 김형직의 '지원'사상에서부터 확립하려는 징후가 보인다. 이 징후는『주체문학론』에서 "선군문학론"으로의 이행을 감지할 수 있다는 점에서 이후『선군문학론』의 출현 예고로 보인다. 따라서『주체문학론』에 대응하는『선군문학론』이 집필이 되지 않는다 하더라도 '선군문학'이 김정일 시대를 대표하는 문학으로 북한 문단에서 한동안 자리매김할 것으로 예상된다.

북한문학사는『통사』를 기본 틀로 하여 김일성종합대학에서 출간된 문학사에서 선별된 작품들이 사회과학출판사에서 출간된 북한의 문학사에 반영되고 있지만 시기의 문제는 통일적이지 않다. 사회과학출판사에서 출간된 문학사가 시기를 규정하지 않거나 꾸준히 다른 시기를 제시하고 있는 것을 볼 때 작품 창작 시기의 문제는 앞으로도 통일되지 않을 가능성이 높다. '항일혁명투쟁시기문학'의 작품 창작 시기의 차이는 북한문학사에서 진실과 사실을 논할 수 있는 몇 안 되는 문제로 이를 통해 왜곡과 과장된 부분을 포착할 수 있을 것으로 보인다.

그리고 북한문학사의 '항일혁명투쟁시기문학' 기술은 다음과 같은 한계와 문제점을 노출하고 있는데 첫째, 이 당시 문학으로 소개된 작품들이 모두 공연물과 가극 작품의 미학적 분석보다는 정치 정세에 맞는 분류와 내용 소개에 대부분의 분량을 할애하고 있어 한 권의 문학사로 매우 빈약하다는 것이다. 특히 활자화되어 전승된 작품이 없고 구전에 의존해 전승되거나 공연물이 대부분이어서 줄거리만 가지고는 예술성을 논하기 어렵다. 따라서 작품의 질을 논하기 위해서는 공연물의 경우 후대에 와서 활자화된 작품이 아닌 공연물 중심의 평가가 이루어져야 할 것이다.

둘째, 활자가 아닌 구전을 통해 전해져 내려와 연극의 경우 변용이 심하다는 점이다.

셋째, 연극의 경우 유사한 내용을 지닌 작품들이 불후의 고전적 명작 또는 대표작으로 평가받고 있는 점이다. 〈기민탄식〉과 〈한 자위단원의 운명〉, 〈무당과 의원〉과 〈굿과 약〉, 그리고 〈매혼〉과 〈민며느리〉 등 내용이 유사한 작품이 인물과, 공간만 바뀐 채 각기 다른 작품으로 평가 받고 있는 데 이것은 공연물이기 때문에 동일 작품으로 분류하지 않는 것으로 보인다.

넷째, 현재 복원된 '불후의 고전적 명작'으로 불리는 '항일무장투쟁시기 문학' 중 연극과 극문학은 전문적 예술가들의 윤필을 거쳐 재탄생된 것으로 북한문학사의 기술이 원전에 대한 평가인지 복원을 통해 재탄생된 작품의 평가인지가 모호하다. 문학사의 출간 시기상 1956년판과 비교했을 때 1956년판에서 소개하고 있는 〈아버지는 이겼다〉, 〈유언을 받들고〉(1막), 〈게다짝이 운다〉, 〈춘보와 길남〉, 〈10월의 결의〉, 〈홍수〉, 〈민며느리〉, 〈깨여진 죽사발〉, 〈소문만복래〉, 〈용진〉, 〈피바다〉, 〈성황당〉, 〈경축대회〉 한 제외한 다른 작품들은 각색과 복원이 이루어진 후 공연물과 대본을 통해 이루어졌을 가능성만 짐작할 뿐이다.[68]

---

68 1968년 〈피바다〉가 최초로 영화화 된 이후 1978년까지 '불후의 고전적 명작'인 〈한 자위단원의 운명〉, 〈꽃파는 처녀〉, 〈성황당〉이 순으로 복원되었으며 이들 작품에 대한

다섯째, 창작 시기와 창작자의 문제인데 시의 경우는 김일성 창작이 명확한 반면 연극과 가극의 경우는 문학사마다 김일성 작에 대한 견해의 차이를 보인다. 이 차이는 시기별 그리고 출판사별로 나타난다. 이해를 돕기 위해 사회과학출판사와 김일성종합대학출판사의 출판본 중 최근 시기 것을 비교함으로써 문학사에 김일성 작과 '불후의 고전적 명작'으로 모호하게 기술된 김일성 작품을 정리하고자 한다.

〈표 2〉 북한문학사에 기술된 김일성 창작 작품

북한문학사에 기술된 김일성 창작 작품		
문학사	『문학사B』	『김대B』
시	〈조선의 노래〉, 〈사향가〉, 〈조선인민혁명군〉, 〈반일전가〉, 〈조국광복회 10대 강령가〉, **〈피바다가〉, 〈토벌가〉**	〈조선의 노래〉, 〈사향가〉, 〈반일전가〉, 〈조선인민혁명군〉, 〈조국광복회 10대강령가〉
극문학	〈안중근 이등박문을 쏘다〉, 〈혈해만국회〉, 〈3인1당〉, 〈딸에게서 온 편지〉, 〈성황당〉, 〈꽃파는 처녀〉, 〈지주와 머슴군〉, **〈8월 추석〉**, 〈조선의 노래〉, 〈아버지는 이겼다〉, 〈피바다〉, 〈한 자위단원의 운명〉, 〈경축대회〉	〈안중근 이등박문을 쏘다〉, 〈혈해만국회〉, 〈3인1당〉, 〈딸에게서 온 편지〉, 〈성황당〉, 〈지주와 머슴군〉, **〈흡혈귀〉, 〈젊은 소작농〉**, 〈아버지는 이겼다〉, **〈유언을 받들고〉, 〈기민탄식〉, 〈승냥이〉, 〈색친단색부단〉**, 〈피바다〉, **〈혁명의 한길에서〉**, 〈한 자위단원의 운명〉, 〈경축대회〉, **〈게다짝이 운다〉**, 〈꽃파는 처녀〉

※ 진한 글씨는 『문학사B』 8과 『김대B』에서 각각 누락된 작품이다.

이처럼 다수의 '불후의 고전적 명작'으로 분류되는 작품들이 김일성 지도에서 김일성 작으로 착근되어 감으로써 '항일혁명투쟁시기문학'의 3분의 1 이상을 김일성 작품이 차지하고 있다. 주체문학으로 대변되는 '항일혁명투쟁시기문학'의 정치성을 인정한다하더라도 김일성의 문학사로 재편되고 있는 이 부분은 기존의 북한문학사가 지니고 있던 장점마저 약화시키고 있으며, 문학사의 빈약함은 물론 질을 한층 떨어뜨리

구체적인 평가가 『김대』에서부터 진행되기 때문이다.

는 동인이 되고 있다.

뿐만 아니라 앞에서 살펴보았듯이 북한의 '항일혁명투쟁시기문학'은 가요 및 구전 민요를 제외하면 양적인 측면에서도 빈약하며, 내용 면에서도 예술성을 논하기 어려운 작품들이 많다. 〈성황당〉, 〈피바다〉, 〈꽃파는 처녀〉, 〈안중근 이등방문을 쏘다〉 등을 제외한 연극이나 가극의 경우 남한에 알려져 있지 않아 문학사에 기술된 줄거리만 가지고는 그 질을 평가하기 어렵다는 점도 '항일혁명투쟁시기문학'의 가치를 평가하는데 장애요인이 된다. 작품의 선별도 중요하지만 '항일혁명투쟁시기문학'이 우리 문학사에서의 자리매김할 수 있기 위해서는 공연물의 경우는 소설, 연극, 가극에 대한 평가가 세분화되어 이루어져야 할 필요가 있다. 따라서 우리 문학사를 서술할 때 선별된 작품들 중 김일성 작과 그의 가계 작으로 분류된 작품들은 작자확정에서부터 시기까지를 재검토해야하며, 공연물의 경우 소설, 연극, 가극에 대한 평가를 세분화해야하는 번거로움이 예상된다.

북한의 해방기 문학사 서술
'사회주의적 사실주의'에서 '주체사실주의'로의 이행

유임하

1. '해방기'와 북한의 문학사 기술

북한의 문학사는 '체제문학'의 속성을 충실하게 반영한 공식 담론이라는 점에서 남한의 문학사와는 지향점부터가 전혀 다르다. 그런 만큼, 북한문학사는 정치적인 상황 변화에 민감할 수밖에 없다. 이런 특징을 감안하면, 북한문학사의 기술체계와 구체적인 내용의 변화상은 북한 사회가 규정하는 문학의 정의와 역할에 대한 공식적인 입장을 다각적으로 확인해볼 수 있는 유용한 대상이라는 말이 가능하다. 특히, 이 글에서 검토하려는 해방 직후부터 6·25전쟁 직전까지를 지칭하는 '해방기'[1]는 '북한문학의 기원과 탄생의 순간'을 담고 있다는 점에서 주목해

---

[1] 이 글에서는 '해방 직후부터 6·25전쟁 직전까지'로서 북한문학사에서는 '평화적 민주건설시기'로 규정하고 있으나, 남한의 시각에서 북한문학사를 논의한다는 관점에서 '해방기'로 부르고자 한다.

볼 필요가 있다. 북한문학 형성기가 지향했던 공식화된 모습이 무엇이 었는지를 가늠할 수 있는 것으로 그치지 않는다. 이 시기의 북한문학은 남한사회와는 상이한 이념과 지향을 처음 마련한 형성기이자 근대문학과의 연관을 풍부하게 시사받을 수 있다는 점에서 그러하다.

해방 직후 북한사회는 남한과 마찬가지로 국가 설립이라는 과제에 직면했다. 북한사회는 남한과는 달리, 소군정하에서 좌익 정치세력이 결집하면서 사회주의 이념에 기초한 정권을 창출하는 데 성공했다. '평화적 민주건설시기'라는 시대 명칭만큼이나 이 시기에 이루어진 국가 설립의 기반 조성 과정은 비교적 순탄했다고 할 수 있다. 특히 북한사회는 해방 직후부터 6·25전쟁 직전까지 식민 유제(遺制)와의 급진적인 단절을 통해 사회주의적 계획경제에 입각한 제반 개혁조치를 단행했다. 1946년 3월에 전격적으로 시행된 토지개혁이나 산업국유화 조치를 비롯하여 남녀평등법 발효 등과 같은 제반 민주개혁 조치를 실시했고, 그 성과는 남한사회에 비해 크게 우세한 형국이었다.

이러한 정치적 사회경제적 조건 속에서 북한문학은 식민지 질서를 타파해 나가는 전(全) 사회적인 추세에 대한 충실한 반영과 함께, 인민들의 계급적 이익과 경제적 성과를 비롯한 시대의 활력을 담아내는 역할을 부여받았다. 정권 수립의 토대를 마련하는 시기에 제도적으로 마련된 문학의 역할과 기능은 '인민의 계급적 이익을 대변하는 사상적 교양'과 '선전 학습의 무기'로 모아졌다. 근대문학의 자장에서 분립하여 새로이 독자적인 제도를 구축해 나가는 북한 초기문학의 면모야말로 향후 북한문학의 정체성을 이루는 기원적 양상이기도 했다.

그러나 정권 초기의 집단체제에서 김일성 유일체제로 이행해 나가는 북한정치의 지형 변화는 문학예술에 대한 문학사적 평가를 사후적으로 정정하게 만드는 주된 원인으로 작용했고, 그와 더불어 문학사를 다시 기술하게 만드는 동기를 제공했다. '해방기'에 대한 북한문학사의 시대 규정 또한 당의 정책 변화에 따라 주요 강조점이 달라지면서 크게 변화한 것은 더 말할 나위가 없다.

이 글은 해방기에 대한 북한문학사의 관점과 체계, 서술내용이, 50년대 후반, 1970년대 후반, 1990년대 전반에 다시 쓰여지는 과정에서 어떤 변화를 거쳤는지를 살펴보고자 한다.[2] 세 번에 걸쳐 간행된 북한의 문학사 판본들은 각각 출간 시기를 전후로 해서 전개된 정치적 문화적 변화를 잘 반영하고 있다.

판본의 기술 체계나 내용상 가장 두드러지는 커다란 변화는 주체사상 확립(1967) 이전과 이후로 나누어 살필 수 있다.[3] 주체사상 성립 이전에 기술된 문학사의 대표적인 판본인 『통사』에서 '해방기'에 대한 언급은 "해방 후 우리나라에 전개된 인민민주주의적 현실"과 "새롭고 자유로운 사회주의적 생활"이 "문학의 새로운 토대"(176면)임을 명시하고 있으며 사회주의적 사실주의를 미학적 전제로 삼고 문학의 시대적 의의를 기술하는 특징을 보여준다. 하지만 『문학사A』와 『문학사B』는 모두 주체이론에 근거하여 김일성 주석의 지도방침을 전면에 배치하는 기술상의 현격한 차이를 드러내고 있다. 그 차이의 대부분은 김일성 유일체제의 등장과 함께 주체사상에 입각한 문학의 '역사'를 정치적으로 체계

---

2 이 글에서 검토하는 북한문학사의 텍스트는 다음과 같다.
　　과학원 문학연구소, 『조선문학통사―현대편』, 과학원 문학연구소, 1958(서울 : 인동, 1988)(이하 『통사』); 사회과학원 문학연구소, 『조선문학사(1945~1958)』, 과학백과사전출판사, 1978(이하 『문학사A』); 오정애・리용서, 『조선문학사』 10, 과학백과종합출판사, 1994(이하 『문학사B』).
3 김성수, 「북한학계의 우리문학사 연구 개관」, 민족문학사연구소 편, 『북한의 우리문학사 인식』, 창작과비평사, 1991, 414~421면 참조.

화하는 데서 생겨난 특징이다.[4] 북한문학사의 서술 역사는 1950년대 후반까지 지속되었던 '인민민주주의'의 다양성에서 벗어나 '민족주의' 성향을 강하게 드러내는 '주체사상'으로 이행하면서 문학사의 기본 관점과 서술체계, 내용상 커다란 변화의 궤적을 보여준다.

이 글은 해방기에 대한 기술내용을 중심으로, 『통사』에서부터 『문학사A』와 『문학사B』에 걸쳐 일어난 문학사의 서술체계와 기술된 내용의 변화를 살펴보는 것이 주된 목적이다. 하지만 이 글에서는 『통사』를 기준점으로 삼으려 한다. 그 이유의 하나는 『통사』가 해방 직후 문학에 대한 첫 번째 성과이라는 점 때문이고, 다른 이유로는 『통사』에 관류하는 문학사 서술의 태도가 근대문학의 전통에서 출발하고 있다는 점 때문이다. 요컨대, 『통사』는 김일성 유일체제가 등장하기 전 최초로 기술된 문학사 텍스트로서, 북한문학사에 대한 논의를 '근대문학'의 연장선에서 고려해볼 만한 원점에 해당한다는 것이 이 글의 기본 입장이다.[5]

---

4 위의 글, 418면.
5 북한문학을 근대문학의 연장선에서 바라보는 관점은 북한체제를 인정하고 그들의 관점에서 살펴야 한다는 전제가 필요하다. 이는 근대문학론자들의 일치된 견해로 보인다. 이에 관해서는 김윤식, 「북한문학을 어떻게 대할 것인가」, 『북한문학사론』, 새미, 1996, 199~207면 참조.
근대문학의 연장선에서 북한문학을 논의한 대표적인 사례들은 다음과 같다. 권영민, 『한국 현대문학사―1945~1990』, 민음사, 1993; 권영민, 『해방 직후의 민족문학운동연구』, 서울대 출판부, 1986; 김윤식 외, 『해방공간의 문학운동과 문학의 현실인식』, 한울, 1989; 김윤식, 『해방공간의 문학사론』, 서울대 출판부, 1989; 김윤식, 『현대현실주의 문학연구』, 문학과지성사, 1992; 김재용, 『민족문학운동의 역사와 이론』 2, 한길사, 1996; 김재용, 『북한문학의 역사적 이해』, 문학과지성사, 1994; 김재용, 『분단구조와 북한문학』, 소명출판, 2000; 신형기, 『변화와 운명』, 평민사, 1997; 신형기, 『해방 직후의 문학운동론』, 제3문학사, 1988; 신형기 · 오성호, 『북한문학사』, 신구문화사, 2000.

2. '해방기'에 대한 북한문학사의 관점과 서술체계

1) 『통사』와 '해방 후 문학'에 대한 정의

『통사』는 '8·15해방'을 가리켜 "위대한 쏘베트군대에 의한 력사적인"(174면) 사건으로 규정한다. 해방은 『통사』의 표현에 따르면, "우리 인민들의 생활과 장래 운명에 근본적 전환을 가져왔으며 우리 인민들이 일본제국주의 기반으로부터 벗어나 새로운 사회주의 사회에로 이행할 수 있는 시초"(174면)이다. '8·15해방'에 대한 『통사』의 규정은 이후 판본에서는 그 주체가 김일성으로 바뀌면서 의미가 크게 달라진다. 『문학사A』에서는 "혁명의 영재이시며 민족의 태양이시며 전설적 영웅이신 위대한 수령 김일성 장군이 (…중략…) 영웅적 항일혁명투쟁을 조직령도하시여 일제식민통치를 때려부시고 조국해방의 력사적 위업을 빛나게 실현하시였다"(1면)라는 시대의 규정으로 대체되기 때문이다. 이 규정은 『문학사B』에도 그대로 이어진다. 『통사』와 『문학사A』, 『문학사B』에서 달리 나타나는 '해방'에 대한 시대 규정의 차이는 '쏘베트군대에 의한 타력 해방'에서 '김일성의 항일무장투쟁으로 쟁취한 자력 해방'이라는 의미 전환으로 생겨난 결과이기도 하다.[6] 외세에 의한 해방에서 자력에 의한 '해방'이라는 성격과 의미 변환은 『통사』 이후의 문학사 판본에서 내리는 '해방 후 문학'에 대한 정의와 성격을 근본적으로 바꾸어 놓는 계기가 되는 셈이다.

다음으로 '해방 후 문학'[7]에 대한 문학사 판본들의 상이점을 살펴보

---

[6] '해방'에 대한 시대 규정의 변화는, 북한 정치체가 '외세'와 '자주'의 경합과정에서 '자주'와 '자립' '자력갱생'을 모토로 삼는 주체사상의 등장에서 촉발된 것임을 말해준다.

기로 한다. 『통사』에서 해방 후 문학은 "인민민주주의의 토대 우에 구축된 사회주의적 상부구조"로서 "조선로동당과 김일성 동지의 령도하에 과거 우리 문학의 혁명적 전통을 계승 발전시킨 새로운 문학"(『통사』, 176면)이라고 정의되고 있다. 『통사』에서 발견되는 가장 뚜렷한 특징 하나는 문학의 정의가 마르크스 레닌주의의 고전적인 개념에 입각해 있다는 점이고, 또 다른 특징 하나는 해방 후 "인민주주의적 현실, 새롭고 자유로운 사회주의적 생활"이 "새로운 토대"가 된 시대현실에서 인민의 계급적 이익에 기여하는 '계급문학'을 지향하고 있다는 점으로 모아진다. 이 같은 정의에 부가된 "조선로동당과 김일성 동지의 령도"를 받았다는 대목은 이 시기의 문학예술이 '당의 문학'을 표방하면서도 근대문학의 전통을 적용하는 유연한 태도에 입각해 있음을 보여준다. 요컨대 『통사』에서 규정하고 있는 문학의 정의에는 고전적인 마르크시즘에 입각한 상부구조론, 계급문학으로서의 목표, '조선로동당과 김일성의 영도'라는 세 개의 축이 존재하는 셈이다. 마르크스 레닌주의의 고전적 정의에서 출발하여 시대적 과제로 부여된 선전교양의 책무가 당과 김일성의 지도를 받고 있음을 명시한 것은, 당과 김일성의 관계가 집단지도 체제하에서 문학예술의 지향을 만들어가는 형성기의 특징을 고스란히 담고 있는 것으로 보아도 무방하다. 이러한 기술태도는 적어도 『통사』가 간행되는 시점까지도 문학사의 공식 입장이었기 때문이다.[8]

7 　북한문학사에서 사용하는 '해방 후 문학' '평화적 민주건설시기'라는 시대 명칭은 해방이후 체제건설을 거쳐 6·25전쟁 발발 직전까지를 지칭한다. 반면 남한에서는 '민족의 재편성과 국가의 발견'(김윤식·김현, 『한국문학사』, 민음사, 1973), '한국의 해방과 민족문학의 확립'(권영민, 『한국 현대문학사—1945~1990』, 민음사, 1993) 등으로 지칭되는데 명칭은 통일되어 있지 않다.

8 　"조선로동당의 직접적 지도하에 (…중략…) 자기의 혁명적 전통을 계승하여 해방 후 우리 인민들의 혁명투쟁-우리 인민들의 조국의 평화적 통일을 위한 투쟁과 혁명적

『통사』에서는 '당의 문학'으로서 선전선동의 도구적 차원과 마르크스 레닌주의에 입각한 미학적 척도, 해방 전후의 창작조건 변화를 감안하여 문학의 시대적 의의를 부여하는 일관된 관점이 잘 드러나 있다. 기술 원칙과 일관성은 『통사』에서 해방 이전 문학과 해방 후 문학의 근본적인 차이를 강조하며 식민지배하에서 대립과 충돌로 전개되었던 지난날의 문학이 새롭게 마련된 사회주의 제도와 함께 발전해 나갔다는 점을 부각시키는 대목에서도 알 수 있듯이, 역사 발전의 변증법적 원칙에 근거해 있다.[9] 또한 『통사』에서는 '해방 후 문학'을 "과거 우리 문학의 혁명적 전통을 계승 발전시킨 새로운 문학"이라고 규정하면서 신경향파와 카프문학을 문학적 전통으로 내세웠을 뿐만 아니라, 해방 이후 문학을 사회주의적 사실주의에 입각한 문학예술의 이념의 후예임을 공식화하고 있다. 이는 달리 보아, '해방 후 문학'에 대한 『통사』의 기술이 완비된 체제문학의 면모를 제시하는 방식을 취하는 대신, 신경향파와 프로문학의 미학적 원리를 바탕으로 삼아 새로운 시대에 걸맞게 사회주의적 제도로 재편되는 체제문학의 형성을 부각시키는 태도를 보여준다고 할 수 있다.

민주기지 창설을 위한 투쟁을 반영하면서 일층 발전된 단계"(174면)로 진입했다고 표현이 바로 그러하다.

9 예컨대 다음과 같은 구절, "만약 해방 전 우리의 모든 문학이 자기 시대의 지배적 사회제도와 대립 충돌되며, 그것을 붕괴로 이끌기 위하여 투쟁한 문학이었다면, 해방 후 우리 문학은 우리나라에 구축된 새로운 사회제도, 사회주의 제도에 순응하며 그것을 발전 공고화하는 투쟁에 적극적으로 봉사하는 문학"(『통사』, 176면)이라는 규정도 한 예가 된다.

2) 『통사』 이후 문학사 판본과 해방 후 문학에 대한 기술 변화

'해방 후 문학의 의의와 목표', '당'과 '김일성'에 관한 『통사』의 강조점은 세 개의 문학사 판본에서 서로 큰 차이를 드러낸다. 『통사』가 해방 후 문학을 당이 제시한 문예정책 차원에서 따른 것임을 명기했다면, 『문학사A』와 『문학사B』에서는 '해방 후 문학'에 대한 목표, 당과 김일성의 역할 등에 대한 강조점을 김일성 중심으로 재배치하고 있기 때문이다. 특히 『문학사A』와 『문학사B』에서는 김일성이라는 대주체가 각 장과 절의 전면에 배치되어 있어서, 『통사』에서 지향했던 해방 후 문학의 목표와 성과를 김일성의 영도를 중심 내용으로 삼아 전면적인 재기술을 시도하고 있다.

해방 후 우리 문학은 혁명의 영재이시며 민족의 태양이시며 전설적 영웅이신 경애하는 수령 김일성동지의 빛나는 혁명력사와 위대한 수령님께서 이룩하신 불멸의 혁명업적을 칭송하며 위대한 수령 김일성동지를 해방된 조국에 높이 모신 우리 인민의 끝없는 기쁨과 감격을 노래한 혁명적 문학예술작품들을 창작하는 것으로부터 자기발전의 첫 발자국을 힘있게 내디디였다.

—『문학사A』, 16면

위대한 수령 김일성동지께서는 주체사실주의 창작방법을 구현하여 사상예술성이 높은 작품을 창작하는데서 나서는 구체적인 과업들과 함께 해방 후 주체사실주의문학에서 담아야 할 생활내용과 주체방향에 대하여서도 독창적으로 밝혀주시였다.

—『문학사B』, 15면

　　인용대목에서 볼 수 있듯이, 『문학사A』와 『문학사B』에서 '해방 후 문학'은 김일성의 지도와 교시를 받아들여 시대적 과제를 수행한 것으로 기술되는 '정치'와 '문학'의 역전 현상을 보여주고 있다. 『문학사A』는 '김일성에 대한 감격을 노래한 작품 창작'으로부터 문학의 자기발전이 시작된 것으로 서술하고 있다. 이는 문학을 정치에 예속시켜 김일성을 칭송하는 문학을 우위에 둔 서술상의 특징을 보여준다. 하지만 『문학사B』에서는 김일성이 구현한 '주체사실주의 창작방법'으로 해방 후 문학을 영도했다고 기술하는 커다란 변화를 보여준다. 『문학사 A』가 김일성의 교시─당의 정책─문학의 종속이라는 서술체계에서 '해방 후 문학'에 대한 '김일성에 대한 기쁨과 감격'을 창작하는 '문학의 자기발전'을 보여준 첫 번째의 기술태도를 담아냈다면, 『문학사B』에서는 문학 발전의 주체가 '김일성'이라고 명시함으로써 문학의 자기발전은 부정되는 기술상의 근본적인 변화가 드러난다.[10]

10　『통사』에서 김일성의 교시가 전혀 거론되지 않은 것은 아니다. 그러나 『통사』에서는 김일성의 교시는 작가와 문학의 기능에 국한된 일반론에 국한된 담화로만 기술된다는 점이 특징적이다. 이는 해방 후 문학에서 김일성의 위상이 당 정책의 일반론에 그치고 있음을 말해준다. 김일성은, 작가를 "낡은 사회를 진보적 사회로 만들며, 파씨스트 잔여를 숙청하고 민주주의 사회를 만들기 위하여 싸우는 사람들"(김일성, 「문화와 예술은 인민을 위한 것으로 되여야 한다」, 1946.5)이며, "대중을 승리에로 부르는 인민에게 복무하는 교양자"(「43차 당중앙위원회 상무위원회 결정」,)로서, "인간 정신의 기사"(김일성, 「작가 예술가들에게 주신 격려의 말씀」, 1951.6, 178면)라고 정의한다. 『통사』의 기술에서 당의 지도는 작가 예술가들에게 인민과의 연계를 밀접히 하고 인민의 생활과 감정을 연구하도록 지시한 것으로만 기술하고 있다. 문학예술의 위대한 창조자는 작가와 예술가들이 아니라 인민이며, 이들이 사랑하는 문학이야말로 가장 우수한 예술작품이라는 것이 김일성이 발언한 요체이다. 그의 발언에다, 해방 후 정치적 사회적 혼돈상과 중첩시켜 보면 문학에 관한 다양한 견해들이 실재했음을 확인해볼 수 있다. 이렇게 보면, 해방 직후 당과 김일성이 내세운 문학의 가치는 무산계급 문화 건설의 지향과 일치되어야 한다는 방향을 제시하는 일반론 수준에 지나지 않았다는 가정도 가능하다. 요컨대, 당의 영도와 김일성의 강령적 교시는, 『통사』에서 방향성이 미처 확보되지 않은 혼돈의 시기에 문학 제도에 관한 일반론 정도였음을 드러

『통사』에서는 해방 후 문학에 대한 의의를 레닌의 언급을 빌려 설명하고는 태도를 보여주고 있다. '해방 후 문학'에 대한『통사』의 기술은 "인류의 모든 발전에 의하여 창조된 문화의 정확한 지식"이라는 역사발전론의 관점에다 고전적인 사회주의 미학을 적용시켜 마르크스 레닌주의에 충실한 '당의 문학'을 지향하고 있다는 점을 강조하는 한편,[11] '당과 김일성의 영도'에 따른 대중과의 연계를 중시하면서도, '민족문화의 정당한 계승과 선진문화의 광범한 섭취의 유기적 연계'(『통사』, 180면)를 강조하는 면모를 보여주고 있다.[12]

그러나『통사』가 추구했던 사회주의 미학에 바탕을 둔 '사회주의의 형식과 민족문화라는 내용'은『문학사A』와『문학사B』에 와서는 폐기된다. 대신 그 자리에는 주체사상에 입각한 민족문화 유산에 관한 내용

내며, 당의 정책이 속속 수립되는 과정에서 단편적으로 발언된 것을 기술내용에 포함시킨 것으로 보는 편이 옳다.

11　『통사』의 이 같은 문학사적 관점이 크게 바뀌는 것이 1950년대 중반 이후이다. 제2차 조선작가대회(1956.10)에 관해 논의한 오성호는, 제1차 조선작가대회(1953.9)가 작가의 당성과 혁명적 로맨티시즘을 강조하고 전형 창조방식의 도식성을 비판하였던 점에 비추어 보면 미세하나마 문학예술에 대한 행정적 간섭, 평론의 공정성 및 객관성에 대한 불만을 제기한 점에 주목한다. 스탈린 사망 이후 소련공산당 제20차대회에서 후르시초프 정권이 표방한 개인숭배 비판을 통한 탈스탈린주의, 평화공존론이 제기되는 대외적 여건 속에서, 한설야의 보고는 사회주의적 사실주의에서 사실주의에 무게를 둔 미학적 입장을 제기하였다. 그러나 이 같은 흐름은 불과 1년이 지나지 않아서 비판받는다. 오성호는, 이러한 균열의 지점이 문학의 자율성을 옹호하는 입장이 분출한 것이었으나 천리마운동과 함께 '사실주의'보다 '사회주의'에 무게가 실리면서 비판당한 것으로 읽어낸다(오성호, 「제2차 조선작가대회와 전후 북한문학—한설야의 보고를 중심으로」,『배달말』40, 배달말학회, 2007, 220~224면 참조).

12　사회주의 미학과 그 내용으로서의 민족문화는『통사』가 취한 서술태도의 두 축이었고, 이는 폐쇄적인 민족주의가 아니라 소련과 중국을 비롯한 사회주의 국가와의 우호 선린을 중시하는 국제주의에 바탕을 둔 것이었다. 따라서『통사』에서 '민족문화의 정당한 계승'이란 "프롤레타리아문학을 비롯한 우리나라의 모든 진보적 고전문학의 예술적 전통을 계승"(『통사』, 180면)하는 것을 지향한다는 뜻이었다.

으로 채워지고 있다. '정치에서의 자주', '군사외교에서의 자립', '경제에서의 자력갱생'을 지향한 주체사상은 사회주의 형식과 민족문화라는 내용 사이의 관계항을 그대로 두고 있으나 그 바탕에 '수령'과 '민족'을 지고한 가치로 삼는 전제가 관철되고 있는 셈이다. 주체사상에 입각한 문학사 판본들은 문학과 민족문화의 관계를 '수령'을 매개로 삼아 더욱 민족주의적인 성향을 띠는 특징을 보여준다. 『문학사B』에서는 그러한 특징을 반영한 문학을 "주체사실주의문학"(15면)이라고 명명하고 있다.

『문학사A』에서 시작된 김일성의 강령적 교시와 그의 영도를 강조하는 태도는 김일성의 항일무장투쟁을 혁명 전통으로 삼는 서술과, '항일혁명문학'이 문학사에서 가장 중요한 문학예술의 성과로 추존하는 서술로 나타나고 있다. 이러한 기술 태도는 '주체사실주의'의 연원을 설명하는 대목에서 잘 확인된다. "항일혁명투쟁시기에 창시하신 주체적 문예사상과 혁명적 문학예술 창조의 풍부하고도 고귀한 경험에 기초하여 (…중략…) 해방 후 반제반봉건 민주주의 혁명과 새 조국 건설을 위한 투쟁에 적극 복무하는 주체적이며 혁명적인 민주주의적 민족문화 건설에 관한 방침"(『문학사A』, 4면)을 내세웠다는 대목이 바로 그것이다. 해방 후 김일성이 제시한 방침은 『통사』에서 기술한, 신경향파문학과 카프문학이라는 '혁명적 문학 전통'을 김일성의 항일무장투쟁과 그 시기에 만들어진 문학예술의 기원으로 정정하는 셈이다.

이렇게 『통사』와 『문학사A』 사이에는 북한문학의 기원과 혁명 전통이 다시 규정되는 지점이 새롭게 만들어지고 있다. 『문학사A』에서는 북한문학의 기원을 김일성 중심의 항일혁명투쟁 시기로 소급시키고 있다. 이것은 김일성의 항일무장투쟁을 유일한 혁명전통으로 승격시켜 전일화하는 한편[13] 문학예술의 기원까지도 사후적으로 재규정하고 있음을 의미한다. 하지만『문학사A』에서 좀 더 중요한 대목은 문학의 전통과 문학예술의 근원을 김일성이라는 대주체로 고정시키는 근간을 마련했다는 점일 것이다.

3) 해방 후 문학에 대한『문학사A』·『문학사B』의 서술 편차

김일성 유일체제의 등장은 모든 정치적 정당성과 헤게모니를 김일성 중심의 항일무장투쟁을 절대 유일화하기에 이른다. 이와 함께 김일성의 항일무장투쟁을 '혁명 전통'으로 승격시키며 해방 후 문학에 대한 정의와 기능, 의의까지도 전면적으로 재규정하도록 만든다. 『문학사A』와『문학사B』에서는 문학의 기원을 근대문학의 전통에서 구하는 것이 아니라 김일성의 항일무장투쟁에서 찾고 있다. 이러한 김일성 중심의 관점은 신경향파나 프로문학이 북한문학의 전통으로 삼는 거점을 박탈해 버린다.

『문학사A』에서 처음 제기되었던, 항일혁명 문학예술에 문학의 기원을 두는 입론과는 달리,『문학사B』는 '해방 후 문학'이 김일성의 '령도'에 따라 발전하기 시작된 것으로 기술하는 변화를 보여준다. 또한 이 판본에 와서는 근대문학의 전통에 관한 균열 지점을 사후적으로 메우면서 김일성이 주도하여 문학예술을 발전시켰다는 논리가 등장하고 있다. "해방 후 우리의 문학예술은 인민이 나라의 주인, 사회의 주인으로 된 새로운 사회력사적 조건과 혁명적 현실에 토대하여 가장 인민적이

---

13 이에 관한 상세한 논의는 유임하, 「항일무장투쟁의 혁명전통화와 만주의 심상지리」, 『경계와 소통』1, 경희대 역사문화연구소, 2010 참조할 것.

며 혁명적인 문학예술로 찬란히 개화발전하기 시작하였"(4면)다는 전제
는 해방 후 문학의 발전을 강조하는 서술이지만 뒤따라 등장하는 대목
에서는 "새 사회에 맞는 새로운 민족문학예술의 창조"가 "해방 후의 현
실이 제기하는 문학발전의 합법칙적 요구"(『문학사B』, 4면)였음을 강조
하고 있다. 하지만, 시대현실의 합법칙적 요구 다음에는 해방 후 문학의
혼돈상이 부각되고 있다.[14] 이 같은 혼란상의 부각은 김일성이 내세운
"주체적인 민족문화건설로선"(『문학사B』, 8면)을 통해 극복의 계기를 마
련했다는 진술을 합리화하기 위한 복선에 해당한다.

　김일성이 내세웠다는 '주체적 민족문화건설로선'은 '순수한' 민족문
화를 주장하는 '반당반혁명종파분자'들의 논리를 분쇄하며, "어떤 전통
을 계승하는가 하는 문제"를 해결하고 "문학 발전을 규정하는 중요한
징표의 하나"(『문학사B』, 12~13면)로 규정된다. 이 징표는 좌파가 점유한
해방 후 북한문단에서 시집『응향』사건, 예원서클과 같은 자생적인 순
문예적 동향이 축출되는 지침으로 김일성의 민족문화건설노선에 따른
것이라는 서술을 통해 절대화되는 것이다. 이는 사후적으로 '해방기의
혼란상'을 극복하는 중심에 김일성이라는 대주체를 재배치한 결과 생
겨난 서술내용에 해당한다. 그러나『문학사A』에서는 문학전통의 새로
운 기원으로 등장한 '항일혁명투쟁시기'에 대한 언급이 없다. 하지만
『문학사B』에서는 이 시기에 지도한 김일성의 교시에 관한 언급이 새로

14　『문학사』2는 "해방 후 문학예술인들은 해방의 감격을 안고 새 조국 건설에 이바지할
　　결의에 불타고 있었으나 새로운 문학예술, 진정으로 조국과 인민을 위한 문학예술을
　　어떻게 건설해나가야 할지 알지 못하고 있었"(『문학사』2, 7면)고, "미제의 앞잡이인
　　박헌영, 리승엽 도당은 부르주아 반동작가들을 부추겨 남조선에서 반혁명적 문학예
　　술단체를 조작하면서 민족문화는 계급문화로 되여서는 안된다고 떠벌이면서 당적
　　이며 혁명적인 문학예술대신 부르주아반동문학예술을 부식시키려고 악랄하게 책
　　동"(7면)하는 혼란상을 부각시킨다.

부가되어 있는데, 그 표현에 따르면, 김일성은 "항일혁명투쟁시기에 이룩하신 빛나는 혁명적 문예전통에 기초하여 새 조선의 참다운 혁명적이며 인민적인 문화를 건설하실 원대한 구상을 안으시고 우리 문학이 나아갈 앞길"(『문학사B』, 7면)을 제시한 지도자로서 해방 후 문학을 영도한 것으로 서술되어 있다.

이처럼, 『문학사B』에서는 해방 후 문학에 대한 김일성의 역할과 비중을 더욱 강조하는 면모를 보여주고 있다. 여기에서 해방 후 문학은 "인민을 불요불굴의 혁명정신으로 무장시키며 조국과 인민을 위하여" 복무하고, "항일혁명문학예술창조과정에 이룩된 귀중한 업적과 경험, 창조 기풍을 깊이 연구하고 따라배워야 한다"는 김일성의 교시를 통해 획기적인 발전을 이루었는데, 그 배경에는 "주체사실주의 창작방법"(『문학사B』, 15면)이 있었기 때문이라고 기술하고 있다. 이는 주체사상과 수령 중심의 문학관[15]에 입각하여 체제문학을 완성했다는 문학사적 선언이 그의 유일체제 등장을 공인한 것이라는 의미와 별반 다르지 않다. 『문학사B』의 이러한 기술태도는 '사회주의적 사실주의 미학'을 전면에 내걸었던 『통사』의 기술 방식과 비교해볼 때 문학예술의 자율성을 크게 후퇴시켰을 뿐만 아니라 김일성의 지도를 강조함으로써 문학에 대한 정치의 예속을 심화시켰다는 비판이 가능할 정도이다.

"주체사실주의 창작방법"(『문학사B』, 15면)에서는 수령에 대한 충성과 찬양을 형상화하는 '수령형상문학'과 함께, '민족문화유산의 비판적 계승발전'에 관한 문제를 중시하고 있다. 『통사』는 "지난 시기의 우수한

---

15 김일성의 문학 영도 문제는 독립된 저작으로 간행된 바 있다. 리기주, 『위대한 수령 김일성 동지 문학예술령도사』, 문예출판사, 1991이 대표적이고, 주체문학과 민족문화의 관계는 김정일, 『주체문학론』, 로동당출판사, 1992를 참조할 만하다.

민족문화의 전통"에 기반을 두고, "낡고 반동적인 것을 버리고 진보적이며 인민적인 것"(『통사』, 19면)을 적극적으로 살려나가는 것이 "새 문화 건설의 합법칙적 과정"(19면)이라고 선언하면서, 사회주의의 역사적 합법칙성을 설명하기 위해 해방 전후를 비교하는 방식을 취하고 있었다. 해방 전후를 비교 서술하는 『통사』의 문학사 서술태도를 폐기하는 첫 지점은 『문학사A』에 이르러서이다. 『문학사A』에서는 '주체적인 민족문화 건설에 관한 방침'을 창안한 주체가 김일성이라고 명시하였으나, 그가 내놓은 방안의 구체적인 내용은 기술되고 있지 않다. 하지만 『문학사B』에서는 주체적인 민족문화 담론을 주창하고 이끄는 대주체가 김일성임을 명기하고 있어서 주목된다. 이 텍스트에서 김일성은 문학의 역능과 시대적 요구, 창작방법에 이르는 전면적 지도와 배려를 통하여 문학단체의 결성과정에 관여하고 반동적인 조류를 축출하는 대주체이다. 대주체로서의 김일성 역할은 『문학사A』에서 시작되어 『문학사B』에 와서 더욱 전면화되고 있는 셈이다.

지금까지 언급한 주요한 특징을 다시 정리해보기로 하자. 『통사』에서 김일성의 교시는 당정책과 연계되어 문학 일반의 방향을 제시하는 모습으로 기술되었다면, 『문학사A』에서 김일성의 교시는 문학의 정의와 기능, 방향까지도 그의 지도를 받아 획기적으로 발전하는 원천으로 그려지고 있다. 그러나 『문학사B』에서는 '김일성의 교시를 받은 당의 문학'으로서 그의 지도와 관심, 은정과 배려 속에 문학이 발전한 것으로 기술하고 있어서 김일성이 중심을 이루는 형국이다. 또한 『통사』가 고전적인 의미의 사회주의적 사실주의 미학에 바탕을 두고 문학과 정치의 균형감각을 발휘하고 있다면, 『문학사A』에서는 '해방 후 문학'이 김일성의 지도를 받았다는 사실이 강조되고, 『문학사B』에서는 '수령'이 문학의 상위에 위치하면서 문학의 정치적 예속이 한층 구체화되고 있다고 정리된다.

3. 문학사 서술체계와 기술내용의 변화

1) 문학사의 서술체계

『통사』의 서술체계는 총론, 소설, 시문학, 희곡 등 장르 개념에 입각해서 개요와 의의, 테마별 작품 소개, 작가 및 작품론을 순차적으로 서술하고 있다. 이에 비해, 『문학사A』와 『문학사B』의 서술체제는 '김일성'과 관련한 개관과 총론, 김일성 칭송과 관련된 창작품이 독립된 장 하나를 구성하고 '항일혁명 전통'을 다른 한 장으로 구성한 다음, 주요 작품론과 관련된 장과 절이 이어지는 방식으로 서술되고 있다.

『문학사A』와 『문학사B』의 서술체제를 예시해보기로 한다.

『문학사A』의 서술체제
제1장 위대한 수령 김일성동지께서 내놓으신 주체적인 민족문화건설에 관한 방침, 이
　　시기 문학개관
제1절 위대한 수령 김일성 동지께서 내놓으신 주체적인 민족문화건설에
　　관한 방침
제2절 평화적 민주건설시기 문학 개관

제2장 혁명의 위대한 수령 김일성 동지의 영광찬란한 혁명력사와 불멸의 혁명업적을 형상한 작품들

제1절 위대한 수형 김일성동지에 대한 다함없는 흠모와 충성을 노래한 송가작품들의 왕성한 창작[16]

제2절 장편서사시 「백두산」

제3절 위대한 수령 김일성동지께서 창건하신 우리 당과 인민주권을 노래한 시작품들[17]

제3장 항일의 빛나는 혁명전통에 대한 예술적 탐구(1절 시문학, 2절 영화문학과 극문학)[18]

제4장 반제반봉건민주주의혁명수행을 위한 투쟁을 형상한 작품들의 활발한 창작(1절 소설문학, 2절 시문학, 제3절 극문학)[19]

---

16 여기에서 거론되는 작품을 열거해 보면 다음과 같다. *김일성 찬양의 "혁명송가" 〈김일성 장군의 노래〉(리찬), 장편서사시 「백두산」(조기천), 서정시 「우리의 태양 김일성 장군님」(한식), 「그이를 우리의 태양이라 노래함은」(백인준), 「더욱 굳게 뭉치리 그이의 두리에」(리찬) *혁명적 가정 형상화—김형직 소재 서정시 「유언」(김영철), 강반석 소재 서정시 「불길」(김영철)

17 조선로동당과 인민정권을 노래한 작품—「애국가」(박세영), 「승리의 선언」(정문향), 「북조선로동당 제2차 전당대회에 올리는 시」(김조규), 「당의 기발밑에서」(안룡만), 「인민공화국 국선포의 노래」(김우철)

18 당의 빛나는 혁명전통을 형상화한 성과—서사시 「북간도」(한명천), 단편소설 「유격대」(천청송), 서정시 「나의 자랑」(채경숙), 「가는 길」(김영철), 희곡 「태양을 기다리는 사람들」(박령보), 영화문학 「내 고향」(김승구)

19 *토지개혁을 주제로 한 단편 「개벽」(리기영), 서정시 「새소식」(리찬), 「농촌위원회의 밤」(김우철)
    *남녀평등권법령 발포를 계기로 창작된 서정시 「녀인도」(백인준)
    *반제 반봉건 민주주의혁명과업의 완수와 함께 근로대중의 장엄한 로력투쟁, 근로자들의 헌신적 투쟁, 보람찬 생활을 형상화한 작품 : 「탄맥」(황건), 「로동일가」(리북명), 「땅의 서곡」(천세봉), 서정시 「대의원이 나서는 구내」(정문향), 「생활의 흐름」(김조규), 「흘러라 보통강, 노래처럼, 그림처럼」(리찬), 「청수공장」(리정구), 「푸른벌로 간다」(정문향), 「감자현물세」(김광섭), 가사 「산업건국의 노래」(한식), 희곡 「성장」(백문환), 「비룡리 농민들」(박영호)

제5장 남조선혁명과 조국통일을 주제로 한 작품들(1절 소설문학, 2절 시문학, 3절 극

문학)[20]

『문학사B』의 서술체제

제1장 해방 후 전변된 새로운 현실과 문학

제1절 위대한 수령 김일성동지께서 주체적 민족문화건설 로선의 제시, 그

실현을 위한 현명한 령도

제2절 평화적 민주건설 시기 문학의 새로운 발전과 그 특성

제2장 시문학

제1절 해방된 조국 땅에 높이 모신 민족의 태양 김일성 장군님에 대한 송가

제2절 리찬의 창작과 불멸의 혁명송가 〈김일성 장군의 노래〉

제3절 조기천의 창작과 장편서사시 「백두산」

제4절 항일의 빛나는 혁명전통에 대한 형상화

제5절 건당, 건국, 건군의 벅찬 현실에 대한 시적 형상

제6절 남조선혁명과 조국통일 주체작품의 창작

제3장 소설문학

제1절 위대한 수령님의 조국개선에 대한 감동적인 형상, 항일무장투쟁현

실에 대한 생동한 화폭

제2절 토지개혁의 실시와 새 인간의 탄생, 장편소설 『땅』(제1부)

---

*민주조선 건설을 위한 인민투쟁을 서사시적 화폭으로 그려낸 장편소설, 장편서사
시, 장막희곡들 – 장편 『땅』(제1부, 리기영), 장편서사시 「생의 노래」(조기천), 「동트
는 바다」(동승태)

20 *남한 인민들의 혁명투쟁 묘사 : 단편 「제2전구」(박태민), 장편서사시 「한나산」(강승
한), 가사 「빨치산의 노래」(김순석)

*남한 인민들의 구국투쟁 묘사 : 「그전날 밤」(리동규), 련시 「여수의 항쟁」(조기천),
희곡 「하의도」(남궁만)

　제3절 새 조국 건설의 앞장에 선 로동계급의 투쟁에 대한 진실한 반영

　제4절 미제의 남조선강점을 반대하는 남조선 인민들의 투쟁과 조국통일
　　　에 대한 지향의 반영

제4장 극 및 영화문학

　제1절 항일혁명투쟁의 진실한 반영, 투쟁 속에서 자라나는 투사의 형상창조

　제2절 새 조국 건설에 힘있게 떨쳐나선 로동계급의 형상창조

　제3절 토지개혁의 력사적 사변을 맞이한 농민들의 생활과 투쟁에 대한 극
　　　적형상화

　제4절 남조선혁명과 조국통일을 위한 우리 인민의 애국투쟁에 대한 극적
　　　형상화

　제5절 반침략, 반봉건 애국투쟁의 극적형상화

　『문학사A』는 『통사』에는 없는 편목이 있어서 서술 체제상의 변화가
잘 드러난다. 『통사』와 『문학사A』의 가장 큰 차이는 도입부에 해당하
는 개관 부분의 유무에서 찾을 수 있다. 개관 부분에서는 김일성에 대한
‘송가문학’에 대한 서술이 주를 이루고 있는데, 이는 『통사』에서는 부재
한다. 또한 『통사』에서 서술되고 있는 당과 김일성이 대등한 위상은
『문학사A』에 오면 김일성 중심의 서술로 대체되고, 김일성과 그의 가
계혁명화를 다룬 송가(頌歌)류의 창작에 관한 서술이 아예 독립된 장으
로 구성되고 있다. 한편, 『문학사B』에서는 김일성 찬양 부분만을 제외
하고 나면, 『통사』의 서술 체제로 회귀한 듯한 모습을 보여준다. 하지만
이러한 특징은 『문학사A』와 차별화된 것일 뿐, 『통사』의 서술로 복귀
한 것은 전혀 아니다.

2) 세부적인 서술 내용의 변화

『문학사A』와 『문학사B』를 비교해 보면, 『문학사B』에서 드러나는 서술내용의 변화는 김일성의 '영도'와 문학 개관, 김일성 관련 창작에 대한 기술이 크게 보강된 점에서 찾을 수 있다. 『문학사B』의 '2장 시문학' 항목의 2절 '리찬의 창작'과 불멸의 혁명송가 〈김일성 장군의 노래〉, 5절 '건당, 건국, 건군의 벅찬 현실에 대한 시적 형상', 3장 소설문학 항목의 2절 2항 '장편소설 『땅』'(제1부) 등이 모두 각각의 독립된 절로 기술되고 있다.

좀 더 상세하게 살펴보면, 『문학사A』의 2장 2절 '장편서사시 「백두산」'의 서술은 『통사』와의 서술상 차이가 의외로 크다. 『통사』에서는 「백두산」을 조쏘 친선의 취지를 강조해서 기술하고 있다. 인용문도 "우등불 옆에 비시듬히 앉아 쏘련 빨치산략사를 읽기에 밤 가는 줄"(『통사』, 251면) 모르는 김일성의 형상을 중심으로 기술하고 있다. 이에 비해 『문학사A』에서는 「백두산」이 보천보전투를 이끈 "백전백승의 강철의 령장이신 위대한 수령님의 풍모에 대한 무한한 흠모와 존경을 담아"(45면) 낸 작품이라고 규정하고, 「백두산」을 김일성의 항일무장투쟁이 갖는 역사적 의의를 가진 작품으로 한껏 부각시키고 있다. 『문학사A』에서 이 작품은 인민의 이익을 위하고 인민대중과의 혈연적 연계를 지시하는 김일성의 풍모를 기술함으로써 텍스트가 가진 본래의 문맥을 김일성 찬양의 텍스트로 바꾸어놓고 있다.

『통사』에서 조기천의 『백두산』은 '쏘련 빨치산략사를 읽는 데 심취한 대목'을 거론하며 조쏘관계를 중시한 사례로 인용, 기술되었다면, 『문학사A』와 『문학사B』에서는 이 대목을 삭제하고 그 자리에 항일무장투쟁세력을 선도하고 인민의 이익을 중시하는 김일성의 지도자적 풍모를 부각시키는 맥락의 변경을 보여준다. 『백두산』에 대한 문학사의 기술이야말로, 유일체제 성립과 관련하여 조쏘 친선의 함의를 가진 텍스트에서 김일성의 절대유일한 자의 상, 곧 '수령형상'의 원리에 입각한 모범적인 텍스트로 의미를 변경시킴으로써 그의 정치적 위상 변화를 잘 드러낸 사례로 꼽을 만하다.[21]

『문학사A』의 4장('반제 반봉건 민주주의 혁명 수행을 위한 투쟁을 형상한 작품들의 활발한 창작')과 5장('남조선혁명과 조국통일을 주제로 한 작품들')에서는 『통사』에서 거론한 소설, 시, 극문학의 작품 해설을 차용한 것에 가깝다. 그만큼, 『문학사A』에서 사례로 거론하고 있는 주요 문제작의 범주나 기술 내용이 『통사』의 범위에서 크게 벗어나지 않는다. 이는 『통사』의 기술 전체가 부정된 것이 아니라 정치적 변화를 반영하면서도 작품 논의의 범위나 내용이 크게 바뀌지 않았음을 뜻한다. 하지만 논의되는 작품의 범주가 지속되는 일면을 가지고는 있으나 작품 평가의 척도는 많은 변화를 보인다. 그 척도는 '시대적 과제와 변화하는 현실의 요구에 부응하는 계급주의 문학예술'이라는 '사회주의 미학'에서 벗어나 '수령 형상'과 관련하여 수령 개인에 대한 충실성을 문제 삼는 '주체사실주의 미학'으로 이행하면서 생겨난 변화이다.

한편 『문학사A』와 『문학사B』에서는 김일성과 관련된 교시와 지도를 강조하며 정치적 소재와 관련된 항목들을 주제별로 개관하는 독립된 장을 설정해 놓고 있다(『문학사A』와 『문학사B』의 편목 참조). 이들 문학

---

21 1955년판 조기천의 『백두산』을 텍스트로 삼아 북한정치사에서 김일성의 위상 변화와 함께 정전의 의미를 분석한 글로 고현철, 「북한정치사와의 상관성으로 살펴본 조기천의 1955년판 "백두산"」, 『국제어문』 35, 국제어문학회, 2005.

사에서는 김일성과 관련되지 않는 작품에 관한 언급 대부분이 『통사』의 기술 수준을 넘어서지 않지만, 김일성과 항일혁명 전통과 관련된 내용에서만큼은 『문학사B』에서 거론되는 작품의 사례가 『문학사A』보다 훨씬 풍부한 차이를 보인다. 이는 김일성과 항일혁명 전통과 관련된 작품들의 지속적인 발굴과 사후적인 평가가 부가되면서 생겨난 현상이다. 또한 『문학사A』와 『문학사B』 사이에서 발견되는 기술상 차이는 개별 작품들의 미학적 성취에 대한 논의보다 사상성에 입각한 작품 평가가 강화된 점이 특기할 만하다. 『문학사A』와 『문학사B』에서는, 『통사』에서 거론된 신경향파 문학이나 카프문학의 전통, 마르크시즘의 고전적인 미학에 관한 언급, 문학에 대한 정의, 조쏘 친선을 찬양한 시와 소설의 사례들이 모두 자취를 감춘다. 이는 주체사상과 주체사실주의를 채택하면서 당대 문학에 대한 사실보다도 사후적인 정정이 집중적으로 전개되는 부분임을 시사해준다.

『문학사A』와 『문학사B』 사이에도 기술상의 차이가 적지 않게 발견된다. 항일혁명문학과 관련하여 새로 발굴된 작품의 사례가 대폭 늘어난 것도 그 중 하나이다. 김일성 찬양과 관련된 소위 '송가형 작품'은 장르를 불문하고 새로이 거론된다.[22] 『문학사A』에서는 정치적 숙청으로 언급조차 사라졌던 한설야의 일부 작품이 다시 거론되고,[23] 『통사』와

---

[22] 김일성 개인숭배를 강화하는 면모가 문학사에 반영되는 이 같은 사례는 향후 남북문학사의 통합적 시각에서 지향하는 근대문학 전통과 크게 상충된다는 점에서 논란의 여지를 키우는 운다.

[23] 예컨대 「개선」과 「혈로」가 그에 해당한다. 한설야의 작품 중 김일성의 지도자상을 부각시킨 일부만 거론된다는 것은 수령형상문학과 관련하여 그의 문학적 복권이 부분적으로만 이루어졌음을 의미한다. 김일성의 항일무장투쟁을 국제공산주의운동의 맥락에서 서술한 장편 『역사』가 전혀 언급되지 않는 것도 이를 반증한다. 『역사』와 그의 정치적 숙청의 상관성에 관해서는 강진호, 『한설야』, 한길사, 2008, 124~159

『문학사A』에서는 전혀 거론되지 않았던 김사량 문학이 등장하는 것도
『문학사B』의 특징이다.[24]

3) 주체문학론과 세 판본의 변별점

김사량에 대한 재평가에서 볼 수 있듯이,[25] 민족주의에 대한 유연한
수용은 『주체문학론』(1992)에서 제기된 '민족문화에 대한 재발견'이라
는 지침에 근거해서 일어난 기술상 변화였다. 하지만 민족문화에 대한
유연한 해석이 단순히 민족의 외연을 확장시킨 것으로만 생각해서는
안 된다. 이때의 민족은, "사회정치적 생명체인 수령, 당, 대중의 통일단
결을 강화하며 우리 인민이 영생하는 사회정치적 생명"[26] 으로서, "수령
을 중심으로 하여 하나의 전일체를 이루고 있는 수령, 당, 대중의 호상
관계"[27]를 그리는 '주체시대의 문학 강령'의 대전제에서 출발한 것이기
때문이다.

북한사회 성원들이 오직 수령과 당의 연계하에서만 존재 가치를 갖
는다는 주체사상의 기본 전제는 동구권의 현실사회주의 몰락 이후 내

면을 참조할 것.

24 『문학사B』에서 거론되는 김사량의 작품으로는 수필「소년 고수」, 단편「마식령」, 「차
돌이의 기차」, 장편희곡〈뢰성〉과〈지열〉, 합창시「무쇠의 군악」, 단편「남에서 온 편
지」, 「대오는 태양을 향하여」, 중편「칠현금」, 전선 종군기 등이다. 김사량의 해방 이
후 문학적 생애에 관해서는 유임하,「인민문학으로의 모색과 전회」, 이화여대 통일학
연구원, 『북한문학의 지형도』, 이화여대 출판부, 2008, 19~29면 참조.

25 유임하,「기억의 호명과 전유─김사량과 북한문학의 기억정치」, 『한국문학연구』 53,
동국대 한국문학연구소, 2009.

26 김정일, 『주체문학론』, 조선로동당출판사, 1992, 15면.

27 위의 책, 16면.

부 결속을 위해 마련된 '우리민족제일주의'의 또 다른 일면이다. 국가사회주의 우방과 시장을 한꺼번에 상실하면서 북한사회가 선택한 길은 자주, 자립, 자력갱생이었다. 주체사상을 통해서 북한사회는 세계 사회주의 혁명의 대의를 전유함으로써 체제 내부의 결속을 다지고자 했다. "세계혁명 앞에 우리 당과 인민이 지닌 첫째가는 임무는 혁명의 민족적 임무인 조선혁명을 잘 하는 것"이며, "자기 나라 혁명에 충실하자면 무엇보다도 자기 민족을 사랑하고 귀중히 여길 줄 알아야"[28] 한다는 발언에서는 '우리민족제일주의'가 대남 협력을 이끌어내려는 매우 복합적인 포석임을 엿볼 수 있다. 요컨대 '우리민족제일주의'는 '수령형상문학'과 짝을 이루면서 '외세'에 의해 점증하는 체제의 위기를 돌파하기 위해 고안된 전형적인 민족·민족주의 담론인 셈이다. 이렇게 보면『문학사A』와『문학사B』사이에는, 김일성 유일체제의 등장에서 강조되었던 과도한 정치성이 현실사회주의의 몰락이라는 대내외적인 환경 변화를 거치면서 수령 중심의 사상적 결속과 함께 민족의 문화적 문학적 외연이 확장되는 적지 않은 변화가 나타난다.

『문학사A』에서는 주체사상의 논리가 처음 적용되면서 신경향파와 프로문학의 근대문학적 전통을 거론했던『통사』의 입장을 전면적으로 도태시켰다.『문학사A』에서는 유일체제와 주체사상을 전경화하며,『통사』를 대타항으로 삼았다는 느낌을 줄 만큼 기술상의 많은 차이를 드러내고 있다.『문학사A』는 근대문학의 전통을 항일혁명 전통과 결부시키는 한편, 국가의 기원과 정통성을 '항일무장투쟁'으로 소급시키고 있다. 이로써 문학의 기원 또한 항일혁명시기의 문학예술로 소급되었던 셈이

---

28 김정일, 「주체사상 교양에서 제기되는 몇 가지 문제에 대하여」,『김정일선집』8, 조선로동당출판사, 1998, 444면.

다. 해방 후 문학의 기원과 전통을 김일성과 그와 관련된 혁명문학으로 대체하는 과정에서 생겨난 균열 부분에 대해서는 김일성의 송가문학이 그 틈새를 채우고 있다. 『통사』에서는 사회주의 미학과 역사발전론에 근거한 기술원칙과 국내 사회주의운동사의 시각에서 근대문학의 진보적 전통을 거론하고 있으며, 신경향파와 프로문학을 근대문학의 기원으로 삼는 논리적 정합성을 구비하고 있다. 그러나 『문학사A』에서는 이러한 기술원칙과 정합성이 사라지고 김일성의 항일혁명문학과 그의 문학예술 지도를 강조하는 급조된 모양새를 보인다.

한편, 『문학사B』는 80년대 후반부터 제기된 '주체문학론'과 함께 '수령형상문학'과 '혁명문학의 전통', '민족문화에 대한 재해석'을 강조하는 입장을 취한다. '혁명적 문학 전통'이 해방 직후 문학의 기원으로 전제되면서 '항일혁명 전통'은 중요한 기술내용으로 자리 잡는다. 또한 이 시기 문학은 '김일성의 전면적인 지도와 온정에 따른 영도'의 결과 발전한 것으로 기술되고 있듯이 '수령 중심'의 문학사 서술 태도가 지배적이다. 그 결과 해방 후 문학에서는 '김일성의 배려와 온정'에 감화된 양심적인 민족주의 지식인 작가와 문학인들이 창작을 활발하게 전개했다는 문학과 정치의 가치 역전사태가 일어나고 있다.

『통사』에서 김일성의 위상은 '문학예술의 지도 수준'으로 기술되어 있다. 하지만 『문학사B』에서는 '그의 영도를 통하여 문학예술의 전면적인 발전'이 가능했던 것으로 기술되고 있다. 『통사』의 '사회주의적 사실주의 미학'은 『문학사A』에서 '김일성의 지도와 항일혁명문학 전통'으로 대체되었다가, 『문학사B』에 이르러 '주체적사실주의'에 근거한 문학사 서술이 공식화되었다.

4. 남북한문학사의 간극과 통합적 시각의 필요성

남한의 문학사와 비교했을 때 북한문학사의 기술상 차이점은, 무엇보다도 문학이 개인의 창작이라는 차원이 아니라는 데 있다. 북한의 문학은 국가와 사회, 사회와 인민이라는 계급적 이익과 관련된 정치의 영역에서 거론된다. 요컨대 북한문학사의 지향은, 국가와 민족, 사회와 개인이 관련된 현실과 그것의 상상적 발현으로 보는 남한 문학사와는 그 입지와 기능과 역할부터가 크게 다르다. 문학에 대한 정의를 놓고 보더라도, 현실과 상상적 허구라는 특성이 표면적으로는 겹쳐지지만, 선전선동의 정치적 도구성으로 제도화된 북한문학의 성격은 그 본질에서부터 다른 셈이다.

'문학'의 역사와 문학의 '역사'가 본질적으로 다른 것처럼, 해방 직후에서 전쟁 이전까지의 시기에 대한 남북한문학사의 본질적 차이는 정치의 한 부분으로 거론되는 문학의 '역사'라는 북한의 관점과, 미적 가치에 대한 개인의 예술적 산물이라는 관점에 바탕을 둔 '문학'의 역사라는 남한의 관점에서 연유한다. 북한문학사의 기술 내용의 변화는 집단지도체제에서 절대유일체제로 이행해간 북한 정치체(Polity)의 전개상을 반영한다고 해도 과히 틀리지 않는다.

『통사』는 근대 사회주의 미학과 이에 근거한 문학의 전통으로 신경향파와 프로문학을 내세웠다. 그러나 『통사』의 사회주의적 현실주의 미학과 문학사 기술 원칙은 『문학사A』와 『문학사B』에서는 완전히 폐기되었다. 『문학사A』에서는 '김일성 중심의 항일혁명문학예술'과 '주체적인 민족문화예술'을 미학의 절대 원칙으로 내세우며 김일성의 지도와 김일성 관련 송가나 가계혁명문학을 모든 문학에 우선시하고 있다. 『문학사B』는 한 걸음 더 나아가 김일성을 미학적 원칙을 제시한 대주체로 명기하고, 창작방법과 문학의 향방, 창작과정 전반에 대한 그의 지도가 문학의 전면적인 발전을 이룬 원천이라고 기술하고 있다.

『통사』에서 『문학사B』에 이르는 문학사의 기술태도는 '인민민주주의'에 기반을 둔 사회주의 미학에서, 수령의 영도를 중시하는 '주체사실주의 미학'으로 이행하면서 아이러니하게도 더욱 폐쇄적인 정치적 성향을 띠어가는 것이다. 북한문학사는 체제문학의 면모를 지향하는 문학 제도의 속성 때문에 '문학'의 역사가 아니라 '문학'의 정체성까지도 '김일성'을 정점으로 삼고 그의 영도를 받은 '역사'로서 규정된다. 이러한 문학사 기술태도는 근대성의 한 축을 이루었던 사회주의 미학에서 쓰여진 『통사』로부터 크게 퇴행한 모습일 뿐만 아니라, 세계냉전 구도가 관철되었던 '문학'의 역사를 김일성 유일체제의 이념적 자장으로 끌어들임으로써 "타율적 근대 상황에 따른 주체적 대응의 산물"[29]이라는 관점마저 스스로 부정하는 형국에 가깝다.

'남북한문학사의 통합적 시각'이나 '문학의 보편성'이라는 관점에서 보면, 해방기의 북한문학은 사회주의 계급문학의 자생적인 출발을 알리며 '당의 문학'으로 재편되는 과도기적 양상을 보여준다. 이 시기의 문학적 기획과 실천은 1920년대에 등장한 계급문학이 자주적인 민족국가의 지평과 만나면서 인민민주주의를 지향하는 한편, 사회주의적 사실주의 미학을 구현하려는 의지로 나타났다. 그 모습은 미국식 자본주의가 뿌리내리는 남한사회와는 달리, '소련'이라는 사회주의 종주국을 선례로 삼아 국제주의와 계급으로서의 민족 개념에 입각한 자주적인

---

29 민족문학사연구소 편, 『새 민족문학사강좌』 1, 창작과비평사, 2009, 36~37면.

국가를 만들고자 했던 또 하나의 근대 기획이었다. 이렇게 해서 해방 직후 동서냉전 구도가 관철되었고, 남북이 상이하게 선택한 사회주의 체제와 자본주의 체제 아래서 근대문학은 서로 상이한 모습으로 분화되었다. 반공 냉전의 틀 안에서 출발했던 남한 문학사와는 달리, 북한에서 쓰여진 문학사는 정치적 종속이 심화되면서 김일성 중심의 문학사로 피폐해져 갔다. 북한의 문학사는 문학의 '역사'를 정치적 논리를 부각시키기 위해 사후적으로 다시 기술되는, 체제문학의 역사에 대한 공식적인 텍스트가 되었다. 그러나 문학이 정치에 복속되면서 문학사에서 담아놓은 과도한 정치적 가치들은 향후 남북문학사를 기술하는 과정에서는 쉽게 봉합하기 어려운 이질적 요소에 해당한다.

1920년대에 등장한 계급문학에서 해방 후 문학의 기원을 찾았던 『통사』의 저자는 당대의 북한문학을 신문학의 합법칙적인 자기발전과정이 만들어낸 역사적 산물로 여겼다. 하지만 신문학에서 생성된 계급문학의 유산들이 부정되고 그 자리를 동북만주에서 활동한 김일성의 항일혁명문예가 차지하면서 그를 기리는 송가(頌歌)문학이 주류로 기술되어갔다.

이러한 문학사의 기술내용을 두고 『통사』의 저자는 과연 어떻게 생각했을지 궁금하다. 새삼스럽게 『통사』의 기술태도를 새삼스레 거론하는 까닭은 근대문학의 '진보적' 전통을 염두에 두었던 부분이야말로 통일 이후 남북한문학사의 통합적인 시각을 모색해야 할 시기가 오면 요긴하게 참조할 원점으로 작용할 공산이 크다.

북한의 문학사 서술에 나타난 수령문학의 위상[*]

『불멸의 력사』 총서의 위상 변모

김성수

1. 총서에 대한 역사주의적 접근

이 글에서는 북한의 문학사 서술에 나타난 '수령(형상)문학'의 위상을 역사주의적으로 살펴보고자 한다. 특히 북한의 역대 문학사에서 수령문학의 정수인 『불멸의 력사』 총서(이하 '총서')에 대한 서술이 어떻게 이루어졌는지 역사적 변천과정을 정리하여 문학사적 위상을 분석하기로 한다. 북한 문예계에서 '총서'는 수령형상문학예술의 대표작으로 규정된다. 수령형상문학예술은 기본적으로 수령 형상의 본질을 "수령의 혁명력사와 숭고한 풍모를 진실하고 생동감 있게 예술적 화폭에 그려 수

---

[*] 이 글은 「수령문학의 문학사적 위상—북한문학사 서술에 나타난 『불멸의 력사』 총서의 성격과 관련하여」, 성신여대 인문학연구소 편, 『북한의 문화정전 총서 '불멸의 력사'를 읽는다』, 소명출판, 2009, 328~353면의 개제, 개고이다. 아울러 이 글은 남북한 문학사 비교의 글이 아니기에 '일러두기'에서 밝힌 북한에서 간행한 문학사의 약호를 표기하지 않는다.

령의 위대성을 예술적으로 감득하게 하는 것"으로 규정하고 있다.[1] 북한사회에서 김일성이라는 수령의 존재가 갖는 절대적 위상 때문에 문학사에서도 수령형상문학의 위치는 대단하며 그가 직접 창작했다는 '불후의 명작·노작' 다음의 위계에 그를 형상화한 문학예술작품의 존재가 자리매김될 정도이다. 이렇게 절대적 지위를 갖는 일종의 장르 개념인 '수령형상문학' 중에서도 대표작이 바로 장편소설 시리즈인 총서이다. 그렇다면 총서의 문학사적 위치가 처음부터 절대적 위치였는지 역사주의적으로 따져보는 작업이 필요하다.

총서 자체는 1970년대부터 창작되었지만 문학사적 평가는 1980년대 초부터 본격화되었다. 안함광의 1956년판(전3권 중 제3권), 1964년판 『조선문학사』(전16권 중 제9권), 과학원의 1959년판 『조선문학통사』하, 사회과학원 문학연구소의 1977년판 『조선문학사』(전5권 중 제5권), 박종원·류만 공저 1986년판 『조선문학개관』(2권)에는 총서에 대한 문학사적 언급이 거의 없다. 1982년 김일성종합대학에서 나온 박용학·김려숙·변귀송·신경균 공저 『조선문학사』(전5권 중 제5권)와 1970년대 문학을 정리한 천재규·정성무의 1996년판 『조선문학사』(전15권 중 제14권)와, 1980년대 문학사를 서술한 김정웅·천재규의 1998년판 『조선문학사』제15권('주체사상화 위업'시기)에 비로소 자세한 언급과 문학사적 자리매김이 되어 있다. 김춘택·리동수·은종섭이 주요 필자로 짐작되는 최근의 단권짜리 『조선문학사』(문학대학용)(김일성종합대학출판사, 2006)에도 총서가 수령형상문학의 대표작으로 상세하게 설명되고 있다. 이를 중심으로 해서 북한문학사에서 '총서' 시리즈를 중심으로 한 수령문

---

1 윤기덕, 『수령형상문학』, 문예출판사, 1991, 157면.

학의 위상과 그 역사적 변천과정을 간략히 정리해보도록 한다.

2. 『불멸의 력사』 총서의 위상에 대한 역사적 고찰

1) 카프문학 전통론에서 항일혁명문학(예술) 정통론으로의 변모과정

'총서'의 기획은 문학사적으로 볼 때, 1960년대까지 북한에서 널리 통용된 마르크스-레닌주의 이념에 입각한 사회주의리얼리즘 미학과 카프를 중심으로 한 프로문학의 항일투쟁 전통이 외면·부정되고 항일 무장투쟁의 혁명역사에 기초한 주체사상의 유일체제에 부합하는 새로운 문학사 전통으로 '김일성 중심의 항일혁명문학'으로 전환되는 과정에서 출현했다. 총서와 관련하여, 그 상위범주라 할 '수령(형상)문학'의 주류 정착과 그 역사적 정통성을 확보하기 위한 '항일혁명문학'(예술)[2]의 역사적 부각과정부터 살펴볼 필요가 있다.

북한학계에서 수령문학과 항일혁명문학의 유일 정통론이 처음부터 자리잡은 것은 아니다. 해방 직후부터 한동안 1920~1930년대 카프를 중심으로 한 프롤레타리아문학의 전통을 앞세웠던 전례가 있기 때문이다. 안함광의 1956년판 문학사나 그가 주 필자로 짐작되는 1959년판

---

2 '항일혁명문학'으로 정착된 용어조차 개념화를 시작한 1950년대에는 문학이라 하기 어려운 구비전승물로 인식되었기에 '항일 무장투쟁 과정에서 창조된 혁명문학' 또는 '혁명문학, 혁명적 문학'이라 지칭되었다. 그러다가 1970년대부터 '항일혁명문학예술'을 사용하다가 '항일혁명문학'(예술)으로 호칭되는 중간단계를 거쳐 현재는 '항일혁명문학'으로 고정되었다.

『조선문학통사』 하권에서는 항일 빨치산 무장투쟁기의 혁명문학예술
이 제대로 서술되어 있지 않은 게 한 근거이다. 하지만 1967년을 기점으
로 사정이 달라졌다. 일제하 프로문학과 해방 후 북한문학의 사적 연계
와 관련하여『주체문학론』[3] 이래 현 단계 공식 입장에서는 '당과 수령의
영도'를 받지 못한 한계 때문에 프로문학을 문학사적 전통과 유산의 주
요 영역으로 삼는 것에 대해서 소극적인 게 사실이다. 대신 유일 정통으
로 내세워진 항일혁명문학은 1950년대 전후복구시기부터 본격적으로
논의되기 시작하였다. 항일 빨치산 전적지 답사기인 송영의『백두산은
어디서나 보인다』와 항일빨치산 참가자들의 회상기 시리즈 연재를 비
롯해서 1930년대에 이루어진 항일 빨치산 활동이 의도적으로 재조명되
고 빨치산 활동에서 창작, 공연, 구비전승되었던 가요, 촌극 등 구전텍
스트들이 발굴되고 그들이 재창작되면서 '항일혁명문학'(예술)로 개념
화, 재규정되었던 것이다. 치열한 논쟁 과정에서 결국 항일혁명문학을
중심에 놓은 구도가 힘을 얻게 되면서 프로문학은 그것과는 비교가 되
지 않는 하위의 것으로 차별화되었다.[4]

특히 1959년의 '우리 문학의 혁명 전통에 대한 학술발표회'에서 북
한문학의 새로운 유산 및 전통 찾기 결과, 김일성 부대가 1930년대에
만주에서 벌였던 항일 무장투쟁 과정에서 구비전승되었던 민요, 군가,
촌극이 '혁명가요' '혁명 연극'으로 개념화, 재규정되면서 위상이 높아
졌다. 주목되는 사실은 아직 '항일혁명문학예술'이라는 장르 명칭조차
부여받지 못한 이들 문학의 위상을 강조하기 위하여 한 걸음 더 나아가

---

3 김정일,『주체문학론』, 조선로동당출판사, 1992.
4 이하 2면 분량은 김성수,「프로문학과 북한문학의 기원」『민족문학사연구』21, 민족
   문학사학회, 2002의 해당부분을 요약, 보완한 것이다.

'항일 무장투쟁 과정'에서 구비전승된 '혁명적 가요'와 '혁명적 연극' 등이 국내 프로문학의 창작에 영향을 주었다는 식으로 논의가 진행되었다는 점이다.[5] 당시 기사에 따르면, 항일 무장 투쟁이 국내 프롤레타리아문학에 준 영향을 사료적인 측면에서 논증하고 있다. 평론가 현종호는 원래 「항일 무장투쟁 과정의 영향하에 발전된 국내 프로레타리아문학」라는 제목으로 발표된 논문에서 한설야, 이기영, 송영 등이 카프문학을 창작할 때 멀리 만주지방에서의 무장투쟁 소문에 사기가 올랐다는 회고를 논증 자료로 삼아 항일혁명문학의 우위성을 주장하였다.[6]

또한 항일 무장 투쟁이 국내 프로레타리아 문학에 준 영향을 사료적인 측면으로 론증하였다. 한설야가 1930년대 항일 무장 투쟁이 국내 프로레타리아 문학 예술 발전에 거대한 영향을 주었으며 프로레타리아 작가 예술가들을 창작 활동에 사상적으로 고무 주동하여 주었다고 언급한 『황혼』 재간판의 인용문을 례증하였다. 또한 리기영도 「나의 창작 경험」이라는 글에서 『고향』을 창작할 때 이와 같은 영향을 받았다고 쓴 것을 례증하였고 계속하여 송영도 「조선문학의 자랑」이란 소론에서 항일 무장 투쟁의 영향에 대하여 지적하였다고 하였다.[7]

---

5 기자, 「우리 문학의 혁명 전통에 대한 학술보고회 진행」, 『문학신문』, 1959.8.28, 2면; 현종호, 「항일 무장투쟁의 영향하에서 발전된 국내 프로레타리아 문학」, 『문학신문』, 1959.8.28, 2면. 이 학회의 주최자가 홍기문의 김일성대학이나 한설야의 작가동맹이 아니라 장형준, 연장렬, 강능수 등이 관여한 과학원 문학연구실이라는 점이 시사하는 바가 크다는 생각이다.
6 현종호, 「항일 무장투쟁 과정에서 창조된 혁명문학의 문학사적 의의」, 과학원 문학연구실 편, 『항일 무장투쟁 과정에서 창조된 혁명적 문학예술』, 과학원출판사, 1960 참조.
7 기자, 「우리 문학의 혁명전통에 대한 학술보고회 진행」, 『문학신문』, 1959.8.28, 2면.

예를 들어 한설야『황혼』재간본의 인용문[8]과 이기영의 「나의 창작 경험」,[9] 그리고 송영의 「조선문학의 자랑」이란 수필에서 항일 무장 투쟁의 영향을 받았다고 한 것인데, 이런 논리는 적잖은 비약과 무리가 있다. 이를테면 1959년의 한설야 회고의 실체는 1930년대에 쓰인 자신의 대표작『황혼』재간본을 두고 당시에 멀리 만주에서 항일 빨치산 활동을 하던 김일성 부대의 소식을 듣고 그에 고무되어 창작에 임했다는 정도였다. 이는 1950년대 말 당시 한설야의 정치적 입지에서 나온 아부성 언급이지 확고한 증거가 있을 리 없다. 그런데 이 회고가 시나브로 항일 혁명문학의 '직접적 영향'을 받은 증거로 둔갑하였다. 프로문학 전체가 항일혁명문학의 영향을 받아 창작되었다는 식으로 논리가 비약한 것이다. 일제강점기의 진보적 작가들이 만주 독립 투쟁의 소문에 고무되어 창작과정에서 사기가 오를 순 있다. 하지만 그것이 곧바로 항일 투쟁 과정에서 구전된 가요, 촌극들이 프로문학 창작에 '직접적 영향'을 주었다는 논거가 되지는 못할 것이다.

오히려 반대 해석도 가능하다. 빨치산들이 만주 지역에서 무장 투쟁을 하면서 국내 소식에 목말라 할 때 카프에서 간행된 문학작품 등 국내 문건들이 유입되어 그들의 투쟁을 고무했을 가능성도 크다는 말이다. 이를테면 만주 지역에 유포된 카프 잡지『별나라』등 국내 진보운동세

---

8 한설야,『황혼』, 조선작가동맹출판사, 1959, 88~89면. 한설야는 자신의 문단적 위치를 공고히 하기 위하여 자신의 대표작을 개작하고 그 의미를 김일성과의 직접적인 연계로 논증하는 발 빠른 정치적 의도를 드러낸다.『황혼』의 개작 부분에 관해서는 다음 논문을 참고할 수 있다(김병길, 「한설야의『황혼』개작본 연구」,『연세어문학』, 30 · 31 합집, 1999.2 참조).

9 『고향』에 대한 당대 학자의 논문에서도 프로문학에 대한 항일혁명문학의 영향과 긴밀한 연계를 언급하고 있는데, 직접적인 증거라고 보기엔 논리적 무리가 있다(리상태,『리기영의 창작 연구』, 조선작가동맹출판사, 1959, 106~107면).

력의 문건이 무장투쟁 세력권 내의 주민들에게 항일운동의 사기를 진작하는데 기여했다는 김일성의 일화가 그 한 예가 될 것이다.[10] 이를 통해 볼 때, 만주의 무장투쟁기 혁명문예가 국내의 카프문학 창작에 직접적 영향을 주었다고 일방적으로 단정하긴 어렵다. 그보다는 국내의 진보적 문학가들의 창작 활동에 만주 등지의 항일투쟁 소문이 일정한 동기 부여 구실을 했으며, 역으로 이국땅에서의 힘든 투쟁과정 중에 국내의 진보적 문학 작품들이 어느 정도 사기 진작에 도움을 주는 식으로 '상호상승작용'을 불러일으켰다고 판단하는 것이 온당한 해석이라고 생각한다. 그런데도 주체사상의 전일적 지배가 진행된 1967년 이후엔 국내의 진보적 문학에 대한 만주 항일혁명문학의 일방적 영향만 강조되다가 1970년대 초에 아예 항일혁명문예 유일 전통론이 고착화되었다.

이후 북한문학사의 유일한 전통은 항일혁명문학만 부각되고 카프를 중심으로 한 프로문학 및 비판적 사실주의 등 진보적 문학, 그리고 민족주의문학계열 등 나머지는 주변화 부차화되는 현 문학사 구도가 완성되었다. 1970년대 이후 항일 혁명 투쟁 과정에서 나왔다는 항일혁명문학이 근대 문학사에서 가장 중심적인 것으로 평가받기 시작하였는

---

10 다음은 카프의 프로문학이 오히려 만주 무장 투쟁에 '영향을 주었다'는 증거로 해석된다. "프로레타리아 문학은 근로 인민들의 절대적인 지지를 받았으며 국내에 있어서 뿐만 아니라 멀리 일본이나 동북 지방의 조선 사람들에게도 영향을 주었다. (…중략…) '김일성 원수께서 (…중략…) 소년 잡지 『별나라』에 두 팔이 없는 소년이 입으로 글을 쓰는 사실이 난 일이 있었는데 이 사진을 우리들에게 돌려 보이시고 난 뒤에 이런 말씀을 하셨습니다. "두 팔이 없어도 이렇게 글씨를 잘 쓰는데 두 팔이 건전한 우리들이야 말할 게 있나요. 남한테 지지를 맙시다. 조선 민족이란 자랑을 빛내입시다.' (『백두산은 어데서나 보인다』, 21~22면)"(연장렬, 「항일 무장투쟁 과정에서 창조 보급된 혁명가요」, 과학원 문학연구실 편, 『항일 무장투쟁 과정에서 창조된 혁명적 문학예술』, 과학원출판사, 1960, 47~48면) 『별나라』는 주지하는 바와 같이 카프 작가들이 발행한 아동문학 잡지였다. 김일성이 평소 이를 읽고 빨치산 투쟁 때 대민 교육에 활용했다는 증거가 된다.

데 그 근거로 제시된 것은 '김일성이라는 수령'의 영도와 '조국광복회라는 당'의 조직적 지도였다. 이를 반영한 문학사가 5권짜리 『조선문학사』(1977~1981)의 제3권이다. 『조선문학사』 제3권에서 일제하 프로문학은 그 형해만 남은 모습으로 서술되었다. 이 문학사에서는 1926년 타도제국주의 동맹의 결성을 계기로 문학사적 현대가 시기 구분되었기 때문에 여기에 맞추어 프로문학도 형해화되었다. 그리하여 1920년대 초부터 1926년까지의 문학 즉 초기 프로문학은 그 자체로서 기술되었지만 그 이후 즉 1927년 이후의 문학은 만주 항일혁명투쟁의 전개에 따라 '그 영향' 아래 진행된 것으로 묘사되었다. 즉, 항일혁명문예의 직접적 영향하에 일제하 진보적 문학이 이루어졌는데, 그 일부가 프로문학이라는 식으로 서술된 것이다. 프로문학 자체에 대한 서술은 극히 축소되어 앞뒤 맥락과 전반적 분위기를 이해하기가 힘들다. 이는 다시 말해서 프로문학의 역사적 의미 부여나 문학사적 성격 규정을 의식적으로든 무의식적으로든 하지 않았다는 뜻이다. 원래 북한 학계의 연구사와 1950~1960년대 초창기 문학사 서술을 보면, 1927년 이후의 '카프를 중심으로 한 프로문학'은 문학사적으로 비판적 리얼리즘에서 사회주의리얼리즘으로 발생, 발전하는 데 지대한 공헌을 한 반일혁명문학의 대표라는 시각에서 의미 부여되었지만,[11] 1970, 80년대에 들어서는 항일혁명문학 때문에 그러한 기준과 용어를 갖다 붙이기 어려워졌기 때문에 '어정쩡한 상태로 방치'되었던 것이다. 이는 주체사상이라는 이념적 당

---

11 이에 대한 자세한 논의는 김성수, 「우리 문학에서 사회주의적 사실주의의 발생」, 『창작과비평』 67, 1990 봄; 김성수, 「근대문학과 사회주의리얼리즘의 발생－1950~60년대 북한 학계의 사회주의리얼리즘 발생 발전 논쟁에 대한 비판적 검토」, 『우리 문학과 사회주의 리얼리즘 논쟁』, 사계절출판사, 1992 참조.

위 때문에 어떻게든 항일혁명문학을 상위에 놓아야 하고 그 밑에 프로문학을 배치해야 하는데 이를 어떤 식으로 설명해야 할지 그 논리를 정교하게 만들기 어려웠기 때문이리라. 1960년대 말, 위로부터 부여된 유일사상체계를 그대로 문학사 기술에 적용하려고 하는 과정에서 필연적으로 무리수가 빚어질 수밖에 없었던 것이다.

1980년대 중반 이후 프로문학이 일정 정도 복권되어 북한문학의 '유일한 전통'인 항일혁명문학에는 미치지 못하지만 중요한 문학 '유산'으로 자리매김되었다. 1986년에 나온 『조선문학개관』과 『조선 근대 및 일제하 소설사 연구』[12]에서 프로문학의 모습이 다시금 일정 정도 복원되었다. 1990년대에 나온 15권짜리 문학사에서는 주체사상과 수령론에 입각한 항일혁명문학 일변도의 이전 문학사(1977년판)보다도 프로문학에 대해서 보다 구체적으로 보완 서술되고 있다.[13]

2) 1930년대 항일혁명문학(예술)에 대한 서술의 사적 변모

1930년대 항일혁명문학(예술)에 대한 서술의 사적 변모를 살펴보기 위하여 5권짜리 『조선문학사』 제3권(1981)과 15권짜리 『조선문학사』 제8권(1992)을 비교하면, 항일혁명문학에 대한 서술 기조는 기본적으

---

12 은종섭, 『조선 근대 및 일제하 소설사 연구』, 김일성종합대학출판사, 1986.
13 북한 학계에서 프로문학의 위상이 복권된 방증으로 김일성종합대학교 문학대학(은종섭 학장) 조선문학강좌장(남한의 국어국문학과 학과장)인 신영호의 박사학위 논문이 카프의 프로문학 전개과정을 주로 다룬 것도 들 수 있다(신영호, 『조선문학비평사연구』, 김일성종합대학출판사, 2003 참조). 새로 문학대학장이 된 신영호 교수를 북경 학회에서 2009년 8월에 만나 저간의 사정을 들을 수 있었다.

로 동일하지만 몇몇 차이점이 있음을 확인할 수 있다.

먼저 문학사 서술 편제의 미묘한 변화가 있다. 항일혁명문학예술을 실제 이상으로 과잉서술하고 기존의 진보적 문학 실상을 지나치게 축소·왜곡했던 1981년판 문학사 편제의 무리수를 보완하기 위해 1992년판 문학사에선 항일혁명문학을 8권에, 1926~1945년 문학을 9권으로 별권 처리하였다. 또한 1981년판엔 ① 김일성 지도방침 ② 혁명가요, ③ 혁명연극, ④ 혁명가극, 이야기와 동화 ⑤ 혁명가요, ⑥ 혁명연극, ⑦ 인민창작 등으로 병렬했던 시기별 장르사를 1992년판에선 각 장르의 위상을 시문학, 극문학으로 격상하고 김일성 개인 창작을 더욱 중시했으며 나머지 부분을 약화시켰다. 수령의 문예정책과 창작 모범을 제시한다는 식으로 나름 선택과 집중을 한 결과라 생각된다.

다음으로 해당 시기 시대구분이 달라지는데, 81년판엔 항일혁명투쟁의 첫 시기는 1926년 10월 타도제국주의동맹 결성 기점으로, 항일무장투쟁시기는 1936년 5월 조국광복회 결성과 무장투쟁노선의 출발을 결정적인 시점으로 삼고 있다. 그러나 1992년판에선 항일무장투쟁시기를 김일성 부대가 처음 무장투쟁노선을 결정한 1931년 명월구회의로 소급하고 있다. 그에 따라 1934년 김일성이 지었다는 혁명시가 「조선인민혁명군」 등이 새로 추가되었다. 또한 1981년판에선 '항일혁명투쟁의 첫 시기 혁명가요, 혁명연극, 혁명가극 ……' 등으로 정리된 것이 1992년판에선 '항일혁명투쟁의 첫 시기 혁명적 문학'으로 장르 위상이 격상되었다.

셋째로, 1930년대 항일혁명문학사 서술도 조금 달라졌다. 1981년판의 '항일무장투쟁 시기의 혁명가요, 혁명연극, 인민창작'에서 1992년판에서는 '2편 항일무장투쟁 시기의 혁명적 문학'으로 장르가 정리되고 하위 주제가 세분화되었으며 무엇보다도 새로운 작품(김일성 창작 및 찬

양문학 등) 발굴 등 10년 동안의 학계 연구 성과를 반영한 듯 내용이 조금 보완, 정리되었다.[14]

이상에서 보듯이 5권짜리 『조선문학사』 제3권(1981)과 15권짜리 『조선문학사』 제8권(1992)을 비교하면 항일혁명문학에 대한 서술 기조는 비슷하지만, 항일혁명문학과 수령문학에 대한 서술에서 전자는 작품 실상보다 과도한 의미 부여와 무리한 일반화가 있었던 반면, 후자에 와서 논리적으로 무리한 부분은 보완하고 대신 작품 증거는 보완하는 식으로 미묘한 변화를 보인다. 그렇다고 '수령문학(수령의 '창작 / 수령 소재작 / 혁명가정 소재작'의 위계)-항일혁명문학-진보적 문학(프로문학 포함)-사실주의문학-자연주의나 수정주의 등 여러 편향을 보인 이색문학-(부르주아)반동적 문학' 등의 문학사 위계가 달라진 것은 아니다.[15]

---

14 1981년판에선 "5장. 항일무장투쟁 시기의 혁명가요-〈조국광복회 10대 강령가〉, 6장. 혁명연극-〈피바다〉, 〈한 자위단원의 운명〉, 7장. 인민창작-「백두산에 장수 났다」 등의 혁명설화, 〈백두산의 장군별〉 등의 인민가요"가 해당부분이다. 1992년판에선 "4장. 혁명적 시문학-「조선인민혁명군」, 「반일전가」, 「조국광복회 10대 강령가」, 「피바다가」, 「토벌가」, 5장. 혁명연극-〈경축대회〉(풍자극 추가), 〈피바다〉, 〈한 자위단원의 운명〉 등 대표작" 이외에도 〈기민탄식〉, 〈한 고학생의 가정〉, 〈한 지식인의 각성〉 등이 추가되었다. 6장. 인민창작-「백두산에 장수 났다」 등의 혁명설화, 〈백두산의 장군별〉 등의 인민가요, 김일성 찬양 설화, 민요 외에도 백두광명성, 항일유격대, 일제침략자 풍자 등의 주제를 그린 인민 창작 서술이 늘었다.

15 1970년대 북한문학을 서술한 『조선문학사』 14(1996)에서 흥미로운 대목은 이 책에 와서 북한학계의 문학사 서술위계가 3단계로 고정 서술되어 있다는 사실 자체이다. ① 항일혁명무장투쟁시기의 '혁명적 문학예술' 〈피바다〉 등의 재창작(김일성의 창작을 김정일 지도로 집체창작('옮겨쓰기') ② 수령과 '혁명가정' 소재작-수령형상 창조, 특히 『불멸의 력사』 총서, 수령 후계자 형상, 혁명가정(김형직, 강반석, 김정숙, 김형권 등) 소재 창작 ③ 사회주의 현실 주제(소재) 창작.

3) 역대 문학사에 나타난 『불멸의 력사』 총서 서술의 변모

1982년에 나온 5권짜리 『조선문학사』 제5권(1967~1980)과 1996, 98년에 발간된 15권짜리 『조선문학사』 제14권(1970년대), 15권(1980년대), 그리고 2006년에 간행된 단권짜리 『조선문학사』 제6편(1959~1990년대)을 비교하면, 북한에서 『불멸의 력사』 총서에 대한 문학사의 서술 기조가 어떻게 달라졌는지 사적 변모와 그 의미를 짐작할 수 있다.

1977, 1978년에 나온 5권짜리 『조선문학사』 제4권(1945~1959), 5권(1959~1975)에는 총서에 대한 서술이 없다. 다만 항일혁명문학예술과 수령형상문학에 대한 과도한 서술이 있어 논란의 여지가 있다. 박용학·김려숙·변귀송·신경균 공저 『조선문학사』에서 총서의 출현을 두고 "로동계급의 혁명적 문학예술 발전에서 획기적 사변으로 되며 혁명적인 소설문학 발전에서 거대한 의의를 가진다"고 문학사적 의의가 공식적으로 서술되어 있다.[16]

다음은 『조선문학사』 제5권(김일성종합대학출판사, 1982)의 총서에 대한 (클리세 성격의 의미 부여가 아닌) 문예학적 언급이라 내용을 인용한다.

총서 창작의 특성은 혁명력사를 통일적으로 파악하고 체득할 수 있게 체계적인 련관성을 보장하고 있을 뿐 아니라 매 권은 상대적인 독자성을 가지도록 형상화되고 있다는 데 있다. (…중략…) (총서는) 다부작 구성형식과는 구별된다. 다부작 구성형식은 보통 하나의 주제를 제기하고 여러 권으로 구성된다. 다시 말하여 다부작 구성은 하나의 주제 밑에 여러 권의 부로

---

16 김려숙·변귀송·신경균, 『조선문학사』 5, 김일성종합대학출판사, 1982, 90면.

구성되는 것이 상례이다. 이 경우 매 권은 자기의 일정한 얼굴을 가지고 있으면서도 전체적으로 하나의 주제사상으로 관통되여 있는 것이다. 이러한 구성방식이 지금까지 알려져 있는 가장 보편적인 구성방식이다." 반면 총서의 구성방식은 하나의 주제로 꿰여지는 여러 부의 구성형식이 아니라 "김일성의 혁명력사 전반을 방대한 서사사적 화폭 속에 담는 것을 근본원칙으로 하면서 매 부(권)는 주제사상의 측면에서 독자성을 가지면서도 총체적으로 위대한 형상 창조에 지향되고 그에 복무하는 독특한 구성형식이다.[17]

이것이 바로 북한 학계가 생각하는 총서의 독창성과 우수함에 대한 문예학적 의미 부여이며 문학사적 가치 평가로 해석된다. 일반적으로 소설 창작에서 주인공의 일생을 전면적으로 형상화할 때, 일대기식 전기나 연대기·가족사가 아닌 사건 중심의 장편소설을 서술하되 각편이 독립적이면서 연계된 것을 대하소설이나 연작 장편, 총서시리즈라고 할 수 있다. 가령 80여 권에 달하는 발자크의 '인간희극(La Comedie Humaine)'이나 20권짜리 에밀 졸라의 '루공-마카르 가문 이야기(Les Rougon-Macquart)'같이 대하소설 장르의 시초로 꼽히는 총서시리즈를 보면 총서에 속하는 각 장편은 동일한 시대를 총체적으로 그렸을 뿐이지 텍스트 간에 상호 연계성보다는 독립성이 훨씬 강하다. 이에 비해, 『불멸의 력사』 총서는 동일한 시대와 동일한 인물, 주제 등의 측면에서 기존 총서와는 달리 유기적 연계성이 유난히 강하다는 점이 특징이다.

따라서 총서가 세계문학사에서도 유례없이 독창적이라는 바로 이 점을 1982년판 『조선문학사』 제5권과 1992년판 『조선문학사』 제14권

17　위의 책, 94면.

은 문학사적 의의로 강조하고 있다. 다만, 북한의 문학사에서 김일성 일대기를 대작 장편 연작시리즈로 펴낸 총서의 의의로 수십 편 텍스트 간의 '유기적 연계성'을 강조하는데, 이는 유례없음은 될지언정 그것이 곧바로 예술적 독창성과 탁월함의 근거가 되는지는 의문이다.

이런 문제의식을 가지고 『조선문학사』 제14권, 15권의 총서 관련 서술을 보자. 14권에는 문학사적으로 가장 중요한 '항일혁명무장투쟁시기의 혁명적 문학예술의 재창작'을 1970년대 초중반의 제1차 문학예술혁명이라 규정하며, 그 주 내용은 영화·가극·연극혁명으로 각각 '우리식 영화문학(시나리오), 피바다식 가극문학(대본), 성황당식 연극문학(희곡)'으로 정식화되었다. 총서의 문학사적 위상은, "소설형태에서는 총서 『불멸의 력사』가 창작됨으로써 수령형상 창조와 소설 발전에서 새로운 경지가 개척되었다."(22면), "총서는 (…중략…) 로동계급의 수령을 주인공으로 하는 총서형식이 처음으로 개척되게 되였다." '수령의 혁명력사를 체계적 전면적으로 형상할 수 있는 활로'(23면), "수령형상 문학은 총서 『불멸의 력사』가 창작됨으로써 본격화되었다"고 규정되었다.[18]

사실 1972년 최초의 총서인 『1932년』(4·15창작단 집체작, 권정웅)가 나오기 전에 이미 김일성의 일대기를 장편 시리즈로 쓰려는 시도가 있었다. 그의 유소년기를 다룬 『배움의 천리길』(1971), 『만경대』(1973), 『동트는 압록강』(1975) 등이 그것이다. 하지만 웬일인지 3편을 제외하고 총서 시리즈는 그의 10대 시절부터 형상화 대상으로 삼아 창작되었다. 이유는 전체 역사와 관련된 것 같다. 북한에서는 현대사의 기원을 15세 소년

18　천재규·정성무, 『조선문학사』 14, 사회과학출판사, 1996, 22·23면; 김정일, 『주체문학론』 136~137면.

김일성이 '타도제국주의동맹'을 결성하여 이른바 '조선혁명'을 시작한 1926년 10월 17일로 잡고 있다. 따라서 혁명 이전의 유소년 시절을 다룬 소설들까지 혁명 역사라 하기 어려워 총서시리즈에서 뺀 것으로 짐작된다. 이러한 편제는 총서가 단순한 개인 위인전이나 연대기적 영웅담이 아님을 웅변하고 싶은, 총서 최초 기획자의 고심의 산물인지도 모른다. 그러나 김일성이 조선혁명의 길로 나서기 이전의 어린애 시절 행적을 그린 작품을 뺐다고 해서 총서가 개인숭배의 산물이 아닌 혁명역사의 문학적 산물이라고 가치가 우월해지거나 문예학적으로 총서 장르론을 일반화시키기도 어렵다.

1970년대엔 총서 항일혁명무장투쟁시기편 15권 중 권정웅,『1932년』(1972), 천세봉,『혁명의 려명』(1973), 석윤기,『고난의 행군』(1976), 최학수,『백두산기슭』(1978) 등 4권이 창작되었는데, 그 시기를 다룬 문학사 14권에는『1932년』에 대한 문학사 서술이 무려 14면, 작품 자체 해설만 8면이라는 파격적 분량으로 서술되어 있다.[19]

1980년대 북한문학을 서술한『조선문학사』제15권을 보면, 한마디로 '온 사회의 주체사상화에 이바지하는 주체문학의 발전'으로 시대 특징이 일컬어진다. 김정웅이 집필한 것으로 짐작되는 수령문학 서술을 보면 '총서' 중 항일혁명투쟁시기편과 해방 후편 십수 편을 일일이 해설하면서, 특히 80년대 총서의 성격을 두고, '소설문학의 대표적인 작품들'이며 "주체사실주의창작방법의 위력을 과시하는 기념비적 소설작품"(40면)이자 "력사문헌적 가치'와 '주체혁명 (…중략…) 사상 교양의 교과서"(49면)로 규정하고 있다. 하지만 문학사의 서술 분량과 문맥을

---

19 유일하게 문학사의 별도 절로 서술된 김규엽『새봄』과 비교되는데, 그 이유와 의미 규명도 과제이다.

면밀하게 분석하면 쏟아져 나온 작품 양에 비해서 사적 가치 부여는 오히려 1970년대보다 높지 않다는 사실을 알 수 있다.

최근에 나온 김일성대학판 『조선문학사』(문학대학용)(김일성종합대학 출판사, 2006, 377면)에서는 1970, 80년대에 주로 나온 '총서'를 두고 '수령형상 창조 문학의 대전성기'라 규정하고 있다. 미묘한 것은 『1932년』 평가를 두고 총서 창작에 관한 김정일의 사상이론적 위대성을 먼저 언급하고 나서 김일성의 위대성을 교양하는 작품이라고 서술한 데서, 예전과 조금은 달라진 총서의 위상을 짐작할 수 있다.

3. 『불멸의 력사』 총서의 문학사적 위상

지금까지 북한의 '문학사 서술'에 나타난 항일혁명문학, 수령문학, 총서시리즈의 변모를 살펴보았다. 미묘한 차이는 있지만 기본적으로 북한의 문학사 서술에서 규정하고 있는 총서의 문학사적 위상은 수령과 혁명가정이 직접 창작했다는 수령창작문학 — '불후의 명작'이나 '노작'으로 지칭되는 — 다음의 절대적 위치에 놓인다. 문제는 남한 학자인 우리가 이를 어떻게 볼 것인가 하는 점이다. 찬양 일변도의 북한식 평가와는 달리, '총서'가 어떤 문학사적 전통을 이어받아 어떻게 창조되었으며 어떤 문학사적 미래를 지향하는지 추정하는 것은 우리 몫이기 때문이다. 그렇다면 우리가 역사주의적으로 파악한 '북한문학의 역사'에서 '총서' 시리즈의 위상은 어떻게 정리할 수 있는지, 그 전사(前史)와 현재적 위상, 미래의 방향을 가늠해보도록 한다.[20]

'북한문학의 역사'에서 '총서'를 비롯한 수령문학론, 주체문예론의 형성에는 1950, 60년대 문학의 몇 가지 전사(前史)를 찾아볼 수 있다. 김일성 가계(家系)문학의 발굴과 우상화, 4·15문학창작단의 결성, 항일 빨치산 참가자 회상기와 유적지 답사기, 『서광』(박달, 1959)과 『청년전위』(림춘추, 1962) 등 항일빨치산 참가자 소재 작품, 그리고 대작 장편론이 있다. 특히 혁명적 대작 논의 과정에서, 1964년 7월 작가들은 40여 일에 걸쳐 '백두산지구혁명전적지'를 답사하며, 1966년 1월 김일성은 작가들을 불러서 17일간 혁명문학 건설의 방향과 항일무장투쟁기의 이야기를 매일 들려준다. 그 중에서 '혁명적 대작 장편 창작'논쟁(1964~1965)의 경과와 의미를 간략히 정리한다.

1964년경에 이르면 북한 문예학계는 문예의 모든 관심을 천리마기수의 형상에만 전일적으로 맞추는 것은 한계가 있음을 깨닫게 된다. 그래서 단선적이고 도식적인 미학사상이 갖는 한계를 극복하는 방편으로 1960년대 중반의 3, 4년간 '혁명적 대작 장편' 창작방법론 논의를 주된 관심사로 삼게 되었다.[21] 그 결과 어떤 특정 시기의 현실적 요구에 맞추

---

20 이 문제에 대한 기존 논의, 북한뿐만 아니라 남한 및 해외 학계에서의 다양한 평가도 비교할 필요가 있다. 가령 신형기, 김윤영, 선우상열 등의 수령문학 평가가 엇갈리는 점이 주목된다(신형기, 『북한소설의 이해』, 실천문학사, 1996; 김윤영, 「북한소설의 갈등양상 연구」, 수원대 박사논문, 2003; 선우상열, 『광복 후 북한현대문학 연구』, 역락, 2002).

21 이 논쟁에 대한 자세한 전말은 졸고, 「장편소설론의 이상과 '대작장편' 창작방법논쟁」, 『한길문학』, 1992 여름(= 개제, 개작 『통일의 문학, 비평의 논리』, 책세상, 2001)을 참조할 수 있다. 이하 2면은 그 일부의 요약이다. 한편 필자와 다른 접근법으로 총서의 문학사적 위상을 1960년대 중반의 혁명적 대작 장편 논쟁과 관련시킨 것으로 남원진의 최근 연구가 있다(1992년의 필자의 기존 논의를 보지 못한 듯하다)(남원진, 「'혁명적 대작'의 이상과 '총서'의 근대적 문법」, 『북한의 문화정전('총서『불멸의 력사』')과 역사의 기획』(제32회 한국현대소설학회 2008년 하반기 학술대회 자료집), 한국현대소설학회, 2008.11.22 참조).

어 그때그때 전형을 만들어냈던 종래의 관행에서 벗어나 근현대사의 역사적 과정 속에서 성장하는 인물의 성격형성을 서사시적으로 그려내는 대작 장편을 창작하는 성과를 내게 되었다.

'혁명적 대작'이란 어떤 특정한 시기의 인물이 과거 어떤 역사적 흐름 속에서 성장해왔는가 하는 문제를 서사시적으로 다룬 장편작품을 일컫는데, 이를 어떻게 구체화할 것인가를 두고 다양한 논의가 벌어졌다. 그 결과 보통사람이 풍부한 갈등을 헤치고 역사의 움직임 속에서 한사람의 공산주의자로 완성되어가는 과정을 그려야 한다는 데 의견을 모으고 다양한 삶이 묘사되었다. 이 점은 천리마기수 형상론의 경우 비범한 영웅상이 내세워진 것과 비교된다. 보통사람도 역사의 흐름 속에서 열심히 노력하면 혁명투사로 성장할 수 있다는 가능성이 다양함 속에 열려있기 때문에 대작 장편론이 좀 더 진전된 미적 인식을 보여주는 것이라 평가할 수 있다. 대작이 소설 장르에 국한된 것은 아니다. 시에서 서사시, 소설에서 대하 장편소설, 연극 영화에서 다부작이 창작되었다. 이는 천리마 기수 형상론같이 노동영웅을 주관주의적으로 형상화하는 단선적인 미학만으로는 당시 북한사회의 복잡상과 대중의 다양한 정서를 포괄할 수 없기 때문이다.

이 논쟁을 통해 가장 괄목할 것은 아마도 리얼리즘 인식의 진전을 들 수 있을 것이다. 사실주의 발생 발전논쟁의 경우에는 엥겔스의 명제를 축자적으로 해석하거나 기계적으로 적용하려는 교조주의 편향을 보인 반면, '대작 장편'논쟁에 오면 전형화법칙에 대한 진전된 인식을 보이고 있는 것이다. 더욱이 천세봉의 『석개울의 새봄』, 『고난의 력사』, 『대하는 흐른다』, 『안개 흐르는 새 언덕』, 석윤기의 『시대의 탄생』, 황건의 『아들딸』, 박태원의 『계명산천은 밝았느냐』 등 논쟁과 관련된 1960년대 장편은 민족문학과 리얼리즘 입장에서 볼 때에도 일정한 평가를 받을 수 있는 작품으로 평가된다. 반면 '총서'는 1970~80년대의 대표적인 장편소설로서 절대적 찬양 대상지만 민족문학이 기준에서나 리얼리즘 미학의 준거로도 예술적 완성도에서 의문의 여지가 없지 않다.

'혁명적 대작'이 나오게 된 배경에는 당대의 역사적 토대가 자리 잡고 있음은 물론이다. 이 논쟁은 북한 사회가 상대적으로 사회경제적 안정기에 놓여있다는 역사적 사실을 반영하고 있다. 즉, 총체성 획득이 가능한 북한 사회의 자신감이 표현되어 있다는 말이다. 혁명적 대작이라는 개념이 쓰이면서 1930년대부터 1960년대 당대까지가 중간의 민주 건설기나 한국전쟁기, 전후 복구시기, 사회주의 건설기 등과 함께 일관된 '조선혁명'의 합법칙적 역사 단계로 인식할 수 있게 되었다. 문예 분야에서도 이전까지는 1930년대 항일무장투쟁기 빨치산 활동이나 1950년대 말 이후의 천리마운동에 한정되던 문예인의 시야가 해방 후 당 건설 및 민주개혁시기, 전쟁시기 등으로 넓어지고 독립된 소재들이 전체적인 일관된 흐름으로 취급되었다. 이는 이 시기에 와서 북한 사회가 총체성을 가진 사회로 안정되었다는 역사적 사실을 반영하였으리라는 추측을 가능케 한다.

다음으로, 북한사회의 제3세대 교육 문제가 역사적 배경이다. 이 시기 북한 사회가 총체성을 지향하면서 동시에 혁명 1세대와 새로운 세대 간의 의식의 격차가 엄연히 있음을 알 수 있게 하는 대목이기도 하다. 대작론과 장편소설을 통해 당시 북한 사회의 가장 중요한 역사적 과제였던 사회주의의 전면적 건설과 통일이라는 문제를 후세들에게 혁명적 열정을 선전하고 교육한 측면이다. 혁명적 대작은 당 정책의 구체적 당면과제에 사회 구성원의 관심을 집중시키고 그들을 이념적으로 통합하는 데 일정하게 기여했다고 할 수 있다. 그러나 1967년 주체사상의 유일 체계화 이후 주체문예론이 주류를 형성되면서 이들 대작 장편의 민족 문학적 성향이 더 이상 발전되지 못한 사실이다. 오히려 주체사상에 기 초한 새로운 문예이론을 준비 중이었던 당 최고지도부 또는 김정일의 '대작 창작론'으로 교묘하게 수렴되어버린다.

1966년 10월 제2차 당 대표자회가 열리면서 북한 사회는 격렬한 변 화를 맞는다. 성장 일변도였던 북한 경제가 정체에 빠져 7개년 계획의 목표 달성이 불가능해지고, 베트남문제 및 문화혁명을 둘러싼 중국과 의 갈등으로 국제적 고립 위기에 처하자 당 최고지도부는 난국을 돌파 하기 위하여 김일성의 개인숭배를 신격화 차원으로 끌어올리고 주민동 원 체제를 강화하였다. 1967년 5월, 당 중앙위 제4기 제15차 전원회의 에 이르면 유일사상체제가 전 인민들에게 사회적 동의를 얻기 위한 대 대적인 선전 작업이 이루어지면서 문예계에도 엄청난 정세 변화가 이 루어진다. 항일 빨치산의 회상기가 폭발적으로 소개되면서, 그동안 꾸 준하게 소개되고 연구되었으나 문예의 전체 위상에서 보면 부분적이었 던 항일빨치산문학의 지위가 전면적으로 부상된다.[22] 이후 북한문학에 서는 김일성의 '항일혁명문학예술'이 최고의 권위를 가지며, 나아가 김 일성 '혁명가정'의 문학이 발굴, 신성시되면서 '주체문예론으로의 일방 통행식 도정'이 시작되는 것이다.

이 중 총서와 관련된 대작론의 추이를 보면 1960년대 중반의 논쟁 성

---

22   항일혁명문학의 지도적 위치 확보과정을 정치 투쟁과 관련시킨 비평사 논의로는 김재 용, 「북한문학계의 반종파투쟁과 카프 및 항일혁명문학」, 『역사비평』, 1992 봄; 김성수, 「프로문학과 북한문학의 기원」, 『민족문학사연구』 21, 민족문학사학회, 2002.12가 대 표적이다.

과가 김정일의 교시 「대작 창작에서 제기되는 몇 가지 문제」로 일방적으로 정리되는 것을 알 수 있다. 즉, 대작의 사상예술적 특징은 역사적 진실과 예술적 진실의 관계 설정과, 캐릭터의 성격 발전과정을 깊이 있게 그리고 생활을 풍부하게 그려야 한다는 식으로 정리된 것이다.[23] 이는 얼핏 보면 리얼리즘미학 일반론을 동어 반복한 것 같지만, 이면을 보면 1960년대까지의 자생적 개별 토론과 그 논의 성과를 당 최고지도부가 독점하는 것이며, 더 이상의 개인 차원 논쟁의 종언을 고하는 것이기도 하다.

1960년대 중반 혁명적 대작론을 당 최고지도부의 신성불가침한 이론으로 수렴해버린 김정일의 『영화예술론』(1973)에서는 "대작의 규모와 형식은 언제나 그 내용에 따라 규정"[24]된다고 지적한다. 여기서 내용이 가치 있고 깊이 있는 작품보다 형식과 규모가 큰 작품을 쓰는데 매달리는 것은 '대작주의'로 비판된다. 대작주의는 예를 들어, 항일혁명투쟁이나 한국전쟁에 대한 작품을 창작하는데, 전기나 연대기식으로 한 작품 안에 주인공이 투쟁을 시작한 날부터 승리할 때까지의 전 과정을 서술하거나 여기저기에서 좋은 이야기들을 조립식으로 작품을 꾸며내는 편향이라는 것이다. 진정한 대작의 기본 특징은 이런 대작주의적 편향과는 달리 형상화 대상인 생활 규모나 역사적 사건의 크기보다 사상의 높이와 그 해명의 심도를 중시한다. 즉 텍스트의 외형적 규모가 대작을 결정하는 게 아니라 내용이 대작을 규정한다고 명쾌하게 정리한다.[25]

---

23 김정일, 「대작 창작에서 제기되는 몇 가지 문제―예술영화 〈유격대의 오형제〉의 창작가들과 한 담화 1968년 4월 6일」, 『영화예술론』, 조선로동당출판사, 1973, 444~481면.
24 김정일, 「규모가 대작이냐 내용이 대작이냐」, 『영화예술론』, 조선로동당출판사, 1973, 60~68면.
25 그러나 한 사람의 일대기를 5,600면 짜리 33권에 달하는 분량으로 창작한 기(旣) 간

이상의 논의를 정리하여 총서의 문학사적 위상을 역사주의적으로 추정해보면, 1960년대 중반의 혁명적 대작론과 1967년 이후의 주체문예론·수령론이 결합되어 나타난 수령형상문학의 하나로 출발하여 1970년대 1차 문학예술혁명에서 대표작으로 자리매김 되었음을 확인하게 된다. 특히 총서에서 김일성의 혁명 역사를 혁명 발전의 중요 단계들을 전형화하는 방법으로 역사적 사실을 서사시적 화폭에 반영할 때, 혁명적 대작론의 작품 구성방식이 원용된다고 할 수 있다. 하지만 '주체문예이론의 정수'이자 수령 신화를 담은 '역사소설'이며 체제유지 기능[26]을 담당하는 총서를 타자의 시선에서 볼 때 얼마든지 다른 문학사적 평가가 가능하다. 총서의 성격에 대하여 신형기는 '신화로 퇴행한 역사', 강진호는 '일종의 허위의식이나 마취제일 가능성이 농후'한 신화, 유임하는 '체제문학이 낳은 국가 이야기'로 각각 규정하고 있는 것이다.[27]

행물 외형과 앞으로 계속 쓰여질 양까지 생각하면, 결과론적으로 총서는 이미 35년 전의 초심을 간과한 채 세계문학사상 유례없는 대작주의적 편향에 매몰되었다고밖에 볼 수 없다.

26 오태호, 「최학수의 장편소설에 나타난 수령 형상의 의미 고찰」, 『상허학보』 24, 상허학회, 2008.10, 76면.

27 신형기는 '신화로 퇴행한 역사', 강진호는 '일종의 허위의식이나 마취제일 가능성이 농후'한 신화, 유임하는 '체제문학이 낳은 국가 이야기'로 규정하고 있다(신형기, 『북한소설의 이해』, 실천문학사, 1996, 102면; 강진호, 「'총서'라는 거대서사 혹은 허위의식」, 『상허학보』 24, 상허학회, 2008.10, 33~34면; 유임하, 「총서 '불멸의 력사' 기획의 도와 독법」, 『북한의 문화정전('총서 『불멸의 력사』')과 역사의 기획』(제32회 한국현대소설학회 2008년 하반기 학술대회 자료집), 한국현대소설학회, 2008.11.22 참조).

4. 중세 왕실 찬가에 가까운 근대소설의 변형태

지금까지 북한의 문학사 서술과 북한문학의 역사에서 『불멸의 력사』 총서 시리즈의 위상을 간략히 살펴보았다. 역대 문학사에서 총서가 어떻게 서술되었는지 그 역사적 변천을 추적하고 그 의미를 리얼리즘 미학에 근거한 역사주의적 접근에서 정치적 필요에 의한 비역사주의적 고착화로 바뀌는 것으로 정리해보았다. 북한의 역대 문학사 서술에서 '총서'의 위상을 정리해보니 1970년대야말로 총서의 위상, 현실권력으로 작동할 실질적인 헤게모니가 가장 컸을 것이라 추정된다. 실제로 북한에서는 『영화예술론』을 비롯한 주체문예이론의 형성과 〈피바다〉 같은 항일혁명문학예술의 재창작을 통한 '문학예술혁명'을 수행하고 불멸 총서를 창작하기 시작한 1970년대를 '주체예술과 문학사의 대전성기'로 규정한다.

> 1970년대는 (…중략…) 주체예술의 대전성기였습니다.
>
> —『김일성저작집』 35권, 306~307면)

> 1970년대에 대전성기를 맞이한 우리 문학은 1980년대에 이르러 온 사회의 주체사상화 위업의 요구에 맞는 새로운 발전의 길에 들어섰다.
>
> —『조선문학사』 15권, 4면

면밀하게 읽는다면 위 서술은 1980년대 이후 수령문학에서 다시는 1970년대만큼의 문학적 설득력이나 현실적 위력을 가지지 못한 것으로 해석할 수도 있다. 따라서 수령문학의 현재적 위상은 정책 당국자나 작가의 기대에 비해 실제로는 독자대중에게 그리 대단하지 않을지도 모른다. 30년이란 시간, 한 세대가 지날 만큼 초기적 긴장과 지속성이 유지되는 위기의식과 혁명성이 세상 어디에 그리 흔하게 있을지도 의문이다. 1970년대와는 달리 이미 위기의식이 만성화된 사회가 수령문학의 현재 기반이기 때문이다.[28]

결론적으로 볼 때 북한문학사가 자랑하는 수령형상문학의 대표작 '총서'는 '수령의 혁명력사와 숭고한 풍모'에 대한 칭송만 모아놓은 〈용비어천가〉류의 악장문학에 가깝지 않나싶다. 주인공 수령에 대한 어떠한 비판적 묘사나 서사적 갈등도 개입할 수 없는 무시간, 무오류성의 소우주라는 점에서, 근대소설이라기보다는 중세적 왕실 찬가, 악장 서사시에 가깝다. 굳이 근대문학이라 한다면 근대소설의 특이한 변형이라고밖에 설명되지 않는다. 비유컨대 자기완결적인 담론의 소우주는 일종의 '영구기관'을 꿈꾸면서 그 안에선 천국 실현을 동어반복하고 있으나, 질량·에너지 보존법칙이란 바깥세계의 자연법칙에 비추어보면 연금술사의 언어적 마법에 불과하다. 그럼에도 불구하고 이러한 타자의 시선과는 거리를 둔 북한 내재적인 의미 부여는 얼마든지 가능하다.

문제는 리얼리즘이다. 한 논자는 총서를 두고 "혁명적 대작론을 수렴한 '총서'의 기획은 설령 '조작된' 총체성의 획득이라고 하더라도 이북 사회의 안정성을 보여주는 하나의 징표"이며, "혁명적 대작론이 해방 이후 진행된 이북의 리얼리즘 미학의 정점에 위치"한다고 하였다.[29] 이

---

28 '위기의식의 만성화'는 김성수, 「선군사상의 미학화 비판」, 『민족문학사연구』 37, 민족문학사학회, 2008.8에서 인용하였다.
29 남원진, 「'혁명적 대작'의 이상과 '총서'의 근대적 문법」, 『북한의 문화정전('총서『불멸의 력사』')과 역사의 기획』(제32회 한국현대소설학회 2008년 하반기 학술대회 자료집), 한국현대소설학회, 2008.11.22; 남원진, 『이야기의 힘과 근대 미달의 양식』, 경

는 1960년대 중반엔 타당하지만 바깥세계에 대한 대립각을 예리하게 세웠던 1970년대 이후엔 해당하지 않는다. 역설적으로 북한사회의 안정기가 끝나가는 1970년대 초의 초조감이 총서 등 수령문학의 강화 및 절대화를 초래했다고 볼 수도 있기 때문이다. 이런 맥락에서 널리 알려진 리얼리즘 미학의 보편적 준거에 따르면 총서보다는 『두만강』 1부부터 『안개 흐르는 새 언덕』 그리고 훗날의 『갑오농민전쟁』 『황진이』가 북한문학사 전체에서 예술적 성취의 정점에 있다고 평가하는 것이 온당하지 않을까. 1964~1966년의 논쟁과 그 토대가 된 소설 작품들[30]의 리얼리즘적 성취가 북한문학사 전체에서 정점에 있지,[31] 1973년 이후의 총서가 리얼리즘 미학의 정점에 위치한다고 평가하긴 어렵다고 생각한다.

이와 관련하여 앞에서 항일혁명문학이 어떻게 카프를 중심으로 한 프로문학의 전통을 배제하고 북한학계의 유일 정통으로 자리 잡았는지, 1958년의 기원을 면밀히 살펴본 바 있다. 이는 총서의 권위를 객관적으로 평가하는 한 준거를 마련해준다. 즉, 만주에서의 항일무장투쟁이 국내의 진보적 사회운동가들에게 소문 속의 희망을 주었을 개연성도 없지 않지만, 마찬가지 논리로 국내의 진보적 운동의 역량과 성과물

진, 2001 참조.

30 천세봉의 『고난의 력사』, 『대하는 흐른다』, 『안개 흐르는 새 언덕』, 석윤기의 『시대의 탄생』, 『무성하는 해바라기들』, 김병훈의 『숲은 설레인다』, 『불타는 시절』, 황건의 『아들딸』, 박태원의 『계명산천은 밝아 오느냐』, 윤시철의 『거센 흐름』 등. 이들 목록은 이미 졸고 「장편소설론의 이상과 '대작장편' 창작방법논쟁」(1992)에서 밝힌 바 있다. 문제는 이들 작품이 총서보다 리얼리즘적 준거 상 우위에 있다는 논증을 하지 못한 점이다. 앞으로 후속 논문을 기약한다.

31 북한 공식 당국은 인정하고 싶지 않겠지만, 이를 재조명하는 것이 반북과는 무관한 역사주의자의 책무라고 생각한다.

등이, 역으로 이국땅에서 힘든 투쟁을 벌이는 빨치산들에게 어느 정도 사기 진작에 도움을 주는 식으로 '상호상승작용'을 불러일으켰다고 판단하는 것이 낫다는 것이다. 다시 말하면 총서의 역사적 의미는 국내 진보적 운동의 역량을 일거에 무화시키고 오로지 만주에서의 무장 투쟁만 절대화시키며 결과적으로 항일혁명문학의 일방적인 영향과 유일 정통론으로 고착화됨으로써 스스로를 한반도 전체 운동에서 고립시켜 특권화하는 폐쇄성의 산물로 축소될 수밖에 없는 것이다.

2010년 현재 북한에서 '총서' 시리즈의 위상은 어떨까? 그 현재적 위상과 미래의 방향은 어디로 갈 것인가? 총서를 기획, 창작, 유포했던 1970년대의 혁명적 열정이 이젠 시효를 다했다고 판단되어서 문학사적 사명을 다한 (한시 같은 소멸장르) 줄 알았던 총서가 아직도 창작, 간행되고 있다는 사실이 시사하는 바가 무엇인지 새삼 혼란스럽다.[32] 사실 총서의 현실 장악력은 김일성 사후에 급히 나온 『영생』으로 종말을 고한 게 아닌가 내심 판단했기 때문에 더욱 그렇다.[33] 실제로 김일성 일대기에서 해방 이전 시기는 웬만큼 소설 작품으로 정리가 된 반면 해방 후 1960~1990년대 시기는 여전히 소설화되지 못한 빈틈이 많다. 만약 '해방 전편'처럼 1, 2년 단위로 개별 작품화한다면 앞으로 20편쯤 더 작품이 나와야 할지도 모를 일이다.

하지만 1994년에 사망한 김일성의 유훈통치도 1997년 끝났고 '고난의 행군과 강행군' 시기도 2000년 이후 끝났으며 '선군시대'란 새로운 슬

32　김은정에 의하면 총서는 2007년 해방 후편 『청산벌』이 출간되어 2008년 현재 33권으로 구성되어 있다.

33　백보흠, 송상원의 『영생』(문학예술종합출판사, 1997)은 1993~1994년의 핵 위기에서 수령의 사망에 이르는 기간을 그리고 있다.

로건이 현실적 힘을 얻는 상황에서, 『불멸의 력사』 창작 주체가 과연, 김정일 일대기를 동일한 방식으로 기획 창작하는 『불멸의 향도』만큼이나 힘을 쏟거나 의미를 둘지는 의문이다. 역사는 흐르는데 시간을 거슬러 갈 수는 없는 일 아닌가……. 어쩌면 김정일과 4·15창작단은 정치적 난국 타개책의 일환으로 '선군사상'을 새로운 문학예술 창작과 비평의 '정신적 이론적 조종중심'[34]으로 삼고자 하는 자기완결적인 전일적 미학으로 또 한 번 비약(?)할 '제3차 문학예술혁명'을 준비하고 있을지도 모를 일이다.

---

34 예술방법을 '정신적 이론적 조종중심'으로 개념 정의한 것은, R. 쇼버, 유재영 역, 「예술방법의 몇 가지 문제에 대하여」, 『현실주의연구』 1(사회주의리얼리즘에 대하여), 제3문학사, 1990, 71면을 참조하였다.

보론

북한의 문학사 서술토대, 주체문학론의 실체와 위상　**임옥규**

북한의 문학사 서술토대,
주체문학론의 실체와 위상

임옥규

1. 북한 문예이론의 정석, 『주체문학론』

최근 북한은 김정은 체제로 변모하면서 계승과 변화를 천명하고 있지만, 문화 정책이나 문예정책에서는 혁신적인 흐름을 보이지 않고 있다. 북한 문예계에는 기존에 있었던 김정일 시대의 주체 문학론의 기조가 여전히 유효하게 작용하고 있다. 현재 북한의 문예이론은 선군혁명문학예술이라는 명칭으로 설명되고 있다. 그런데 그 이면을 살펴보면 군 중시의 철학과 방식이 가미되었을 뿐 여전히 주체문학의 자장 안에서 문예이론과 정책이 진행되고 있음을 알 수 있다. 문학의 경우 군인을 소재로 한 작품이나 총대 정신 등의 선군혁명문학에[1] 해당되는

1　『천리마』 2000년 11호에서는 1994년 7월 이후 창작한 작품들을 '선군혁명문학'이라 지칭했다. 김일성 사망이 1994년 7월 8일이었음을 감안한다면 김일성 사후 김정일의 유훈통치시기부터 2000년대 현재까지를 선군혁명문학이라 일컬은 것 같다. 노귀남, 김

용어는 많아졌으나 그 근저에는 수령형상론이나 종자론 등이 중심적인 역할을 하고 있다. 여기에서 현재 북한 문예와 문학사 서술토대의 근간이 되는 문예정책과 이론의 중심을 찾아볼 필요성이 대두된다.

북한의 문예계는 1967년에 주체사상이 확립된 이후 주체문예이론의 변천을 겪으면서 1992년에 『주체문학론』(김정일, 조선로동당출판사, 1992.7. 10 / 1992.1.20 발표)을 출판하기에 이른다. 이 저서는 기념비적인데 그 이유는 당시 소련 및 동구 사회주의 국가의 몰락 속에서 북한이 위기의식을 느끼고 독자적인 방향을 모색하던 시기에 출판되었기 때문이다.

『주체문학론』을 통해 북한은 문예정책과 이론의 기본방향을 정립한다. 기존의 유물변증법적 세계관 기초 위의 문학관으로는 새 시대를 천명할 수 없다는 판단 아래 북한 문예는 예술적 실천방안을 구체적으로 모색하게 된다. 『주체문학론』은 새로운 시대에 연관된 제반문제들을 문예에 접목시키면서 문예 전체 분야의 장르별 이론을 완성하고 있다. 그 결과 이 이론서는 사람 중심의 주체성과 민족성을 강조하고 향후 북한 문예계의 방향을 제시하고 있다.

북한의 문화예술은 이론에 맞추어 사상과 주제를 형상화할 방법을 모색하기 때문에 그 총체적 자료에 해당되는 『주체문학론』에 대한 분석은 북한 문예 연구를 위한 필수불가결한 절차라고 볼 수 있다. 북한은 2000년대에도 계속해서 주체문예이론에 대한 해설서를 만들고 있으며[2] 이론과 지침에 따라 작가들은 창작하고 비평가들은 평론과 논설을

성수 외편, 『김정일 『주체문학론』 북한자료집』(경남대 극동문제연구소, 2면)에서는 주체문학론과의 구분은 선군혁명문학이 선군영도를 받드는 인민군대를 혁명의 전위로 삼고 총대 중시의 강성대국건설로 진군하는 데 놓여 있다는 점이라고 밝히고 있다.

2 대표적인 해설서는 총서류인 『주체적문예이론연구』 1~25(1989~2007)이다. 남한 북한자료센터에 소장된 총 25권에 이르는 문예이론 해설서는 창작방법, 사상, 종류

쓰고 있다.[3]

　이 글에서는 1990년대 이후부터 현재까지 북한 문예의 핵심이라 할
수 있는 『주체문학론』에 대해 분석하고자 한다. 이에 대한 선행 연구
들을 통해 그 중요성을 다시 확인할 수 있는데, 주로 1990년대 북한문
학의 동향을 밝히는 주요 기점으로 『주체문학론』을 다루고 있다.[4] 그

와 형태 등에 관해 설명하고 있다. 이 중 문학과 연관된 자료는 다음과 같다.
1권 『작품의 인간문제』(장영, 문예출판사, 1989), 3권 『작품의 주인공』(리동원, 문예
출판사, 1990), 5권 『작가의 창작적 사색과 예술적 환상』(방형찬, 문예출판사, 1992) 7
권 『작품의 심리묘사』(김려숙, 문학예술종합출판사, 1994), 8권 『서정과 시 창작』(장
용남, 문예출판사, 1990), 9권 『소설창작과 구성』(장희숙, 문학예술종합출판사, 2000)
11권 『수령형상문학』(윤기덕, 문예출판사, 1991), 12권 『혁명송가문학』(리수립, 문예
출판사, 1989), 13권 『소설창작과 기교』(김홍섭, 문예출판사, 1991), 14권 『철학성의 심
오성과 문학예술작품』(김용부, 문학예술출판사, 2002), 18권 『과학환상문학창작』(황
정상, 문학예술종합출판사, 1993), 22권 『문학예술의 종류와 형태』(안희열, 문학예술
종합출판사, 1996), 23권 『주체의 문학창작』(서재경, 문예출판사, 2007). 24권 『문학
형태론』(리현순, 문학예술출판사, 2007), 25권 『주체의 문예관과 외국문학』(리기도,
문학예술종합출판사, 1996)

3　2002년도 『조선문학』 1호에서는 '불멸의 대강, 위대한 업적'이라는 특집란을 만들어
『주체문학론』 발표 10주년을 기념하고 있다. 「비범한 예지, 탁월한 예술적천품의 정
화」(최길상)에서는 『주체문학론』의 혁명적 문예사상과 창작실천의 방법 마련을 예
찬하고, 「소설문학의 10년을 더듬어」(김려숙)에서는 선군혁명문학의 바탕으로서의
『주체문학론』을 예찬하고, 『장군님의 총대 – 우리식 평론』(김학)에서는 백과전서적
저서 『주체문학론』을 통해 평론도 창작임을 알게 되었고 선군혁명문학을 선도해 나
갈 수 있었음을 밝히고 있다. 「붉은 기를 높이 들고 시대를 선도한 시문학의 10년」(김
의준)에서는 『주체문학론』을 통하여 지난 10여 년 동안 시문학의 서정성과 음악성을
높이게 되었다고 밝히고 있다.

4　김동훈 「북한문예이론의 역사적 변화와 김정일의 『주체문학론』」, 『북한문화연구』 2,
한국문화정책개발원, 1995; 김동훈, 「김정일시대의 '주체문학론' 비판」, 『북한연구』,
대륙연구소, 1994.12; 김재용, 「김정일시대의 주체문학론」, 『문예중앙』, 1995 봄; 김종
회, 「주체문학론과 부수적 현실주제 문학론의 병행」, 최동호 편, 『남북한현대문학사』,
나남, 1995; 홍기돈, 「주체문학론의 형성 과정」, 이명재 편, 『북한문학의 이념과 실체』,
국학자료원, 1998; 박태상, 『북한문학의 현상』, 깊은샘, 1999; 서동수, 「김정일의 『주체
문학론』고찰」, 『겨레어문』 30, 겨레어문학회, 200; 김성수, 『통일의 문학 비평의 논리』,
책세상, 2001; 고인환, 「『주체문학론』의 서술체계와 특징」, 김종회 편, 『북한문학의 이
해』 2, 청동거울, 2002.

런데 선행연구들은 이 저작의 체계와 서술양상에 대한 설명에 치중하고 있으며 구체적인 창작실천방법론과 실천양상에 대해서는 간과한 측면이 있다. 이는『주체문학론』이 백과전서적 저서로[5] 방대한 분야를 섭렵하고 있어 부분별 연구에는 또 다른 세세한 분석이 필요하기 때문인 것으로 보인다. 이 글에서는 이러한 점을 감안하여『주체문학론』의 창작방법론의 실천양상에도 초점을 맞춰 구체적으로 다루고자 한다. 또한 이 이론서의 무엇이 과학적이고 독창적인지에 대해 분석하여 북한 문예계에서『주체문학론』의 현재적 의미를 고찰하고자 한다.

2. 관(觀)과 학(學)으로서의 문예 이론

북한의 문예이론은 주체의 철학원리에 기초하는 주체사상을 바탕으로 하고 사회와 자연을 포함한 모든 분야의 원리와 법칙을 연구하는 학문의 의미로서 통용된다. 특히『주체문학론』은 문학예술에 대한 인간 중심의 주체적인 견해와 관점을 제시하고 있으며 이는 주체 문예관과 인간학으로 설명된다.

주체 문예관의 본질은 주체사상에 기초하여 사람 중심의 견지에서 문학예술을 보고 대하는 관점과 입장으로 요약될 수 있다. 북한 문예에서는 어떤 관점과 입장에서 문예를 창작하느냐에 따라 작품의 사상성과 예술성의 의의를 찾는다.

---

5 김학,「장군님의 총대 − 우리식 평론」,『조선문학』, 2002.1, 15면.

문예관은 문학의 본성에 대한 견해와 관점, 미의 본질에 대한 견해와 관점을 주어야 할 뿐 아니라 창작에 대한 견해와 관점을 주어야 한다. (…중략…) 주체의 문예관은 사람, 인민대중을 중심으로 문학예술을 보고 대하는 관점과 립장이다. 력사의 주체인 인민대중과 그의 주체 위업에 이바지하기 위한 창작활동을 더없이 숭고하고 중요한 혁명사업으로 보는 것이 창작에 대한 주체적인 견해이며 관점이다. [6]

주체문예관에서 주장하는 문학예술의 본성에 대한 주체적인 견해와 관점은 인민대중의 주체적인 관점과 입장에서 아름다운 것을 보고 대하여야 한다는 입장인 것이다. 이는 인민대중의 요구와 취향에 맞게 대상을 그리되 자주적인 인간의 생활과 투쟁을 그려야 하는 것으로 정리된다. 여기에서 인민대중의 요구는 자주 시대 앞에 필요한 민족해방과 계급해방에 관한 것이라고 주장한다. [7]

이러한 인식은 『주체문학론』 출현 이전에 중시되었던 사회주의 사실주의 문예이론를 대체할 새로운 시대 개념으로서의 문예이론을 필요로 하게 된다. 그 결과로써 우리 식 사회주의 사실주의인 주체사실주의라는 창작방법론이 표방된다. 주체사실주의는 문학예술이 산 사람을 그리며 인간에게 복무하는 인간학으로서의 본성이 있다고 주장한다.

『주체문학론』은 문학을 주체의 인간학으로 보는 견해를 내세우는 점에서 스스로 독창적이고 과학적이며 혁명적이라는 것을 강조하고 있다. 여기에서 문학을 주체의 인간학으로 본다는 것은 문학으로 하여금

---

6   방연승, 「친애하는 지도자 김정일동지께서 『주체문학론』에서 독창적으로 밝히신 주체의 문예관에 대하여」, 『조선문학』, 1993.2, 29면.
7   김정일, 『주체문학론』, 조선로동당출판사, 1992, 6~7면 참조.

자주성에 대한 문제, 자주적인 인간에 대한 문제를 내세우고 주체형의 인간전형을 창조하여 인민대중의 자주위업수행에 이바지하는 새 형의 문학으로 되게 한다는 것을 의미한다. 결국 새 시대에 필요한 사상과 이론의 함의 과정으로『주체문학론』의 의의를 찾을 수 있다.

『주체문학론』은 전7장 32절로 구성되어 있는데, 제1장「시대와 문예관」에서는 새 시대에 필요한 사상이 주체의 문예관에 기초하고 있음을 밝히고 있다. 또한 자주시대의 문학은 주체의 인간학으로 된다고 하면서 사상성과 예술성의 통일을 주장한다. 제2장「유산과 전통」과 제3장「세계관과 창작방법」에서는 문학건설의 원칙에 관한 이론을, 제4장「사회정치적 생명체와 문학」, 제5장「생활과 형상」, 제6장「문학형태와 창작실천」에서는 작품창작의 방법론에 대하여 다루고 있다. 제7장「당의 령도와 문학사업」은 문학에 대한 당의 영도를 새롭게 천명하고 있다.

제1장 3절에서는 자주시대 주체의 인간학을 보여주는 작품으로 불멸의 총서 중 장편소설『혁명의 려명』,『고난의 행군』,『준엄한 전구』, 영화문학(시나리오) 〈조선의 별〉, 〈민족의 태양〉, 〈보증〉, 장막희곡 〈승리의 기치따라〉, 서정시「나의 조국 어머니」를 예로 들고 있다.

제1장과 제7장은 이 책의 전반적인 지침을 설명하고 있다. 제1장이 새 시대를 대비할 문예예술의 사상과 이론으로써의 주체문학론에 대한 설명이라면 제7장은 문학에 대한 당의 지도와 문학조직에 관한 내용이다. 이 두 장은 서두 부분과 결미에 해당되지만 1장의 내용이 7장에서 환기되고 마무리 된다. 여기에서는 공통적으로 문학예술의 본래적 기능보다는 역할과 의무에 치중하고 있다.

시대는 끊임없이 전진하고 있으며 문학예술에 대한 인민의 요구도 날을 따라 더욱 높아지고 있다. 문학예술은 마땅히 시대와 함께 전진하여야 하며 자주성을 위한 인민대중의 투쟁을 선도하여야 한다. 시대의 전진에 앞장서나가며 자주적으로 살려는 인민대중의 투쟁을 선도하는 문학예술이라야 생활의 참다운 교과서로, 인민대중을 혁명과 건설에로 힘 있게 불러일으키는 사상적 무기로서의 역할을 원만히 수행할 수 있다. 우리 문학예술은 격동하는 시대의 역사적 흐름을 힘 있게 선도함으로써 혁명 앞에 지닌 자기의 사명을 다하여야 한다.[8]

또한 혁명적 문학예술의 선도적 역할은 당과 수령의 영도 밑에 수행된다고 규정하고 있다.

우리에게는 문학운동을 힘 있게 벌릴 수 있는 충분한 조건과 가능성이 있다. 오늘 우리에게는 문학사업에 대한 당과 수령의 현명한 령도가 있고 주체적인 문예사상과 리론이 있다.[9]

기본적으로 『주체문학론』은 북한 체제의 특성인 계획과 통제의 속성을 그대로 나타낸다고 볼 수 있다. 『주체문학론』 자체가 김정일의 어록에 해당되며 당의 주체적인 문예사상과 이론의 실천 강령이 되고 있다. 한편으로는 구체적인 창작방법론에서는 이전보다는 유연한 사고방식을 보이기도 한다. 이 문예이론서는 사상과 학문으로서의 원리가 시대적 상황에 부딪히면서 새로운 돌파구를 마련해가는 하나의 방법론으로서 읽혀질 수 있다는 의의를 지닌다. 이러한 방법론은 문예의

---

8 위의 책, 3면.
9 위의 책, 286면.

주제 대상과 창작과정 및 형태적 특성 속에 이루어지는 창작실천을 과학적으로 분석하여 밝혀진 창작이론이라고 강조되면서 1990년대 이후 북한의 문화정책에서 중요한 위치를 차지한다.

3. 민족성과 주체성 강화

『주체문학론』은 미에 관한 관점을 자주성에 두는 주체적 미관을 정립하고 있다. 주체적 미관은 조선민족제일주의 정신을 교양하고 민족유산에 대해 재평가를 하며 주체사실주의라는 용어를 제기하여 민족성과 주체성을 강화하는 것으로 설명될 수 있다. 이러한 방법론은 『주체문학론』에서 독창적인 것으로 제시되면서 1990년대 이후 북한 문예이론의 바탕이 된다. 『주체문학론』의 제1장, 제2장, 제3장에 해당되는 내용을 살펴보면 이전 단계의 문예이론과 변별점을 두기 위해 '우리 식'과 '조선적인 것'을 강조하고 문학사 해석에 있어서는 유연한 태도를 보이고 있다는 것을 알 수 있다.

1) 조선민족제일주의 정신 교양

'조선민족제일주의' 용어가 등장한 것은 1985년 무렵이며 1986년에는 김정일 담화 「주체사상 교양에서 제기되는 몇 가지 문제에 대하여」에서 이 용어가 제시되었다. 1989년에는 『우리민족제일주의론』이라는

단행본이 출판되었다.[10]

『주체문학론』제1장에서는 "우리의 문학은 조선민족제일주의정신을 높이 발양시키는데도 적극 기여하여야 한다. 문학이 조선민족제일주의정신을 높이 발양시키는데 이바지하게 하는 것은 그 사상교양적 기능을 높이는 데서 중요한 의의를 가진다"[11]라고 밝히고 있다. 그리고 이에 대해 다음과 같이 설명한다.

> 조선민족제일주의정신으로 교양하는 것은 오늘 제국주의자들이 사회제도를 내부로부터 와해시키고 더욱 악랄하게 책동하며 사회주의를 자본주의로 되돌려 세우고 있는 조건에서 더욱 절실하게 제기된다. 민족적 긍지와 자부심이 없이는 제정신을 가지고 자주적으로 살아갈 수 없고 혁명의 전취물을 지켜낼 수 없으며 주체적 혁명위업의 완성을 위하여 끝까지 싸워나갈 수 없다. (…중략…)
>
> 다시 말하여 우리 민족을 력사상 처음으로 자주시대의 지도사상인 위대한 주체사상을 가지고 있는 민족이며 한 세대에 두 제국주의를 타승한 영광스런 혁명전통을 가지고 있는 민족이며 반만년의 오랜 력사와 찬란한 문화를 가진 슬기로운 민족이라는 것을 생동하게 밝혀내야 한다. 특히 문학작품에서 우리 수령이 제일이며 우리 당이 제일이라는 사상이 격조높이 울려 나와야 한다.[12]

---

10 「정론—민족의 징표」, 『남조선문제』, 1985.5; 리규린, 「친애하는 지도자 김정일 동지께서 독창적으로 밝히신 민족의 개념에 대한 리해」, 『사회과학』, 1986.2; 고영환, 『우리민족제일주의론』, 평양출판사, 1989(서재진, 「주체사상의 형성과 변화에 대한 새로운 분석」, 『통일연구원연구총서』, 통일연구원, 2001.12. 98면에서 재인용).
11 김정일, 앞의 책, 14면.
12 위의 책.

위의 내용을 살펴보면 조선민족이 위대한 이유는 수령과 당이 있기 때문이고 제국주의를 타도한 유구한 투쟁의 역사가 있기 때문이다. 또한 "문학을 주체성 있게 발전시키는 문제는 지난날 제국주의식민지로 있던 나라나 큰 나라들 사이에 끼여 있는 작은 나라인 경우에 더욱 절실하게 제기된다"[13]라는 표현이나 "문학에서 주체성을 구현하기 위하여서는 사대주의, 교조주의, 민족허무주의를 비롯한 온갖 낡은 사상을 반대하는 투쟁을 힘 있게 벌려야 한다"[14]는 주장은 당시 북한이 처한 현실의 위기를 보여준다. 이러한 위기에 대해서 "사회주의, 공산주의 건설은 민족국가를 단위로 하여 진행되며 앞으로 공산주의 사회에 가서도 사람들의 생활은 어디까지나 나라와 민족을 단위로 하여 이루어지게 된다"[15]라고 하여 사회주의보다 민족주의의 중요성을 더 강조하고 있다.

북한에서 조선민족제일주의를 교양하는 이유는 1990년대 사회주의 국가들의 몰락을 경험하면서 민족의 자주성을 모색할 필요성이 대두되었기 때문인 것으로 보인다.

주체의 문예관은 자주시대 인민대중의 지향과 요구를 체현하며 문학예술에 대한 관점과 립장에서 로동계급적 성격을 체현하며 문학예술에서 민족적 특성을 구현하는 것을 자기의 공고한 본질적인 특징으로 한다. [16]

문예적 측면에서는 사상성과 예술성의 통일이라는 방법론을 내세운

---

13   위의 책, 20면.
14   위의 책, 22면.
15   위의 책, 33면.
16   방연승, 「친애하는 지도자 김정일동지께서 『주체문학론』에서 독창적으로 밝히신 주체의 문예관에 대하여」, 『조선문학』, 1993.2, 25~31면.

다. 『주체문학론』 제1장 5절에서는 가요 〈내 나라 제일로 좋아〉를 조선
민족제일주의 노래라고 소개하고 있다. 타국에 있는 사람들의 조국에 대
한 사랑을 주요 내용으로 하는 이 가요에 대해 이 이론서는 철학적인 것
과 생활적인 것의 통일을 보여주고 있다고 평하고 있다. 이는 이념을 구
체적인 현실의 생활 소재 속에서 찾아 계급적 교양에 이바지할 수 있게
하는 것이다. 이념을 생활의 형상 속에서 보여주는 방법은 사상성과 예
술성의 통일이라는 관점에서 이후 북한 문예에서 자주 사용되고 있다.

제1장 6절에서는 문학분야에서 이색적인 사상조류의 침습를 막아
야 한다고 규정하고 있다. 여기에서는 민족전통을 중시하고 외국의 문
예사조나 창작방법의 수용을 수정주의라고 하여 배제하였다. 문학의
혁명적 원칙을 고수하기 위해 인민대중의 이익을 저해하는 부르주아
문예사조, 자연주의, 형식주의, 수정주의를 배제하였다.

부르주아 문예사조를 배척하는 이유는 착취계급의 반동적 세계관
에 기초하여 생활의 본질을 외면, 왜곡하며 비본질적인 것을 과장, 강조
하기 때문으로 풀이한다. 또한 자연주의는 우연적이며 비본질적인 것
을 기계적으로 묘사하여 생활을 왜곡하고 착취사회의 모순을 보지 못
하게 하여 계급의식을 마비시킨다고 한다. 형식주의에 대해서는 형식
을 내용과 분리하여 문학작품의 사상성을 저하시키고 예술성 자체를
손상시킨다는 의미에서 배제하고자 한다. 모더니즘류에 대해서는 기
교를 위한 기교를 추구하기 때문에 배제하고 있다. 수정주의 문학에 대
해서는 당성, 계급성, 인민성을 거부하여 계급을 떠난 전 인류적인 문학
을 주장하고 있기 때문에 배제한다고 한다. 이 사조는 노동계급의 문학
을 변질시켜 부르주아 문학으로 만들려는 의도를 지니고 있으며 노동
계급의 수령의 역할을 거부하고 수령에 의해서 이룩된 혁명전통을 거

세하려한다고 한다. 수정주의가 주장하는 문학사업의 자유화는 당의 영도를 거부하여 국가의 통제를 약화시키고 작가, 예술인들에 대한 정치적 지도를 거부하는 것이라는 것이다.[17]

조선민족제일주의는 타 민족 체제와의 비교를 통해 조선민족의 위대성에 대한 긍지와 자부심을 세우려는 전략적 교양의 산물이라고 볼 수 있다.

2) 민족문화유산의 혁명적 계승과 재평가

북한은 1967년의 주체사상 확립 이후 1926년 '타도제국주의동맹' 결성을 현대사의 기준점으로 삼았고 문학예술에서는 항일혁명문예 전통을 강조하게 되었다. 항일혁명 문학예술은 일제하 김일성 주도의 항일무장투쟁 과정에서 창작되었다고 하는 혁명문학으로, 북한은 이를 유일한 혁명적 문예전통으로 인정하면서 이 전통을 계승, 유지, 발전시키는 문제에 많은 관심을 기울이고 있다. 북한은 현재까지도 끊임없이 혁명 전통을 교양하고 유일사상 체제를 유지하기 위한 방편으로 항일유격대원의 불굴의 혁명정신을 강조하고 있다.

북한 문학예술에서는 김일성이 항일혁명 투쟁시기에 창시했다고 하는 주체 문예사상과 이론을 올바른 지도적 지침으로 보고 있으며 이른바, 불후의 고전적 명작을 비롯한 항일혁명 문학예술작품을 옮긴 혁명영화, 혁명가극, 혁명소설을 최상의 높이로 보고 있다. 『주체문학

---

17 김정일, 앞의 책, 27~31면.

론』에서는 이러한 전통에 대한 계승의 문제를 논하는데, 그 이유는 1990년대 북한 사회가 혁명을 모르는 혁명의 3세대로 교체되는 실정과 관련된다. 역사적 교훈을 잊지 않고 혁명의 대가 끊기지 않기 위해 혁명적 문학예술 전통을 계승발전시키는 사업은[18] 북한 문학예술에서 중요한 위치를 차지한다.

『주체문학론』에서는 민족문화유산을 이원화하여 항일혁명문학을 최상의 위치에 놓는 한편으로 고전문학예술유산의 계승 방법에도 관심을 기울인다. 『주체문학론』은 자주 시대를 이루기 위해 과거 문화유산에 대한 계승과 혁신에 관하여 제기하였다. 저자 김정일은 민족고전도 오늘의 시대적 요구와 인민의 지향에 맞게 비판적으로 계승하여야 한다고 교시하였다.

북한 문예계는 자주시대를 이루기 위한 또 다른 방편으로 전통과 문화유산 취급 문제에 관심을 두었다. 이를 위해 『주체문학론』은 문학사를 재평가하고 있다. 『주체문학론』의 제2장 「유산과 전통」은 문학예술 전통에 대한 새로운 해석으로 볼 수 있다. 여기에서는 민족문화유산을 고전문화유산과 혁명적 문화유산으로 나누는데 혁명적 문화예술 전통을 민족문화유산의 핵이며 중추로서 강조하고 주체적인 민족문학예술의 원형으로 규정한다. 혁명적 문학예술 전통은 조선의 공산주의자들에 의해 마련된 것이다. 그러므로 항일혁명문학예술을 영광스런 전통으로 여기는 것은 당연한 결과가 된다.

혁명적 문학예술전통은 그 가치와 생활력에서도 민족문화유산의 최고

---

18 강진웅, 「북한의 항일무장투쟁 전통과 민족 만들기 – 민족주의와 권력, 담론, 주체」, 『한국사회학』 46-1, 한국사회학회, 2012, 65면.

봉을 이룬다. 민족고전문화유산은 반만년의 유구한 력사를 통하여 형성된 것이기는 하지만 계급적제한성과 시대적제한성을 가지고 있기 때문에 그 것을 그대로 이어받을 수 없다. 아무리 훌륭한 민족고전이라 하여도 오늘 의 시대적 요구와 인민의 지향과 맞게 비판적으로 계승해나가야 한다. 그 러나 혁명적 문학예술전통은 명실공히 모든 내용을 전면적으로 다 계승발 전시켜야 한다. 우리의 혁명적 문학예술은 주체적인 민족문학예술의 원형 이며 그 명맥을 이어주는 피줄기이며 만년초석이다.[19]

혁명적 문학예술 전통은 김일성이 항일혁명투쟁 시기에 창작한 작 품을 일컫는다. 이는 피바다 식 가극, 성화당 식 연극을 일컬으며 불후 의 고전적 명작인 〈성황당〉, 〈꽃파는 처녀〉, 〈피바다〉, 〈한 자위단원 의 운명〉 등을 대상으로 하고 있다. 또한 혁명송가 〈조선의 별〉(1928), 혁명가요 〈김일성 장군의 노래〉(1947), 장편서사시 「백두산」(1947) 등에 나타난 혁명적 수령관을 기리고 있다. 이 작품들을 중심으로 항일혁명 문학예술의 업적을 기리고 있으며 항일혁명투쟁을 담은 작품들에서 이 미 우리 식의 사회주의적 사실주의의 방법을 창조했다고 밝히고 있다.

〈조선의 별〉은 '불멸의 혁명송가'로 불리면서 수령형상창조 예술의 맹아적 형태이자 혁명송가라는 장르의 시원으로서 높이 평가된다.[20] 〈김일성 장군의 노래〉는 김일성의 항일 무장 투쟁 내력과 북조선 최고

---

19 김정일, 앞의 책, 34면.
20 웅장하면서도 소박한 예술적 성취와 더불어, 인민이 김일성에게 사랑과 존경을 담아 바친 첫 노래라는 점과 수령결사옹위 정신의 결정체라는 점이 높은 평가를 받게 하는 요소이다. 수령의 혁명 활동이 개시되는 이른 시기에 수령형상창조 작품이 거의 동시 에 출현한 것은 세계사적으로 유례가 없다는 점도 강조된다(이명자, 「완전한 사회주 의의 이상 「조선의 별」―사실과 허구의 경계 그리고 결합」, 『컬처뉴스』, 2005.8.30).

지도자로서의 활동을 찬양하는 내용의 가사가 주를 이룬다. 「백두산」
은 김일성에 대한 흠모와 충성, 업적을 칭송하는 시로 일제시대 조선인
민혁명군의 활약을 기리고 있다. 이러한 작품의 예에서 알 수 있듯이 우
리 식의 사회주의적 사실주의 방법에서 중시하는 것은 수령형상창조의
형태인 것이다.

한편으로는 지난날의 민족문화유산을 대하는 태도는 이전 시기보
다 유연해졌음을 알 수 있다. 『주체문학론』은 민족문화예술유산을 주
체적 입장에서 평가하는 잣대로 사실주의적 경향에서 찾고 있다. 지난
날의 민족문학예술을 계승하고 발전시키는 데 있어 복고주의와 허무주
의를 경계하면서도 실학파나 카프문학, 신경향파, 김소월에 대해서는
재평가하고 있다. 이러한 결과로 그동안 언급되지 않았던 신소설 작가
인 이인직, 이광수, 최남선 등과 카프의 동반자 소설, 심훈, 이효석, 근
대 아동문학 개척자 방정환, 민요풍의 문호월, 예술영화 나운규 등을 문
학사와 예술사에서 공정하게 평가해야 한다고 언급하고 있다. 고전문
학 분야에서도 실학파 작가들과 최치원, 이규보, 김시습, 정철, 허균, 김
만중 등의 작가들과 춘향전 등의 작품들을 널리 소개하라고 한다. 이외
에도 민요와 시조에 대한 재평가, 궁중예술에 대한 폭넓은 이해를 요청
하고 있다. 김정일은 민족고전도 오늘의 시대적 요구와 인민의 지향에
맞게 비판적으로 계승하여야 한다고 말한다. 이러한 내용은 1990년대
들어 15권에 걸쳐 간행된 『조선문학사』에서도 구체적으로 실현된다.[21]

---

21 홍용희, 「통일시대를 향한 북한문학의 이해」, 『북한문학의 이해』 3, 청동거울, 2004. 『조
   선문학사』 9(1995)에서 카프문학, 진보적인 민족주의 문학에 대한 논의가 이루어지고
   한용운, 양주동, 박로아, 김달진, 심훈, 정지용, 백석, 김태오, 리용악, 윤동주 등의 시
   작품도 대폭 수용되어 있다.

『주체문학론』 제2장에서 다루는 작품들과 평가 및 지침 내용은 〈표 1〉 과 같다.

〈표 1〉 '유산과 전통' 대상과 평가 지침

구성		대상작품	평가 및 지침 내용
장	절		
2. 유산과 전통	1) 유산이 있고 전통이 있다		
	2) 혁명적 문학예술전통을 빛나게 계승발전시켜야 한다	피바다 식 가극, 성화당 식 연극, 불후의 고전적 명작 〈성황당〉, 〈꽃파는 처녀〉, 〈피바다〉, 〈한 자위단원의 운명〉	항일혁명문학예술전통
		혁명송가 「조선의 별」, 혁명가요 「김일성 장군의 노래」, 장편서사시 「백두산」	혁명적 수령관 항일혁명문학예술의 업적 — 우리식의 사회주의적 사실주의 방법 창조
	3) 민족문화예술유산을 주체적 립장에서 바로 평가하여야 한다	카프 문학(조명희, 송영, 리기영, 한설야, 류완희, 김창술, 박세영, 박팔양 등의 1927년 이후 작품들) 소설 「고향」, 「황혼」, 「락동강」, 희곡 〈일체 면회를 거절하라〉 시 「민중의 행렬」, 「앗을대로 앗으라」, 「산제비」, 「진달래」 강경애 『인간문제』	사회주의적 사실주의
		신경향파 문학 최서해, 리상화, 리익상의 초기 작품	비판적 사실주의에서 사회적 사실주의로 넘어가게 됨
		20세기 초 리인직 중편소설 『혈의 누』, 『귀의 성』, 『치악산』	
		리광수의 소설(「개척자」 등 초기 소설과 「혁명가의 아내」)	사회 불만 표현
		최남선의 시	민족시기 발전에 기여한 새로운 형식의 시 창작
		일제시기 진보적 작품 — 신채호, 한룡운, 김억, 김소월, 정지용 / 동반자 소설 / 심훈, 리효석, 근대아동문학 작가 방정환 / 문호월(〈노들강변〉 등의 민요풍 노래), 라운규(영화 〈아리랑〉)	문학사와 예술사의 공정한 평가를 위해 다루어야 함
		실학파 문학 / 최치원, 리규보, 김시습, 정철, 허균, 김만중 등 / 『춘향전』 『홍부전』 『심청전』 / 민요 〈신고산타령〉 / 시조 형식	민족문학예술유산

<표 1>에서 살펴본 바에 의하면『주체문학론』에서 받아들이는 유산과 전통의 범위는 여전히 반외세적인 민족주의의 테두리에서 벗어날 수 없다. 그러나 이전의 북한문학사와 비교해 보았을 때 경직되었던 문학 해석이 좀 더 확대되고 유연해졌음을 알 수 있다.

3) 주체사실주의 창시

주체사실주의는 주체사상의 원리를 문학예술 창작에 구현하는 과정에서 형성된 창작방법이다. 제3장「세계관과 창작방법」에서는 문학 건설의 원칙으로서 주체사실주의를 다루고 있다. 여기에서는 주체사실주의가 이전까지의 사회주의 리얼리즘과 질적으로 구별되는 새로운 창작방법론이라고 주장한다.

우리 문학예술이 의거하고 있는 우리 식의 사회주의 사실주의 창작방법은 그 형성의 사회력사적 경위에 있어서나 철학적 기초와 미학적 원칙에 있어서 선행한 사회주의적 사실주의와 구별되는 새로운 창작방법이다. 우리 문학예술이 의거하고 있는 우리 식의 사회주의적 사실주의 창작방법은 주체사실주의, 주체사실주의창작방법이다. 주체사실주의, 이는 유물변증법적 세계관에 기초하여 현실을 혁명적 발전과정에서 역사적 구체성을 가지고 묘사할 것을 원칙으로 내세운 종래의 사회주의적 사실주의와 달리 사람중심의 세계관, 주체의 세계관에 기초하여 새로운 미학적 원칙을 제기한 창작방법이다.[22]

주체사실주의는 사회주의적 사실주의와의 비교를 통해 이해할 수 있다. 우선적으로는 이 둘이 부르주아 문예이론과 자연주의, 예술지상주의와의 투쟁 속에서 발전되었으며 착취 없고 압박 없는 새 사회를 건설하려는 근로 인민대중의 혁명위업에 복무한다는 공통점을 지닌다. 둘의 차이점은 주체사실주의에 와서 인민대중이 사회역사의 주체가 된다는 점을 들 수 있다. 또한 사회주의적 사실주의가 인간과 생활을 전형화하고 사회계급의 성격을 그리는 것이 우선시 되는 유물변증법적 세계관을 바탕으로 하고 있다면 주체사실주의에서의 주체적 관점은 인간의 생활과 전형화를 요구하는 것에 있어 자주성을 우선으로 내세운다는 점이다. 이에 대한 내용을 정리하면 〈표 2〉와 같다.[23]

〈표 2〉 사회주의적 사실주의와 주체사실주의 비교

		사회주의적 사실주의	주체사실주의
공통점		혁명투쟁의 과정을 반영, 혁명의 완성이 목적	
차이점	초점	혁명투쟁에서 사람의 역할보다 사회역사적 환경 및 조건과 혁명적 현실에 초점	사회주의적 사실주의 한계를 극복하여 조선현실에 맞게 발전시킨 이론─혁명투쟁에서 사람에 초점 → 현실의 사실성과 진실성이 인간을 위하여 축소, 변형, 왜곡되어 신화화됨
	시대적 과제	자본주의와 제국주의 예속에서 근로대중 해방하는 것	인민대중이 역사의 주체로 등장하여 자주성을 실현하는 것
	세계관	유물변증법적 세계관	주체의 세계관, 사람 중심의 세계관
	창작의 목적	계급투쟁과 사회주의 혁명의 완성	반제, 반미 투쟁과 주체적 사회주의 성립
	전형창조	노동계급의식이 투철한 해방 운동가	주체사상과 김일성 유일체제를 내면화 한 자주적 인간형

---

22 리수립, 「자주시대의 앞길을 휘황히 밝혀주는 불멸의 대저작『주체문학론』」, 『조선문학』, 문학예술종합출판사, 1992.10, 26면.
23 김정일, 앞의 책, 48~50면.

주체사실주의의 특이점은 사회주의적 내용을 민족주의적 형식에 담는 것을 요구하는 것이다. 이는 사회주의 사실주의에서 이미 언급되었는데 김정일은 주체사실주의에서 말하는 사회주의적 내용이란 주체사상을 구현한 혁명적 내용을 염두에 둔 것이라고 설명한다.[24]

불후의 고전적 명작인 〈혈분만국회〉의 예에서는 비판적 사실주의와 사회주의적 사실주의 차이점을 밝히고 사회주의적 사실주의와 주체사실주의의 차이점도 밝히고 있다. 이 작품에서 비판적 사실주의의 견지라면 민족적 울분과 항거의 표현에서 그치고 사회주의사실주의 견지라면 인민대중의 투쟁과 쟁취를 표현하였을 것이고 주제사실주의라면 외세의존은 망국이라는 사상을 작품 중심에 제기하여 자주성의 견지에서 형상할 수 있을 것이라고 설명한다.[25] 〈리순신장군〉은 임진왜란 승리가 인민대중에 의한 것임을 밝혔기 때문에 주체사실주의라 평한다.

4. 창작 이론과 실천 양상

1) 수령형상창조론

『주체문학론』에서 가장 중시하는 부분은 제4장 「사회정치적 생명체와 문학」이라고 볼 수 있다. 사회정치적 생명체론은 북한에서 수령의 절대적 권위를 합리화시키는 이론체계이다.[26] 이 이론은 1970년대에

---

24 위의 책, 54면.
25 위의 책, 55면.

제기되어 1980년대에 이론적 틀이 형성되었고『주체문학론』에 와서는 김정일 후계체제의 정통성을 확립하기 위한 문예적 방법론으로 적용되고 있다.

사회정치적 생명체를 형상하는 데서 중요한 것은 수령, 당, 대중의 3위1체 원칙을 구현하는 것이다. 문학예술에서는 수령, 당, 대중의 혈연적 관계를 형상할 것을 요구한다.

사회정치적 생명체론에 따르면 인민대중은 사회정치적 생명체의 담당자가 되고, 조선노동당은 사회정치적 생명체의 중추가 되며, 수령은 사회정치적 생명체의 뇌수가 된다.[27] 이 이론에 따르면 인민대중이 역사의 자주적 주체가 되기 위해서는 유기체적으로 관련 있는 수령에 충실해야 한다는 결론에 도달한다. 이러한 논리는 인민대중의 자주성을 보장하기보다는 수령에 대한 절대 충성을 요구하고 있다. 이는 북한 사회체제 유지를 위한 핵심적인 내용이 되어 북한 문예에서는 이를 수단으로 하는 수령형상 창조에 급급할 수밖에 없다.

---

26 사회정치적 생명체론은 1973년『근로자』제8호의 '혁명하는 사람에게 있어 가장 고귀한 것은 사회정치적 생명이다'를 통해 처음으로 제기되었다. 또한 1974년 김정일이 발표한 '유일사상체계 확립 10대 원칙'에서도 '정치적 생명'이라는 용어로 언급되었다. 이후 1982년과 1986년 김정일이 발표한 논문 '주체사상에 대하여'와 '주체사상 교양에서 제기되는 몇 가지 문제에 대하여'에서 사회정치적 생명체론은 하나의 이론적 틀을 형성해 나갔다. 이후 현재까지 혁명적 수령관, 후계자론과 함께 김정일의 절대권위를 합리화시키는 이론적 체계로서 강조되고 있다(http://enc.daum.net/dic100/contents, 검색어 : 김연철, 최종 검색일 : 2011.3.320)
27 위의 글. 인민대중은 사회정치적 생명체의 중추인 당의 영도 밑에 사회정치적 생명체의 뇌수인 수령을 중심으로 결속될 때, 영생하는 자주적인 생명력을 지닐 수 있다는 것이다. 마치 유기체의 여러 부분에서 일어나는 모든 생리적인 요구가 뇌수에 반영되고 뇌수는 그 요구를 실현하도록 유기체의 각 부분에 지령을 주는 것처럼, 수령은 인민대중의 의사와 요구를 집대성하고 그것을 정확히 반영하여 인민대중이 자기의 의사와 요구를 실현할 수 있는 방향과 방도를 제시하는 것으로 규정된다.

사회정치적 생명체론의 목적은 수령을 어버이로, 당을 어머니로, 인민을 자식으로 규정하여 그 혈연적 관계에 기초해 '대가정론'을 이루는 것이다. 이를 위해 문예에서는 수령 이미지를 형상해야 한다. 아버지로서의 인자함과 정신 도덕적 풍모와 자질을 드러내야 하고 전략적인 위대성도 지녀야 한다. 이는 수령에게서 후계자의 이미지로 이어져 둘의 동일화 과정을 거치게 된다. 『주체문학론』에서는 이전 시기부터 사용되던 수령형상 창조에 후계자의 형상 창조를 첨가하고 있다. 김정일을 김일성과 동일화하는 전략을 사용하면서 후계자의 충성과 효성을 강조한다.

수령형상 창조의 기본인 수령의 위대성을 표현하는 방법은 다음과 같다.[28]

① 걸출한 사상 이론가로서의 수령의 위대성
② 정치가, 전략가, 영도의 예술가로서의 위대성 형상
③ 인간적 풍모의 위대성
④ 수령, 당, 대중의 3위1체 원칙에서 당과 대중과의 연관
⑤ 수령의 혁명역사와 업적

위의 예에서 인간적 풍모의 위대성은 수령과 인민의 혈연적 관계를 강조하고 있다. 또한 작품에서 혁명전사와 인민의 자애로운 어버이로서의 수령의 위대성을 그려야 한다. 이는 믿음과 사랑의 정치인 광폭정치를 나타내는 것이며 인민의 수령에 대한 충성과 효성을 강조하는

---

28 김정일, 앞의 책, 63~67면.

것이다. 또한 작품에 나타나는 당과 수령의 관계에서는 인민 속에서 활동하는 수령의 풍모를 그려야 한다. 이를 위해 현지 지도 사연 등이 작품 속에서 권장되고 있다.

수령의 후계자 형상 창조는 수령에 대한 충실성, 혁명과 건설의 탁월한 지도자로서의 풍모와 업적, 수령을 그대로 이어받은 사상가, 정치가, 전략자로서의 모습으로 나타나야 한다. 수령형상 작품의 고유한 생리는 다음과 같다. [29]

① 수령의 특출한 사회적 지위

② 심오한 철학

③ 역사에 실지 있는 위인 형상

④ 작품의 양상이 밝고 숭엄한 것

⑤ 수령 보좌 인물은 충신의 전형으로

⑥ 수령을 중심 위치에

⑦ 형상 수단 과 방법 이용

위의 예를 살펴보면 작품에서 인물의 형상방법은 수령의 위대성이 수령 후계자에까지 이어짐을 알 수 있다. 수령의 위대성과 함께 당의 위대성을 형상하는 데 있어 송가문학을 높이 평가하고 있다. 당에 대한 예술적 형상 방법의 내용은 다음과 같다. [30]

① 당의 특성 반영─주체혁명위업 달성을 위한 전투적인 당

---

29 위의 책, 68~72면.
30 위의 책, 73~77면.

② 세상에서 우리 당이 제일이라는 사상

③ 수령을 유일 중심으로 하여 대중과 혈연적으로 연결된 당

④ 송가문학

⑤ 당조직선과 당일군의 전형 형상

제4장 5절에서는 수령, 당, 인민의 3위1체론을 바탕으로 1990년대 인간들의 주체적 미관을 밝히고 있다. 여기에서는 새 시대 주체형의 인간전형에 대해 충실성을 요구한다. 문예에서 '신념화된 충실성', '양심화된 충실성', '도덕화된 충실성' '생활화된 충실성'을 그려야하는데 충신과 효자의 전형이 형상될 것을 강조한다. 이러한 개념들은 혁명적 세계관, 집단주의적 생명관을 요구하며 대중적 영웅중의도 요구한다. 또한 1990년대 주체형 인간전형을 창조하기 위해 정신 도덕적 풍모를 강조하고 있다. 제4장 5절에서 예로 들고 있는 정신 도덕적 풍모의 발현은 인민들의 충성과 효성, 희생을 뜻하며 결국 "수령의 품을 떠나서는 한순간도 살수 없다는 것"[31]을 깨닫는 것이 주체적 미관이 되는 것이다.

제4장에서 밝히고 있는 내용은 수령형상 창조론에 귀결되는 것으로 인민의 자발적 헌신과 희생을 바탕으로 하는 유일사상을 문예에서 고취하고 있다. 이 장에 해당되는 작품과 평가 및 지침 내용은 다음 〈표 3〉과 같다.

---

31 위의 책, 82면.

<표 3> '사회정치적 생명체와 문학' 대상과 평가지침

구성		대상작품	평가 및 지침 내용
장	절		
4. 사회정치적 생명체와 문학	1) 사회정치적 생명체는 우리 문학의 형상원천이다	영화문학 〈보증〉	참다운 당 일군의 전형 형상
	2) 수령의 형상을 창조하는 것은 우리 문학의 지상의 과업이다	혁명송가 〈조선의 별〉	노동계급의 수령 노래, 수령에 대한 인민들의 존경과 흠모의 마음
		혁명송가 〈김일성 장군의 노래〉, 장편서사시 「백두산」	수령형상문학의 새 단계
		총서 『불멸의 력사』 항일투쟁시기 편, 해방 후편	수령형상창조를 위한 지도체계와 창작체계, 창작기지 마련
		『혁명의 려명』(불멸의 력사) 『은하수』(불멸의 력사)	1920년대 후반기 주체사상 창시 과정과 영향, 걸출한 사상 이론가로서의 수령의 위대성
		『빛나는 아침』(불멸의 력사)	낡은 인텔리 개조, 민족 간부 육성, 걸출한 사상 이론가로서의 수령의 위대성
		총서 『불멸의 력사』	수령의 혁명력사와 업적이 체계적으로 집대성되기 시작
	3) 수령형상작품에는 고유한 생리가 있다	『혁명의 려명』	수령의 특출한 사회적 지위, 새로운 지도사상 창시한 수령의 위대성
		『고난의 행군』	심오한 철학
		『1932년』	사료 소멸로 인한 작가의 예술적 환상과 허구 필요
	4) 당의 위대성을 깊이 있게 형상하여야 한다	장시 「인민은 말한다」	농사제일주의를 선포한 당의 위대성
		서정시 「어머니」	작가의 서정의 표현
		장편소설 『뜨거운 심장』	당 일군 전형 형상, 혁명적 수령관
	5) 주체형의 인간 전형을 창조하여야 한다		

2) 종자론

『주체문학론』 제5장에서는 종자론에 대해 설명하고 있다. 북한 문예 창작의 기본은 종자론으로 볼 수 있다. 이 종자론은 『영화예술론』(1973)에서 본격적으로 소개되어 북한의 독창적인 방법론으로 강조되고 있다. 종자는 "소재와 주제, 사상을 유기적인 련관 속에서 하나로 통일시키는 작품의 기초며 핵"[32]이다. 『주체문학론』에 와서는 종자가 작품의 핵심적 미적 요소로서 사상적 요소가 되며 내용과 형식의 결합을 보이고 당정책을 구현할 수 있는 선택의 기본이 된다.

〈표 4〉 '생활과 현상' 대상과 평가지침

구성		대상작품	평가 및 지침 내용
장	절		
5. 생활과 형상	1) 작품의 종자에 대한 올바른 리해를 가져야 한다	〈한 자위단원의 운명〉	자위단에 들어도 죽고 안 들어도 죽는다는 생활 알맹이를 안고 있는 1930년대 현실
	2) 성격문학이냐 사건문학이냐	〈피바다〉	사건보다 피바다를 투쟁의 피바다로 만들어야 한다는 종자의 요구 체현
	3) 형상의 힘은 진실성과 철학성에 있다	영화문학 〈최학신의 일가〉	미제를 믿다 몰살당한 목사일가를 통한 생활철학의 깊이
	4) 문학의 지성세계를 높여야 한다	장편소설 『땅』	해방 후 민주건설 시기 농민의 전형-곽바위
		장편소설 『석개울의 봄』	사회주의 개조시기 농민의 전형-김창혁
	5) 구성이 좋아야 작품이 산다		
	6) 언어형상에 문학의 비결이 있다	혁명가극 〈꽃 파는 처녀〉	간결한 시 문장 사용
		영화문학 〈군당책임비서〉	간결한 대사 표현
		〈사향가〉	고유어 이용한 풍만한 형상미와 향토적 서정미
		〈3인1당〉	기발한 착상과 생신한 표현, 어휘 사용

---

32 김정일, 「영화예술론―1973년 4월 11일」, 『김정일 선집』 3, 조선로동당출판사, 1994, 45면.

종자에 대한 이해는 1930년대 현실을 이해할 수 있는 〈한 자위단원의 운명〉의 예를 들어 설명하고 있다. 여기에서의 종자는 자위단에 들어도 죽고 안 들어도 죽는다는 생활 알맹이를 일컫는다. 종자의 요구를 성격을 그리는 데 집중하도록 한다. 〈피바다〉의 경우 사건보다 피바다를 투쟁의 피바다로 만들어야 한다는 종자의 요구를 체현하고 있다고 설명하고 있다. 또한 형상의 힘은 진실성과 철학성에 있다고 하여 영화문학 〈최학신의 일가〉의 예를 들어 설명하고 있다. 여기에서는 미제를 믿다 몰살당한 목사일가를 통한 생활철학의 깊이를 보여준다고 한다. 또한 언어형상도 강조한다.

3) 형태별 창작실천론

제6장에서는 장르별로 창작실천의 방법론을 전개하고 있다. 시에 있어서는 '서정성'을. 소설에서는 시대의 요구를 강조하면서 혁명적 세계관 표출과 형상수단의 이용 등을 강조하고 있다. 소설의 경우 도식성에서 벗어나는 다양한 기법과 형식을 소개하고 있다. '다주인공 설정', '주인공 감추기', '부정적 인물 중심에 놓기', '인물 심리 기본으로 생활묘사', '낭만주의 수법', '벽소설, 서한체, 일기체, 추리소설, 탐정소설, 실화소설, 환상소설, 의인화 수법 소설', '운문소설', '지능소설' 등의 기법과 형식을 통해 사람을 교양할 수 있다고 설명한다. 영화와 혁명가극에 있어서는 비극이나 경희극적인 요소를 소개하고 있다.[33]

---

33 김정일, 앞의 책, 1992, 115~116면.

구성		대상작품	평가 및 지침 내용
장	절		
6. 문학형태와 창작실천	1) 시는 시대를 선도하는 투쟁의 기치로 되어야 한다	서정시 「나의 조국」	자주성이 보장된 조국애 노래
		서정시 「용서하리라」	시인의 높은 서정 정신 표현
		가요 〈도시 처녀 시집와요〉	정교한 시로 된 참다운 가사
		해방 이전 〈조선의 노래〉, 〈사향가〉, 〈밭갈이 노래〉, 해방 이후 〈밭갈이 노래〉, 〈승리의 5월〉, 〈산으로 바다로 가자〉, 〈새봄〉, 〈봄이 왔네 봄이 왔네〉	잊혀지지 않는 가사
		가사 〈눈이 내린다〉	전체적으로 생동한 화폭 연상
	2) 소설문학을 시대의 요구에 맞게 발전시켜야 한다	영화문학 〈잔치날〉, 〈우리집 문제〉	부정 주인공 형상
		고전문학 〈재판받는 쥐〉	의인화 수법
	3) 아동문학을 어린이의 심리적 특성에 맞게 창작하여야 한다	영화 〈령리한 너구리〉	과학교육지식과 사상교양
	4) 문학의 모든 형태를 다양하게 발전시켜야 한다	영화문학 〈세상에 부럼 없어라〉	극적인 갈등 설정
		혁명가극 〈당의 참된 딸〉, 영화 〈월미도〉	혁명적 비극
		영화 〈우리 집문제〉	경희극
		문학 「벌거벗은 아메리카」, 「뻑다귀장군」	풍자
	5) 우리 식 평론의 특성을 살려야 한다		

이 장에서 주목할 부분은 아동문학에 관한 것이다. 아동문학에 대한 설명에서도 당시 시대적 상황을 가미하고 있다. 여기에서는 아동문학에 반동적인 경향이 들어오지 못하게 하고 낡은 사상이 스며들지 못하도록 한다.[34] 아동의 시점에서 체험된 것을 그려야 하고 혁명적인 내용을 어린이의 연령 심리적 특성과 수준에 맞게 보여주어야 한다. 아동문

학에도 당 정책의 과제가 반영되어 있음을 알 수 있다.

평론에 대해서는 당과 수령이 문학예술 발전 방향과 방도를 제시하면 이를 선전하고 해석하는 역할을 담당한다고 밝히고 있다.[35]

5. 『주체문학론』의 현재적 의미와 문제제기

북한 문예창작의 방법론과 이론체계는 많은 변천을 겪어왔으며 『주체문학론』에 이르러 주체의 문예관이 체계적으로 정립되었다. 이 이론서는 새 시대에 맞는 문예관을 표방하고 있다. 여기에는 1990년대 전후로 소련과 동유럽의 공산권의 몰락과 중국의 개방개혁과 자유 경제체제 유입 등의 사회주의 체제 위기 속에서 독자적인 노선을 모색한 결과가 반영되어 있다고 볼 수 있다. 북한은 시대적 위기 속에서 체제 유지를 위해 민족주의를 강화하게 되고 북한 내부의 결속과 통합을 유지하기 위해 수령형상창조론을 정립하고 민족유산에 대한 재평가와 계승을 논하게 되었다.

이러한 결과 문학예술에서는 수령 통치 체제를 공고히 하는 방법론이 강조되었고 한편으로는 문학사 해석에 있어 이전보다 유연성을 발휘하게 되었다. 이러한 현상은 북한 문학예술의 변모를 추동하게 되는 원인이 되었다. 그러나 1994년의 수령의 서거와 뒤이은 자연재해와 식량난으로 '고난의 행군'을 겪게 되면서 이를 이겨내기 위한 이데올로기

---

34 위의 책, 253면.
35 위의 책, 269면.

측면이 더 강화되는 상황을 맞이하게 된다. 결국『주체문학론』의 중요 핵심 이론인 수령형상 창조론과 종자론이 체제 종속적인 방법론으로서 2000년대에 다시 강조되고 선군혁명문학예술의 단초가 되었던 문학의 형태들이 적극적으로 수용되는 상황에 이른다.

이 글은『주체문학론』의 분석을 통해 이 이론서가 주체의 문예관과 인간학을 기초로 하여 민족성과 주체성을 강화하고 있음을 알 수 있었다. 이 이론서가 밝히고 있는 주체적 미관은 조선민족제일주의, 주체사실주의 형태로 발현되고 있다. '사회정치적 생명체와 문학'에서는 수령형상 창조에 관한 이론을 정립하고 있는데 여기에서는 후계자 김정일에 대한 형상을 중시하고 있다. 이는 수령형상문학이 후계자 형상으로 확산되는 것을 의미한다. 수령형상 창조론과 종자론을 중심으로 한 창작방법론은 다양한 형태별 발전을 요구하고 있다. 여기에서는 시, 소설, 아동문학의 특성을 강조하고 문학의 모든 형태로 영화문학, 혁명가극, 영화, 풍자시 등에 관해 논의하고 있다.

이 글은『주체문학론』에 대한 문제제기를 다음과 같이 제시한다.

첫째,『주체문학론』의 창작실천 방법론들은 주체사상에 종속된다는 점이다. 북한의 문예에서는 사상성이 중시되는데 사상성은 당의 정책과 노선에 연관된다. 종자론에서 종자는 유기체처럼 작품의 모든 형상적 요소를 연결하고 결실을 맺게 하는 중요한 요소로 존재하지만 자율적인 존재가 아니라 당과 수령의 주체사상을 실현하기 위한 수단으로 존재하게 되는 것이다. 이는 문예에서의 소재와 주제를 규제하게 되며 수령형상창조에 적용된다. 이를 통해 북한 문학예술이 정치에 종속화 되고 있음을 확인할 수 있다.

둘째, 이 문예서는 주체문예관의 독창성으로 민족적 형식에 사회주

의적 내용을 담는 것을 강조하고 있는데 여기에서는 민족의 개념과 사
회주의적 내용이 일반적이지 않다. 북한에서 민족은 항일혁명투쟁 시
기부터 북한 체제를 유지하는 현재까지의 투쟁의 역사를 겪은 민족을
의미하며 수령이 존재하는 조선민족을 뜻한다. 이러한 의미에서 이 이
론서에서 예로 들고 있는 작품들 중 항일혁명문예가 차지하는 비중이
높다. 혁명가극 〈피바다〉, 혁명연극 〈성황당〉, 송가문학, 총서 『불멸의
력사』의 작품들이 집중적으로 언급되어 있다. 사회주의적 내용 또한
1930년대에 이미 언급된 내용을 주체사상으로 대체하고 있다.

셋째, 수령형상창조론에 관한 것이다. 북한 문예에서 1960년대부터
강조되어 온 수령형상창조의 대상이 1990년대 초로 오면서 수령의 계
승자로까지 확대되어 이를 형상한 문학을 수령형상문학으로 정의하고
있다. 이는 북한 체제 유지를 위해 문학예술을 활용하는 것으로 노동
계급의 혁명위업을 대를 이어 완성할 수령의 후계자에 대한 형상이 문
학예술에서 중요한 과업이 되었음을 시사한다.

넷째, 자주성과 사회정치적 생명체의 모순적 관계이다. 주체사실주
의는 사람 중심의 철학적 세계관에 기초하고 있다고 주장하지만 '사회
정치적 생명체와 문학'의 내용으로 볼 때 수령, 당, 대중의 3위1체 속에
서 최고 주체형인 수령이 있고 이에 충성해야 하는 인민의 존재가 부각
될 뿐이다. 『주체문학론』에서 말하는 주체는 인민, 수령, 창작자로 정
리될 수 있다. 그러나 모든 근본을 사람으로 보면서 정치적 생명체, 집
단주의적 생명관으로서의 인간을 강조하여 주체의 최고 전형인 수령형
상창조론으로 귀착되고 만다. 이는 인민 중심의 문예관이 아닌 수령 중
심의 문예관임을 천명하는 것이다. 문학예술에서 최고 뇌수인 수령의
영도와 혁명적 수령관에 대한 강조는 인민들이 주체적인 존재라기보다

는 충성과 효성을 다하는 헌신의 대상으로만 이해될 수 있다.

　이러한 점들을 감안할 때 『주체문학론』은 독창적이고 과학적이라기보다는 이전의 문예이론들을 정리하고 확대한 것으로 볼 수 있다. 또한 시대적 위기 속에서 북한의 자구책을 문예적인 실천 강령으로 제시하고 있음을 알 수 있다. 조선민족제일주의나 주체사실주의는 배타적인 자민족 중심주의와 애국주의의 산물로 볼 수 있다. 한편으로는 이 이론서가 근대문학사와 고전에 대한 폭넓은 재평가를 하여 남북 통합 문학사의 가능성을 제시하고 있다는 의의를 지닌다.

　결과적으로 『주체문학론』의 위상은 북한 문예계의 정전(正典)으로 자리매김한 것에서 찾을 수 있다. 이 이론서의 정전으로서의 기능은 문학예술 일반에 대한 지침서로서, 이데올로기적 문예 규범으로서, 당과 수령의 영도를 작품 속에서 재생산하는 것으로 볼 수 있다. 이 이론서는 시대적 의미에서 1990년대 이전과 이후의 문학예술 이론을 통합하고 향후 문학예술의 핵심이 되고 있다.

| 참고문헌 |

1. 논문

강만길, 「한국사 개설서의 시대구분과 시대성격 문제」, 『창작과비평』 77, 1992.

강상대, 「녹족부인 스토리텔링을 위한 원형서사 연구」, 『한국문예창작』 20, 한국문예창작 학회, 2010.

강상순, 「'민족' 이후 민족문학사 서술의 방향과 고민」, 『민족문학사연구』 40, 민족문학사 학회, 2009.

강진웅, 「북한의 항일무장투쟁 전통과 민족 만들기—민족주의와 권력, 담론, 주체」, 『한국 사회학』 46-1, 한국사회학회, 2012.

고인환, 「『주체문학론』의 서술체계와 특질」, 김종회 편, 『북한문학의 이해』 2, 청동거울, 2002.

고정옥, 「조선문학에서의 사실주의 발전의 첫 단계는 9세기이다」, 『우리나라 문학에서의 사실주의의 발생과 발전』, 조선문학예술총동맹출판사, 1962.

고현철, 「북한정치사와의 상관성으로 살펴본 조기천의 1955년판 "백두산"」, 『국제어문』 35, 국제어문학회, 2005.

권혁래, 「나손본 〈김철전〉의 사실성과 여성적 시각의 면모」, 『고전문학연구』 15, 한국고전 문학회, 1999.

김기봉, 「역사란 무엇인가—Carr의 역사관을 넘어서기 위한 하나의 시론」, 『역사비평』 41, 역사비평사, 1997.

김동훈, 「김정일시대의 주체문학론 비판」, 『북한연구』, 대륙연구소, 1994.12.

______, 「북한문예이론의 역사적 변화와 김정일의 『주체문학론』」, 『북한문화연구』 2, 한 국문화정책개발원, 1994.2.

김명석, 「민족문학사의 리모델링」, 『민족문학사연구』 40, 민족문학사학회, 2009.

김문태, 「북한 고전시사관의 변모와 현대적 수용양상」, 『한국시가연구』 21, 한국시가학회, 2006.

______, 「북한 고전산문관의 변모와 현대적 수용양상」, 『한민족어문학』 51, 한민족어문학 회, 2007.

김성수, 「북한학계의 우리문학사 연구 개관」, 민족문학사연구소 편, 『북한의 우리문학사 인식』, 창작과비평사, 1991.

______, 「프로문학과 북한문학의 기원」, 민족문학사학회 편, 『민족문학사연구』 21, 민족문

학사학회, 2002.

_____, 「문학적 '통이(通異)'와 문학사적 통합—북한문학 연구의 존재증명」, 『한국 근대문학연구』 19, 한국근대문학회, 2009.2.

_____, 「선군과 문학—조선문학 10년(1998~2007)의 쟁점」, 이화여대 통일학연구원 편, 『북한문학의 지형도』 2, 청동거울, 2009.11.

_____, 「위기의 시대, 북한의 우리문학사 인식—남북한 현대문학사의 통이(通異)」, 민족문학사연구소 편, 『위기의 시대, 남북한문학사의 행방』(심포지엄 자료집), 2009.12.

_____, 「남북한 현대문학사 인식의 거리—북한의 일제강점기 문학사 재검토」, 『민족문학사연구』 42, 민족문학사학회, 2010.

김영하, 「고대의 개념과 발달단계론」, 『한국고대사연구』 46, 한국고대사학회, 2007.

김윤태, 「1910년~1925년의 시」, 민족문학사연구소 편, 『북한의 우리문학사 인식』, 창작과비평사, 1991.

김은정, 「『불멸의 향도』에 나타난 '고난의 행군' 묘사방식과 〈적기가〉의 수용양상」, 『세계문학비교연구』 15, 세계문학비교학회, 2006.

_____, 「수령형상문학론」, 『북한의 언어와 문학』, 경인문화사, 2006.

_____, 「만들어진 전통과 '항일혁명 투쟁시기 문학'」, 『민족문학사연구』 43, 민족문학사학회, 2010.

_____, 「불후의 고전적 명작의 장르적 교섭과 확장」, 『국제어문』 56, 국제어문학회, 2012.

김재용, 「유일사상체계의 확립과 북한문학의 변모」, 『한길문학』, 1991 여름.

_____, 「북한 문예학의 전개과정과 과학적 문학사의 과제」, 『실천문학』, 1992 봄.

_____, 「김정일시대의 주체문학론」, 『문예중앙』, 1995 봄.

_____, 「프로문학 시절의 임화와 문학어로서의 민족어」, 임화문학연구회 편, 『임화문학연구』, 소명출판, 2009.

김정수, 「북한 연극계에서 제기된 청산(淸算)대상 연기(演技)에 관한 연구—해방 직후부터 한국전쟁 이전까지를 중심으로」, 『정신문화연구』, 한국학중앙연구원, 2010.6.

_____, 「『조선예술』로 본 1990년대 북한연극의 핵심코드」, 『북한연구학회보』, 북한연구학회, 2011 여름.

김정숙, 「북한에서의 단군연구」, 서울대 종교문제연구소, 『단군』, 서울대 출판부, 1994.

김종회, 「주체문학론과 부수적 현실주제 문학론의 병행」, 최동호 편, 『남북한현대문학사』, 나남, 1995.

_____, 「북한문학의 실상과 연구의 방향성 문제」, 『한국문화연구』 6, 경희대 민속학연구소, 2002.

김준형, 「길과 희망―이명선의 삶과 학문세계」, 『이명선전집』 4, 보고사, 2007.

______, 「북한의 고려시대 문학사 기술, 그 특징과 한계」, 『민족문학사연구』 42, 민족문학사학회, 2010.

______, 「한국문학사 서술의 경과」, 『민족문학사연구』 44, 민족문학사학회, 2010.

김현양, 「『사씨남정기』와 욕망의 문제」, 『고전문학연구』 12, 한국고전문학회, 1997.

______, 「민족주의 담론과 한국문학사―문학사 서술 전통의 비판적 점검 (1)」, 『민족문학사연구』 19, 민족문학사학회, 2001.

______, 「북한의 17세기 소설사 서술의 몇 가지 문제」, 『민족문학사연구』 29, 민족문학사학회, 2005.

______, 「민족주의 담론과 '주체'의 문학사」, 『민족문학사연구』 35, 민족문학사학회, 2007. 12.

______, 「북한의 '우리문학사' 서술의 향방―근대문학 이전의 문학사 서술을 대상으로」, 『민족문학사연구』 42, 민족문학사학회, 2010.

남원진, 「이북문학의 정치적 종속화에 관한 연구―종자와 대작을 중심으로」, 『통일정책연구』 17-1, 통일연구원, 2008.

리수립, 「자주시대의 앞길을 휘황히 밝혀주는 불멸의 대저작 『주체문학론』」, 『조선문학』, 문학예술종합출사, 1992.10.

박경철, 「고구려인의 국가형성 인식 시론」, 『한국고대사연구』 28, 한국고대사학회, 2002.

박선미, 「근대사학 이후 고조선사 연구의 현황과 쟁점」, 『한국사학보』 23, 고려사학회, 2006.

박희병, 「17세기 동아시아의 전란과 민중적 삶」, 김학성·최원식 외, 『한국 근대문학사의 쟁전』, 창작과비평사, 1990.

______, 「최척전」, 『한국고전소설작품론』, 집문당, 1990.

______, 「최근 북한학계에서의 고전소설사 연구의 성과와 문제점」, 『우리나라 고전소설사』, 한길사, 1993.

배개화, 「민족어, 민족문학, 리얼리즘―임화의 경우」, 한국현대소설학회 편, 『현대소설연구』 37, 현대소설학회, 2008.

백종오, 「북한의 고구려 유적 연구 현황 및 성과」, 『정신문화연구』 31, 한국학 중앙연구원, 2008.

사회과학원, 「단군릉 발굴 보고」, 『북한 동향』, 1993.10.

서동수, 「북한문학사 기술의 정치성 연구」, 『겨레어문학』 26, 겨레어문학회, 2001.

______, 「김정일 『주체문학론』 고찰」, 『겨레어문학』 30, 겨레어문학회, 2003.

서영수, 「『사기』 고조선 사료의 구성 분석과 신 해석 (1)」, 『단군학연구』 18, 단군학회, 2008.

서재진, 「주체사상의 형성과 변화에 대한 새로운 분석」, 『통일연구원연구총서』, 통일연구원, 2001.12.

손유경, 「프로문학과 '감각'의 문제─김기진의 '감각'의 변혁을 중심으로」, 『민족문학사연구』 32, 민족문학사학회, 2006.

신고송, 「연극에 있어서 형식주의 및 자연주의적 잔재와의 투쟁」, 『문학예술』, 1952.1.

신동흔, 「남북 고전문학사의 만남을 위하여」, 『겨레어문학』 27, 겨레어문학회, 2001.

신형기, 「북한문학과 민족주의」, 『현대문학의 연구』 13, 한국문학연구학회, 1999.

안영훈, 「북한문학사의 고전문학 서술양상」, 『한국문학논총』, 한국문학회, 2004.

오문석, 「프로시의 아포리아」, 『상허학보』 15, 상허학회, 2005.

오성호, 「제2차 조선작가대회와 전후 북한문학─한설야의 보고를 중심으로」, 『배달말』 40호, 배달말학회, 2007.

______, 「수령 사후의 북한시 연구」, 『배달말』 43, 배달말학회, 2008.

오창은, 「자기회복 과정을 통한 북한 문단으로의 길」, 『어문론집』 28, 중앙어문학회, 2000.

______, 「'고난의 행군' 시기 북한문학평론 연구」, 『한국 근대문학연구』 15, 한국 근대문학회, 2007.

유문선, 「1926년~1945년의 희곡」, 『북한의 우리문학사 인식』, 창작과비평사, 1991.

______, 「최근 북한 근대문학사 인식의 변화─『현대조선문학선집』(1987~)의 '1920년대~30년대 시선'을 중심으로」, 『민족문학사연구』 35, 민족문학사학회, 2007.

유민영, 「북한의 희곡」, 『북한의 문학』, 을유문화사, 1989.

유임하, 「인민문학으로의 모색과 전회」, 이화여대 통일학연구원, 『북한문학의 지형도』, 이화여대 출판부, 2008.

______, 「기억의 호명과 전유─김사량과 북한문학의 기억정치」, 『한국문학연구』 53, 동국대 한국문학연구소, 2009.8.

______, 「'사회주의적 사실주의'에서 '주체사실주의'로의 이해─'해방 후 평화적 민주건설기'에 대한 북한문학사의 기술 변화」, 『민족문학사연구』 42, 민족문학사학회, 2010.

윤혜신, 「한국신화의 입사의례적 탄생담 연구」, 연세대 박사논문, 2002.

______, 「북한문학사의 역사주의와 탈역사성」, 『민족문학사연구』 43, 민족문학사학회, 2010.

은종섭 「주체사실주의 문학 창조의 불멸의 본보기」, 『조선문학』, 문학예술종합출판사, 1992.2.

이강옥, 「북한문학사의 실증적 오류 및 문제점 검토」, 『한길문학』, 한길사, 1990.8.

이기동, 「북한 역사학의 특성과 고대사 서술」, 『문학과 사회』 2-1, 문학과지성사, 1989.

이기백, 「고구려의 국가형성 문제」, 역사학회 편, 『한국고대의 국가와 사회』, 일조각, 1985.

이명자, 「완전한 사회주의의 이상 〈조선의 별〉 ―사실과 허구의 경계 그리고 결합」, 『컬처
　　뉴스』, 2005.8.30.
이상경, 「1910년~1925년의 소설」, 『북한의 우리문학사 인식』, 창작과비평사, 1991.
이영화, 「북한의 고대사 연구 동향―학술지 계량 분석을 중심으로」, 『한국고대사탐구』 3,
　　한국고대사탐구학회, 2009.
이준형, 「주체사상의 민족주의적 변용―'단군민족주의'와의 관련성을 중심으로」, 『국민윤
　　리연구』, 한국국민윤리학회, 1995.
임순희, 「북한문학의 김정일 '형상화' 연구」, 『통일연구원』, 2001.12.
장경남, 「북한의 조선 전기 문학사 서술의 실상과 의의」, 『민족문학사연구』 42, 민족문학사
　　학회, 2010.
장효현, 「남북한 고전소설 연구의 쟁점과 전망」, 『민족문화연구』 33, 고려대 민족문화연구
　　소, 2000.
정성장, 「주체사상의 기원과 형성 및 발전 과정」, 『한국정치외교사논총』, 한국정치외교사
　　학회, 2000.
정영훈, 「한국사 속에서의 '단군민족주의' 그 정치적 성격」, 『한국정치학회보』 28-2, 한국정
　　치학회, 1994.
정지웅, 「한반도 통일에 있어서 민족주의의 함의」, 『북한연구학회보』, 북한연구학회,
　　2004.
조규익, 「북한문학사와 악장」, 『온지논총』 14, 온지학회, 2006.
＿＿＿, 「북한문학사와 시조」, 『시조학논총』 28, 한국시조학회, 2008.
지연숙, 「사씨남정기의 이념과 현실」, 『민족문학사연구』 17, 민족문학사학회, 2000.
최현식, 「근대시와 주체문학―19세기 말~1926년의 경우」, 『민족문학사연구』 42, 민족문
　　학사학회, 2010.
＿＿＿, 「북한문학에서 프로시의 위상과 가치」, 한국근대문학회 편, 『한국 근대문학연구』
　　21, 한국근대문학회, 2010.
천현식, 「북한 가극의 특성과 변화―혁명가극에서 민족가극으로」, 북한대학원대 박사논
　　문, 2012.
하문식, 「대동강문화론에서 본 북한 학계의 연구 경향」, 『단군학연구』 14, 단군학회, 2006.
하정일, 「프로문학과 식민주의」, 한국근대문학회 편, 『한국 근대문학연구』 3-1, 2002.
한창균, 「한국의 선사시대에 대한 북한 고고학계의 동향과 시각―구석기시대와 신석기시
　　대를 중심으로」, 『한국고대사연구』 25, 한국고대사학회, 2002.
한철호, 「북한의 역사교육과 근대사 인식 '문호개방'을 중심으로」, 『한국근현대사연구』 27,

한국근현대사학회, 2003.

현종호, 「주체문학창작의 형상원리에 대한 백과전서적인 해명」, 『조선문학』, 문학예술종
　　　합출판사, 1993.8.

홍기돈, 「주체문학론의 형성 과정」, 이명재 편, 『북한문학의 이념과 실체』, 국학자료원,
　　　1998.

홍용희, 「통일시대를 향한 북한문학의 이해」, 김종회 편, 『북한문학의 이해』 3, 청동거울,
　　　2004.

Smith, Hazel, "Bad, mad, sad or rational actor? : Why the securitization paradigm makes
　　　for poor policy analysis of north Korea", *International Affairs*, Vol.76, No.1,
　　　International Affairs, 2000.

2. 단행본

강진호, 『한설야―그들의 문학과 생애』, 한길사, 2008.

강진호 외, 『총서 '불멸의 력사' 연구』 1(북한의 문화정전, 총서 '불멸의 력사'를 읽는다), 소
　　　명출판, 2009.

＿＿＿＿, 『총서 '불멸의 력사' 연구』 2(총서 '불멸의 력사' 해제집), 소명출판, 2009.

＿＿＿＿, 『총서 '불멸의 력사' 연구』 3(총서 '불멸의 력사' 용어 사전), 소명출판, 2009.

과학백과사전종합출판사, 『문학예술사전』 상·중·하, 과학백과사전종합출판사, 1988,
　　　1993.

권영민, 『한국 현대문학사―1945~1990』, 민음사, 1993.

＿＿＿, 『한국 현대문학사』 1, 민음사, 2002.

＿＿＿, 『한국 현대문학사』 2, 민음사, 2002.

＿＿＿, 『해방 직후의 민족문학운동연구』, 서울대 출판부, 1986.

김　려, 박준원 역, 『牛海異魚譜』, 다운샘, 2004.

김병민, 『조선문학사』, 연변대 출판사, 1994.

김선려·리근실·정명옥, 『조선문학사』 11(조국해방전쟁시기), 사회과학출판사, 1994.

김성수, 『통일의 문학, 비평의 논리』, 책세상, 2001.

김성윤 편, 『카프시전집』 I·II, 시대평론, 1988.

김용간, 『조선 고고학 전서―원시편(석기시대)』, 과학백과사전종합출판사, 1990.

김용직, 『북한문학사』, 일지사, 2008.

김윤식, 『해방공간의 문학사론』, 서울대 출판부, 1989.

______, 『한국 현대문학사』(수정판), 서울대 출판문화원, 1992(2008).

______, 『현대현실주의 문학연구』, 문학과지성사, 1992.

______, 『북한문학사론』, 새미, 1996.

김윤식 외, 『해방공간의 문학운동과 문학의 현실인식』, 한울, 1989.

김윤식·김우종 외, 『한국 현대문학사』, (주)현대문학, 1995.

김윤식·김현, 『한국문학사』, 민음사, 1973.

김윤식·정호웅, 『한국소설사』, 문학동네, 2000.

김응교, 『이찬과 한국 근대문학』, 소명출판, 2006.

김일성, 『세기와 더불어』, 조선로동당출판사, 1992.

김재용, 『북한문학의 역사적 이해』, 문학과지성사, 1994.

______, 『민족문학운동의 역사와 이론』 2, 한길사, 1996.

______, 『분단구조와 북한문학』, 소명출판, 2000.

김재용·이상경·오성호·하정일, 『한국 근대민족문학사』, 한길사, 1993.

김정일, 『김정일선집』 8, 조선로동당출판사, 1998.

______, 『주체문학론』, 조선로동당출판사, 1992.

김춘택, 『조선 고전소설사 연구』, 김일성종합대학출판사, 1986(김춘택, 『우리나라 고전소
    설사』, 한길사, 1993).

김학렬, 『조선프로레타리아문학운동연구』, 김일성종합대학출판사, 1996.

동국대 한국문학연구소 편, 『북한의 문학과 문예이론』, 동국대 출판부, 2003.

류희정 편, 『현대조선문학선집』 13(1920년대 시선 1), 문예출판사, 1991.

________, 『현대조선문학선집』 14(1920년대 시선 2), 문예출판사, 1992.

________, 『현대조선문학선집』 15(1920년대 시선 3), 문학예술종합출판사, 1992.

________, 『현대조선문학선집』 26(1930년대 시선 1), 문학예술출판사, 2004.

________, 『현대조선문학선집』 27(1930년대 시선 2), 문학예술출판사, 2004.

________, 『현대조선문학선집』 28(1930년대 시선 3), 문학예술출판사, 2004.

리동수, 『우리나라 비판적 사실주의 문학 연구』, 과학백과사전출판사, 1988(『북한의 비판
    적 사실주의 연구』, 살림터, 1992).

리동원, 『조선구전문학개요-항일혁명편』, 사회과학출판사, 1994.

민족문학사연구소 편, 『북한의 우리문학사 인식』, 창작과비평사, 1991.

______________, 『민족문학사강좌』, 창작과비평사, 1995.

______________, 『새민족문학사강좌』, 창작과비평사, 2009.

박영정, 『북한 연극 / 희곡의 분석과 전망』, 연극과 인간, 2007.

박태상, 『북한문학의 현상』, 깊은샘, 1999.

북한연구학회 편, 『북한의 언어와 문학』, 경인문화사, 2006.

사회과학원 고고학연구소, 『조선고고학개요』, 새날, 1989.

사회과학원 문학연구소, 『주체사상에 기초한 문예이론』, 사회과학출판사, 1975(『북한의 문예이론』, 서울 : 인동, 1989).

서동만, 『북조선 사회주의 체제성립사−1945~1961』, 선인, 2005.

______, 『북조선 연구』, 창작과비평사, 2010.

서영대 편, 『북한학계의 단군신화 연구』, 백산자료원, 1995.

서재경, 『주체의 문학창작−주체적문예리론연구 23』, 문학예술출판사, 2007.

서재진, 『주체사상의 이반』, 박영사, 2006.

신영호, 『조선문학비평사연구』, 김일성종합대학출판사, 2003.

신형기, 『해방 직후의 문학운동론』, 제3문학사, 1988.

______, 『변화와 운명』, 평민사, 1997.

신형기 · 오성호, 『북한문학사』, 평민사, 2000.

안병우 · 도진순 편, 『북한의 한국사 인식』, 한길사, 1990.

윤여탁 외, 『한국 현대리얼리즘 시인론』, 태학사, 1990.

윤이흠 외, 『단군 그 이해와 자료』, 서울대 출판부, 1994.

은종섭, 『조선 근대 및 해방 전 현대소설사 연구』 1 · 2, 김일성종합대학출판사, 1986.

이가원, 『조선문학사』, 태학사, 1995.

이명선, 『조선문학사』, 조선문학사, 1948(『이명선전집』 3, 보고사, 2007).

이명재 편, 『북한문학의 이념과 실체』, 국학자료원, 1998.

이성구, 『중국고대의 주술적 사유와 제왕통치』, 일조각, 1997.

이종석, 『새로 쓴 현대북한의 이해』, 역사비평사, 2000.

이형구, 『단군(檀君)과 고조선사(古朝鮮史) 연구의 현황과 과제』, 『단군학 연구』 1, 단군학회, 1999.

이형기 · 이상호, 『북한의 현대문학』 I, 고려원, 1990.

임형택, 『한국문학사의 논리와 체계』, 창작과비평사, 2002.

전영선, 『북한 민족문화 정책의 이론과 현장』, 역락, 2002.

조동일, 『한국문학통사』 1~5, 지식산업사, 1982~1988(2004, 제4판).

조선로동당 중앙위원회 당력사연구소, 『김일성 저작집』 2, 조선로동당출판사, 1979.

______________________________, 『김일성 저작집』 27, 조선로동당출판사, 1984.

조성일 · 권철, 『중국 조선족 문학사』, 연변인민출판사, 1990.

조연현, 『한국 현대문학사』, 인간사, 1961.

조윤제, 『국문학사』, 동국문화사, 1949.

차하순 외, 『한국사 시대구분론』, 소화, 1995.

천정환·소영현·임태훈 외편, 『문학사 이후의 문학사』, 푸른역사, 2013.

최웅권, 『북한의 고전소설 연구』, 지식산업사, 2000.

최창호, 『민족수난기의 연극』1, 평양출판사, 2001.

최치영 외편, 『현대조선문학선집』24(혁명시가집), 문학예술출판사, 2002.

한국역사연구회 북한사학사연구반, 『북한의 역사 만들기』, 푸른역사, 2000.

한정미, 『북한의 문예정책과 구비문학의 활용』, 민속원, 2007.

한중모·정성무, 『주체의 문예리론 연구』, 사회과학출판사, 1983.

현종호, 『국어고전시가사연구』, 보고사, 1996.

홍정선, 『카프와 북한문학』, 역락, 2008.

총서 『중국조선민족발자취』 편집위원회, 총서 『중국조선민족발자취 2－불씨』, 민족출판
    사, 1995.

미타니 히로시·나미키 요리히사·쓰키아시 다쓰히코, 강진아 역, 『다시보는 동아시아 근
    대사』, 까치, 2011.

와다 하루키, 이종석 역, 『김일성과 만주항일전쟁』, 창작과비평사, 1992.

__________, 서동만·남기정 역, 『북조선』, 돌베개, 2002.

Hunt, Elgin F.·Colander, David D., *Social Science*, Allyn & Bacon, 2011.

Munslow, Alun, *Deconstructing History*, Publication : London, New York : Taylor & Francis
    Routledge, 2nd Ed., 2006.

Worsley, Peter, *Marx and Marxism*, London, New York : Routledge, 2002.

3. 기타자료

『문학예술 대사전』 CD, 2006

『조선중앙년감』, 1956, 1960, 1962, 1964, 1975, 1976.

김현양, 「북한의 '우리문학사' 서술의 향방」, 『민족문학사연구』 42, 민족문학사연구소, 2010.4.

김준형, 「북한의 고전문학사 기술 양상과 특징-1990년대 이후를 중심으로」, 『우리어문연구』 40, 우리어문학회, 2011.5.

김성수, 「남북한 현대문학사 인식의 거리-북한의 일제강점기 문학사 재검토」, 『민족문학사연구』 42, 민족문학사학회, 2010.4.

윤혜신, 「북한문학사의 역사주의와 탈역사성」, 『민족문학사연구』 43, 민족문학사학회, 2010.8.

김준형, 「북한의 고려시대 문학사 기술, 그 특징과 한계」, 『민족문학사연구』 42, 민족문학사학회, 2010.4.

장경남, 「북한의 조선시대 문학사 서술의 실상과 의의」, 『민족문학사연구』 42, 민족문학사학회, 2010.4.

김현양, 「북한의 17세기 소설사 서술의 몇 가지 문제」, 『민족문학사연구』 29, 민족문학사연구소, 2005.12.

김형태, 「북한문학사의 조선 후기 서술 향방과 변화」, 『민족문학사연구』 49, 민족문학사학회, 2012.8.

오태호, 「북한문학사의 근대소설에 대한 인식론적 변화 양상 고찰-『조선문학사』 7(2000)의 1910~1926년 시기를 중심으로」, 『민족문학사연구』 50, 민족문학사학회, 2012.12.

최현식, 「근대시와 주체문학-19세기 말~1926년의 경우」, 『민족문학사연구』 42, 민족문학사학회, 2010.4.

최현식, 「북한문학에서의 프로시의 위상과 가치」, 『한국 근대문학연구』 21, 한국근대문학회, 2010.4.

오창은, 「계급의식과 민족의식, 갈등과 화해의 도정-북한에서의 1920년대 후반기부터 1940년대 전반기의 문학사 서술을 중심으로」, 『민족문학사연구』 50, 민족문학사학회, 2012.12.

김은정, 「만들어진 전통과 "항일혁명 투쟁시기 문학」, 『민족문학사연구』 43, 민족문학사학회, 2010.8.

유임하, 「'사회주의적 사실주의'에서 '주체사실주의'로의 이행」, 『민족문학사연구』 42, 민족문학사학회, 2010.4.

김성수, 「수령문학의 문학사적 위상-북한문학사 서술에 나타난 『불멸의 력사』 총서의 성격과 관련하여」, 성신여대 인문학연구소 편, 『북한의 문화정전 총서 '불멸의 력사'를 읽는다』, 소명출판, 2009.

임옥규, 「『주체문학론』의 이념과 창작방법」, 『남북문화예술연구』 8, 남북문화예술학회, 2011.

김현양(金賢陽, Kim, Hyeon-Yang)

연세대학교 국어국문학과를 졸업하고 동대학원에서 박사학위를 받았다. 현재 명지대학교 방목기초교육대학 교수이다. 민족문학사연구소 공동대표를 맡고 있다. 주요 논저로는 『한국 고전소설사의 거점』, 『북한의 우리문학사 인식』(공저), 『새 민족문학사강좌』(공저), 「〈최치원〉, 버림 혹은 떠남의 서사」, 「영웅군담소설의 연구사적 조망」 등이 있다.

김준형(金埈亨, Kim, Joon-Hyeong)

고려대학교 대학원에서 「조선조 패설문학 연구」로 문학박사학위를 받았다. 현재 부산교육대학교 국어교육과 교수이다. 주요 저서로는 『한국 패설문학 연구』, 『이매창 평전』 등이 있고, 역서로는 『조선 후기 성 소화 선집』 등이 있다.

김성수(金成洙, Kim, Seong-Su)

성균관대학교 국어국문학과를 졸업하고 동대학원에서 박사학위를 받았다. 현재 성균관대학교 학부대학 교수이다. 주요 저서로는 『통일의 문학 비평의 논리』, 『우리문학과 사회주의 리얼리즘 논쟁』, 『북한 '문학신문' 기사 목록』, 『프랑켄슈타인의 글쓰기』 등이 있다.

윤혜신(尹惠信, Yun, He-Shin)

연세대학교 국어국문학과를 졸업하고 동대학원에서 박사학위를 받았다. 현재 민족문학사연구소 연구원이다. 주요 논저로 『한국신화의 입사의례적 탄생담 연구』, 「삼국유사 소재 설화에 나타난 천신(天神)의 변화 양상」, 「어우야담 소재 귀신담의 귀신욕망과 욕망의 실현방법」, 「어머니신을 낳은 신화적 주체의 시선과 표현 방식」 등이 있다.

장경남(張庚男, Jang, Kyung-Nam)

숭실대학교 국어국문학과를 졸업하고 동대학원에서 박사학위를 받았다. 현재 숭실대학교 국어국문학과 교수이다. 주요 저서로는 『임진왜란의 문학적 형상화』, 『새 민족문학사강좌』(공저), 『문혀진 문학사의 복원』(공저), 『서사문학의 시대와 그 여정』(공저) 등이 있다.

김형태(金亨泰, Kim, Hyung-Tae)

연세대학교 국어국문학과를 졸업하고 동대학원에서 박사학위를 받았다. 현재 경남대학교 문과대학 국어국문학과 조교수이다. 주요 저서로는 『대화체 가사의 유형과 역사적 전개』, 『통신사 의학 관련 필담창화집 연구』 등이 있고, 역서로는 『시명다식(詩名多識)』(공역), 『모시명물도설(毛詩名物圖說)』(공역), 『소천소지(笑天笑地)』 등이 있다.

오태호(吳太鎬, Oh, Tae-Ho)

경희대학교 국어국문학과를 졸업하고 동대학원에서 박사학위를 받았다. 현재 경희대학교 후마니타스칼리지 객원교수이다. 주요 저서로는 『오래된 서사』, 『여백의 시학』, 『환상통을 앓다』가 있다.

최현식(崔賢植, Choi, Hyun-Sik)
연세대학교 국어국문학과를 졸업하고 동대학원에서 박사학위를 받았다. 현재 인하대학교 국어교육과 교수이
다. 주요 저서로는 『서정주 시의 근대와 반근대』, 『한국 근대시의 풍경과 내면』, 『신화의 저편―한국 현대시와
내셔널리즘』, 『말 속의 침묵』, 『시를 넘어가는 시의 즐거움』, 『시는 매일매일』 등이 있다.

오창은(吳昶銀, Oh, Chang-Eun)
중앙대학교 국어국문학과에서 박사학위를 받았다. 현재 중앙대학교 교양학부대학 강의전담교수이다. 주요 저
서로는 『비평의 모험』, 『모욕당한 자들을 위한 사유』, 『절망의 인문학』이 있다.

김은정(金銀貞, Kim, Eun-Jeong)
한국외국어대학교 국어국문학과에서 박사학위를 받았다. 현재 한국외국어대학교 세미오시스 연구센터 HK교
수이다. 주요 논저로는 『사적 기록성과 미적거리의 길항』, 『북한의 언어와 문학』(편저), 『북한문학의 지형도』,
「삐라와 문학의 공통감각」, 「『문학예술』에 나타난 폭격의 서사」 등이 있다.

유임하(柳壬夏, Yoo, Im-Ha)
동국대학교 국어국문학과를 졸업하고 동대학원에서 박사학위를 받았다. 현재 한국체육대학교 교양과정부 교수
이다. 주요 논저로는 『기억의 심연』, 『한국문학과 불교문화』, 『한국소설의 분단이야기』, 『반공주의와 한국문학
의 근대적 동학』 1, 2(공저), 『북한문학의 지형도』 1, 2, 3(공저), 「마음의 검열관」, 「정체성의 우화」, 「불멸의 력
사 총서'의 기획과 독법」, 「월북 이후 이태준 문학과 48년 질서」 등이 있다.

임옥규(林玉圭, Lim, Ok-Kyu)
홍익대학교 국어국문학과에서 박사학위를 받았다. 현재 단국대학교 부설 한국문화기술연구소 연구교수이다.
주요 논저로는 『북한 역사소설의 재인식』, 『북한의 언어와 문학』(공저), 『북한문학의 지형도』 1, 2,(공저), 『주체
의 환영』(공저) 『통일문화사대계』 1(공저), 『선전과 교양―북한의 문예교육』(공저), 『이데올로기의 꽃』(공저),
「선군시대 북한문학에 형상된 주도적 감성」, 「남북 역사소설의 심상지리적 인식을 통한 한반도 심상지도 구상
방안 기초연구」, 「남북 역사소설에 형상화된 '간도'의 심상지리적 인식과 심상지도」, 「고려인 문학과 북한 문단
과의 영향관계」, 「해방기 북한 문학예술의 강령과 창작의 실제」, 「문화콘텐츠로서 남북 역사소설 활용방안」 등
이 있다.